中国诗歌研究动态

第八辑·新诗卷

教育部人文社会科学重点研究基地
首都师范大学中国诗歌研究中心 主办

学苑出版社

图书在版编目（CIP）数据

中国诗歌研究动态．第 8 辑·新诗卷／赵敏俐主编．—北京：
学苑出版社，2011.6
ISBN 978-7-5077-3662-5

Ⅰ.①中…　Ⅱ.①赵…　Ⅲ.①新诗－诗歌研究－中国
Ⅳ.① I207.22

中国版本图书馆 CIP 数据核字（2011）第 082526 号

出 版 人：孟　白
责任编辑：刘　丰
出版发行：学苑出版社
社　　址：北京市丰台区南方庄 2 号院 1 号楼　100079
网　　址：www.book001.com
电子邮箱：xueyuan@public.bta.net.cn
邮购电话：010-67674055
销售电话：010-67675512．67678944．67601101（邮购）
印 刷 厂：河北省高碑店市鑫宏源印刷包装有限责任公司
开本尺寸：710×1020　1/16 开本
印　　张：25.25
字　　数：400 千字
版　　次：2011 年 6 月第 1 版
印　　次：2011 年 6 月第 1 次印刷
定　　价：80.00 元

编　委　会

目录

中国诗歌研究动态（第八辑）

目

录

中国诗歌研究动态（第八辑）

当代诗的概念：范围、内涵与阐释
——从《当代诗》杂志谈起

◇ 时间：2010 年 9 月 11 日

◇ 参加：孙文波、清平、杨小滨、西渡、阿吾、敬文东、树才、周伟驰、林木、蓝蓝、冷霜、胡续冬、蒋浩、孙磊、秦晓宇、阿西、王东东、徐钺、孙晓娅、张桃洲

张桃洲：欢迎大家来到诗歌中心参加本次研讨会。这次会议的缘起主要来自两个方面：一是由于大家手头刚刚拿到的这本孙文波主编的《当代诗》的出版；二是与我这几年关注的问题有关系，这几年我一直对"当代诗"这个概念感兴趣，我觉得这本书可能会回答我关于"当代诗"的一些困惑。大家知道，前些年文波和肖开愚等一些诗人提出了"当代诗"的概念，不久前姜涛在一篇文章里也详细讨论过这个问题。在他们的表述里，当代诗显然是不同于现代诗的。那么，"当代诗"究竟有着怎样的内涵、什么样的性质以及未来走向如何，都是很有必要进行讨论的。《当代诗》这本书的出版恰好促成了此次机会。大家都是彼此熟悉的朋友，希望能够畅所欲言，关于这个问题，我相信今天会有很充分的研讨。

孙文波：首先我要感谢这本书的责任编辑程晓红女士，这本书的顺利出版与她的功劳是息息相关的。近来，我一直都在编《当代诗》，在文化艺术出版社的大力支持下，这本书很快就出来了。这本书出来之后，我觉得是比较满意的，因为基本上是在我的诗歌理念的框架下来编的。前几天我对桃洲说寻个机会找一些对当代诗感兴趣的朋友们来聚一下，做一个详细的座谈活动。这里要感谢桃洲的热心安排。这本书是前天刚刚印出来的，所以大家看到的都是最新的。此次相聚并不是为了推广这本书，更主要的是借此机会来谈谈"当代诗"的问题。我觉得，这里说到的"当代诗"，首先是一个文学概念，而不是一个时间上的借用。它首先是一个文学上的观念，其次才和时间发生联系。我暂且先说这几

1

句，大家都是诗歌方面的专家，希望能够敞开来说。另外，我还希望大家能够对这本书发表一些建议、意见，使我能够在今后的编辑中把事情做得更好，完善得更好。

张桃洲：我听说美术界有一个"当代艺术"的说法，这与"当代诗"的概念或许有些共通之处。据说，人们在谈到"当代艺术"这个词是有所特指的，是一个特定的概念，它是有别于传统艺术的，有点类似于我们所理解的先锋艺术？这方面我完全是外行。孙磊，你是这方面的行家，美术界是有这种说法吗？

孙磊：确实有这么一个说法。其实在艺术圈里，大约 2009 年这个时候也专门针对"当代艺术"这个概念中的"当代性"做过一个研讨会。一些主要的艺术杂志以及一些年轻的艺术批评家在那次座谈中，充分地研讨了各自思考的问题，并以文章的形式共享。我觉得"当代诗"是一个很好的概念，对当代写作尤其是当代诗歌写作是一种全新的解释。这种新的理解和原有的"现代诗"有着一种对应关系，就像"当代艺术"与"现代艺术"之间的对应关系一样。现代诗基本上是在语言内部发生错综复杂的关系，当代诗则是强调思想与思维逻辑、思维方式的展开。本质上当代艺术是以观念为核心的，有它独特的属性。当代艺术和先锋艺术有着巨大的区别，因为在任何一个时代，先锋艺术都有一个向前驱动的倾向，而且先锋艺术在 20 世纪八九十年代就已经过时了，当代艺术却并非如此。

杨小滨：《当代诗》这本刊物的标题是非常有意思的，我想问一下，其中的理念或者说观念是什么？

孙文波：我们把"当代诗"作为一种文学概念来谈论的时候，主要强调的是写作与当代社会进程包括思想进程、现实进程的一种关联。谈论到这种关联，不应该仅仅局限于时间或现实层面，而需要更加深入地了解现当代所有的文化进程，以便于我们在"当代诗"中能够获得更多意义，取得更多的回应甚至是引导。当然这是一个比较笼统的概念，如果落实到具体的写作上，我希望它能够表现出或反映出更多的新的想法，即拥有一种发现的意味，从而与以往的写作显出许多不同的东西，这些不同并不是以"好"或者"成熟"来界定，而是它的确给人一种新鲜感。后来我又想，"新鲜感"对当代诗的阅读者来说是不是一个要素？假如作为一个阅读的要素来说，我希望我在编辑《当代诗》时，能够把"新鲜感"作为一个编辑的因素来运用、实施。所以，我希望在发现新人、新作的同时，能够真正把这种理想贯穿进去，落实到实处。因为现时代的许多写作者，虽然在"当代诗"的时间框架里进行，但很多都非常缺乏发现意味，写出的是极为陈旧的东西，没有新鲜感，简单而粗暴。于是我就希望在这本《当代诗》中能够剔除这些东西，这也是我的初衷。

杨小滨：刚才几位朋友讲到了现代、前现代、先锋等一些概念，但在我看来，这些概念也并不见得就是互相排斥的。比方说要求"新"这样一种理念，也是现代主义里面的一种非常重要的提倡。庞德引用中国古圣人的话——"日日新"，这也是与现代主义相关的。而谈到后现代主义，像利奥塔这样的理论家认为后现代主义是现代主义起源的一部分，因为要往后的话肯定是要不断地创新的。所以我并不觉得这些概念有多么大的隔断或对立。一种能够成立的"好"（这个"好"是美学意义、艺术史上的"好"）的艺术，在我的角度看来肯定是"新"的，能够与过去的、现存的表现方式有所差异的。所以，这点上我非常认同文波的编辑理念。我曾经给台湾编过一本杂志叫《现代诗》，但后来由于一些原因改成了《现在诗》，我觉得"现在"和"当代"两个概念还是有一定的呼应关系，都是在强调"当下性"。那么从何种角度来看待"当下性"，台湾与大陆的视角并不是特别一致的。即便是同在大陆的不同批评家、理论家看待这个"当下性"，在共识上也是比较弱的。刚才文波讲到了一点让我很受触动，即"当代诗"与现实性、思想性的关联的部分，这是一个非常重要的说法，我们一般说到"当下性"的时候，更多地关注的是其现实意义和社会关怀的问题。当然，每首诗都可能会有对现实的关怀，但是这种关怀本身如果仅仅是停留在一个对"当下性"的姿态上的一种关注的话，那么对诗歌本身的发展、对艺术本身的创新和推进并没有太大的帮助。

孙文波：我再提一点，我其实还有一个很个人化的理念：我觉得那些我们称为经典的作品，其实都是具有"当代性"的。我曾经在一篇小笔记中谈道，我们今天读华兹华斯、杜甫，其实他们在今天对我们也是有效的。这就涉及了写作的有效性问题，而谈到当代诗的时候，就存在当代诗对成为经典的欲求，如果我们往这方面来理解的话，这就为当代诗提供了一个很高的门槛。那么写作的参照就会变得宽泛了，也就不是一种绝对意味上的要求了。对我来说，在任何时候阅读杜甫，我都觉得我是在阅读当代诗。

胡续冬：其实我也注意到，这两年来文波、姜涛等都把对当下写作的命名集中在"当代诗"这个概念上来了。我自己也多多少少在考虑这个问题，因为在我开设国外文学的课程中有时候也会牵扯到对现代、当代、现代主义等概念的清理。正如刚才小滨说的从一个大的观念范型来看，其实我们依然处在如哈贝马斯说的"未完成的现代性"的状态之中。但是我们确实也有必要去提出一些新的命名方式、整合方式，来完成一个自我更新的程序。

我们在谈论国外当代诗歌或当代文学的时候，会发现它们也存在一个分水岭，然而这个分水岭是一个非常模糊的界限。就是在高峰期的现代主义时段之后，到当下之间有这么一个模糊的地带，在这个模糊的地带里只有个别理论家会不加反思地使用后现代的指称来涵盖这个时段，而大部分都是倾向于使用"当代"这个概念。其实后来我们发现，"当代性"并不单是一个时间上的类似于 today、now 等的概念。在我看到的一些国外当代诗歌的选本，不单注重高蹈期的现代主义的"行规"的延续，更加注重当代的一些理论、思想资源的对话的能力，即注重对当代话题的有效回应；另外就是对诗歌写作本体论上的探究，即重新刷新、界定诗歌作为一个艺术门类的界限，被冠以"当代"名称的诗歌更多讨论的是与其他抒写介质、艺术门类之间融汇、渗透的可能性。

在国内的语境下来谈"当代诗"，我们学当代文学的都知道，实际上在很长一段时间内，当代与现代是有一个话语设定和价值谱系优劣的区分的。这套东西被打破之后，又出现了一种新的突破口——即用像"当代诗"这样的概念来指称某时段写作的倾向或努力的时候，有可能突破该时段的写作僵局。从 2000 年到现在这十年中，虽然表面看上去活力四射，但事实并非如此。2009 年我在《孤绝的二字方——近十年来诗歌场域的问题》一文中谈道，这期间的诗歌有一种自我的、内部的、无限的分裂，使得相互之间对话的可能性变得越来越少。这里面的问题在于，我们整个诗歌"行当"在经历了 1978 年之后自我活力的重新找寻，到 20 世纪八九十年代之后，这个"行当"找回了一套"行规"——无论是互相对立的话语形式，还是占有统治性的话语方式，已经逐渐地形成了这样一种"行规"。但是，这"行规"有时候过于强调汉语诗歌在 1978 年之后从其内部生出的中国式的现代诗歌的表达规律，这不免扼杀了新的思考诗歌与当下关系的可能性。假如这个"行当"足够大，该"行当"与整个社会历史语境对话的接口足够粗的话，那么这套"行规"能够找到一个有效的转换方式,换成一个社会的有效阅读;假如这个"行当"本身的范围在缩小,与社会的接口也是在不断缩小的话,那么这个"行规"就只能是一种内爆式的机制。所以,重新提倡诗歌的"当代性",或者说用"当代性"的方式对现代汉诗的书写方式作一次刷新,是有着很深远的意义的。打个比方来说,假如诗歌是一个电脑终端的话,它的带宽是非常低的,它与整个文化的互联网之间的链接是非常弱的。那么通过强调这种"当代性",把这种带宽强行拉大,让诗歌这个"行当"找到一个更宽的接口,不仅增强了诗歌自身的活力,还有效地避免了一个"行当"在经过30年之后"行规"所带来的惰性。而这本《当代诗》杂志在这方面做得是比较好的,无论是篇目的构成还是里面所透露出来的书写活力,都是有相当说服力的,在诗歌意识自我革新的抱负上体现得非常明显;但是这本刊物在我之前提到的关于书写介质的变动性、诗歌本体论的僭越上可能体现得并不是太明显,感觉在体例等方面还是传统的诗刊模式。

冷霜:我前几年写过一篇文章,文章里面用到了一个词叫"当代性",后来有人专门问我说"当代性"是什么意思,其实我就发现这确实是一个问题,而在当时用这个词语的时候仅是为了区分相对于现代主义的一套。这几年中也陆陆续续地看到了一些关于"当代诗"的讨论,所以在看到这本《当代诗》的时候,我就有一种很期待的感觉。因为我觉得这个命名并不是一个时间意义上的命名,它一定是希望能够摸索到一些新的边缘。虽然过去的10年是在近30年来中写作上最活跃的阶段,但是在与诗歌有关的观念的更新上进展得并不是特别明显。尽管做了一些努力,但这些努力并不像之前那么清晰,这是与现在的有关写作上语境的变化之大有关系的。在这样一种情况下,我的一个观感是,如果没有诗歌意义上的更新,那么一直以来民刊的传统就变得没有意义了。过去有一份重要的民刊,因为它集结了一批有着相同的新颖的文学意识和抱负的作者,有着很强的针对性。看到这本刊物,我想到了10年前的《中国诗歌评论》,因为在内容的设置上有很多相近的地方,但是有一个不一样的地方在于它是在摸索新的边缘,希望通过写作找到当代诗新的与现实之间对话沟通的能力,而《中国诗歌评论》出那3册的时候,刚好是大家特别有信心的时候,从20世纪80年代一直到2000年初将近20年的写作,终于把一些写作的意识能够稳定地确立下来并且充分展现出来,所以这两者是不一样的。

树才：这本刊物在设计上是很朴素的，这其实显示出了一种雄心。但这让我想起一本当年一本叫《外国诗》的刊物，你把它搁在一个地方两三年，都会觉得它是当前时代的出版物，所以这本书在封面设计上的鲜活感还可以进一步加强和呈现。在我看来，"当代诗"是一个现成的东西，比方说我们在法国介绍一本诗集叫《中国当代诗选》，"当代诗"就很容易地被囊括进去了，因为它是一个时间描述。任何命名如果过于强烈地和时间粘连在一起，它就事先已经宣告了它内部的布局情况，你就很难再赋予它美学的内涵，因为对于"当代"，大家都有约定俗成的理解。我觉得"当代诗"与"现代诗"显然是有区别的，我们编《中国当代诗选》就很可能从北岛编起，而编《中国现代诗选》就很可能从胡适编起，也可以从艾青编起，甚至也可以从北岛编起，在法语里面当代和现代的区分是很明显的。所以，"当代诗"作为一个诗学概念是需要这本杂志不断地编下去，编出什么样的作品，发出什么样的光芒，给人以新的想象才能完成这一概念。"当代诗"作为一个杂志的名字，我觉得很好，但是作为一个诗学理念有点过于现成，它和时间粘连得过紧。强调"当代诗"，在法国诗歌中有这样的概念，活着的诗人无疑就是当代诗人，一个诗人如博纳富瓦现在80多岁，但他的诗集仍然是被率先读到的。

对于当代诗的困难，我看到桃洲对20世纪90年代那个10年和21世纪10年诗歌作过比较分析。我觉得这10年诗歌的困难都是20世纪90年代激发出来的，新的10年对我来说有着一种始料不及的态势，这种态势首先是整个世界格局里文化的追求普遍遭受资本和物质的压抑，中国的国门被前所未有地打开了，我们一下子明白了其他国家的诗人是怎么生活的，其他国家的诗歌是什么样的境况。中国整个社会的境况也被变本加厉地反映在诗歌里面，写作成了生产化的东西，要被当做产品去出售，写作就失去了耐性；而批评领域也不同程度地被贬低为仅仅是发现一个现象，然后把这个现象价值化。我觉得批评在诗歌里面的功能不应该是一种社会化的东西，应该是对诗歌本体的一种研究，或者说帮助读者展开诗人与诗作的阅读空间，研究诗歌本身的功能。法国诗歌中，从瓦雷里进入法兰西学院，一直有一个教旨就是诗歌的功能一定是与社会相关联之后的反映。在我看来，这本刊物之所以叫做《当代诗》，它有一个愿望是应该怎样将当代中国社会、语言、心态通过写作呈现出来。这几年的灾难特别多，在对灾难的表述中，我们重新又发现了诗歌的社会功能，但我相信自从《今天》创办以来，诗歌并不是想从这方面发展其功能的，并不是为了面对一个大的社会事件，像地震等。虽然地震可写的东西非常多，但我看到的大量地震诗歌中，真正好的作品却寥寥无几。这就说明了我们怎样去理解诗歌的功能，即便是自发的写作，写生命写死亡等，也不见得就会写出很好的作品。所以，探讨"当代诗"的功能，千万不要仅仅局限于很具有"当下性"的社会事件，而是真正需要加入诗人个人的生命关怀和体验、想象、真实，以及自身对诗歌本体的理解及知识结构的补充。所以我希望《当代诗》杂志能够通过一些好的作品探讨出一些当代诗写作的困境，甚至可以包含少许外国诗歌的引入，因为题目本身看不到在国别上的限制。

孙文波：我们的编辑工作是会不断改进的，比方说我们考虑到从一个国外研究中国当代诗的研究者的角度，来看他们是怎么来看待中国当代诗的，所以说工作是需要一步一步慢慢做的。就如刚才树才谈到的，"当代诗"这个概念确实包含了一种重新命名的"野心"，因为这是与时代的发展和许多事物的变化相关切的。当我们今天来谈论道德的含义的时候，它也会阐释出由于现实生活方式的变革所带来的种种变化及命名的偏移，比如我们现在谈论道德与10年前的谈论已经在表述上大相径庭了。当我们重新认识诗歌功能的时候，我们会考虑到诗歌的社会功能、诗歌本身的功能，语言指向的道德、语言本身的道德等，这都是我们需要重新清理的东西，这也都是"当代诗"不是作为一个概念而是作为一个刊物想要完成的东西。"当代"作为一个中介点，既要和过去发生关联，也要和未来发生关联；既想解决过去遗留的问题，也想解决自身向后发展的问题，而这些也许可以说是作为一本杂志的"野心"。恰恰也是在这样一个时代，很多问题都需要我们自己去发现，去做出判断，而我也希望能够将这些问题纳入到这本刊物中来，进行更加充分的讨论和呈现，而并非一定要"命名"什么。

周伟驰："当代诗"要作为一个专属的命名是很困难的，尤其是当我们的心中有一种想法和趋向的时候。当我们把一些概念、范畴都抛在一边而直接面对事实的时候，实际上里面的差异是非常大的。就像前面有人说的要面对当代的一些现实，怎样让诗歌和现实发生关系等，其实也并非容易的事情。当我们的"命名"朝向某一个方向的时候，别的方向的诗又该怎么处理呢？

孙文波："当代诗"并不是一个指标性的要求，而是对于文学本身所作的一种设想。例如汉代的宫廷诗歌，它在被谈论的时候很可能是在修辞的意义之上，也有可能是在诗篇的结构方法的意义之上，这就很不一样了。所以我们看待"当代诗"也是在某一个方面它是一种新的东西，符合我们今天对汉语写作的一种期待，而这种期待是可以实现的，那么"当代诗"的存在就是成立的。"当代诗"首先是一个文学概念，其次是与时间发生关联。我之所以强调这个，解释这个，也是希望大家能在这方面多加探讨。

蓝蓝：在 2005 年的一次诗会上，一位诗人朋友非常高兴地拿着一张纸告诉我说："你看，我刚刚写了一首古诗。"我一听"古诗"，我有些惊讶，后来看到才知道他写的是一首格律诗。今天我们都在讨论什么是"当代诗"，事实上作为一个写诗的人，在写作的过程中根本不会去想自己写的是不是"当代诗"。因为在座的每个人，都是当代人，那么写的也就是当代诗。当然，我也不是说对"当代诗"的问题不进行考虑，我相信其作用还是存在的。至于写作，我们所关注的是自己的所见所感。一些有眼光的批评家在思考"当代诗"的问题的时候，也许会给予我们一种"他者"的视角，让我们能够看见自己的后脑勺。"当代诗"所要考虑的并不是一个命名的问题，不是像"当代艺术"一样从观念出发的取向，也不是一定要拿国外的诗歌来做一种参照，当然也不仅仅是时间上的共时性的考虑，恐怕也不仅仅是艺术表达手法上的考虑。它太复杂了，很难用一个准确的、符合逻辑的、包罗万象的方式去命名它。我觉得从文波讲的建立一种新的标准，创立一种新的存在的意义上看，每个人都是不同的、都是有差异的写作，要进行一种高屋建瓴的把握，那就是一种设想。而这种设想的角度，应该是会引起别人的兴趣的；而对于写诗的人来讲，首先要解决的是自身写作的问题。

孙磊：其实文波昨天就和我谈论了一点关于"当代诗"的想法，后来我也思考了一下。我们仍然参照"当代艺术"的发生发展来看，我特别同意刚才胡续冬讲的两个能力的问题，一个就是历史纵深感的认识能力，另一个就是对现实社会复杂的、多元的描述的能力。在这里我想提供给大家一个思路，比如说当代艺术的逻辑一直都是颠覆性质的，是反叛的，那么我们回过头来看一下中国当代诗的发展，从 20 世纪 80 年代到今天，也几乎是一个颠覆的逻辑，是一个"颠覆——重建——再颠覆——再重建"的方式，而我认为最近一段时间，这种逻辑有些改变，变成了一种"质疑"的逻辑。"质疑"的逻辑不再是打倒什么，比如这本书中姜涛的文章里谈到的争论，就是一种质疑的方式。今天的诗人在担当的角色上已经有了一些变化，不再是北岛式的反叛姿态，而是越来越倾向于质疑了。如网络、杂志等媒体在谈论的时候，往往选择的都是一种提问的方式。文波将"当代诗"作为一个概念提出来，可能更多地考虑到了诗歌内在逻辑的变化，而这个逻辑的变化却是不明确的。面对写作，我非常赞同诗人们在诗歌内部的一种描述，也非常赞成在语言发生上、题材处理上的有意识的变化。谈到这里，我想起最近几年蓝蓝、朵渔等非常强调有关社会责任的写作，可以看出已经是与过去"盘峰论争"、口语诗写作等的不同态度了。这意味着过去的逻辑在消失，而"当代诗"的概念与现在的质疑逻辑是相互关联的。

清平：面对"当代诗"，很难清楚地说出它具体指向什么，在有的环境下，它可能就是一个确定的时间概念；而在评论家和大众的眼里，它倾向于价值判断。比如有人说"现在的诗根本看不懂"，这其实说的就是当代诗；另外还有一个属于诗人自己的概念，特别是当代诗人所面对的问题、思考的路径等与过去的诗人不一样，那么这也就会在诗歌中体现出不一样。之前文波讲到杜甫的诗歌，我认为杜甫的诗歌中自然会有"当代性"，但杜甫的诗绝对不是当代诗。因为在杜甫的时代，他们不会去想未来的社会会发展成为什么样，他们只会去想社会如何淘汰、更替，皇帝该如何励精图治等，这是有所不同的。所以在我看来，当代诗人的角色是非常重要的，因为你不仅面对过去，还要面向未来，那么写诗的方式就应该不一样了。我觉得当代诗人有三个可能性：一个就是最大的可能性，就是说你能重新审视过去的东西，也能重新审视现在的、当下的很多东西，同时你也能预想未来；第二个就是最新的可能性，就是指诗歌写作的修辞、语言，思考社会、人性、生命本体、宇宙万物的路径肯定要比过去的人宽广得多，新得多；第三个就是最小的可能性，就是作为当代诗人一定要意识到自己的局限。

阿西：作为一个当代诗人，要解决当代性问题，在我看来只有一个路径，即语言和语言方式问题。语言的问题、语境的问题及语言的方式问题，如果在这些问题上，一个当代诗人能够修炼足够的话，那么他就不可能被认为是朦胧诗时期的诗人，也不可能是20世纪90年代的诗歌，而是属于21世纪独有的诗歌，那么就具有"当代性"。

清平：我最近在编一部《中国诗歌》，分为两期，一期叫《2010网络诗选》，还有一期叫《2010民刊诗选》。我发现，几乎所有的诗都写到当下生活，但是很少有诗会写到文波所强调的"当代性"。比如我们现在写地震，跟唐朝时期写"安史之乱"或者20世纪30年代写花园口决堤和抗日战争，看不出它们有什么"当代性"上的区别。我觉得当代诗就是一个"有效性"的问题，比如我写了一首诗，搁在评论家眼里，评论家就会说这诗好或这诗不好，搁在大众手里，大众就会说这诗看得懂或这诗看不懂，而搁在我们手里，我们应该意识到这诗是有效还是无效，或者说陈旧还是先进。当然，两三百年后，后人看我们的诗歌也会认为我们的诗歌不是"当代诗"，因为他们的可能性比我们又要丰富得多。

西渡：文波和我谈到《当代诗》这本书的时候，我觉得这个名字取得非常地好，非常响亮。"当代诗"如果作为一个诗歌概念，有它含糊的一面，因为界定是不清楚的，而且又和时间的牵连如此之大。但是这个命名也还是有其重要性的，特别是与现代诗联系起来看的时候，有的人可能会认为当代诗就是现代诗的一个组成部分。从朦胧诗以来，整个的诗歌背景与现代诗是很不一样的，有很多的差异性。这种差异在批评领域一直没有得到很好的呈现，而文波办这个刊物确实是一个契机，可以让大家更多地来关注当代诗歌。从创作的作品数量和整个成就来看，我觉得当代诗的成绩已经超过了现代诗歌，而在批评语境中并没有得到更多的关注，反而不如现代诗受重视。

清平：这一点我非常同意。批评家对于现代诗和当代诗的批评，就像是走台阶。比方说诗歌有七个台阶，而有些批评家们他们只站在也只能站在第三个台阶去观看诗歌的成就，他们无法超越和抵达第五、第六个台阶，所以我们站在上面台阶上的当代诗自然就不被关注了。这是因为评论家们站的台阶太低了，他们对诗歌的修养和深入程度远远到不了当代诗已经达到的高度。

西渡：所以说，我觉得"当代诗"的有效批评必须要在我们当中才能产生，必须是我们自己去关注它、阐释它。上一辈的批评家，即使当年他具有敏锐的艺术感受力，那么到了现在，我们的写作背景以及我们的感性与他们时代的批评接受方式是不一样的，所以他们很难给予当代诗歌恰当的批评和阐释。所以我建议文波编的这本《当代诗》能够加大批评文章的分量。另外，作为一个刊物的有效性，在于它能持续地、不断地办下去，所以也需要我们自己多关注这样的刊物。

阿吾：听了大家的意见，感觉其中的一些问题，像是30年前的幽灵不散，一直还存在。其实30年前我们就期待诗歌被边缘化，至少我在 30 年前是追求"被"边缘化的。因为在 30 年前，我们被给予了太多无聊的东西，并没有让我们真正去作诗。如今，诗歌基本被边缘化了，但我依然觉得不够。原因有两点，首先是我们的意识形态还没有变化；其次是商业化的步伐太快，导致了边缘化不彻底。但我们现在的诗歌，总体来讲比 30 年前实在是好得太多了，很多东西都可以写，都可以公开了。然而我觉得如今的汉语诗歌的写手，并不需要拿其他国家的诗歌来做标准。因为寻找"标杆"的事情是 30 年前的任务，那时候已经完成了。至于现在的人有没有必要寻找这一"标杆"，是其个人化的东西，而非群体的。诗歌是很个体化的东西，它虽然是人类共同的文化，虽然其归宿是群体的，但其出发点是个体的。不像有些事物出发点就是集体化的，归宿也是集体化的；有些却是出发点是集体化的，而指向的却是个人。现在的诗歌想怎么写就怎么写，然而确实是个体出发的，诗歌的责任感也与 30 年前不一样了，更真诚了，这也是"当代诗"一个好的方面。

秦晓宇：当我们谈到"当下"或"当代"诗的时候，这其实是一件不容易做到的事情，就像"乱花渐欲迷人眼"，是很难捕捉的。但是，我们可以想象到它与现代诗、古体诗极为不同的地方。"当代诗"的生发有着其独特的土壤，以前没有，国外也没有。这种土壤，我们可以去反对它，疏离它，但是始终还是离不开它，这就构成了"当代诗"的某种独特性。另外，当我们谈到诗歌的语言，当下的汉语的修辞、可能性、表达范围都是更丰富的，而汉字本身的独特性也是可以加以运用的。我个人觉得当下的写作并没有做得很好，那一批最好的诗人所体现出来的往往是一种文本享乐的东西。其实罗兰·巴特的文本愉悦的概念并非纯粹的文字烹饪主义、文本享乐主义。在这里，新诗不仅是一种对古典语言的更新，同时反对的是那一切的陈词滥调。如果将诗歌局限于一种反映现实的写作的话，它不能真正使一个成熟的诗歌读者感到满足。所以说"当代诗"的土壤还需要进行开拓，而不能太局限，我们要使这种优势真正地为我们所用。

蒋浩：我想"当代诗"就像这本书的封面设计理念一样，看起来既像"当代诗"，但又不太像。在我看来，"当代诗"是异彩纷呈的，就像是画画一样，你可以从最底下画起，也可以从中间画起，也有的在画完之后故意破坏一下，从而真正完成一幅作品，那么写诗为什么不能从底下开始写呢，或许也可以从中间写起，甚至也可以故意破坏一些东西来创作。当然这仅是举一个例子。我的意思是说，"当代诗"可以是一个很丰富的、极具包含性的概念。当今我们也提倡各种形式的诗歌的存在，但似乎写来写去又还是回到内容上去了。具体怎么把握，我觉得都是可以的。这是我对"当代诗"的一个理解。

敬文东：拿到这本书之后，我首先看到的是文波的诗和蒋浩的诗，觉得不错。我觉得我们生活在一个超先锋主义时代，所以"当代诗"完全也可能出现类似于魔幻现实主义的诗歌。我们处在这样一个匪夷所思的生活场域里面，就像文波的诗所说的："如果有什么需要感谢，我要感谢这个社会的紊乱。"我是很愿意看到一些超现实主义的手法把一些想要表达而难以表达的东西描述出来。还有一些现代词汇的运用，在诗歌里面也体现得很鲜活，就像胡续冬的一些类似于恶搞式的写法，蒋浩前后风格的转变，都与词汇的运用选取有关。让词语"疯狂"起来，使得荒谬的、悖论的现实被拉进来，而不再是像徐志摩式的文风，这让我感觉很棒。

王东东：《当代诗》这份杂志给我们提供了一个讨论的场域，我觉得当代诗并不仅仅是一个理念上的东西，可能更多的还是一个时间概念。我们回避不了当代诗与现代诗的关系问题，因为我们处在一个现代诗的语境之中。如何协调好两种话语之间的关系，这也是回避不了的问题。当然你可以把现代诗的话语涂抹掉，但这个工作是比较困难的，这种强势的话语从涂抹到重塑是一个艰难的过程。在我看来，像北岛这样的一些诗人，他们创造了一种现代话语与西方话语相互对照的关系，他们所建造的关于流亡的叙事，在现代诗的传统里面似乎不太充分。对于"当代诗"，我觉得这个命名表明了一种焦虑，当然也表明了在"当代"的空间里面对两种话语的复杂处境，所以有些诗歌让我觉得有一种琐碎的感觉。我刚才看到一首诗，我觉得可以代表我对"当代诗"的阅读感受："我的存在由我控制，没错，但是又有什么，鹰也可以控制自己的翅膀，难道鹰更明白自己是什么？"我觉得可以置换成这样：当代的存在由当代控制，没错，但是又有什么，鹰也可以控制自己的翅膀，难道当代更明白自己是什么？这似乎可以代表我对"当代诗"的复杂感受。

徐钺：我翻着《当代诗》的目录，觉得有几个概念有助于了解这本书，首先是"当代"的概念，然后是"当代诗"的概念，再就是"中国当代诗"的概念。"当代"的概念是与现代或其他时代相对立的一个概念。我们在谈到现代、前现代等这些词的时候，虽然我们知道这不是一个时代的划分，但却是在时间上建立起的叙述空间。当我们来界定这些词的时候，它永远都存在一些社会的、文化的标准。"当代"这个词也经由一直以来的发展，与其生发之初的意义也是有所变革的，是不对等的，甚至出现的领域与现在适用的领域也是不同的。"当代诗"显然首先面对的是"现代诗"的概念，"当代诗"的呈现是一个不断被打开、被放置的过程，这与以前的叙述很不一样，因为它是正在被叙述的。说到"中国当代诗"，我们面对的是古诗，正如李白绝对不会想到他是在用汉语写诗，更不会说他是用汉语在写古诗，而当代的中国诗人几乎每个人都会有这样的概念和想法。在用汉语写作的时候，存在了一些特别的环境、特殊的资源，包括汉语本身的一些特质，这些因素都会影响到"中国当代诗"的写作。所以我觉得"当代诗"这个概念应该是有一个前提的，那就是中国本土。书的题目应该换作"中国当代诗"，才更贴切地体现我们所处场域下的写作。

秦晓宇：说到这，我觉得可能书名换作"当代中文诗"会更加合适，因为在国外的写作者用中文写作也可以把一首诗写得很好，但他所处的场域却是国外的，并不局限于中国本土。像张枣的一些非常好的诗作，写的都是德国的经验，但他却是用地道的中文写的。所以我觉得，这给中国诗歌带来了许多新的东西，是非常好的。

张桃洲：好，非常感谢各位，时间也差不多了，发言先告一段落。最后请诗歌中心的孙晓娅老师为本次研讨会做一个小结。

孙晓娅：在听完这次研讨会之后，我非常感谢孙文波老师，他为我们大家也为我们诗歌中心提供了这样一个很好的机会。我们中心也承办过许多会议，这次会议却让我们非常有感触，首先是因为探讨的话题非常集中，而且大家讨论得都很有指向性，也不像我们以前开的许多会议，都是准备好论文。大家都是就自己思考的、关心的话题集中谈论，所以这次会议的气氛很融洽，话题本身也很凝练。关于"当代诗"，就我自己看来，从它最初的提出到今天的讨论，并不一定要把这个概念的边缘、内核都研究得非常清楚，而更多的是一种不断探索的可能。今天的探讨中提到了一个词叫做"关联"，这是我认为这次讨论非常重要的一个东西。"当代诗"这样一个诗学概念有许多个"关联"，这些"关联"本身也为我们打开了许多触角，而触角本身也是多元的，比如与文化的、与文学场域的、与历史纵深的、与内部自身建设的以及诗人同仁之间的、刊物之间的多元的关系。当然，这期间也引申了一些大家没有探讨得很清楚而有待于探讨的东西，比方说汉语诗的期待、汉语诗歌写作的多种可能、汉语经验等问题，这些问题即便不是今天要探讨的核心所在，但也是有必要继续探讨的，是很有意义的。从诗歌史的发展来看，一直贯穿着一个"有容乃大"的观念，这种包容性不仅是一种胸怀，更多的是诗歌本身与文学、文化、历史等其他相关因素的链接与包容。最后，我相信关于"当代诗"的探索是一个可以延续的过程，今天并不是一个终结，谢谢大家。

（整理者：黄琪）

2009 年新诗研究论文索引

◇ 庞 冬 于晓磊 黄 琪 李俏云 刘 祎 闫 文

论文索引与摘要

一月

1.《2008：中国散文诗从寂寞到繁荣的 30 年》，邹岳汉，《散文诗世界》，2009 年第 1 期，第 71-75 页。

2.《20 世纪 90 年代女性诗歌写作先锋性含义流变及其意义》，赵彬，《华夏文化论坛》，2009 年第 1 期，第 214-219 页。

3.《20 世纪前 80 年中国新诗的生态诗学主题》，田皓，《理论与创作》，2009 年第 1 期，第 41-46 页。

4.《20 世纪中国现代主义诗学知性话语的理论维度》，赵小琪，《广东社会科学》，2009 年第 1 期，第 130-135 页。

5.《艾青〈古罗马斗技场〉与〈光的赞歌〉论析》，胡健，《青海师专学报》，2009 年第 1 期，第 65-69 页。

6.《饱含着真实生命体验的睿智之思——张执浩诗歌艺术论》，梁桂莲、刘川鄂，《江汉论坛》，2009 年第 1 期，第 110-114 页。

7.《拨开湿漉的草径寻找隐匿的诗行——李少君诗歌论》，霍俊明，《扬子江评论》，2009 年第 1 期，第 76-82 页。

8.《不老的生命之歌——有关郑敏生存境况和研究现状的描述和梳理》，孙良好，《海南师范大学学报》（社会科学版），2009 年第 1 期，第 101-105 页。

9.《沉潜中的灵魂——论"中间代"诗人的精神维度》，邵波，《文学评论》，2009 年第 1 期，第 35-37 页。

10.《创作之花——艾青的诗歌创作理论》，李长国、郭大章，《六盘水师范高等专科学校学报》，2009 年第 1 期，第 33-37 页。

11.《此中有"真"意——读蒋登科〈散文诗文体论〉》，赵强、张晨曦，《散文诗世界》，2009 年第 1 期，第 75-79 页。

12.《从传达方式看现代歌词与诗的差异》，陆正兰，《文艺理论研究》，2009 年第 1 期，第 111—116 页。

13．《从内部来承担诗歌》，王家新，《上海文学》，2009 年第 1 期，第 76—77 页。

14．《从天狗到骆驼——从郭沫若诗歌意象看新诗精神演变的一个周期》，白浩，《江汉论坛》，2009 年第 1 期，第 99—103 页。

15．《当代汉诗中的元文学意识》，马永波，《海南师范大学学报》（社会科学版），2009 年第 1 期，第 91—96 页。

16．《当代口语诗写作的合法性、限度及其贫乏》，包兆会，《文艺理论研究》，2009 年第 1 期，第 10—16 页。

17．《底层、民间与现代图景下的流动书写——关于"打工诗歌"》，韩模永，《社会科学论坛》（学术评论卷），2009 年第 1 期，第 43—47 页。

18．《冬婴的物质困境与诗意追求》，熊辉，《长江师范学院学报》，2009 年第 1 期，第 45—48 页。

19．《冬婴诗歌创作的向度及意义》，张江元，《长江师范学院学报》，2009 年第 1 期，第 49—52、58 页。

20．《读沈浩波和吴铭越的诗》，陈仲义，《文学教育》（上），2009 年第 1 期，第 146—147 页。

21．《多多诗歌写作的历史演进》，刘复生，《扬子江评论》，2009 年第 1 期，第 71—75 页。

22．《发现一个完整的陈敬容——读〈陈敬容诗文集〉》，令狐兆鹏，《现代中国文化与文学》，2009 年第 1 期，第 304—306 页。

23．《翻译与性别视域中的自白诗》，周瓒，《当代文坛》，2009 年第 1 期，第 55—59 页。

24．《方言入诗的合法性辩难与认同焦虑》，颜同林，《现代中国文化与文学》，2009 年第 1 期，第 79—83 页。

25．《方言入诗与中国新诗的发生》，颜同林，《文学评论》，2009 年第 1 期，第 115—180 页。

26．《废名对新诗审美标准的追求——以谈新诗为中心》，侯桂新，《海南师范大学学报》（社会科学版），2009 年第 1 期，第 85—90 页。

27．《感悟大宇宙之苍茫诗意——洛夫的当代意义》，查干，《诗潮》，2009 年第 1 期，第 72—73 页。

28．《关于〈台湾当代新诗史〉的通信》，高准、古远清，《世界华文文学论坛》，2009年第1期，第67—69页。

29．《关于当代先锋诗的对话》，唐晓渡、张清华，《当代作家评论》，2009年第1期，第107—114页。

30．《皈依与背离——"归来者"梁南诗歌文本的主体性解读》，汪雨涛，《海南师范大学学报》，2009年第1期，第106—109页。

31．《郭沫若与"千代松原"》，岸田宪也〔日〕，《现代中国文化与文学》，2009年第1期，第13—22页。

32．《海子抒情诗中"秋"意象解析》，施高军、汤克兵，《江西科技师范学院学报》，2009年第1期，第95—99页。

33．《何以"朦胧"：审美的退化——关于"朦胧诗"的反思》，朱小如、张丽军，《芳草》，2009年第1期，第194—197页。

34．《后现代文化语境和90年代诗歌叙事性的发生》，廖冬梅，《中国文学研究》，2009年第1期，第110—113页。

35．《回归故乡：现代汉语诗歌的一种语言学阐释》，陈爱中，《文艺评论》，2009年第1期，第2—5页。

36．《"回归诗性，建构经典"——论当代诗歌书写的精神向度》，董迎春，《广西民族大学学报》（哲学社会科学版），2009年第1期，第149—152页。

37．《今夜，我想写尽这黑色的宁静——阿顿·华多太诗集〈忧郁的雪〉序》，才旺瑙乳，《青海湖》，2009年第1期，第76—77页。

38．《近年来关于穆旦研究与"非中国性"问题的争论》，李章斌，《中国文学研究》，2009年第1期，第40—43页。

39．《精神自传：低处的风声——论冬婴的诗歌创作》，易光，《长江师范学院学报》，2009年第1期，第41—44页。

40．《"九叶诗派"质疑》，邓招华，《现代中国文化与文学》，2009年第1期，第106—112页。

41．《离开与走近——论基督教影响的闻一多和海子》，何桂平，《唐山师范学院学院》，2009年第1期，第33—36页。

42．《栾纪曾：一个诗化的精神行者》，李明，《时代文学》（上半月），2009年第1期，第92—94页。

43．《论戴望舒忧郁情调之外的诗情》，祝晓耘，《青海师专学报》，2009第1期，第61—64页。

44．《论匡文留诗歌的西部特色》，李占祥，《甘肃联合大学学报》

（社会科学版），2009 年第 1 期，第 88—90 页。

45.《论林莽〈我流过这片土地〉》，白贞淑，《现代中国文化与文学》，2009 第 1 期，第 163—180 页。

46.《论诗的雅俗共赏》，吴欢章，《诗刊》（上半月刊），2009 年第 1 期，第 70—71 页。

47.《论王独清诗歌的颓废风格》，赵志，《社科纵横》，2009 年第 1 期，第 103—106 页。

48.《论闻一多历史意识的生成》，刘殿祥，《沈阳师范大学学报》（社会科学版），2009 年第 1 期，第 119—123 页。

49.《论新诗诗形建设及诗体建设的重要性和迫切性》，王珂，《龙岩学院学报》，2009 年第 1 期，第 32—37 页。

50.《论徐志摩诗歌中的生态意识》，王学胜、王瑞芝，《通化师范学院学报》，2009 年第 1 期，第 59—60、75 页。

51.《论于坚诗歌中的生态意识》，陈增福、王晶雨，《通化师范学院学报》，2009 年第 1 期，第 50—59 页。

52.《论早期新诗的"弑父"情结》，伍明春，《海南大学学报》（人文社会科学版），2009 年第 1 期，第 79—83 页。

53.《论宗白华美学言说符号的诗艺效应》，张平、屈海燕，《文艺理论研究》，2009 年第 1 期，第 28—32 页。

54.《梦中的白马与低头吃草的羊——周存云其人其诗素描》，郭守先，《青海湖》，2009 年第 1 期，第 78—79 页。

55.《迷途的诗潮——试论当代新诗的精神及艺术迷失》，杜光霞，《当代文坛》，2009 年第 1 期，第 76—80 页。

56.《穆旦〈冬〉的两个版本》，周锋，《诗刊》（上半月刊），2009 年第 1 期，第 66—69、71 页。

57.《穆旦诗歌创作艺术》，刘亚利，《内蒙古民族大学学报》（社会科学版），2009 年第 1 期，第 117—123 页。

58.《女性诗歌批评话语的重建》，张晓红，《当代文坛》，2009 年第 1 期，第 52—55 页。

59.《〈女神〉中的赤子形象》，姜异新，《东岳论丛》，2009 年第 1 期，第 116—119 页。

60.《〈女神〉中含有诗意的科学用语》，横打理奈 [日]，《现代中国文化与文学》，2009 年第 1 期，第 23—25 页。

61．《彭燕郊晚年诗歌的湘楚意蕴》，曾思艺，《中国文学研究》，2009 年第 1 期，第 118—120 页。

62．《评车延高的〈把诗写进光的年轮〉》，邹建军，《文学教育》（上），2009 年第 1 期，第 18 页。

63．《浅析中国现代诗学的三大重建》，唐甜甜，《时代文学》（下半月），2009 年第 1 期，第 198 页。

64．《人的困境与诗的救赎——试析朱湘的新诗创作》，何成文，《南京师范大学文学院学报》，2009 年第 1 期，第 53—56 页。

65．《审美理想与尴尬现实的冲突：新诗的现状与未来》，万志全，《名作欣赏》，2009 年第 2 期，第 112—113 页。

66．《诗歌写作的还原性》，冬婴，《长江师范学院学报》，2009 年第 1 期，第 40—46 页。

67．《诗歌中的意味》，黄梵，《诗选刊》，2009 年第 1 期，第 80—81 页。

68．《"诗化的感性"与"诗化的理性"——中国审美精神的诗性文化阐释》，刘士林，《上海师范大学学报》（哲学社会科学版），2009 年第 1 期，第 14—20 页。

69．《什么是诗歌精神？》，杨炼，《读书》，2009 年第 1 期，第 75—79 页。

70．《时代断层中的精神守望——评霍俊明〈尴尬的一代：中国 70 后先锋诗歌〉》，邵波，《诗林》，2009 年第 1 期，第 92—93 页。

71．《试比较〈安德洛马克〉与〈格萨尔王传〉中的理性意识》，卓玛（藏族），《民族文学研究》，2009 年第 1 期，第 145—149 页。

72．《试论中国现代诗歌的现实处境》，陈国宇，《长江师范学院学报》，2009 年第 1 期，第 113—117 页。

73．《试论中国新诗的语言表述空间》，陈爱中，《沈阳师范大学学报》（社会科学版），2009 年 1 期，第 114—118 页。

74．《舒婷诗歌"爱"的表现主题》，施旸，《时代文学》（下半月），2009 年第 1 期，第 12—13 页。

75．《死亡想象的诗意探寻——评谭五昌 20 世纪中国新诗中的死亡想象》，刘波、罗振亚，《海南师范大学学报》（社会科学版），2009 年第 1 期，第 133—135 页。

76．《太阳说：来，朝前走——读〈昌耀〉评传》，李先锋，《青海湖》，2009 年第 1 期，第 73—75 页。

77．《文化诗学的对话——洛特曼与巴赫金的文化理论之比较》，张海燕，《文艺理论研究》，2009 年第 1 期，第 104—110、126 页。

78．《闻一多：中国现代诗论的开启者》，许霆，《文艺理论研究》，2009 年第 1 期，第 96—103 页。

79．《闻一多论原始思维的象征性特征》，陈欣，《三峡大学学报》（人文社会科学版），2009 年第 1 期，第 52—56 页。

80．《闻一多文艺思想的阶段性分析》，李乐平、姚国军，《中州学刊》，2009 年第 1 期，第 219—224 页。

81．《闻一多与美国意象派研究述评》，卢惠余，《学术论坛》，2009 年第 1 期，第 142—147 页。

82．《我们的诗意是什么 诗意的山城可以做什么》，李怡，《红岩》，2009 年第 1 期，第 86—87 页。

83．《西部诗歌的生态主题》，郭茂全，《西安石油大学学报》（社会科学版），2009 年第 1 期，第 85—90 页。

84．《细读〈面朝大海，春暖花开〉》，钱翰，《文化与诗学》，2009 第 1 期，第 237—247 页。

85．《"先锋流行诗"的写作误区》，陈超，《作品与争鸣》，2009 年第 1 期，第 77—79 页。

86．《现代诗歌语言研究综述》，张庆艳，《广播电视大学学报》（哲学社会科学版），2009 年第 1 期，第 72—75 页。

87．《现代性视野中〈创世纪〉诗人之诗学观》，俞兆平、智晓静，《厦门大学学报》（哲学社会科学版），2009 年第 1 期，第 67—74 页。

88．《"现实"诗意追寻中的偏离——论 20 世纪 90 年代诗歌书写中的"现实"追求》，杨献锋，《文艺理论与批评》，第 129—132 页。

89．《新诗当俯身捧起故园热土》，赵恺，《南京师范大学文学院学报》，2009 年第 1 期，第 126—128 页。

90．《"新的抒情"：让情感渗透智力——论穆旦和他的诗》，王光明，《广东社会科学》，2009 年第 1 期，第 136—142 页。

91．《行走与冒险中造就诗歌传奇——李亚伟诗歌论》，刘波，《文学评论》，2009 年第 1 期，第 55—58 页。

92．《一部近乎被遗忘的史诗——〈复仇的火焰〉的双向解读》，赵学勇、李冬梅，《民族文学研究》，2009 年第 1 期，第 62—68 页。

93.《一部知识分子自我改造的心灵文献——重读初版〈夜歌〉》，赵思远，《西南大学学报》（社会科学版），2009年第1期，第23—29页。

94.《一块蓝手绢也是意义重大的——梁小斌诗歌论》，陈亮，《理论与创作》，2009年第1期，第67—70页。

95.《异彩纷呈斗艳争奇谷臻其妙——郭沫若闻一多艾青诗歌艺术比较论》，张建宏，《钦州学院学报》，2009年第1期，第70—77页。

96.《"音节"和诗意的探究——对1920年代中期开始的一种新诗发展动向的考察》，袁国兴，《福建论坛》，2009年第1期，第92—96页。

97.《有人说过胭脂主义吗？——读杨子诗集〈胭脂〉》，叶匡政，《诗选刊》，2009年第1期，第91—92页。

98.《于坚诗歌论》，陈仲义，《徐州师范大学学报》（哲学社会科学版），2009年第1期，第23—29页。

99.《郁结与突围——试论叶维廉70年代诗歌风格的转变》，冯雷钢，《世界华文文学论坛》，2009年第1期，第45—49页。

100.《在碎片上》，丁宗皓，《当代作家评论》，2009年第1期，第100—106页。

101.《"在那里：诗神在黑铁口发烫"——重读骆一禾的诗》，北塔，《诗林》，2009年第1期，第94—96页。

102.《赞美中隐含祈祷——娜夜诗歌简论》，唐欣，《诗刊》（下半月刊），2009年第1期，第37—39页。

103.《站在高处，遥想落日》，人邻，《星星》（上半月刊），2009年第1期，第11—14页。

104.《赵峥嵘的〈简单生活〉："简单"的极端叙述》，刘洪霞，《诗选刊》，2009年第1期，第95—96页。

105.《执著于传统乡土诗学的慧眼——评冬婴诗集〈低处的风声〉》，张羽华，《长江师范学院学报》，2009年第1期，第19—20页。

106.《纸上的还乡——读许敏组诗〈屋顶上的雪〉》，何冰凌，《诗刊》（上半月刊），2009年第1期，第47—49页。

107.《中国第一根火柴——纪念民间刊物〈今天〉杂志创刊三十周年》，徐敬亚，《当代作家评论》，2009年第1期，第59—64页。

108.《中国现代格律诗的回顾与前瞻》，陈敢，《西南大学学报》

（社会科学版），2009 年第 1 期，第 28—34 页。

109．《中国现代诗歌意象艺术的嬗变及其特征》，王泽龙，《天津社会科学》，2009 年第 1 期，第 100—108 页。

110．《中国新诗档案：1955》，刘福春，《现代中国文化与文学》，2009 年第 1 期，第 198—221 页。

111．《中国新诗向何处去》，林贤治，《红岩》，2009 年第 1 期，第 87—89 页。

112．《重读〈三门峡——梳妆台〉》，赵国泰，《文学教育》（上），2009 年第 1 期，第 58—59 页。

113．《重建诗歌精神的当下阐释》，干天全，《现代中国文化与文学》，2009 年第 1 期，第 1—6 页。

114．《重庆文学的诗歌因子》，徐江，《红岩》，2009 年第 1 期，第 119—120 页。

115．《重庆新诗弱化问题的思考》，王学东，《红岩》，2009 年第 1 期，第 110—113 页。

116．《左边：毛泽东时代的抒情诗人及其他》，柏桦，《现代中国文化与文学》，2009 年第 1 期，第 222—227 页。

二月

117．《博大普世襟怀的矛盾与偏执——昌耀晚期精神思想探析》，燎原，《江汉大学学报》（人文科学版），2009 年第 1 期，第 5—11 页。

118．《出梅入夏：陆忆敏的诗》，余夏云，《青年作家》，2009 年第 2 期，第 89—91 页。

119．《此一年，彼一年》，干海兵，《星星》（上半月刊），2009 年第 2 期，第 56—57 页。

120．《读尹丽川和宇向的诗》，陈仲义，《文学教育》（上），2009 年第 2 期，第 148—149 页。

121．《对胡世宗的诗的评论摘抄》，谢冕等，《诗潮》，2009 年第 2 期，第 37—39 页。

122．《顾城诗歌童话意境的根源》，张瑞雪，《文学教育》（上），2009 年第 2 期，第 72—73 页。

123．《关于〈流水〉的争议，一首注定引起争议的诗——李少君诗歌〈流水〉带来冲击》，魏如松，《诗探索》，2009年第2期，第64—67页。

124．《观照中国现代诗歌的一面镜子——评王泽龙〈中国现代诗歌意象论〉》，王雪松，《江汉大学学报》（人文科学版），2009年第1期，第18—19页。

125．《河北青年诗人扫描》，辛泊平，《诗选刊》，2009年第2期，第90—93页。

126．《林徽因诗艺探究》，韩惠芬，《文学教育》（上），2009年第2期，第131—133页。

127．《略论穆旦诗歌中的中西宗教因素》，陈才斌，《科教文汇》（下旬刊），2009年第2期，第222页。

128．《论朦胧诗"自我表现"的历史合法性及意义》，林平，《社科纵横》，2009年第2期，第109—111页。

129．《论现代诗歌的贵族化和平民化》，查振科，《社会科学辑刊》，2009年第2期，第191—194页。

130．《论现实主义新诗的语言症候》，陈爱中，《学术交流》，2009年第2期，第164—168页。

131．《评古远清〈香港当代新诗史〉》，曹天歌，《文艺报·文学评论》，2009年2月12日，第2版。

132．《评张曙光的〈苹果树〉》，邹建军，《文学教育》（上），2009年第2期，第18页。

133．《软现实主义的审美追求及其话语策略》，卢天玉，《诗选刊》，2009年第2期，第95—96页。

134．《陕西诗人与先秦汉唐帝王陵分布之道》，之道，《诗选刊》，2009年第2期，第18—21页。

135．《我与诗相依为命》，牛汉口述，何启治、李晋西记录整理，《诗选刊》，2009年第2期，第84—89页。

136．《"我诗故我在"的绿蒂——从〈秋光云影〉看绿蒂的精神世界》，胡小林、杨传珍，《诗潮》，2009年第2期，第79—80页。

137．《心灵与诗歌结伴飞翔——谈谢明洲诗文的美学追求》，徐淑贤，《时代文学》（上半月），2009年第2期，第47—48页。

138．《"新青年"姿态的中国新诗》，燎原，《诗刊》（上半月刊），2009年第2期，第66—67页。

139.《徐志摩〈海韵〉解读》，姜萍，《文学教育》（上），2009 年第 2 期，第 142—144 页。

140.《寻梦者的歌唱——诗人顾城的"童话情节"分析》，农为平，《时代文学》（上半月），2009 年第 2 期，第 63—65 页。

141.《一个异乡人的精神之旅——读谢湘南的诗》，刘嘉，《诗刊》（上半月刊），2009 年第 2 期，第 39—40 页。

142.《倚天照海醉颜红——文怀沙散记》，徐刚，《诗刊》（上半月刊），2009 年第 2 期，第 68—70 页。

143.《有关三子的六个关键词》，江子，《诗刊》（下半月刊），2009 年第 2 期，第 40—41 页。

144.《有关三子以及他的诗》，聂迪，《诗刊》（下半月刊），2009 年第 2 期，第 43—44 页。

145.《在感知和领悟中自由地飞翔》，林莽，《诗刊》（下半月刊），2009 年第 2 期，第 44—46 页。

146.《在时间中停留——简读三子的诗歌或"松山下"》，汪峰，《诗刊》（下半月刊），2009 年第 2 期，第 41—42 页。

147.《知识之路与历史想象：重读吴兴华》，张松建，《江汉大学学报》（人文科学版），2009 年第 1 期，第 12—17 页。

148.《中国新诗"鸟"意象的原型革命——论郭沫若〈凤凰涅槃〉的神性写作开端》，龚盖雄，《郭沫若学刊》，2009 年第 2 期，第 51—54 页。

三月

149.《90 年代先锋诗界的"个人化写作"》，罗振亚，《诗选刊》，2009 年第 3 期，第 83—84 页。

150.《百年新诗"浙江潮"——浙江新诗人与中国新诗的现代化》，罗昌智，《文艺争鸣》，2009 年第 3 期，第 98—102 页。

151.《被地震唤醒的诗人和诗歌》，丁伯林，《文艺理论与批评》，2009 年第 2 期，第 137—140 页。

152.《卞之琳诗歌翻译的文体选择及审美价值》，肖曼琼，《外语学刊》，2009 年第 3 期，第 33—38 页。

153.《冰心小诗中的海意象探析》，郭玉华、孙恒存，《文艺理论与批评》，2009年第2期，第141—143页。

154.《哺乳图》，凌非，《诗潮》，2009年第3期，第73—74页。

155.《穿行于现实和虚幻间的精神轨迹——李轻松近期诗作简论》，罗小凤，《诗刊》（上半月刊），2009年第3期，第38—40页。

156.《"重写诗歌史"——诗歌研究与新诗批评》，何言宏，《当代作家评论》，2009年第2期，第120—124页。

157.《从社会批判到文化祛魅：文化唯物论视角下的文化诗学批评》，王进，《云南社会科学》，2009年第2期，第150—153页。

158.《从生命高原上旋起的将军之风——朱增泉军旅诗歌论》，洪芳，《西南大学学报》（社会科学版），2009年第2期，第30—41页。

159.《从现实主义看臧克家建国前诗歌的人民性》，石的红，《绵阳师范学院学报》，2009年第2期，第60—62页。

160.《当代生态诗歌：科学与诗对话的新空间》，闫建华、何畅，《西北师范大学学报》，2009年第2期，第29—34页。

161.《当代诗歌的语言策略批判》，李心释，《扬子江评论》，2009年第2期，第37—40页。

162.《荡气回肠灵秀旖旎——康桥诗歌论》，张宗刚，《神剑》，2009年第3期，第153—156页。

163.《读黄礼孩和高玉磊的诗》，陈仲义，《文学教育》（上），2009年第3期，第153—154页。

164.《读桑克的诗》，邢海珍，《文学评论》，2009年第2期，第71—73页。

165.《"读诗会"及其诗学价值重估》，颜同林，《贵州师范大学学报》，2009年第2期，第102—106页。

166.《独标一帜的山水清音——论匡国泰诗歌的美学价值》，张建安，《理论与创作》，2009年第3期，第89—92页。

167.《飞翔在"日常生活"和"自己的心情"之间——论王小妮的个人化诗歌创作》，罗振亚，《当代作家评论》，2009年第2期，第124—133页。

168.《父亲，我想告诉你一些事》，丁东亚，《星星》（上半月刊），2009年第3期，第24页。

169.《"放不下形式的问题"：新诗的重要"传统"》，荣光启，《黄冈师范学院学报》，2009年第2期，第42—46页。

170.《高调的诗歌之低——民间刊物》，张清华，《当代作家评论》，2009 年第 2 期，第 112—114 页。

171.《关于当代先锋诗的对话（续）》，唐晓渡、张清华，《当代作家评论》，2009 年第 2 期，第 134—149 页。

172.《关于诗歌直觉的再阐释》，雪丰谷，《诗选刊》，2009 年第 3 期，第 85—87 页。

173.《海子论》，谭五昌，《海南师范大学学报》（社会科学版），2009 年第 2 期，第 1—12 页。

174.《海子诗歌中的"麦子"意象解读》，谢伶俐，《鸡西大学学报》，2009 年第 2 期，第 129—131 页。

175.《"海洋"之歌——当代诗歌中的海洋意象》，袁晓红、刘进，《西华师范大学学报》，2009 年第 2 期，第 23—26 页。

176.《好好生活，好好爱！》，郁葱，《诗选刊》，2009 年第 3 期，第 74—94 页。

177.《洪荒中国——细读穆旦的〈在寒冷的腊月的夜里〉》，饶丽，《开封大学学报》，2009 年第 2 期，第 125—129 页。

178.《呼唤诗歌的野性——综合性文学刊物》，张学昕，《当代作家评论》，2009 年第 2 期，第 109—112 页。

179.《唤醒沉睡的旧诗国——戴望舒诗集〈我的记忆〉的古典意味》，黎荔，《宜宾学院学报》，2009 年第 2 期，第 17—20 页。

180.《荒芜的理想——试析海子诗意人生的空幻感》，刘鲁嘉，《西南农业大学学报》（社会科学版），2009 年第 2 期，第 121—125 页。

181.《回到现实重新出发——三十年诗歌评估的三个角度》，丁宗皓，《当代作家评论》，2009 年第 2 期，第 71—76 页。

182.《近三十年中国现代诗歌史观反思》，王泽龙，《文艺研究》，2009 年第 3 期，第 50—58 页。

183.《晋察冀诗歌与中国现代诗歌传统的建构》，丛鑫，《长江师范学院学报》，2009 年第 2 期，第 17—21 页。

184.《经典的纪念碑与阴影："朦胧诗"的再反思》，霍俊明，《湛江师范学院学报》，2009 年第 2 期，第 3—5 页。

185.《拒绝阐释的深度模式——试析废名的诗》，钱少武，《湖北大学成人教育学院学报》，2009 年第 2 期，第 69—71、75 页。

186.《开放写作的书写态势和形式表征》，傅华，《西华师范大学学报》，2009年第2期，第19—23页。

187．《狂暴与柔情——博多湾赋予〈女神〉的两种性格》，武继平，《现代中国文化与文学》，2009年第1期，第26—31页。

188．《略论九叶诗派现代诗艺探索的发生动因》，朱彤，《西南民族大学学报》（人文社科版），2009年第2期，第198—201页。

189．《论〈女神〉的民族色彩》，秦弓，《中国社会科学院研究生院学报》，2009年第2期，第99—104页。

190．《论藏族当代汉语诗歌审美想象的独特魅力》，徐美恒，《江苏社会科学》，2009年第2期，第161—166页。

191．《论昌耀〈船，或工程脚手架〉繁复的美学意义——解读诗应"知人论世"、"多义当以切合为准"》，鲍朝云，《名作欣赏》，2009年第8期，第91—93页。

192．《试论戴望舒诗歌中的小说因子》，赵燕，《山西师大学报》（社会科学版），2009年第2期，第62—64页。

193．《论丁芒新诗的诗思意识》，何玉嘉，《广西师范学院学报》（哲学社会科学版），2009年第2期，第54—57页。

194．《论冯至早期抒情诗的情感意蕴》，周静，《职大学报》，2009年第2期，第21—24页。

195．《论九叶诗派的现实主义追求》，黄玲，《湛江师范学院学报》，2009年第2期，第90—93页。

196．《论九叶诗派——兼纪念袁可嘉先生》，裴高，《上海大学学报》（社会科学版），2009年第2期，第43—54页。

197．《论穆旦晚年诗歌的美学倾向》，戴惠，《江汉论坛》，2009年第3期，第113—116页。

198．《论西南联大现代主义诗派》，李丽，《文艺争鸣》，2009年第3期，第90—97页。

199．《论译者主体性在胡适白话译诗中的体现》，盛萍，《芜湖职业技术学院学报》，2009年第2期，第8—10页。

200．《论中国新诗合法性遭遇的观念危机》，雷斌，《石家庄学院学报》，2009年第2期，第65—70页。

201．《逻辑与悬念——评冯新民的象征诗》，李建东，《扬子江评论》，2009年第2期，第63—66页。

202．《漫游与回归》，萧春雷，《诗选刊》，2009年第3期，第

3—4 页。

203.《"你所说的曙光究竟是什么意思——论海子的死》，易崇辉，《汕头大学学报》（人文社会科学版），2009 年第 2 期，第 50—54页。

204.《批评的时代性、"陌生化"与多向性：评杨志学〈诗歌：研究与鉴赏〉》，张立群，《文艺报·文学评论》，2009 年 3 月 14 日，第 2 版。

205.《评白莲春的〈秧〉》，邹建军，《文学教育》（上），2009 年第 3 期，第 21 页。

206.《潜隐与超越——冯至〈十四行集〉之传统根脉发微》，王攸欣、龙永干，《文学评论》，2009 年第 2 期，第 165—170 页。

207.《"让我沉默于时空"——忆袁可嘉先生》，童银舫，《文学港》，2009 年第 2 期，第 204—207 页。

208.《人的困境与诗的救赎——试析朱湘的新诗创作》，何成文，《南京师范大学文学院学报》，2009 年第 2 期，第 53—56 页。

209.《诗人眼中的李轻松》，谢冕等，《诗潮》，2009 年第 3 期，第 48—53 页。

210.《诗性意义的生成及其表现效应》，余松，《当代文坛》，2009 年第 3 期，第 26—29 页。

211.《"诗是跟着时代又领着时代的"——朱自清新诗创作理论探析》，方大卫，《安徽师范大学学报》（人文社会科学版），2009 年第 2 期，第 184—188 页。

212.《施蛰存的诗歌翻译及其对当代诗歌的影响》，杨迎平，《齐鲁学刊》，2009 年第 2 期，第 152—154 页。

213.《十字架下绽放的玫瑰花——论艾青与〈圣经〉的精神遇合》，张建宏，《外国文学研究》，2009 年第 3 期，第 132—139 页。

214.《衰退期的网络诗歌——网络诗歌》，何平，《当代作家评论》，2009 年第 2 期，第 115—117 页。

215.《台湾"现代派"两位重要诗人》，古远清，《南通大学学报》（社会科学版），2009 年第 2 期，第 63—68 页。

216.《台湾新诗研究在大陆的进程及其特殊经验》，古远清，《当代文坛》，2009 年第 3 期，第 10—13 页。

217.《桃花，生命的隐喻——浅谈干天全诗歌的艺术特色》，曹琨、黄丹，《当代文坛》，2009年第3期，第99—103页。

218．《突围还是陷落——对性别诗学的反思》，王艳峰，《中文自学指导》，2009年第3期，第39—43页。

219．《我们的诗歌缺乏力量——诗歌刊物》，罗振亚、刘波，《当代作家评论》，2009年第2期，第105—109页。

220．《五四新文化语境与〈新青年〉的译诗》，熊辉，《北京社会科学》，2009年第2期，第83—86页。

221．《西部家园的立体建构——析万小雪的诗情世界》，谢和安，《甘肃联合大学学报》（社会科学版），2009年第2期，第74—76页。

222．《西方女性主义词学研究》，黄立、白冰，《当代文坛》，2009年第3期，第30—35页。

223．《先锋：三十年写就——论梁小斌的当代诗学意义》，冯雷，《山西师大学报》（社会科学版），2009年第2期，第57—61页。

224．《乡土的诗意空间》，张德明，《诗刊》（下半月刊），2009年第3期，第39—40页。

225．《〈乡愁〉里的中国情结》，龙莲明，《文学教育》（下），2009年第3期，第99页。

226．《心的精魂梦的彩虹——读刘欣〈彩虹的微笑〉》，赵宗祥，《神剑》，2009年第3期，第159—162页。

227．《新诗的历史构想与20世纪中国诗歌的关系》，李仲凡，《贵州社会科学》，2009年第2期，第116—119页。

228．《新诗面对的问题》，郑敏，《文艺研究》，2009年第3期，第44—49页。

229．《新移民诗歌的空间诗学》，陈为为、江少川，《华文文学》，2009年第3期，第40—46页。

230．《行动中的精神书写：2008年诗歌刊物述评》，罗振亚、刘波，《山花》，2009年第3期，第151—160页。

231．《性别视野中的现代中国新诗》，罗振亚、卢桢，《南开学报》（哲学社会科学版），2009年第2期，第29—36页。

232．《颜光敏诗歌探析》，王纯、王青，《鲁东大学学报》（哲学社会科学版），2009年第2期，第89—92页。

233．《"言志"论与现代诗学的转向》，张重岗，《文学评论》，2009年第2期，第93—98页。

234.《阳光中的向日葵》，芒克、杨志学，《诗潮》，2009 年第 3 期，第 69 页。

235.《一封旧信》，许强，《星星》（上半月刊），2009 年第 3 期，第 25 页。

236.《以真诚的文字托举激情与爱意——评诗集〈李琦近作选〉》，汪树东，《文学评论》，2009 年第 2 期，第 63—66 页。

237.《用贴紧大地的唇"还原"大地的喘息》，吴玉垒，《诗刊》（下半月刊），2009 年第 3 期，第 40—41 页。

238.《有关胡风及胡风研究的若干史料》，商金林，《湖南人文科技学院学报》，2009 年第 2 期，第 41—46 页。

239.《有效的抒情》，周公度，《诗选刊》，2009 年第 3 期，第 4—7 页。

240.《余光中：中国现代诗坛祭酒——〈中国诗歌通史〉之一节》，古远清，《广东教育学院学报》，2009 年第 2 期，第 68—73 页。

241.《语言是一切，又什么都不是》，韩东，《上海文学》，2009 年第 3 期，第 74—75 页。

242.《在"祛魅"和"返魅"之间》，陈超，《诗选刊》，2009 年第 3 期，第 34—35 页。

243.《在词语的废墟上——试论 90 年代诗歌"民间写作"实践的启示》，于钧博，《河北理工大学学报》（社会科学版），2009 年第 2 期，第 196—198 页。

244.《在继承传统诗律中构建新诗格律体系》，许霆，《中国韵文学刊》，2009 年第 1 期，第 97—107 页。

245.《"在大地上行走"——关于白庆国的诗》，王士强，《诗刊》（下半月刊），2009 年第 3 期，第 41—42 页。

246.《"在盐库守着波涛的记忆"——翻译诗歌》，王家新，《当代作家评论》，2009 年第 2 期，第 117—120 页。

247.《早期新文学作家创作旧体诗的时代与文化根源》，常丽洁，《北方论丛》，2009 年第 2 期，第 49—52 页。

248.《中国古典诗歌英译探析——诗性隐喻解读和翻译的认知视角与诗歌意境的传达》，李气纠、李世琴，《山东外语教学》，2009 年第 3 期，第 134—140 页。

249.《中国现代主义诗潮的"活化石"——九叶诗派研究综述》，

孙良好，《文学评论》，2009年第2期，第178—182页。

250.《自然哲学与诗歌的性灵》，鲁枢元，《文艺理论研究》，2009年第2期，第68—72页。

四月

251.《"边缘人"的来去家园，旅澳作家庄伟杰其人其诗》，杨匡汉，《文艺报·文学评论》，2009年4月16日，第8版。

252.《草根性与新世纪诗歌》，李少君，《南方文坛》，2009年第4期，第73—78页。

253.《沉于"远方"的写作——二十年后再论海子》，刘波，《诗选刊》，2009年第4期，第86—89页。

254.《持续的"还乡"——论冉仲景诗歌的精神结构》，赵黎明，《红岩》，2009年第4期，第60—64页。

255.《春天或者爱情》，申艳，《诗潮》，2009年第4期，第67—68页。

256.《"单纯就好！"——纪念诗人彭燕郊先生》，易彬，《诗选刊》，2009年第4期，第90—91页。

257.《读李清联的〈凝望〉》，屠岸，《诗刊》（上半月刊），2009年第4期，第47页。

258.《读写散记》，林莽，《星星》（上半月刊），2009年第4期，第11—16页。

259.《翻译间性与徐志摩陌生化诗歌翻译》，陈琳、张春柏，《中国比较文学》，2009年第4期，第46—60页。

260.《废名的读诗法》，孙郁，《诗刊》（上半月刊），2009年第4期，第51—52页。

261.《分行》，于坚，《青年作家》，2009年第4期，第91—94页。

262.《福建诗人与山川海岛分布》，三米深，《诗选刊》，2009年第4期，第18—21页。

263.《格调主义的理念设计》，李建春，《诗林》，2009年第4期，第93—94页。

264.《郭小川：二十世纪中国诗坛的西绪福斯》，范肖丹，《南方文坛》，2009年第4期，第54—60页。

265.《〈郭沫若展〉重访冈山》，钟作英，《郭沫若学刊》，2009年第 4 期，第 76 页。

266.《海子：寻找中国诗歌的自新之路——纪念海子仙逝 20 周年》，臧棣，《诗选刊》，2009 年第 4 期，第 90—91 页。

267.《海子诗歌的来源与成就》，西川，《南方文坛》，2009 年第 4 期，第 77—78 页。

268.《胡刚毅：井冈之子》，袁鹰，《诗刊》（上半月刊），2009 年第 4 期，第 48—49 页。

269.《"哗变"背后的"风景"——对 20 世纪 80 年代诗潮更迭动因的思考》，于沐阳，《名作欣赏》，2009 年第 8 期，第 87—90 页。

270.《黄亚洲的诗意"发现"》，谢冕，《诗刊》（上半月刊），2009 年第 4 期，第 45—46 页。

271.《角度与深度》，张庆岭，《诗潮》，2009 年第 4 期，第 69 页。

272.《近十年来的诗歌场域：孤绝的二次方》，胡续冬，《南方文坛》，2009 年第 4 期，第 78—82 页。

273.《凌晨想你》，陈洪标，《诗潮》，2009 年第 4 期，第 73 页。

274.《陆恒玉：钟情于诗歌的赤子》，杨志学，《诗刊》（上半月刊），2009 年第 4 期，第 49—50 页。

275.《陆晶清：新诗史上不应该被忘记的白族女诗人》，熊辉，《民族文学研究》，2009 年第 2 期，第 82—87 页。

276.《略论犁青的诗歌艺术》，姜南，《宿州学院学报》，2009 年第 2 期，第 76—78、153 页。

277.《论 T.S. 艾略特在中国新诗中激起的旧诗想象》，颜炼华，《江汉大学学报》（人文科学版）第 2 期，第 5—10 页。

278.《论闻一多学术研究中的诗性思维》，刘殿祥，《汕头大学学报》（人文社会科学版），2009 年第 2 期，第 45—49 页。

279.《论席慕容诗歌的"三美"》，徐桂梅，《黑龙江社会科学》，2009 年第 2 期，第 119—121 页。

280.《〈面朝大海，春暖花开〉的现代性解读》，王颖，《时代文学》（下半月），2009 年第 4 期，第 12—13 页。

281.《评林莉的〈到一座小镇去〉》，邹建军，《文学教育》（上），2009 年第 4 期，第 23 页。

282.《其人其诗说雷霆》，周所同，《诗刊》（上半月刊），2009 年第 4 期，第 29—31 页。

283．《浅析诗与梦》，刘伟，《时代文学》（下半月），2009 年第 4 期，第 44－45 页。

284．《"敲响的火在倒下来"——纪念杰出诗人骆一禾逝世 20 年》，陈超，《诗选刊》，2009 年第 4 期，第 92－93 页。

285．《神秘的家园与洁净的心灵》，马季，《大家》，2009 年第 4 期，第 73－75 页。

286．《生活在乡下——读雷霆诗歌》，潞潞，《诗刊》（上半月刊），2009 年第 4 期，第 28－29 页。

287．《诗歌和我们的世界——评走进"青春诗会"的甘肃诗人》，唐翰存，《飞天》，2009 年第 4 期，第 122－127 页。

288．《诗歌就在那里，我们没有注意》，莫非，《上海文学》，2009 年第 4 期，第 75 页。

289．《诗人眼中的李见心》，李松涛等，《诗潮》，2009 年第 4 期，第 35－37 页。

290．《台湾现代主义"学院诗"的兴发——论〈文学杂志〉之于台湾现代诗场域的建构意义》，张志国，《江汉大学学报》（人文科学版），2009 年第 2 期，第 16－20 页。

291．《抬起昨天的脚踹开明天的门》，马步升，《飞天》，2009 年第 4 期，第 117－121 页。

292．《天籁自是境界——〈再别康桥〉意韵新探》，魏超，《名作欣赏》，2009 年第 8 期，第 52－54 页。

293．《王小妮论》，赵彬，《文艺争鸣》，2009 年第 4 期，第 106－114 页。

294．《王耀东：躲在天堂里的眼睛》，莫文征，《诗刊》（上半月刊），2009 年第 4 期，第 50 页。

295．《现代新诗的语言与文体再认识》，王怀春，《福建论坛》，2009 年第 4 期，第 45－48 页。

296．《现实的担当与美学的重构——近年来诗歌趋向的功能考察》，张立群，《艺术广角》，2009 年第 4 期，第 11－14 页。

297．《现实与现代的诗情升华——非马诗观的一种解读》，陆士清，《华文文学》，2009 年第 4 期，第 54－59 页。

298．《新马华文诗歌与中国新诗关系论析》，朱文斌，《华文文学》，2009 年第 4 期，第 54－59 页。

299.《新诗 30 年五大成就和五大问题》，王珂，《社会科学》，2009 年第 4 期，第 180-186、192 页。

300.《行医·流浪·悟诗——论杜风人诗歌的主体意识及其特色》，哈建军，《世界华文文学论坛》，2009 年第 2 期，第 35-39 页。

301.《压抑中的生命觉醒与喷发——浅谈食指的诗歌创作》，王昭，《时代文学》（下半月），2009 年第 2 期，第 146-148 页。

302.《一个诗歌编辑的感受》，晓静，《星星》（上半月刊），2009 年第 4 期，第 42-43 页。

303.《一位无法忽视的诗人》，李霞，《文学自由谈》，2009 年第 2 期，第 77-83 页。

304.《一种诗歌方式的精神表象及其根源——远村〈浮土与苍生〉浅论》，吕刚，《延安大学学报》（社会科学版），2009 年第 2 期，第 92-95 页。

305.《意义的寻求还是诗艺的探索——论 20 世纪 30 年代梁实秋和梁宗岱的争论》，郑成志，《江汉大学学报》（人文科学版），2009 年第 2 期，第 11-15 页。

306.《用一把古典的木梳梳理情感》，李小洛，《诗潮》，2009 年第 4 期，第 66-67 页。

307.《在对比中表达"幸福"》，杨志学，《诗潮》，2009 年第 4 期，第 68-69 页。

308.《张新泉：站在低处歌唱的诗人》，蒋涌，《诗刊》（上半月刊），2009 年第 4 期，第 46-47 页。

309.《中国诗到底怎么了？——由"五一二地震诗歌"想到》，叶延滨，《编辑学刊》，2009 年第 4 期，第 49-51 页。

五月

310.《被译介的"自由诗"——对"自由诗"引入新诗坛的一种思考》，郑成志，《龙岩学院学报》，2009 年第 3 期，第 16-19、42 页。

311.《"不爱"中的真爱——俞平伯〈愿你〉与胡适〈"应该"〉对读》，殷鉴，《名作欣赏》，2009 年第 9 期，第 82-85 页。

312.《尘世间的田园抒情——许辉论》，汪杨，《江淮论坛》，2009 年第 5 期，第 104、168-173 页。

313.《重提诗歌的建筑美问题》，吕燕，《乐山师范学院学报》，2009年第3期，第46—49页。

314.《春天，十个海子——纪念海子逝世二十周年》，河西，《读书》，2009年第5期，第112—116页。

315.《从"边界望乡"到"背向大海"：身体流放与地方错置》，陈祖君，《扬子江评论》，2009年第5期，第78—85页。

316.《当代诗歌形式研究》，夏晓龙，《湖北广播电视大学学报》，2009年第3期，第49—50页。

317.《当下诗歌写作从"反讽"到"歌唱"》，董迎春，《中文自学指导》，2009年第3期，第52—55页。

318.《道德在弱者手中臻于完美——臧克家新诗道德核心命题述论》，马宗昌，《宁夏社会科学》，2009年第3期，第169—172页。

319.《读芦花和胡续冬的诗》，陈仲义，《文学教育》（上），2009年第5期，第153—154页。

320.《对生命悖论的超越——试析〈十四行集〉中生命意象的意义》，王勇，《时代文学》（下半月），2009年第5期，第14—15页。

321.《冯至〈十四行集〉里的死亡意识》，涂显镜，《今日南国》（理论创新版），2009年第5期，第136—137页。

322.《感通于语默之际》，宋琳，《上海文学》，2009年第5期，第71—72页。

323.《感悟：建构中国原创诗学的着力点》，欧阳文风，《学术论坛》，2009年第5期，第138—142页。

324.《古典愁情与现代惊颤——〈雨巷〉与〈给一位交臂而过的妇女〉比较》，叶永胜，《中文自学指导》，2009年第3期，第40—42页。

325.《郭沫若：浪漫主义文心与诗论》，黄曼君，《湖北社会科学》，2009年第3期，第123—128页。

326.《海子"重塑"及当代汉语诗歌的生态问题》，霍俊明，《南方文坛》，2009年第5期，第67—71页。

327.《洪湖世界的隐秘诗意——哨兵诗歌的精神空间与意象分析》，李瑞华，《周口师范学院学报》，2009年第3期，第53—55页。

328.《后现代诗人的都市想象——1980年代台湾、香港的诗歌》，王光明，《福建广播电视大学学报》，2009年第3期，第1—4、28页。

329.《呼唤"纯棉"的诗歌批评》，霍俊明，《南方文坛》，2009年第5期，第18页。

330.《集体"突围表演"的背后与"失败的运动"——70后诗歌发生的动因与价值估衡》，罗振亚，《广东社会科学》，2009年第3期，第136—141页。

331.《今天，为什么还要读诗写诗》，徐润润、徐楠，《西南大学学报》（社会科学版），2009年第3期，第29—34页。

332.《近30年新诗形式流变与诗性流失——以傅天琳前后期诗歌创作为例》，张中宇，《西南大学学报》（社会科学版），2009年第3期，第24—28页。

333.《抗战时期大后方的诗歌观念及其艺术价值》，熊辉，《重庆社会科学》，2009年第5期，第105—108页。

334.《叩问变革年代的诗境——雷抒雁访谈》，雷抒雁、牛宏宝，《西北大学学报》（哲学社会科学版），2009年第3期，第78—83页。

335.《李发模诗歌创作中酒文化表现的原因》，娄莉，《贵州民族学院学报》（哲学社会科学版），2009年第3期，第72—74页。

336.《流变与遭际：中国现代小诗90年》，曾宏伟，《艺术广角》，2009年第5期，第16—24、74页。

337.《论阿尔泰的诗歌创作》，海日寒（蒙古族），《民族文学研究》，2009年第3期，第144—150页。

338.《论艾青诗歌散文美的诗学特征》，李泽华，《中州学刊》，2009年第3期，第221—223页。

339.《论当代日常生活诗歌的求真价值取向》，艾秀梅，《当代文坛》，2009年第5期，第77—80页。

340.《论第三代诗歌的道家精神》，林平乔，《学术探索》，2009年第5期，第131—137页。

341.《论穆旦诗歌的象征性意象系统》，杨海燕，《山东社会科学》，2009年第3期，第140—144页。

342.《论牛汉诗歌中的生态意识》，葛胜君，《通化师范学院学报》，2009年第3期，第65—67页。

343.《论新诗界震灾诗的特点及意义——5·12汶川大地震周年祭》，王珂，《福建师范大学学报》（哲学社会科学版），2009年第3期，第104—112页。

344．《论新时期以来的云南藏族的现代诗歌》，王兰香，《民族文学研究》，2009 年第 3 期，第 126-131 页。

345．《论译诗是外国诗歌影响中国新诗的中介》，熊辉，《西华大学学报》（哲学社会科学版），2009 年第 3 期，第 34-37 页。

346．《论中国新诗与音乐的互动》，单敏，《贵州大学学报》（社会科学版），2009 年第 3 期，第 63-67 页。

347．《漫谈冰心的哲理小诗》，柴彦莉，《科教文汇》（上旬刊），2009 年第 5 期，第 212 页。

348．《朦胧诗的美学追求》，范潇兮，《四川文理学院学报》（社会科学版），2009 年第 3 期，第 39-41 页。

349．《〈摩罗诗力说〉与中国诗学的现代转型》，李震，《中国社会科学》，2009 年第 3 期，第 159-163 页。

350．《女性诗歌的身体写作批判》，陈志平，《绵阳师范学院学报》，2009 年第 3 期，第 77-79、88 页。

351．《庞德诗学与中国现当代诗歌》，傅建安，《湖南城市学院学报》，2009 年第 3 期，第 70-74 页。

352．《评王怀凌的〈一棵中年的果树〉》，邹建军，《文学教育》（上），2009 年第 5 期，第 17 页。

353．《奇险地带的精神穿越——评罗振亚〈20 世纪中国先锋诗潮〉》，刘波，《文学评论》，2009 年第 3 期，第 56-59 页。

354．《羌族民族英雄史诗〈泽基格布〉解读》，赵曦、赵洋，《民族文学研究》，2009 年第 3 期，第 104-107 页。

355．《沈从文诗歌论》，张德明，《民族文学研究》，2009 年第 3 期，第 126-131 页。

356．《生命意志的自觉追求——论穆旦及其诗作》，武媛莹，《西安社会科学》，2009 年第 3 期，第 35-37 页。

357．《诗：大众化与小众化》，吕进，《诗选刊》，2009 年第 5 期，第 82-83 页。

358．《诗的激情在抗震救灾中奔涌燃烧——谈抗震救灾诗和自创诗歌的感受》，谭仲池，《理论与创作》，2009 年第 3 期，第 4-8 页。

359．《诗歌的三阶段》，赵东，《诗刊》（上半月刊），2009 年第 5 期，第 60-61 页。

360．《诗歌和这个时代的宿命关系》，宗仁发，《诗选刊》，2009 年第 5 期，第 90—91 页。

361.《诗观与写作的悖离——穆木天的"纯诗"理论与写作实践》，陈太胜，《北京师范大学学报》，2009 年第 3 期，第 60—65 页。

362.《诗评家的第一要素》，解非，《诗选刊》，2009 年第 5 期，第 92—93 页。

363.《诗学操控下胡适诗歌翻译特征》，李磊，《郑州轻工业学院学报》（社会科学版），2009 年第 3 期，第 45—50 页。

364.《世纪之交诗歌传播之考察与思索》，张延文，《福建师范大学学报》（哲学社会科学版），2009 年第 3 期，第 113—119 页。

365.《试论艾青早期诗歌中的法国元素》，李彬，《深圳大学学报》（人文社会科学版），2009 年第 3 期，第 106—110 页。

366.《试论九叶诗派的诗学理论》，宋毅、宁殿弼，《青岛大学师范学院学报》，2009 年第 3 期，第 99—104 页。

367.《台湾新世代诗歌与现实主义创作潮流》，王金城，《福州大学学报》（哲学社会科学版），2009 年第 3 期，第 5—10、112 页。

368.《同构：我对一种诗歌技巧的命名》，魏理科，《诗选刊》，2009 年第 5 期，第 84—85 页。

369.《同样的浪漫天才，不同的求索历程——郭沫若、海子诗歌创作比较》，唐晓莉，《唐山师范学院学报》，2009 年第 3 期，第 38—41 页。

370.《土地的记忆与形象书写——关于唐诗的组诗〈乡村人物〉》，张立群，《诗刊》（上半月刊），2009 年第 5 期，第 35—37 页。

371.《汪静之的诗到底缠绵否？——〈蕙的风〉的出版运作与各家序言之校读》，郭怀玉，《中国现代文学研究丛刊》，2009 年第 3 期，第 151—160 页。

372.《文学中的"新北京"城市形象——以"十七年"与"文革"诗歌为例》，张鸿声，《扬子江评论》，2009 年第 5 期，第 28—34 页。

373.《新诗的立场：钱玄同与〈尝试集〉》，魏继洲，《广西民族大学学报》（哲学社会科学版），2009 年第 3 期，第 165—170 页。

374.《新诗"概念问题"的反思与世纪初的现象争鸣》，张立群，《人文杂志》，2009 年第 5 期，第 104—109 页。

375.《新诗"现代"之感》，殷实，《文艺报·文学评论》，2009 年 5 月 17 日，第 2 版。

376．《新世纪生态诗歌论》，袁园，《南都学坛》，2009年第3期，第52—55页。

377．《"叙事性"：观念的转化与诗艺术质性的置换——先锋诗歌批评关键词解读之一》，崔修建，《文学评论》，2009年第3期，第6—11页。

378．《雪落在中国的土地上——简论艾青四十年代的诗歌创作》，李新平，《时代文学》（下半月），2009年第5期，第5—6页。

379．《"一群自觉的现代的现代主义者"——九叶诗人与西方现代主义论》，李彬，《中国文学研究》，2009年第3期，第94—97页。

380．《"亦狂亦侠亦温文"——评傅天虹的诗》，古远清，《扬子江评论》，2009年第5期，第70—73页。

381．《意象重构与诗歌翻译》，彭振川、王晶文，《哈尔滨工业大学学报》，2009年第3期，第102—111页。

382．《因为我对这土地爱得深沉——简论艾青后期诗歌的美学追求》，李新平，《河南广播电视大学学报》，2009年第3期，第36—37、59页。

383．《于坚诗歌的视觉叙述与感官世界》，孙基林、张鑫，《山东社会科学》，2009年第3期，第126—130页。

384．《在审俗和审熟中从容审美——读老铁的诗》，孙绍振，《扬子江评论》，2009年第5期，第35—37页。

385．《震出来的诗潮》，罗小凤，《诗刊》（上半月刊），2009年第5期，第55—59页。

386．《〈致橡树〉女性意识的觉醒》，张麒麟，《文学教育》（上），2009年第5期，第96页。

387．《中国现代诗学之禅学渊源》，汤凌云，《徐州师范学院学报》（哲学社会科学版），2009年第3期，第31—37页。

六月

388．《奥登与穆旦：战时存在之思》，姚璐璐，《时代文学》（下半月），2009年第6期，第87—89页。

389．《边缘之处大有作为》，冷霜，《江汉大学学报》（人文科学版），2009年第3期，第20页。

390.《尘土飞扬，尘埃落定》，王夫刚，《诗刊》（下半月刊），2009年第6期，第32—33页。

391.《重温舒婷美丽忧伤的人性之歌》，李士奇，《山东文学》，2009年第6期，第108—109页。

392.《〈错误〉的诗性之美》，黄辉，《文学教育》（下），2009年第6期，第124—125页。

393.《"大"诗人王怀让》，高金光，《诗刊》（上半月刊），2009年第6期，第60—61页。

394.《读王敖和三子的诗》，陈仲义，《文学教育》（上），2009年第6期，第144—145页。

395.《对新诗研究现状的一点感言》，周瓒，《江汉大学学报》（人文科学版），2009年第3期，第30页。

396.《否定的诗歌》，耿占春，《诗刊》（下半月刊），2009年第6期，第34—35页。

397.《国内首本评论汶川地震诗歌专著出版》，舒坦，《文学教育》（上），2009年第6期，第157页。

398.《过于卑微的生活之歌》，邹汉明，《诗刊》（下半月刊），2009年第6期，第35—37页。

399.《近年的中国诗坛》，王光明，《江汉大学学报》（人文科学版），2009年第3期，第25—26页。

400.《九十年代的诗歌走向》，于梅、高佳琦，《今日科苑》，2009年第6期，第178页。

401.《口语入诗的艰难之旅——对现代诗歌语言特征的一种考察》，胡峰，《广西大学学报》（哲学社会科学版），2009年第6期，第125—129页。

402.《困境与生机——新诗研究断想》，张桃洲，《江汉大学学报》（人文科学版），2009年第3期，第34页。

403.《蓝色的孤独》，韩作荣，《诗刊》（上半月刊），2009年第6期，第23—25页。

404.《灵魂因痛苦而丰富——从何其芳的〈回答〉说起》，李松岳，《名作欣赏》，2009年第12期，第74—76页。

405.《论卞之琳诗歌创作的艺术风格》，刘侠，《西安社会科学》，2009年第2期，第68—69页。

406.《论陈梦家自然诗的文化内涵》，史玉辉，《江汉论坛》，2009年第6期，第93—96页。

407.《论译诗是外国诗歌影响中国新诗的中介》，熊辉，《西华大学学报》（哲学社会科学版），2009年第3期，第34—37页。

408.《论余光中的现代诗》，古远清，《南京师范大学文学院学报》，2009年第2期，第57—61页。

409.《米乃正与昌耀》，燎原，《诗刊》（上半月刊），2009年第6期，第59—60页。

410.《墨韵天然恰如诗——访著名书法家、诗人谢云》，德语、木马，《诗刊》（下半月刊），2009年第6期，第60—65页。

411.《内心的灯盏》，刘恩波，《鸭绿江》，2009年第6期，第72—73页。

412.《浅析当代女性诗歌中的母亲形象——以舒婷、翟永明、尹丽川等诗人的创作为例》，王兰英，《科教文汇》（上旬刊），2009年第6期，第226页。

413.《亲历与见证》，大解，《诗刊》（下半月刊），2009年第6期，第30—31页。

414.《"倾听"与"挽留"——叶玉琳的诗歌方式》，叶橹，《诗刊》（上半月刊），2009年第6期，第61—62页。

415.《儒道释视野中的第三代诗歌的死亡书写》，林平乔，《西华大学学报》（哲学社会科学版），2009年第3期，第38—44页。

416.《"三个崛起"前后——新时期文学口述史之二》，王尧，《文艺争鸣》，2009年第6期，第101—108页。

417.《陕西诗歌在困境中坚守》，马平川，《文艺报·文学评论》，2009年6月11日，第2版。

418.《身份冲突中家的建构与功能——余光中诗歌"家"的文化学阐释》，赵小琪，《江汉论坛》，2009年第6期，第97—100页。

419.《神与光——论艾青诗歌及文学史形象》，陈茜，《文学评论》，2009年第6期，第78—84页。

420.《生与死的对话，骨与肉的深思——评余笑忠的〈白色城堡〉》，邹建军，《文学教育》（上），2009年第6期，第22页。

421.《诗：在敞开与收敛之间》，闫林芳，《西南农业大学学报》（社会科学版），2009年第3期，第112—114页。

422.《诗人的时间意识——阎志〈明天的诗篇〉略说》，吴思敬，《诗刊》（上半月刊），2009 年第 6 期，第 62—63 页。

423.《时代当有好诗出——浅谈诗歌素材、意象、语言、手法的选取》，王子江，《中华诗词》，2009 年第 6 期，第 56—58 页。

424.《双重嬗变中〈夜歌〉集的思想和艺术——朴素清新的现实主义和依然浓厚的个人抒情》，何休，《三峡大学学报》（人文社会科学版），2009 年第 3 期，第 43—47 页。

425.《谈诗意》，普冬，《文艺报·文学评论》，2009 年 6 月 16 日，第 3 版。

426.《网络时代的诗歌民刊》，刘波，《诗选刊》，2009 年第 6 期，第 91—93 页。

427.《我看"现当代诗学研究"》，张曙光，《江汉大学学报》（人文科学版），2009 年第 3 期，第 31 页。

428.《现代中国新诗的诞生与政治文化——以胡适的实践为中心》，张立群，《中国石油大学学报》（社会科学版），2009 年第 3 期，第 88—94 页。

429.《现当代诗学研究：从平台到品牌》，臧棣，《江汉大学学报》（人文科学版），2009 年第 3 期，第 33 页。

430.《新诗是一场失败吗？——中国新诗的基本经验——第二届中国南京·现代汉诗论坛研讨会观点汇集（节选）》，叶橹、欧阳江河、敬文东、李成恩、张子清、森子、何同彬、杨四平等，《南京理工大学学报》（社会科学版），2009 年第 3 期，第 1—12、121 页。

431.《新诗研究，需要激活动力》，姜涛，《江汉大学学报》（人文科学版），2009 年第 3 期，第 16 页。

432.《新诗研究：蜕变中的艰难》，贺仲明，《江汉大学学报》（人文科学版），2009 年第 3 期，第 14 页。

433.《新诗研究之功德簿》，陈仲义，《江汉大学学报》（人文科学版），2009 年第 3 期，第 12 页。

434.《徐志摩〈云游〉的生命解读》，蓝善康，《西安社会科学》，2009 年第 2 期，第 66—67 页。

435.《英雄主义与悲剧意识——昌耀诗歌的精神品质探索》，张玉玲，《湖南科技大学学报》（社会科学版），2009 年第 3 期，第 98—101 页。

436.《在世俗人生中探寻精神价值——评阿里诗集》，刘登翰，《福建文学》，2009年第6期，第94—96页。

437.《郑小琼诗歌：从苦难的表述开始》，陈庆祝，《文艺争鸣》，2009年第6期，第142—144页。

438.《中国诗歌向何处去》，高佳琦、高佳英，《今日科苑》，2009年第12期，第177页。

439.《中国现代诗的知性与情感》，周锋，《求索》，2009年第6期，第163—165页。

440.《中国新诗研究：克服"现代"困难的前行》，李怡，《江汉大学学报》（人文科学版），2009年第3期，第19页。

441.《"中年"的芒刺搅动纷繁的记忆——子川近期诗歌》，霍俊明，《星星》（上半月刊），2009年第6期，第10—13页。

442.《庄子的野马与海子的以梦为马》，朱赟斌，《文学教育》（上），2009年第6期，第142—143页。

七月

443.《1945年前后闻一多对"五四"精神的认识和阐发》，李乐平，《周口师范学院学报》，2009年第4期，第44—46页。

444.《2002年·冬天·胡弦》，庞余亮，《诗刊》（下半月刊），2009年第7期，第38—40页。

445.《安徽诗人与淮河支系分布图》，严正、胖子，《诗选刊》，2009年第7期，第18—20页。

446.《"边缘"的意识形态——诗歌研究与诗歌评论》，何言宏，《当代作家评论》，2009年第4期，第165—168页。

447.《不是无端悲怨深——徐志摩、林徽因情诗发微》，陆红颖，《文学评论》，2009年第4期，第149—156页。

448.《草根性与新世纪诗歌》，李少君，《诗刊》（上半月刊），2009年第7期，第14—17页。

449.《常态书写与艺术失衡——诗歌刊物》，罗振亚，《当代作家评论》，2009年第4期，第144—148页。

450.《陈有才诗歌的幽默特色》，胡晓靖，《平顶山学院学报》，2009年第4期，第77—81页。

451.《词语穿越诗歌和生命内部时的自然呈现——金肽频诗歌印象及对他的某些心理阐释》，胡书庆，《安庆师范大学学报》，2009年第7期，第82-86页。

452.《从边缘出发——奚密的现代汉诗研究述评》，董炎，《渤海大学学报》，2009年第4期，第17-21页。

453.《从经验到形式——阅读胡弦》，马永波，《诗刊》（下半月刊），2009年第7期，第36-38页。

454.《从苦难中升起力量——论牛汉诗歌的美学特征》，胡春莲，《鄂州大学学报》，2009年第4期，第58-59、66页。

455.《从浪漫主义到现代主义——论现代诗派的"怀旧"情结》，李璐，《科教文汇》（下旬刊），2009年第7期，第244-245页。

456.《从影响研究角度论西部诗歌的后先锋现象》，闫艳，《西北大学学报》（哲学社会科学版），2009年第4期，第35-38页。

457.《大众传媒时代与抒情话语的生产》，傅宗洪，《文艺争鸣》，2009年第7期，第64-70页。

458.《当前诗歌症候分析》，吴投文，《文艺理论与批评》，2009年第4期，第107-110页。

459.《底层的抒情与王学忠诗歌的意义》，王莅，《文艺理论与批评》，2009年第4期，第101-106页。

460.《地域的诗性之光——诗人胡杨和他的诗歌》，李少咏，《诗刊》（上半月刊），2009年第7期，第53-55页。

461.《动力与陷阱：新诗现代化的"症结"》，陈仲义，《中国文学研究》，2009年第4期，第106-108页。

462.《洞察·描述与理解》，韩作荣，《诗刊》（下半月刊），2009年第7期，第34-36页。

463.《读丁燕和沈蕾娟的诗》，陈仲义，《文学教育》（上），2009年第7期，第152-153页。

464.《读格桑多杰诗歌印象》，李鸿然，《青海湖》，2009年第7期，第77-79页。

465.《读诗断想》，食指，《诗刊》（下半月刊），2009年第7期，第56-58页。

466.《"独自垂钓"的诗歌翻译——兼谈2009出版的几本译诗集》，王家新，《当代作家评论》，2009年第4期，第161-165页。

467.《反思现代主义：抒情性与现代性的相互表述》，奚密，《渤海大学学报》，2009 年第 4 期，第 5—9 页。

468.《高贵的诗歌——在西安第二届中国诗歌节论坛上的演讲》，王久辛，《诗选刊》，2009 年第 7 期，第 70—71 页。

469.《歌者的缺失——二十年诗歌创作失声探因》，王永宏，《文学评论》，2009 年第 4 期，第 55—57 页。

470.《古雅意象凝结的幽微诗情——论金克木三十年代的诗歌》，柴晋湘，《钦州学院学报》，2009 年第 4 期，第 114—117 页。

471.《郭小川、贺敬之创作的政治抒情诗为诗的朗诵推波助澜》，郑东辉、毛毛，《广播电视大学学报》（哲学社会科学版），2009 年第 4 期，第 127 页。

472.《国家格局的理想主义者——著名诗人王久辛专访》，丰云，《诗选刊》，2009 年第 7 期，第 8—11 页。

473.《海子：幸福与受难的歌者》，岳青，《唐山师范学院学报》，2009 年第 4 期，第 23—25 页。

474.《"海子神话"与"文学知识分子"心态》，高波，《厦门大学学报》（哲学社会科学版），2009 年第 4 期，第 116—121 页。

475.《后革命视域下的中国当代诗歌——或曰 30 年来诗歌发展的一种解读》，张立群，《理论与创作》，2009 年第 4 期，第 43—47 页。

476.《化蛹为蝶的个人诗史——评牟心海诗歌创作》，李霞，《艺术广角》，2009 年第 4 期，第 69—70 页。

477.《吉狄马加的精神姿态、身份意识及诗性建构》，庄伟杰，《诗潮》，2009 年第 7 期，第 69—76 页。

478.《简论闻一多的象征诗及其诗学意义》，卢惠余，《名作欣赏》，2009 年第 14 期，第 118—120 页。

479.《节日狂欢氛围与花埠百花诗坛的共时性呈现——试论〈花埠百花诗〉的"狂欢化"写作》，闵定庆，《华南师范大学学报》（社会科学版），2009 年第 4 期，第 70—75 页。

480.《近三十年诗歌史写作研究》，余礼凤，《周口师范学院学报》，2009 年第 4 期，第 31—35 页。

481.《经验的根本——从外来文化的影响谈"新学诗"和"新派诗"的区别》，李宏伟，《甘肃联合大学学报》（社会科学版），2009 年第 4 期，第 71—74 页。

482.《精确的幻想——从田原的诗说开去》，陈超，《当代作家评论》，2009 年第 4 期，第 66—74 页。

483.《历史与现实语境中的 90 后新诗》，吴礼丹，《安徽农业大学学报》（社会科学版），2009 年第 4 期，第 34—36 页。

484.《刘半农的诗学观念与方言诗歌实践》，刘进才，《平顶山学院学报》，2009 年第 4 期，第 72—79 页。

485.《论"七月诗派"的语言风格》，王丽君，《名作欣赏》，2009 年第 18 期，第 121—123 页。

486.《论丁芒新诗的诗思意识》，何玉嘉，《广西师范学院学报》（哲学社会科学版），2009 年第 4 期，第 54—57 页。

487.《论彭燕郊"潜在写作"期诗歌的思想艺术特色》，荣小明，《贵州民族学院学报》（哲学社会科学版），2009 年第 4 期，第 90—92 页。

488.《论诗性语言的"隐喻性"特征》，雷珍容，《理论与创作》，2009 年第 4 期，第 40—42 页。

489.《论闻一多的诗歌转向及其成因》，肖学周、程玉竹，《湖南文理学院学报》（社会科学版），2009 年第 4 期，第 95—100 页。

490.《论闻一多诗学中的世界文化视野》，罗先友，《江西社会科学》，2009 年第 4 期，第 128—130 页。

491.《论现代主义诗歌中节奏和意象的关系——以郑敏的 40 年代现代主义诗歌为例》，周礼红，《东北师大学报》，2009 年第 4 期，第 147—149 页。

492.《论杨牧诗歌表现的现实理性精神》，林平，《四川文理学院学报》（社会科学版），2009 年第 4 期，第 33—36 页。

493.《论灾难诗的价值及其文学人类学意》，唐亚娟，《贵州民族学院学报》（哲学社会科学版），2009 年第 4 期，第 83—86 页。

494.《牟心海：意象变形性的诗式创造》，王向峰，《艺术广角》，2009 年第 4 期，第 67—68 页。

495.《"朦胧"：向复杂与深刻敞开的幽密暗道——先锋诗歌批评关键词解读之一》，崔修建，《文学评论》，2009 年第 4 期，第 50—54 页。

496.《穆木天：从"现代"走向"现实"的诗人》，王春辉、张立群，《齐鲁学刊》，2009 年第 4 期，第 150—153 页。

497．《欧阳江河诗歌写作初探》，李墨泉，《艺术广角》，2009年第4期，第52—57页。

498．《庞德对中国新诗的影响》，徐建纲，《成都大学学报》（社会科学版），2009年第4期，第50—52页。

499．《彭燕郊先生未完成的2008——艰难的回忆之一》，龚旭东，《扬子江评论》，2009年第4期，第11—16页。

500．《浅析胡适新诗的演变——以〈尝试集〉第二编的十二首诗歌为例》，王茜，《青年文学家》，2009年第14期，第14—16页。

501．《青草还得长在对岸——诗歌问题断想》，杨匡汉，《诗刊》（上半月刊），2009年第7期，第8—9页。

502．《情能动物，故诗足以感人——女诗人曹文娟作品赏析》，周拥军，《现代交际》，2009年第7期，第36—37页。

503．《"私媒体"时代的网络"诗生活"——网络诗歌》，何平，《当代作家评论》，2009年第4期，第158—161页。

504．《诗歌的生命、灵魂与源泉——论艾青对七月诗派的影响》，司真真，《宜宾学院学报》，2009年第7期，第72—74页。

505．《诗歌与审美，在时代里迁徙》，杨克，《诗刊》（上半月刊），2009年第7期，第10—11页。

506．《诗歌怎样呈现记忆中的土地——周舟近作〈渭南旧事〉析论》，王元中，《天水师范学院学报》，2009年第4期，第59—63页。

507．《诗何为：和友探诗（外二篇）》，汪峰，《诗刊》（下半月刊），2009年第7期，第62—66页。

508．《诗魔附身：苦恼，困惑，挑战》，彭燕郊，《扬子江评论》，2009年第4期，第1—3页。

509．《诗评家、诗人眼中的宋晓杰》，谢冕、燎原等，《诗潮》，2009年第7期，第32—35页。

510．《诗人不应成为思想史上的失踪者》，朵渔，《诗选刊》，2009年第7期，第91—93页。

511．《诗意的可能性》，郑小琼，《诗刊》（上半月刊），2009年第7期，第12—13页。

512．《诗意放逐下的严肃——70后诗群研究》，宋宝伟，《南京理工大学学报》（社会科学版），2009年第4期，第16—19、121页。

513．《诗与思的唯美创见——牟心海诗歌创作研讨会综述》，许宁，《文化学刊》，2009 年第 4 期，第 183 页。

514．《诗与我们共同面临的时代——在"第二届中国诗歌节"上的演讲》，《诗选刊》，2009 年第 7 期，第 88—90 页。

515．《〈诗刊〉（1957—1964）的基本内容和意识形态性研究》，郑翔，《扬子江评论》，2009 年第 4 期，第 46—53 页。

516．《时代激情与社会意识以及诗歌的表现功能——郭沫若诗歌的时代抒情特征》，汪坚强，《乐山师范学院学报》，2009 年第 7 期，第 18—20 页。

517．《抒情哲理化、哲理抒情化——中国现代哲理抒情小诗审美论》，蒋昌丽，《社会科学战线》，2009 年第 7 期，第 155—157 页。

518．《谁愿意向美告别？》，李振声，《扬子江评论》，2009 年第 4 期，第 4—10 页。

519．《说不尽的〈女神〉，离不开的文体——评〈女神〉校释和〈女神及佚诗〉》，廖久明，《中国现代文学研究丛刊》，2009 年第 4 期，第 189—194 页。

520．《谈牟心海和他的诗》，王充闾，《艺术广角》，2009 年第 4 期，第 61 页。

521．《谈中国诗的主体论》，杨小春，《中华诗词》，2009 年第 7 期，第 49—51 页。

522．《体验的诗歌艺术——冯至的〈十四行集〉论》，王巨川，《北方论丛》，2009 年第 4 期，第 48—50 页。

523．《王久辛：一个抒情时代的复活》，祁鸿升，《艺术广角》，2009 年第 4 期，第 58—62 页。

524．《望乡的回忆与现时性的知觉》，苗变丽，《星星》（上半月刊），2009 年第 7 期，第 12—15 页。

525．《为了爱而重新羞涩——评李见心的〈重新羞涩〉》，邹建军，《文学教育》（上），2009 年第 7 期，第 20 页。

526．《文化碰撞与心灵对话——徐志摩"康桥情结"与泰戈尔"人类第三期世界"比较研究》，戴前伦，《江西社会科学》，2009 年第 4 期，第 133—136 页。

527．《我的老师李振声》，张新颖，《当代作家评论》，2009 年第 4 期，第 145—146 页。

528．《我有我的诗》，奚密、董炎，《渤海大学学报》，2009 年第 4

期，第 10-16 页。

529．《五四时期的白话运动与新诗运动》，许霆，《文艺争鸣》，2009 年第 7 期，第 71-77 页。

530．《西方还是本土：中国诗学研究的世纪性命题——从谭桂林〈本土语境与西方资源〉谈起》，李怡，《湖南师范大学社会科学学报》，2009 年第 4 期，第 96-98 页。

531．《现代诗歌鉴赏批评指南》，徐润润、王慧灵、徐楠，《上饶师范学院学报》，2009 年第 4 期，第 51-54 页。

532．《现代性视野下的梭罗与海子》，王颖，《廊坊师范学院》（社会科学版），2009 年第 4 期，第 28-31 页。

533．《现实的担当与美学的重构——近年来诗歌趋向的功能考察》，张立群，《艺术广角》，2009 年第 4 期，第 11-14 页。

534．《乡愁：一种生态主义的焦虑——关于田原诗之独白与潜对话》，汪剑钊，《当代作家评论》，2009 年第 4 期，第 81-90 页。

535．《心海中的诗意世界——牟心海诗歌创作评述》，许宁，《文化学刊》，2009 年第 4 期，第 179-182 页。

536．《心灵在我们时代的诗意——综合性文学刊物》，张学昕，《当代作家评论》，2009 年第 4 期，第 152-155 页。

537．《新诗史的分期及其文化逻辑——从世纪初新诗史的书写现象谈起》，张立群，《艺术广角》，2009 年第 4 期，第 18-21 页。

538．《新诗在整合中重建及其另种诗体的创建》，牟心海，《文化学刊》，2009 年第 4 期，第 14-17 页。

539．《新月派与中国传统文论》，刘畅，《绍兴文理学院学报》（哲学社会科学版），2009 年第 4 期，第 60-63 页。

540．《雪的款待——读保罗·策兰的诗歌》，王家新，《十月》，2009 年第 4 期，第 88-98 页。

541．《雪莱与穆旦后期诗歌"智慧"抒写的比较》，孙相如、朱玲琳，《乐山师范学院学报》，2009 年第 4 期，第 54-57 页。

542．《移木成林——读田原的日语诗》，栖木伸明 [日]，《当代作家评论》，2009 年第 4 期，第 74-80 页。

543．《〈仰婀莎〉诗与苗族文化传承关系研究》，苏晓红，《文化学刊》，2009 年第 4 期，第 148-151 页。

544．《〈野草·题辞〉的张力艺术》，刘秀珍，《名作欣赏》，2009

年第 14 期，第 55—57 页。

545．《幽灵的愤怒与体味的极限——民间刊物》，张清华，《当代作家评论》，2009 年第 4 期，第 155—158 页。

546．《灾难诗的文学人类学特征解析》，喻子涵，《贵州民族学院学报》（哲学社会科学版），2009 年第 4 期，第 79—82 页。

547．《在物与作品之间——胡弦诗歌特征简析》，傅先锋，《诗刊》（下半月刊），2009 年第 7 期，第 40—42 页。

548．《哲思心性诗人魂——对牟心海的人和诗的一种解读》，彭定安，《艺术广角》，2009 年第 4 期，第 63—65 页。

549．《〈这是一个懦怯的世界〉中的"动"》，林宗衡，《文学教育》（上），2009 年第 7 期，第 64—65 页。

550．《政治抒情诗的当代命运》，张德明，《湛江师范学院学报》，2009 年第 4 期，第 6—7 页。

551．《中国新诗发展状态思考》，郭新民，《文艺报·文学评论》，2009 年 7 月 9 日，第 2 版。

552．《"中年写作"：世纪初诗歌代际划分的另一种解读》，张立群，《艺术广角》，2009 年第 4 期，第 15—17、68 页。

553．《走向现代的五四浪漫主义诗学》，范丽娟，《北方论丛》，2009 年第 4 期，第 54—56 页。

八月

554．《2009 中国 70 后诗歌论坛：焦虑与希望》，钟倩、梦亦非，《诗林》，2009 年第 4 期，第 78—80 页。

555．《30 年代中国现代诗派的意向策略》，朱妍，《安庆师范大学学报》，2009 年第 8 期，第 98—101 页。

556．《"80 后"为中国诗坛提供了什么样的版图？——贵州、山东、河南"80 后"诗歌选读印象》，霍俊明，《诗选刊》，2009 年第 8 期，第 93—95 页。

557．《把真相愉快地伪装成幻象》，陈东东，《诗林》，2009 年第 4 期，第 16—18 页。

558．《草根性与新世纪诗歌》，李少君，《南方文坛》，2009 年第 4 期，第 73—76、78 页。

559.《从北中原伫望到意象中国——试论冯杰现代乡土诗美追求与诗境营造》，周建军，《西华大学学报》（哲学社会科学版），2009年第4期，第27—31页。

560.《从边缘到主流：关于垮掉派诗歌的反思》，张子清，《江汉大学学报》（人文科学版），2009年第4期，第15—19页。

561.《从模仿到互文——论帕斯捷尔纳克对王家新的唤醒》，柏桦，《青年作家》，2009年第8期，第87—89页。

562.《当代诗歌如何顺势而为》，袁忠岳，《中华诗词》，2009年第8期，第41—45页。

563.《当下诗歌：文化意识与文化政治》，张大为，《山花》，2009年第8期，第141—147页。

564.《道德与价值评判：当下神性诗写的一个向度》，陈仲义，《江汉大学学报》（人文科学版），2009年第4期，第20—24页。

565.《第三代诗歌的认同焦虑——以"1986现代诗群体大展为中心"》，李建同，《文艺争鸣》，2009年第8期，第81—86页。

566.《东西方色彩观烛照下的"土地"和"太阳"——论艾青早期诗歌色彩的文化内涵》，司真真，《楚雄师范学院学报》，2009年第8期，第47—49页。

567.《读冰儿和倪湛舸的诗》，陈仲义，《文学教育》（上），2009年第8期，第152—153页。

568.《对"古典"的挪用、转化与重置——当代台湾新诗语言构造的重要维度》，张桃洲，《江汉大学学报》（人文科学版），2009年第4期，第5—14页。

569.《〈孤独骑士之歌〉的诗意担当》，郑小琼，《文学自由谈》，2009年第4期，第127—131页。

570.《顾城〈回家〉赏读》，蒋建强，《文学教育》（上），2009年第8期，第60—61页。

571.《海子的"似是而非"的诗——兼论海子研究的相关问题》，霍俊明，《名作欣赏》，2009年第18期，第13—19页。

572.《海子诗中的"肉体真实"》，荣光启，《名作欣赏》，2009年第18期，第16—19页。

573.《互联网语境中的诗歌》，张德明，《诗刊》（上半月刊），2009年第8期，第67—70页。

574．《静观种种人生形态——评胡弦的〈过程〉》，邹建军，《文学教育》（上），2009 年第 8 期，第 18 页。

575．《灵魂的热度和生活的深度》，雪漠，《诗刊》（下半月刊），2009 年第 8 期，第 37－38 页。

576．《鲁克的痛恨之根》，梁小斌，《诗刊》（上半月刊），2009 年第 8 期，第 46－48 页。

577．《论〈雨巷〉的审美追求》，王铁良，《文学教育》（上），2009 年第 8 期，第 56－57 页。

578．《论藏族当代汉语诗歌审美想象的独特魅力》，徐美恒，《江苏社会科学》，2009 年第 8 期，第 161－166 页。

579．《论沈从文"乡下人"自我认同的形成》，罗宗宇，《民族文学研究》，2009 年第 8 期，第 126－131 页。

580．《论泰国的华文小诗》，赵朕，《世界华文文学论坛》，2009 年第 3 期，第 46－51 页。

581．《论新时期以来的云南彝族现代诗歌》，王兰香，《民族文学研究》，2009 年第 8 期，第 156－161 页。

582．《朦胧诗在台湾现代的诗坛回响——"中国"诗歌空间下的两岸诗歌互动情况》，白杨，《文艺争鸣》，2009 年第 8 期，第 107－111 页。

583．《陌生化的诗境》，西村，《星星》（上半月刊），2009 年第 8 期，第 50－51 页。

584．《牟心海的诗——辽宁文学界众人说》，彭定海、王充闾等，《诗潮》，2009 年第 8 期，第 72－78 页。

585．《穆旦诗歌的宗教意识》，安凤琴，《求索》，2009 年第 8 期，第 191－192 页。

586．《牛庆国诗事：1、2、3、4……》，阳飏，《诗刊》（下半月刊），2009 年第 8 期，第 39－40 页。

587．《浅论海子诗歌中的女性意象》，陈青山，《文学教育》（上），2009 年第 8 期，第 146－147 页。

588．《浅谈网络诗歌的喜与忧》，张洪军，《诗刊》（上半月刊），2009 年第 8 期，第 70 页。

589．《"庆国兄"的三种生活角色》，牛娅娅，《诗刊》（下半月刊），2009 年第 8 期，第 40－42 页。

590．《清雅隐忍中的庄严气象》，谢有川，《诗林》，2009 年第 4 期，第 95－96 页。

591．《诗歌意志论》，苍耳，《诗林》，2009 年第 4 期，第 94－96 页。

592．《诗人，作为悠游卒而存在》，育邦，《星星》（上半月刊），2009 年第 8 期，第 41－43 页。

593．《诗与政治的共鸣：1940 年代的郭沫若及其抗战历史剧》，贾振勇，《东岳论丛》，2009 年第 8 期，第 70－76 页。

594．《十四行诗与中国新诗体系的历史建构》，刘立军、王海红，《河北学刊》，2009 年第 4 期，第 243－246 页。

595．《台湾女诗人涂静怡及其〈秋水诗刊〉》，曹明，《世界华文文学论坛》，2009 年第 3 期，第 22－25 页。

596．《梯田上的写作者》，冉隆中，《文学自由谈》，2009 年第 4 期，第 103－113 页。

597．《网络与诗歌自娱》，王天成，《诗刊》（上半月刊），2009 年第 8 期，第 72 页。

598．《现代新诗本体追求探微》，吴凌，《理论月刊》，2009 年第 8 期，第 123－125 页。

599．《新马华文诗歌与中国新诗关系论析》，朱文斌，《华文文学》，2009 年第 8 期，第 83－88 页。

600．《新诗：被遮蔽的写作》，韩作荣，《诗潮》，2009 年第 8 期，第 14－15 页。

601．《新诗"边缘化"观点探析》，程丽雅，《世纪桥》，2009 年第 15 期，第 49 页。

602．《新诗博客与网络诗歌的发展》，王珂，《诗刊》（上半月刊），2009 年第 8 期，第 71 页。

603．《新诗的自我救赎——试论 20 世纪 20－40 年代新诗在"民族化"和"全球化"方面的探求》，周亮，《安徽文学》（下半月），2009 年第 8 期，第 53－58 页。

604．《新诗文本的审美特征》，刘俊峰，《文学教育》（上），2009 年第 8 期，第 121 页。

605．《压抑中的生命觉醒与喷发——浅谈食指的诗歌创作》，王昭，《时代文学》（下半月），2009 年第 4 期，第 20－21 页。

606．《一个"业余诗人"的自得而适》，沈奇，《诗林》，2009 年第

4 期，第 89—90 页。

607.《一种节奏缓慢的诗》，梁晓明，《上海文学》，2009 年第 8 期，第 86—87 页。

608.《异文的诗学》，颜庆余，《读书》，2009 年第 8 期，第 10—15 页。

609.《由"山"到"海"的跋涉——韩东诗变的史诗意义》，韩一宇、王耀文，《文艺争鸣》，2009 年第 8 期，第 78—80 页。

610.《最近 30 年闻一多诗歌研究综论》，吴满珍、李秋芸，《江汉论坛》，2009 年第 8 期，第 101—104 页。

九月

611.《1990 年代的台湾诗坛》，古远清，《诗探索》，2009 年第一辑，第 161—168 页。

612.《1990 年代先锋诗的生态及个人化写作成因》，王珂，《河北学刊》，2009 年第 5 期，第 111—114 页。

613.《90 年代乡土诗发生的轨迹及诗学变化》，周建军，《名作欣赏》，2009 年第 21 期，第 54—67 页。

614.《半山亭》，庞培，《青年作家》，2009 年第 9 期，第 87—91 页。

615.《暴风雨前夜的歌者——论阿英早期诗歌创作》，吴家荣，《文艺理论与批评》，2009 年第 5 期，第 72—76 页。

616.《比体和赋体：象征性诗歌意象研究》，间汉原、间海燕，《南京师范大学文学院学报》，2009 年第 3 期，第 154—157 页。

617.《并非钢铁，而是油菜花》，柳宗宣，《诗刊》（下半月刊），2009 年第 9 期，第 41—42 页。

618.《沉默与坚守》，罗振亚，《诗选刊》，2009 年第 9 期，第 87—88 页。

619.《沉思着命运的大提琴——姚凤诗歌浅论》，蔡俊、李之平，《诗探索》，2009 年第一辑，第 112—119 页。

620.《陈陟云诗歌的多重"隔岸"叙事》，刘洪霞，《诗探索》，2009 年第一辑，第 126—139 页。

621.《赤子情怀与裸体的太阳——论詹澈》，沈奇，《诗探索》，2009 年第一辑，第 153—160 页。

622．《重读海子》，陈超，《名作欣赏》，2009年第26期，第9-12页。

623．《穿过这片黑夜的那些眼——从翟永明诗歌中的"眼睛"看其诗歌风格变化》，董秀丽，《文艺评论》，2009年第5期，第63-65页。

624．《"穿行于现实与虚幻之间"——李轻松诗歌写作的精神探索》，罗小凤，《诗探索》，2009年第一辑，第56-63页。

625．《穿行在情感与文体之间——回顾六十年来的中国新诗》，章亚昕，《名作欣赏》，2009年第25期，第4-7页。

626．《词语——关于诗与诗人的札记》，柳宗宣，《诗探索》，2009年第一辑，第106-109页。

627．《从诗歌的历史理解诗歌的现实——答马铃薯兄弟问》，李亚伟，《上海文学》，2009年第9期，第82-83页。

628．《当代空间诗学语境：巴赫金理论话语探邪赜》，麦永雄，《吉林大学社会科学学报》，2009年第5期，第73-78页。

629．《底层生活的现实镜像——论郑小琼的诗》，丁纯，《南京师范大学文学院学报》，2009年第3期，第82-84页。

630．《"地震时期"的诗歌承担及其困境》，王家新，《诗探索》，2009年第一辑，第1-11页。

631．《东北诗坛的巨幅画雕像——邢海珍诗歌文化新著〈中国新诗三剑客〉管窥》，张剑阁，《文艺评论》，2009年第5期，第69-72页。

632．《读阳子和水晶珠链的诗》，陈仲义，《文学教育》（上），2009年第9期，第148-149页。

633．《对〈面朝大海，春暖花开〉的解读及英文翻译》，程业清，《科教文汇》（下旬刊），2009年第9期，第270页。

634．《对新诗诗体革命的反思》，罗姝芳，《边疆经济与文化》，2009年第9期，第63-65页。

635．《发现和发掘那些优秀的政治抒情诗》，叶橹，《文艺报·文学评论》，2009年9月24日，第6版。

636．《风中的灰烬》，王夫刚，《诗刊》（下半月刊），2009年第9期，第37-39页。

637．《高处，发生了美——读柳宗宣〈高过楼顶的杉树〉》，黄斌，

《诗探索》，2009年第一辑，第102-105页。

638.《戈麦诗歌中的"死亡"意象解读》，张文刚，《海南大学学报》（人文社会科学版），2009年第5期，第560-565页。

639.《归来者：不是宣言的宣言》，洪烛，《诗探索》，2009年第一辑，第36-44页。

640.《海子、骆一禾"麦地诗歌"的形成和风格差异》，郭庆杰，《信阳师范学院学报》（哲学社会科学版），2009年第5期，第124-127页。

641.《还原与颠覆——评莫卧儿的〈北京的微风〉》，邹建军，《文学教育》（上），2009年第9期，第17页。

642.《黄梵诗歌赏析》，柏桦，《诗探索》，2009年第一辑，第82-84页。

643.《纠偏与制衡：1940年代中国现代诗学的自觉追求》，吴井泉，《北方论丛》，2009年第5期，第33-39页。

644.《灵魂遨游的踪迹——读灰娃的诗》，屠岸，《诗探索》，2009年第一辑，第120-125页。

645.《留学背景与中国新诗的域外生成》，李丹，《文学评论》，2009年第5期，第176-183页。

646.《论艾青在租界上的诗歌创作》，龙俊，《井冈山学院学报》（哲学社会科学版），2009年第5期，第59-62页。

647.《论陈先发诗歌的"汉化"》，陈仲义，《南京师范大学文学院学报》，2009年第3期，第89-95页。

648.《论古今诗学理论对话》，赵东，《西南大学学报》（社会科学版），2009年第5期，第38-39页。

649.《论余光中诗歌中的土地意识》，沈玲，《徐州师范大学学报》（哲学社会科学版），2009年第5期，第36-39页。

650.《论袁可嘉中国式现代主义诗学理论的建构》，王芳，《南昌大学学报》（人文社会科学版），2009年第5期，第101-106页。

651.《论中国现代派诗对意象主义的接受》，陈希，《文学评论》，2009年第5期，第50-54页。

652.《论朱湘的十四行诗创作》，王俊燕，《科教文汇》（上旬刊），2009年第9期，第230-233页。

653.《洛夫的〈背向大海〉与现代禅诗写作》，孙金燕，《诗探索》，2009年第一辑，第146—152页。

654．《面对灾难或重大社会问题：诗歌何在？诗人何为？》，刘洁岷，《诗探索》，2009年第一辑，第26—34页。

655．《牛汉"潜在写作"的生命诗学论略》，袁仕萍，《西南大学学报》（社会科学版），2009年第5期，第40—43页。

656．《牛津现代诗选（1892—1935）·序（1936年）》，叶芝（爱尔兰）著、北塔译，《诗探索》，2009年第一辑，第170—205页。

657．《评判尹丽川与巫昂的游戏书写》，董秀丽，《北方论丛》，2009年第5期，第40—43页。

658．《浅谈西渡诗歌中人称代词的审美效用》，刘梅，《三峡大学学报》（人文社会科学版），2009年第5期，第99—100页。

659．《人生刻痕留在钢铁上》，袁忠岳，《诗刊》（下半月刊），2009年第9期，第39—41页。

660．《人文关怀与生态意识的诗意融合》，单华艳、孙吉麟，《通化师范学院学报》，2009年第9期，第67—68、71页。

661．《如何重返新诗本体研究？——从〈中国现代诗歌意象论〉谈起》，张桃洲，《首都师范大学学报》（社会科学版），2009年第5期，第97—101页。

662．《生存问题真的大于艺术问题吗——汶川赈灾诗热后的冷思考》，王珂，《诗探索》，2009年第一辑，第12—25页。

663．《生命因艺术而"脱苦"——读余光中先生〈白玉苦瓜〉》，温儒敏，《诗探索》，2009年第一辑，第142—145页。

664．《诗歌创作要注意三个问题》，明照，《文艺报·副刊》，2009年8月11日，第8版。

665．《诗歌发掘与海子研究》，商立军，《名作欣赏》，2009年第18期，第20—21页。

666．《诗歌翻译的策略和方案》，凌莉、刘露，《科技信息》，2009年第17期，第35—40页。

667．《诗歌与社会：新的张力关系的建立》，张桃洲，《江海学刊》，2009年第5期，第195—198页。

668．《诗评家、诗人眼中的桑恒昌》，贺敬之、李瑛等，《诗潮》，2009年第7期，第40—43页。

669．《诗人陈建华——少年时期的肖像》，李振声，《当代作家评论》，2009年第5期，第127—144页。

670.《诗与事》，黄梵，《诗探索》，2009年第一辑，第85—89页。

671.《"诗意地栖居"与逻各斯向往——试论于坚诗歌的审美追求与精神内涵》，苏葆荣，《凯里学院学报》，2009年第5期，第104—106页。

672.《使痛苦获得意义》，蓝蓝，《诗探索》，2009年第一辑，第46—47页。

673.《试论"政治抒情诗"的历史渊源与当代表现》，王恒升，《东岳论丛》，2009年第9期，第70—82页。

674.《试论中国诗歌的叙事性与戏剧化手法》，杨景龙、陶文鹏，《名作欣赏》，2009年第24期，第22—25页。

675.《诵之行云流水，听之金声玉振——浅谈陈敬容诗歌之音乐美》，李春秋、李春芳，《名作欣赏》，2009年第20期，第98—99页。

676.《现代汉语诗歌与现代汉语诗学》，周晓风，《西南大学学报》（社会科学版），2009年第5期，第33—35页。

677.《现代诗歌研究的"新突破"与"新启示"——评王泽龙〈中国现代诗歌意象论〉》，刘继林，《海南师范大学学报》（社会科学版），2009年第5期，第110—112页。

678.《现代新诗研究的语言学转向》，咸立强，《诗选刊》，2009年第9期，第91—92页。

679.《现行几种穆旦作品集的出处与版本问题》，李章斌，《中山大学学报》（社会科学版），2009年第5期，第53—57页。

680.《象征诗艺中国化的艰难历程——李金发与戴望舒之比较》，曾效葵、席宏伟，《社科纵横》，2009年第9期，第95—98页。

681.《新诗批评的再批评》，陈敢，《文艺报·文学评论》，2009年9月3日，第2版。

682.《徐志摩与郭沫若的一次碰撞》，李兆忠，《广东社会科学》，2009年第5期，第152—156页。

683.《喧嚣之下宁静的河流》，高文，《诗刊》（下半月刊），2009年第9期，第42—44页。

684.《学科建设与新诗学之学科化》，子张，《西南大学学报》（社会科学版），2009年第5期，第36—39页。

685.《血性写作中的对立和破碎——读李轻松的诗》，冯雷，《诗探索》，2009年第一辑，第48—55页。

686．《一部诗剧与一个诗人的创作史》，龙扬志，《诗探索》，2009年第一辑，第64—72页。

687．《已有无数的桥，可供我节节败退……——读黄梵札记》，敬文东，《诗探索》，2009年第一辑，第74—81页。

688．《以香港诗人傅天虹为个案论"自传诗"写作》，王珂，《廊坊师范学院学报》（社会科学版），2009年第5期，第13—18页。

689．《意象与中国现代诗学》，王学东，《宁夏社会科学》，2009年第5期，第150—154页。

690．《音轨论》，丁艺，《中华诗词》，2009年第9期，第36—39页。

691．《音乐与诗歌的渗透——浅谈常建诗歌的音乐性》，孙丽君，《今日南国》（理论创新版），2009年第9期，第122页。

692．《用"语言的利斧"归还一切——析戈麦的〈最后一日〉兼及其他》，张立群，《名作欣赏》，2009年第24期，第15—17页。

693．《于赓虞：中国"纯诗"的先锋诗人》，高蔚，《钦州学院学报》，2009年第5期，第53—57页。

694．《于沦落悲凉中见辉煌的曙色——论鲁迅诗歌中的歌女形象》，王吉鹏、李梓，《石家庄学院学报》，2009年第5期，第57—59页。

695．《再论近人旧体诗不宜纳入现代诗歌史——以聂绀弩的旧体诗为例》，吕家乡，《齐鲁学刊》，2009年第5期，第129—134页。

696．《在沉重和语言之间平衡——王家新诗学浅析》，李文辉，《山花》，2009年第9期，第143—150页。

697．《在学衡派对新诗的批判中探讨其自身得失》，高媛媛，《河南教育学院学报》（哲学社会科学版），2009年第5期，第93—96页。

698．《臧克家诗集〈烙印〉与〈罪恶的黑手〉中的现代主义因素》，刘婧，《南都学坛》，2009年第5期，第62—63页。

699．《中国当代西部诗歌的终极关怀》，张玉玲，《石家庄学院学报》，2009年第5期，第654—659页。

700．《中国诗歌的现实主义传统与"五四"新诗》，戴惠，《学海》，2009年第5期，第187—191页。

701．《中国诗人移植十四行体的文化意义》，许霆，《文艺理论研究》，2009年第5期，第117—123页。

702.《中国现代诗歌的"身体学"漫议》，李蓉，《文艺争鸣》，2009年第9期，第88—90页。

703.《中国现代诗歌文体发展的历史反思》，吕周聚，《山东师范大学学报》（人文社会科学版），2009年第5期，第29—33页。

704.《中国新诗发生期新诗集序的媒体价值》，梁笑梅，《文学评论》，2009年第5期，第39—44页。

705.《中国新诗发展状况思考》，郭新民，《诗选刊》，2009年第9期，第89—90页。

706.《中国新诗研究的回归与突围——评陈爱中的〈中国现代新诗语言研究〉》，卢长春，《齐齐哈尔大学学报》（哲学社会科学版），2009年第5期，第87—88页。

707.《周作人新诗生态意识略论》，葛胜君、赵丹，《通化师范学院学报》，2009年第9期，第65—66、77页。

708.《"追寻从身体中生长出来的"——从柳宗宣看当代诗歌的"根性问题"》，易彬，《诗探索》，2009年第一辑，第92—101页。

709.《最后一位乡村诗人——叶赛宁与海子比较》，王颖、王秀丽，《安庆师范大学学报》，2009年第5期，第37—41页。

十月

710.《20世纪90年代以来中国新诗的语言探析》，张立群，《重庆社会科学》，2009年第10期，第105—110页。

711.《安静的内涵——答问片段》，冯晏，《上海文学》，2009年第10期，第89—90页。

712.《把青草写到极致——读阿古拉泰诗集〈青草灯盏〉〈随风飘逝〉有感》，高洪波，《文艺报·文学批评》，2009年10月20日，第2版。

713.《陈梦家〈铁马集〉的"纯粹性"与"现实性"》，王昌忠，《湖州师范学院学报》，2009年第5期，第22—25页。

714.《陈梦家：延伸中国新诗的诗美之路》，罗昌智，《名作欣赏》，2009年第23期，第83—90页。

715.《戴望舒及其诗歌〈深闭的园子〉》，刘阳，《文学教育》（下），2009年第10期，第30—31页。

716．《但愿人长久——评杨方的〈大地情书〉》，邹建军，《文学教育》（上），2009 年第 10 期，第 19 页。

717．《读麦豆和燕窝的诗》，陈仲义，《文学教育》（上），2009 年第 10 期，第 154—155 页。

718．《独特而高贵的"独唱"》，向卫国，《文学自由谈》，2009 年第 5 期，第 152—156 页。

719．《对汶川地震诗歌的几点思考》，余姣，《文学教育》（下），2009 年第 10 期，第 122—123 页。

720．《高地上的眺望——金玲子诗集〈奢华倾城〉》，舒洁，《文艺报·文学评论》，2009 年 10 月 15 日，第 2 版。

721．《高度的深处——赵首先最新诗集〈看却无痕〉读后》，任举林，《文艺争鸣》，2009 年第 10 期，第 166—167 页。

722．《关于〈戈麦诗全编〉的考证》，赵思运，《名作欣赏》，2009 年第 24 期，第 20—21 页。

723．《郭沫若浪漫主义诗歌与新诗范式问题》，晏青，《广东工业大学学报》（社会科学版），2009 年第 10 期，第 67—70 页。

724．《"浩瀚"与"真诚"灵魂的窥探——对宗白华〈三叶集〉细读》，潘水萍，《名作欣赏》，2009 年第 23 期，第 85—93 页。

725．《后现代场域下的诗歌之反思》，王巨川，《文学自由谈》，2009 年第 5 期，第 70—76 页。

726．《"精魂全在一口深吸的气里"——论姜涛诗歌的形体学诉求》，余旸，《江汉大学学报》（人文科学版），2009 年第 5 期，第 10—14 页。

727．《论 1986—1995 年的汉语先锋诗歌》，陈小平，《江汉大学学报》（人文科学版），2009 年第 5 期，第 5—9 页。

728．《论诗歌语言中的语义蒙太奇》，张亭立，《韶关学院学报》，2009 年第 10 期，第 68—72 页。

729．《论俞平伯探索新诗发展之路》，郝栩甲，《文学教育》（上），2009 年第 10 期，第 134—135 页。

730．《骆一禾、海子、我自己以及一些更广阔的东西》，西川、徐钺，《诗林》，2009 年第 5 期，第 83—91 页。

731．《马凯的"诗言志"——读〈心声集〉》，何建明，《文艺报·文学批评》，2009 年 10 月 20 日，第 2 版。

732.《浅谈伊沙的诗歌》，张强，《文学教育》（上），2009 年第 10 期，第 62—63 页。

733.《浅析徐志摩其人其诗》，孔瑛，《文学教育》（上），2009 年第 10 期，第 66—68 页。

734.《诗歌创作不应与时代割裂》，张滢莹，《文学报·文学批评》，2009 年 10 月 15 日，第 4 版。

735.《诗歌带给人们光明和温暖》，吉狄马加，《诗潮》，2009 年第 10 期，第 70—71 页。

736.《诗歌对小说的开示》，千夫长，《诗林》，2009 年第 5 期，第 95—96 页。

737.《思想史诗的灵魂，情感是诗的朋友——致老诗人李瑛的信》，陈德宏，《文艺报·副刊》，2009 年 10 月 31 日，第 3 版。

738.《台湾新诗 60 年的历程及其特殊贡献》，古远清，《学术研究》，2009 年第 10 期，第 147—153、160 页。

739.《万夏诗歌：1980—1990 宿疾与农事》，柏桦，《江汉大学学报》（人文科学版），2009 年第 5 期，第 15—19 页。

740.《我所了解的诗人何首本》，朱先树，《文艺报·专题》，2009 年 10 月 13 日，第 8 版。

741.《"我在一条天路上走着我自己"》，刘奎，《诗林》，2009 年第 5 期，第 92—94 页。

742.《西南联大诗人战争的三大主题》，王燕，《西南农业大学学报》（社会科学版），2009 年第 5 期，第 124—127 页。

743.《雪与死亡：一个漫长的过程》，王亮，《诗林》，2009 年第 5 期，第 10—13 页。

744.《阎志的诗歌方法》，邱华栋，《文艺报·文学批评》，2009 年 10 月 24 日，第 2 版。

745.《伊沙诗歌论——"杀毒霸"播撒及"互文性"回收》，陈仲义，《文艺争鸣》，2009 年第 10 期，第 136—141 页。

746.《"这热血，这泪水"——读郑玲的诗篇〈正在读你〉》，树才，《文艺报·副刊》，2009 年 10 月 17 日，第 2 版。

747.《走向沉沦的中国当代诗歌——20 世纪 90 年代以来的诗歌状况评说》，杨守森，《东岳论丛》，2009 年第 10 期，第 67—75 页。

748.《走向民间——论"晋察冀诗歌"的审美倾向》，丛鑫，《楚雄师范学院学报》，2009 年第 10 期，第 18—23 页。

十一月

749．《"90 年代诗歌"：问题与遗产》，荆亚平，《长江师范学院学报》，2009 年第 6 期，第 14—17 页。

750．《90 年代中国新诗的知识谱系》，杨四平，《长江师范学院学报》，2009 年第 6 期，第 1—8 页。

751．《安琪的词语实验》，罗小凤，《诗刊》（上半月刊），2009 年第 11 期，第 64—65 页。

752．《必要的"分界"：当代诗歌批评与文学史写作》，陈超，《文艺研究》，2009 年第 11 期，第 20—27 页。

753．《"别有一种意义"的抒唱——解读穆旦的晚年之作〈诗〉》，戴惠，《名作欣赏》，2009 年第 27 期，第 66—73 页。

754．《苍老的青春独白：诗潮新变三十年》，李林荣，《社会科学论坛》（学术评论卷），2009 年第 11 期，第 75—82 页。

755．《澄澈的心灵与独守的诗性——满族诗人路地论》，张立群，《民族文学研究》，2009 年第 11 期，第 119—122 页。

756．《词语的光辉》，夏泽奎、刘凤阳，《文艺报·文艺评论》，2009 年 11 月 7 日，第 2 版。

757．《此岸的哲性的持重的精灵——从几首诗看齐红霞的诗作品格》，黄轶、刘迎，《平顶山学院学报》，2009 年第 6 期，第 34—37 页。

758．《大海之子——诗人李先锋印象》，陈因，《诗刊》（下半月刊），2009 年第 11 期，第 37—40 页。

759．《"大"时代中的"小"刊物：一九五七年的〈星星〉诗刊》，刘成才，《文艺研究》，2009 年第 11 期，第 163—165 页。

760．《当代女性诗歌言说策略的转换》，董秀丽，《天津社会科学》，2009 年第 6 期，第 115—117 页。

761．《当代诗歌的发展以及面临的境遇》，叶延滨，《文艺报·理论与争鸣》，2009 年 11 月 12 日，第 3 版。

762．《读黄土和唐不遇的诗》，陈仲义，《文学教育》（上），2009 年第 11 期，第 152—153 页。

763．《断裂还是继承——新体诗与旧体诗关系新论》，吕周聚，

《山西大学学报》（哲学社会科学版），2009年第6期，第43—49页。

764.《"断片"之诗歌美学意义初探》，蔡明明，《楚雄师范学院学报》，2009年第11期，第26—31页。

765.《多从民间文学中汲取营养》，曾祥书，《文艺报·文学评论》，2009年11月12日，第5版。

766.《多元和合的复调诗意书写——周庆荣"格丽娜时期"散文诗之论》，罗小凤，《诗潮》，2009年第11期，第70—72页。

767.《二十世纪八十年代以来的新诗运动及"非诗化"漫议——以柯岩诗歌批评实践为中心》，张器友，《文艺理论与批评》，2009年第6期，第48—51页。

768.《发自血脉的诗歌——浅评重庆子衣的诗歌创作》，微紫，《文艺报·文学评论》，2009年11月19日，第7版。

769.《分行》，于坚，《当代作家评论》，2009年第6期，第73—79页。

770.《〈父亲〉的精神品格与审美取向——读刘福君亲情诗随感》，寇宗鄂，《文艺报·文学评论》，2009年11月19日，第8版。

771.《戈麦：〈野草〉之后的诗人》，葛胜君，《通化师范学院学报》，2009年第6期，第87—89页。

772.《古典诗歌情感欣赏初探》，宋亚群，《科教文汇》，2009年第11期，第232页。

773.《关于新诗创作与批评的对话》，罗振亚、刘波，《渤海大学学报》（哲学社会科学版），2009年第6期，第10—18页。

774.《河南当代诗歌的发展流变》，潘磊、彭迎，《平顶山学院学报》，2009年第6期，第35—38页。

775.《红卫兵诗歌与天安门诗歌的内在联系与历史地位》，武善增，《齐鲁学刊》，2009年第6期，第147—153页。

776.《火焰、燃烧、麦地与乌鸦——兼论郭沫若〈凤凰涅槃〉以来诗歌意象的转型》，龚盖雄，《绵阳师范学院学报》，2009年第6期，第58—63、68页。

777.《精神困境与生存危机的诗意阐释——读谢建平的诗》，潇元，《文艺报·文学评论》，2009年11月19日，第8版。

778.《立于时代情感之巅的豪放与燃烧——郭沫若新诗论》，郝雨，《平顶山学院学报》，2009年第6期，第22—26页。

779.《录佚诗在寄袁可嘉先生》，李光荣，《文艺报·副刊》，2009年11月19日，第3版。

780.《略论90年代先锋诗歌的文化境遇与多元流向》，杨四平，《长江师范学院学报》，2009年第6期，第9—13页。

781.《美国意象派对闻一多诗歌创作的影响》，卢惠余，《深圳大学学报》（人文社会科学版），2009年第6期，第121—126页。

782.《"朦胧诗"论争——"中国式"现代主义诗歌的艰难叙述》，余旸，《扬子江评论》，2009年第6期，第14—24页。

783.《面对九十盏红灯——纪念诗人郭小川90周年诞辰》，张同吾，《诗刊》（上半月刊），2009年第11期，第58—60页。

784.《你，隔着金色的栅栏……》，严秀英，《文学自由谈》，2009年第6期，第14—21页。

785.《怒放为莲花：青藏高原石头的歌唱》，马海轶，《青海湖》，2009年第11期，第9—12页。

786.《徘徊于城市和乡村之间——论艾青的城市诗》，金晶，《丽水学院学报》，2009年第6期，第42—44、86页。

787.《平凡的人间生活是"有福的"——评尤克利的〈我愿意〉》，邹建军，《文学教育》（上），2009年第11期，第19页。

788.《铅华散尽见真淳》，刘小放，《文艺报·文学评论》，2009年11月17日，第2版。

789.《浅论袁可嘉对中国现代诗学体系的建构》，邹爱芳，《浙江社会科学》，2009年第11期，第105—107页。

790.《秋夜读艳诗》，武歆，《文学自由谈》，2009年第6期，第147—151页。

791.《人，诗意地栖居——简析海子诗歌五大主题意象》，杨丹珠，《现代交际》，2009年第11期，第132页。

792.《如椽诗笔激情抒写共和国60年心灵史——读邱树宏诗集〈共和国之恋〉》，杨黎光，《文艺报·文学评论》，2009年11月19日，第7版。

793.《生活的厚重与艺术的力度——读叶臻诗作〈走进一位老矿工的家〉》，王明文，《诗刊》（上半月刊），2009年第11期，第63—64页。

794.《生命中的轻与重——李先锋诗歌印象》，靳晓静，《诗刊》

（下半月刊），2009 年第 11 期，第 36—37 页。

795.《生态整体主义与新诗发展的一个可能路向》，马永波，《扬子江评论》，2009 年第 6 期，第 25—29 页。

796.《诗歌：意境营造与意象的拼接组合》，胡晓靖，《南都学坛》，2009 年第 6 期，第 71—74 页。

797.《〈诗刊〉：中国梦的家园——我与〈诗刊〉十四年》，叶延滨，《编辑学刊》，2009 年第 6 期，第 58—62 页。

798.《诗情又辟新天地——读李瑛的长诗〈等待〉》，吴凡，《诗刊》（上半月刊），2009 年第 11 期，第 61—63 页。

799.《失重的诗歌——论戈麦及其诗》，陈增福、项喜岩，《通化师范学院学报》，2009 年第 6 期，第 83—87 页。

800.《时间劫数中的艺术变轨——李先锋诗歌片谈》，燎原，《诗刊》（下半月刊），2009 年第 11 期，第 34—36 页。

801.《十七年文学论争档案》（诗歌篇），毛翰、王娜，《名作欣赏》，2009 年第 27 期，第 13—28 页。

802.《舒婷诗歌中女性形象的另一面解读》，林芳汀，《时代文学》（下半月），2009 年第 11 期，第 13—14 页。

803.《书写断代史的中国梦——读〈在路上：东莞青年诗人诗选〉》，杨克，《文艺报·文学评论》，2009 年 11 月 19 日，第 8 版。

804.《台湾新世代诗歌的底层关怀》，王金城，《世界华文文学论坛》，2009 年第 4 期，第 44—49 页。

805.《泰戈尔散文诗对"五四"新诗体的影响》，张娟，《齐鲁学刊》，2009 年第 6 期，第 158—160 页。

806.《"我与诗相依为命"——读牛汉七八十年代诗作随想》，岳海东，《宜宾学院学报》，2009 年第 11 期，第 57—60 页。

807.《现代性诗学的两极唯美主义与实证主义、自然主义诗学》，杜吉刚，《湖南社会科学》，2009 年第 6 期，第 143—148 页。

808.《献给祖国的灵魂财富——读石英诗集〈走向天安门〉》，王宗仁，《文艺报·文学评论》，2009 年 11 月 14 日，第 3 版。

809.《心灵的孤帆远行——蔡其矫与五六十年代中国诗歌的精神现象》，孟繁华，《绵阳师范学院学报》，2009 年第 6 期，第 1—5 页。

810.《新批评解析与诗歌鉴赏》，沈碧萍、茅忆年，《湖南科技学院学报》，2009 年第 11 期，第 71—72 页。

811.《新诗名家与中国古典诗学》，杨景龙，《西南大学学报》（社会科学版），2009年第6期，第30—32页。

812.《"新月派"的形成及理性精神》，李春红，《徐州师范大学学报》（哲学社会科学版），2009年第6期，第50—53页。

813.《行走在自由与秩序之间——论现代诗规则》，普冬，《文艺报·理论与争鸣》，2009年11月19日，第2版。

814.《徐志摩爱情诗审美：飞动的灵感与飘逸的柔情》，龚孟伟，《渭南师范学院学报》，2009年第6期，第32—35页。

815.《瑶族之子的文化想象与身份追寻——黄爱平诗歌读后》，聂茂，《理论与创作》，2009年第6期，第71—73页。

816.《一种被忽略的审美倾向——西部诗歌审美趣味的当代性发掘》，张玉玲，《齐鲁学刊》，2009年第6期，第142—146页。

817.《一种新诗体的形成与发展——也谈政治抒情诗》，朱先树，《文艺报·文学评论》，2009年11月12日，第8版。

818.《以良心和真情著诗》，黄东成，《文艺报·文艺评论》，2009年11月7日，第2版。

819.《已沦为传销链的诗歌杂志》，李更，《文学自由谈》，2009年第6期，第118—122页。

820.《以我写世，以梦写实——〈挽歌与纪念〉的抒情方式》，邹建军，《诗刊》（上半月刊），2009年第11期，第31—34页。

821.《译介学与中国现代诗学体系的拓展》，熊辉，《西南大学学报》（社会科学版），2009年第6期，第28—29页。

822.《永远的阮章竞》，陈建功，《诗刊》（上半月刊），2009年第11期，第56—57页。

823.《语言的灰烬与语言的革命——从多多海外诗作〈归来〉与〈依旧是〉说起》，李章斌，《扬子江评论》，2009年第6期，第55—59页。

824.《"在歌唱着精神和感官的热狂"——关于九叶诗派的象征表现之一》，范玉青，《内蒙古民族大学学报》，2009年第6期，第31—32页。

825.《这个春天的花间梦事》，天涯，《诗潮》，2009年第11期，第34—35页。

826.《郑敏与〈九叶集〉》，周礼红，《深圳大学学报》（人文社会科学版），2009 年第 6 期，第 116–120 页。

827.《政治一体化语境下的创造"失语"与探索——"何其芳现象"再解读》，王春晖、张立群，《湖北师范学院学报》（哲学社会科学版），2009 年第 6 期，第 47–51 页。

828.《"中锋"的魅力——读〈中国当代诗坛中锋：十家诗选〉》，黎保荣，《天中学刊》，2009 年第 6 期，第 87–90 页。

829.《"中国传统"和"善性西化"——1950 年代台湾政治压抑下的诗歌突围》，黄万华，《中山大学学报》（社会科学版），2009 年第 6 期，第 42–49 页。

830.《中国当代西部诗歌的终极关怀》，张玉玲，《安徽师范大学学报》（人文社会科学版），2009 年第 6 期，第 654–659 页。

831.《中国现代诗学学科建设：从"转益多师"到"自成一体"》，张德明，《西南大学学报》（社会科学版），2009 年第 6 期，第 22–24 页。

832.《朱朱诗歌的具体方法》，宋琳，《当代作家评论》，2009 年第 6 期，第 80–82 页。

833.《宗白华小诗含蕴的"和谐"》，孔晓音，《文学教育》（上），2009 年第 11 期，第 138–139 页。

十二月

834.《北国诗坛的拓荒犁》，高深，《文艺报·文学评论》，2009 年 12 月 12 日，第 3 版。

835.《曹葆华的新诗探索与诗论译介思想》，孙玉石，《现代中文学刊》，2009 年第 3 期，第 56–63 页。

836.《"草根诗学"的实践——读〈诗歌读本三十二首诗〉》，符力，《文艺报·文学评论》，2009 年 12 月 26 日，第 2 版。

837.《戴着镣铐的前行——论中国现代诗歌发展》，孙琪琪，《商丘职业技术学院学报》，2009 年第 6 期，第 77–78 页。

838.《读阿斐和郑小琼的诗》，陈仲义，《文学教育》（上），2009 年第 12 期，第 153–154 页。

839.《多元开放：唐湜的诗歌形式论》，何雪英，《名作欣赏》，2009 年第 29 期，第 95–101 页。

840．《法国现代主义诗潮的引进与台湾新诗运动的勃兴》，钱林森，《南通大学学报》（社会科学版），2009 年第 6 期，第 65—70 页。

841．《翻译与中国新诗》，张曙光，《江汉大学学报》（人文科学版），2009 年第 6 期，第 25—28 页。

842．《非典型诗人》，马小淘，《诗刊》（下半月刊），2009 年第 12 期，第 42—43 页。

843．《胡适英译诗〈关不住了〉的节奏尝试》，侯婷，《江汉大学学报》（人文科学版），2009 年第 6 期，第 20—24 页。

844．《回溯》，曹英人，《诗潮》，2009 年第 12 期，第 23 页。

845．《坚定、明朗、个性》，蒋巍，《文艺报·副刊》，2009 年 12 月 17 日，第 3 版。

846．《简洁单纯的真实抒写——浅释非马的诗》，林明理，《南京师范大学文学院学报》，2009 年第 4 期，第 24—30 页。

847．《九十年代的诗歌走向》，于梅、高佳琦，《今日科苑》，2009 年第 12 期，第 178 页。

848．《口语入诗的艰难之旅——对现代诗歌语言特征的一种考察》，胡峰，《广西大学学报》（哲学社会科学版），2009 年第 6 期，第 125—129 页。

849．《李琦的声音：来自雪中的单纯与美丽——〈李琦近作选〉阅读感言》，邢海珍，《诗刊》（下半月刊），2009 年第 12 期，第 45—46 页。

850．《论第三代诗歌的崇高美》，林平乔，《西北农林科技大学学报》（社会科学版），2009 年第 6 期，第 129—137 页。

851．《论冯至〈昨日之歌〉的新诗史意义》，黄玲，《名作欣赏》，2009 年第 29 期，第 104—106 页。

852．《茅盾与中国新诗》，《名作欣赏》，2009 年第 29 期，第 102—104 页。

853．《穆旦：翻译作为幸存》，王家新，《江汉大学学报》（人文科学版），2009 年第 6 期，第 5—14 页。

854．《"你的名字是不是叫希望"》，王家新，《文艺报·副刊》，2009 年 12 月 17 日，第 3 版。

855．《徘徊于城市和乡村之间——论艾青的城市诗》，金晶，《丽水学院学报》，2009 年第 6 期，第 42—44、86 页。

856.《评郭小川的长篇叙事诗创作》，尚炜，《文学教育》（上），2009 年第 12 期，第 50—51 页。

857.《邵洵美"颓加荡"的诗歌艺术》，胡晴，《肇庆学院学报》，2009 年第 6 期，第 21—25 页。

858.《邵洵美的诗歌艺术》，尹奇岭，《江淮论坛》，2009 年第 6 期，第 51—157 页。

859.《诗歌的纯美与理性担当》，王学海，《文艺报·理论与争鸣》，2009 年 12 月 1 日，第 3 版。

860.《诗人之心与更宽阔的世界》，李霞，《文艺报·文学评论》，2009 年 12 月 22 日，第 3 版。

861.《诗人中的"达吉雅娜"》，路也，《诗刊》（下半月刊），2009 年第 12 期，第 39—41 页。

862.《什么也不能阻挡我们心灵的交通》，李见心，《诗潮》，2009 年第 12 期，第 15 页。

863.《时代风情与审美个性统一》，张同吾，《文艺报·副刊》，2009 年 12 月 17 日，第 7 版。

864.《试论艾青诗歌的绘画性——对"诗中有画"的再认识》，《名作欣赏》，2009 年第 23 期，第 97—99 页。

865.《跳过镜子的猫》，贾梦华，《诗潮》，2009 年第 12 期，第 24—25 页。

866.《童话诗人的生命乌托邦——重读顾城的〈感觉〉》，王玉宝，《名作欣赏》，2009 年第 30 期，第 68—70 页。

867.《为微小的生命歌唱——评东荡子的〈寓言〉》，邹建军，《文学教育》（上），2009 年第 12 期，第 22 页。

868.《闻一多：领袖诗坛的理想与追求——兼论意象派对闻一多诗学活动的影响》，卢惠余，《名作欣赏》，2009 年第 29 期，第 74—77 页。

869.《我写我口 真率也风流》，陈福民，《文艺报·副刊》，2009 年 12 月 17 日，第 7 版。

870.《现代诗的再出发：中国 40 年代现代主义诗潮叙论》，张松建，《诗探索》，2009 年第二辑，第 24—26 页。

871.《现代主义诗歌"经验写作"的美学透视》，王昌忠，《求索》，2009 年第 12 期，第 157—160 页。

872.《现实主义抒情之作》，林莽，《文艺报·副刊》，2009年12月17日，第3版。

873.《香港新诗六十年》，古远清，《江汉论坛》，2009年第12期，第109—112页。

874.《新"罗马兽场"——十年网络诗歌论争缩略》，陈仲义，《文艺争鸣》，2009年第12期，第30—33页。

875.《新诗的困惑与选择——评邓程〈新诗的出路〉》，王泽龙，《文艺研究》，2009年第12期，第143—151页。

876.《一条江的形式》，李明月，《诗潮》，2009年第12期，第23—24页。

877.《以诗心抒发爱国情怀》，商泽军，《文艺报·副刊》，2009年12月17日，第7版。

878.《与山岳江海一道酣畅地唱歌》，陈建功，《文艺报·副刊》，2009年12月17日，第3版。

879.《浴火重生的归来诗歌——论艾青晚年诗歌》，李夏，《湖北经济学院学报》（人文社会科学版），2009年第12期，第90—93页。

880.《远逝的童话——评顾城诗的特点》，程烽，《黑龙江史志》，2009年第24期，第73—74页。

881.《运行与发现——1932到1935年的戴望舒》，利大英著、寇小叶译，《现代中文学刊》，2009年第3期，第45—55页。

882.《在历史语境中论十七年政治抒情诗的审美时代性》，戴惠，《江苏社会科学》，2009年第1期，第244—248页。

883.《赵长青诗歌集〈飞翔的乐章〉评论》，叶延滨、姚振函等，《文艺报·文学评论》，2009年12月17日，第7版。

884.《这样的夜晚》，方文竹，《诗潮》，2009年第12期，第17页。

885.《中国新诗的诞生及其"理论先行"与"工具性"特点》，杜笑宇，《新乡学院学报》（社会科学版），2009年第6期，第110—111页。

886.《朱自清的新诗创作与歌谣》，王丽娟，《名作欣赏》，2009年第29期，第98—101页。

887.《走向更宽阔的世界——浅评蓝蓝的诗》，郭海荣，《文艺报·文学评论》，2009年12月10日，第3版。

2009年新诗研究论文摘要

◇ 黄 琪 闫 文 李俏云 刘 祎 于晓磊 庞 冬

一月

1. 《饱含着真实生命体验的睿智之思——张执浩诗歌艺术论》，梁桂莲、刘川鄂，《江汉论坛》，2009年第1期，第110-114页。

摘要：张执浩的诗歌写作凝聚着对生活的认识和发现。他对生活的态度经历了从最初的梦想"在远方"到"继续下潜"进入生活内部的转变。与此相应的是，他的写作也经历了从逃离生活——融入生活——深入生活的变化。张执浩从平凡的日常生活中发现了诗意，同时也在诗歌中表达自己对生活、对美的理解和认识。他凭借着对生活的热情，将诗歌的触角伸展到生活的每一个角落，发现生活中的欢喜，也抚摸生活中的疼痛、温暖，饱含着生命的痛与爱。

2. 《沉潜中的灵魂——论"中间代"诗人的精神维度》，邵波，《文学评论》，2009年第1期，第35-37页。

摘要：随着《诗歌与人：中国大陆中间代诗人诗选》对"中间代"诗人的集体展出和《中间代诗集》的问世，"中间代"诗人成为当今诗坛的一个热点话题。毋庸置疑，"中间代"诗人一直都在为诗歌理想而奋斗，他们在20世纪90年代"个人化写作"大潮中，在差异性原则指导下，兼容并包，以极大的热情进行着先锋诗歌的创作实验，在诗歌叙事、语言、意象、反讽及文本互渗等技巧的探索中成绩显著。

3. 《从天狗到骆驼——从郭沫若诗歌意象看新诗精神演变的一个周期》，白浩，《江汉论坛》，2009年第1期，第99-103页。

摘要：郭沫若诗歌成为中国新诗的奠基之作，一方面是在文学本体建设意义上的（诗艺），一方面是在精神本体建设意义上的（诗魂）。这个诗魂，这个现代精神的核心，正是独立的自我主体的确立。郭沫若为20世纪大写的"我"字作出天狗式的标注，标志着20世纪新诗现代性的获得。然而，随着革命文学"甘作党喇叭"的皈依，再到《在延安文艺座谈会上的讲话》的精神规范，"天狗"转向了歌颂"水牛"，而在新中国成立后，则变为了"骆驼"。自我主体丧失，"我"让位于"我们"，自由体转向于古诗体、民歌体，并产生失语症与大话癖等时代症，新诗从诗魂到诗艺都从现代性向古典复归。

4.《当代口语诗写作的合法性、限度及其贫乏》，包兆会，《文艺理论研究》，2009 年第 1 期，第 10—16 页。

摘要：通过对当代口语诗的写作作了总体回顾和理论反思，认为当代口语诗的合法性和贡献在于它反对以往诗歌的创作范式所带给人们的审美疲劳和千篇一律的抒情模式。它突出了写作的"切身性"和"现场性"，使诗歌写作回到个体和日常生活有了可能；同时也分析了这类写作存在的限度和各种危险，借此说明理想的口语诗写作的艰难，以及诗人们所要做的是怎样从诗的口语抵达口语的诗。最后结合赵丽华诗歌事件用"场域"概念分析了当代口语诗总体贫乏的制度性原因。

5.《翻译与性别视域中的自白诗》，周瓒，《当代文坛》，2009 年第 1 期，第 55—59 页。

摘要：本文以 20 世纪 80 年代中叶的"女性诗歌"思潮作为考察对象，对批评界有关女性诗歌是受美国自由派影响的产物这一批评思路进行了反思和批评。作者从性别研究和翻译研究的角度提出，中国当代女诗人翟永明受到包括希尔维亚·普拉斯在内的若干外国诗人汉语译本的激发，创造性地写作了《女人》组诗，从而带动了当代女性诗歌热潮的发生。当代中国的自白诗不仅在女诗人那里得到发挥，也在部分男诗人的创作中得到呈现，还在全球化的今天，得到当代英国诗人的继承和拓展。

6.《废名对新诗审美标准的追求——以谈新诗为中心》，侯桂新，《海南师范大学学报》（社会科学版），2009 年第 1 期，第 85—90 页。

摘要：作为现代文学史上的著名诗论之一，废名的《谈新诗》对"诗的内容"予以极度重视，对涉及诗的内容的各方面因素，都从审美的眼光加以评判，论述独到，灵感四溢。在对中国诗史的整体关照下，废名将目光集中于对新诗的审美标准上，目的在于为新诗的发展前途提供一种前瞻性的方向。同时，废名的评述以感性为基础，充满个性，为现当代诗史的写作提供了一个很好的范本。

7.《皈依与背离——"归来者"梁南诗歌文本的主体性解读》，汪雨涛，《海南师范大学学报》，2009 年第 1 期，第 106—109 页。

摘要：就第一人的诗歌写作而言，梁南是"归来派"诗人中的一个典型个案。梁南在此类诗作中，借助话语主体与写作主题相融的审美成规，使文本的审美语境向时代审美语境靠拢，在文本中完成了"我"、诗人与"归来者"三种主题的重合结构，从而构成了一个有机知识分子应意识形态询唤而形成的依附性主体。但文本的裂缝却使诗人潜在的欲望溢出，从而有限地完成了对意识形态象征秩序的暗中背离。

8.《后现代文化语境和90年代诗歌叙事性的发生》，廖冬梅，《中国文学研究》，2009年第1期，第110-113页。

摘要：本文通过"回到语境"，对20世纪90年代诗歌中叙事性的发生与后现代文化思潮的关系进行了大致的梳理。认为诗歌叙事性的发生首先得益于后现代主义的解构思维；其次，是对后现代语境下"削弱作者权威、改换文本、重置读者"书写倾向的一种实践；最后，还是后现代视觉文化艺术影响的必然产物。

9.《论王独清诗歌的颓废风格》，赵志，《社科纵横》，2009年第1期，第103-106页。

摘要：王独清的诗歌里弥漫着一种忧郁而颓废的情调，这和他本人的流浪经历有关，也归因于他所受到的西方象征派诸诗人的影响。与他同时代的诗人穆木天曾评论说他是最能表现"五四"浪漫思潮末期的"颓废的空气"的代表诗人。文学作品中的颓废风格在"五四"一代作家身上都有不同程度的表现，比如郁达夫和徐志摩。王独清一生也未摆脱他在诗歌中营造的颓废的幻象。

10.《论新诗诗形建设及诗体建设的重要性和迫切性》，王珂，《龙岩学院学报》，2009第1期，第32-37页。

摘要：诗体是对诗的属性的制度化的具体呈现，指诗歌作品的语言秩序及语言体式。诗是最讲究"体"的文体。外国诗歌和中国古代诗歌都形成了相对定型的诗体，如西方诗歌流行十四行诗体，中国古代诗歌形成了格律诗体。新诗是打破"无韵则非诗"作诗信条的特殊文体，长期轻视诗体建设。新诗已经有了近百年历史，现在已经具备了进行诗体建设的条件。百年间在新诗诗体建设上已经有了很多经验与教训，很有必要在此基础上进行大规模的诗体建设。诗的体式包括诗的韵律形式和语言的排列形式，在诗体建设中，特别要重视诗的形体建设。

11.《论宗白华美学言说符号的诗艺效应》，张平、屈海燕，《文艺理论研究》，2009年第1期，第28-32页。

摘要：宗白华的美学言说方式摆脱了一般理论研究注重逻辑推衍和概念思辨的框架，而是用诗一般的语言去探寻美，用个体生命的灵性去体悟美。他的美学言说潇洒灵动，亲切感人，具有诗化特征。他的美学言说不仅是用语符去"言说"，还是其心灵世界与生命价值的一种圆满"呈现"，他自觉地选择了一种更贴近生命感的、富于灵性的诗化语言来演绎。学术性与趣味性的统一，是宗白华美学言说的自觉追求，绘画的和音乐的文字是他的言说符号，而在字里行间流淌着他对于自然风物和人生际遇的深情，因此他的文章不仅充盈着思辨之智慧，更闪耀着灵性的光彩。

12.《迷途的诗潮——试论当代新诗的精神及艺术迷失》，杜光霞，《当代文坛》，2009年第1期，第76—80页。

摘要：自20世纪80年代以来，社会处于转型期，外部生态环境的变化深刻影响到了诗歌本身。在这个物欲横流、人文精神委靡堕落的消费时代，诗人们如何反思新诗存在的问题，如何维护诗歌的尊严、充沛诗歌的精神，如何使诗歌重新回到现实、回到人心、回到精神的深度和审美的高度，这既是一个沉重的话题，更是一个严峻的考验。当代诗歌精神与艺术重建已刻不容缓了。

13.《女性诗歌批评话语的重建》，张晓红，《当代文坛》，2009年第1期，第52—55页。

摘要：在女性诗歌批评话语的建构过程中，诗歌标准和性别标准发生了错位，导致了诸多争端和歧义。本文与当前的批评话语进行商榷，剖析其中的盲区和偏见，力求确立更为公允的批评标准。用历史的眼光来看，女性诗歌衍生于当代先锋诗歌的框架之中，与由男诗人主导的各大诗潮协调发展。同时，它也是一代代中国女诗人长期努力的结果，并受到国际文学环境的影响。笔者运用互文阅读的策略，重新解读贴在女性诗歌上的种种标签，认真探讨其形式和审美意义，审视女性诗歌话语的形成机制，阐释女性共同诗学和个性诗学的联动关系。

14.《"新的抒情"：让情感渗透智力——论穆旦和他的诗》，王光明，《广东社会科学》，2009年第1期，第136—142页。

摘要：与其说穆旦"最好的品质却全然是非中国的"，毋宁说是非古典中国的：非"牧歌的情绪"加"自热风景"的，非单线因果和起承转合，非和谐统一。穆旦是一个背靠中国抒情传统自居面对矛盾、分裂的现代经验的中国诗人，从20世纪40年代开始就对西方现代主义诗歌的非个人化原则和崇尚智力的风尚有深刻的反思，提出了让感情渗透智力的"新的抒情"的诗歌主张。他始终坚持的"新的抒情"大家创作实践，既弥补了诗歌与现实的裂痕，也避开了诗歌单向成为智力活动的危险性。

15.《一部近乎被遗忘的史诗——〈复仇的火焰〉的双向解读》，赵学勇、李冬梅，《民族文学研究》，2009年第1期，第62-68页。

摘要：闻捷的长篇叙事诗《复仇的火焰》是一个民族国家话语和民间民族话语的双重文本。一方面，诗人有意识地向民族国家话语靠拢，建立了政治与文学的当代典型联结方式，以"红色经典"的姿态参与新中国重建自己的思想观念和价值体系的宏大工程；另一反面，闻捷对民族民间文学资源进行了有效的改造和利用，维护政治与文学的有限平衡，在可能限度里实现艺术的突围。

16.《中国现代格律诗的回顾与前瞻》，陈敢，《西南大学学报》(社会科学版)，2009年第1期，第28-34页。

摘要：现代格律诗与自由诗共同创造了百年现代汉诗的辉煌。现代格律诗诞生于白话新诗过于散漫随意、放纵情感泛滥而彰显诗艺粗疏的20世纪20年代初期，它是自觉从诗的本体出发重新面对诗歌的形式和语言要求的现代性追求和诗艺提升的探索。其产生发展演变的漫长历程，伴随着几代诗人和诗论家的艰辛跋涉和拓殖，他们肩负着新诗艺术建设的责任，提出独到诗观并以卓有成效的艺术实践，使现代格律诗在今天获得广泛认同并在新诗史上占有重要的地位。

二月

17.《博大普世襟怀的矛盾与偏执——昌耀晚期精神思想探析》，燎原，《江汉大学学报》(人文科学版)，2009年第1期，第5-11页。

摘要：1998年诗人昌耀在随中国作家代表团出访俄罗斯后，写出了他晚期最重要的作品《一个中国诗人在俄罗斯》。这是一个在博大的普世襟怀中，充满了偏执与矛盾的文本。其时政评论指向上机锋迭出的雄辩与高蹈，与他诗作中一贯的苦难感和生命感大相径庭，却与同一时期的"新左派"思潮不谋而合。而这一"意外表现"的根源来自何处？值得我们根据文本详加探析。

18.《飞翔在"日常生活"和"自己的心情"之间——论王小妮

的个人化诗歌创作》，罗振亚，《当代作家评论》，2009年第2期，第124-133页。

摘要：王小妮，当代诗人，20世纪80年代开始创作至今，20多年来她一直坚守诗歌，视之为灵魂栖息的净土，抗拒现实对人物化和俗化的精神家园，终成一只盘旋于诗空的"永远青鸟"。王小妮自1988年以来的诗歌创作，在市场化大背景下"只为自己的心情去做一个诗人"的主题定位，创作上对日常性的直觉还原，语言上返璞归真，以及置身于诗歌滑坡的尴尬语境。她虔诚地视诗为宗教，以其独特的个人化比喻和语汇体系为重新认知、表达世界开辟了一条新途径。

19．《论朦胧诗"自我表现"的历史合法性及意义》，林平，《社科纵横》，2009年第2期，第109-112页。

摘要：朦胧诗在20世纪80年代风靡一时，给中国当代诗坛以巨大的冲击，表现出了与现实主义诗歌传统迥然不同的审美特质和创作主张。但朦胧诗的"自我表现"并未背离现实主义和陷入狭隘的个人主义泥潭。相反，朦胧诗强调的"自我"不仅具有艺术主体和实践主体的意义，而且符合诗歌艺术质的规定性。同时，表现出了一种强烈的现实主义的理性精神。因此，朦胧诗的"自我表现"具有历史的合法性意义。

20．《论现代诗歌的贵族化和平民化》，查振科，《社会科学辑刊》，2009年第2期，第191-194页。

摘要：先有民歌而后有文人诗。文人诗是在民歌的基础上发展起来的。诗歌在文人手里分化为平民化诗歌和贵族化诗歌。五四白话诗歌是文人在民间歌谣基础上对新体诗的尝试，在后来的发展中走向平民化和贵族化两途，交错迭进。平民化与贵族化反映出诗歌形式演变规律性趋势和美学旨趣。平民化诗歌是外视角文本，所采用的是现实话语，语词的意义指向使阐释者能轻松地找到构成他们秩序的外在语境，其话语的实际程式与读者的阐释模式在语词意义处契合。贵族化诗歌史内视角文本，由于使用心理话语，将其阐释模式置入诗中以实现其阅读期待。而现代诗歌在体现这一特征时，明显看到政治意识的影响，如平民话语演变成阶级话语。

21．《现代白话新诗向现代主义诗歌的转型——穆旦〈诗八首〉解析》，郭长保，《名作欣赏》，2009年第2期，第81-85页。

摘要：中国现代新诗从"五四"初期白话新诗的诞生到20世纪40年代"中国新诗派"（也称"九叶诗派"）的出现，才可以说真正完成了现代白话新诗从传统到现代的转型，是一次与世界现代主义诗歌的接轨。而在这一过程中最具代表性的诗人毫无疑问是穆旦，而其中最典型的代表作就是《诗八首》。完成于1942年初的《诗八首》以其深邃的思辨、敏锐的思想、哲学的意蕴完成了现代白话新诗向现代主义诗歌的转型。

三月

22.《从社会批判到文化祛魅：文化唯物论视角下的文化诗学批评》，王进，《云南社会科学》，2009年第2期，第150-153页。

摘要：新历史主义与文化唯物主义的理论关系是文化诗学谱系研究的重要部分。新历史主义对文化唯物论既有社会批评的方法论借鉴也有文化诗学的理论创建：文化与社会的批评理念是两者方法论的理论契合点，"借古讽今"与"以今参古"的批评指向是研究旨趣的分歧点，而意识形态与权力话语的批评范式则体现出两者理论建构的不同诗性导向。考察这两种西方批评理论的指涉关系，可以使中国文艺研究获得一个历史与文化的诗学新起点。

23.《当代生态诗歌：科学与诗对话的新空间》，闫建华、何畅，《西北师范大学学报》（社会科学版），2009年第2期，第29-34页。

摘要：无论是从深度还是从广度来看，当代生态诗歌都是迄今为止最具科学意识的诗歌，是科学与诗融合的典范，创造了科学与诗对话的新空间。这与当代生态诗歌产生的历史条件、科学语境及其生态关怀和创作宗旨直接关联。科学作用与生态诗歌的一个最显著的结果便是审美取向发生了变化，即从传统的审美走向审丑，将传统自然诗所忽视、遮蔽、排斥甚至是"打压"的丑之自然作为其书写和赞美的对象，实现了对传统自然诗的美学超越。

24.《"读诗会"及其诗学价值重估》，颜同林，《贵州师范大学学报》（社会科学版），2009年第2期，第102-106页。

摘要：从方言入诗的角度，梳理并回顾新诗史上与此相关的"读诗会"活动，将涉及读诗会出现的原因、过程、呈现的方式、背后隐藏的声音等诸问题。在新诗的白话化、口语化发展演变中，必然含纳从视觉艺术到听觉艺术转型的诗歌试验潮流，这一过程中有实质意义的一翼是异质性的不同声腔之和谐共存，它将在互动互补中继续推动新诗朝现实主义与口语化的方向缓缓流动。

25.《"放不下形式的问题"：新诗的重要"传统"》，荣光启，《黄冈师范学院学报》，2009年第2期，第42—46页。

摘要：新诗其实有"自己的传统"，这一传统即20世纪40年代朱自清先生说的："二十多年来写新诗的和谈新诗的都放不下形式的问题。"这个"传统"序列上的诗人是陆志韦、徐志摩、闻一多、梁宗岱、卞之琳、冯至、何其芳、吴兴华、林庚等，这些诗人重视新诗的"诗形"建设，不懈地寻求现代汉语诗歌的形式秩序。新诗的这一"传统"对于目前当下中国写诗忽视诗歌形式问题、过于"自由"的风气，应有警示与纠偏之用。

26.《论丁芒新诗的诗思意识》，何玉嘉，《广西师范学院学报》（哲学社会科学版），2009年第2期，第54—57页。

摘要：在丁芒的诗思意识里，他所秉持的诗人个性情感必须与人民的利益、情感相一致的观念明显带有"群我"的、集体的、民族性的和阶级性的特征。在新诗体型的认识上，他主张新旧体诗的互相融合，创制出"短小、集中、格律化"的新诗体式，借此表现"人"的生命体验、时代风云与民族心声。丁芒从20世纪40年代初到90年代末的新诗创作历程，诗思路径呈现出这样的流变过程：个我人生——社会人生——群体人生——个我人生。其诗境的创造主要表现为三大类：抒写个我生命体验；反映现实苦难；讴歌战斗豪情与光明的未来。

27.《论穆旦晚年诗歌的美学倾向》，戴惠，《江汉论坛》，2009年第3期，第113—116页。

摘要：穆旦晚年的诗歌写于一个特殊的年代，这是在非正常的岁月中写出的非凡的诗篇。穆旦在生命的最后阶段，重新开始了中断近20年的诗歌创作。从1957年底到1976年底，他连续写了28首诗，这甚至成了他一生诗歌创作数量最多的一年。尽管与早期和中期有着一致性和连续性，但是更显示了穆旦诗歌创作的发展和变化。如果说穆旦早期的风格可以用深沉雄健来概括，那么穆旦晚年的诗歌则有着另一种美学追求，这主要表现为感伤美、谐趣美、坚韧美。

28.《"诗是跟着时代又领着时代的"——朱自清新诗创作理论探析》，方大卫，《安徽师范大学学报》（人文社会科学版），2009年第2期，第184—188页。

摘要：中国的新诗发展至今只有百年的历史，其间又走了许多弯路，但是，它凝聚了几代思想者和文学巨匠们的艰苦探索。特别是20世纪三四十年代，中国新诗创作及理论探索，给我们留下深刻的启示。朱自清就是其中一位突出的代表。他主张"诗是跟着时代，又领着时代的"、"新诗运动从诗体解放入手"、"诗要有深美的思想做血肉"等新诗评论及理论研究，这不仅是单纯意义上的新诗理论建设，还是对新诗创作和发展的指导。

29.《泰戈尔怎样影响了郭沫若》，魏建，《中国现代文学研究丛刊》，2009年第3期，第21—29页。

摘要：郭沫若究竟何时开始接触泰戈尔的诗歌？准确时间应为"一九一五年的春天"。起初，郭沫若接触的是《新月集》的儿童诗，这种可以不押韵、明白如话的"另类"诗歌不仅满足了郭沫若的好奇心，更让他获得并逐步确立了全新的诗歌理念；《园丁集》里的爱情诗唤醒了诗人，激发了他的创作激情。郭沫若通过泰戈尔的诗接受了泛神论，获得了宗教境界与艺术境界相互造就的精神升华，这成为郭沫若诗思维的重要基础和特征。从《女神》以外郭沫若早期的佚诗来看，泰戈尔诗歌对郭沫若的影响不是"清新"二字能够概括的，而且这种影响绝不限于惠特曼影响之前。更重要的是，泰戈尔成就了郭沫若对新诗"内在律"的发现。

30.《奇险地带的精神穿越——评罗振亚〈20世纪中国先锋诗潮〉》，刘波，《文学评论》，2009年第3期，第56—59页。

摘要：中国新诗80余年的历史，从某种意义上说，就是一部现代派诗歌或先锋诗歌生成语发展的历史。罗振亚先生的《20世纪中国先锋诗潮》将中国先锋诗歌作为一个整体，置于20世纪的宏阔背景下解读和探讨，极大限度地拓展了新诗研究的学术研究视野。该书打破了现代和当代先锋诗潮研究长期"分而治之"的格局，对20世纪先锋诗潮这一理论问题作了系统深入的阐述，成功地完成了先锋诗歌奇、峻地带的精神穿越。

31.《汪静之的诗到底缠绵否？——〈蕙的风〉的出版运作与各家序言之校读》，郭怀玉，《中国现代文学研究丛刊》，2009年第3期，第151—160页。

摘要：当下许多文学史论著在评论湖畔诗人汪静之诗作风格时，往往引述了不同的权威观点，特别是朱自清在《蕙的风》序言中认为汪静之书写的是"非缠绵"的恋爱，但又在《读〈湖畔〉诗集》的评论中说汪静之等四诗人的诗歌大体上具有缠绵的风格。由于援引者各取所需，于是就众说纷纭了。本文通过对《蕙的风》出版运作过程的分析和作者诗风演变的辨析，解释了造成朱自清两种相互矛盾的判断的原因。

32. 《先锋：三十年成就——论梁小斌的当代诗学意义》，冯雷，《山西师大学报》（社会科学版），2009年第2期，第57—61页。

摘要：从早期作为"朦胧诗"的代表诗人，到晚近"悔其少作"的诚挚忏悔，梁小斌的诗歌写作活动贯穿了改革开放的30年，其诗歌意象的变化，以及与诗歌颇具互文性的随笔创作，深刻反映了中国当代诗歌思想锋芒的迁移过程。梁小斌的意义，并不局限于为现代汉诗的历史提供了一批颇具影响的文本，更重要的是，梁小斌近30年的创作实践启示我们破除"断裂"式的文学史观念误区，从而充分认识历史是一个动态联系的序列，而他的诗歌"忏悔"恰为我们提供了一个回望历史的起点和支点。

33. 《新诗的历史构想与20世纪中国诗歌的关系》，李仲凡，《贵州社会科学》，2009年第2期，第117—120页。

摘要：新诗的历史构想，是新诗的写作者和理论家们对新诗在文体特征、具体技术规范等方面的设想、期待和想象。这些构想描绘了新诗的理想形态。尽管关于新诗的构想已经成为历史，而且自身也是千差万别甚至相互对立，但它们对后来的诗歌写作和批评产生的作用和影响却至关重要。它们引导和制约着20世纪中国诗歌的发展方向，同时又作为诗歌批评的重要理论依据和逻辑起点，反过来影响着人们对新诗的评价。

四月

34. 《澄澈的心灵与独守的诗性——满族诗人路地论》，张立群，《民族文学研究》，2009年第4期，第119—122页。

摘要：满族诗人路地在新时期再次提笔之后，曾以较高的创造起点为诗坛带来了诸多诗歌精品。在反思以往历史创作的基础上，路地质朴、凝练、饱含哲理与深情的写作，也使其在超越诗歌固有模式的同时，展现了别样的诗艺风格。本文主要从路地新时期以来的诗歌创作入手通过诗人心态、情感的体现，自我与地域意识的融合以及诗歌的哲理意蕴四个方面讨论路地的诗歌创作。

35.《论闻一多学术研究中的诗性思维》，刘殿祥，《汕头大学》（人文社会科学版），2009 年第 2 期，第 45-49 页。

摘要：闻一多身为现代诗人和学者，在诗歌创作中以其深厚的古典文化修养表现出"诗中有学"，从诗歌转向学术研究后，仍然保有了作为诗人的性情、思维和品格，使得学术研究带有鲜明的诗性特征而"学中有诗"，这不仅表现在闻一多主要以古代诗歌为研究对象之中，而且在他的整个学术研究过程和研究世界里都体现出一种诗性思维，以不同于科学性的逻辑思维而表现出他思维品格中的本真性、形象性、情感性和学术研究中的直觉性和诗意化的想象，诗性思维保证了他在学术中的独创性。

36.《"朦胧"：向复杂与深刻敞开的幽密暗道——先锋诗歌批评关键词解读之一》，崔修建，《文学评论》，2009 年第 4 期，第 50-54 页。

摘要："朦胧"是新时期以来诗歌批评中频繁出现的一个关键词。作为对诗歌单纯、透明品质反拨的一种表达方式，"朦胧"体现着一定的诗学观念、立场和言说策略，还关涉阅读、接受等诸多方面的一些重要诗学问题。通过对"朦胧"的阐释和争论，我们可以透视先锋诗歌的历史脉动，还有助于结合四先锋诗歌自身发展中的古典与现代、本土与西方相互纠葛的复杂关系。

37.《台湾现代主义"学院诗"的兴发——论〈文学杂志〉之于台湾现代诗场域的建构意义》，张志国，《江汉大学学报》（人文科学版），2009 年第 2 期，第 16-20 页。

摘要：1956-1960 年，《文学杂志》在视文学为宣传工具的语境中，坚守"文学"本位的编辑原则，为台湾现代文学的良性发展奠定了重要基石。它所坚守的学院立场，直接开创并构建了台湾现代主义"学院诗"传统。学院诗的第一要义，即在自觉坚守诗歌自律的基础上，建设性地寻求诗歌本体的变革与发展。学院诗往往会遭受"脱离现实"、"晦涩难懂"、"保守自闭"、"理大于情"的指责。对此，《文学杂志》编辑们有着清醒的认识，并从三方面做出了局部调整。

五月

38.《郭沫若：浪漫主义文心与诗论》，黄曼君，《湖北社会科学》，2009 年第 3 期，第 123-128 页。

摘要：郭沫若认为，"诗的创造是创造'人'"，一种"完满"的"全人格"的"人"。基于这种既非纯物性，又非纯理性的"人"的观念，对于他的艺术的自我表现、自然流露的观点（包括所谓的灵感爆发状态），而应理解为一种对自我情感形态进行艺术创造的发现和构型过程。他的以浪漫主义为主导，同时又交融着现代主义的观念和方法，他的浪漫诗学所呈现出的艺术无目的与功利价值并存的矛盾结构，他的以"情绪自然消长"为内容的无形式的形式的观点，他的主张文学批评是"发现"的主我特征等，都强化了他的人学观念，使他的以诗歌为主的创作实践和理论观点，具有开一代浪漫主义诗风、文风的重大开拓性意义。

39.《集体"突围表演"的背后与"失败的运动"——论70后诗歌的发展动因与价值估横》，罗振亚，《广东社会科学》，2009年第3期，第136—141页。

摘要：70后诗歌大家集体"突围表演"，是出于创作主体的精神外化和他们对影响焦虑的对抗，也是中外诗歌传统双重启迪的结晶。民刊和网络媒体的刺激对它的生产和发展起了推波助澜的作用。70后诗歌打开了诗歌写作的多种可能性，其表达上的"快乐"特征也指向文学写作终极意义的游戏本质，但是就目前的平庸现状来看，只能说70后诗歌是一场"失败的运动"。

40.《近30年新诗形式流变与诗性流失——以傅天琳前后诗歌创作为例》，张中宇，《西南大学学报》（社会科学版），2009年第3期，第24—28页。

摘要：重视声韵与文体属性相对规范的诗歌及以"废韵"为特征强调自由灵活的"无韵诗"，构成了中国新诗的两种基本形态。二者的互动消长，反映出新诗形势发展的基本走向。受近30年整体环境影响，傅天琳在前后的创作中，对这两种形式都进行了尝试。因此，通过傅天琳的诗歌，大致可以窥见当代新诗形式的流变轨迹。考察这两种新诗形态的差异及其影响，对中国诗歌的方向选择及稳健发展具有重要意义。

41.《李发模诗歌创作中酒文化表现的原因》，娄莉，《贵州民族学院学报》（哲学社会科学版），2009年第3期，第72—74页。

摘要：李发模作为贵州本土的乡土诗人，20世纪80年代以来，在贵州诗坛独树一帜。黔北的酒醇和黔北人的性格，同时也是李发模文学创作中酒文化的源泉。对于出身于黔北的诗人李发模来讲，置身于酿酒文化所形成的氛围、黔北人的精神性格的熏陶，耳濡目染，深切体会到了该地区酒文化的博大精深，精魂灵蕴。黔北的酒以及黔北人的性格无时不撩动他的诗兴，激发他的灵感，写下了许多咏唱黔北地区酒文化的壮丽诗篇。

42.《论穆旦诗歌的象征性意象系统》，杨海燕，《山东社会科学》，2009 年第 3 期，第 140—144 页。

摘要："象征"在以穆旦为代表的象征派诗人那里，被赋予了超越诗歌修辞学层面的意义，它不仅是一种创作手法，更有着和"生命"、"存在"同等的意义。"神"和类"神"意象、"肉体"、"野兽"是其诗歌意象系统中最富代表性的象征性意象。从诗歌基本层面的"意象"入手，勾勒穆旦诗歌的象征性意象结构系统，并探知其诗歌的内在精神世界。

43.《女性诗歌的身体写作批判》，陈志平，《绵阳师范学院学报》，2009 年第 3 期，第 77—79、88 页。

摘要：自 20 世纪八九十年代以来，有着鲜明性别立场的女性主义诗歌试图通过"身体写作"重塑女性形象和彰显女性独立的地位。在诗歌创作中放大了隐秘的生命体验，以鲜明的性别意识以及一种"关于身体的语言"来表达女性立场，建构女性的主体性，充满了强烈的怀疑精神和批判意识。女诗人的大量作品都以颠覆性的写作姿态出现，竭力强调自己独立的生命体验与价值立场。但是从诗歌的精神价值取向来看，还存在着很大的局限性，作品缺乏历史和文化的丰富性和深刻性，女性诗学在解构中应当注目精神维度的重建。

44.《台湾新世代诗歌与现实主义创作潮流》，王金城，《福州大学学报》（哲学社会科学版），2009 年第 3 期，第 5—10、112 页。

摘要：20 世纪，台湾诗坛经过 20 世纪 50—60 年代现代主义诗歌的洗礼，70 年代开始转型，书写"文化中国"与"地理台湾"的现实主义诗歌创作成为主潮。台湾新世代诗人感应时代变化，创办诗社，出版诗刊，发表宣言，扮演着重要角色。如果说"葡萄园"和"笠"诗社奠定了当代台湾现实主义诗歌的基础，那么"龙族"、"主流"、"大地"、"草根"、"诗潮"和"阳光小集"等新世代诗社则把现实主义诗歌创作推向发展与成熟，并预示着新世代诗人将在 80 年代成为台湾诗坛的主体力量。

45．《新诗的立场：钱玄同与〈尝试集〉》，魏继洲，《广西民族大学学报》（哲学社会科学版），2009年第3期，第165—170页。

摘要：钱玄同以小学大家介入新诗批评，并与当时的新诗人形成了某种对话关系。他以"用今语"与自由表达相结合，而新诗实验作为基于语言革命的文体实践，其目的正在于为崭新的时代激情寻找一种确切的表现形式。他主张新诗应脱尽文言窠臼，却并不反对胡适特别是一些青年诗人亲历亲尝，借铸词炼句保留鲜活的感受来诉诸读者。他强调新诗应铲除阶级制度里的野蛮款式，取消种种文妖以能文相炫耀的特权，而用白话写作确是关乎新诗人价值立场的传达，尤其是在对新旧两种镣铐枷锁均保持警惕的情况下。

46．《于坚诗歌的视觉叙述与感官世界》，孙基林、张鑫，《山东社会科学》，2009年第3期，第126—130页。

摘要：为了保全事物的本真的自然，于坚往往以局外人的身份站在远处，给事物和生命投去关注的目光；为了去除人为意义的褒贬和价值判断，于坚往往从高处和沼泽里走出来，以一种平视的眼光，让万事万物在他那里取得平等的身份，不仅物我相互关注，而且彼此构成，从而达到二者相忘相融的境界；当然，诗人还常以跳跃的眼神，从幻城进入黑暗之中，从而去开掘世界的深处，或者时时荡开笔锋，让读者见出不一样的风景和力度。

六月

47．《火焰、燃烧、麦地与乌鸦——兼论郭沫若〈凤凰涅槃〉以来诗歌意象的转型》，龚盖雄，《绵阳师范学院学报》，2009年第6期，第58—63、68页。

摘要：如果说，郭沫若的《凤凰涅槃》集中地完成了"五四"时期白话诗歌意象对于古典文言诗歌意象传统转型的革命，第一次把古典诗歌的月亮传统，变成现代诗歌的太阳意象、火焰意象和大死大生的意象集团的开端，从中飞出了涅槃后的鲜亮的凤凰，那么，到了北岛、周伦佑、雨田、西川、陈亚平、袁勇等现代诗人这里，"凤凰"这个"五四"鸟意象主体，却不由自主变成了"乌鸦"这个当代鸟意象异端。本文以中国当代著名诗人雨田的诗歌为研究对象，将其诗歌里的火焰、燃烧、麦地、乌鸦等核心意象与郭沫若的《凤凰涅槃》中作为"五四"

新诗转型的开端意象作了多层面、多角度的对比，揭示出现当代诗歌发展的历史轨迹与心灵的轨迹，以及个性精神创造的转折，从中透视出人类生存境况的巨大变化和诗人反思的深度、广度。

48.《双重嬗变中〈夜歌〉集的思想和艺术——朴素清新的现实主义和依然浓厚的个人抒情》，何休，《三峡大学学报》（人文社会科学版），2009年第3期，第43-47页。

摘要：《夜歌》集充分表现了一个刚投入革命队伍的小资产阶级知识分子对革命事业和新的人生的由衷礼赞，同时也反映了个人与集体之间所发生的新的矛盾、痛苦及其艰难前进的轨迹；作品的语言风格也从早先富于象征色彩的浪漫主义走向了朴素清新的现实主义，然而其"旧性"荡涤未尽，创作的主体性和个人抒情色彩依然很浓，这是《夜歌》集中大部分诗作依然富有艺术感染力的原因。但由于缺乏新的艺术经验，也存在着艺术上参差不齐的情况。何其芳正是以包括《夜歌》集中那些个人抒情色彩依然浓厚的优秀篇章在内的前期作品，而赢得众多读者的喜爱，奠定了他在20世纪中国现代文学史上的一席特殊地位。

49.《心灵的孤帆远行——蔡其矫与五六十年代中国诗歌的精神现象》，孟繁华，《绵阳师范学院学报》，2009年第6期，第1-5页。

摘要：从20世纪40年代就步入诗坛的蔡其矫创作了不少充分表达自己创作个性、艺术追求和富有抒情美特质的优秀诗歌，但由于这些诗歌的内容与那些时代的生活主流存在着某些疏离，而被视为偏离了时代的主旋律。就诗歌的本质而论，他的这些抒情诗不仅有着较高的艺术美含金量，也是对诗人自觉坚持艺术纯正性的有力表达，更是对知识分子的正义、良知、批判、自审等独立的理性精神的坚强捍卫。

七月

50.《从影响研究角度论西部诗歌的后先锋现象》，闫艳，《西北大学学报》（哲学社会科学版），2009年第7期，第35-38页。

摘要：在文明全球化的今天，异质文化间的交流越来越重要。为了研究中西文化良性互动中中国西部诗歌的发展受因与流向，主要以"后先锋诗歌"作影响研究的个案，主张交流、选优、提升、变异和融创的方针，详细分析了中国西部诗歌中的后现代性。发现杰姆逊（Jameson）来中国讲学和金斯伯格（Ginsberg）访华带来的后现代主义使"西风东来"成为时代潮流,对"民间写作"诗群是一个提升、壮大的机遇。

51.《反思现代主义:抒情性与现代性的相互表述》,奚密,《渤海大学学报》,2009年第4期,第5—9页。

摘要:本文通过对第二次世界大战后台湾诗坛之语境的概述,并选取以抒情风格著称的两位诗人郑愁予和叶珊的诗歌《错误》和《屏风》进行文本细读,来阐释台湾现代诗中抒情性和现代性的相互表述。在现代主义启发下发展出来的现代诗强调情感微妙的特征,间接的暗示,它反对抒情主义——即贸贸然的满纸热情,但并非反抒情。现代诗吸取了中国古典诗传统的养分,却是绝对的现代。

52.《经验的根本——从外来文化的影响谈"新学诗"和"新派诗"的区别》,李宏伟,《甘肃联合大学学报》(社会科学版),2009年第4期,第71—74页。

摘要:"新学诗"和"新派诗"都是中国诗歌呼应时代的变化,受外来文化影响在近代进行变革所产生的结果。它们之间的区别不在于态度观念上对外来文化接受还是不接受,而在于接受之时能否将外在的材料化为诗歌内在的血肉。通过对二者关系的梳理和比较,读者可以发现,中国诗歌的现代性转化在"激变"的外表下其实内含了某种更为本质的"渐变"轨迹。由"渐变"而"激变",量的积累而终至质的变化,这是既有的事实,同时也是汉语诗歌在近现代演化的规律。

53.《论彭燕郊"潜在写作"期诗歌的思想艺术特色》,荣小明,《贵州民族学院学报》(哲学社会科学版),2009年第4期,第90—92页。

摘要:彭燕郊是中国新诗发展史上的重要诗人,他的创作跨越了中国新诗发展的几个重要时期:从抗战时期一直延伸至今。但是,在相当长的时间内,由于政治等方面的原因,诗歌界和学术界对他关注不多,他的诗歌艺术探索,特别是后期诗歌由于疏离政治话语和主流思想而没有引起评论界的足够重视。本文试图把彭燕郊"潜在写作"期诗歌的思想艺术成就纳入20世纪中后期中国新诗从单一到多元发展的大框架中,论述其诗歌所绽放的思想光辉和独特的艺术品质及其在中国诗坛所占有的历史地位。

54.《论闻一多诗学中的世界文化视野》,罗先友,《江西社会科学》,2009年第4期,第128—130页。

摘要:处在中西文化激烈碰撞的时代,闻一多在20世纪初对如何

论文索引与摘要

对待中西文化，作了非常深入而理性的思考。他在世界文化的大视野下，提出对外来的东西首先要勇于接受；同时，中国要将自身4000多年的文化资产加入世界文化资产，以丰富人类的精神生活。他借鉴西方文化的精神和标准重新评价中国传统文化，并且提出建设中国新文化的意见。闻一多关于中西文化关系的主张，产生于其以中国传统文化为知识系基础、吸收西方文化精神的二元知识结构，是儒家修齐治平的责任意识、爱国主义传统与追求真理的个性的结合。

55.《论现代主义诗歌中节奏和意象的关系——以郑敏的40年代现代主义诗歌为例》，周礼红，《东北师大学报》（哲学社会科学版），2009年第4期，第147—149页。

摘要：人们一般认为节奏是表现诗歌的时间艺术，意象是表现诗歌的空间艺术，节奏和意象如何配合成为现代主义诗歌面临的主要问题。在20世纪二三十年代不同的时期现代主义诗歌中，人们往往偏重节奏和意象二者中的一方面，而40年代郑敏是通过情绪节奏和独特的意象之间的相互配合来完成节奏和意象的融合。

56.《诗意放逐下的严肃——70后诗群研究》，宋宝伟，《南京理工大学学报》（社会科学版），2009年第4期，第16—19、121页。

摘要：当下70后诗群已经成为诗歌版图中的重镇，作为悄然崛起的新的诗歌精神和诗歌话语，70后诗人以自己的独立方式介入当下的文化语境。经历初期的"欲望化写作"的喧嚣与争议之后，变得沉实、机敏而稳健。简单而深刻的生命关怀、无奈而坚定的社会关注、调侃而成熟的情感领悟，以及凡俗而睿智的诗学主张，彰显70后诗歌的写作实绩，严肃中不乏幽默，浅俗中沉淀厚重。

57.《体验的诗歌艺术——冯至的〈十四行集〉论》，王巨川，《北方论丛》，2009年第4期，第48—50页。

摘要：《十四行集》的最大特色并非在于其中的哲理，作品中最大的特点在于诗歌本质的自然呈现：作品展示了一个与日常生活观察截然不同的艺术世界，在这个世界中，诗人并非单纯地抒发情感或阐释观念，而是体悟、感受、冥想。因而《十四行集》中的哲理与其说是所谓哲学，毋宁说是一种感悟与冥想，是一种观看的体验。

58.《文化碰撞与心灵对话——徐志摩"康桥情结"与泰戈尔"人类第三期世界"比较研究》，戴前伦，《江西社会科学》，2009年第4期，第133—136页。

摘要：徐志摩"康桥情结"与泰戈尔"人类第三期世界"的对话，流自心灵肺腑，跨越文化视野，昭示出他们既有思想旨归和哲学基础的迥然异趣，也有忧患意识和"爱"的人生关怀的思想趋同，既有一定的可鉴性，也有明显的局限性，这是中国文明与印度文明、东方文明与西方文明的文化碰撞，是留给新世纪的文化痕迹与思考。

八月

59．《第三代诗歌的认同焦虑——以"1986 现代诗群体大展"为中心》，李建同，《文艺争鸣》，2009 年第 8 期，第 81-86 页。

摘要："中国诗坛'1986'现代诗群体大展"是 20 世纪 80 年代一场声势浩大的诗歌运动。通过仪式化的方式，第三代诗歌作为一个整体强行登上历史舞台，就第三代诗人来说，"大展"是一把双刃剑：一方面它成就了诗人"英雄出演"的渴望；另一方面却留下了巨大的"革命"后遗症，人们对诗歌行动的关注超过了诗歌文本，从更为广阔的文化场域来看，"大展"的轰动本身预示着一种内在匮乏，这种匮乏与青春期的狂热相互纠缠使第三代诗人处于一种悖论情境当中。

60．《对"古典"的挪用、转化与重置——当代台湾新诗语言构造的重要维度》，张桃洲，《江汉大学学报》（人文科学版），2009 年第 4 期，第 5-14 页。

摘要：由于各种历史因素的综合作用，当代台湾新诗在语言构造上有一个重要维度，是对"古典"的执守与坚持。通过考察台湾 20 世纪五六十年代的"现代派"、70 年代的"乡土诗"和 80 年代以后的"后现代"诗歌的状况，可分析当代台湾新诗语言对"古典"进行挪用、转化与重置的情形，"古典"资源一方面积极参与了当代台湾新诗语言的创造；另一方面也带来了某些负面影响，其间得失会给大陆新诗带来启示。

61．《十四行诗与中国新诗体系的历史建构》，刘立军、王海红，《河北学刊》，2009 年第 4 期，第 243-246 页。

摘要：十四行诗于 20 世纪 20 年代被译介到中国。经过新诗运动中先驱们在新诗创格运动中的创作实践，十四行诗演变出多种中国式变体。中国十四行诗延展了新诗的诗行结构，拓宽了新诗的用字规范，丰富了新诗的音韵模式，为建构中国新诗体系起到了重要的历史作用。

62.《新诗"边缘化"观点探析》，程丽雅，《世纪桥》，2009年第15期，第49页。

摘要：20世纪90年代以来，随着中国社会进入全面转型时期，文化边缘化的倾向越来越显著，与此同时，诗歌也由昔日的"中心"走向当下的"边缘"。然而，当前随着对新诗"边缘化"研究的深入，新诗研究者们对其理解有着很大的差异，本文通过对新诗"边缘化"几种代表性观点进行系统梳理，以期对其进行更深入的探析。

九 月

63.《1990年代先锋诗的生态及个人化写作成因》，王珂，《河北学刊》，2009年第5期，第111-114页。

摘要：20世纪后期先锋诗经历了由诗意的先锋到诗艺的先锋，再转向诗意的先锋三大历程，并由20世纪80年代的全国性群体冲锋变成了地域性单兵突击，大学校园不再是先锋诗歌的实验园地。社会上的先锋诗人迫于生存压力不得不向现实生活妥协，平民写作取代英雄写作，人性写作取代神性写作。女诗人由女性诗人变成女人诗人，迷恋真实人生。尽管当前个人化写作仍有存在价值，但不能极端地倡导个人化写作，因为诗坛既需要诗艺的先锋，也需要诗意的先锋。

64.《戈麦诗歌中的"死亡"意象解读》，张文刚，《海南大学学报》（人文社会科学版），2009年第5期，第560-565页。

摘要：戈麦把自己的诗歌自喻为"黑雪的文字"，这些文字既沉重又轻灵，既忧郁又快乐，是一种矛盾的存在，一方面浸透了诗人的向往、梦幻和全部生命的能量，成为一种充满生命气息的存在；另一方面又是一种沉重的舞蹈，烙上了痛苦的底色。这是一种美丽的文字，也是一种绝望的文字。在"黑雪文字"的背后，诗人大量描写"死亡"并由"死亡"意象串起生命幻象、人世图景和心灵的追寻，用诗歌、用生命弹唱了一曲"世纪末"的哀歌。

65.《纠偏与制衡：1940年代中国现代诗学的自觉追求》，吴井泉，《北方论丛》，2009年第5期，第33-39页。

摘要：20世纪40年代是中国现代诗学成熟的年代，其主要标志是各种诗学呈现出文化融合的趋势，即朝着一切可能融合的方向发展。独创性寓于变化之中，每一种独特的个性都可以创造出一种独特的融合来。这一时期的现实主义、浪漫主义和现代主义就不像以往那样泾渭分明，老死不相往来。有了自己与其他诗学的参照，才能更明晰自己的不足和缺陷。"纠偏"与"制衡"便成为这一时期现代诗学的共同主题。纠偏实际上是对本诗歌思潮内部出现的问题进行纠正。制衡主要是针对其他诗歌思潮的弊端进行反拨和约束，它往往是以论争的形式出现。实践证明：只有通过对内对外的纠偏与制衡，才能促进诗歌文化的融合与繁荣。

66.《论艾青在租界上的诗歌创作》，龙俊，《井冈山学院学报》(哲学社会科学版)，2009年第5期，第59—62页。

摘要：艾青在上海租界受到法租界和国民党政府的监禁，他在租界狱中创作的诗歌充满了现实主义的悲愤与深沉；狱外又以强烈的乐观情绪和鲜明的革命浪漫主义色彩，向祖国人民发出黎明的通知。他在租界上的诗歌创作特色及其影响，使他深入到人民中间，思索着民族的命运，探索新诗通向"民族心灵深处"的道路。他从"彩色的欧罗巴带回来的芦笛"，吹出的第一首歌是"呈给大地上一切的"。他用诗歌深情地唱着中国这块多难的土地和贫苦的人民。

67.《牛汉"潜在写作"的生命诗学论略》，袁仕萍，《西南大学学报》(社会科学版)，2009年第5期，第40—43页。

摘要：七月诗派的重要成员牛汉，在文学失落的历史空间重新找回诗性。"文革"时期牛汉的诗歌创作具有相当独特的意义，它们不仅凝结了他本人的命运与痛苦，表达了特定年代诗人的精神世界，而且还代表了牛汉诗艺历程中富有转折意义的重要阶段。牛汉的"文革"诗作，从自己独特的生命体验出发，将最大的精神关切置放于生命本身，体现为生命的冻结与囚禁的困厄意识，以生命的体验去寻求艺术的创造，这是牛汉区别于其他诗人的最重要的标准之一。

68.《诗歌与社会：新的张力关系的建立》，张桃洲，《江海学刊》，2009年第5期，第195—198页。

摘要：对诗歌与社会这一议题的关注，关于二者关系的厘定以及二者关系引发的争议的最终解决，不会因为几次讨论而实现。对于这一议题的最切近的一次讨论，产生于2008年地震灾难激起的诗歌创作风潮中：与那股声势浩大的诗歌风潮的爆发态势相应，"诗人何为"、"诗歌何为"以及"诗歌如何面对重大事件"之类的话题也得到了热议；在与驳杂无序的社会语境的紧张摩擦过程中，诗歌写作面临的不再是诗意的全面跌落，也不复是理想主义所陷入的无物之阵，而是文化创造力的分崩离析。在如此境况下，诗歌重获自身尊严和力量的有效手段或许在于：如何建立诗歌与社会间的新的张力关系。

69.《试论"政治抒情诗"的历史渊源与当代表现》，王恒升，《东岳论丛》，2009年第9期，第79-82页。

摘要："政治抒情诗"作为一种诗歌形态，有着深厚的历史渊源，与"文以载道"的文学观念和中国文人的济世情怀密切相关。作为一种显著的当代诗歌创作现象，又有着独特的表现，是当代社会政治生活的艺术反映。可以说，文学与政治的结合是一种必然，它们不可能分离，也无法分离。但是当诗歌创作过于追求社会效应、政治效应，远离心灵感应和精神震撼时，其艺术生命力就会受到影响。当代"政治抒情诗"创作就表现出了这样的遗憾。

70.《现行几种穆旦作品集的出处与版本问题》，李章斌，《中山大学学报》（社会科学版），2009年第5期，第53-57页。

摘要：目前国内包括《穆旦诗文集》、《蛇的诱惑》等书在内的几种比较重要的穆旦作品集，在说明穆旦诗作的刊载出处和其依据的版本方面都有较多的错误和疏漏，过去很少被研究者注意到。文章通过核对大量民国时期的刊物和穆旦20世纪40年代出版的几本诗集，对这些错误和疏漏予以说明、更正和补充，并认为穆旦某些诗作的不同版本对于我们研究穆旦诗歌有着较为重要的意义，应当得到研究者的重视并在今后的穆旦作品集中得到清晰的呈现和准确的说明。

十月

71.《"精魂全在一口深吸的气里"——论姜涛诗歌的形体学诉求》，余旸，《江汉大学学报》（人文科学版），2009年第5期，第10-14页。

摘要：无论赞扬还是指责，姜涛诗歌显然都在呼应着一个新诗长久以来一直存在的问题，那就是现代主义诗歌的形体"破碎"性质。其《鸟经》时期的诗歌主体形象发生了某种本质性的调整。如何弥合一个二流时代中琐碎的生活内容与一个本来应该是一流时代的俊杰声音之间的距离，如何在一个总体破碎、诗歌写作气场涣散的反讽时代发出一个整体性的高亢的声音，也成为姜涛诗歌中声音甚至形体学的难题。

72.《论 1986–1995 年的汉语先锋诗歌》，陈小平，《江汉大学学报》（人文科学版），2009 年第 5 期，第 5–9 页。

摘要：1986–1995 年是当代汉诗相对沉寂的时期，学界也少有专论。关于那个时期"先锋诗歌"的所指范围，应该关注以下几种现存文本："口语诗"、"非非主义"和相当具有此类倾向的政治波谱；由海子、骆一禾、戈麦等元素诗人带来的大量追随文本；常被称为"新古典主义"或"新浪漫主义"的集体劳作；以及在 1986 年至 1995 年民间诗报、诗刊上的个人或圈子似的努力。对该时期的先锋诗歌进行精神背景、意识与情结、语言态度及策略、阅读效果诸方面的指认和分析，可以提供一个解读此时段大陆先锋诗歌的诗学角度、路径。

73.《走向沉沦的中国当代诗歌——20 世纪 90 年代以来的诗歌状况评说》，杨守森，《东岳论丛》，2009 年第 10 期，第 67–75 页。

摘要：20 世纪 90 年代以来的中国诗歌，情感日趋淡漠，诗意日渐匮乏。更有甚者，粗鄙与恶俗之作泛滥。诗人、诗派之间的恶斗与纷争，理论界、批评界的误导与混乱，亦在加剧着中国当代诗歌的沉沦之势。怎样才是有价值的诗固然很难找到一成不变的、尽人认可的标准，但作为文学艺术的一个门类，诗之为诗的基本质素还是清楚的，这就是：能够引人阅读，且读后能够使人心有所感，情有所动，思有所生，能够有益于人类的精神健康与心灵提升。

十一月

74.《当代女性诗歌言说策略的转换》，董秀丽，《天津社会科学》，2009 年第 6 期，第 115–117 页。

摘要：女性诗歌经历了 20 世纪 80 年代的躯体写作后，在 90 年代转向了语言写作。从身体到语言言说策略的转换，使女性诗歌从性别意识的绝响上升到语言意识的觉醒，并迅速从面向性别的写作，走向词语与诗歌自身的写作。女诗人以独立的女性话语与充分女性化的写作策略，实现了女性世界的完全自立和性别表达，且形成了独立的审美体系。

75.《断裂还是继承——新体诗与旧体诗关系新论》，吕周聚，《山西大学学报》（哲学社会科学版），2009 年第 6 期，第 43–49 页。

摘要：新体诗是从旧体诗演变而来的，旧体诗与新体诗之间并没有断裂，而是存在着内在的联系。新体诗在运用白话进行创作的同时，应从文言中吸取有益的成分，以保证新体诗的健康发展；新体诗在解构旧体诗外在律的同时，也应继承外在律中的优良传统，使诗歌具有音乐美；新体诗在不断探索新的文体形式的同时，应继承旧体诗在句法、文法上的合理因素，给现代诗歌提供相对稳定的文体形式。只有这样，新体诗才能得到完善与发展。

76.《"新月派"的形成及理性精神》，李春红，《徐州师范大学学报》（哲学社会科学版），2009年第6期，第50—53页。

摘要：新月派是20世纪重要的文学流派之一，但对于新月是否成"派"，连这个派里的重要人物徐志摩、梁实秋都曾予以否认。从前期的沙龙新月社到之后的以《新月》杂志为核心的新月派知识分子，新月诗派发生了重大变化，但贯穿始终的由沙龙新月社种下的"自由"、"理性"精神却一直不变，这是"新月"所以成"派"的重要原因。因而成就新月派的不是口号，不是其组织形式，而是它的精神。

77.《一种被忽略的审美倾向——西部诗歌审美趣味的当代性发掘》，张玉玲，《齐鲁学刊》，2009年第6期，第142—146页。

摘要：中国当代西部诗歌作为一种文学现象被评论界所关注始于20世纪80年代初期的"新边塞诗"。当时的"新边塞诗"以其英雄主义的浩歌崛起于诗坛，它与古代边塞诗风格一脉相承。90年代以来，中国当代西部诗歌虽然被边缘化，但却在更广阔意义上摆脱了"新边塞诗"的局限，它的审美趣味更呈现出现代人的审美趣味。这一特征显示出当代西部诗歌丰富的内涵和高雅的品位，但过于强调"西部精神"却使这特征的丰富内涵长期被遮蔽或忽略。

十二月

78.《必要的"分界"：当代诗歌批评与文学史写作》，陈超，《文艺研究》2009年第12期，第20—27页。

摘要：由于中国当代文学史中诗歌场域的复杂性，当代诗歌批评与文学史写作、研究有着特殊的密切关系。这种关系体现在文学（诗歌）史写作、研究中，既有有益的一面，也有令人担忧的一面。本文主要揭示诗歌批评对文学（诗歌）史写作和研究的"制约"作用，指出文学（诗歌）史叙述应对诗歌批评话语产生的具体写作语境有自觉的过滤和理性沉淀，以保持自己不断敞开的历史视野的丰富性，或叙述问题时的复杂张力，在历史批判和历史叙述两种不同的行为间保持必要的平衡；提出在当下条件下，诗歌批评和文学（诗歌）史写作、研究应进一步实现可能的"分界"。

79．《曹葆华的新诗探索与诗论译介思想》，孙玉石，《现代中文学刊》，2009年第3期，第56—63页。

摘要：本文通过对曹葆华作品的文本分析，参考当时的史料，讨论曹葆华由袒露豪放向隐藏深潜发展的艺术轨迹，以及诸如象征性新颖意象的创造等艺术手法，指出曹葆华以他忠实于理想渴求和真诚人格的灵魂，抒写了对于人类的真诚大爱，对于社会现实问题的热忱关切，对于个人美好爱情的珍贵凝想，对于光明合理人生理想的炽热追求，对于现实社会诸多黑暗残忍的愤怒抗争和诅咒。此外，通过曹葆华对于艾略特、瑞恰慈理论的译介，分析曹葆华20世纪30年代对于西方现代性文学批评和诗学理论的译介所做的重要工作。

80．《法国现代主义诗潮的引进与台湾新诗运动的勃兴》，钱林森，《南通大学学报》（社会科学版），2009年第6期，第65—70页。

摘要：台岛诗人和法国现代主义诗潮最初接触，始于20世纪30年代兴起的"风车诗社"是台湾诗坛接受法国现代诗潮的第一波；50年代初期到60年代中期，是台湾现代诗勃兴、现代主义诗潮的发展时期，不仅承继着台岛和大陆30年代现代主义文学余绪，更直接导源于20世纪欧美、特别是法国现代主义诗潮的引进和新的开发，为台湾诗坛接受法国现代诗潮的第二波。这一时期先后出现的"现代派"、"蓝星"和"创世纪"三大诗社，成为分头并进、引领本时期台湾现代诗潮走向的"三驾马车"，它们所驶过的路程，不仅清晰地标志着台湾现代诗的勃兴、发展的历程，而且也清晰地划出了本时期中西（中法）文学交融碰撞的历史标向。

81．《翻译与中国新诗》，张曙光，《江汉大学学报》（人文科学版），2009年第6期，第25—28页。

摘要：翻译不仅为我们提供了世界文学的经典，而且在经典之外使我们第一次形成了世界文学的概念，在我们旧有的文学传统之外也提供了一个新的传统，一个自身传统之外的传统。它也使文学进一步获得了独立意识。回顾新文学运动的历史，我们注意到，文学翻译与新文学运动几乎是同步进行，影响也是互相的。

82.《论第三代诗歌的崇高美》，林平乔，《西北农林科技大学学报》（社会科学版），2009年第6期，第129—137页。

摘要：将"反崇高"认定为第三代诗歌的主要特征其实是一种严重的误读。在第三代诗人以冷抒情的笔调对世俗生活的描写和他们极具个性化的生命意识里，同样包含有他们对历史、现实、人性深刻的思考，仍然洋溢着忧患意识与拯救意识相交织的崇高。这种崇高包孕在壮美图景的描绘、"凡俗"生活的展示、神性写作的坚守中，体现在对刚毅人格的阐扬、对不幸生命的悲悯、对永恒精神的仰望。

83.《身份冲突中家的建构与功能——余光中诗歌"家"的文化学阐释》，赵小琪，《江汉论坛》，2009年第6期，第97—100页。

摘要：家的建构与认同是余光中诗歌的一个重要主题。余光中诗中的家园意识表现出了中国此前诗歌中从未有过的复杂性与现代性。它不仅指涉着离家与思家之苦，而且也指涉着无数大陆人被集体放逐于台湾孤岛后再被放逐于异国的漂泊之苦。家对于余光中诗中的漂泊者而言，不仅意味着一个安身立命的避风港，而且也意味着它能为漂泊者的身份找到意义上的确切地位与归宿。

新诗著作叙录（2008 补遗）

◇ 刘福春

诗 集

《诗的中国》，陈远松著。贵州人民出版社（贵阳）2008 年 1 月出版。16 开，目录 12 页，序并正文 385 页。收有《贵州高原》、《动听的炮声》、《铁路边上有一根钢轨》等诗，分为《诗的中国》、《绿色交响》等 5 辑，后附李小雨《常青的诗思》等文。有著者自序《有诗伴岁月》。陈远松，1953 年生于贵州大方。曾出版诗集《绿色的交响》（1989）、《自信人生》（1993）、《月夜琴声》（2001）。

《激情燃烧的年代——孙钿集》（上册），孙钿著。宁波市新四军历史研究会（宁波）2008 年 1 月编印，印数 1000 册。小 16 开，前言 1 页，照片 3 页，目录 6 页，正文 444 页。分为诗文 2 卷，《诗之卷》收有《给敏子》、《好冷呀》、《春汛》等诗。有《孙钿集出版前言》和项冰峰《编后记事》。孙钿，原名郁文源，1917 年生于上海。曾出版诗集《旗》（1942）、《望远镜》（1951）、《孙钿诗文选》（1997）。

《青春的备忘—— 一个知青的往事追怀》，薛保勤著。太白文艺出版社（西安）2008 年 1 月出版。16 开，序 6 页，正文 211 页。长诗，后附党圣元《放飞青春中国的美好明天》等评。有陈忠实序《蓄久的诗性释放，在备忘》和著者《后记》。薛保勤，1955 年生。

《上帝和我共同的乐园》，赵宗宪著。大众文艺出版社（北京）2008 年 1 月出版，为"金秋果文丛"之一种。大 32 开，序 4 页，目录 4 页，正文 217 页。收有《山歌》、《中国的奥运》、《登山》等诗，分为《随想随记》、《看着恋着》等 4 辑。有著者《序言》。赵宗宪，1948 年生于河南登封。曾出版诗集《平民精英》（1996）、《歌在人生路上》（2000）、《爱你爱得心动》（2002）。

《大家都看到了我的幸福》，赵宗宪著。大众文艺出版社（北京）

2008 年 1 月出版，为"金秋果文丛"之一种。大 32 开，序 4 页，目录 4 页，正文 186 页。收有《大家都看到了我的幸福》、《酿蜜》、《一个农民》等诗，分为《大家都看到了我的幸福》、《酿蜜》等 2 辑。有作者《前言》。此为著者 2008 年出版的第二本诗集。

《查干湖恋歌》，卢井维、赵云江著。中国国际文化出版社（香港）2008 年 1 月出版，印数 1000 册。大 32 开，照片 2 页，序 5 页，目录 4 页，正文 166 页。收有赵云江《查干湖》、《老渔民》和卢井维《查干湖的传说》、《八郎》等诗。有苏赫巴鲁《序》和著者《后记》。卢井维，1955 年生；赵云江，1965 年生。

《汉江潮声》，姜华著。作家出版社（北京）2008 年 3 月出版，为"经典作品丛书"之一种。大 32 开，序 3 页，目录 6 页，正文 233 页。收有《想起一条江》、《民歌》、《五月走进安康》等诗，分为《汉水风情》、《动感乡村》等 4 辑。有杨海波序《诗意的栖息》和著者后记《文学依然神圣》。姜华，1959 年生于陕西旬阳。曾出版诗集《人的几种活法》（2005）。

《落日如锚》，柳沄著。北方文艺出版社（哈尔滨）2008 年 3 月出版，为"北斗文丛"之一种。大 32 开，目录 4 页，正文 184 页。收有《大钟》、《注视》、《关于上帝》等诗。柳沄，原名柳明沄，1958 年生于辽宁大连。曾出版诗集《阴谋与墙》（1988）、《柳沄诗选》（2005）、《柳沄诗歌》（2007）。

《吴开晋诗文选集》（第一卷·诗歌），吴开晋著。大众文艺出版社（北京）2008 年 3 月出版，为"学术方针丛书"之一种，印数 1000 册。大 32 开，序 3 页，照片 4 页，目录 11 页，正文 450 页。收有《南国风情》、《黄山翠竹》、《南行小记》等诗，分为《〈月牙泉〉选篇》、《〈倾听春天〉选篇》等 4 辑，有著者《自序》。吴开晋，1934 年生于山东阳信。曾出版诗集《月牙泉》（1994）、《倾听春天》（1998）、《游心集》（2004）。

《最委婉的词——翟永明诗文录》，翟永明著。东方出版社（北京）2008 年 3 月出版，为"华语新经典"之一种。16 开，目录 4 页，正文 207 页。收有《我坐在天边的一张桌旁》、《对影成三人》、《在春天想念传统》等诗和《女性诗歌：我们的翅膀》等文，分为《诗歌部分》、《随笔部分》2 辑。此为著者 2008 年出版的第二本诗集。

《岁月穿过忧伤的田野》，沈彩初著。大众文艺出版社（北京）

2008 年 4 月出版，为"中诗作家文库"之一种，印数 1000 册。大 32 开，序并目录 13 页，正文 178 页。收有《痛苦被钉进翻过的日历》、《面对长城畅想》、《菜墩》等诗，分为《爱的浅吟》、《独坐梦之边缘》等 5 辑。有邢海珍序《岁月穿过忧伤的田野》和著者《跋》。沈彩初，1962 年生，黑龙江海伦人。

《失落的琴声》，沈彩初著。大众文艺出版社（北京）2008 年 4 月出版，为"中诗作家文库"之一种，印数 1000 册。大 32 开，序并目录 12 页，正文 162 页。收有《为你失眠的双眼》、《睡前心的律动》、《吸烟》等诗，分为《寻找为我而失眠的眼睛》、《寻梦》等 5 辑。有李犁序《写诗：就是黎明出发的琴声》和著者《后记》。

《当代抒情短诗千首》，李一痕主编。人民文学出版社（北京）2008 年 4 月出版。16 开，序 2 页，目录 10 页，正文 335 页。收有一地雪《回信》、丽砂《警惕》、彭燕郊《家》等诗，后附《短诗自由谈》文 1 辑。有吕进《序：满城风雨近重阳》和主编《后记》。

《幸福或隐痛》，李浔著。大众文艺出版社（北京）2008 年 5 月出版，为"新人文经典文库"之一种，印数 1000 册。大 32 开，目录 5 页，序并正文 168 页。收有《没有接近海的诗》、《五月》、《古典艺术的准确过程》等诗，分 2 辑，后附曾燕《李浔诗歌创作论》。有叶延滨序《执著的探索》、梁晓明序《谁能把风声种下》和著者后记《变也是一种力量》。李浔，1967 年生于浙江湖州。曾出版诗集《独步爱情》（1991）、《内心的叶子》（1995）、《又见江南》（1998）、《春天的诺言》（2003）。

《苏赫巴鲁全集》（卷十·长篇叙事诗卷），苏赫巴鲁著。中国国际文化出版社（香港）2008 年 5 月出版。16 开，照片 6 页，目录 4 页，正文 318 页。收有《嘎达梅林》、《朔漠悲歌》、《两只小白鹿》等诗。苏赫巴鲁，蒙古族，1938 年生于辽宁沈阳。曾出版诗集《苏赫巴鲁诗选》（1994）、《嘎达梅林》（2004）。

《苏赫巴鲁全集》（卷十一·小叙事诗与诗词），苏赫巴鲁著。中国国际文化出版社（香港）2008 年 5 月出版。16 开，照片 8 页，目录 12 页，正文 313 页。收有《蒙古菊》、《太阳的女儿》、《松原美》等诗与歌词，分为《蒙古人》、《弓与马》等 7 辑。

《国之殇——5·12 汶川大地震诗抄》，吴兵主编。山东画报出版社（济南）2008 年 5 月出版。大 32 开，目录 4 页，正文 152 页。收有李小雨《记住汶川：十四点二十八分》、邹静之《我们的心》、池凌云《七十二小时之后》等诗。有编者《编后记》。

《有爱相伴——致 2008·汶川》，中宣部出版局策划，人民文学出版社编选。人民文学出版社（北京）2008 年 5 月出版。大 36 开，说明 1 页，目录 3 页，正文 172 页。收有王平久《生死不离》、汪峰《有爱相伴》、叶浪《有一个强大的祖国》等诗，分为《哀痛：生死不离》、《挺住：有爱相伴》等 3 辑。有《出版说明》。

《拾回飘逝的岁月》，焦原著。北方文艺出版社（哈尔滨）2007 年 12 月第一版，2008 年 6 月第一次印刷，为"北方文丛"之一种。大 32 开，照片 9 页，序 8 页，目录 6 页，正文 243 页。诗文合集。收有《世界可能是这样》、《相逢十分遥远》、《悲哀后边的悲哀》等诗，为第 1 辑《人生如诗》，另有文与评各 1 辑。有任愫《序》、王野《序》和著者《后记·拾遗》。焦原，原名焦玉元，1936 年生于山东招远。曾出版诗集《焦原短诗集》（1990）、《焦原人生哲理诗集》（1993）。

《左手村庄右手爱人》，谭广超著。吉林文史出版社（长春）2008 年 6 月出版。大 32 开，目录 6 页，序并正文 180 页。收有《村庄》、《一刹那》、《夏至日》等诗，有散木序《与爱有关》和著者《后记》、张钟书《编者的话》。谭广超，1988 年生，吉林松原人。

《逃离与依恋》，杨孟芳著。同心出版社（北京）2008 年 6 月出版。32 开，序 10 页，目录 6 页，正文 146 页。收有《小时候》、《牛皮鞋》、《老家》等诗，有黄维梁《无愧于月桂的芬芳美名》代序和著者后记《逃离与依恋》。杨孟芳，1951 年生于湖南平江。曾出版诗集《红地毯》（1990）、《回望故乡》（2006）。

《郁颜诗集》，郁颜著。四川美术出版社（成都）2008 年 6 月出版，为"中国·星星诗文库"之一种。大 32 开，目录 6 页，序 3 页，正文 143 页。收有《瓯江》、《看见》、《伊人》等诗，后附季爱娟评《你坐在夜里，屋檐正滴着绿色的水》。有柯平《序》和著者《欲言又止》代后记。郁颜，原名钟根清，1986 年生于浙江丽水。

《东三省诗歌年鉴》（2006-2007 年度·黑龙江卷），马永波主编。中国戏剧出版社（北京）2008 年 6 月出版，为"蓝玛文丛"之一种。大 32 开，目录 5 页，正文 198 页。收有阿伟《第七次断章》、古剑《疲惫的箭》、吕天琳《街边长椅》等诗。有编者《后记》。

《城市的心跳》，桂兴华著。上海人民出版社（上海）2008 年 7 月出版。16开，目录5页，序4页，正文271页。收有《黄浦江流进了时代大封面》、《年夜饭》、《滨江大道留步》等诗，分为《旧地表情》、《新区掠影》等6辑，后附贺敬之《新开拓、新成就和新经验》等评。有赵启正《时代的脉搏》等序和著者后记《嘹亮的早晨》。桂兴华，1948年生于上海。曾出版《第一次诱惑》(1987)、《跨世纪的毛泽东》(1993)、《中国豪情》(1999)、《激情大时代》(2006)等诗集。

《读一读承德诗人》，李海健著。内蒙古人民出版社（呼和浩特）2008年7月出版，印数1000册，为"承德作家文丛"之一种。大32开，序4页，目录4页，正文261页。收有《战士与诗人：郭小川》、《北山恋：刘章》、《谛听或倾诉：刘向东》等诗和《承德诗歌的传承与发展》等文，分为《灿烂的诗星》、《诗歌的故乡》等3部。有何理序《值得一读的评述承德诗歌创作的专著》和著者《后记》。李海健，1964年生，河北阜城人。曾出版诗集《记忆的村庄》(2002)。

《长风吹来》，李健风著。内蒙古人民出版社（呼和浩特）2008年8月第一版，9月第一次印刷，为"黄河作家书系"之一种，印数5000册。大32开，序1页，目录2页，正文122页。收有《无题》、《秋夜情怀》、《寄大妹》等诗，有诗《无题》代序。李健风，江苏宝应人。

《大爱心语——中国国土资源作家2008·抗震救灾诗歌作品集》，胡红拴主编，母绍华副主编。中国戏剧出版社（北京）2008年7月出版，为"浩宇文丛"之一种。大32开，目录4页，序2页，正文227页。收有章治萍《汶川十四行》、欧阳新献《孩子，把手伸给我》、云海《那一刻，我在等你回来》等诗，分为《罹难的家园》、《疼痛的诗歌》等4辑。有常江序《呐喊与呼唤》和编者《后记：心语》。

《鼓浪屿诗影集》，舒婷等，朱庆福摄影。海潮摄影艺术出版社（福州）2008年7月出版，印数3000册。12开，序1页，目录1页，正文101页。收有王珂《多想在鼓浪屿浪来浪去》、黄橙《鼓浪屿夜的呢喃》、马莉《心形的小岛》等诗，分为《蓝海边的畅想》、《绿茵中的生灵》等4辑。有舒婷序《鼓浪屿听罢琴声听涛声》和朱庆福《鼓浪屿我心中的小岛》代后记。

《诗屋二〇〇七年度诗选》，欧阳白主编。珠海出版社（珠海）2008年7月出版，为"诗屋作家"之一种。大32开，目录16页，序3页，正文290页。收有彭燕郊《生生：五位一体（节选）》、阿北《并非是我过得不好》、封志良《书声的天空》等诗，有主编序《写好诗，做好人》

和《跋》。

《敝门》，洪永泰著。百花文艺出版社（天津）2008年8月出版。小16开，照片4页，目录7页，序36页，正文247。收有《幽暗》、《我想梦》、《季节》等诗，有著者《疼之序》、桂青山《永泰的人、诗与时代》等序和著者后记《轻轻的触摸》。洪永泰，生于辽宁。

《四重山集》，贾一鹏著。中国世界图书出版社（香港）2008年8月出版。大36开，序并目录11页，正文209页。收有《回归》、《云》、《红色》等诗，分为《飞》、《云·海》等8辑，另有《格律诗》1辑。有《序：论诗人何为兼审视自己》。贾一鹏，北京人。

《当泪水遇见海水》，莫卧儿著。作家出版社（北京）2008年8月出版，为"金蔷薇诗丛"之一种。大32开，目录4页，序5页，正文129页。收有《在轻轨上》、《城市桃花》、《我说哈尔滨》等诗，分为《突如其来的声音》、《当泪水遇见海水》等4辑。有王燕生《序：无人看管的灵魂，随风旋舞》和著者《后记》。莫卧儿，原名吴艳，女，1977年生于四川西昌。曾出版诗集《糊涂茶坊》（2005）。

《色彩的鸟穿过了诗歌的眼睛》，张建中著，东方涂钦图。当代中国出版社（北京）2008年8月出版。20开，序4页，目录2页，正文83页。收有《一只鸟穿过了我的眼睛》、《守护着黑夜》、《写给小苇》等诗。有谭五昌序《在我与非我之间的诗意游走与艺术呈现》。张建中，1970年生于山东莱芜。

《郝斌生文集·汶川涅槃》，郝斌生著。大众文艺出版社（北京）2008年9月出版，印数3000册。小16开，照片4页，序1页，目录1页，正文270页。长诗，分为《第一交响》、《第二交响》、《第三交响》3部，有《献诗2008，5月》和《尾声汶川的玉米》。有《写在前面的话》。郝斌生，1958年生。

《激情编年——雷抒雁诗选》，雷抒雁著。作家出版社（北京）2008年9月出版。小16开，目录12页，序18页，正文432页。收有《路旁的核桃树》、《岁月》、《轻狂的季节已经过去》等诗，有著者《写在前边》、艾青《读雷抒雁的〈夏天的小诗〉》等代序。此书曾由解放军文艺出版社2000年10月出版，大32开，376页；此次为增订本。雷抒雁，1942年生于陕西泾阳。曾出版《沙海军歌》（1975）、《小草在歌唱》（1980）、《父母之河》（1984）、《踏尘而过》（1996）等诗集。

《在药林山上》，苏轻评著。北岳文艺出版社（太原）2008年9月出版。大32开，目录5页，正文156页。收有《在药林山上》、《桃木面具》、《千孔崖》等诗，有《后记》。苏轻评，1965年生于山西阳泉。曾出版诗集《太行》（1994）。

《大堰河——我的保姆》，艾青著，刘屏编。华夏出版社（北京）2008年10月出版，为"中国现代文学百家"之一种。16开，总序2页，目录5页，小传2页，正文321页。收有《会合》、《出发》、《刘草的孩子》等诗和《诗论》等诗论，后附《艾青主要著译书目》。有陈建功《总序》。艾青，原名蒋海澄，1910年生于浙江金华，1996年逝世。曾出版《大堰河》（1936）、《向太阳》（1940）、《海岬上》（1957）、《归来的歌》（1980）等诗集。

《三秋草》，卞之琳著，姜诗元编。华夏出版社（北京）2008年10月出版，为"中国现代文学百家"之一种。16开，总序2页，目录5页，小传2页，正文242页。诗文合集。收有《记录》、《春城》、《白螺壳》等诗，另有散文、小说和评论，后附《卞之琳主要著译书目》。有陈建功《总序》。卞之琳，1910年生于江苏海门，2000年逝世。曾出版《三秋草》（1933）、《鱼目集》（1935）、《十年诗草》（1942）、《雕虫纪历》（1979）等诗集。

《黄纪云短诗选》，黄纪云著。银河出版社（香港）2008年10月出版，为"短诗自选丛书"之一种，印数1000册。中英对照。36开，79页。收有《回忆》、《你多么像一片没有迷恋的废墟》、《我在寻找这片风景的眼睛》等诗。黄纪云，1961年生，浙江乐清人。此为著者出版的第一本诗集。

《唐诗的另一种写法》，蒲素平著。大众文艺出版社（北京）2008年10月出版，为"时代文学丛书"之一种。散文诗集。大32开，序3页，目录7页，正文228页。收有《春晓》、《钱塘湖春游》、《居易不易》等散文诗，分为《昨夜有诗唐朝来》、《诗人的背景》2辑，后附陈德胜《这种写法很奇妙》等文。有靳亚利《序》。蒲素平，1969年生于河北隆尧。

《云间诗韵》，薛锡祥著。文汇出版社（上海）2008年10月出版，为"上海之根·文化系列丛书"之一种，印数5000册。小16开，目录8页，序3页，正文220页。收有《千年葬礼》、《唐幢流云》、《邦克落照》等诗，分为《揭开尘封，再现精彩鲜活》、《穿行时空，触摸久远心跳》等7辑。有赵丽宏序《山水间的浪漫诗史》和上海之根文化系列丛书编委会《跋》、著者《后记》。薛锡祥，曾出版诗集《青春嫁接》（2005）。

《原上草》，方海云著。大众文艺出版社（北京）2008年11月出版，为"中诗作家文库"之一种，印数1000册。大32开，序6页，目录6页，正文114页。收有《岸边，邂逅一朵花或一只水鸟》、《怀念》、《五月，一个诗人醒来》等诗，分为《打开封面》、《因为有你》等4辑。有晓帆序《浅草寄意》、周占林跋《与君共此生》和著者代后记《暖》。方海云，女，河南禹州人。

《屋顶上的红月亮》，罗鹿鸣著。中国青年出版社（北京）2008年11月出版。16开，序1页，正文233页。收有《爱的花絮》、《心在高原》、《水中情歌》等诗与散文诗，后附《呦呦鹿鸣（名家短评）》。有《我有嘉宾，德音孔昭》代后记。罗鹿鸣，20世纪60年代生，湖南祁东人。

《寸爱》，史光柱著。中国戏剧出版社（北京）2008年11月出版，为"龙卷风文库"之一种。大32开，目录2页，序并正文170页。收有《坦克人和他们的坦克》、《岸啊！我是……》、《醉汉纪事》等诗，后附黄永健文《真诚执著、热烈昂奋》。有乐黛云《诗的光柱》、谢冕《如果命运不安排你做花》序2篇和著著《后记》。史光柱，1964年生于云南马龙。曾出版诗集《我恋》（1987）、《背对你投下黑色的河流》（1990）、《酸月亮，甜月亮》（1991）、《眼睛》（1993）。

《感恩》，谭践著。山东画报出版社（济南）2008年11月出版，为"泰山作家文库"之一种。小16开，目录4页，正文218页。收有《面对泰山》、《槐园》、《秋菊》等诗，分为《泰山漫歌》、《桃花园》等6辑，后附唐晓渡《"一孔之见"》等文。谭践，1965年生。曾出版诗集《太阳泪》（与马启代、岩峰合著，1988）。

《心履辙痕》，田斌著。作家出版社（北京）2008年11月出版，为"诗刊文库"之一种。大32开，目录10页，正文259页。收有《那株蒲公英》、《雨后凝露的荷花》、《春风从不笑我狂》等诗。田斌，1965年生，安徽宣城人。曾出版诗集《细雨外套》（2006）、《瓷片幽光》（2006）、《泥土微尘》（2006）。

《瞬间》，王尔碑著。作家出版社（北京）2008年11月出版，为"当代散文诗作家文库"之一种。散文诗集。16开，序1页，目录6页，正文224页，照片36页。收有《少女头像》、《帆》、《岩石》等

104

散文诗，分 4 辑，后附《评论·书简·访谈》和照片。有著者《前言》和《后记》。王尔碑，原名王婉容，女，1926 年生于四川盐亭。曾出版《美的呼唤》（1983）、《行云集》（1984）、《影子》（1994）、《王尔碑诗选》（2003）等诗集。

《与黑夜同享烛光》，吴玉垒著。山东画报出版社（济南）2008 年 11 月出版，为"泰山作家文丛"之一种。小 16 开，序 2 页，目录 5 页，正文 183 页。收有《美丽风景》、《等待一场雨》、《与狼对峙》等诗，分为《渊源》、《错位》等 4 辑，后附房伟、范晓棠《灵魂的磨砺》等评。有著者《写在前面》和《我为此而幸福着（代后记）》。

《水一直在岸上》，阿诺阿布著。作家出版社（北京）2008 年 12 月出版。大 32 开，照片 4 页，序 3 页，目录 3 页，正文 108 页。收有《普根底》、《灯市口七十五号》、《腰》等诗，后附《文化诗学：对话与潜对话》等访谈。有著者《自序》。阿诺阿布，彝族，贵州人。

《诗经里的房子》，高文著。中国戏剧出版社（北京）2008 年 12 月出版，为"风雅丛书"之一种，印数 1000 册。大 32 开，目录 6 页，总序 2 页，序 13 页，正文 176 页。收有《风吹过午夜春天就熟了》、《猫在追赶一片树叶》、《遇见你的飞翔》等诗，分为《风吹过午夜》、《八月的杯底》等 5 辑，另有散文诗、诗论各 1 辑。有施战军总序《传承诗歌的月光》、马兵《总在归途》等序和著者《小树林诗话》代后记。高文，1970 年生于山东昌乐。曾出版诗集《阳光中的飞翔》（2002）、《音乐的半径》（2004）。

《火苗在一堆干柴上舞蹈》，贺继新著。甘肃文化出版社（兰州）2008 年 12 月出版，为"甘肃少数民族文学丛书"之一种，印数 1000 册。大 32 开，目录 3 页，正文 160 页。收有《感恩祁连往事》、《火苗，在一堆干柴上舞蹈》、《若即若离的爱》等诗。贺继新，1957 年生，裕固族。

《中华之歌》，华文峰著。中国文联出版社（北京）2008 年 12 月出版。大 32 开，目录 1 页，序 7 页，正文 150 页。长诗，后附高洪波《炽热的爱国之情》等评。有谢冕《简评〈中华之歌〉》代序和著者后记《发自内心的歌》。华文峰，山东微山人。

《李庄的诗》，李庄著。长征出版社（北京）2008 年 12 月出版，为"鲁北作家文丛"之一种。16 开，序 8 页，目录 6 页，正文 208 页。收有《身体清单》、《回忆北方》、《芦苇》等诗，有张玉坤《有个诗人叫李庄》代序和著者《李庄的自言自语》代后记。李庄，山东牟平人。此为著者出版的第一本诗集。

《三十年河东》，梁平著。四川文艺出版社（成都）2008 年 12 月出版。小 16 开，目录、序并正文 207 页。长诗，分为《春天的故事》、《突围解密》、《巨桨破冰》等 5 章，有序诗《东方大国：五千年与三十年》和跋歌《中国阳光》。有吴思敬序《建构中国的现代史诗》。梁平，1955 年生于重庆。曾出版《山风流人风流》（1989）、《拒绝温柔》（1993）、《巴与蜀：两个二重奏》（2005）、《琥珀色的波兰》（2007）等诗集。

《晾干的雨声》，梁小花著。中国文联出版社（北京）2008 年 12 月出版，印数 3000 册，为"当代作家文丛"之一种。大 32 开，序 6 页，目录 7 页，正文 228 页。收有《生命恋情》、《月色》、《岁月的痕迹》等诗，分为《生命恋情》、《风景这边独好》等 6 辑，后附《〈飘雨的季节〉创作感受》等文。有王作忠序《清似荷花不染尘》和著者《自序》。梁小花，女，1966 年生，山西文水人。曾出版诗文集《飘雨的季节》（2002）。

《时空有痕》，王殿芳著。吉林人民出版社（长春）2008 年 12 月出版，为"世间万象诗集之四"，印数 1500 册。大 32 开，照片 2 页，目录 5 页，序 4 页，正文 207 页。收有《自强》、《大肚弥勒笑谁》、《把大海装进心里》等诗，分为《蛾从蛹里飞出来》、《大肚弥勒笑谁》等 5 辑，有乔迈序《透视人生》和著者《写在书后》。王殿芳，女。

《放电——旺忘望的诗歌与插图》，旺忘望著。作家出版社（北京）2007 年 10 月第一版，2008 年 12 月第一次印刷，印数 5000 册。方 16 开，上册 146，收有《卢古基的刀》、《情人节》等诗，分为《仰望的疼痛》等 4 辑，有谭五昌序《诗意的安魂曲，或面向自身灵魂的坦诚书写》；下册 146 页，收有《空虚时代》、《资本时代》等诗，分为《空虚时代》等 2 辑，后附北村《碎片的真相和希望》等评，有老周序《一个低着头寻找主的人》。旺忘望，1962 年生于辽宁沈阳。

《诗百家》，阿休、毛小平主编。文化艺术出版社（北京）2008 年 10 月第一版，12 月印刷，印数 1000 册。16 开，序 1 页，目录 4 页，正文 406 页。新旧体诗合集。共分《新诗卷》、《诗词卷》、《散文诗卷》3 卷，《新诗卷》收有赵坤《第二类自白》、叶子《桃花蕾》、刘春《吹过》等诗。有编委会《卷首语》。

诗论与资料集

《淮风编著评述历程》，刘钦贤编著。银河出版社（香港）2008年1月出版。大32开，照片4页，目录4页，正文363页。收有蒋林《对一份诗歌刊物提案的辨析与认同》、刘钦贤《一切美丽都从诗开始》、成明进《世纪末的绝唱》等文，分为《评刊物评编者》、《刊物议编者谈》等4辑。

《吴开晋诗文选集》（第三卷·诗论），吴开晋著。大众文艺出版社（北京）2008年3月出版，为"学术方针丛书"之一种，印数1000册。大32开，目录2页，正文500页。收有《诗与生活》、《"五四"以来新诗形式的变迁》、《郭沫若早期诗歌的艺术美》等文。吴开晋，1934年生于山东阳信。曾出版《现代诗歌名篇选读》（1982）、《现代诗歌艺术与欣赏》（1986）、《当代新诗论》（1999）、《新诗的裂变与聚变》（2003）等诗论。

《吴开晋诗文选集》（第四卷·诗论），吴开晋著。大众文艺出版社（北京）2008年3月出版，为"学术方针丛书"之一种，印数1000册。大32开，目录8页，正文566页。收有《诗，让人们崇高》、《新诗潮的涌动与走向》、《为齐鲁诗坛的繁荣树起一面旗帜》等文，分为《〈当代新诗论〉选篇》、《〈新诗的裂变与聚变〉选篇》等3辑，后附《吴开晋创作活动简介》。

《余光中评说五十年》，古远清编。文化艺术出版社（北京）2008年5月出版，为"名家评说书系"之一种，印数6000册。小16开，目录3页，序并正文395页。收有余光中《炼石补天蔚晚霞》、丁宗皓《在传统与现代之间——余光中先生访谈录》、余季珊《爸，生日快乐》等文，分为《自述》、《访问》等6辑，后附《余光中大事年表》。有金宏达《丛书主编谈：大家须浩瀚》和编者前言《视线内外的余光中》。

《桂林文化城诗歌研究》，雷锐、黄绍清主编。中国社会科学出版社（北京）2008年6月出版，为"桂林文化城文学研究丛书"之一种。大32开，目录4页，序4页，正文285页。书分《南疆诗城光辉永存》、《抗战旋律雄壮交响》、《铁蹄蹂躏痛苦吟唱》等13章，有雷锐《总序》和主编《后记》。

《蓟门诗话》，丁慨然著。中国国际广播出版社（北京）2008年8月出版，为"阅风楼论丛"之一种，印数1000册。大32开，目录12

页，正文 292 页。收有《诗人论》、《邹荻帆〈大别山题壁〉》、《臧克家〈春到庭院〉》等文，分为《蓟门诗话》、《新诗短议》等 5 辑。丁慨然，原名丁楷，1941 年生于湖北洪湖。曾出版《慨然诗论》（2006）。

《20 世纪中国先锋诗潮》，罗振亚著。人民出版社（北京）2008 年 8 月出版。大 32 开，目录 3 页，正文 383 页。书分《新诗史上的一支异军：20 世纪 20 年代的"象征诗派"》、《扯不断的血脉：20 世纪五六十年代的台湾"现代派诗"》、《集体书写的"美丽的混乱"："第三代"诗歌运动》等 9 章，有《绪论》和《结语》。罗振亚，1963 年生于黑龙江讷河。曾出版《中国现代主义诗歌流派史》（1993）、《中国现代主义诗歌史论》（2001）、《中国新诗的历史与文化透视》（2002）、《朦胧诗后先锋诗歌研究》（2005）等著作。

《现代汉诗——1917 年以来的理论与实践》，奚密著，奚密、宋炳辉译。上海三联书店（上海）2008 年 8 月出版，为"海外中国现代文学研究译丛"之一种。大 32 开，总序 14 页，目录 1 页，序 6 页，正文 203 页。书分《诗的新向度：从传统到现代的转化》、《流放与超越：作为悲剧英雄的诗人》、《意象，隐喻，跳跃性诗学》等 6 章。有季进、王尧《编辑缘起》和王德威《总序》及著者《中文版自序》、《英文版前言》。奚密，女，生于台北。曾出版诗论集《从边缘出发——现代汉诗的另类传统》（2000）。

《诗体学散论——中外诗体生成流变研究》，王珂著。上海三联书店（上海）2008 年 10 月出版，为"旗山新文丛"之一种。大 32 开，目录 2 页，正文 498 页。书分《中国古诗诗体研究》、《中国新诗诗体研究》、《外国诗歌诗体研究》等 5 章，后附何奎的文章《开启本体建构之门》和《王珂主要著作论文目录》。有绪论《诗体的定义、生成与流变》和后记《为何鼓吹诗体重建》。王珂，1966 年生于重庆。曾出版《诗歌文体学导论》（2001）、《百年新诗诗体建设研究》（2004）、《新诗诗体生成史论》（2007）。

《野曼印象》，郭风、张香华等著。银河出版社（香港）2008 年 12 月出版，印数 1050 册。大 32 开，照片 2 页，目录 5 页，正文 418 页。收有茨冈《野曼新诗创作的几个时期》、西彤《回忆〈华夏诗报〉》、邹荻帆《祝福》等文与诗，分为《淡淡的脚印》、《脚印的链接》等 4 辑。

新诗著作叙录（2009）

◇ 刘福春

诗 集

《奔流》，奔流著。华夏出版社（北京）2009 年 1 月出版，为"今日原创诗丛"之一种，印数 8000 册。大 32 开，序、目录并正文 278 页。长诗。有蒋墨序《上升的旗帜》和著者《后记》。奔流，原名汤卢庆，1964 年生于江苏江阴。曾出版诗集《倾听》（2000）。

《军舰鸟》，第广龙著。太白文艺出版社（西安）2009 年 1 月出版，为"手稿文库"之一种。大 32 开，序 2 页，目录 6 页，正文 194 页。收有《土尘》、《乘坐 600 路公交车经过地铁工地》、《沙尘暴》等诗，后附阳飏《由一个词："沙尘飞扬"写起》等文。有编者总序《关于手稿和手稿写作》。第广龙，1963 年生于甘肃平凉。曾出版诗集《第广龙石油诗精选》（1994）、《水边妹子》（1994）、《祖国的高处》（2005）、《多声部》（2007）。

《废名集》（第三卷），王风编。北京大学出版社（北京）2009 年 1 月出版。诗文合集。大 32 开，目录 10 页，正文 1135–1599 页。收有《冬夜》、《亚当》、《灯》等诗。废名，原名冯文炳，1901 年生于湖北黄梅，1967 年逝世。曾出版诗集《水边》（与开元合著，1944）、《招隐集》（1945）。

《顾城的诗顾城的画》，顾城著，顾乡、于奎潮编。江苏文艺出版社（南京）2009 年 1 月出版。小 16 开，目录 4 页，序 4 页，221 页。收有《一代人》、《假如……》、《南国之秋》等诗，有顾城《奇遇》、《"需要一个答案"》文 2 篇代序和顾乡《编后记》。顾城，1956 年生于北京，1993 年去世。曾出版《黑眼睛》（1986）、《顾城童话寓言诗选》（1993）、《顾城诗全编》（1995）、《顾城的诗》（1998）等诗集。

《穿花裙子的小佳》，黄海著。太白文艺出版社（西安）2009 年 1 月出版，为"手稿文库"之一种。大 32 开，序 5 页，目录 4 页，正文 163 页。收有《某某某》、《人民、朋友和我们的敌人》、《漂亮姑娘》等诗。有编者总序《关于手稿和手稿写作》、著者《自序》和《黄石》代跋。

《林莽诗画集》，林莽著。2009 年 1 月自印。20 开，序 1 页，目录 2 页，正文 39 页。收有《当大风呼呼地刮过》、《这一切已是那么的遥远》、《再临秋风》等诗，有著者《自序》。林莽，原名张建中，1949 年生于河北徐水。曾出版《林莽的诗》（1990）、《我流过这片土地》（1994）、《永恒的瞬间》（1995）、《穿透岁月的光芒》（2001）、《林莽诗选》（2005）等诗集。

《灵魂深处有个鬼》，芦哲峰著。辽宁教育电子音像出版社（沈阳）2009 年 1 月出版。大 32 开，目录 6 页，正文 278 页。收有《无羽之鸟》、《别》、《椅子》等诗。芦哲峰，1978 年生，黑龙江尚志人。

《写在手机上的爱情诗》，苗绪法著。百花文艺出版社（天津）2009 年 1 月出版，印数 10000 册。36 开，序 4 页，目录 5 页，正文 369 页。收有《幸福》、《秋果》、《痛楚》等诗，有紫色序《给诗插上翅膀》和华莹后记《风花雪月凝心曲　绵绵诗意电波传》。苗绪法，1958 年生。此为著者出版的第一本诗集。

《两滴墨》，宁明著。中国戏剧出版社（北京）2009 年 1 月出版，为"新作家文丛"之一种。大 32 开，序 2 页，目录 5 页，正文 144 页。收有《两滴墨》、《比夜更黑》、《云改变不了漂泊的命运》等诗，后附《宁明 2008 年发表作品情况》。有著者《写在前边》。宁明，1963 年生于河北魏县。曾出版《翼影》（1993）、《钟情》（1996）、《宁明新格律诗选》（2004）、《低翔》（2008）等诗集。

《羊的眼泪》，桑小燕著。中国青年出版社（北京）2009 年 1 月出版。小 16 开，目录 5 页，序 3 页，正文 220 页。收有《一个声音》、《一条路，很长》、《重复》等诗，分为《清晨，你的歌声飞扬》、《一条上岸的鱼》等 10 辑。有萧立军序《读桑小燕诗》和著者后记《与诗歌恋爱》。桑小燕，女，1970 年生，山西黎城人。曾出版诗集《屋檐上的白鸽》（2007）。

《江湖志》，哨兵著。长江文艺出版社（武汉）2009 年 1 月出版，为"湖北青年作家丛书"之一种。大 32 开，序 2 页，目录 6 页，正文 233 页。收有《分洪区》、《菱角》、《烤羊》等诗。有方方《总序》和著者后记《欲说还休》、高晓晖《编后记》。哨兵，原名王少兵，1970 年生于湖北洪湖。

《远去的罗敷河》，王琪著。太白文艺出版社（西安）2009年1月出版，为"手稿文库"之一种。大32开，序2页，目录6页，正文214页。收有《停下来》、《暗处》、《一个人的突然离去》等诗，分为《时光是缓慢的疼》、《谁取走了我内心的灯盏》2部，后附《创作年表》等。有编者总序《关于手稿和手稿写作》和著者《后记》。王琪，1973年生于陕西华阴。曾出版诗集《边缘人》（1999）、《尘烟散尽》（2000）。

《宁杭道上》，吴情水著。银河出版社（香港）2009年1月。大32开，序、目录并正文99页。收有《山羊》、《"待白霜揪住你的胡子……"》、《题徐杨孩提时代的照片》等诗，后附路东《关于西湖的简单句式》等诗文。有著者自序《试图逃脱的门徒》。吴情水，1977年生，湖北新洲人。

《城市像琥珀般的花园》，杨秀丽著。百家出版社（上海）2009年1月出版，为"海上文丛"之一种。大32开，目录3页，正文122页。收有《天气图》、《别离》、《怀乡病》等诗，分为《城市像琥珀般的花园》、《银莲花的温柔自手指开始发端》等3章，后附《杨秀丽诗歌作品东方网研讨会实录》等。有著者《后记》。杨秀丽，女，生于上海崇明。

《新鲜的往事——郁笛九行诗选》，郁笛著。新疆电子音像出版社（乌鲁木齐）2008年12月第一版，2009年1月第一次印刷，印数1000册。长32开，序、目录并正文127页。收有《我在春天里遭遇的一场雪》、《狗狗记事》、《你是我身体的某一个片段》等诗。有沈苇《郁笛的抒情：九行和十四行》代序和著者《后记》。郁笛，原名张纪保，1964年生于山东苍山。曾出版诗集《激情的挽歌》（1997）、《风中的马车》（2002）、《低语的诗行》（2006）。

《诗影江南》，张文斌著。中国摄影出版社（北京）2009年1月出版，为"中国当代摄影家作品集·宁波卷"。诗与摄影集。20开，序1页，正文81页。收有《晨光里的小船》、《动静之间》、《小荷》等诗与摄影作品。有李元《序》和著者《后记》。张文斌，1966年生于浙江文成。曾出版诗集《生命河》（2004）、《遗失在风中的岁月》（2006）。

《朱珊珊铁路诗选》，朱珊珊著。百家出版社（上海）2009年1月出版，为"海上文丛"之一种。大32开，序5页，目录3页，正文132页。收有《第一次走上机车》、《鲜绿的故事》、《铁轨上的断想》等诗。有著者《自序：诗歌，从火车开始》。朱珊珊，1945年生于上海。

曾出版诗集《长笛》（1995）、《呼啸的流域》（2004）。

《2008 年中国诗歌精选》，中国作协创研部编。长江文艺出版社（武汉）2009 年 1 月出版，为"2008 年选系列丛书"之一种，印数 10000 册。16 开，说明 2 页，目录 8 页，正文 364 页。收有大解《感恩书》、草人儿《12 月 31 日银行年终结算》、扶桑《你醒在同样幽暗的蓝色中》等诗。有中国作协创研部《编选说明》和韩作荣《答〈汉诗〉问》。

《2008 中国年度散文诗》，邹岳汉主编。漓江出版社（桂林）2009 年 1 月出版，为"2008 中国年度作品系列"之一种，印数 8000 册。16 开，目录 5 页，序 4 页，正文 305 页。收有周庆荣《我们》、灵焚《生命中的几个片段》、耿林莽《水悠悠，船也悠悠》等散文诗，分为《我们》、《生命·意象》等 6 辑，后附《2008 年度部分散文诗评论、作品集、理论集篇目》。有编者的话《2008：中国散文诗从寂寞到繁荣的 30 年》。

《2008 中国年度诗歌》，中国作家协会《诗刊》选编。漓江出版社（桂林）2009 年 1 月出版，为"2008 中国年度作品系列"之一种，印数 9000 册。16 开，目录 6 页，序 1 页，正文 285 页。收有丁可《一个农妇的密码》、卢卫平《父亲的火车》、阿吾《手的一天》等诗，有《编者的话》。

《2008 中国诗歌年选》，中国诗歌研究中心主编，王光明编。花城出版社（广州）2009 年 1 月出版，为"花城年选系列"之一种，印数 6000 册。16 开，目录 12 页，序 2 页，正文 196 页。收有阿毛《白桦树》、费城《故乡的墓地》、雷平阳《叮叮当当的身体》等诗，有编者《序》。

《2008 中国最佳诗歌》，宗仁发主编。辽宁人民出版社（沈阳）2009 年 1 月出版，为"太阳鸟文学年选"之一种，印数 5000 册。16 开，序 5 页，目录 7 页，正文 379 页。收有欧阳江河《那么，威尼斯呢》、李笠《陪北岛赌》、李见心《我爱桃花》等诗。有主编序《诗歌和这个时代的宿命关系》。

《中国诗典 1978—2008》，徐敬亚主编，苏历铭、董辑、谷禾选编。时代文艺出版社（长春）2009 年 1 月出版。16 开，目录 12 页，序 3 页，正文 511 页。收有阿斐《和谁对饮》、柏桦《唯有旧日子带给我们幸福》、蔡天新《漫游》等诗，有徐敬亚序《把李白从汉字里挑出来》

和苏历铭《后记》。

《能见度》，陈群洲著。漓江出版社（桂林）2009年2月出版，为"e状态诗丛"之一种。大32开，序5页，目录4页，正文128页。收有《对葡萄的感恩》、《黄河壶口》、《寻找河流》等诗，分为《开在民间的幸福花朵》、《灵魂深处奔涌的河流》等3卷。有张沐兴序《有一些灯盏，会长驻我们的内心》和著者跋《诗歌是最好的见证》。陈群洲，1965年生于湖南衡山。曾出版诗集《雨季色彩》（1988）、《隔河而居》（1999）、《春天的声音》（1999）、《陈群洲爱情诗选》（2002）。

《在风与风的缝隙》，充原著。漓江出版社（桂林）2009年2月出版，为"e状态诗丛"之一种。大32开，序5页，目录3页，正文171页。收有《风的慢镜头》、《陌生人向我打招呼》、《说到痴情》等诗，分为《思绪速写》、《生活素描》等4辑。有聂沛序《风一样活》和著者后记《文学在生活的淡季飘香》。充原，原名刘宋民，1971年生于湖南祁东。此为著者出版的第一本诗集。

《风暴眼》，高鹏程著。宁波出版社（宁波）2009年2月出版，为"浙东作家文丛"之一种。小16开，序1页，目录6页，正文200页。收有《赞美》、《对一个补鞋摊不同角度的观察与叙述》、《水泥厂》等诗，分为《一个人的海》、《世相及其阴影》等4辑。有著者诗《独自歌唱》代序。高鹏程，1974年生于宁夏固原。曾出版诗集《海边书》（2007）。

《绝地残红》，梁念钊著。华南理工大学出版社（广州）2009年2月出版。大32开，序5页，目录2页，正文127页。收有《海选超女》、《城市霉变的低洼地》、《"猪年"下扬州·吟起"瘦西湖"》等诗，分为《铿锵"愤青"与石油时代》、《城市霉变的低洼地》等4辑。有蔡宗周《序》和著者《后记》。梁念钊，1958年生。

《他们的深圳》，马灯著。大众文艺出版社（北京）2009年2月出版，为"21世纪作家文库"之一种。大32开，序3页，目录4页，正文116页。收有《静谧之夜》、《他们的深圳》、《夜晚》等诗，分为《误会》、《他们的深圳》等3辑。有著者序《诗歌·语言》和《后记》。马灯，原名陈林生，1975年生于湖南衡南。此为著者出版的第一本诗集。

《奔跑的石头》，木虫著。诗选刊杂志社（石家庄）2009年2月出版，印数1000册。大32开，序3页，目录6页，正文144页。收有《一场大雪》、《我爱你我爱你》、《我们就这样走了》等诗，分为《不是

113

哲学》、《非常爱情》等辑。有陈诚《序》和著者《后记》。木虫，原名张志强，河北赞皇人。

《三十年后·大湾村》，田人著。中国文联出版社（北京）2009年2月出版，为"金马车诗文库"之一种。大32开，序7页，目录4页，正文105页。收有《深秋》、《旧屋》、《花儿渐渐远去》等诗，分为《后来》、《忧伤》等7章。有著者《关于〈三十年后·大湾村〉》、李小雨《大湾村：一个人的诗意故事及灵魂》和凌鹰《琐谈田人和他的大湾村》、著者《后记》。田人，1966年生于湖南永州。曾出版《双叶集》（与王寒非合著，1997）、《诗九十一首》（1999）、《虚饰》（2004）。

《灵魂家园》，王卫平著。内蒙古人民出版社（呼和浩特）2009年2月出版，印数5000册。16开，题词、照片8页，序9页，目录4页，正文166页。收有《走进青海》、《为了野生动物不再哭泣》、《守望家乡》等诗，分为《历史烽烟》、《灵魂家园》等5辑，另有《诗海评弹》1辑。有谢建平序《荒漠里茂盛的诗意》和著者《自序》、《后记》。王卫平，1970年生于山西盂县。

《并非每一束阳光温暖心房》，魏国栋著。大众文艺出版社（北京）2009年2月出版，为"诗刊文库"之一种。大32开，序2页，目录6页，正文165页。收有《奋斗》、《诗之美》、《我的歌》等诗，分为《絮语是脚印的歌》、《眼睛是心灵的相册》等3辑。有白晓霞序《写诗的孩子》。魏国栋，1986年生于甘肃通渭。此为著者出版社的第一本诗集。

《张望》，张文斌著。宁波出版社（宁波）2009年2月出版，为"浙东作家文丛"之一种。小16开，目录5页，正文191页。收有《等你》、《一滴水的瞬间》、《沈园》等诗，分为《一粒沙的爱情》、《一滴水的瞬间》等4辑，后附骆寒超《迢遥出美丽的期待》等评。此为著者2009年出版的第二本诗集。

《平原》，舟歌著。中央文献出版社（北京）2009年2月出版。大32开，序4页，目录4页，正文114页。收有《梦幻中》、《我想做一棵小草》、《像星星》等诗。有王尔碑序《致舟歌》和著者后记《心在平原》。舟歌，原名周汝贵，1962年生于四川彭州。曾出版诗集《故乡的小河》（2005）、《小桃树》（2007）、《平原菜花黄》（2008）。

《或远或近的距离》，钟世华、罗雨著。北京燕山出版社（北京）2009年2月出版，为"神龙诗文集"之一种。大32开，序并目录8页，正文150页。收有钟世华《乡村记事》、《春天》和罗雨《或远或近的距离》等诗。有编者按语《因为诗歌》和罗雨跋《诗，是一盏心灵之灯》。钟世华，1982年生，广西合浦人。罗雨，原名罗小凤，女，1981年生，湖南武冈人。

《2008年诗歌》，张清华主编。春风文艺出版社（沈阳）2009年2月出版，为"21世纪中国文学大系"之一种，印数6000册。大32开，序21页，目录18页，正文357页。收有祁国《5·12祭》、慈琪《一地泪光》、阿毛《后来》等诗，分为《"5·12"地震诗选》、《"90后"诗选》等3辑。有主编《序》。

《农民诗歌作品选》，"百部农民作品"出版委员会编。中国社会出版社（北京）2009年2月出版，同年9月第二次印刷，为百位农民作家、百部农民作品"双百大地印文丛"之一种。小16开，序5页，目录5页，正文183页。收有陈冬兴、黄峥嵘、罗定坤、门焕新、潘太玲、孙善鸿、石淑芳、张开良、赵凯、朱爽声10人作品。有铁凝总序《镌刻在丰饶大地上的改革履迹》和韩作荣《序》。

《水中之月——中国现代禅诗精选》，李天靖、张海宁主编。上海文化出版社（上海）2009年2月出版，印数3210册。大32开，目录3页，序8页，正文149页。收有废名《海》、辛笛《航》、洛夫《背向大海》等诗，诗后有"品读"，分为《心花》、《水云》等8辑。有洛夫《禅诗的现代美学意义》等序和李天靖《后记》。

《新时期文学三十年·诗歌·散文诗回顾展》，姚园、娜夜、荣荣主编。美国天涯文艺出版社2009年2月出版，为"常青藤特刊"。大32开，目录、序并正文259页。收有北岛《时间的玫瑰》、洛夫《因为风的缘故》、郭风《松坊溪的冬天》等诗与散文诗，分为《碧绿·自然·长歌短吟》、《纯青·悠扬·散文诗菀》两部分。有姚园序《诗意的留存》。

《中产阶级诗选》，杨四平主编。自印，无出版日期，编者送书时间为2009年2月。16开，序5页，目录8页，前言15页，正文342页。收有北魏《断桥》、伊沙《饿死诗人》、陈先发《前世》等诗，后附北魏《为什么是中产阶级立场写作》等文。有蓝棣之序《诗坛正来在一个"引爆点"上》和主编前言《中产阶级立场写作》、后记《〈中产阶级诗选〉编选缘起》。

《自由的知觉——一个作家的当代艺术探索：诗歌、雕塑与绘画》，蔡劲松著。民族出版社（北京）2009年3月出版，印数2000册。诗画集。16 开，目录 2 页，序并正文 162 页。收有《塘头》、《推手》、《长翅膀的迪加》等诗，有著者《自述：我的艺术探索之旅》。蔡劲松，侗族，1969 年生于贵州松桃。曾出版诗集《人在边缘》（1993）、《阳光照耀的翔》（1994）、《航行与呼啸》（2001）。

《感悟与倾诉》，高旭旺著。河南文艺出版社（郑州）2009 年 3 月出版，为"21 世纪中原诗人丛书"之一种。大 32 开，序 10 页，目录 6 页，正文 183 页。收有《龙门石窟》、《我们共处的雪夜》、《春的宣言》等诗，分为《魂系中原》、《爱与被爱》等 4 卷。有单占生总序《走出被"异乡化"的集体宿命》、郑彦英序《杲杲日出》和著者后记《感恩心语》。高旭旺，原名高丁旺，1948 年生于河南三门峡。曾出版《多情的季节》（1988）、《爱的音符》（1993）、《高旭旺抒情诗选》（1997）、《心灵的太阳》（2004）等诗集。

《海子诗全集》，西川编。作家出版社（北京）2009 年 3 月出版，5 月第三次印刷，印数印至 20000 册。精装，大 32 开，手稿及插图 14 页，说明 4 页，目录 18 页，序 11 页，正文 1171 页。收有《亚洲铜》、《河流》、《冬天的雨》等诗，分为 4 编，另有《文论》、《补遗》2 编。有西川《出版说明》、骆一禾《海子生涯》代序、西川《怀念》代序和西川《死亡后记》、《〈海子诗全编〉编后记》。海子，原名查海生，1964 年生于安徽怀宁，1989 年去世。曾出版诗集《土地》（1990）、《海子的诗》（1995）等。

《海子纪念文集·海子诗歌读本》，金肽频主编。合肥工业大学出版社（合肥）2009 年 3 月出版。16 开，序 8 页，目录 4 页，正文 216 页。收有《亚洲铜》、《粮食》、《给 1986》等诗，诗后附解读。有主编《总序》和《编后记》。

《海子纪念文集·诗歌卷》，金肽频主编。合肥工业大学出版社（合肥）2009 年 3 月出版。16 开，序 8 页，目录 6 页，正文 245 页。收有侯珏《春天，想起海子》、西川《为海子而作》、老柏《春天，有十个海子徜徉在街上》等诗。有主编《总序》和《编后记》。

《轻轻惊叫》，华万里著。重庆出版社（重庆）2009 年 3 月出版。小 16 开，序 4 页，目录 7 页，正文 316 页。收有《回乡》、《读一本小说》、《蛇》等诗，分为《以麦穗的方式回到故乡》、《新的眼睫正在形成》等 11 卷。有李元胜《序：一个轻轻惊叫的诗人》和著者《后记：我为什么要轻轻惊叫》。华万里，1942 年生，重庆人。

《平原上的细雨》，旧海棠著。花城出版社（广州）2009 年 3 月出版。小 16 开，目录 6 页，正文 160 页。收有《立秋》、《宿》、《悲怆时，与其苦坐不如写一首抒情诗》等诗，另有特辑《给姐姐韦晓萍的诗》。有著者《后记》。旧海棠，原名韦灵，女，1979 年生，安徽临泉人。

《空林子自选诗》，空林子著。花山文艺出版社（石家庄）2009 年 3 月出版。新旧体诗合集。小 16 开，序 6 页，目录 10 页，正文 400 页。收有《般若》、《爱情的困惑》、《失衡的天象》等诗，分为《如花的年华》、《如歌的岁月》等 4 篇，另有旧体诗及评论各 1 篇。有赵缺序《每叹鉴湖成异代，忽逢明月胜当时》和著者《诗》代后记。空林子，原名林燕兰，女，1963 年生于福建霞浦。曾出版诗集《月出峰峦》(1993)、《失衡的天象》(1997)。

《李森诗选》，李森著。花城出版社（广州）2009 年 3 月出版，印数 3000 册。小 16 开，目录 10 页，序与照片 9 页，正文 452 页。收有《黄昏的红光》、《中秋之夜》、《在寂寞的世界里》等诗，分为《眺望》、《罂粟》等 11 辑，后附诗学随笔《羞耻者手记》和韩东《李森的诗》等评。有著者《自序》。李森，1966 年生于云南腾冲。

《分行》，李霞著。河南文艺出版社（郑州）2009 年 3 月出版，为"21 世纪中原诗人丛书"之一种。大 32 开，序 4 页，目录 6 页，正文 207 页。收有《谁之声》、《春天》、《八月雨》等诗，后附《诗人的等次》等文。有单占生总序《走出被"异乡化"的集体宿命》。李霞，1961 年生于河南陕县。曾出版诗集《一天等于 24 小时》(2004)。

《乡土无恙》，刘高贵著。河南文艺出版社（郑州）2009 年 3 月出版，为"21 世纪中原诗人丛书"之一种。大 32 开，序 6 页，目录 6 页，正文 205 页。收有《豫南》、《走近柴门》、《东去的水声》等诗。有单占生总序《走出被"异乡化"的集体宿命》和著者自序《诗意人生》。刘高贵，1962 年生于河南光山。

《祖国颂》，宁明著。解放军出版社（北京）2009 年 3 月出版，为"抗震救灾作品集"之一种。大 32 开，目录 6 页，正文 184 页。收有《仰望国旗》、《一国两制》、《冰雪，封不住春天的脚步》等诗，分为《祖国颂》、《回眸》等 9 辑，后附《关于这本诗集》。此为著者 2009 年出版的第二本诗集。

《啼鸣的太阳》，王继先著。作家出版社（北京）2009 年 3 月出版，印数 1000 册。大 32 开，目录 6 页，正文 153 页。收有《父老乡亲》、

《藏在母亲的补丁里》、《背水一战》等诗，分为《田园的灯盏》、《月光照无眠》等3辑。有著者《后记》。王继先，1950年生于北京平谷。此为著者出版的第一本诗集。

《王猛仁散文诗》，王猛仁著。中国文化出版社2009年3月出版。16开，序并目录12页，正文204页。收有《春天的诗话》、《我暗自思忖》、《栉风沐雨》等散文诗，有王剑冰《晴空一鹤排云上》等序和著者《疏心点翠微》代后记。王猛仁，1959年生于河南扶沟。曾出版《偷偷送你远行》(1989)、《苦涩的相思》(2001)、《王猛仁散文诗》(2004)、《王猛仁爱情散文诗》(2007)等诗集。

《养拙堂随记》，王猛仁著。河南文艺出版社（郑州）2009年3月出版。诗文合集。16开，目录20页，序3页，正文491页。收有《我站在伊犁河谷》、《心中一株薰衣草》、《梦走商城》等新诗，为第2辑《秋叶远去》。有叶延滨《文如猛仁》代序。

《表达》，王中和著。西苑出版社（北京）2009年3月出版，为"大运河文学丛书"之一种。大32开，照片6页，序4页，目录5页，正文200页。收有《落地扇，我的望日莲》、《给亡母》、《打开的一种声音》等诗，分为《我的贤妻，我的爱妻》、《追思、追忆、追记》等6辑。有范凤驰序《被情打动》和著者《后记》。王中和，1942年生于河北。曾出版诗集《诗恋者的歌》(1988)。

《长春·长春》，杨子忱著。吉林人民出版社（长春）2009年3月出版，印数1000册。大32开，图片16页，序4页，目录6页，518页。分为《诗歌卷》、《诗词卷》、《纪实卷》3卷，《诗歌卷》收有《天放华章》、《歌唱的九月》、《夏天的故事》等诗。有著者《自序》。杨子忱，满族，1938年生于黑龙江依兰。曾出版《山村孩子的歌》(1978)、《人生版图》(1993)、《长春史诗》(2004)、《我的满族族歌》(2007)等诗集。

《张咏霖抒情短诗选》，张咏霖著。吉林教育音像出版社（长春）2009年3月出版。大32开，目录8页，正文160页。收有《落叶》、《心系故园》、《2008年9月4日列车驰过鸭绿江》等诗，分为《诗人之苦》、《心系故园》等8辑，后附陈增福《一个在老屋里向隅吟咏的诗人》等文。有著者《后记》。张咏霖，1958年生于吉林梅河口。曾出版诗集《彻夜流浪》(1998)。

《辽阳30年诗选》，古阳编。吉林大学出版社（长春）2009年3月出版，为"阳光文化丛书"之一种，印数1000册。大32开，序并目录11页，正文217页。收有马荣霞《草叶上的月光》、古阳《黄河上的帆影》、屈明鹏《深沉的土地》等诗，有王荆岩序《辽阳诗歌群体的成长与壮大》和编者《后记》。

《中国新文学大系（1976—2000）·诗卷》，谢冕主编，刘福春副主编。上海文艺出版社（上海）2009年3月出版，印数3300册。大32开，序36页，目录17页，正文628页。收有阿坚《挥霍音乐》、洛夫《午夜削梨》、邹静之《达尔罕的月亮》等诗。有谢冕《序言》和刘福春《编后记》。

《青草灯盏》，阿古拉泰著。作家出版社（北京）2009年4月出版，为"浅草上的蹄花"之一种。大32开，序1页，目录5页，正文149页。收有《浅草上的蹄花》、《母亲站在蒙古包前》、《雪》等诗，分为《晨风洗亮了草原》、《青草的眼睛》等5辑。有王蒙序《青草的灯盏》和著者《后记》。阿古拉泰，蒙古族，1959年生，内蒙古科尔沁左翼中旗人。曾出版诗集《蜻蜓岛》（1998）。

《随风飘逝》，阿古拉泰著。作家出版社（北京）2009年4月出版，为"浅草上的蹄花"之一种。大32开，序4页，目录3页，正文247页。收有《为土豆歌唱》、《海》、《1999朵玫瑰》等诗，分为《牧草的深处》、《淡蓝色的花瓷》等辑。有陈光林序《永远的真情》和著者《后记》。

《白云的故乡》，阿古拉泰著。作家出版社（北京）2009年4月出版，为"浅草上的蹄花"之一种。歌词集。大32开，序3页，目录5页，正文139页。收有《祖国，草原祝福你》、《我爱这神奇的土地》、《一代风流》等歌词。有乌兰序《情在草原》和著者《后记》。

《诗经里的村庄》，陈炳生著。作家出版社（北京）2009年4月出版，为"诗刊文库"之一种。大32开，序8页，目录9页，正文321页。收有《一群鸭子》、《怀想信天游》、《鸽子掠过废墟上空》等诗，分为《大地风情万种》、《广场夜色迷离》等4辑。有周所同序《边读边爱的地方》、李自国序《在诗意的天空下行走》和张绍民跋《把诗歌建设成心灵的村庄》、著者《后记》。陈炳生，1967年生于四川三台。曾出版诗集《鸟鸣乡村》（2006）。

《乱世萨克斯风》，陈建华著。花城出版社（广州）2009年4月出版。大32开，目录4页，正文229页。收有《引爆手的心事》、《世纪的伤感》、《纽约地铁追忆》等诗，分为《引爆手的心事》、《疯子的自悼》等 12 辑。陈建华，1947 年生于上海。曾出版诗集《陈建华诗选》（2006）。

《成幼殊自选集——透亮的》，成幼殊著。银河出版社（香港）2009 年 4 月出版，为“当代诗库系列”之一种，印数 1000 册。大 32 开，目录并正文 168 页。收有《透亮的》、《古大都昙花》、《太阳和他的镜子》等诗，分为《透亮的》、《古大都昙花》等 5 辑。成幼殊，女，1924 年生于北京。曾出版《幸存的一粟》（2003）、《成幼殊短诗选》（2003）、《成幼殊世纪诗选》（2006）等诗集。

《傅天虹小诗八百首》，傅天虹著。中国文史出版社（北京）2009 年 4 月出版。大 32 开，序 2 页，目录 5 页，正文 283 页。收有《火山》、《童年》、《血泪》等诗，分为《〈火花集〉小诗选》、《〈酸果集〉小诗选》等 19 辑。有雁翼《天虹素描》诗代序和著者《编后小记》。傅天虹，原名杨来顺，1947 年生于江苏南京。曾出版《火花集》（1985）、《花的寂寞》（1988）、《夜香港》（1990）、《香港抒情诗》（1998）《傅天虹短诗选》（2001）等诗集。

《一棵树高高站着》，郭新民著。作家出版社（北京）2009 年 4 月出版，为“太行诗丛”之一种，印数 5000 册。16 开，序 14 页，目录 8 页，正文 309 页。收有《一棵树，高高站着》、《尊重一只蚂蚁》、《感》等诗，后附《关于中国新诗发展状态的思考》等文。有叶延滨《〈太行诗丛〉总序》和郭新民序《“长治诗群”的崛起》。郭新民，1957 年生于山西神池。曾出版诗集《开玫瑰花的裙子》（1988）、《今天的情绪》（1990）、《郭新民抒情诗选》（1999）、《花开的姿势》（2002）。

《海儿诗选——献给 5·12 汶川大地震中遇难遭难救难者》，海儿著。珠海出版社（珠海）2008 年 12 月第一版，2009 年 4 月第一次印刷，为“诗屋作家”之一种。16 开，目录 3 页，照片 8 页，序并正文 200 页。收有《新生命的宣言》、《芙蓉妹妹你不要轻轻抽泣》、《听听吧一个诗人关于北川的意见》等诗，后附《四川行日记》等。有贺晓坤《诗人的魂战士的心》等序和著者《后记》、《补记》。

《零点过后》，哈雷著。海峡文艺出版社（福州）2009 年 4 月出版。16 开，序 8 页，目录 3 页，正文 204 页。收有《搬动》、《老杉》、《如何把握》等诗，分为《滚过季节》、《七步老杉》等 5 辑，后附大荒《哈雷的叙述》等文。有刘登翰序《诗性的倾诉》和著者序《一种诗人：做世界的情人》、后记《时间、玫瑰之诗》。

《桃花流年》，李清荷著。大众文艺出版社（北京）2009 年 4 月出版。16 开，目录 4 页，序 16 页，正文 193 页。收有《每一朵都是桃花》、《木棉里的春天》、《迟到的想象》等诗，分为《桃花劫》、《没有如果，只有相恋的事物》等 4 辑。有杨通《李清荷：命犯桃花》等序和采耳后序《清荷的玄机》。李清荷，原名李君，女，四川巴中人。

《聆听岁月的花开》，林岳芳著。时代文艺出版社（长春）2009 年 4 月出版。大 32 开，目录 6 页，序 7 页，正文 123 页。收有《星月联想》、《网恋》、《忆岳飞》等诗，分为《心灵吟唱》、《绕指红尘》等 4 辑，另有旧体诗、歌词 2 辑。有赵福治序《在岁月的江南聆听心灵的花开》和著者后记《沉醉在江南的清风里》。林岳芳，女，1968 年生于上海奉贤。

《我在东莞》，卢君著。惠特曼出版社（美国纽约）2009 年 4 月出版，为"诗歌报网站丛书"之一种。大 36 开，序、目录并正文 140 页。收有《中国快跑》、《天色又要暗下来了》、《雨夜，在他乡的病房》等诗，分为《观察，或者思考》、《疼痛，或者进入》等 4 辑。有著者《自序：没有一个温暖的灵魂，便感觉不到温暖》。卢君，原名卢军锋，陕西白水人。

《松山下》，三子著。作家出版社（北京）2009 年 4 月出版，为"21 世纪文学之星丛书"之一种。大 32 开，目录 5 页，序 9 页，正文 116 页。收有《灯盏下的村庄》、《等待雪》、《月光照在码头》等诗，分为《松山下纪事》、《锦瑟与丹青》等 4 辑。有袁鹰《总序》和林莽序《在感知和领悟中自由飞翔》。三子，原名钟义山，1972 年生于江西瑞金。

《商禽诗全集》，商禽著。INK 印刻文学生活杂志出版有限公司（台北中和）2009 年 4 月出版。小 16 开，照片、目录、序并正文 461 页。收有《籍贯》、《咳嗽》、《解冻而去》等诗，分为《梦或者黎明》、《用脚思想》等 3 卷，后附《相关评论索引》、《商禽写作年表》等。有《编辑弁言》、《商禽诗观》和陈芳明序《快乐贫乏症患者》。商禽，1930 年生于四川珙县，2010 逝世。曾出版诗集《梦或者黎明》（1969）、《用脚思想》（1988）、《梦或者黎明及其他》（1988）、《商禽·世纪诗选》（2000）。

《守住一颗心》，田军著。作家出版社（北京）2009 年 4 月出版，为"诗刊文库"之一种，印数 3000 册。大 32 开，序 4 页，目录 4 页，正文 149 页。收有《宛丘组诗》、《爱的感觉》、《问候的夜晚》等诗，有朱先树序《歌唱自己心中的太阳》和著者《后记》。田军，原名田君，1967 年生于河南淮阳。

《多梦的黄土多情的水》，文超万著。大众文艺出版社（北京）2009 年 4 月出版，为"华夏文苑"之一种。小 16 开，序 3 页，目录 11 页，正文 413 页。收有《乡土味儿》、《移民日记》、《山里的日月》等诗，分为《乡愁》、《乡土》等 8 辑。有潞潞序《最痛是乡情》和中华老年文学编辑部《文学没有老年》等跋及著者后记《我唱着悲切的歌》。文超万，1939 年生，山西垣曲人。

《红雨巷》，杨卫东著。吉林人民出版社（长春）2009 年 4 月出版。小 16 开，题词 1 页，序 4 页，目录 4 页，正文 150 页。收有《好奇心》、《就是要拨动你的心弦》、《有一个名字叫永恒》等诗，分为《落在地上的太阳》、《随风飘走的云和雁》等 3 辑。有高洪波题词和鲍尔吉·原野序《集结令：诗歌向春天进发》。杨卫东，1961 年生，辽宁沈阳人。

《细语》，一地雪著。大众文艺出版社（北京）2009 年 4 月出版，为"红树林文丛"之一种，印数 1000 册。大 32 开，序 5 页，目录 6 页，正文 187 页。收有《精神之旅》、《乍冷》、《路途》等诗。有森子序《追求"失败的纯洁和美丽"》和著者后记《我的三个名字》。一地雪，原名秦岭，女，1967 年生于河南方城。此为著者出版的第一本诗集。

《月渡宫墙》，张文斌著。中国广播电视出版社（北京）2009 年 4 月出版。精装，大 16 开，序 2 页，目录 6 页，正文 312 页。收有《千古第一帝——秦始皇嬴政》、《缔造——汉高祖刘邦》、《面对——魏武帝曹操》等诗，分为《大秦之殇》、《两汉兴衰》等 13 辑。有林莽序《以史为镜》和著者《后记》。此为著者 2009 年出版的第三本诗集。

《二重奏》，冷先桥、党继著。大众文艺出版社（北京）2009 年 4 月出版，为"新时代作家文丛"之一种。大 32 开，序 2 页，目录 11 页，正文 328 页。收有冷先桥《春天之书》、《乡村的春天》和党继《为一片油菜花写生》等诗。有张况《序》和党继《跋》。冷先桥，1970 年生于江西修水。党继，1953 年生于陕西商州，曾出版诗集《短歌行》（2001）。

《"南氏杯"宜春市第 25 届谷雨诗会诗选》，宜春市文联、宜春市房管局等主办，2009 年 4 月印行。大 36 开，目录 3 页，正文 112 页。收有胡险峰《金地之梦》、李和平《我的商品房》、蒋维扬《风雨同舟》等诗，分为《房管房产乐章》、《春天的咏唱》2 辑。

《中国当代汉诗年鉴》，张景主编，南鸥执行。中国戏剧出版社（北京）2009 年 4 月出版，印数 2000 册。16 开，序 3 页，目录 15 页，正文 471 页。收有阿斐《乞爱者》、安琪《巫》、陶春《意外》等诗，分为《诗人街区》、《实验高地》等 6 辑。有张景序《让时间开口说话》。

《中国诗歌选（2007－2008）》，罗晖主编，汤松波、李少君执行主编。海风出版社（福州）2009 年 4 月出版，印数 3000 册。大 32 开，目录 18 页，正文 756 页。收有谭仲池《为这一刻凝聚》、汤松波《云南看云》、于坚《玻璃》等诗。

《美丽的月光雨》，陈辉银著。银河出版社（香港）2009 年 5 月出版，为"红三角文学丛书"之一种，印数 1000 册。大 32 开，序 2 页，目录 2 页，正文 61 页。收有《遇见》、《沙漏的爱》、《单车上的幸福》等诗。有桂汉标总序《希望就正在这一面》。陈辉银，女，1986 年生，广东韶关人。

《长安书》，耿翔著。大众文艺出版社（北京）2009 年 5 月出版，为"藏书库"之一种，印数 6000 册。小 16 开，目录 6 页，序 2 页，正文 272 页。收有《这些年在长安》、《听见马的呼吸》、《广场上的母亲雕像》等诗，分为《长安书》、《马坊书》等 3 卷。有《序诗》。耿翔，原名耿天明，1958 年生于陕西永寿。曾出版诗集《岩画：猎人与鹰》（1989）、《母语》（1993）、《西安的背影》（1998）、《众神之鸟》（2004）。

《望江诗选》，胡望江著。深圳报业集团出版社（深圳）2009 年 5 月出版。新旧体诗合集。16 开，序 6 页，目录 10 页，正文 234 页。新诗为上编，收有《离开》、《月夜芦花》、《青铜镜》等诗，分为《永难熄灭的火焰》、《踏浪而舞》等 6 辑。有沈天鸿《序》。胡望江，1964 年生，安徽望江人。

《灰娃的诗》，灰娃著。作家出版社（北京）2009 年 5 月出版。小 16 开，目录 4 页，序 9 页，正文 256 页。收有《路》、《野土九章》、《故土》等诗，分为《寂静何其深沉》、《我怎么能说清》等 2 卷，另有《读画散记》文 1 卷，后附王伟明《记忆敲响那命运的铜环——访灰娃》。有屠岸序《灵魂遨游的踪迹》。灰娃，原名理召，女，1927 年生于陕西临潼。曾出版诗集《野土》（1989）、《山鬼故家》（1997）、《灰娃

123

短诗选》（2004）、《暗夜的举火者》，（与哑默合著，2006）。

《独角戏》，江非著。南方出版社（海口）2009年5月出版。小16开，目录4页，正文210页。收有《白马》、《草莓时节》、《夜行卡车》等诗。江非，原名王学涛，1974年生于山东临沂。曾出版诗集《一只蚂蚁上路了》（2004）、《江非、李小洛诗选》（2005）、《白银书》（与田禾、江一郎合著，2005）、《纪念册》（2007）。

《大草原》，焦洪学著。华媒文艺出版社（美国纽约）2009年5月出版。中英对照。大32开，目录3页，序并正文224页。收有《射雕部族》、《这片圣水》、《听蒙古族〈长调〉》等诗，分为《射雕部族》、《守望圣水》等4部。有陈湔等序和著者《后记》。焦洪学，1961年生于吉林前郭。曾出版诗集《爱之花》（1994）、《大雁飞向远方》（2006）、《焦洪学诗集》（2006）、《故乡的河》（2006）。

《欢迎来到我们县》，老了著。新电图书（济南）2009年5月出版，印数1000册。大32开，目录并正文121页。收有《四兄弟》、《我的故乡》、《聊天记录》等组诗，有著者《后记》。后附《县城如此多娇》等文和《骑着自行车到瑞典去》等诗。老了，原名魏新，山东曹县人。此为著者出版的第一本诗集。

《被放逐的诗魂》，梁庄著。中华诗词出版社2009年5月出版，印数3000册。小16开，序3页，目录7页，正文350页。收有《如花人生》、《流浪四章》、《放下，是为了重新面对》等诗。有刘专琦序《压舱石》和著者《后记》。梁庄，原名张文渊，1968年生，陕西户县人。

《芒克的诗》，芒克著。人民文学出版社（北京）2009年5月出版，为"蓝星诗库"之一种，印数5000册。大36开，序30页，目录5页，正文373页。收有《葡萄园》、《阳光》、《死后也还会衰老》等诗，分为《心事》、《阳光中的向日葵》等4辑。有唐晓渡《芒克：一个人和他的诗（代序）》和林莽《跋》。芒克，原名姜世伟，1950年生于辽宁沈阳。曾出版诗集《阳光中的向日葵》（1988）、《芒克诗选》（1989）、《今天是哪一天》（2001）。

《伸出手来掌心向上》，潘琤璐著。漓江出版社（桂林）2009年5月出版。大36开，序4页，目录3页，正文140页。收有《年头》、《大风从北回去》、《血汪洋》等诗。有林莽序《诗，在每个人的心中》。潘琤璐，1991年生。

《雪如梦》，潘伟丽著。银河出版社（香港）2009年5月出版，为

"红三角文学丛书"之一种，印数 1000 册。大 32 开，序 2 页，目录 2 页，正文 58 页。收有《大地的呐喊》、《左耳听音乐》、《雪如梦》等诗。有桂汉标总序《希望就正在这一面》。潘伟丽，女，1988 年生于广东连南。

《中国精神》，思宇著。吉林大学出版社（长春）2009 年 5 月出版。16 开，目录 4 页，序 2 页，正文 181 页。摄影与散文诗集。收有《与天同悲》、《指挥》、《希望在心中的重量》等散文诗，分为《中国之魂》、《生死营救》等 6 部。有钱万成序《来自心灵世界的声音》和著者《后记》。思宇，原名黄秀林，1959 年生于吉林九台。曾出版诗集《思宇同题袖珍诗》（2001）。

《我的灵魂写在脸上》，王雪莹著。中国文联出版社（北京）2009 年 5 月出版。16 开，目录 4 页，序 2 页，正文 165 页。收有《华丽转身》、《病房里的"狂欢夜"》、《你是我的陌生人》等诗。有《因为诗歌》代序。王雪莹，女，满族，1963 年生于辽宁开原。曾出版诗集《倾诉》（1992）、《另一种声音》（2005）。

《北京诗篇》，王耀东著。中国言实出版社（北京）2008 年 12 月第一版，2009 年 5 月第一次印刷。大 32 开，序 3 页，目录 7 页，正文 268 页。收有《诗之宇宙》、《月牙泉边的乐曲》、《邓小平之路》等诗，分为《写在北京》、《外地散记》等 3 辑。有著者《自序》和《后记》。王耀东，原名王德安，1940 年生于山东临朐。曾出版《战旗颂》（1975）、《在历史的眼睛里》（1988）、《不流泪的土地》（1994）、《插翅膀的乡事》（2000）等诗集。

《甲申卿云歌》，温古著。内蒙古大学出版社（呼和浩特）2009 年 5 月出版，为"松风堂文丛"之一种，印数 2000 册。大 32 开，照片 4 页，序 3 页，目录 7 页，正文 220 页。收有《惊险的中午》、《北极村之夜》、《焦灼的驼群》等诗，分为《库布其的中午》、《黑暗中，我和你一起流动》等 10 辑，后附《创作年表》、《对作者作品的评价》。有许淇《序》和著者《后记》。温古，原名温平杰，1961 年生于内蒙古和林。曾出版诗集《邂逅的背景》（1986）、《狼塬》（1990）、《盲人膝上》（1996）、《天旅》（2003）。

《雾里的阳光》，向诗强著。作家出版社（北京）2009 年 5 月出版，为"寻梦诗丛"之一种。29 开，目录 3 页，序 7 页，正文 91 页。收有《是生命，就应该这样》、《零晨的街道》、《春光集》等诗，分为《雾里的阳光》、《我们都是贼》等3辑，后附刘大程《用诗歌创建心灵的家园》等评。有何真宗序《是生命，就应该这样》、马忠序《率真而朴素的吟唱》。向诗强，1988年生于重庆万州。

《读画诗章》，谢明洲著。华艺出版社（北京）2005年10月第一版，2009年5月第一次印刷，为"阳光文丛"之一种。16开，序9页，目录6页，正文238页。收有《草地上的午餐》、《晚霞中的麦田》、《鸢尾花》等诗，后附《一种光明》等文。有李掞平《高擎一盏诗的明灯——诗人谢明洲印象》代序。谢明洲，1947年生，河北任县人。曾出版散文诗集、诗集《蓝蓝的太阳风》（1988）、《悲剧方式》（1997）、《更高处的雪》（1998）、《空酒壶》（2004）。

《雪山擦拭的生活》，谢荣胜著。甘肃人民美术出版社（兰州）2009年5月出版，印数1500册。大36开，序4页，目录6页，正文263页。收有《雪山擦拭的生活》、《暮色》、《山丹军马场》等诗，后附古马《一束幽香的阳光》等评。有马步升序《多么暖和的好日子呀》和著者《触摸诗歌》代后记。谢荣胜，1970年生于甘肃。

《逍遥令》，姚彬著。四川美术出版社（成都）2009年5月出版，为"星星·诗文库"之一种。大32开，目录6页，序4页，正文213页。收有《可能一》、《我是俗人姚彬》、《独一无二》等诗，分为《逍遥令》、《俗人姚彬》等4辑，后附刘清泉《姚彬：三枚"标签"和一件不明物》等评。有李亚伟序《俗人姚彬》、何小竹序《对付这糟糕的生活，你有力量了》和著者《酒醒了过去，纸醉了前程》代后记。姚彬，1972年生于重庆涪陵。曾出版诗集《重庆，3点零6分》（2005）。

《屐之痕——华夏游踪》，余文法著。环球文化出版社（美国）2009年5月出版，印数1000册。大32开，题词、照片6页，目录11页，序10页，正文345页。收有《登天安门城楼》、《渤海饭店》、《天下第一庄》等诗。有董书民序《激情为祖国燃烧》、严路明序《屐痕履迹总关情》和著者《后记》。余文法，1940年生于浙江温岭。曾出版《情之帆》（1996）、《瓯之歌》（2000）、《梦之旅》（2003）、《心之韵》（2007）等诗集。

《多云》，张洪波著。时代文艺出版社（长春）2009年5月出版。大36开，目录4页，152页。收有《积雪》、《松鸡慢慢走进林间》、《元旦》等诗。张洪波，1956年生于辽宁北宁。曾出版《黑珊瑚》（1987）、《独旅》（1989）、《穿越新生界》（1995）、《最后的公牛》

（2004）等诗集。

《烙在大地上的唇印》，张惠潮著。银河出版社（香港）2009年5月出版，为"红三角文学丛书"之一种，印数1000册。大32开，序2页，目录2页，正文62页。收有《诗歌》、《有人站进我黄昏的身体》、《冬天在成长》等诗。有桂汉标总序《希望就正在这一面》。张惠潮，原名卢安文，1984年生于广东汕头。

《乡间雅歌》，周鸣著。四川美术出版社（成都）2009年5月出版，为"星星·诗文库"之一种。大32开，目录6页，序1页，正文117页。收有《大地》、《怀念一只羊》、《乌鸦》等诗，有著者《自序》。周鸣，原名周宣明，1966年生于浙江黄岩。曾出版诗集《草是什么样的味道》（2005）。

《心翼》，卢群英、邓萍萍著。银河出版社（香港）2009年5月出版，为"红三角文学丛书"之一种，印数1000册。大32开，序2页，目录3页，正文67页。收有卢群英《种子》、《你带走我的钥匙》和邓萍萍《我的日记》、《镜子里的影像》等诗。有桂汉标总序《希望就正在这一面》。卢群英，女，1978年生于广东东莞；邓萍萍，女，1988年生于广东河源。

《黄金在天上舞蹈——中山先锋诗十四家》，余丛主编。花城出版社（广州）2009年5月出版。小16开，目录4页，序7页，正文320页。收有符马活《倒着走路》、刘春潮《第十七签》、王进霖《姐姐》等诗。有丘树宏《序》、杨克《序》和编者《编后记》。

《你见过大海——当代陕西先锋诗选》，沈奇主编，杜迁编选。西北大学出版社（西安）2009年5月出版。大32开，序25页，目录10页，正文228页。收有沙陵《纤夫》、韩东《有关大雁塔》、沈奇《上游的孩子》等诗，分为8辑。有沈奇序《回看云起时》。

《中国西部诗选》，阿尔丁夫·翼人、曲近主编。作家出版社（北京）2009年5月出版。小16开，目录12页，序并正文344页。收有阿尔丁夫·翼人《神秘的光环》、北野《看那乌云落在房顶上》、娜夜《起风了》等诗，有吉狄马加序言《西部诗：高地上的黄钟大吕》。

《海外集——海南70后诗人9人选》，李少君编。自印（海口），无印行日期。编者《后记》作于2009年5月。20开，目录1页，正文159页。收有王凡、王广俊、江非、邹旭、贾冬阳、唐煜然、符力、蒋浩、潘乙宁9人诗。有编者《后记》。

《许多灯》，曹东著。重庆大学出版社（重庆）2009 年 6 月出版，为"界限诗丛"之一种。汉英对照。大 32 开，序 1 页，目录 6 页，正文 148 页。收有《蚂蚁在大地上搬运黄昏》、《我所得》、《一夜》等诗。有著者序《诗人说》。曹东，1971 年生于四川武胜。此为著者出版的第一本诗集。

《把黎明惊醒》，车延高著。上海文艺出版社（上海）2009 年 6 月出版，为"2008 雍和诗歌典藏"之一种。小 16 开，目录 4 页，序 3 页，正文 199 页。收有《一双眼睛给我留下》、《让一首诗失眠》、《温暖像一栋房子》等诗，有自序《在时间的缝隙里写诗》。车延高，1956 年生于山东莱阳。曾出版诗集《日子就是江山》（2008）。

《母水》，成路著。太白文艺出版社（西安）2009 年 6 月出版，为"积余堂"丛书之一种。大 36 开，目录 1 页，正文 120 页。组诗，共分《母水》、《白光》、《时间的王朝》等 6 章，后附刘全德《〈母水〉简论》和著者诗学札记《线索》。成路，1968 年生于陕西洛川。曾出版诗集《雪，火焰以外》（2005）。

《白天鹅的悲歌》，杜伟民著。中国戏剧出版社（北京）2009 年 6 月出版，为"花地湾诗丛"之一种。大 32 开，目录 5 页，序 6 页，正文 226 页。收有《我看不到我自己的坟墓》、《把我带入你神秘的城堡》、《黑色大鸟从天而降》等诗。有黄景忠序《具有哲人气质的诗人杜伟民》和著者《跋》。杜伟民，1979 年生于广东澄海。此为著者出版的第一本诗集。

《诗地道》，胡茗茗著。花山文艺出版社（石家庄）2009 年 6 月出版。16 开，目录 4 页，正文 255 页。收有《地道》、《大蜥蜴之夜》、《北京洋葱》等诗。胡茗茗，原名胡茗，女，1967 年生于河南石家庄。曾出版诗集《诗瑜伽》（2007）、《胡茗茗短诗选》（2007）。

《到达天堂以前》，胡永刚著。太白文艺出版社（西安）2009 年 6 月出版，为"守望者"丛书之一种。小 16 开，序 2 页，目录 7 页，正文 283 页。收有《抵达》、《另一种人》、《渡船》等诗，分为《抵达》、《风中的庭园》等 5 辑，后附王榭《"骑士"的柔情》等文。有燎原《我在你的矿脉中发现过精神》代序和著者《后记》。胡永刚，生于青海互助。

《深圳物语》，江冠宇著。中国戏剧出版社（北京）2009 年 6 月出版，为"花地湾诗丛"之一种。大 32 开，目录 2 页，序 18 页，正文

215 页。长诗。后附张俊彪《择善而生》等评。有温远辉《一个诗人对现代都市的体验》等序和著者后记《藏在诗后面的话》。江冠宇，1968年生于陕西宝鸡。曾出版诗集《月亮泡软的情歌》（2001）、《悬浮的往事》（2004）。

《江湖海诗歌》，江湖海著。中国戏剧出版社（北京）2009 年 6 月出版，为"花地湾诗丛"之一种。大 32 开，目录 6 页，序 15 页，正文125 页。收有《谦卑》、《鞋子》、《站立》等诗，后附张绍民《让心回到心的位置》等评。有温远辉《诗歌让诗人成为宽阔的海洋》等序。江湖海，现名刘腾云，1964 年生于湖南涟源。曾出版诗集《疼痛》（2007）、《插曲》（2007）、《喜剧》（2007）。

《我的时间简史》，靳晓静著。四川文艺出版社（成都）2009 年 6月出版。大 32 开，目录 6 页，序 17 页，正文 164 页。收有《百年往事》、《香盅与独唱》、《海藻弥漫在空气中》等诗，分为《时间》、《女人》等 3 卷。有燎原序《三种时间的悖反与调适》和著者《后记》。靳晓静，女，1959 年生于北京。曾出版诗集《献给我永生永世的情人》（1990）。

《记忆高密》，李丹平著。中国广播电视出版社（北京）2009 年 6月出版。大 32 开，题词、照片 8 页，序 13 页，目录 3 页，正文 252页。朗诵诗选。收有《中国结》、《放歌大高密》、《幸福水》等诗。有栾纪曾《序》、王存玉《序》和邵竹君《跋》、著者《后记》。李丹平，1961 年生于山东高密。曾出版诗集《思想树》（1992）、《二月寓言》（1999）、《李丹平的诗》（2006）。

《呵嗬》，李发模著。贵州人民出版社（贵阳）2009 年 6 月出版。16 开，序 1 页，目录 6 页，正文 249 页。长篇叙事诗。分为《石磨，压着一个含冤女子》、《洪水神话，生命母体》、《千年仡佬山》等 10 章。有高洪波诗《题发模兄新作》代序和著者《后记》。李发模，1949 年生于贵州绥阳。曾出版《呼声》（1982）、《偷来的正午》（1989）、《魂啸》（1991）、《散淡之吟》（1999）、《我思我在》（2006）等诗集。

《至爱》，李洁夫著。银河出版社（香港）2009 年 6 月出版，为"金屋顶文丛"之一种。64 开，目录 6 页，正文 182 页。收有《菊花：我们当它是一个动词》、《致爱》、《邯郸、邯郸》等诗，分为《好好爱》、《安静》等 3 卷，后附《诗友眼中的李洁夫和他的诗歌》。李洁夫，1972年生于河北曲周。曾出版诗集《三色李》（与李点儿、晴朗李寒合著，

2006)。

《闲聊波尔卡》，林柏松著。世界华人艺术出版社（香港）2009年6月出版。小16开，目录5页，序8页，正文357页。散文诗集。收有《闲聊波尔卡》、《思绪这老厮》、《归去之白》等散文诗，分为《闲聊波尔卡》、《拨响灵魂之羽》等3辑，后附宋迪非《读林柏松〈闲聊波尔卡〉》等文。有李轻松《被自己照亮》等序和著者后记《与活着有关》。林柏松，满族，1947年生于黑龙江海伦。曾出版诗集《拨响灵魂之羽》（1992）、《心的折痕》（1993）、《长夜无眠》（2000）、《去意彷徨》（2008）。

《百丑图——木斧戏·诗·文合集》，木斧著。国际港澳出版社有限公司（澳门）2009年6月出版。24开，简介3页，序1页，正文140页。收有《戏迷自叹》、《小丑自述》、《快乐的小丑》等诗，为《木斧戏诗》1辑。有《木斧简介集录》和著者《自序》。木斧，原名杨莆，回族，1931年生于四川成都。曾出版《醉心的微笑》（1983）、《缀满鲜花的诗篇》（1987）、《我用那潸潸的笔》（1994）、《瞳仁与光线》（2006）等诗集。

《空寂·欢爱》，晴朗李寒著。银河出版社（香港）2009年6月出版，为"金屋顶文丛"之一种。64开，目录6页，序并正文184页。收有《雪中穿过丛林》、《白夜——给小芹》、《多么美好的一日》等诗，有郁葱序《"让文字和我保持相同的体温"》。晴朗李寒，原名李树冬，1970年生于河北河间。曾出版诗集《三色李》（与李洁夫、李点儿合著，2006）。

《大地飞虹》，商泽军著。人民文学出版社（北京）2009年6月出版。16开，序、目录并正文241页。长诗，共10章，后附谢冕《诗心在行动》等评。有陈建功序《大声镗鞳，刚健沉雄》和著者后记《一路走来，见证民族精神……》、《镌刻在大地上的诗行才是永久的》。商泽军，1966年生于山东莘县。曾出版《绿色的祥云》（1989）、《听那钟声听那水声》（1998）、《保卫生命》（2003）、《奥运中国》（2008）等诗集。

《飞翔的中国》，商泽军著。安徽少年儿童出版社（合肥）2009年6月出版。16开，目录4页，正文190页。收有《照亮中国》、《我歌唱十月》、《诗人毛泽东》等诗，分为《一只船和一个民族的记忆》、《我歌唱十月》等9章。此为著者2009年出版的第二本诗集。

《因为有爱》，冉子著。银河出版社（香港）2009年6月出版，为

"金屋顶文丛"之一种。64开，目录6页，正文186页。收有《天路》、《雪域之神》、《天堂不太远》等诗。冉子，原名贾冉，女，1968年生于河北黄骅。曾出版诗集《这个世界我亲爱的人越来越少》（2006）。

《高唱低吟》，任海成著。三晋出版社（太原）2009年6月出版，为"黄河文化丛书"之一种，印数1000册。大32开，目录4页，序3页，正文179页。收有《想起马克思》、《关于土地与人口的随想》、《故乡》等诗，分为《铿锵节拍》、《恣意散板》2辑。有孟宏儒《序》和著者《后记》。任海成，1954年生。

《麦芒上的舞者》，王可田著。太白文艺出版社（西安）2009年6月出版，为"积余堂"之一种。大32开，目录6页，序12页，正文197页。收有《老家》、《塞上曲》、《诗神》等诗，分为《让风雪掩埋来时的路径》、《世界的花朵》等7辑，后附《木屑集》。有尚飞鹏《探寻生命的重量与时光的闪失》、宗霆锋《缓慢的抵达》序2篇。王可田，1972年生于陕西铜川。曾出版诗集《梦的翅膀》（1999）。

《我的宗教是春天》，谢春池著。天马出版有限公司（香港）2009年6月出版，为"凤凰花文丛"之一种。大32开，图片15页，总序3页，目录4页，序2页，正文170页。收有《我在天空》、《回湖洋》、《我与鼓浪屿》等诗，分为《天空以及大海》、《闽西诗草》等7辑。有谢春池《总序》和《自序》。谢春池，1951年生于福建厦门。曾出版诗集《子夜时分》（1993）、《厦门：永远的恋歌》（1999）、《请听我哭声响亮》（2000）、《同名故事》（与海上合著，2002）。

《薛凌云短诗选》，薛凌云著。银河出版社（香港）2009年6月出版，为"短诗自选丛书"之一种，印数1000册。中英对照。36开，目录并正文79页。收有《秘密花园》、《对面的大师》、《后现代楼梯》等诗。薛凌云，1965年生，上海人。

《大别山以南》，阎志著。上海文艺出版社（上海）2009年6月出版，为"2008雍和诗歌典藏"之一种。小16开，目录4页，正文212页。收有《薄刀峰》、《四季》、《这是大别山》等诗，分为《风物》、《山林》等11辑。阎志，1972年生于湖北罗田。曾出版诗集《童年的鸟》（1994）、《阎志诗选》（1997）、《挽歌与纪念》（1999）、《明天的诗篇》（2008）。

《狂欢夜》，郁葱著。银河出版社（香港）2009年6月出版，为"金屋顶文丛"之一种。64开，目录6页，正文186页。收有《2005年的第一个早晨》、《对自己说》、《深夜里许多潜藏的话》等诗。郁葱，原名李丛，1956年生于河北辛集。曾出版《蓝海岸》（1987）、《生存者的背影》（1990）、《世界的每一个早晨》（1993）、《郁葱抒情诗》（2003）等诗集。

《花叶集》，湛如著。朝阳区文化馆《芳草地》编辑部（北京）印行，为"芳草地文丛"之一种。无印行日期，序作于2009年6月。24开，目录6页，序2页，正文160页。收有《秋日的私语》、《李清照》、《因果》等诗，有伯江《序》和著者《写在后面的话》。

《奔腾诗歌年鉴（2008-2009）》，铁骨铮铮主编。奔腾的诗歌论坛出品，无出版日期，前言与后记均作于2009年6月。大32开，序3页，目录6页，正文360页。收有风羽《鹰的虚构》、肥猫本色《凌晨三点，小把戏》、如如《昨夜有客来访》等诗，分为《年度推荐》、《作品展示》等8辑。有朵渔《前言》和编者《后记》。

《2008中国打工诗歌精选》，许强、罗德远、陈忠村主编。上海文艺出版社（上海）2009年6月出版。大32开，目录12页，序3页，正文319页。收有程鹏《焊花落下焊花落下》、李笙歌《小镇》、唐成茂《把羽毛卖给凌晨》等诗，后附邢海珍《精神漂泊，不甘沉沦的时代记忆》等文。有主编《打工诗歌：星星之火可以燎原！》代序和许强《后记》。

《两岸四地中生代诗选》，吴思敬、简政珍、傅天虹主编。作家出版社（北京）2009年6月出版。大32开，目录13页，序并正文380页。收有傅天虹《卖火柴的小女孩》、陈义芝《上邪》、李琦《回忆祖父的葬礼》等诗，有谢冕序《承上启下的中生代》、洛夫序《大海诞生之前的波涛》和简政珍、傅天虹《后记》。

《诗屋二〇〇八年度诗选》，欧阳白主编。香港凤凰出版有限公司（香港）2008年12月第一版，2009年6月第一次印刷。大32开，序3页，目录5页，正文249页。收有阿北《吃鱼的过程，体验你的爱》、邓玄《秋天的低语》、李少君《自白》等诗，有主编序《给诗人一间温暖的屋子》和《跋》。

《新诗八味》，张兴杰编。文化中国出版社（香港）2009年6月出版，印数10000册。大32开，序2页，目录1页，正文316页。收有俞心焦、老车、张联、段卫洲、王麒、杨光明、添雪斋、王少农8人诗。有《出版前言》和《后记》。

《昌耀诗选》，昌耀著。人民文学出版社（北京）2009年7月出版，为"中国文库"之一种，印数5000册，其中精装500册。大32开，目录7页，正文317页。收有《船，或工程脚手架》、《慈航》、《驻马于赤岭之敖包》等诗。昌耀，原名王昌耀，1936年生于湖南常德，2000年逝世。曾出版诗集《昌耀抒情诗集》（1986）、《命运之书》（1994）、《一个挑战的旅行者步行在上帝的沙盘》（1996）、《昌耀的诗》（1998）、《昌耀诗文总集》（2000）。

《都市交响》，陈满平著。作家出版社（北京）2009年7月出版，为"芳草地诗丛"之一种。36开，序2页，目录3页，正文126页。收有《我的中华》、《关于桥的畅想》、《银山铁壁歌》等诗。有北京市朝阳区文联、北京市朝阳区文化馆《总序》。陈满平，1939年生于江苏靖江。曾出版诗集《晨光》（与陈继光、火石合著，1984）、《生命之树》（1987）、《绿》（2002）。

《江南的湿度》，冬箫著。中国戏剧出版社（北京）2009年7月出版，为"新概念书坊"之一种。大32开，序12页，目录7页，正文182页。收有《忌日》、《那些月光是我的》、《在月亮之下》等诗，分为《生命的哑默》、《幻化的声音》等3辑。有南鸥《语言斜面的潜伏者》等序和著者《愿望与感受》代后记。冬箫，原名邱东晓，1968年生，浙江海宁人。

《那段日子轻悠悠飘悠悠》，冯椿著。光明日报出版社（北京）、内蒙古人民出版社（呼和浩特）2009年7月出版，为"海星文集"之一种。大32开，序3页，目录7页，正文279页。收有《歌舞神州》、《春之美挂在心的四季》、《邂逅》等诗，分为《在心中的椰梢闪亮》、《三月的风声》等5卷，另有旧体诗词1卷。有伍立杨序《苦茶味愈浓》和著者《后记》。

《湿画布》，古筝著。中国文联出版社（北京）2009年7月出版，为"金马车诗库"之一种。大32开，目录4页，正文139页。收有《梦幻曲》、《故土》、《尘埃》等诗，分为3辑。古筝，女，江苏无锡人。曾出版诗集《南京五人诗选》（与黄凡等合著，1992）、《虚构的房子》（2006）。

《心随彩云飞》，桂汉标著。珠海出版社（珠海）2009年7月出版，为"丹泉文丛"之一种。原创手机短诗集。大32开，目录7页，序12页，正文112页。收有《元旦》、《自画像》、《粤港澳经济合作研讨会》

等诗，分为《诗意节庆》、《人生字典》等 3 辑。有云鹤《为汉标兄手机诗集献上几句话》等序和著者《后记》。桂汉标，1949 年生于广东揭阳。曾出版《缤纷的情韵》（1987）、《骚动的青春期》（1988）、《人生是一种缘》（1995）、《桂汉标短诗选》（2001）等诗集。

《国度》，郭志杰著。青海人民出版社（西宁）2008 年 9 月第一版，2009 年 7 月第一次印刷，印数 3000 册。16 开，序 4 页，正文 184 页。长诗。有雷抒雁序《大气长歌精美刻划》和著者《后记》。郭志杰，1961 年生于河北保定。曾出版诗集《穿越世纪的情歌》（1999）、《宇宙对人类的审判》（1999）。

《海子最美的 100 首抒情短诗》，海子著，荣光启编。湖南文艺出版社（长沙）2009 年 7 月出版，为"风尚听读图文典藏"之一种，印数 10000 册。16 开，目录、序并正文 139 页。收有《恋歌》、《亚洲铜》、《雨鞋》等诗，分为 6 辑。有编者《前言》、《后记》。随书附赠 CD 一张及海子诗集《小站》1 册。

《早春的翅膀》，韩忆萍著。作家出版社（北京）2009 年 7 月出版，为"芳草地诗丛"之一种。36 开，序 2 页，目录 5 页，正文 195 页。收有《紫藤花》、《北京杂咏》、《奥体公园》等诗，分为《自由诗》、《杂咏八行体》等 3 辑。有北京市朝阳区文联、北京市朝阳区文化馆《总序》。韩忆萍，1930 年生于河北衡水。曾出版诗集《北京的节日》（1959）、《铁匠传及其他》（1962）、《走窑人的歌》（1965）、《紫丁香》（1988）。

《笛声从芦苇中吹来》，红孩著。作家出版社（北京）2009 年 7 月出版，为"芳草地诗丛"之一种。36 开，序 2 页，目录 4 页，正文 136 页。收有《露珠一样的小姑娘》、《笛声从芦苇中吹来》、《紫藤萝攀附在你的窗下》等诗，分为《旋律之美》、《生态之忧》等 6 辑。有北京市朝阳区文联、北京市朝阳区文化馆《总序》。红孩，20 世纪 60 年代生于北京。

《2008，汶川大地震》，胡丘陵著。中国文联出版社（北京）2009 年 7 月出版，为"金马车诗库"之一种。大 32 开，序 10 页，目录 1 页，正文 86 页。长诗，共 3 章。有陈超《序》。胡丘陵，1964 年生于湖南衡南。曾出版《一种过程》（1992）、《岁月之纹》（1998）、《2001 年，9 月 11 日》（2003）、《长征》（2007）等诗集。

《共和国乐章》，胡松夏著。中国戏剧出版社（北京）2009 年 7 月出版。小16开，序4页，目录2页，正文193页。长诗，分为《日出东方》、《艰难探索》、《走进春天》等5章，有《序曲》和《尾声》。有商泽军序《见证辉煌历程感受诗意空间》和著者《向祖国敬礼》代后记。胡松夏，1980年生于山东成武。

《白玉兰》，蒋满泉著。作家出版社（北京）2009年7月出版，为"芳草地诗丛"之一种。36开，序2页，目录4页，正文134页。收有《白玉兰》、《国企改革三圆曲》、《保守者，像只鸭》等诗，分为《和谐心曲》、《门窗开启》等5辑。有北京市朝阳区文联、北京市朝阳区文化馆《总序》和著者《后记》。蒋满泉，1938年生于江苏江阴。

《纸上行走的瞬间》，金所军著。作家出版社（北京）2009年7月出版，为"太行诗丛"之一种，印数1000册。16开，序14页，目录5页，正文168页。收有《阳光》、《满眼油菜花》、《西北风》等诗，分为《光芒涌进》、《一纸油菜花》等6辑，后附《行走在大师的故乡》等文。有叶延滨《〈太行诗丛〉总序》和郭新民序《"长治诗群"的崛起》。金所军，1970年生于山西原平。曾出版诗集《绝尘之船》（1999）、《尘世之情》（2002）、《黑》（2005）。

《我热爱我自己》，李东著。作家出版社（北京）2009年7月出版，为"芳草地诗丛"之一种。36开，序2页，目录4页，正文132页。收有《因为有爱》、《自信》、《废墟圆明园》等诗。有北京市朝阳区文联、北京市朝阳区文化馆《总序》和著者《后记》。李东，1967年生于北京。

《太阳的思考》，李国良著。作家出版社（北京）2009年7月出版，为"芳草地诗丛"之一种。36开，序2页，目录3页，正文136页。儿童诗集。收有《亲爱的祖国多么大》、《不能不知道》、《新年，我们向往新的飞翔》等诗，分为《亲爱的祖国多么大》、《不能不知道》等3辑。有北京市朝阳区文联、北京市朝阳区文化馆《总序》和著者后记《回到少年》。李国良，1943年生于北京。

《晚播的种子》，李华振著。作家出版社（北京）2009年7月出版，为"芳草地诗丛"之一种。36开，序2页，目录4页，正文134页。收有《七月的思绪》、《阳台花园》、《思乡》等诗。有北京市朝阳区文联、北京市朝阳区文化馆《总序》和著者《后记》。李华振，1938年生于河南叶县。

《春天的秘密》，李建民著。作家出版社（北京）2009年7月出版，为"芳草地诗丛"之一种。36开，序2页，目录5页，正文132页。收有《微笑》、《社区充满阳光》、《灯光》等诗，分为《好运北京》、《人寿年丰》等4辑。有北京市朝阳区文联、北京市朝阳区文化馆《总序》和著者《后记》。李建民，1939年生于河北深县。

《撒下一网希冀》，李清晨著。作家出版社（北京）2009年7月出版，为"芳草地诗丛"之一种。36开，序2页，目录4页，正文132页。收有《八达岭瞻仰詹天佑铜像》、《桐乡亲事》、《致友人》等诗。有北京市朝阳区文联、北京市朝阳区文化馆《总序》。李清晨，1938年生，河北馆陶人。

《李浔诗选》，李浔著。九州出版社（北京）2009年7月出版，为"湖州当代作家精品文库"之一种。大32开，目录5页，正文154页。收有《蕾》、《五月》、《吴越春秋》等诗，分为《轻轻的词》、《开幕词》等6辑，后附《李浔创作年表》。李浔，1967年生于浙江湖州。曾出版《独步爱情》（1991）、《又见江南》（1998）、《春天的诺言》（2003）、《幸福或隐痛》（2008）等诗集。

《秋菊的灯盏》，林莽著。作家出版社（北京）2009年7月出版，为"芳草地诗丛"之一种。36开，序2页，目录4页，正文136页。收有《我们还有许多事情没有完成》、《秋菊》、《一条大江在无声地流》等诗，分为《午后的秋阳》、《我的怀念》等3辑，后附《读写散记》。有北京市朝阳区文联、北京市朝阳区文化馆《总序》和著者《自序》。此为著者2009年出版的第二本诗集。

《虹的独唱》，刘虹著。中国文联出版社（北京）2009年7月出版，为"金马车诗库"之一种。大32开，目录8页，正文341页。收有《生命第一》、《沙发》、《莫奈的〈睡莲〉》等诗，分为《观察》、《女书》等6辑，后附《守望灵魂》等文。有著者《后记》。刘虹，女，1955年生于北京。曾出版诗集《初秋的落英》（1986）、《生命的情节》（1996）、《刘虹短诗选》（2001）、《结局与开始》（2002）。

《边缘地带》，马克著。作家出版社（北京）2009年7月出版，为"芳草地诗丛"之一种。36开，序2页，目录3页，正文136页。收有《啊，五星红旗》、《兵的岁月》、《自豪啊，我们是首都劳教民警》等诗，分为《北京，迷人的夜色》、《军号嘹亮》等4辑。有北京市朝阳区文联、北京市朝阳区文化馆《总序》和著者《后记：在朝阳这片土地上》。马克，原名马建忠，回族，1964年生于河北邱县。曾出版诗集《独白》

（2004）、《光荣与梦想》（2007）。

《不变的印记》，孟传中著。大众文艺出版社（北京）2009 年 7 月出版，为"中诗作家文库"之一种。大 32 开，序并目录 14 页，正文 121 页。收有《一个群体》、《我们一起把楼房崛起》、《楼房里的晨光》等诗。有祁人序《汗水与血泪凝结的诗情》和著者跋《在那些难忘的日子里》。孟传中，1969 年生于湖南攸县。曾出版诗集《岁月与刻痕》（2005）。

《获救之舍》，穆晓禾著。中国戏剧出版社（北京）2009 年 7 月出版，为"新概念书坊"之一种。大 32 开，序 4 页，目录 6 页，正文 166 页。收有《一个诗人的自画像》、《中国啊，我的祖国》、《十二属相》等诗，分为《舌尖上舞蹈》、《一个人的村庄》等 3 辑。有陈德胜序《对一个心灵书写者的几点感悟》和著者《后记》。穆晓禾，原名张国兵，1974 年生于河北威县。此为著者出版的第一本诗集。

《青铜调》，南方狼著。新世界出版社（北京）2009 年 7 月出版，印数 10500 册。16 开，目录 1 页，序 9 页，正文 113 页。长诗，分《羽音·淼》、《宫音·垚》、《角音·森》等 5 卷。有海啸序《巨幕：中国诗歌的大树之舞》。南方狼，原名谢世纪，1982 年生于重庆梁平。曾出版诗集《少年乔的理想》（1999）、《狼的爪痕》（2004）、《逐鹿者》（2006）。

《宁明短诗选》，宁明著。蓝天出版社（北京）2009 年 7 月出版，印数 3000 册。大 32 开，目录 7 页，正文 183 页。收有《低翔》、《只有影子能推倒一堵墙》、《剧场里》等诗。此为著者 2009 年出版的第三本诗集。

《等待君子兰花开》，彭彩欣著。中国文联出版社（北京）2009 年 7 月出版，为"金马车诗库"之一种。大 32 开，序 4 页，目录 4 页，正文 150 页。收有《生活的重量》、《清晨，心在音韵中迭起》、《春天畅想》等诗，分为《生活的重量》、《把痛苦隐藏在暴风雨中》等 4 辑。有王干序《执著的追求者》和著者《后记》。彭彩欣，女，1950 年生于河北定州。曾出版诗集《春天的渴望》（2002）、《敞开心灵的窗口》（2004）。

《郯地，以及她相关的人和城市》，任立著。黄河出版社（济南）2009 年 7 月出版，为"齐鲁名家文丛"之一种。大 32 开，序 16 页，目录 4 页，正文 217 页。收有《这是我的家》、《我将火机放在一首诗里》、《姐，冬天里我也很富有》等诗，分为《郯地》、《与郯地相关的人和城市》2章。有袁忠岳《沉重的飞翔》等序和著者《后记》。任立，1967年生于山东郯城。曾出版诗集《任立的诗》（2002）。

《秋静月明》，石崇安著。作家出版社（北京）2009年7月出版，印数2000册。大32开，序4页，目录4页，正文213页。收有《回忆爱情》、《绣花女》、《远了的故乡》等诗，分为《爱情曲韵》、《百味人生》等5辑。有著者《序》和《后记》。石崇安，1964年生，贵州台江人。

《食指诗选》，食指著。人民文学出版社（北京）2009年7月出版，为"中国文库"之一种，精装印数500册。大32开，目录7页，正文240页。收有《海洋三部曲》、《这是四点零八分的北京》、《六十花甲》等诗。食指，原名郭路生，1948年生于山东朝城。曾出版诗集《相信未来》（1988）、《食指黑大春现代抒情诗合集》（1993）、《诗探索金库·食指卷》（1998）、《食指的诗》（2000）、《中国当代名诗人选集·食指》（2006）。

《远航的云》，孙成柏著。作家出版社（北京）2009年7月出版，为"芳草地诗丛"之一种。36开，序2页，目录4页，正文136页。收有《回声》、《感悟》、《心愿》等诗，分为《雨打芭蕉》、《搅动的水花》等4辑。有北京市朝阳区文联、北京市朝阳区文化馆《总序》。孙成柏，1952年生，北京人。曾出版诗集《紫色月痕》（2003）。

《不安之书》，田君著。海风出版社（福州）2009年7月出版，为"槐花文丛"之一种，印数1000册。大32开，目录1页，正文142页。长诗。有《时间九贴》代跋。田君，1969年生于河南信阳。曾出版诗集《静止的火焰》（1997）、《纸飞中国》（2000）、《田君诗选》（2002）。

《几块崖石》，王太文著。作家出版社（北京）2009年7月出版，为"太行诗丛"之一种，印数1000册。16开，序14页，目录9页，正文209页。收有《河流》、《村庄之书》、《奔向自由的舞》等诗，后附林莽《崛起的"长治诗群"》等文。有叶延滨《〈太行诗丛〉总序》和郭新民序《"长治诗群"的崛起》。王太文，1967年生于山西长治。曾出版诗集《幻觉的天国》（2008）。

《闻捷诗选》，闻捷著。人民文学出版社（北京）2009年7月出版，为"中国文库"之一种，精装印数500册。大32开，目录4页，正文285页。收有《苹果树下》、《收工以后》、《哈萨克牧人夜送"千里驹"》

等诗。闻捷，原名赵文节，1923 年生，江苏丹徒人，1971 年逝世。曾出版《天山牧歌》(1956)、《祖国! 光辉的十月》(1958)、《复仇的火焰》(1959)、《生活的赞歌》(1959)、《闻捷诗选》(1979) 等诗集。

《羊皮书》，吴海斌著。作家出版社（北京）2009 年 7 月出版，为"太行诗丛"之一种，印数 1000 册。16 开，序 14 页，目录 8 页，正文 255 页。收有《河面上的倒影》、《交流电》、《幻象》等诗，后附《诗歌创作年表》等。有叶延滨《〈太行诗丛〉总序》、郭新民序《"长治诗群"的崛起》和著者《后记》。吴海斌，1971 年生于山西黎城。曾出版诗集《冰在零度以下活着》(2005)。

《鲜圣的文字食堂（诗选）》，鲜圣著。中国戏剧出版社（北京）2009 年 7 月出版，为"当代文苑"之一种。16 开，目录 7 页，序 16 页，正文 218 页。收有《交待》、《我们的游戏》、《一只鸟飞翔在水乡的上空》等诗，分为《春天的驿站》、《内心的电站》等 3 辑，后附鄢家发《安静淳厚的土地与鲜圣的乡村情怀抒写》等文。有《诗人作家眼中的鲜圣诗歌》代序和著者序《一些句子一些词》、《关于诗的独白》及后记《八千里路云和月》。鲜圣，1967 年生于四川巴中。

《鲜圣的文字食堂（散文诗选）》，鲜圣著。中国戏剧出版社（北京）2009 年 7 月出版，为"当代文苑"之一种。16 开，目录 4 页，序 16 页，正文 175 页。收有《国画》、《村庄的呓语》、《秋语》等散文诗，分为《岁月风尘》、《风声在耳》等 3 辑，后附《对"我的散文诗观"的说明和阐释》等文。有《诗人作家眼中的鲜圣诗歌》代序和著者序《一些句子一些词》、《关于诗的独白》及后记《八千里路云和月》。

《上海：带蓝色光的土地——徐芳诗歌近作》，徐芳著。华东师范大学出版社（上海）2009 年 7 月出版，为"华东师大作家群丛书"之一种，印数 3100 册。大 32 开，总序 4 页，目录 7 页，序 3 页，正文 277 页。收有《风在说话》、《树影如伞》、《北风起时》等诗，分为《难道曾有过这样的时候》、《没有月光却又遍地月光》等 8 辑，后附《我怎样读诗与写诗》。有王铁仙《总序》、谢冕序《青春的记忆和怀念》和著者后记《诗，我的心灵花园》。徐芳，女，1962 年生于上海。曾出版诗集《徐芳诗选》(1992)。

《耳语琥珀》，徐伟著。作家出版社（北京）2009 年 7 月出版，为"芳草地诗丛"之一种。36 开，序 2 页，目录 3 页，正文 135 页。收有《仙气》、《回廊那边的椅子》、《蝴蝶东南飞》等诗。有北京市朝阳区文

诗集与诗学论著叙录

联、北京市朝阳区文化馆《总序》和著者《自序》。徐伟，1957 年生于北京。曾出版诗集《口供或为我叹息》（2004）、《不要绝望不要放肆》（2008）。

《这些草》，姚江平著。作家出版社（北京）2009 年 7 月出版，为"太行诗丛"之一种，印数 1000 册。16 开，序 14 页，目录 6 页，正文192 页。收有《这些草》、《观察一株植物的方式》、《玉米》等诗，分为《我想坐在月光下的乡村》、《落叶随着风飞起来了》等 7 辑，后附朱先树《从一棵树到一个人的歌唱》等文。有叶延滨《〈太行诗丛〉总序》和郭新民序《"长治诗群"的崛起》。姚江平，1966 年生，山西黎城人。曾出版诗集《夜的边缘有一棵树》（2001）、《必须像一个人》（2005）。

《静水深流》，曾考拉著。作家出版社（北京）2009 年 7 月出版，为"芳草地诗丛"之一种。36 开，序 2 页，目录 6 页，正文 124 页。收有《生活漏不过的，每一样都在生活的层面》、《素食的诗》、《沉默依然更胜一筹》等诗。有北京市朝阳区文联、北京市朝阳区文化馆《总序》和著者后记《让理想生活成为可能》。曾考拉，女。

《岁月剪影》，张宝申著。作家出版社（北京）2009 年 7 月出版，为"芳草地诗丛"之一种。36 开，序 2 页，目录 4 页，正文 123 页。收有《品味岁月》、《故乡的小河》、《合金刀》等诗，分为《品味岁月》、《一方水土》等 3 辑。有北京市朝阳区文联、北京市朝阳区文化馆《总序》和著者《后记》。张宝申，回族，1944 年生于北京。曾出版诗集《四月草》（与赵日升、武兆强、陈松叶合著，1982）、《彩色的爱》（1996）。

《两种颜色》，赵国培著。作家出版社（北京）2009 年 7 月出版，为"芳草地诗丛"之一种。36 开，序 2 页，目录 4 页，正文 135 页。收有《我们爱你，五星红旗》、《小路》、《圆》等诗。有北京市朝阳区文联、北京市朝阳区文化馆《总序》和凤翔序《坚实的脚步》、著者《后记》。赵国培，1951 年生于北京。曾出版诗集《第一串脚印》（1990）。

《天浴》，周亚著。大众文艺出版社（北京）2009 年 7 月出版，为"中诗作家文库"之一种。大 32 开，序并目录 19 页，正文 172 页。收有《那只眼睛》、《彼岸飘零的花瓣》、《一滴露》等诗，后附耿林莽《紫衣裳》等文。有雷抒雁《瓷质的爱情》等序和著者跋《忧伤的抒情》。周亚，女。

《中国诗歌·周占林卷》，周占林著。大众文艺出版社（北京）2009

年 7 月出版，为"中诗作家文库"之一种。大 32 开，目录 7 页，正文 181 页。收有《爱情乐章》、《走近帕米尔的阳光》、《北京的冬天》等诗。周占林，1964 年生于河南登封。曾出版诗集《你坐在我的对面》(2002)、《周占林诗选》(2003)、《周占林抒情诗选》(2004)、《重返与超越》(2008)。

《大地飞歌——纪念中国改革开放三十周年铁路诗歌、散文征文作品选》，王勇平主编。中国铁道出版社（北京）2009 年 7 月出版。大 32 开，序 5 页，目录 4 页，正文 291 页。诗文合集。《诗歌篇》张风奇、李志强等《大地飞歌》和林莽《写给新北京南站和京津高速列车》、孙宴平《中国速度》等诗。有主编序《中国铁路三十年发展的赞歌》和编者《后记》。

《女子诗报 2008 年鉴》，晓音、唐果主编。中国戏剧出版社（北京）2009 年 7 月出版，为"当代文苑"之一种。大 32 开，目录 4 页，序 8 页，正文 307 页。收有唐果《这样的时刻》、李之平《目击》、晓音《风过 1988》等诗，后附《女子诗报影像志》等。有罗小凤序《当代女性诗歌版图的开辟者》。

《现代诗人诗选》，晓曲主编。中国戏剧出版社（北京）2009 年 7 月出版，为"当代文苑"之一种。大 32 开，照片 4 页，序 2 页，目录 4 页，正文 319 页。收有长歌楚天碧《历史，我拿什么感谢你》、黄海光《稻草人》、南山一石《山色向晚》等诗。有李长空《序：可爱的"傻子"》和编委会《后记》。

《小诗磨坊》（泰华卷），林焕彰主编。世界文艺出版社（泰国）2009 年 7 月出版，印数 1000 册。29 开，目录、序并正文 272 页。收有岭南人《梦如海鸟》、曾心《裱书画》、林焕彰《香港很小》等诗。有张默序《高举多元幽朴之美》和林焕彰编后记《为了小诗，继续努力吧》。

《美丽的人生》，白鸟著。大众文艺出版社（北京）2009 年 8 月出版，为"诗苑文库"之一种。大 32 开，序 5 页，目录 5 页，正文 124 页。收有《植物人的情书》、《蒙难的电网铁塔》、《食指的归来》等诗，分为《美丽的人生》、《多灾兴邦》等 5 辑。有耿建华《序》。白鸟，原名葛维栋，1930 年生于江苏昆山。曾出版诗集《孤独人生》(2005)、《五色恋情》(2005)。

《纸上光辉》，曹雷著。大众文艺出版社（北京）2009 年 8 月出版，为"嘉陵江文丛"之一种。散文诗集。大 32 开，序 2 页，目录 4 页，正文 146 页。收有《我要在春天回到树上》、《太阳落下的眼泪》、《水边城市》等散文诗，分为《去天边花园张望》、《在水边城市呼吸》2 卷。有马道蓉总序《盛开在嘉陵江畔的文学之花》和著作《后记》。曹雷，1957 年生于四川武胜。曾出版散文诗集《涉过忘川》（1988）。

《大宇宙》，陈雪梅著。黄河出版社（济南）2009 年 8 月出版，为"先行者文丛"之一种，印数 1000 册。大 32 开，目录 4 页，正文 186 页。收有《寻找家园的鸟》、《天空飞来一只燕子》、《同一个问题》等诗，后附《高擎心灵的火炬——山东省作协、山东大学召开陈雪梅诗歌作品研讨会》。有《后记》。陈雪梅，女，1965 年生于山东高密。曾出版诗集《心帆集》（2000）、《雪梅诗集》（2003）、《星辰远歌》（2003）。

《蓝色恋歌十四行》，董培伦著。吉林大学出版社（长春）2009 年 3 月第一版，2009 年 8 月第一次印刷，为"阳光文化丛书"之一种。大 32 开，序 6 页，目录 8 页，正文 208 页。收有《我轻轻荡起一叶回忆的小舟》、《夜晚，我思念的浪马将你追踪》、《它的名字就叫：想你》等诗，有吴思敬序《沉重的历史，沉重的爱》。董培伦，1938 年生于山东诸城。曾出版诗集《沉默的约会》（1988）、《浪漫岁月》（1990）、《温馨的梦幻》（1995）、《太空之吻》（2005）。

《诗法同行》，古松著。作家出版社（北京）2009 年 8 月出版，为"新纪元香港作家文丛"之一种。诗文合集。大 32 开，序、目录并正文 191 页。收有《冷眼》、《你在高台上孤独》、《中年如酒》等诗，另有《现代新词选》、《法律与文学评论》各 1 辑。有陈建功总序《集结到民族复兴的旗帜下》和单周尧《前言》。古松，原名邓永雄，1950 年生于香港。曾出版《松涛依旧》（1999）、《悠悠岁月》（2001）、《无限思量》（2004）、《客里相逢》（2007）等诗集。

《抚摸生命的亮色》，郭安文著。山东画报出版社（济南）2009 年 8 月出版，为"泰山作家文丛"之一种。小 16 开，序 7 页，目录 6 页，正文 194 页。收有《一块煤的咳嗽》、《为什么我们需要排起队伍来朗诵》、《三口之家》等诗，分为《感恩煤炭的温暖》、《春天里的事物》等 5 辑。有胡立东《写在前面》和刘庆邦序《升华生命》及著者《后记》。郭安文，原名郭华，1964 年生于山东新泰。

《写在魏源的故乡》，胡光曙著。大众文艺出版社（北京）2009 年 8 月出版，为"作家文丛"之一种。大 32 开，目录 5 页，序 2 页，正文 149 页。收有《写在魏源的故乡》、《三湘诗抄》、《韶山的怀念》等诗，分为 2 辑。有弘征《序》和著者《后记》。胡光曙，1941 年生于湖南隆回。曾出版诗集《七水江，我的家乡》(1986)。

《与蚂蚁的默契》，黄仲金著。中央文献出版社（北京）2009 年 8 月出版。大 32 开，目录 6 页，正文 247 页。收有《蚂蚁》、《玉米秆》、《鸡蛋里的骨头》等诗，后附《黄仲金创作简表》。此书 2004 年 10 月著者曾自印。黄仲金，1969 年生于四川盐边。

《大来诗钞》，姜大来著。煮雨山房（北京）藏版，2009 年 8 月印行。雕版线装，16 开，序 3 页，目录 2 页，正文 40 页。收有《闪亮》、《地铁》、《瓷器》等诗，分为 4 卷。有著者《序文》和范景中跋。姜大来，原名姜寻，1970 年生于辽宁沈阳。曾出版诗集《时间以外的景象》(1997)、《倾斜》(2000)。

《春风中有良知》，李成恩著。中国戏剧出版社（北京）2009 年 8 月出版。16 开，目录 8 页，序并正文 348 页。收有《春风中有良知》、《青花瓷·李成恩》、《天使的孩子》等诗，分为《春风中有良知》、《青春·青花瓷》等 8 辑，后附《我的精神影像，我的历史片场：像胶片那样客观而勇往直前》。有著者《自序》。李成恩，女，1981 年生于安徽灵璧。曾出版诗集《汴河，汴河》(2008)。

《大三峡那光》，李尚朝著。作家出版社（北京）2009 年 8 月出版，印数 1000 册。大 32 开，序 10 页，目录 6 页，正文 142 页。收有《行船》、《回乡》、《峡谷的风》等诗，分为《大巫山散曲》、《白云下面那故乡》等 4 辑。有游晓燕《大三峡漂泊的灵魂》代序和著者《后记》。李尚朝，1967 年生于四川巫山。曾出版诗集《天堂中的女孩》(1998)、《风原色》(2000)。

《隐秘的河流》，林溪著。内蒙古人民出版社（呼和浩特）2009 年 8 月出版，为"蜀韵文丛"之一种。大 32 开，目录 4 页，序 8 页，正文 146 页。收有《隐秘的河流》、《我的体内藏着一朵怎样的桃花》、《七月，我的妻子》等诗，后附庞余亮《沿林溪而行》等评。有野松序《在现实生活中抒写平静的诗行》。林溪，原名黄祝勇，1981 年生于安徽亳州。

《别人的城市》，林志山著。珠海出版社（珠海）2009 年 8 月出版，为"珠江青年作家文丛"之一种。大 32 开，目录 4 页，序 5 页，正文 148 页。收有《别人的城市》、《西部》、《漂在珠海》等诗，分为《2006：别人的城市》、《2007：那段日子》等 3 辑，后附白航《读林志山的组诗〈别人的城市〉（16 首）随想》等评。有黄自华《序》和著者后记《文学有"毒"》。林志山，1975 年生于海南琼山。曾出版诗集《摇响天涯》（1998）、《林志山诗选》（2005）。

《无歌的季节》，刘发扬著。作家出版社（北京）2009 年 8 月出版，为"新纪元作家文丛"之一种。大 32 开，序 4 页，目录 5 页，正文 169 页。收有《清明谒舜帝陵有感》、《示儿》、《平衡》等诗，有邹荻帆序《纯朴的人与纯朴的诗》和著者《后记》。刘发扬，20 世纪 70 年代生于洞庭湖畔。

《父亲》，刘福君著。作家出版社（北京）2009 年 8 月出版，印数 12000 册。29 开，照片 4 页，目录 4 页，序 6 页，正文 135 页。收有《杜鹃花开》、《身份证》、《喜酒》等诗。有王立平序《寻找真情》和刘章《跋》、张玉太编后记《父亲，傲立于田野上的一株红高粱》。刘福君，1964 年生于河北兴隆。曾出版诗集《风雨兼程》（1992）、《心语》（2003）、《母亲》（2008）。

《慰藉》，刘希全著。光明日报出版社（北京）2009 年 8 月出版。小 16 开，目录 5 页，序 5 页，正文 175 页。收有《在晴好的日子里》、《南宋村，太阳落山》、《在夜色中才能记住一个人》等诗，分为 4 辑。有吴开晋《诗路是宽广的》代序和著者《后记》。刘希全，1962 年生于山东莱阳，2010 年病逝。曾出版诗集《爱情的夜晚》（1994）、《夜晚的低吟》（2000）、《此情此景》（2007）。

《月色朦胧》，路羽著。作家出版社（北京）2009 年 8 月出版，为"新纪元香港作家文丛"之一种。大 32 开，序、目录并正文 191 页。收有《诗的传说》、《瞬间》、《坚信春天》等诗，分为《香江新月》、《濠江弦月》等 3 辑，另有评论 1 辑，后附颜烈《桐叶之梦》等评。有陈建功总序《集结到民族复兴的旗帜下》和单周尧《前言》。路羽，原名傅小华，女，1959 年生于福建泉州。曾出版诗集《路羽世纪诗选》（2004）、《路羽自选集——叶色如梦》（2007）。

《吕剑诗文别集》，吕剑著。南京师范大学出版社（南京）2009 年 8 月出版，为"凤凰读书文丛"之一种。小 16 开，序 1 页，目录 3 页，正文 280 页。收有《寄》、《女儿》、《给母亲》等诗，为第 1 辑；另有文 2 辑，后附子张《吕剑生平著述年表简编》等。有著者《小序》。吕剑，原名王聘之，1919 年生于山东莱芜。曾出版《草芽》（1950）、《诗歌初集》（1954）、《喜歌与酒歌》（1979）、《吕剑诗钞》（2007）等诗集。

144

《诗神的狂欢》，马科著。中国戏剧出版社（北京）2009年8月出版，为"骊歌文丛"之一种。大32开，序15页，目录5页，正文186页。收有《神圣的空档》、《苹果园》、《"不过，他还是选了……"》等诗，分为《神圣的空档》、《快乐的哀歌》等3辑。有潘维《形而上的永恒饥渴》等序和陈峰《我心目中还有一个诗人马科》代后记。马科，1966年生。

《花心街》，麦岸著。2009年8月自印。大32开，序1页，目录3页，正文131页。收有《灰色的自传》、《鲸鱼来到我的窗前》、《陌生姑娘苏珊娜》等诗，分为《沿途的免费风景》、《挂在墙上的家伙》等4辑，后附《幕后：批与评》1辑。有著者《序幕：一把光阴的碎银子》。麦岸，20世纪80年代生，山东莒县人。

《在路上》，慕白著。上海锦绣文章出版社（上海）2009年8月出版，为"浙江新实力文丛"之一种。大32开，序4页，目录6页，正文160页。收有《农民协会》、《风始于》、《风物扬州》等诗，分为《农民协会》、《在路上》等3辑。有麦家《〈浙江新实力文丛·第一辑〉序》、商震序《包山底的孩子》和王明韵《一位漫游者的内心山水投影》等跋及著者后记《我是文成的土著》。慕白，原名王国侧，1973年生于浙江文成。曾出版诗集《有谁是你》（2005）。

《苍蓝的太阳》，彭惊宇著。大众文艺出版社（北京）2009年8月出版，为"中国作家文丛"之一种。大32开，目录6页，序7页，正文253页。收有《北疆的雪》、《暴马丁香》、《祖国之恋》等诗，分为《月色荒原》、《缤纷大地》等5辑。有著者《自序》。彭惊宇，1963年生于四川涪陵。此为著者出版的第一本诗集。

《凤凰丹枞：普冬抒情诗选》，普冬著。华艺出版社（北京）2009年8月出版，印数10000册。小16开，目录8页，序10页，正文359页。收有《枫树红了》、《中国，你好》、《那山蝴蝶》等诗，分为2卷。有《诗歌的可能性·自序》和《后记》。

《青春歌谣——钱万成自选集》，钱万成著。新蕾出版社（天津）2009年8月出版（版权页误为2008年8月），为"绿洲亲近阅读书系"之一种。大32开，序1页，目录7页，正文172页。收有《告别童年》、《让这世界充满爱》、《只要你做一些你十分想做的事情》等诗。有著者序《永远的回响》。钱万成，1959年生于黑龙江龙江县。曾出版《快快乐乐的世界》（1990）、《钱万成诗选》（1998）、《温馨的世界》

（2000）等诗集。

《共和国之恋》，丘树宏著。花城出版社（广州）2009年8月出版，印数3000册。16开，目录6页，正文147页。长诗，分为《共和国之恋》、《变革大交响》2卷，后附《丘树宏主要创作活动年表》。有著者《后记》。丘树宏，1957年生于广东连平。曾出版《隐河》（1992）、《永恒的蔚蓝》（1997）、《风吹过处》（2002）、《以生命的名义》（2007）等诗集。

《客骚》，瘦西鸿著。大众文艺出版社（北京）2009年8月出版，为"嘉陵江文丛"之一种。大32开，序2页，目录3页，正文150页。收有《客骚》、《一个中年人的肖像》、《中药罐》等诗。有马道蓉总序《盛开在嘉陵江畔的文学之花》和著者《后记：我的诗生活》。瘦西鸿，原名郑虹，1965年生于四川仪陇。曾出版诗集《只手之音》（2001）、《方块字》（2007）、《瘦行书》（2007）。

《一地阳光》，王腊波著。作家出版社（北京）2009年8月出版，为"新世纪作家文丛"之一种，印数5000册。大32开，序1页，目录7页，正文178页。收有《怀念故乡》、《以仰视的方式》、《我追赶着山溪在山野里奔跑》等诗，分为《思念穿过故乡》、《感悟生命》等5辑，后附胡锡涛《读王腊波诗集〈笛声〉有感》等文。有著者《自序》、《后记》。王腊波，1960年生于湖北新洲。曾出版诗集《笛声》（1988）。

《燃向夕阳》，温古著。内蒙古大学出版社（呼和浩特）2009年8月出版，为"松风堂文丛"之一种，印数2000册。大32开，照片4页，序3页，目录7页，正文220页。收有《黄昏的栅子院》、《茶坊河》、《一些关于建筑的词》等诗，分为《荣耀的黄昏》、《大地的荒凉部分》等13辑，后附《创作年表》、《对作者作品的评价》。有著者《自序》。此为著者2009年出版的第二本诗集。

《时光倒流》，向天笑著。太白文艺出版社（西安）2009年8月出版，为"手稿写作丛书"之一种。散文诗集。大32开，序9页，目录6页，正文189页。收有《时光倒流》、《心有灵溪》、《朝思暮想的大海》等散文诗，分为《时光倒流》、《空山灵水》等6辑。有编者总序《何谓手稿写作》、戴永成序《穿越岁月的诗歌守望灵魂的诗人》和著者后记《换一种活法，换一种写法》，后附秦华《追问时光向天笑》等文。向天笑，原名向金华，1963年生于湖北大冶。曾出版《隐情诗语》（1992）、《边缘时代》（1997）、《情人的礼物》（2001）、《或远或近爱一个女人》（2008）等诗集。

《许德民抽象诗歌近作》，许德民著。2009年8月自印。大32开，33页。收有《胡各户拐》、《看海在水》、《蝶过成翅》等诗，后附《探索抽象诗写作》等文。许德民，1953年生，上海人。曾出版诗集《时间只剩下一棵树》（1989）、《人兽共患病》（1989）、《现代幻像画》（1990）、《发生和选择》（2005）。

《时间手指》，杨东著。大众文艺出版社（北京）2009年8月出版，为"作家文丛"之一种。16开，序6页，目录7页，正文248页。收有《夜色》、《一根手指的疼痛》、《即景》等诗，分为《夜暮深垂》、《醒着的骨头》等5辑，后附《诗人简历》。有梦天岚序《为时光弹奏》。杨东，1969年生于四川岳池。

《风中密纹》，杨东著。大众文艺出版社（北京）2009年8月出版，为"作家文丛"之一种。散文诗集。16开，序6页，目录5页，正文180页。收有《不止是缓慢的……》、《当我写下……》、《吹奏》等散文诗，分为《音画流韵》、《心灵漫游》等5辑。有黄恩鹏序《梦在风里绽开了涟漪》和著者后记《秋天，或写作者》。

《杨明湘诗选》，杨明湘著。太白文艺出版社（西安）2009年7月第二版，8月第一次印刷。大32开，序4页，目录18页，正文621页。收有《扫盲》、《月夜送粪》、《还乡曲》等诗，分为《九里山下》、《秀延河畔》等12辑。有《王巨才致作者的一封信》和著者《高歌猛进》诗代序及《再版后记》。杨明湘，1940年生于陕西清涧。

《梦寥廓》（上），喻军著。大众文艺出版社（北京）2009年8月出版。大32开，目录6页，序4页，正文215页。收有《应有的供奉》、《生之涯》、《埃菲尔铁塔》等诗，分为《应有的供奉》、《周游与海航》等5辑。有杨斌华序《抵达与追问》。喻军，1966年生于上海。曾出版诗集《灵魂的居所》（1991）。

《寓真词选·寓真新诗》，寓真著。人民文学出版社（北京）2009年8月出版。大32开，目录5页，正文312页。新旧体诗合集。收有《草缕》、《夜深的海》、《蟋蟀》等新诗，分为《校园习作》、《公余闲笔》等3辑。有著者《附记》。寓真，原名李玉臻，1942年生，山西武乡人。曾出版诗集《草缕集》（1993）。

《祖国诗篇》，张学梦、郁葱著。花山文艺出版社（石家庄）2009年8月出版。16开，序2页，目录9页，正文429页。收有《祖国·鸽子》、《祖国·有感于中国数学家最终解决庞加莱猜想》、《祖国·中秋，再望明月》等诗，有著者自序《人、人们与祖国》。张学梦，1940 年生于河北丰润；曾出版诗集《现代化和我们自己》（1983）、《人类诗篇》（与郁葱、大解合著，2005）。郁葱，原名李丛，1956 年生于河北辛集；此为其 2009 年出版的第二本诗集。

《香妃梦回》，张诗剑著。作家出版社（北京）2009 年 8 月出版，为"新纪元香港作家文丛"之一种。大 32 开，序、目录并正文 191 页。收有《香妃梦回》、《周庄寻梦》、《遥望历史长河》等诗与散文诗，分为《家国河山》、《散文诗心》等 3 辑，另有《文论点击》1 辑。有陈建功总序《集结到民族复兴的旗帜下》和单周尧《前言》。张诗剑，原名张思鉴，1938 年生于福建长乐。曾出版诗集《爱的笛音》（1985）、《流火醉花》（1997）、《秋的思索》（2000）、《张诗剑短诗选》（2001）。

《旧时月光》，张之著。大众文艺出版社（北京）2009 年 8 月出版，为"嘉陵江文丛"之一种。大 32 开，序 2 页，目录 6 页，正文 144 页。收有《桃花里的故乡》、《乡村记忆》、《旧时月光》等诗，分为《桃花故乡》、《乡村记忆》等 5 辑。有马道蓉总序《盛开在嘉陵江畔的文学之花》和著者《对几枝蜡梅的临摹》代后记。张之，原名张勇，1967 年生于四川南充。

《窗间人独立》，赵宏兴著。合肥工业大学出版社（合肥）2009 年 7 月第一版，2009 年 8 月第一次印刷，为"安徽省第二届签约作家丛书"之一种。散文诗集。16 开，总序 2 页，序 3 页，正文 170 页。收有《守夜者札记》、《含羞草》、《写作》等散文诗，后附田一坡《诗歌的黑夜伦理》等评。有许辉总序《我们对文学新皖军充满期待》和著者序《放牧的人》。

《红土之上》，赵振王著。大众文艺出版社（北京）2009 年 8 月出版，为"魅力读库"之一种。大 32 开，目录并正文 220 页。收有《让诗歌告诉妈妈，今天是母亲节》、《棋子》、《在楚雄，寻找抒情对象》等诗。有著者后记《道路与阶梯》。赵振王，彝族，1963 年生，云南永平人。曾出版诗集《口令之上》（2006）。

《第七届华文青年诗人奖获奖作品》，《诗刊》编。漓江出版社（桂林）2009 年 8 月出版，印数 5000 册。25 开，目录 11 页，正文 261 页。作品分为《获奖青年诗人诗选》、《入围青年诗人诗选》2 辑，《获奖青年诗人诗选》收孔灏《一年》、尤克利《我愿意》、阿毛《波斯猫》等诗，诗前附作者短文和《评委评语》。

《读诗·1949-2009：中国当代诗100首》，潘洗尘主编。江苏文艺出版社（南京）2009年8月出版。小16开，目录5页，序7页，正文243页。收有李亚伟《中文系》、芒克《阳光中的向日葵》、杨炼《诺日朗》等诗。有主编序《尊重经典维护中国新诗的抒情性物质》。

《新死亡诗派诗选》，道辉编。无印行日期，编者赠书时间为2009年8月。16开，前言16页，目录5页，正文421页。收有道辉《死亡，再见》、阳子《语言教育》等诗和道辉《新死亡诗》等文，分为《重要成员代表作》、《宣言时段的宣言和诗》等5卷，后附《重要成员创作年表》、《新死亡诗派简历》。前有《新死亡诗派诗写宣言37条》。

《向往温暖》，车延高著。人民文学出版社（北京）2009年9月出版。29开，目录6页，正文167页。收有《一瓣荷花》、《让我记住母爱的人》、《向往温暖》等诗，分为6辑。此为著者2009年出版的第二本诗集。

《大平抒情诗选》，大平著。作家出版社（北京）2009年9月出版，印数24000册。16开，目录6页，正文216页。收有《上升是危险的游戏》、《折旧》、《我有忧伤的权利》等诗。大平，原名于平，生于20世纪60年代，山东人。2010年去世。

《樊樊诗选》，樊樊著。中国戏剧出版社（北京）2009年9月出版，为"八角花文丛"之一种。大32开，目录6页，序13页，正文195页。收有《那沉沦和坠落越深的……》、《一座桥的意义》、《爱居住之所》等诗，后附《诗学随笔：经验或发现》、《诗人眼中的樊樊诗歌》。有毛树林序《一只杯子里可以装进一条河流》和《樊樊访谈：我的爱没有界碑和边缘》。樊樊，原名樊康琴，女，1969年生于甘肃陇南。此为著者出版的第一本诗集。

《大地之歌》，冯永杰著。中国戏剧出版社（北京）2009年9月出版，为"骊歌文丛"之一种。大32开，目录4页，正文291页。收有《大地之歌》、《唱给新中国，唱给深圳》、《百年小平》等诗，分为《大地之歌》、《站起来的中国》等3辑。有著者《后记》。冯永杰，1946年生于上海。曾出版《边界河》（1990）、《关于深圳》（1995）、《颤动的心弦》（2001）、《冰雪与火焰》（2008）等诗集。

《拂拭岁月：1949-2009》，胡丘陵著。湖南文艺出版社（长沙）2009年9月出版，印数2000册。16开，目录2页，正文131页。收有

《1949，28响礼炮》、《1959，雾中的庐山》、《1969，珍宝岛》等诗。此为著者2009年出版的第二本诗集。

《偶然的时光》，黄劲松著。四川美术出版社（成都）2009年9月出版，为"星星·诗文库"之一种。大32开，目录6页，序5页，正文159页。收有《偶然》、《糊涂楼前的擦鞋工》、《夜幕低垂》等诗，分为《偶然的时光》、《夜幕低垂》2卷，后附叶橹《我看黄劲松的诗》等文。有子川序《倒退的魅力》和著者后记《偶然：繁复时光背面的峰回路转》。黄劲松，1968年生于江苏昆山。曾出版《采莲》（1998）、《逆风中的光》（2005）、《黄昏的鸟掠过淀山湖》（2007）、《西藏：诗意的奔跑》（2008）等诗集。

《花语——唱给共和国的抒情诗》，雷抒雁著。宁夏人民出版社（银川）2009年9月出版，印数3000册。大32开，目录3页，正文236页。收有《祖国啊，我属于你》、《宁夏组诗》、《最初的年代》等诗，分为3卷，有著者《后记》。雷抒雁，1942年生于陕西泾阳。曾出版《沙海军歌》（1975）、《小草在歌唱》（1980）、《父母之河》（1984）、《激情编年》（2000）等诗集。

《驿站》，冷雪著。大众文艺出版社（北京）2009年9月出版，为"当代作家书系"之一种，印数1000册。大32开，序4页，目录4页，正文147页。收有《阳光如雪软软地亮着》、《生命中的第二个台阶》、《我更清楚疼痛的位置》等诗，分为《太阳的几种照耀方式》、《生命中的第二个台阶》2辑，后附月光雪文《在我仰望的视线里，读你》。有周占林序《只有我比大地高些》。冷雪，原名张玉宏，1966年生，黑龙江林口人。

《犁青世界》，犁青著。人民文学出版社（北京）2009年9月出版，印数1000册。大32开，序76页，目录6页，正文414页。收有《黎明》、《踏浪归来》、《在海峡一方》等诗，分为《山茶初放》、《踏浪归来》等9辑，后附《犁青著作目录》等。有谢冕《诗人的大情怀——论犁青》等代序。犁青，1933年生于福建安溪。曾出版《千里风流一路情》（1987）、《犁青山水》（1988）、《犁青的微笑》（1998）、《科索沃·苦涩的童话》（2001）等诗。

《诗歌读本：三十二首诗》，李少君著，张德明评。长江文艺出版社（武汉）2009年9月出版，印数20000册。小16开，目录3页，序2页，正文134页。收有《抒怀》、《自白》、《意境》等诗，诗后附张德明评。有著者《序言》。李少君，1967年生于湖南湘乡。

《偏爱》，李小洛著。南方出版社（海口）2009年9月出版。大32开，目录4页，正文165页。收有《这封信不寄给谁》、《都是我的》、《再一次经过加油站》等诗。李小洛，女，1972年生于陕西安康。曾出版诗集《江非、李小洛诗选》（2005）、《我的三姐妹》（与苏浅、唐果合著，2005）。

《红棉花开》，梁炳光著。玛克威出版社（新西兰）2009年9月出版，为"华文文学书系"之一种，印数3000册。大32开，序1页，照片8页，目录5页，正文124页。收有《万众一心》、《为北京奥运骄傲》、《幸运》等诗，分为《抗震救灾篇》、《2008北京奥运篇》等4辑。有著者《自序》和《后记》。梁炳光，1953年生于广东广州。曾出版诗集《红尘有我》（2007）、《沧海一粟》（2008）。

《形体》，刘岳著。中国戏剧出版社（北京）2009年9月出版，为"八角花文丛"之一种。大36开，目录6页，序4页，正文148页。收有《纵深》、《雨》、《旅行》等诗。有李南《序》和著者《后记》。刘岳，1980年生于宁夏西吉。曾出版诗集《世上》（2007）。

《他们感动了中国》，峭岩著。国际炎黄文化出版社（香港）2009年9月出版。16开，题词3页，目录7页，正文338页。收有《乌斯浑河上的传说——八女投江》、《国歌里的感动与激情——聂耳》、《有一种姿式被我们反复崇拜——焦裕禄》等诗，有《回眸昨夜星辰》诗代前言。峭岩，原名李进生，1941年生于河北唐山。曾出版《放歌井冈山》（1976）、《星星，母亲的眼睛》（1984）、《浪漫军旅》（1995）、《红色记忆诗笺》（2007）等诗集。

《曲有源绝句体白话诗集》，曲有源著。作家出版社（北京）2009年9月出版，为"合抱丛书"之一种，印数2000册。小16开，目录11页，正文202页。收有《历史的水位》、《时空奇遇》、《方竹》等诗，后附《关于"绝句体白话诗"》和任林举评《以口语煅造经典》。曲有源，1943年生于吉林怀德。曾出版诗集《爱的变奏曲》（1982）、《爱的变奏》（1988）、《句号里的爱情》（1988）、《曲有源白话诗选》（1997）。

《紫藤花开》，屈轶著。人民文学出版社（北京）2009年9月出版。大32开，目录8页，序8页，正文252页。收有《开始写诗》、《春天的羽毛》、《我的海子哥哥》等诗，分为《云端的日子》、《天地悠悠》等10章。有刘毅然《代序》和著者序《一程山水一程歌》。屈轶，女，

1981 年生，江苏无锡人。

《命运的审判者——瞿炜爱情十四行诗选》，瞿炜著。九州出版社（北京）2009 年 9 月出版，为"九州诗丛"之一种。小 16 开，序 13 页，正文 137 页。收十四行诗 101 首，后附鄢冬《谁审判了"我"——读〈命运的审判者〉》。有荒林《温州的奇迹：瞿炜诗集序》。

《献给毛妹的 99 首致命情诗》，冉仲景著。重庆大学出版社（重庆）2009 年 9 月出版，为"重庆乌江少数民族作家丛书"之一种。大 32 开，目录 5 页，正文 111 页。收有《毛妹，圆》、《毛妹，饭》、《毛妹，告》等诗。冉仲景，土家族，1966 年生于四川酉阳。曾出版诗集《流浪的风》（与徐澄泉合著，1988）。

《走向天安门——献给共和国六十华诞》，石英著。北岳文艺出版社（太原）2009 年 7 月第一版，9 月第一次印刷，印数 2000 册。大 32 开，序 16 页，目录 4 页，正文 154 页。收有《1921 年最热的日子》、《雪山·沼泽地》、《对日的最后一战》等诗，有《献给共和国六十华诞——我写〈走向天安门〉》代序和《结束语》。石英，原名石恒基，1935 年生于山东黄县。曾出版《故乡的星星》（1979）、《爱情·生活》（1982）、《当代正气歌》（1996）、《石英精短诗选》（2005）等诗集。

《一种演奏风格——舒婷自选诗集》，舒婷著。作家出版社（北京）2009 年 9 月出版，印数 10000 册。小 16 开，目录 6 页，正文 320 页。收有《致大海》、《寄杭城》、《流水线》等诗，分为《在诗歌的十字架上》、《致橡树》等 4 辑。舒婷，原名龚佩瑜，女，1952 年生于福建龙海。曾出版《双桅船》（1982）、《会唱歌的鸢尾花》（1986）、《始祖鸟》（1992）、《舒婷的诗》（1994）、《致橡树》（2003）等诗集。

《生命的响声》，谭朝春著。重庆出版社（重庆）2009 年 9 月出版。大 32 开，序 6 页，目录 5 页，正文 139 页。收有《山峰与蓝天》、《偶感》、《风从家乡那边吹来》等诗，分为《金色光盘》、《我怕生日》等 5 卷。有寇宗鄂序《小诗的魅力》和著者《后记》。谭朝春，1954 年生于重庆。曾出版诗集《岁月的眼睛》（1999）、《让日子站起来》（2002）。

《东方星座》，汤松波著。广西人民出版社（南宁）2009 年 9 月出版，印数 30000 册。16 开，目录 4 页，序 2 页，正文 241 页。收有《汉》、《蒙古》、《回》等诗 56 首，有《序曲》和《尾声》，后附叶延滨《一曲中华民族团结一心向前进的颂歌》等评。有铁木尔·达瓦买提《序：为中华民族真诚放歌》和著者《后记》。汤松波，1966 年生，湖南新宁人。

《你以为我是谁》，吴位琼著。珠海出版社（珠海）2009年9月出版，为"江城文丛"之一种。大32开，目录7页，正文310页。收有《简单》、《一只杯子破了里层》、《思念》等诗，分为《踏歌而行》、《浅吟低唱》2辑，另有旧体诗词与文2辑。有著者《跋》。吴位琼，女，1963年生于湖北潜江。曾出版诗文集《守着没有花开的寂寞》（2004）。

《乡愁四韵》，余光中著，胡有清编。南京大学出版社（南京）2009年9月出版，为"余光中诗丛·怀乡卷"。大36开，照片4页，总序4页，目录4页，序2页，正文172页。收有《尘埃》、《五陵少年》、《灯下》等诗，分为《雪的感觉》、《呼唤》等4辑。有著者《长结诗缘（代总序）》、编者《前言》和著者序《从出版到出版》、编者《编后记："凡我所在，即为中国"》、《补记》。余光中，1928年生于江苏南京。曾出版《舟子的悲歌》（1952）、《莲的联想》（1964）、《白玉苦瓜》（1974）、《紫荆赋》（1986）、《梦与地理》（1990）、《五行无阻》（1998）、《高楼对海》（2000）等诗集。

《相思树下》，余光中著，胡有清编。南京大学出版社（南京）2009年9月出版，为"余光中诗丛·情爱卷"。大36开，照片4页，总序4页，目录4页，正文148页。收有《初恋之谜》、《莲的联想》、《隔水书》等诗，分为《初恋之谜》、《莲的联想》等5辑。有著者《长结诗缘（代总序）》、编者《前言》和编者《编后记："将一瞬握成永恒"》。

《秋天的思念》，徐泽霖著。人民文学出版社（北京）2009年9月出版，为"当代丛书"之一种，印数1000册。诗文合集。大32开，目录并序11页，正文321页。分为《诗歌诗论卷》、《散文论述卷》2卷，收有《入海口的巨龙》、《星光》、《珍贵的历史照片》等诗。有徐仁祥《序》和著者《后记》。徐泽霖，1928年生于江苏南通。曾出版诗文集《大地的足印》（2006）。

《浙之涛——华夏游踪之二》，余文法著。环球文化出版社（美国）2009年9月出版，印数1000册。大32开，目录10页，序12页，正文296页。收有《西子湖》、《丹崖山，梦中的山》、《瓯江》等诗，分为《情醉西子》、《梦萦故乡》等4辑。有徐顺平《序》、巴一熔序《故乡诗情的感动》和著者《后记》。此为著者2009年出版的第二本诗集。

《第四届鲁迅文学奖获奖作品集·诗歌卷》，中国作家协会鲁迅文学奖评奖办公室编。作家出版社（北京）2009年9月出版。小16开，目录5页，序3页，正文205页。收有田禾、林雪、荣荣、黄亚洲、于坚5人诗，后附《第四届鲁迅文学奖全国优秀诗歌奖初选入围作品篇目》和《第四届鲁迅文学奖获奖作品名单》。有铁凝《在第四届鲁迅文学奖颁奖典礼上的致辞》代前言。

《二十世纪中国主旋律诗歌选》，王者诚主编。天马出版有限公司（香港）2009年9月出版。大32开，前言4页，序5页，目录24页，正文902页。收有胡适《老鸦》、田汉《义勇军进行曲》、任先青《诗人毛泽东》等诗，分为《十年抗争》、《保卫黄河》等5辑。有主编前言《百年诗魂是抗争》、郭启宗序《百年诗魂与史同在》和王文生《诗情与性情的迸发》代后记。

《放歌山海——中国国土资源诗歌六十年》，胡红拴主编。作家出版社（北京）2009年9月出版，为"放歌山海文丛"之一种。16开，目录6页，序2页，正文483页。收有常江《帐篷文化圈纪事》、李瑛《题一个钻探队员的手册》、肖会川《为广袤的原野歌唱》等诗，有主编序《六十年国土资源诗歌的一个轮廓》。

《海宁文丛·诗歌卷》，吴建林主编。中国文联出版社（北京）2009年9月出版。16开，序2页，目录13页，正文444页。收有沙可夫《海边抒情》、汉江《雪封泰山》、伊甸《黑暗中的河流》等诗，有沈炳忠《总序》和编者《诗歌卷后记》。

《朦胧诗选》，杨克、陈亮编。中国青年出版社（北京）2009年9月出版，为"中国文库"之一种，印数4500册。大32开，目录10页，正文425页。收有食指、北岛、舒婷、顾城、芒克、多多、杨炼、江河、梁小斌、林莽、王小妮11人诗作。

《天安门诗抄》，童怀周编。人民文学出版社（北京）2009年9月出版，为"中国文库"之一种，精装印数500册。大32开，序2页，目录9页，正文352页。收有《民族之魂》、《总理和人民》、《向总理请示》等诗，分为3辑。有人民文学出版社编辑部《再版说明》。

《西域风起塔里木·诗歌卷》，侯永清、杨洪军主编。新疆人民出版社（乌鲁木齐）2009年9月出版，为"阿克苏文学丛书"之一种，印数7100册。16开，总序4页，序2页，目录6页，正文272页。收有贺敬之《西去列车的窗口》、郭有德《牧羊女》、张天鹏《塔里木盆地北部边缘》等诗，有朱昌杰总序《西域风起塔里木》和周涛《序》。

《野外诗选》，潘维、肖向云主编。浙江文艺出版社（杭州）2009年9月出版，为"浙江青年作家创作文库"之一种。16开，目录2页，正文203页。收有潘维《彩衣堂》、泉子《秘密规则的执行者》、黄沙子《庄严的阴影》等诗，分为2辑。

《桅尖上的阳光》，康涛著。自印，无出版日期，前言作于2009年9月，印数1000册。大32开，序5页，目录18页，正文614页。收有《爸爸、妈妈》、《毛泽东赞》、《百合花》等诗，分为《心歌嘹亮》、《佛之恩典》等5辑。有杨鹏《序言》和著者《跋》。

《广州集》，阿西著。迪金森出版公司2009年10月出版，为"迪金森丛书之三"。大32开，目录5页，正文135页。收有《在郊区散步》、《南方草莓》、《电脑城》等诗，后附《诗歌关键词》。有《序诗》和《后记》。阿西，原名项春山，1962年生于黑龙江密山。曾出版诗集《青草莓》（1996）、《家园》（1998）、《叶卡捷琳堡诗稿》（2006）、《九十七首诗》（2007）。

《在一棵草的根下》，白连春著。中国社会出版社（北京）2009年10月出版，为百位农民作家、百部农民作品"双百大地印文丛"之一种。小16开，序5页，目录6页，正文153页。收有《我：白连春，全世界最幸福的人》、《向故乡致敬，向故乡的父老乡亲》、《因为爱，我被定义为人》等诗，分为《我：白连春，全世界最幸福的人》、《这颗星球一个叫沙湾的地方》等4辑。有铁凝总序《镌刻在丰饶大地上的改革履迹》和梁平《序》、著者《后记》。白连春，1965年生于四川泸州。曾出版诗集《逆光劳作》（1998）、《被爱者》（2006）。

《朗诵背影》，白频著。华夏出版社（北京）2009年10月出版，为"文轩凤凰丛书"之一种，印数1000册。大32开，照片6页，序12页，正文269页。收有《老树总是种在我的窗前》、《虚构盛夏》、《爱的最前方》等诗。有金土《璀璨的生命星空》等序和著者《后记》。白频，原名张丽萍，女，1958年生于辽宁绥中。曾出版诗集《大山寻梦》（2004）、《白蔷薇》（2005）、《不醒的月亮河》（2006）、《枫叶穿透了男人》（2006）。

《散装烧酒》，车前子著。唐山出版社（台北）2009年10月出版，为"大陆先锋诗丛"之一种。29开，目录、序并正文222页。收有《木雕》、《人性》、《记事》等诗，分为《纸梯》、《人性及其》等5卷，后附《车前子说诗》、《车前子年表》。有黄粱序《新鲜的语言花枝——

诗集与诗学论著叙录

155

车前子的诗歌园林》。车前子，原名顾盼，1963年生于江苏苏州。曾出版诗集《纸梯》（1989）。

《杀毒》，车前子著。《星星》诗歌理论半月刊·《诗歌EMS》周刊出版，为"诗歌EMS·60首诗丛"之一种。无印行日期。据《中国诗人》2009第4卷《09诗人现在时》，应为2009年10月。29开，目录并正文80页。收有《乌托书》、《失散》、《保留下蜜》等诗，分为《乌托书》、《花样洗澡》2辑。此为著者2009年出版的第二本诗集。

《阳光下的乌蒙》，陈冬兴著。中国社会出版社（北京）2009年10月出版，为百位农民作家、百部农民作品"双百大地印文丛"之一种。小16开，序6页，目录4页，正文138页。收有《走近乌蒙走近东川》、《小路》、《滇东北》等诗，分为《来自乌蒙山的声音》、《乡村的眼睛》等4辑。有铁凝总序《镌刻在丰饶大地上的改革履迹》和王晓鹏《序》。陈冬兴，1961年生于云南会泽。

《他风景》，程维著。百花洲文艺出版社（南昌）2009年10月出版，为"谷雨诗荟丛书"之一种。16开，序8页，目录7页，正文311页。收有《旗帜》、《大明宫》、《青龙偃月》等诗。有刘上洋《序》、著者自序《我想说：纸·镜子》和后记《关于诗，我还能说些什么》。程维，1962年生于江西南昌。曾出版诗集《古典中国》（1992）、《纸上美人》（2005）。

《动物诗篇》，褚兢著。百花洲文艺出版社（南昌）2009年10月出版，为"谷雨诗荟丛书"之一种。16开，序3页，目录6页，正文158页。收有《松鸡》、《大雁》、《雨打芭蕉》等诗，分2辑。有刘上洋《序》和著者《后记》。褚兢，1955年生于江西南昌。

《水兵·军舰·大海》，董培伦著。北方文艺出版社（哈尔滨）2007年5月第一版，2009年10月第一次印刷。大32开，序2页，目录8页，正文218页。收有《授枪》、《拍击悬崖的浪花》、《海练》等诗。有著者诗《青春的呼唤》代序和《后记》。此为著者2009年出版的第二本诗集。

《梦和梦见》，董燕著。沈阳出版社（沈阳）2009年10月出版，为"汇美诗丛"之一种。大32开，目录8页，序2页，正文200页。收有《味蕾的花开》、《春夏之交》、《这一章，写到了端午》等诗，分为《弦歌梦舞》、《晓梦轻筑》等4辑。有著者序言《我只是个局外人》和跋《烛照未来》。董燕，女。

156

《金钱天问》，樊国新著。河南人民出版社（郑州）2009年10月出版。16开，序2页，目录1页，正文248页。长诗，分为《天问金钱》、《金钱的畅想》、《金钱的悲歌》等8章，后附《报道评论研讨会摘要》等。有王巨才《毕竟人间有好诗》代序和著者《后记》。樊国新，河南新密人。

《扶桑诗选》，扶桑著。长江文艺出版社（武汉）2009年10月出版，为"中国二十一世纪诗丛"之一种，印数10000册。小16开，目录4页，正文191页。收有《夜风呵》、《我身体的右侧走动着一群风》、《爱，在我身上——》等诗，后附《我出发，寻找一个早晨（代诗人简历）》。扶桑，原名黄玉华，女，1970年生于河南光山。曾出版诗集《爱情诗篇》（1995）。

《纸茫茫》，高凯著。敦煌文艺出版社（兰州）2009年10月出版，为"黑土豆诗丛"之一种，印数6300册。16开，序2页，目录7页，正文211页。收有《苍茫》、《乖女子》、《高高山上一棵树》等诗。有高洪波《序〈黑土豆诗丛〉》和著者后记《我们走向土地的仪态》。高凯，原名高小宝，1963年生于甘肃合水。曾出版诗集《想起那人》（1991）、《心灵的乡村》（1998）、《乡间诗》（2005）。

《红灯照墨》，古马著。敦煌文艺出版社（兰州）2009年10月出版，为"黑土豆诗丛"之一种，印数6300册。16开，序2页，目录6页，正文213页。收有《柴》、《光和影的剪辑：大地湾遗址》、《破冰》等诗。有高洪波《序〈黑土豆诗丛〉》。古马，原名蔡强，1966年生于甘肃武威。曾出版诗集《胭脂牛角》（1994）、《西风古马》（2003）。

《那只公鸡》，侯马著。《星星》诗歌理论半月刊·《诗歌EMS》周刊出版，为"诗歌EMS·60首诗丛"之一种。无印行日期。据《中国诗人》2009第4卷《09诗人现在时》，应为2009年10月。29开，目录并正文75页。收有《那只公鸡》、《初夜》、《留学》等诗。侯马，原名衡晓帆，1967年生于山西新绛。曾出版诗集《哀歌·金别针》（与徐江合著，1994）、《顺便吻一下》（1999）、《精神病院的花园》（2003）、《他手记》（2008）。

《碎瓷划伤的河流》，湖南蝈蝈著。湖南文艺出版社（长沙）2009年10月出版，印数2000册。24开，目录、序并正文208页。收有《古琴》、《青花瓷》、《湖畔》等诗，分为《中国元素》、《碎瓷划伤的河流》等11辑，后附《创作年表》。有李元洛《骏马嘶风》代序和著者

《后记》。湖南蝈蝈，原名邓友国，土家族，1968 年生，湖南沅陵人。

《胡丘陵长诗选》，胡丘陵著。人民文学出版社（北京）2009 年 10 月出版。大 36 开，目录 5 页，正文 237 页。收有《2008，汶川大地震》、《长征》、《2001 年，9 月 11 日》等长诗 4 首。此为著者 2009 年出版的第三本诗集。

《危兰》，姜山著。中国青年出版社（北京）2009 年 10 月出版。大 32 开，目录 1 页，正文 278 页。收有《1998》、《希望》、《1990》等诗。

《一望茫茫》，李发模著。大众文艺出版社（北京）2009 年 10 月出版，为"遵义文丛"之一种，印数 1000 册。大 32 开，目录 2 页，正文 244 页。收有《一望茫茫》、《谁躲在时空幕后看我们》、《学而时习之》等诗。此为著者 2009 年出版的第二本诗集。

《家谱》，梁平著。《星星》诗歌理论半月刊·《诗歌 EMS》周刊出版，为"诗歌 EMS·60 首诗丛"之一种。无印行日期。据《中国诗人》2009 第 4 卷《09 诗人现在时》，应为 2009 年 10 月。29 开，目录并正文 86 页。收有《说文解字：蜀》、《重庆：城市血型》、《新华日报旧址》等诗，分为《之一·蜀》、《之二·巴》2 辑。梁平，1955 年生于重庆。曾出版诗集《山风流人风流》（1989）、《拒绝温柔》（1993）、《梁平诗选》（2001）《巴与蜀：两个二重奏》（2005）、《琥珀色的波兰》（2007）。

《林徽因诗文集》，林徽因著。北京理工大学出版社（北京）2009 年 10 月出版。精装，大 36 开，目录 4 页，正文 315 页。分为诗歌、散文、小说、书信 4 部分，收有《谁爱这不息的变幻》、《你是人间的四月天》、《十月独行》等诗，后附《徐志摩致林徽因》。林徽因，原名林徽音，女，1904 年生于浙江杭州，1955 病逝。出版的诗文集有《林徽因诗集》（1985）、《中国新诗库·林徽因卷》（1988）、《林徽因选集》（2005）等。

《穿越》，林莽著。《星星》诗歌理论半月刊·《诗歌 EMS》周刊出版，为"诗歌 EMS·60 首诗丛"之一种。无印行日期。据《中国诗人》2009 第 4 卷《09 诗人现在时》，应为 2009 年 10 月。29 开，目录并正文 97 页。收有《列车纪行》、《秋天的眩晕》、《妈妈的"秘笈"》等诗。此为著者 2009 年出版的第三本诗集。

《我对美看得太久——西湖印象诗 100》，卢文丽著。浙江文艺出版社（杭州）2009 年 10 月出版。小 16 开，目录、序并正文 245 页。收有《苏堤春晓》、《龙井问茶》、《万松书院》等诗，分为《杨柳依依——

春日如梦令中踏莎而行》、《青青子衿——茶山溪水弹一阕雨霖铃》等10辑。有王国平《序》、莫言序《西湖的女儿》和著者《后记》。卢文丽，女，1968年生于浙江杭州。曾出版诗集《听任夜莺》（1992）、《无与伦比的美景》（1999）、《亲爱的火焰》（2003）。

《山月》，马淑琴著。中国书店（北京）2009年10月出版。32开，目录1页，正文182页。长诗，分为《变迁》、《山云》、《粮食》等5章，有《序诗》和《尾声》。马淑琴，女，1951年生于北京门头沟。曾出版诗集《放歌京西》（2001）、《不朽的风景》（2005）。

《马寻文集》，马寻著。求真出版社（北京）2009年10月出版，为"中国现代文学馆作家文丛"之一种。小16开，序2页，目录3页，正文332页。分为诗歌、散文、评论、戏剧、中篇小说、短篇小说6部分，收有《音》、《塞外梦》、《"生来第一次得到人类的同情"》等诗。后附《马寻小传》。有吴义勤《序》和著者《后记》。马寻，原名马家骧，笔名金音，1916年生于辽宁沈阳。曾出版诗集《塞外梦》（1941）。

《而且没有征兆》，莫非著。《星星》诗歌理论半月刊·《诗歌EMS》周刊出版，为"诗歌EMS·60首诗丛"之一种。无印行日期。据《中国诗人》2009第4卷《09诗人现在时》，应为2009年10月。29开，目录并正文64页。收有《写一篇管用的诗》、《龙头井》、《玉兰树上的鸟巢不见了》等诗。莫非，1960年生于北京。曾出版诗集《词与物》（1997）。

《大地累了》，潘洗尘著。《星星》诗歌理论半月刊·《诗歌EMS》周刊出版，为"诗歌EMS·60首诗丛"之一种。无印行日期。据《中国诗人》2009第4卷《09诗人现在时》，应为2009年10月。29开，目录并正文144页。收有《今天我将带着心爱的马匹回到城市》、《北方的树》、《这世界还欠我一个命名》等诗，后附马知遥《人类生态理想的最后挽歌》等文。潘洗尘，1963年生于黑龙江肇源。曾出版《历程》（1985）、《六月我们看海去》（1993）、《一生不可自决》（2005）、《在场》（2007）等诗集。

《四分之三雨水》，庞培著。唐山出版社（台北）2009年10月出版，为"大陆先锋诗丛"之一种。29开，目录、序并正文219页。收有《道路的屈辱……》、《街路热烘烘……》、《废园之一》等诗，分为《四分之三雨水》、《母子曲集》等3卷，后附《庞培诗论》、《庞培年表》。有黄梁序《庄重的抒情诗人——庞培》。庞培，1962年生于江苏江阴。曾自印诗集《母子曲集》（2003）。

《冷空气》，桑克著。《星星》诗歌理论半月刊·《诗歌 EMS》周刊出版，为"诗歌 EMS·60 首诗丛"之一种。无印行日期。据《中国诗人》2009 第 4 卷《09 诗人现在时》，应为 2009 年 10 月。29 开，目录并正文 87 页。收有《明白》、《高兴》、《犹太公墓》等诗。桑克，1967年生于黑龙江。曾出版诗集《海岬上的缆车》（2005）、《桑克诗歌》（2007）。

《怎样的未来》，树才著。《星星》诗歌理论半月刊·《诗歌 EMS》周刊出版，为"诗歌 EMS·60 首诗丛"之一种。无印行日期。据《中国诗人》2009 第 4 卷《09 诗人现在时》，应为 2009 年 10 月。29 开，目录并正文 97 页。收有《冷，但是很干净》、《去九寨沟的路上》、《门》等诗。树才，1965 年生于浙江奉化。曾出版诗集《单独者》（1997）、《树才短诗选》（2003）。

《情写春秋》，帅珠扬著。花城出版社（广州）2009 年 10 月出版。大 32 开，照片 4 页，目录 11 页，正文 391 页。诗文合集。收有《我是秋天》、《我是一名乐手》、《初晴的笑声》等诗，分为《圆的世界》、《情写春秋》2 辑，另有《文思艺彩》文 1 辑，后附刘华《圆的世界诗的独白》等评。有著者《后记》。帅珠扬，1938 年生于江西奉新。曾出版诗集《在圆的世界里》（1988）。

《采撷者之诗》，宋琳著。《星星》诗歌理论半月刊·《诗歌 EMS》周刊出版，为"诗歌 EMS·60 首诗丛"之一种。无印行日期。据《中国诗人》2009 第 4 卷《09 诗人现在时》，应为 2009 年 10 月。29 开，目录并正文 83 页。收有《无题》、《父亲的迁徙》、《青海》等诗。宋琳，1959 年生于福建厦门。曾出版诗集《城市人》（与张小波、孙晓刚、李彬勇合著，1987）、《门厅》（2000）、《城墙与落日》（2007）。

《喇嘛庄·地窖·手工作坊》，苏非舒著。唐山出版社（台北）2009年 10 月出版，为"大陆先锋诗丛"之一种。29 开，目录、序并正文254 页。收有《制香油的手工作坊》、《种树人烟》、《喇嘛庄》等诗，分为《制香油的手工作坊》、《西南方的地窖》等 3 卷，后附《苏非舒诗论》、《苏非舒年表》。有黄粱序《看？被看？物？非物？——苏非舒的物思维与诗实践》。苏非舒，1973 年生于重庆丰都。

《出发去乌里》，苏浅著。唐山出版社（台北）2009 年 10 月出版，为"大陆先锋诗丛"之一种。29 开，目录、序并正文 252 页。收有

《出发去乌里》、《一周》、《那时花开》等诗，分为《更深的蓝》、《写在水上》等3卷，后附《苏浅碎感录》、《苏浅年表》。有黄粱序《哪一年，哪一天，只有菊花香——致苏浅书》。苏浅，原名刘颖，女，1970年生于辽宁海城。曾出版诗集《更深的蓝》（2005）、《我的三姐妹》（与李小洛、唐果合著，2005）。

《我们的村庄》，孙善鸿著。中国社会出版社（北京）2009年10月出版，为百位农民作家、百部农民作品"双百大地印文丛"之一种。小16开，序5页，目录5页，正文139页。收有《树是土地不屈的头颅》、《春天的午后》、《颂诗一九九六》等诗，分为《我的写作与劳动有关》、《我喜欢在田野中眯盹一会儿》等4辑。有铁凝总序《镌刻在丰饶大地上的改革履迹》和张志江《序》。孙善鸿，1967年生于安徽定远。

《在大地上行走》，汪洋著。青海人民出版社（西宁）2009年10月出版，为"诗选刊丛书"之一种，印数1000册。大32开，序4页，目录7页，正文206页。收有《槐花》、《涛声》、《楠溪江》等诗，分为《早晨像翅膀一样降临》、《黑暗中的写作》等4辑。有胡弦序《宁静，或不易察觉的痛楚》。汪洋，1970年生，江苏滨海人。曾自印诗集《听雨吟》（2002）。

《飞越唐诗》，王飞跃著。广东人民出版社（广州）2009年10月出版，印数10000册。大32开，目录、序并正文195页。收有《悯农》（原著李绅）、《长干行》（原著崔颢）、《嫦娥》（原著李商隐）等诗，后附阿翔《捕捉古典在现实中的亮光》等评。有柯蓝等《名家明言》代序和著者《后记》、《再后记》。王飞跃，1964年生于江西修水。曾出版诗集《爱情九十九》（1991）。

《故乡站满汉字黄花》，王鸣久著。吉林大学出版社（长春）2009年10月出版，为"阳光文化丛书"之一种，印数1000册。16开，序5页，目录5页，正文175页。收有《亚洲棉》、《天边的马车》、《秋风掷花如雨》等诗，分为《故乡站满汉字黄花》、《天边的马车》等5辑。有著者《代序·诗悬》。王鸣久，1953年生于吉林梨树。曾出版《我是一片橄榄叶》（1986）、《宁静光芒》（1992）、《最后的执灯者》（2000）、《苍茫九歌》（2005）等诗集。

《像民歌一样行走》，王占斌著。青海人民出版社（西宁）2009年10月出版，为"诗选刊丛书"之一种，印数1000册。大32开，目录7页，正文115页。收有《像民歌一样行走》、《骁是草原出色的一朵》、

《呼伦贝尔》等诗，有《更简单的风》代后记。王占斌，1972 年生于山西大同。曾出版诗集《倾诉北方》(2003)。

《在大鹰爪下签名》，温古著。内蒙古大学出版社（呼和浩特）2009 年 10 月出版，为"松风堂文丛"之一种，印数 2000 册。大 32 开，照片 4 页，序 1 页，目录 9 页，正文 328 页。收有《随苏力德歌悠悠飘荡》、《马群在远方》、《坚信木板门后面》等诗，分为《随苏力德歌悠悠飘荡》、《夜歌》等 14 辑。有著者《序》和《后记》。此为著者 2009 年出版的第三本诗集。

《雪域的白》，唯色著。唐山出版社（台北）2009 年 10 月出版，为"大陆先锋诗丛"之一种。29 开，目录、序并正文 236 页。收有《一张纸居然也会变成一把刀……》、《幻影》、《阶段：献给梦中自杀的人》等诗，分为《2000 年代》、《1990 年代》等 3 卷，后附《唯色诗论》、《唯色文学资料》。有黄粱序《文字的证量——向唯色致敬礼》。唯色，藏族，1966 年生于西藏拉萨。

《一意孤行》，西雅著。惠特曼出版社（美国纽约）2009 年 10 月出版，为"《诗歌报》网站丛书"之一种。大 36 开，照片、序、目录并正文 143 页。收有《峨嵋》、《一路向北》、《通往时光明亮前的一次漫长》等诗。有黎阳序《错过的风景不是风景》和著者《后记》。西雅，原名方荔，女，1973 年生于福建莆田。此为著者出版的第一本诗集。

《黑，或者白》，雁飞著。青海人民出版社（西宁）2009 年 10 月出版，为"诗选刊丛书"之一种，印数 1000 册。大 32 开，目录 4 页，正文 147 页。收有《一颗愿望的种子》、《花开是不可阻挡的》、《黑，或者白》等诗，分为《一颗愿望的种子》、《花开是不可阻挡的》等 4 辑，后附《我的诗歌备忘录》等。有《后记》。雁飞，原名石君贵，1965 年生于江西湖口。曾出版诗集《以诗的名义》(2007)。

《惭愧》，杨键著。唐山出版社（台北）2009 年 10 月出版，为"大陆先锋诗丛"之一种。29 开，目录、序并正文 221 页。收有《惭愧》、《冬日》、《进城》等诗，分为《1993-1996》、《1997-2000》等 3 卷，后附《杨键访谈录》、《杨键年表》。有黄粱序《七个关键词——向杨键致敬礼》。杨键，1967 年生于安徽繁昌。曾出版诗集《暮晚》(2003)。

《闪电中的花园》，杨建虎著。宁夏人民出版社（银川）2009 年 10 月出版。大 36 开，序 3 页，目录 4 页，正文 262 页。收有《喊着远方》、《一群乌鸦飞过》、《站在高处眺望秋天》等诗，分为《喧响和静默

中国诗歌研究动态（第八辑）

的叶子》、《闪电中的花园》等 5 卷。有林莽序《接近诗歌远离诗坛》和著者后记《守护心灵的花园》。杨建虎，1972 年生于宁夏彭阳。此为著者出版的第一本诗集。

《彩虹经天》，杨秀丽著。文汇出版社（上海）2009 年 10 月出版，为"情系都江堰丛书"之一种。大 32 开，序 3 页，目录 1 页，正文 175 页。长诗，分为《赤：爱正燃烧》、《橙：幸福家园》、《黄：金色盾牌》等 7 章，有《序曲：七彩浮现》和《尾声：江海交响》。有赵长天序《非常时期的生活》。此为著者 2009 年出版的第二本诗集。

《尿床》，伊沙著。唐山出版社（台北）2009 年 10 月出版，为"大陆先锋诗丛"之一种。29 开，目录、序并正文 236 页。收有《车过黄河》、《当年的情书残片》、《致敬》等诗，分为《历史写不出的我写（1988-1992）》、《我绝处逢生的诗行（1993-1997）》等 4 卷，后附《伊沙诗论》、《伊沙年表》。有黄粱序《复数的"我"——伊沙诗中的民间生活》。伊沙，原名吴文健，1966 年生于四川成都。曾出版《饿死诗人》（1994）、《野种之歌》（1999）、《我终于理解了你的拒绝》（1999）、《我的英雄》（2003）等诗集。

《空城计》，臧棣著。唐山出版社（台北）2009 年 10 月出版，为"大陆先锋诗丛"之一种。29 开，目录、序并正文 220 页。收有《偏方》、《未名湖：你的皮肤发蓝》、《反对盲目反对超人协会》等诗，分为《新诗的百年孤独》、《未名湖》等 4 卷，后附《臧棣访谈录》、《臧棣年表》。有黄粱序《唯物论与反诗歌——臧棣诗的身体政治学》。臧棣，1964 年生于北京。曾出版《燕园纪事》（1998）、《风吹草动》（2000）、《新鲜的荆棘》（2002）、《宇宙是扁的》（2008）等诗集。

《动物之心》，张执浩著。唐山出版社（台北）2009 年 10 月出版，为"大陆先锋诗丛"之一种。29 开，目录、序并正文 221 页。收有《糖纸》、《杨柳青》、《羊羔诞生记》等诗，分为《大于一（1990-2003）》、《致太岁（2004-2007）》2 卷，后附《张执浩诗论》、《张执浩年表》。有黄粱序《偶语苍生寄残生——张执浩泥泞的诗意》。张执浩，1965 年生于湖北荆门。曾出版诗集《苦于赞美》（2006）。

《西湖之恋》，赵言著。作家出版社（北京）2009 年 10 月出版，为"中国作家文丛"之一种，印数 3000 册。大 32 开，目录 5 页，序并正文 267 页。收有《时光隧道》、《诗人与春天》、《太阳里有你》等诗，分为《时间与历史》、《酒歌》等 4 辑，后附《零点集》和《诗词曲 86

首》。有著者《自序》和《后记》。赵言，原名赵建华，1962年生于浙江杭州。

《散落在机台上的诗》，郑小琼著。中国社会出版社（北京）2009年10月出版，为百位农民作家、百部农民作品"双百大地印文丛"之一种。小16开，序6页，目录4页，正文178页。收有《在桥沥》、《枝》、《工业时代》等诗，分为《在桥沥》、《在银湖公园》等5辑。有铁凝总序《镌刻在丰饶大地上的改革履迹》和杨克《序》、著者《后记》。郑小琼，女，1980年生于四川南充。曾出版诗集《黄麻岭》（2006）、《两个村庄》（2007）、《郑小琼诗选》（2008）。

《人行天桥》，郑小琼著。唐山出版社（台北）2009年10月出版，为"大陆先锋诗丛"之一种。29开，目录、序并正文205页。收有《产品叙事》、《人行天桥》、《黄麻岭》等诗，分为《产品叙事》、《人行天桥》等6卷，后附《郑小琼访谈》、《郑小琼年表》。有黄梁序《在与物交谈中凸显人性——郑小琼的产品叙事诗》。此为著者2009年出版社的第二本诗集。

《郑雄川诗选》，郑雄川著。云南民族出版社（昆明）2009年10月出版，印数1000册。16开，目录14页，序12页，正文520页。收有《大森林》、《永远的中国》、《诗人毛泽东》等诗，分为《诗歌中国》、《诗歌人物》等12辑。有于坚《我认识的诗人郑雄川》等序。郑雄川，生于四川。

《从泥土里蹦出来的歌》，朱爽声著。中国社会出版社（北京）2009年10月出版，为百位农民作家、百部农民作品"双百大地印文丛"之一种。小16开，序6页，目录6页，正文136页。收有《月光》、《田野里的女人》、《草尖上的阳光》等诗，分为《乡村梦呓》、《半树桃花》等5辑。有铁凝总序《镌刻在丰饶大地上的改革履迹》和王科《序》。朱爽声，原名朱爽生，1966年生，湖南汝城人。

《冬日的山丁树》，宗国筑著。中国社会出版社（北京）2009年10月出版，为百位农民作家、百部农民作品"双百大地印文丛"之一种。小16开，序5页，目录6页，正文142页。收有《播》、《绿》、《春天的村庄》等诗，分为《四季流动的韵律》、《风中飘落的语言》等6辑。有铁凝总序《镌刻在丰饶大地上的改革履迹》和吴开晋《序》。宗国筑，1965年生于黑龙江巴彦。

《江山红叶》，邹明欣著。中国国际文艺出版社（北京）2009年10

月出版。大 32 开，目录 4 页，序并正文 145 页。收有《春天速写》、《风的思念》、《生命的天地密语》等诗，分为《春江花海红叶梦》、《山情水恋故乡情》等 3 辑。有著者《前言》。邹明欣，笔名周一、江山等，1953 年生于重庆武隆。曾出版《爱在困惑中延伸》（2004）、《生的第二光环》（2005）、《太阳人》（2006）、《震星》（2008）等诗集。

《2008-2009 中国诗歌双年巡礼》，沈浩波、符马活主编。浙江文艺出版社（杭州）2009 年 10 月出版。16 开，目录 6 页，正文 470 页。收有八零《共鸣》、魏风华《索尔仁尼琴》、巫昂《犹太人》等诗，分为《双年新声》、《双年推荐》等 6 卷。有沈浩波《编辑手记：我希望这是一本有灵魂的诗选》。

《2008 中国新诗年鉴》，杨克主编。花城出版社（广州）2009 年 10 月出版。16 开，目录 13 页，正文 280 页。收有陈义芝《缅甸的孩子》、郑敏《历史：真正的诗人》、三色堇《秋风抵达的前夜》等诗和林霆《大地震，诗复活？》等文，分为《年度推荐》、《年度诗选》、《诗歌理论》等 6 辑。有杨克《〈2008 中国新诗年鉴〉工作手记》。

《在时间之水中漂流》，彭世庄等著。中国文联出版社（北京）2009 年 10 月出版。16 开，序 2 页，目录 4 页，正文 118 页。收有彭世庄、杨启刚、伍亚霖、吴治由、吴英文、刘映春 6 人诗，有高金林《序》和中共贵州省都匀市委宣传部等后记《小城·诗意》。

《时间之花》，曹有云著。作家出版社（北京）2009 年 11 月出版，为"21 世纪文学之星丛书"之一种。大 32 开，目录 5 页，总序 4 页，序 4 页，正文 145 页。收有《阳光落下》、《乌黑的煤块》、《纪念：一座城》等诗，分为《隐喻的时间》、《饥饿的力量》等 3 辑。有袁鹰《总序》和张陵序《需要诗人，需要诗》。曹有云，藏族，1972 年生，青海兴海人。

《秘密》，李天靖著。上海文艺出版社（上海）2009 年 11 月出版。大 32 开，目录 8 页，序 9 页，正文 281 页。收有《百草园的皂荚树》、《一个湖是一座山的美学》、《鸟声》等诗，分为 14 辑，后附王学海《飞鱼游走的诗意空间》和《李天靖诗歌创作年表》。有白桦序《风月无边》、朱金晨序《诗人李天靖画像》和著者《后记》。李天靖，1945 年生于重庆。曾出版《沙与岛》（1995）、《指向永远的春天》（1998）、《等待之虚》（2003）、《祭红》（2007）等诗集。

《河流穿过历史——李瑛新时期诗选》，李瑛著。作家出版社（北京）2009 年 11 月出版，为"名家自珍"之一种。小 16 开，目录 11 页，正文 581 页。收有《我们用什么哺育诗歌》、《峡江情思》、《北方的根》等诗，分为 5 辑，后附《李瑛著作书目》。李瑛，1926 年生于辽宁锦州。曾出版《野战诗集》（1951）、《红柳集》（1963）、《红花满山》（1973）、《我骄傲，我是一棵树》（1980）、《生命是一片叶子》（1995）等诗集。

《父亲·母亲》，刘福君著。作家出版社（北京）2009 年 11 月出版。29 开，目录 6 页，序 9 页，正文 209 页。收有《杜鹃花开》、《不抽纸烟的父亲》、《母亲的手机》等诗，分为《父亲》、《母亲》2 辑。有王立平《序》和张玉太编后记《天意君须会，人间要好诗》。此为著者 2009 年出版的第二本诗集。

《回不到的故乡》，刘家魁著。东北师范大学出版社（长春）2009 年 11 月出版。大 32 开，序 1 页，目录 5 页，正文 238 页。收有《春天：哺育图》、《家园荒了》、《老龙头》等诗，分为《故乡·墓碑》、《闪电·野马》2 卷。有《自序》和《诗是什么》代跋。刘家魁，1953 年生于江苏泗阳。曾出版《受伤的蝴蝶》（1989）、《风中的森林》（1993）、《刘家魁诗选》（2000）、《刘家魁抒情诗选》（2006）等诗集。

《烤蓝》，刘立云著。解放军文艺出版社（北京）2009 年 11 月出版。小 16 开，目录并序 17 页，正文 288 页。收有《烤蓝》、《祖国啊，我给你……》、《无名无姓》等诗，分为《烤在铁上的蓝》、《生命中最美的部分》等 4 辑。有自序《那种蓝我必须说出来》。刘立云，1954 年生于江西宁冈。曾出版《黑罂粟》（1990）、《红色沼泽》（1990）、《沿火焰上升》（1998）、《向天堂的蝴蝶》（2005）等诗集。

《关于尘埃》，墨写的忧伤著。中国戏剧出版社（北京）2009 年 11 月出版，为"放歌集"之一种。大 32 开，序 2 页，目录 6 页，正文 270 页。收有《诗歌内外》、《冬眠》、《距离》等诗，分为《尘埃之音》、《冬眠之韵》等 3 辑。有尧山壁序《让我走近你》。

《香祭》，沙光著。宗教文化出版社（北京）2009 年 11 月出版，印数 5300 册。小 16 开，目录 5 页，序并正文 152 页。收有《那一天我深深爱上耶稣》、《祢十字架的爱夺了我心》、《一追想祢的同在就哭了》等诗，有谢冕《生命因之愈加秀美》等序和著者《后记：献给灵友的心语》。沙光，原名朱亚楠，女，1966 年生于黑龙江望奎。曾出版诗集《琥珀花开的爱人》（1991）、《诋毁》（1994）、《六十首短诗，一个长诗和一部诗剧》(1996)、《泉旁的玫瑰》(2005)。

《淡淡的诗意》，舒华著。人民文学出版社（北京）2008 年 11 月第一版，2009 年 2 月第一次印刷，为"文化中国·文艺卷"之一种，印数 1000 册。大 32 开，序 5 页，目录 4 页，正文 125 页。收有《田野诗人》、《在一棵稻子里靠近老家》、《分离》等诗，分为《心灵的地图》、《在一棵稻子里靠近老家》等 3 辑。有江雪序《在一棵麦子的心灵里》和著者《后记》。舒华，原名苏中华，1977 年生于浙江海宁。曾出版诗集《潮乡藤花》(1995)。

《寄往天堂的 11 封家书》，汤养宗著。中国文联出版社（北京）2009 年 11 月出版，为"新死亡诗派丛书"之一种，印数 1000 册。16 开，序 9 页，目录 6 页，正文 184 页。收有《断字碑》、《给诗人食指》、《平安夜》等诗，分为《一百二十六句话》、《寄往天堂的 11 封家书》2 辑，后附《汤养宗访谈：在诗歌第一现场，谁是可靠的》。有著者《代序：诗歌写字条》。汤养宗，1959 年生于福建霞浦。曾出版诗集《水上"吉卜赛"》(1993)、《黑得无比的白》(2000)、《尤物》(2004)。

《我轻轻地走来》，王进著。天马出版有限公司（香港）2009 年 11 月出版，为"中国微型诗丛书"之一种。大 32 开，序、目录并正文 128 页。收有《我的生日诗会》、《高山流水》、《乡情》等诗，分为 4 辑。有穆仁总序《以少寓多成精品》和巫逖《慕江南才女王进》等序及著者《后记》。王进，原名王晓群，女，1954 年生于上海。

《中国的笑容》，谢夏雨著。北岳文艺出版社（太原）2009 年 11 月出版，印数 2000 册。大 32 开，目录 2 页，正文 150 页。长诗，分为《一九四九年十月一日：中国人民从此站起来了》、《一九七六年十月：亿万人民放声歌唱》、《二〇〇八年九月：五星红旗在太空向世界致敬》等题，有《序诗：中国的笑容》和《后记：我用心灵歌唱祖国》。谢夏雨，原名谢克强，1960 年生于山西临猗。

《面包课》，徐颖著。作家出版社（北京）2009 年 11 月出版，为"21 世纪文学之星丛书"之一种。大 32 开，目录 5 页，序 8 页，正文 148 页。收有《生一个孩子就叫格瓦拉》、《关雎》、《迷了路》等诗，分为《一个人的节日》、《生活的炼金术》等 4 辑。有袁鹰《总序》和叶梅序《思念乞力马扎罗雪山的蝴蝶》。徐颖，女，1971 年生于山东胶州。曾出版诗集《我们的美人时代》（与阿华、田暖合著，2007）。

《叶舟诗选》，叶舟著。敦煌文艺出版社（兰州）2009 年 11 月出

诗集与诗学论著叙录

版，为"黑土豆诗丛"之一种，印数 6278 册。16 开，序 2 页，目录 3 页，正文 149 页。收有《辞典》、《坚持的体温》、《成为背景》等诗。有高洪波《序〈黑土豆诗丛〉》和高凯后记《我们走向土地的仪态》。叶舟，1966 年生于甘肃兰州。曾出版诗集《大敦煌》（2000）、《练习曲》（2003）、《边疆诗》（2007）。

《用了两个海》，伊路著。中国文联出版社（北京）2009 年 11 月出版，为"新死亡诗派丛书"之一种，印数 1000 册。16 开，目录 6 页，正文 208 页。收有《感谢这深冬的山径》、《或许一声悲唤就能提走整座海》、《独舞》等诗，分为 5 辑，另有《相关评论及访谈》、《早期作品选登》2 辑。后附《伊路文学创作主要作品发表及相关记录》。伊路，女，1956 年生于福建福鼎。曾出版诗集《青春边缘》（1991）、《行程》（1997）、《看见》（2004）。

《不善言辞》，郑文斌著。上海文艺出版社（上海）2009 年 11 月出版。大 32 开，目录 8 页，序 51 页，正文 365 页。收有《事实》、《春天的音乐课》、《彼得大帝》等诗，分为《灵魂家乡（1989–1990）》、《阳光流年（1991–1993）》等 10 辑，后附《诗歌写作七境界》等文。有刘翔《序一：骏马似的星星》、聂广友《序二：秋天，我独自一人》和著者《后记：朝圣者之旅——倾向古典的新客观》。郑文斌，1971 年生于湖南新田。

《爱情季节》，钟岩松著。远方出版社（呼和浩特）2009 年 11 月出版，为"枫叶集"之一种。大 32 开，序 8 页，目录 4 页，正文 130 页。收有《小鸽子》、《别走，再陪我一会儿》、《嫉妒》等诗，分为《踏破爱的春晓》、《爱一个人很不容易》等 3 辑。有桂兴华《序》和著者自序《锥心的反顾与回忆》、后记《我的泽普之缘》。钟岩松，1967 年生于山东荣成。曾出版诗集《追赶太阳鸟》（1990）、《晨露集》（2002）。

《稻草哲学》，朱良德著。广西美术出版社（南宁）2009 年 11 月出版，为"中国皇冠诗丛"之一种。大 36 开，序 9 页，目录 7 页，正文 182 页。收有《母亲已是暮年》、《梦》、《流浪远方》等诗，分为《稻草是怎样运回家里的》、《在红烛燃烧的日子里》等 4 辑。有栗原小荻总序《再夺艺术的皇冠：一种不安于漂浮的招魂》、喻子涵序《我们这个时代的诗人和诗》和著者后记《我为什么写作》。朱良德，侗族，1971 年生于贵州石阡。此为著者出版的第一本诗集。

《我的城》，陈亚冰、黎飞飞、李才豪、狂客青衣著。南方出版社

（海口）2009 年 11 月出版。小 16 开，目录 8 页，正文 312 页。收有陈亚冰《不想说什么》、黎飞飞《小曲》、李才豪《瞑晦》、狂客青衣《我的城》等诗。陈亚冰，1981 年生，海南临高人；黎飞飞，海南琼海人；李才豪，1985 年生，海南万宁人；狂客青衣，1975 年生，海南海口人。

《中国先锋诗歌档案》，阿翔、道辉编。作家出版社（北京）2009 年 11 月出版，为"红树林文丛"之一种，印数 1000 册。16 开，目录 2 页，正文 283 页。收有沈浩波《我喜欢那些颓废的人》、阳子《想想我那辆破车》、臧棣《向命运致敬丛书》等诗，有编者《编后记》。

《岁月》，大解著。上海文艺出版社（上海）2009 年 12 月出版，为"2008 雍和诗歌典藏"之一种。小 16 开，序 1 页，目录 5 页，正文 230 页。收有《原野上有几个人》、《兴隆车站》、《感恩书》等诗，分为《风啊，为什么吹个不停》、《持续的摧毁》等 4 辑。有《前言》。大解，原名解文阁，1957 年生于河北青龙。曾出版诗集《诗歌》（1990）、《悲歌》（2000）、

《世界由这片光亮开始》，曹国英著。国际文化出版公司（北京）2009 年 12 月出版。大 32 开，序 2 页，目录 6 页，正文 211 页。收有《宇宙简史》、《新疆在上》、《沂河之晨》等诗，有《序言》和著者《后记》。

《木质状态》，樊子著。太白文艺出版社（西安）2009 年 12 月出版，印数 3000 册。大 32 开，序 2 页，目录 4 页，正文 152 页。收有《孺牛》、《蝮蛇》、《桃花开，桃花落》等诗，分为《一个人的广场》、《坏月亮》等 4 辑，另有《诗学漫笔》1 辑。有著者《自序》。樊子，1967 年生，安徽寿州人。

《纷繁的秩序》，冯晏著。重庆大学出版社（重庆）2009 年 12 月出版。大 32 开，目录 3 页，序 2 页，正文 194 页。收有《秋天，我听见风暴在帮助一棵树》、《月亮阴影》、《归来》等诗，分为《灯下笔记》、《碎银及其他》等 4 辑，后附《摘选旧作及评论》1 辑。有著者序《写诗途中》。冯晏，女，1960 年生于内蒙古包头。曾出版诗集《冯晏抒情诗选》（1990）、《原野的秘密》（1995）、《看不见的真》（2004）、《冯晏诗歌》（2007）。

《柠檬叶子》，傅天琳著。上海文艺出版社（上海）2009 年 12 月出版，为"2008 雍和诗歌典藏"之一种。小 16 开，目录 4 页，正文 189 页。收有《我为什么不哭》、《柠檬黄了》、《花甲女生》等诗，分为《我

为什么不哭》、《果园》等 5 辑。傅天琳，女，1946 年生于四川资中。曾出版《绿色的音符》（1981）、《音乐岛》（1985）、《红草莓》（1986）、《结束与诞生》（1997）等诗集。

《转身已是天涯》，高春阳著。延边大学出版社（延吉）2009 年 12 月出版，为"雁鸣湖作家文丛"之一种，印数 1000 册。小 16 开，序 2 页，目录 3 页，正文 188 页。诗文合集。收有《停电的时候》、《给铭子》、《这个季节叫做秋》等诗，分为《故园香悬》、《今夜飘雪》2 辑。有张笑天总序《生命厚味的诠释》和著者《有为与无为》代后记。高春阳，1971 年生。

《一个人的炼金术》，鸽子著。大众文艺出版社（北京）2009 年 12 月出版，为"百花文丛"之一种。大 32 开，序 5 页，目录 5 页，正文 146 页。收有《正午的蛇山》、《夜里的梯子》、《一枚光斑》等诗。有刘士杰序《体味童真与沧桑》和著者《后记》。鸽子，原名杨军，1972 年生于云南禄劝。曾出版诗集《鸽子的诗》（2001）、《疯狂的鸽子》（2002）、《呓语与谵言》（2004）。

《龙乡放歌》，韩彦军著。大众文艺出版社（北京）2009 年 12 月出版，为"新国风丛书"之一种。大 32 开，目录 4 页，正文 195 页。收有《五月的哀思》、《母亲》、《寻找命运》等诗，分为《忆如今》、《情如火》等 8 辑，另有文 1 辑。韩彦军，1974 年生，河南濮阳人。

《水之书》，汗漫著。上海文艺出版社（上海）2009 年 12 月出版，为"2008 雍和诗歌典藏"之一种。小 16 开，目录 5 页，正文 242 页。收有《古花瓶》、《初春之书：祈祷》、《大海旁边的城市》等诗，后附《阅读汗漫——诗家评论摘要》。汗漫，原名余向东，1963 年生于河南唐河。曾出版诗集《片段的春天》（1993）。

《北斗——献给：新中国诞辰六十周年》，忽培元著。作家出版社（北京）2009 年 12 月出版，为"名家自珍"之一种。小 16 开，目录 3 页，序 3 页，正文 267 页。新旧体诗合集。第 1 辑《歌颂青春》收有《北斗》、《歌颂青春》、《密山》等诗，另有旧体诗《古风新韵》1 辑。有自序《北斗——导引的号角》和《后记》。

《风中的飞鸟》，纪敬师著。大众文艺出版社（北京）2009 年 12 月出版，为"一线文丛"之一种。大 32 开，目录 8 页，正文 195 页。收有《一大片洁白的芦花那么一闪》、《最后的一个，我开始消失》、《风中的飞鸟》等诗。纪敬师，1964 年生，山东青岛人。曾出版诗集《远处的雪》（2006）。

《云南记》，雷平阳著。长江文艺出版社（武汉）2009年12月出版。16开，序2页，目录7页，正文276页。收有《光辉》、《怒江，怒江集》、《基诺山上的祷辞》等诗，分为《蓝》、《流淌》等4卷。有著者《自序》。雷平阳，1966年生于云南昭通。曾出版诗集《雷平阳诗选》（2006）。

《归来之水》，李念滨著。作家出版社（北京）2009年12月出版。小16开，序10页，目录5页，正文185页。收有《朋友》、《旋转》、《事件，1997》等诗，分为《青涩》、《私生活》等4卷。有陈超《序》和著者《说话》代后记。李念滨，1967年生于河北献县。曾出版诗集《模仿的理由》（2001）。

《无限河山》，李轻松著。春风文艺出版社（沈阳）2009年12月出版。16开，序6页，目录6页，正文191页。收有《致无限河山——》、《入冬以来……》、《四下漫游》等诗，分为《趁三个美月同悬天际》、《隔着这茫茫世界》等4辑。有著者自序《我的诗歌现场》和《代后记：孤独的弗拉明戈》。李轻松，女，1964年生于辽宁锦县。曾出版诗集《轻松的倾诉》（1993）、《垂落之姿》（2000）、《李轻松诗歌》（2007）。

《北窗集》，李瑛著。上海文艺出版社（上海）2009年12月出版，为"2008雍和诗歌典藏"之一种。小16开，目录4页，正文247页。收有《秋天的黄昏》、《城市》、《给你》等诗，分为《金色的秋天》、《窗外》等4辑，后附《李瑛著作书目》。此为著者2009年出版的第二本诗集。

《在一条伟大河流的漩涡里》，梁小斌著。上海文艺出版社（上海）2009年12月出版，为"2008雍和诗歌典藏"之一种。小16开，目录4页，正文221页。收有《诗的自白》、《用狂草体书写中国》、《一根烧焦的木桩上落着白雪》等诗，分为《少女军鼓队》、《在一条伟大河流的漩涡里》2辑，另有《思想随笔》1辑。梁小斌，1954年生于安徽合肥。曾出版诗集《少女军鼓队》（1988）。

《各就各位》，卢卫平著。九州出版社（北京）2009年12月出版。16开，目录4页，正文144页。收有《九月叙事曲》、《在雨中送母亲上山》、《在古墓博物馆》等诗。卢卫平，1965年生于湖北红安。曾出版诗集《中学生迷宫》（1991）、《异乡的老鼠》（1996）、《向下生长的枝条》（2004）、《尘世生活》（2005）。

《没有比泪水更干净的水》，鲁若迪基著。作家出版社（北京）2009 年 12 月出版。小 16 开，目录 6 页，序 3 页，正文 137 页。收有《小凉山很小》、《雪地上的鸟》、《泸沽湖恋曲》等诗，分为《小凉山的歌》、《泸沽湖的爱》2 辑。有著者序《诗的证明》。鲁若迪基，普米族，1967 年生于云南宁蒗。

《新东方女性》，罗沙著。大众文艺出版社（北京）2009 年 12 月出版，为"新国风丛书"之一种，印数 1000 册。大 32 开，目录、序并正文 120 页。收有《迷误》、《感谢》、《"铁锄头"》等诗，分为《爱的搏斗》、《汶川的女儿们》等 4 辑。有著者《自序》。罗沙，原名罗光泽，1927 年生于江西赣县。曾出版《海峡情思》（1979）、《东方女性》（1984）、《紫丁香》（1993）、《白云青山》（2006）等诗集。

《永不消逝的爱》，马道州著。大众文艺出版社（北京）2009 年 12 月出版，为"新国风丛书"之一种，印数 1000 册。大 32 开，目录 4 页，序 8 页，正文 151 页。收有《中国帝后专政第一人——吕雉》、《白玫瑰：1943 年的鲜血》、《我用什么报答你，我的亲娘》等诗，分为《女杰篇》、《社会篇》等 5 辑，另有《诗跋篇》1 辑。有丁慨然《天地之间吟风云》等序。马道州，1963 年生于河南沁阳。

《马季诗选》，马季著。大众文艺出版社（北京）2009 年 12 月出版。大 32 开，序 2 页，目录 6 页，正文 173 页。收有《咖啡馆》、《北京，第五个秋天》、《等待那一刻》等诗，分为《海里的月亮》、《仰头望天》等 5 辑。有著者自序《九年》。马季，回族，江苏镇江人。

《中国地名手记》，马萧萧著。九州出版社（北京）2009 年 12 月出版，为"花生文丛"之一种。大 32 开，目录 15 页，正文 377 页。收有《阿坝》、《谁能分出长安与西安的高下》、《哈密》等诗，后附《马萧萧早期作品》和《马萧萧作品评论》。马萧萧，1970 年生于湖南隆回。曾出版诗集《少年诗人马萧萧龙敏诗选》（1989）、《行军大西北》（1999）、《马萧萧军旅诗选》（2003）、《以中国地名的名义》（2007）。

《从黄河入海口到塔克拉玛干》，马行著。漓江出版社（桂林）2009 年 12 月出版。16 开，目录 6 页，正文 193 页。收有《在这里啊》、《西进》、《等待文工团姑娘来戈壁慰问演出》等诗，分为《出发》、《方向》等辑，后附宋宁刚《购物、风向及其他》等评。有著者《后记》。马行，原名马利军，1969 年生，山东利津人。曾出版诗集《马利军诗选》（1999）、《慢轨》（2005）。

《低处的光》，马新朝著。上海文艺出版社（上海）2009年12月出版，为"2008雍和诗歌典藏"之一种。小16开，目录5页，正文226页。收有《要学会爱》、《一件往事》、《我的一天》等诗，分4卷，有诗《一所房子》代后记。马新朝，1954年生于河南唐河。曾出版《走向天空》（1986）、《爱河》（1988）、《乡村的一些形式》（1994）、《幻河》（2002）等诗集。

《第一首诗》，孟想著。大众文艺出版社（北京）2009年12月出版，印数3000册。大32开，序12页，目录5页，正文138页。收有《第一首诗》、《只有沙眼的冬天》、《给》等诗，分为《春天是唯一的去处》、《记忆铺满大雪》等4辑。有沈奇《飞翔的起点》等序和著者后记《致谢》。孟想，原名洪道从，20世纪70年代生。

《陌上桑》，齐帆著。大众文艺出版社（北京）2009年12月出版，为"一线文丛"之一种。大32开，目录5页，正文232页。收有《开始爱了》、《这个早晨是苦的》、《邀请》等诗，分为《开始爱》、《在空白的纸上》等3辑。齐帆，女，1975年生于山东临淄。

《沈泽宜诗选》，沈泽宜著。花城出版社（广州）2009年12月出版。16开，目录5页，序11页，正文240页。收有《一个明亮的湖泊》、《致艾青》、《阳光，在峭壁雕刻铭文》等诗，后附《是时候了》等诗和邹汉明《天以诗人为木铎——沈泽宜论》。有谢冕、孙绍振序《在历史和诗神的祭坛上》和著者《后记》。沈泽宜，1933年生于浙江吴兴。曾出版诗集《西塞娜十四行》（2008）。

《擦痕》，时红军著。大众文艺出版社（北京）2009年12月出版。大32开，目录4页，序2页，正文173页。收有《擦痕》、《卧龙岗》、《闯王陵之念》等诗，分为《皖山皖水》、《中州纪行》等3辑。有雷霆序《山水独有深情》和著者后记《擦痕是不可磨灭的》。时红军，1945年生，江苏睢宁人。曾出版《黎明的红帆》（1988）、《乐土之碑》（2000）、《花示》（2002）、《天之眼》（2006）等诗集。

《幸福村庄》，唐诗著。人民武警出版社（北京）2009年12月出版，印数30000册；另见一种为2010年3月出版，印数3000册。16开，目录5页，序4页，正文183页。收有《父亲有好多种病》、《插麦穗的花瓶》、《写给喜鹊》等诗，分为《乡村人物》、《幸福村庄》等7卷，后附《中外名家论唐诗》。有李小雨序《濑溪河，流淌着幸福的细节》和著者《后记：把乡亲们请到幸福村庄》。唐诗，原名唐德荣，1967 年生于重庆荣昌。曾出版诗集《走向那棵树》（1996）、《花朵还未走到秋天》（2002）、《走遍灵魂的千山万岭》（2005）。

《唐淑婷微型诗四百首》，唐淑婷著。天马出版有限公司（香港）2009 年 12 月出版，为"中国微型诗丛书"之一种。大 32 开，序、目录并正文 128 页。收有《踏青》、《洗衣调》、《播种》等诗，分为《自然风韵》、《乡土亲情》等 6 辑，后附何彬《唐淑婷微型诗漫谈》文 1 篇。有穆仁总序《以少寓多成精品》、宁方栋《序言》和著者《写在卷末：诗歌与生活》。唐淑婷，女，1973 年生于福建云霄。

《花开人独立》，王得平著。大众文艺出版社（北京）2009 年 11 月第一版，12 月第一次印刷，为"2009 作家文库"之一种。散文诗与诗合集。大 32 开，序 4 页，目录 2 页，正文 180 页。收有《在生命的河流里踏歌》、《在你浅浅的背影里轻轻地吟唱》、《清香是我》等散文诗与诗，有何开文序《为时代而歌展思想魅力》和著者《自序》。王得平，江苏宝应人。

《记忆中的云》，王顺彬著。作家出版社（北京）2009 年 12 月出版，印数 35000 册。16 开，序 4 页，目录 5 页，正文 211 页。收有《站在娄山关上》、《春天的汽修工》、《在北滨路喝夜啤》等诗，分为《红色回忆》、《民工之声》等 6 卷，后附谢冕《大海的博大与柔情》等评。有陈建功《序：暖春般的喜悦》。王顺彬，1958 年生于重庆。曾出版诗集《带着大海行走》（2005）、《大地的花蕊》（2006）、《大风从文字中吹过》（2007）。

《在唐诗的故乡》，王妍丁著。春风文艺出版社（沈阳）2009 年 12 月出版。16 开，目录 4 页，序 23 页，正文 140 页。收有《我能为你做些什么——祖国》、《四月的黎明》、《有一些梨花错过了秋天的果实》等诗，分为《让我写下爱》、《玉兰花开在灿烂的地方》等 3 卷。有屠岸《把诗的万丈金箭洒向人间》、白桦《时光深处的背影》等序。王妍丁，原名王晓颖，女，1968 年生，河北人。曾出版诗集《手挽手的温暖》（2006）。

《闻一多作品新编》，闻一多著，姜涛编。人民文学出版社（北京）2009 年 12 月出版，为"中国现代作家作品新编丛书"之一种，印数 10000 册。大 32 开，序 4 页，目录 6 页，正文 381 页。诗文合集。收有《红烛》、《秋色》、《天安门》等诗，另有散文与演讲、文艺评论等。

有编者《前言》。闻一多，原名闻家骅，1899 年生于湖北浠水，1946 年逝世。曾出版《红烛》（1923）、《死水》（1928）等诗集。

《在自然以远》，谢明洲著。华艺出版社（北京）2009 年 9 月第一版，12 月第一次印刷，为"独光文丛"之一种，印数 2000 册。散文诗集。16 开，序 2 页，目录 10 页，正文 352 页。收有《微雨》、《第七场雪》、《落日》等散文诗，后附耿林莽《古朴凝重谱华章》等评。有耿林莽《看谢明洲如何"聆听自然"》代序。此为著者 2009 年出版的第二本诗集。

《扇面突围》，行天著。大众文艺出版社（北京）2009 年 12 月出版，为"新国风丛书"之一种。大 32 开，照片 4 页，目录 4 页，序 7 页，正文 109 页。收有《大西北旅情》、《视窗语词》、《草海寻梦》等诗，分为 4 辑。有曾凡华《有志者事竟成》等序和著者《后记》。行天，原名姜大才，20 世纪 60 年代生，云南人。

《一面窗》，行天著。大众文艺出版社（北京）2009 年 12 月出版，为"新国风丛书"之一种。散文诗集。大 32 开，照片 4 页，目录 3 页，序 6 页，正文 96 页。收有《亲历谷地》、《梦芭蕾》、《乐感与你》等散文诗，分为 3 辑。有张同吾《心仰高地，梦游远海》等序和著者《后记》。

《低吟》，许军著。大众文艺出版社（北京）2009 年 12 月出版，为"百花文丛"之一种，印数 3000 册。20 开，序 3 页，目录 4 页，正文 118 页。收有《书法：狂草》、《蜡梅》、《大雪，覆盖半幅国家》等诗，分为《城隅与乡居之间的低语》、《在梅树下歌唱爱情》等 3 卷。有江一郎序《杂乱年代：保持纯美品质》。许军，1965 年生于浙江天台。曾出版诗集《66 首诗与 11 幅画》（2008）。

《渤海的月亮》，杨晓华著。延边大学出版社（延吉）2009 年 12 月出版，为"雁鸣湖作家文丛"之一种，印数 1000 册。小 16 开，序 8 页，目录 4 页，正文 180 页。收有《春月》、《发烧的城市》、《月夜海棠》等诗，分为《春眠不觉晓》、《处处闻啼鸟》4 卷。有张笑天总序《生命厚味的诠释》、张绍民序《风景都是从心上走出来》和著者《后记》。杨晓华，1965 年生于吉林敦化。曾出版诗集《爬满心树的青藤》（2003）、《季风》（2005）。

《留住缪斯的日子》，杨雪荣著。太白文艺出版社（西安）2009 年 12 月出版，为"流金河文丛"之一种。大 32 开，目录 5 页，序并正文

170 页。收有《我常常无助地仰望》、《致洪娟》、《赤子之心》等诗，分为《命运咏叹》、《爱的呢喃》等 3 辑，后附海勇《诗像雪花天上来》等文。有郁斌序《一路奔波一路歌》和著者后记《诗歌点亮心灵的灯塔》。杨雪荣，1974 年生于江苏海门。此为著者出版的第一本诗集。

《对应》，叶辉著。花城出版社（广州）2009 年 12 月出版。20 开，目录 1 页，正文 85 页。收有《关于人的常识》、《天气》、《在乡村》等诗，分为《对应》、《出游》等 3 辑。叶辉，原名叶德辉，1952 年生于香港。曾出版诗集《在糖果店》（1998）。

《大梦世界》，于永利著。黑龙江人民出版社（哈尔滨）2009 年 12 月出版。大 32 开，目录 9 页，序 6 页，正文 320 页。收有《历经了数不清的世纪》、《寻找深深的觉醒》、《不灵验的神明》等诗，分为《驯化篇》、《吟之苦》等 3 篇。有《序：天使元素》、《引子：大梦里的世界》和《结束语：智慧的福与祸》。

《月白如纸》，张慧谋著。九州出版社（北京）2009 年 12 月出版。小 16 开，目录 5 页，序 4 页，正文 194 页。收有《月白如纸》、《大海，只说出细小部分》、《最初的白》等诗，分为《月白如纸》、《走漏的那盏风灯》等 7 卷，后附叶延滨《读张慧谋散记》等评。有《张慧谋作品研讨会摘录》代序。张慧谋，1958 年生于广东电白。

《夜宿湾园》，张炜著。上海文艺出版社（上海）2009 年 12 月出版，为"2008 雍和诗歌典藏"之一种。小 16 开，目录 4 页，正文 257 页。收有《家住万松浦》、《松林》、《目光》等诗，分为《家住万松浦》、《饥饿松林》等 5 辑。张炜，1956 年生于山东龙口。曾出版诗集《家住万松浦》（2005）。

《蓝马圆来诗歌选集》，蓝马、圆来著。中国戏剧出版社（北京）2009 年 12 月出版，为"点睛文丛"之一种。16 开，序 4 页，目录 3 页，正文 246 页。收有蓝马《需要我为你安眠时》、《凸与凹》和圆来《枝繁叶茂》、《辩证春天组诗》等诗，有圆来《道情诗谈》代序和著者《后记》。蓝马，原名王世刚，1956 年生于四川西昌；圆来，原名蒲红江。

《2008-2009 中国最佳诗选》，周公度主编。太白文艺出版社（西安）2009 年 12 月出版，为"大象丛书"之一种。大 32 开，目录 10 页，正文 325 页。收有阿斐《梦见爷爷》、乐家茂《回到一块玉里》、徐立峰《南风》等诗。

《在路上——东莞青年诗人诗选》，方舟编。大众文艺出版社（北京）2009 年 12 月出版，为"东莞文化艺术系列丛书"之一种。大 32 开，序 22 页，目录 19 页，正文 546 页。收有百安定《一定有人穿过黑夜》、柳冬妩《试用》、郑小琼《颤抖》等诗，分为《60 后》、《70 后》、《80 后》3 辑。有杨克《他们书写的是断代史的中国梦》等序和编者《编后记》。

《守夜——诗歌自选集 1972-2008》，北岛著。牛津大学出版社（香港）2009 年出版。29 开，目录 6 页，正文 191 页。收有《日子》、《雨夜》、《钟声》等诗，分 8 辑。北岛，原名赵振开，1949 年生于北京。曾出版《北岛诗选》（1986）、《午夜歌手》（1995）、《开锁》（1999）、《结局或开始》（2008）等诗集。

《原点·诗选 2009》，杨通主编。巴中市作家协会原点编辑部（四川）印行，无印行日期。16 开，序 2 页，目录 2 页，正文 386 页。收有熊焱《红星路二段 85 号》、陈杰《生活的侧面》、孙琳《爱情的镰》等诗，有阳云序《从原点出发》。

诗 论 与 资 料 集

《中国新诗批评观念之建构》，陈均著。北京大学出版社（北京）2009 年 1 月出版。小 16 开，目录 2 页，序 7 页，正文 216 页。分为《自然与格律》、《说理与象征》、《情感与经验》等 4 章，有《导言》和《结语》。有孙玉石《序》、程光炜《序》和著者《后记》。陈均，1974 年生于湖北。

《废名集》（第四卷），王风编。北京大学出版社（北京）2009 年 1 月出版。诗文论集。大 32 开，目录 5 页，正文 1606-2254 页。诗论收有《尝试集》、《新诗应该是自由诗》、《关于我自己的一章》等。废名，原名冯文炳，1901 年生于湖北黄梅，1967 年逝世。曾出版《谈新诗》（1944）。

《汶川地震诗歌漫谈》，王美春著。陕西人民出版社（西安）2009 年 1 月出版，印数 3000 册。大 32 开，序 4 页，目录 2 页，正文 198 页。收有《汶川地震诗歌概论》、《漫谈写胡总书记的汶川地震诗歌》、《诗情与诗艺的结晶》等文，分为上、下编，后附《国内出版的汶川地震诗歌集（含 CD）名录》等。有周建忠序《心灵的回声》和著者《后记》。王美春，1955 年生，江苏南通人。

《访问中国诗歌——中国 23 位顶尖诗人访谈录》，西渡、王家新编。汕头大学出版社（汕头）2009 年 1 月出版，为"创美人文书系"之一种。16 开，目录 3 页，正文 322 页。收有昌耀、牛汉、林莽、杨炼、翟永明、柏桦、张曙光、王家新、孙文波、肖开愚、陈东东、清平、蔡天新、西川、臧棣、西渡、桑克、周瓒、朱朱、姜涛、胡续冬、冷霜、蒋浩 23 人访谈，有西渡《编后记》。

《新诗声律初探》，郭戍华著。华文出版社（北京）2009 年 3 月出版，印数 1000 册。16 开，序 4 页，目录 2 页，正文 196 页。分为《声高》、《节奏》、《旋律》3 章，前有《概论》。有著者《自序》和《结束语》。郭戍华，1955 年生于北京。

《"汉语文化共享体"与中国新诗论争》，刘方喜著。山东教育出版社（济南）2009 年 3 月出版，为"新世纪全球文化格局与中国人文建设丛书"之一种，印数 3000 册。小 16 开，序 15 页，目录 3 页，正文 436 页。分为《声情与形式的理性：精神与形式的不可剥离性》、《围绕文 - 白的论争：现代化与民族化之错动》、《围绕规律运动的论争：格律化与声情化之错动》等 6 章，有《导论：现代化焦虑与"汉语文化共享体"认同的缺失》和《结语：重建"汉语文化共享体"：中国人文建设中的诗歌》。有杨义《总序："格局观"的全球化与"建设论"的人文学》。刘方喜，1966 年生于江苏江都。

《中国新诗三剑客——李松涛、王鸣久、马合省诗歌艺术论》，邢海珍著。春风文艺出版社（沈阳）2009 年 3 月出版，印数 2000 册。16 开，目录 3 页，正文 425 页。分为《李松涛论》、《王鸣久论》、《马合省论》3 篇，有《绪论：在时代深处三剑并立》和《结语：诗意生命之旅的启迪》。邢海珍，1950 年生于黑龙江海伦。曾出版诗论集《诗意的美质追寻》（1994）、《文学传统批评》（2001）、《生命在风雪中——梁南论》（2002）、《诗在灵魂高处》（2003）。

《古马：种玉为月》，黄礼孩主编。敦煌文艺出版社（兰州）2009 年 3 月出版，为"诗歌与人特刊"之一种，印数 1000 册。小 16 开，序 4 页，目录 2 页，正文 246 页。本书是古马诗歌评论集。收有马步升《用诗歌捍卫生命》、梅绍静《向你推荐古马》、燎原《追逐星光的羽毛》等文，后附《古马创作年表》等。有主编序《穿越诗歌，诗人在世上》。

《海子纪念文集·评论卷》，金肽频主编。合肥工业大学出版社（合肥）2009 年 3 月出版。16 开，序 8 页，目录 3 页，正文 272 页。收有骆一禾《海子生涯》、朱大可《先知之门：关于海子的死亡与探查》、刘大生《病句走大运——从海子的自杀说起》等文，分为《海子诗歌艺术论》、《海子死亡本体论》等 4 辑，后附《海子诗歌研究论文目录索引》。有主编《总序》和《编后记》。

《海子纪念文集·散文卷》，金肽频主编。合肥工业大学出版社（合肥）2009 年 3 月出版。16 开，序 8 页，目录 4 页，正文 247 页。收有西川《怀念》、石南《一个诗人的受难与幸福》、简宁《与海子说几句家常话》等文，分为《名家追思》、《死亡探触》等 6 辑。有主编《总序》和《编后记》。

《诗意的栖居》，阿古拉泰著。作家出版社（北京）2009 年 4 月出版，为"浅草上的蹄花"之一种。大 32 开，序 3 页，目录 3 页，正文 135 页。收有《卑鄙或者高尚——北岛〈回答〉赏析》、《岁月从一束白菊开始——李琦〈白菊〉赏析》、《完满的悲剧——叶丽隽〈有幸〉赏析》等文。有吉狄马加序《诗意在栖居在大地上》和著者《后记》。阿古拉泰，蒙古族，1959 年生，内蒙古科尔沁左翼中旗人。

《左边：毛泽东时代的抒情诗人》，柏桦著。江苏文艺出版社（南京）2009 年 4 月出版。16 开，目录 2 页，正文 269 页。分为《忆少年（1962–1978）》、《成都（1986–1988）》、《诗歌风水在江南（92 之后）》等 6 卷。柏桦，1956 年生于重庆。

《品读与分享》，何理著。作家出版社（北京）2009 年 4 月出版，为"中国作家文库"之一种。诗文论集。大 32 开，序 3 页，目录 4 页，正文 293 页。收有《刘向东的精神家园》、《承德的"王老九"》、《刘章与承德这方水土》等文，分为《浪花篇》、《晚霞篇》2 辑。有著者《开篇语》。何理，原名何树林，1937 年生于河北兴隆，2010 年病逝。

《知性诗学与中国现代诗歌》，汪云霞著。上海书店出版社（上海）2009 年 4 月出版，为"马克思主义研究哲学社会科学研究"之一种。小 16 开，目录 2 页，序 9 页，正文 243 页。分为《西方现代诗学中的知性》、《西方知性诗学在中国的接受与传播》、《中国现代知性诗歌的滥觞与知性诗学的形成》等 5 章。有於可训《序言》和昌切《知性与知识分子写作》代序。汪云霞，女，1977 年生，湖北武汉人。

《冰心研究资料》，范伯群编。知识产权出版社（北京）2009 年 4 月出版，为"中国文学史资料全编·现代卷"第 1 种。16 开，说明 2

页，目录 4 页，正文 444 页。收有《冰心生平年表》、冰心《〈繁星〉自序》、《冰心著译年表》等，分为《生平资料》、《创作自述和文学主张》、《研究论文选编》、《著译年表和著译目录》、《研究资料目录索引》5 辑。有现代卷汇纂工作组《编辑说明》和编者《编后记》。该书为北京出版社 1984 年 12 月版重印本。

《张默诗歌的创新意识》，朱寿桐、傅天虹主编。中国文史出版社（北京）2009 年 4 月出版。大 32 开，序 18 页，目录 4 页，正文 416页。收有屠岸《张默诗歌的创新意识》、叶橹《走向澄澈的生命过程》、石天河《人生默昧与无奈的乡情》等文，后附《张默作品评论篇目》、《张默著作·编选书目》。有朱寿桐序《圆通的意象世界作诗性的折返》和傅天虹《编后记》。

《奔向南方的河流——印华诗歌点评》，秦林著。泗水金河诗社出版，为"金河系列丛书"之二。无印行日期。著者后记作于 2009 年 4月。大 32 开，目录并正文 123 页。收有北雁《无题》、袁霓《寄生藤》、明芳《盼》等诗及著者点评。有著者《后记》。

《中国现代分体诗批评与鉴赏》，黄乐琴著。广西师范大学出版社（桂林）2009 年 5 月出版。小 16 开，目录 2 页，序 2 页，前言 7 页，正文 348 页。分《民歌》、《现代格律诗》、《自由体诗》等 7 章。有吴欢章序《传输现代诗歌信息的新探索》和著者《前言》、《后记》。黄乐琴，1949 年生于上海。

《灵魂的未来》，西渡著。河南大学出版社（开封）2009 年 5 月出版，为"中国学术批评书系"之一种。16 开，目录 4 页，正文 421 页。收有《新诗到底是什么》、《时代的弃婴与缪斯的宠儿》、《关心灵魂的未来》等文，分为《新诗理论研究》、《批评与观察》等 7 辑，有著者《后记》。西渡，原名陈国平，1967 年生于浙江浦江。曾出版诗论集《守望与倾听》(2000)、《新概念语文·初中现代诗歌读本》(2001)。

《持灯的使者》，刘禾编。广西师范大学出版社（桂林）2009 年 5月出版。小 16 开，序 10 页，目录 2 页，正文 301 页。收有齐简《诗的往事》、多多《1970—1978 北京的地下诗坛》、刘洪彬《北岛访谈录》等文，分为《昨天》、《今天说昨天》2 编。有编者《序言》。

《中国网络诗歌前沿佳作评赏》（上），简明著。河北人民出版社（石家庄）2009 年 5 月出版，印数 1500 页。16 开，序 4 页，目录 6 页，正文 399 页。收有《梅驿诗歌：惟有细节刷新着我们平庸的生活》、《马永波诗歌：放生后的蚊子就不一样了》、《河南琳子诗歌：女人生育过的屁股结实肥美》等文，后附作者诗，分为《魔鬼与天使是同一个人》、《一朵大花开到了生活的外面》等5卷。有陈超《序》。简明，原名张国明，1961年生于新疆乌鲁木齐。

《中国网络诗歌前沿佳作评赏》（下），简明、薛梅著。河北人民出版社（石家庄）2009年5月出版，印数1500页。16开，目录6页，正文406页。收有《商略诗歌：沉默只是为了让我们说出更多》、《李少君诗歌：她让我摸摸乳房就走了》、《苏浅诗歌：我想做一条冬眠的蛇》等文，后附作者诗，分为《像一桩心事一样活下来》、《炎症，往往比男人更可靠些》等6-10卷。薛梅，女，满族。

《中国现代诗学范畴》，陈希著。中山大学出版社（广州）2009年6月出版，印数4000册。大32开，目录4页，序4页，正文374页。分为《中国现代诗学的发生》、《诗的本质特征论》、《诗的审美形态论》等5章，有《引论》，后附《中国现代诗学著作目录》。有黄修己《序》和著者《后记》。陈希，湖北鄂州人。

《八十初度》，陆耀东著。文化艺术出版社（北京）2009年6月出版。16开，照片8页，目录4页，正文425页。诗文论合集。收有《〈中国新诗理论研究〉序》、《论艾青诗的审美特征》和龙泉明、唐仁君《中国新诗研究的历史与现状——访陆耀东》等文，分为《序跋集》、《论文选》等4辑。陆耀东，1930年生于湖南邵阳，2010年病逝。曾出版《二十年代中国各流派诗人论》（1985）、《徐志摩评传》（2000）、《冯至传》（2003）、《中国新诗史（1916-1949）》（第一卷，2005）。

《1916-2008经典新诗解读》，邓荫柯编著。中国青年出版社（北京）2009年7月出版，印数3500册。16开，目录7页，序4页，前言4页，正文517页。收有胡适《蝴蝶》、洛夫《与李贺共饮》、周涛《鹰的挽歌》等诗，诗后附解读。有张清华《序》和编著者《前言》。邓荫柯，1936年生于山东济宁。曾出版诗文论集《文朋诗侣集》（1998）。

《现代诗的风景与路径》，丁旭辉著。春晖出版社（高雄）2009年7月出版，为"文学研究丛刊"之一种。25开，序并目录6页，正文274页。收有《艰涩而清晰：水荫萍、洛夫的超现实诗与北岛的朦胧诗》、《默然长鸣：倾听张默诗中的声音》、《以少为多：萧萧短诗的简约美学》等文，后附《丁旭辉著作目录》。有《自序》。丁旭辉，1967年生于台湾云林。曾出版《台湾现代诗图象技巧研究》（2000）、《徐

181

志摩的诗情与诗艺》(2001)、《左岸诗话》(2002)、《浅出深入话新诗》(2006)。

《尴尬的一代——中国70后先锋诗歌》,霍俊明著。广西师范大学出版社(桂林)2009年7月出版,印数1000册。大32开,目录3页,序14页,正文466页。分《尴尬中的命名、出生地与外省意识》、《尴尬中的乡村挽歌与"纪念册"》、《尴尬中的城市批判与欲望诗学》等7章,有《导论》和《结语》。后附《70后诗歌的相关文论》等。有自序《背负尴尬纪念碑的70年代老卡车》和《后记》。霍俊明,1975年生于河北丰润。

《现代主义诗歌在中国的命运》,刘士杰著。社会科学文献出版社(北京)2009年7月出版,为"中国社会科学院老年学者文库"之一种。16开,目录2页,正文368页。分《现代主义诗歌在中国的发轫期》、《现代主义诗歌在中国的成熟期》、《现代主义诗歌在中国的高峰期》5章,有《绪论》、《结语》和《后记》。后附《九叶派与台湾现代派》等文。刘士杰,1941年生于上海。曾出版诗论集《审美的沉思》(1992)、《诗化心史》(1996)、《走向边缘的诗神》(1999)。

《拨动经典的风铃——罗振亚赏读新诗》,罗振亚著。黑龙江人民出版社(哈尔滨)2009年7月出版。16开,序16页,目录8页,正文358页。收有刘半农《教我如何不想她》、王寅《想起一部捷克电影想不起片名》、黄祖民《暗情》等诗,诗后附赏读。有著者序《新诗解读方法说略》和《后记》。罗振亚,1963年生于黑龙江讷河。曾出版《中国现代主义诗歌流派史》(1993)、《中国现代主义诗歌史论》(2001)、《朦胧诗后先锋诗歌研究》(2005)、《20世纪中国先锋诗潮》(2008)等著作。

《台湾现代诗论》,奚密著。天地图书有限公司(香港)2009年7月出版,为"香港中文大学比较文学文化丛书"之一种。29开,目录并正文349页。收有《燃烧与飞跃:1930年代台湾的超现实诗》、《台湾的现代诗论战》、《当代都市诗学:浅谈上海、香港、台北》等文。奚密,女,生于台北。曾出版诗论集《从边缘出发——现代汉诗的另类传统》(2000)、《现代汉诗——1917年以来的理论与实践》(2008)。

《和田玉的123种读法——祁人诗歌〈和田玉〉百家赏析》,谭五昌主编。大众文艺出版社(北京)2009年7月出版,为"中诗作家文库"之一种。大32开,序并目录17页,正文300页。收有祁人《和田玉》诗 1 首和洪烛《诗人如何找到新娘》、宋祖德《其实诗人祁人就是一块"和田玉"》、吴欢章《朴素最美——读祁人的〈和田玉〉》等文。有屠岸《爱的三昧，情的哲学》代序和严谨跋《爱的接力》、谭五昌跋《诗人与和田玉，一次异常完美的诗意相逢与书写》。后附《诗歌〈和田玉〉发表及赏析文章报刊索引》。

《午夜的孩子》，黄礼孩著。中国戏剧出版社（北京）2009 年 8 月出版，为"韩山诗歌文丛"之一种。大 36 开，目录 4 页，正文 286 页。收有《诗歌是世界的偏离》、《这期待大于之前的》、《一个被称之为伟大的诗人》等诗，分为《〈中西诗歌〉卷首语》、《〈诗歌与人〉卷首语》等 4 辑。黄礼孩，1971 年生于广东徐闻。

《中国新诗史（1916–1949）》（第二卷），陆耀东著。长江文艺出版社（武汉）2009 年 8 月出版，印数 4000 册。大 32 开，书影 8 页，目录 3 页，正文 366 页。分为《中国新诗第二个十年述略》、《中国新诗第二个十年主要新诗集目录》、《中国新诗第二个十年主要新诗社团、期刊》、《〈新月〉（后期）诗人群——孙毓棠等人的诗》等 7 章。此为著者 2009 年出版的第二本诗论著作。

《吕进文存》，吕进著。西南师范大学出版社（重庆）2009 年 8 月出版，为"名师风采"之一种。16 开，共 4 卷。第 1 卷 455 页，收《新诗的创作与鉴赏》、《给新诗爱好者》；第 2 卷 553 页，收《一得诗话》、《新诗文体学》、《中国现代诗学》等；第 3 卷 535 页，收《吕进诗论选》、《对话与重建——中国现代诗学札记》、《序文选》等；第 4 卷 582 页，收《论文选》，后附《吕进研究》。有王小佳序《删繁就简三秋树，领异标新二月花》、著者《守住梦想——我的学术道路》和《后记》。吕进，1939 年生于四川成都。曾出版《新诗的创作与鉴赏》（1982）、《新诗文体学》（1990）、《吕进诗论选》（1995）、《对话与重建》（2002）等著作。

《郭小川在故乡》，马铁松著。世界文艺出版社（香港）2009 年 8 月出版，印数 2000 册。大 32 开，照片 10 页，目录 2 页，正文 239 页。分《新来的县长》、《白雪的赞歌》、《诗人和故乡》等 20 章。有《引言》和《后记》。马铁松，1948 年生于河北丰宁。

《梦想及其通知的世界》，世宾著。中国戏剧出版社（北京）2009 年 8 月出版，为"韩山诗歌文丛"之一种。大 32 开，目录 3 页，总序 3 页，序 3 页，正文 251 页。分为《社会学思想与审美的关系》、《梦想的存在方式》、《梦想创造世界》等 15 章，有《导言：诗歌与现实的关系》。有黄景忠总序《何谓诗人》和著者《自序》。此书 2005 年 2 月曾由《诗歌与人》总第 9 期印行。

《20 世纪中国新诗史》，张新著。复旦大学出版社（上海）2009 年 8 月出版，为"20 世纪中国分体文学史研究丛书"之一种。大 32 开，总序 7 页，序 10 页，正文 607 页。分《新诗运动》、《新诗发展的三个层面（上）》、《新诗发展的三个层面（下）》、《新的开始》4 编。有周斌、唐金海《总序》和著者《前言》。张新，1948 年生于上海。

《中国现代文学诗歌版本闻见录续集（1923–1949）》，张泽贤著。上海远东出版社（上海）2009 年 8 月出版。大 32 开，书影 8 页，序 7 页，目录 9 页，正文 645 页。收有《恋中心影》、《诗琴响了》等诗集和《尝试集批评与讨论》等诗论集。有著者《自序》、《自跋》。张泽贤，曾出版《中国现代文学诗歌版本闻见录（1920–1949）》（2008）。

《绿原研究资料》，张如法编。知识产权出版社（北京）2009 年 8 月出版，为"中国文学史资料全编·现代卷"第 7 种。16 开，说明 2 页，目录 4 页，正文 393 页。收有张如法《绿原生平年表》、绿原《怎样写诗》、《绿原著译系年》等，分为《生平与文学道路资料》、《评论文章选辑》、《著译系年和研究资料目录》3 辑。有现代卷汇纂工作组《编辑说明》和编者《编后记》。该书为河南大学出版社 1991 年 4 月版重印本。

《李季研究资料》，赵明、王文金、李小为编。知识产权出版社（北京）2009 年 8 月出版，为"中国文学史资料全编·现代卷"第 8 种。16 开，说明 2 页，目录 4 页，正文 480 页。收有《李季小传》、李季《我的写作经历》、《李季著作系年》等，分为《生平与文学活动》、《创作自述》、《评论文章选录》、《资料目录索引》4 辑。有现代卷汇纂工作组《编辑说明》和编者《后记》。该书为陕西人民出版社 1986 年 11 月版重印本。

《阳关新曲——阳关博物馆建馆五周年庆典暨〈敦煌诗选〉出版座谈会活动纪实》，纪忠元、纪永元主编。敦煌阳关博物馆 2009 年 8 月出版，印数 2000 册。大 32 开，照片 16 页，序 2 页，目录 4 页，正文 200 页。收有《阳关博物馆建馆五周年庆典暨〈敦煌诗选〉出版座谈会综述》、《组织委员会主任委员谢冕致开幕词》和高平《诗歌的现状与发展趋势》等文，分为《开幕式讲话与发言》、《座谈会上宣读的论文和发

中国诗歌研究动态（第八辑）

言》等 5 辑。有《编辑前言》。

《中国前沿诗歌聚焦》，陈仲义著。中国社会科学出版社（北京）2009 年 9 月出版。16 开，目录 6 页，正文 424 页。书分《诗歌生态聚焦》、《先锋时序聚焦》、《网络诗写聚焦》等 6 章，有《结语动力与陷阱：新诗现代性的"症结"》和《后记》。陈仲义，1948 年生于福建厦门。曾出版《现代诗创作探微》（1991）、《中国朦胧诗人论》（1996）、《扇形的展开——中国现代诗学谫论》（2000）、《现代诗技艺透析》（2003）等著作。

《荆公诗评》，丁慨然著。中国国际广播出版社（北京）2009 年 9 月出版，为"阅风楼论丛"之一种，印数 1000 册。大 32 开，目录 9 页，正文 503 页。收有《气象恢弘铸新诗——读〈徐亢诗选〉》、《序范源〈中国——生命的台风季〉》、《语重心长谈写诗——访著名老诗人臧克家》等文，分为《荆公诗评》、《荆公序跋》等 3 辑。丁慨然，原名丁楷，1941 年生于湖北洪湖。曾出版《慨然诗论》（2006）、《蓟门诗话》（2008）。

《一个人和一个时代——郭小川画传》，郭晓惠编著。作家出版社（北京）2009 年 9 月出版。16 开，目录并正文 226 页。分为《凤山：塞北家乡》、《北平：青衫时代》、《山西与陕北：革命军人》等 15 章，有《后记》。郭晓惠，女，1953 年生。

《一个人和一个时代——郭小川纪念文集》，郭小林编著。作家出版社（北京）2009 年 9 月出版。16 开，目录并正文 324 页。收有胡耀邦《论郭小川》、杜惠《忆小川》、邵燕祥《真实的郭小川》等文，分为《无尽的怀念》、《亲人的追思》等 3 辑。有编者《后记》。

《文字的背后》，韩作荣著。青海人民出版社（西宁）2009 年 10 月出版，印数 2300 册。诗文论集。大 32 开，目录 12 页，正文 432 页。收有《昌耀：诗人中的诗人》、《动人心魄的力量——在开罗诗歌节上的发言》、《用笔取暖的人》等文，分为《发现与理解》、《探索与创造》等 3 卷。韩作荣，1947 年生于黑龙江海伦。曾出版诗论集《感觉·智慧与诗》（1987）、《诗的魅惑》（2001）、《诗歌讲稿》（2007）。

《与先锋对话》，罗振亚著。吉林出版集团有限责任公司（长春）2009 年 10 月出版，为"学院批评文库"之一种。16 开，总序 3 页，目录 2 页，正文 296 页。收有《现代主义诗歌：中国对西方的接受论纲》、《苦难的升华：曾卓的诗歌世界》、《新诗解读方法说略》等文，分为

诗集与诗学论著叙录

185

《思潮过眼》、《点击灵魂》等3辑。有刘中树、张学昕《总序》和著者《后记》。此为著者2009年出版的第二本著作。

《与缪斯对话》，王美春著。陕西人民出版社（西安）2009年10月出版，印数3000册。大32开，序7页，目录5页，正文286页。诗文论集。分为《古典诗词评论》、《当代文学评论》2编，收有《当代诗歌百花园中的奇葩——评著名诗人高洪波先生的诗》、《常读常新的中国颂——评陈咏华长篇抒情诗〈中国之歌〉》、《熟悉而陌生之作——评黄亚洲诗集〈父亲，父亲〉》等评。有王志清序《文学畏途中的朝圣者》和著者《后记》。此为著者2009年出版的第二本诗论集。

《新的美学原则在崛起——孙绍振新诗论集》，孙绍振著。语文出版社（北京）2009年11月出版，印数3000册。16开，照片4页，序3页，目录2页，正文463页。收有《诗与"小我"》、《论新诗第一个十年》、《徐志摩〈再别康桥〉：无声的独享》等文，分为《崛起论》、《新诗评说》等4辑。有著者《自序》。孙绍振，1936年生，江苏盐城人。此为著者出版的第一本诗论集。

《废墟之花——朦胧诗的前世今生》，王干著。江苏文艺出版社（南京）2009年11月出版。16开，目录2页，正文236页。收有《诗的本性：沟通心灵的审美客体》、《反思：理性与非理性共生——论朦胧诗的哲学背景》、《历史·瞬间·人——论北岛的诗》等文。有《引言：背景与进程》和《后记》。王干，1960年生。

《中国诗歌研究》，赵卫峰、黄昌成主编。大众文艺出版社（北京）2009年11月出版，为"新时期作家文丛"之一种。大32开，目录2页，正文274页。收有陈超《寻找通向传统的个人暗道》、林贤治《中国新诗向何处去》、龙建人《散文诗创作应该返回现代传统》等文。有编者编后记《像呼吸一样不可避免》。

《郁葱访谈录》，郁葱著。银河出版社（香港）2009年12月出版，为"金屋顶文丛"之一种。64开，目录4页，正文282页。收有《用理想主义点燃诗歌的所有亮色——答龙源期刊网记者蔡凛立问》、《有关〈诗神〉和诗歌——答河北人民广播电台记者紫光问》、《八个观点——答〈诗刊〉问》等文。郁葱，原名李丛，1956年生于河北辛集。此为著者出版的第一本诗论集。

《"个人"的神话：现时代的诗、文学与宗教》，张桃洲著。武汉出版社（武汉）2009年12月出版，为"紫竹文谭"之一种。诗文论集。

16 开，目录 3 页，正文 281 页。诗论收有《析分与整合——百年新诗形式探索的非线性梳理》、《当代诗歌的几个关键议题》、《近 20 年新诗研究评述》等。有著者《后记》。张桃洲，1971 年生于湖北天门。曾出版《现代汉语的诗性空间——新诗话语研究》（2005）。

《蓝马圆来文论集》，蓝马、圆来著。中国戏剧出版社（北京）2009 年 12 月出版，为"点睛文丛"之一种。16 开，序 1 页，目录 4 页，正文 197 页。收有蓝马《前文化导言》、《什么是非非主义》和圆来《关于"纯诗"的随想》、《略谈非非主义诗歌》等文。有圆来《序》和著者《后记》。蓝马，原名王世刚，1956 年生于四川西昌；圆来，原名蒲红江。

新世纪十年中国新诗的回顾与反思
——"两岸四地第三届当代诗学论坛"研讨会述要

◇ 罗小凤

2010 年 6 月 26 日至 27 日，由北京大学新诗研究所与首都师范大学中国诗歌研究中心联合主办的"中国新诗：新世纪十年的回顾与反思——两岸四地第三届当代诗学论坛"在北京隆重举行。这是"两岸四地当代诗学论坛"继 2007 年珠海会议、2008 年澳门会议以来的又一次盛会。来自中国大陆、中国台湾、中国香港、中国澳门和美国、韩国、新加坡等地区与国家的新诗研究专家和诗人如谢冕、赵敏俐、洪子诚、王润华、向明、杨匡汉、吴思敬、王光明、简政珍、白灵、萧萧、朱寿桐、郑慧如、孟樊、林于弘、傅天虹、金龙云、江克平、戴迈河、程光炜、唐晓渡、陈仲义、古远清、沈奇、罗振亚、李怡、林莽等 70 人与会，提交论文 50 余篇。这是一次高规格、高水平的学术盛会。

此次论坛的主题是"新世纪十年中国新诗的回顾与反思"，在论坛安排的七场研讨会上，与会专家和诗人们回顾新世纪十年两岸四地中国新诗创作与理论的现状，探讨新诗的本体特征与建构策略，并就如何拓展新诗发展空间、寻找新的诗歌生长点，以推动两岸四地新诗创作与理论的深入发展与繁荣展开了深入、广泛的讨论与争鸣。

等待奇迹：为新世纪诗歌把脉

论坛开幕式上，谢冕（北京大学中文系）在题为《奇迹没有发生》的发言中回顾了新世纪第一个十年的诗歌发展态势："在中国，诗歌如同往常那样，许多人在写，写的很多，但是很少有让人感动的、而且广为传诵的诗"，归结出"奇迹没有发生"的结论，但他并不失望，认为"诗歌是做梦的事业，我们的工作是做梦"，表示要心怀梦想，依然等待诗歌奇迹的出现。谢冕的这种诗歌姿态连同其满怀激情的发言感染了所有与会者。

研讨会上，许多学者纷纷为新世纪诗歌把脉，从正反两方面总结新世纪十年新诗的经验，提出发展建议，试图为未来诗歌的发展寻找药方。吴思敬（首都师范大学中国诗歌研究中心）指出"多元共生，众声喧哗"、"不温不火"是新世纪十年中国新诗的基本态势，他欣慰地发觉新世纪以来"在寂寞中坚守的诗人在本真的、自然的、个性化声音中展现新的姿态"，这种姿态聚焦于深刻的人性关怀，此正为新世纪诗歌的优秀品质。杨匡汉（中国社会科学院文学研究所）指出新世纪十年来大陆新诗始终是在辱骂中成长起来的，主要症状有"四化"（商业化、时尚化、庸俗化、粗鄙化）和"四不"（不明不白、不三不四、不痛不痒、不伦不类），他建议从四个维度去建设新诗，即历史文化维度、生命体验维度、特立独行维度、艺术探索探求的维度。罗振亚（南开大学文学院）指出诗坛喧嚣热闹背后的残酷现实是平淡和沉寂，经典诗人诗作精神贫血，形式飘移，"问题"重重；但他也不否认，新世纪诗歌在沉寂中也孕育着一种生长，确立清洁的诗歌精神，介入社会和生活，同时注意打磨艺术自身，都使缪斯充满了希望。黄粱（台湾青铜诗学会）以大陆先锋诗人为焦点透视出大陆先锋诗歌的创作呈现为一幅具有"人之树"象征意涵的整体性文化图景，充分肯定了新世纪十年来大陆先锋诗歌的成就。王士强（天津社会科学院文学研究所）指出要从新世纪以来诗歌发展中的"典型现象"总结经验、吸取教训，才能继续推进诗歌的发展。也有部分学者表露出对新世纪诗歌的怀疑与忧虑。沈奇（西安财经学院）认为新世纪诗歌可以用"告别革命之重，困惑自由之轻"概括，指出了新世纪以来新诗"无可选择地被进入到'自由之轻'和'平面化游走'的困惑境地，乃至颇有些无所适从的尴尬"，点出了目前诗歌写作过于泛滥、轻浮、轻松、轻率的要害。杨四平（安徽师范大学文学院）谈及他对新世纪十年诗歌的印象是"丰富"和"贫乏"，他认为新世纪新诗在丰富的外表下其实非常贫乏。林莽（《诗刊》社）则以诗人和诗歌编辑的现身说法见证十年来大陆诗歌创作"不温不火"的现状和评奖机制的"商业化"内幕，暴露了诗歌环境的恶化对诗歌生态的影响。这些怀疑与忧虑，无疑也是对新世纪十年诗歌弊病的诊断报告，将警醒那些沉醉于诗歌表面"繁荣"的学者和诗人。洪子诚（北京大学中文系）在闭幕式上呼应谢冕的"奇迹没有发生"论，指出奇迹是可以创造的，要创造产生奇迹的条件，首先要重新建立我们看待诗歌的方式，如老一代学者和诗人放下年龄、资格、辈分和美学标准等方面的傲慢心理，关注和培养年轻诗人和学者等诗歌后续力量。

与一些学者对新世纪十年新诗创作态势的整体把脉相呼应，一些学者从各种具体的诗歌形态如民生诗歌、网络诗歌、翻译诗歌、女性诗歌、散文诗等进行了深入细致的考察与探析。民生关怀是新世纪十年诗歌写作中出现的一种新倾向。王光明（首都师范大学中国诗歌研究中心）把目光聚焦于"面向下层民生"的写作倾向，认为这种民生关怀的诗歌为诗歌写作提供了新的征候，他指出："关怀民生问题的诗歌不是一种只有社会学意义、没有艺术意义的诗歌，而是有现实与艺术的双重关怀的诗歌。"沈奇在点评中颇为赞赏地认为王光明所关注的诗歌民生关怀问题实际上回答了新世纪诗歌"写什么"的问题。新世纪以来，诗歌与传播的关系越来越密切。孙晓娅（首都师范大学中国诗歌研究中心）认为诗歌与传媒的关系是互相依赖、不可或缺，又处在各自之外的。陈仲义（厦门职工大学中文系）指出网络诗歌是诗歌写作的"大跃进"和"黄埔军校"，不亚于印刷史上的雕版革命，为奇迹的发生拉开了帷幕，为诗歌的发展提供了活路、生路，使新诗发展格局发生了史无前例的变化。Michael Martin Day（戴迈河，美国国家大学文科学院人文与艺术系）从地震诗潮与网络传播效应的关系等方面充分肯定网络诗歌存在的价值与意义。林静助（台湾中国诗歌艺术学会）发掘了台湾现代诗多媒体化创作趋势对"台湾图像"的意义。王永（燕山大学中文系）在发言中从网络诗歌概念的广义和狭义两方面谈及网络诗歌的成绩与缺陷，概括出网络诗歌的特点："即时速效性"、"口语尽兴性"、"多方互动性"。北塔（中国作家协会现代文学馆）从翻译学角度阐述了传播学与诗歌的关系，在发言中他谈及自己从写诗到翻译诗歌、再到研究翻译诗歌的学术之路，无疑对促进传播学意义上的诗歌发展具有重要意义。女性诗歌在新世纪的发展也获得了不小进展，霍俊明（北京教育学院中文系）从博客时代的时代语境出发探讨女性诗歌，他指出博客时代的女性诗歌呈现"日常诗学"和"家族叙事"两种写作趋向。西渡（中国计划出版社）以翟永明、池凌云为例，充分肯定了新世纪以后女性诗歌"关怀的广度和深度"以及诗歌风格与美学风貌的丰富性。与其他学者对自由诗的学术探讨不同，罗小凤（首都师范大学中国诗歌研究中心）把目光聚焦于中国新诗之另一体：散文诗，发言中她认为此次大会提交的 50 多篇论文中仅有两篇论及散文诗，而事实上新世纪散文诗一直自我"突围"，创作数量和内质都取得一定突破，却并未引起诗歌界评论家和研究专家学者的关注，这种状况正说明散文诗处于"边缘的边缘"，需要继续"突围"，寻找新发展的突破口。孟樊（台湾"国立"台北教育大学语文与创作系）与罗小凤不谋而合，也把目光投注于散文诗。这种在"中国新诗"研讨会上把新诗之一体散文诗的发展问题提上议事日程的努力，无疑将有助于推进中国新诗各种形态诗歌的发展。

此外，许多学者从文本出发，以个案呈现问题，对新世纪重要诗人进行研究，萧萧（台湾明道大学，台湾诗学季刊社社长）、古远清（中南财经政法大学新闻与文化传播学院）、孟樊、史言（香港大学中文系）、林于弘（台北教育大学语文与创作系）、丁旭辉、夏婉云（台湾耕莘文教基金会）、路羽（当代诗学会）、李文钢（首都师范大学中国诗歌研究中心）、John Crespi（江克平，美国柯盖德大学）、程光炜、刘士杰（中国社会科学院文学研究所）、西渡等分别从林德俊、余光中、苏绍连、余光中、席慕蓉、杨佳娴、唐捐、黄河浪、黄灿然、于坚、雷平阳、西川、翟永明、池凌云等个案分析创作特色，挖掘诗歌问题，呈现了新世纪诗歌丰富的风貌。

美丽的混乱：新诗理论发展的审视

洪子诚总观近年来的诗歌状况，套用郑愁予《错误》一诗中"美丽的错误"而归结出"美丽的混乱"，如果挪用于新世纪新诗理论的建构与批评场域亦颇为贴切。新世纪以来，各种命名、理论概念、代际划分层出不穷，纷繁复杂，不少学者对此持否定态度。罗振亚指出新世纪诗坛有"命名综合征"；杨四平从理论维度反思了新世纪以来的各种概念或理论的存在合理性问题；张立群、王士强、冯雷等也对此做过一些反思。

研讨会上学者们还对新世纪以来的各种新诗理论问题做了探讨。傅天虹（北京师范大学珠海分校华文所）对他所提出的"汉语新诗"概念进行了阐说，着重探讨此概念的理论运行与美学价值。李怡肯定了这一概念对整合两岸四地诗学的努力。朱寿桐（澳门大学中文系）也肯定了傅天虹重新发现汉语问题的诗学意义与价值。意象是诗歌的基本元素，新世纪十年新诗的反思自然绕不开意象层面的考察。意象叙述美学是简政珍（台湾亚洲大学人文社会学院）在发言中提出的核心命题，属于诗之本体范畴的理论建构。李翠瑛（台湾元智大学中文系）则对台湾新诗语言的虚拟意象做了探讨。翁文娴（台湾成功大学中文系）呼应《诗探索》前几年对"字思维"的讨论，也对诗歌的意象做了相关阐述。"元诗歌"概念以及诗歌叙述学等理论探讨无疑是此次研讨会不可忽视的话题。马永波（南京理工大学诗学研究中心）阐述了"元诗歌"作为对"元叙述"的反动，突出了对诗歌文本的构成过程及对技巧的关注，努力破除对语言再现能力的确信，颠覆艺术与生活的分野，暴露文本的符号性质、任意性和历史性，把读者从文本结构驱赶到现实空间之中。孙基林（山东大学威海分校中文系）则提出叙述的诗性如何成为可能，指出"如何去建构一门'诗歌叙述学'的问题，这不仅是一个严肃的学术理论命题，同时同样重要的是，它也具有相当的当下实践意义"。此次研讨会的另一重要话题是重新关注了懂与不懂的问题。王光明认为："新诗的懂与不懂，每到一个关卡就被提出来。"黄维樑（台湾佛光人文社会科学学院）从自己最近在台湾担任的一个文学奖评审工作的感受出发指出，"读到的大多数作品，完全不知所云"，决审的稿件 12 篇也并不是美丽动人的"金钗"，而多半是"怒汉"，"虽九读其犹未懂"。此次研讨会还重新关注了新诗的诗体建设与形式问题。王珂（福建师范大学文学院）谈及新世纪新诗的诗体建设，重提诗体建设对于新诗发展的重要性。向明（台湾诗人）在《台湾诗歌发展的突破与自律——成长中台湾现代诗的特色》中探讨台湾现代诗在发展中所体现的特色时论及现代诗的"突破与自律"，着重论及从"限制性写作"中学习诗的自律，其对诗歌形式问题的重新关注为新诗的发展提供了某种启示。喻大翔（同济大学中文系）的《汉语象形诗探索札记》一文涉及新世纪象形诗的创作探索，也显示了对形式问题的重新关注。

诗与历史：新诗史的叙述姿态

任何诗歌创作与诗歌理论的探讨都置身于历史的时间之流中，任何诗歌研究又其实都属于诗歌史叙述范畴，因此诗与历史的关系问题、历史意识是新诗史叙述包括诗歌研究中无法逃避的重要命题。经典化与历史化的问题是缠夹于新诗史叙述中的最大问题。洪子诚以《中国新诗总系》为基点谈及诗与历史、经典化与历史化的关系，探讨了新诗史叙述中诗与历史、经典化与历史化这一诸多矛盾中最为症结性的问题。程光炜（中国人民大学文学院）透过雷平阳诗集《云南记》剖析了如何理解"新世纪诗歌"的问题，他把目光由"新世纪"延伸至诗歌史研究："我理解的诗歌史研究与一般的诗歌批评不同的是，它与研究对象之间产生了一种距离感，或叫一种陌生化效果。诗歌史所研究的新世纪诗歌应该是一种产生了'距离感'、'陌生化效果'的诗歌。"在他看来，诗歌一经诗人写出，就脱离诗人的控制范围而成为诗歌史研究的对象了，无疑触及了历史化与经典化的命题内核。张立群（辽宁大学文学院）从学理上通过对遵循"时间规律"的世纪初诗坛代际划分及其相关命名的历史述析而介入历史，透视关于历史的焦虑及其相关的深层次问题，他从这些现象既看到了历史经典化的"努力"，同时也看到"历史"不断向前拓展的契机，亦是对历史化与经典化命题的探讨。

　　艾略特在《传统与个人才能》中强调诗人的"历史意识"，其实对于诗歌研究者而言，历史意识更是不可或缺的诗歌立场与姿态。张桃洲（首都师范大学中国诗歌研究中心）通过重新审理和反思 20 世纪 90 年代诗歌"遗产"中的成就与不足，事实上釜底抽薪式地否定了新世纪诗歌的表面繁荣，这种史性观察与梳理诗歌历史以考察当下诗歌的姿态，没有强烈的历史意识是无法做到的。冯雷（首都师范大学文学院）从近年来罗振亚、刘春、荣光启等人的论著谈及"准文学史写作"，认为"所谓中间代、60 后、70 后诗歌，起初并不是批评界的命名，而源自于一种历史情绪的涌动，是一些诗人出于'文学史焦虑'而发起的一次集团式冲锋"，体现了冯雷颇富历史感的省视。郑慧如（台湾逢甲大学中国文学系）的发言视"诗现实"为当代诗意象叙述的主要方式，捻出"当代性"，作为讨论诗现实的切入点，这种站在新世纪历史基点对现实书写的当代性的重视，无疑渗透了较为强烈的历史眼光。需要提及的是，此次研讨会对继承与创新之间的关系问题亦有所探讨，这也是学者们历史意识与历史感的重要体现。王润华（台湾元智大学人文社会学院）从周策纵的《海外新诗钞》所建构的"海外五四新诗学"出发触及了五四新诗学传统在海外传接的诗歌状况，对新世纪诗歌发展与研究具有不可忽视的启示作用。白灵（台北科技大学）从比较学的视野比较了两岸四地中生代诗歌创作的异同，其中对古典诗传统的态度是非常重要的一个差异，这种对照中显示的差异性特征无疑也将启示未来新诗如何对待继承与创新的关系。

中西合璧的诗界仁者

——屠岸诗歌创作研讨会综述

◇ 赵 飞

中国诗歌研究动态（第八辑）

　　屠岸是当代重要的翻译家和诗人，从 1936 年写作第一首诗，迄今已走过 60 多年的诗歌旅程。可贵的是，他在耄耋之年依然葆有丰沛的诗情，激情不减又内蕴深邃，正是印证了其诗句：深秋有如初春。2010年 11 月 20 日上午，由中国当代文学研究会、人民文学出版社、首都师范大学中国诗歌研究中心联合举办的"屠岸诗歌创作研讨会"在首都师范大学召开。与会者包括诗歌评论家、诗人、学者，以及屠岸先生的故交新友近 50 人。会议提交论文 30 多篇。

　　本次研讨会时间紧凑，诗人、学者们对屠岸的诗歌创作和诗学理念热情探讨，深入论析，一些新的诗学生长点就此彰显出来。这次研讨会讨论的问题主要集中在以下几方面。

　　对屠岸为中国诗歌史所作贡献的衡估与肯定。首都师范大学中国诗歌研究中心副主任吴思敬在致辞中对屠岸先生的高洁人品表示敬重，称屠岸先生是诗坛一株当之无愧的"世纪之树"。他认为屠岸拥有诗化的人生，一生与诗相伴，生命与诗相结合，把诗视为宗教。屠岸既是诗人又是翻译家，他对西方浪漫主义诗人非常熟悉，尤其对济慈情有独钟，他翻译的《济慈诗选》获得了第二届鲁迅文学奖翻译奖。屠岸是学者化的诗人，对中国诗歌理论作出了重要贡献。他从济慈那里引用提出的"客体感受力"是对当代诗歌理论的一项重要启示。人民文学出版社社长潘凯雄指出，屠岸创作诗歌的时间长达半个多世纪，先后出版诗集及诗歌译著多部，成绩斐然，对中国新诗的发展产生了重要影响。屠岸以其颇有造诣的诗才使他的翻译清新自然、圆润流畅。他认为，中国新诗的创作与发展和西方诗歌有千丝万缕的联系，如何处理借鉴与原创之间的关系并最终形成自己的风格，屠岸的创作提供了有益的经验。孙玉石（北京大学中文系）认为，屠岸先生在外国诗歌翻译方面所作出的杰

194

出贡献还未获得应有的评价。比起新诗创作、诗论评说，他更推重屠岸在诗歌翻译方面所作出的精神坚韧而异常杰出的贡献。他提到屠岸选译的《英国历代诗歌选》，认为屠岸在诗歌翻译中坚持了济慈关于诗歌创作的美学观念——"客体感受力"，使得译诗更具有了中国民族诗的韵味与感觉特色，形象与声韵相结合，实现了诗歌翻译的再创造。林莽、刘福春因故未能出席本次研讨会，他们在发来的贺信中认为屠岸作为诗坛前辈，在诗歌创作和翻译等方面取得了瞩目的成就，尤其是近年来，对中国诗歌的关注，对诗坛新生力量的引导和帮助，使他得到了诗坛的普遍爱戴和敬重。

知人论世，对屠岸精神、人格与其诗品融汇互文的赞誉。谢冕（北京大学中文系）在题为《他周围浓浓的书卷气》的发言中说，他在20世纪40年代末即在书中远望、仰望着屠岸先生，80年代在学术活动中得以近观后依然仰望着先生。屠岸先生待人诚恳、认真、周密、细致、谦和，对晚辈平易近人，厚爱有加。他认为，雍容、儒雅是先生的形，亲和、中正则是先生的神。屠岸是一位让人打内心敬重的智慧长者，博学多才，西学积蕴深厚，他的新诗最为人称道，而其中十四行体致力犹多，此外又有深厚的旧诗功力，著有《萱荫阁诗抄》，他的诗歌吟诵也是业界一道非常漂亮的风景。谢冕娓娓谈道，屠岸是江苏人，江南人性情温和，他身上浓浓的书卷气使人不得不对他产生一种敬畏敬重之情。不过，人们一般为屠岸的学者风范所折服，不易察觉其刚正、固执、坚定的一面。他比较了屠岸与牛汉两位性格迥异的诗人：牛汉先生率直，正气凛然，有北方人的豪爽，但刚中有柔，他的温情是别人不容易见到的；屠岸先生则是柔中有刚，这一点在屠岸《生正逢时——屠岸自述》一书的尾声中体现出来，他爱憎分明，不肯退让，对周作人、张爱玲等一些人提出严厉批评。由此，他认为屠岸先生代表的不仅是一种智慧，而且是一种尊严、一种正义。吴思敬也提到，屠岸先生在与济慈的对话中获得了一种生命的力度，他对诗的忠诚与热爱一直坚持了几十年，包括"文革"时期，诗帮助他渡过了最黑暗的年代，他始终坚持对真与美的执着追求，体现着人品与诗品的高度统一。老诗人成幼殊作为屠岸的诗友故知，在会上热情回顾了青年时期的屠岸，回顾了他们诗歌的纪元，创办《野火》诗歌会的经历，回顾了屠岸早期的诗歌创作，见证了他们诗的友谊。她说，当年的屠岸有着生动的形象，可谓"诗如其人，人如其诗"，沉静、纯净、清澈，很有风骨。她从与屠岸的诗歌交往中读到屠岸诗歌有"一贯清亮的笔调"。著名诗人灰娃谈到屠岸一生笔耕不辍，译诗写诗均数量多，质量高，为社会做出的贡献大，他的工作在社会转型时期给了我们可资借鉴的依据，优美的文笔拓展了我们审美的领域。屠岸的自述《生正逢时——屠岸自述》，则表明他以一个知识分子、一个人文学者的身份对社会发言，以一个人文学者的良知引导社会的价值走向，辨明是非，守住人的尊严。灰娃还提到屠岸为家人安排的每周一次的家庭诗会，与朋友聚会朗诵诗歌的活动。她认为，在今天社会价值取向混乱的情况下，屠岸诗的人生与知识分子的社会责任感、使命感都是我们的榜样。潘凯雄（人民文学出版社社长）发言中也谈道，屠岸文如其人，富有学养，其诗歌处处潜藏着一个"爱"字，大到国家、民族，小到亲人师友，大我其和，小我其行，内外共体，不可分割，这种融大小于一体的诗歌创作在今天仍然具有针对意义。中国作家协会研究员张同吾称屠岸先生是诗界仁者，他温文儒雅、宽厚善良的人格精神令人敬仰，这种精神融入了他的诗歌创作中。中国社会科学院文学研究所研究员刘士杰则在对屠岸的访问记里以真切的笔触为我们展示了一位"中西合璧、儒雅温厚"的诗人形象，也让我们了解了诗人的诗歌创作道路。

屠岸新诗创作大体包括白话自由体诗与十四行体诗两个部分，对它们的艺术特色和风格的探讨是本次研讨会集中关注的一个方面。著名诗人鲁煤谈到屠岸诗歌对政治性题材的处理问题。他分析了屠岸的两首诗作《打谷场上》和《童话》，认为这两首诗处理的同是有一定革命政治性意义与价值的题材，但并未妨碍、损伤审美，诗人对人性、心灵的发掘使其获得了诗的品格。孙玉石认为屠岸的新诗创作是中国新诗史上连绵不断的高峰中的一座，而多方面的素养与基础则造就了屠岸在诗歌领域的攀登中引人注目的光芒。他具体解读了屠岸20世纪40年代的两首新诗《燎市者》、《梦幻曲》，认为这两首诗既有鲜锐的革命激情与思想，但又隐藏在一种比较朦胧、比较淡定的艺术形象塑造里，显示了一种戴望舒所说的诗应当处于"表现自己"和"隐藏自己"之间的艺术实践的尝试，是值得推重、崇尚的作品。潘凯雄社长认为屠岸的白话自由体诗蕴藉含蓄、凝练节制，在整体上既符合诗歌有节制的形式要求，又尽可能与吟咏对象拥抱，在锤炼有限的形式中伸展无限的思绪与情愫，营造出独特的意境与魅力。莫文征（人民文学出版社）梳理了屠岸诗歌创作的几个阶段，评析了各个阶段的艺术特点。他指出，屠岸20世

40年代作品的发展历程是"诗意由清淡略带朦胧，进而率真单纯，再进而丰盈饱满；诗风则由稚气略带几分虚幻，变成谨严而成熟"。70年代至80年代的创作则"把情绪和思想融解在冷却的文字里"，浅层的表述少，深入的探索多，文字更加精当准确，鲜明流畅。90年代年届古稀的屠岸有丰沛的创作成果，表现出长久新鲜的创造力。他认为，屠岸诗作的最显著特征及真正价值是包含时代精神，为时代而呼号呐喊，但又是真正的诗，不是标语口号。邓荫柯（春风文艺出版社）从阅读感受出发，认为屠岸长期致力于欧美诗歌尤其是莎士比亚和济慈诗歌翻译，从前者学得了对普世道德价值观的坚守和驱遣语言文字的出色功夫，从后者学得了纯洁奔放的进击锐气和对真理自由不间断追求的毅力。屠岸还致力于在平常的生活中发现诗意发现美，关注当代世界种种问题，对传统美德和思想遗产执著坚守，使其诗作呈现出一种坚执内敛安谧典雅的风格，有着"冷静的睿智哲思和炽热的人间情怀"。傅天虹（北京师范大学珠海分校）则从汉语新诗的自由化与格律化不两立的历史思维模式以及二者的诗学辩证入手，论述了屠岸的十四行诗创作。他指出，屠岸作为一个中西合璧、新旧交汇的诗人，在十四行诗翻译与创作中对建构汉语新诗体系和良性发展发挥了重要的历史作用，屠岸对汉语态势与音乐性有准确度量，对理智与情感的把握使他的十四行诗在漫舞与限制中自由舞动。著名诗人郑敏在《屠岸的十四行诗》一文中以精准的诗学素养评价了屠岸的十四行诗创作，她认为屠岸让深刻的思想之光透出朴素而凝练的词句和严谨的艺术形式，让"哲理穿上布衣裳"，并指出中国诗学研究应多进行中西诗学比较研究，以最新的诗歌与哲学思潮理解汉诗的昨天与今天，与世界诗学进行交流。北塔（中国现代文学馆）对屠岸新诗创作的三个时期分别进行了详细论述，认为其诗歌创作生涯是"矢志不移，老而弥坚"。而在散论《诗爱者的自白——屠岸的散文和散文诗》一文时，他谈到屠岸创作拥有"正方向写作的内在开掘"，一生追求真善美。卢桢（南开大学文学院）探讨了屠岸诗歌丰富而多元的精神向度，认为他在译诗与创作中以"美"与"真"抒写爱的主题、以"客体感受力"品悟诗意哲思、以坚定的文学信仰追求终极关怀。章燕（北京师范大学外国语学院）以作为女儿的身份，深情回顾了父亲屠岸充满激情的诗歌生涯，她在《两种诗歌传统的交融》一文中根据《墓畔的哀思》这一十四行体诗群分析了屠岸十四行诗的特色，认为它们在语言的表述、意象的打造、叙述的方式等方面表现出中国古典诗歌和英语十四行诗两种诗歌特征的交融。霍俊明（北京教育学院中文系）在《深秋影像中诗爱者的自白》一文中也集中关注了屠岸的十四行诗和自由新诗。他认为，屠岸的十四行诗是诗思中的火焰舞，而他的自由新诗则是一种挖掘——灵魂的跋涉与历险。伍明春（福建师范大学文学院）有着突出的诗歌形式意识，他关注了屠岸十四行诗创作对形与质之间平衡关系的追求与实践，并认为这种对诗歌格律的努力为当下的诗歌写作提供了丰富的启示。无独有偶，冯雷（北方工业大学中文系）亦从现代诗形的建立这一历史追求和诗歌本体的二维角度出发评价了屠岸诗歌形式探索的成绩与价值，他认为屠岸立足于汉语特点的诗形观念与十四行诗的写作经验生动证明了格律对诗歌品质的"约束性保障"。杨志学（《诗刊》社）从诗歌的限制性与规范性方面肯定了屠岸在中国十四行诗发展中的重要位置。王士强（天津社会科学院文学研究所）谈到屠岸诗歌世界是多元、多彩、复杂、深邃的，赞赏了诗人对真善美的追求。郭海军（北京师范大学珠海分校文学院）以随感式的印象批评高度赞赏了屠岸诗歌独有的姿态，认为这种姿态"是情感内蕴与传达形式互为表里而呈现出的整体形象特征"。荣光启（武汉大学文学院）敏锐地抓住诗歌的中年，即诗歌写作的"内向性"、"言语缩减、思想含蓄"这一风格概括了屠岸部分诗歌的一种品质以及其与卞之琳诗和冯至诗的诗艺传承关系。韦泱作为一个上海作家，谈到屠岸写于上海的早期新诗，认为它们清澈明丽，精短情绵，经过半个多世纪时光的沉淀，"读来依然亲切，令人着迷"。浙江作家陆士虎从阅读屠岸近年诗歌的感受出发，谈论了诗人"衰年变法"中的变与不变，他认为，变的是作品风格、手法上的突破，即早年的诗清醒、矜持、率真、灵动，而晚年的诗澄明、理性、深沉、睿智。不变的是诗人始终有一颗年轻的诗心，"深秋"过后又进入了一个"初春"的境界。刘玮（北京工业大学党委宣传部）对屠岸诗集《深秋有如初春》作了读后感式的论述，他认为这本诗集是一部"深秋中的反思曲"，诗人在长久的守候与执著中对自然、社会、人生有着开放性的反思和始终如一的真挚、纯粹与澄澈。张立群（辽宁大学文学院）集中评述了屠岸 20 世纪 90 年代以来的诗歌，他认为诗人 90 年代的创作是以"年轻的心态"追求"美的发现"，注重"客体感受力"这一诗学理念的实践，在游历与行吟中呈现出人间关怀。小山（《福建文学》编辑部）热情赞颂诗人屠岸有一颗童心。

对屠岸旧体诗词创作、古典诗学传统对其新诗创作的影响及促进的论述与评价。著名诗人邵燕祥对屠岸的旧体诗作了读后感式的漫评，结合屠岸的人生历程，从"古典诗歌将个人情感史与社会治乱史交融的'诗史传统'"来看屠岸的某些诗歌，认为昂扬之情是"文革"时期知识分子共同的时代情结。他还对照了屠岸的新诗与旧体诗，认为它们不但体裁形式不同，题材的选择、意象的形成以至技巧层面，有同有异，而异大于同，这是因为诗人不因出入于两者之间，就把新诗向旧体靠，或把旧体往新诗一边拉，搞"拉郎配"式的所谓"结合"。由此他认为白话新诗与传统旧体诗词的创作可以双轨并行，相得益彰，而不是让新诗向旧体诗词靠拢，也不是把诗词革命、加以改革、让人人能懂、人人能写。会上，他还以屠岸的一首《野火》为例，认为它的自然流露可以用"天籁"来形容，注重的是瞬间意象的捕捉。吴思敬认为屠岸身上有着古典诗学传统与西方诗学影响的完美结合：屠岸出生在一个非常有教养的家庭，拥有一位非常卓越的母亲，"夜灯红处课儿诗"，使他对中国古代文化传统，尤其是旧体诗词从小获得了深厚的造诣，这种造诣与他对西方诗歌的精深研究与翻译实践实现了完美融合。中国作家协会研究员张同吾也谈到屠岸恬淡的性格与古典文化熏染相辅相成，自小拥有深厚的旧学根底，他的旧体诗富有深刻的历史感和鲜活的人文精神。与邵燕祥相应，林东海（人民文学出版社）在《诗爱者 诗作者 诗译者——记诗人屠岸》一文中提到"两栖诗人"现象，即新旧体诗兼行且沟通两个领域。他认为屠岸一方面有"萱荫"情结，写旧体诗用新诗的意境、意象、语汇，故旧诗有新气；一方面有"索内"情结，对十四行诗的"韵式"和"节律"深有研究并灵活运用于新诗创作。

对屠岸诗学观念的论述与把握。著名诗评家骆寒超（浙江大学传媒与国际文化学院）在《屠岸论》这篇扎实的文章中，结合具体诗作，阐述了屠岸的诗学主张：客体感受力。他认为，屠岸诗歌创作三个高潮的一个共同特点是大多从生活实际体验出发，在物我合一的感受境界中写出来，而非一味遁入内心的玄想之产物。屠岸在追求客体感受力的同时，又提倡"古典的抑制"，二者之间存在双向交流，即"古典的抑制"来自于"客体感受力"，而"客体感受力"须受"古典的抑制"。骆寒超教授把屠岸的文本构成分成三类：感兴情境型、感知意境型、直觉幻境型，三者通过不同的构思途径、抒情方式和语言体式，展示了屠岸对客体感受力追求之全貌。吴开晋（山东大学文学院）谈论了屠岸对一些诗学基本理论的深刻阐释，他认为屠岸高扬诗歌真善

199

美的大旗，主张以真为核心的真善美相统一的美学思想富有现实意义与针对性，对当今新的伪诗敲响了警钟。屠岸注重诗歌艺术规律方面的探索，强调诗歌的格律与音乐美，即便自由诗也注重内在节律。他还谈到屠岸诗论不仅从宏观上对诗歌的基本理论和内在规律作出论述，而且能在微观上对不同诗人的诗作做出深入精当的剖析，深入到诗人的心灵和作品的内涵中加以点评，这是难得的。张大为（天津社会科学院文学研究所）认为"客体感受力"是屠岸诗歌美学观念的核心，他对屠岸诗歌中的意象机制与意象方式作了富有学理而有深度的剖析，从意象逻辑、意象伦理、意象灵思、意象诞异四种机制与方式表明诗人以意象的方式处理复杂的现代经验。

会议结尾，屠岸先生衷心感谢与会专家、学者对自己诗作所做的深入分析。他认为此次会议自己是在"上课"，"虽然是对我的诗歌的评论，但有些问题我自己没有意识到，帮助我进一步认识自己，认识诗歌。作品是到了读者、到了评论家手里才最终完成，这种完成对作者来说是一种学习，一种深入的认识"。他认为对自己的一些评价"过誉"了，但对其中的真诚表示感恩，他将把这些评价当成鼓励，当成自己追求的目标。他表示，为报答这份鼓励，只要生命不息，对诗歌的追求永远不止。

此次研讨会是对屠岸诗歌创作、诗学理念以及诗歌翻译在学理层面上做出的一次总结。屠岸是当今中国诗坛最老一批诗人中犹在积极从事创作者之一，梳理老诗人的创作历程，彰明其创作成就与精神姿态，对当前诗歌写作无疑具有现实的启发与促进意义。屠岸诗歌研究是一个长久的大课题，本次研讨会是对其深入拓展研究的一个新起点。

"跋涉与梦游
——《牛汉诗文集》出版座谈会"综述①

◇马富丽　庞　冬

　　为了庆祝《牛汉诗文集》的出版和牛汉88岁寿辰，2010年11月29日下午，由清华大学东亚文化讲座、首都师范大学中国诗歌研究中心、人民文学出版社和北京人天书店有限公司共同举办的"跋涉与梦游——《牛汉诗文集》出版座谈会"在清华大学甲所召开。来自各高校、科研机构、出版单位等不同学科领域的诗人、学者、艺术家以及牛汉家乡的官员、家人与亲属共70余人参加了此次座谈会，围绕《牛汉诗文集》展开讨论。会议由清华大学历史系副教授刘晓峰和首都师范大学中国诗歌研究中心副教授孙晓娅主持。座谈会发言主要围绕着《牛汉诗文集》出版的过程和意义、牛汉其人其诗以及牛汉诗歌的艺术魅力等三个层面展开。

　　管士光：《牛汉诗文集》是对牛汉一生文学活动的梳理和总结。

　　人民文学出版社总编管士光代表座谈会主办方，从人民文学出版社的传统谈到牛汉的创作经历，从牛汉在人民文学出版社的编辑工作经历谈到《牛汉诗文集》的出版情况。他说：

　　作为文集的出版单位，我想代表人民文学出版社对到会的来宾表示热烈的欢迎和衷心的感谢。人民文学出版社建立于1951年，自建立之初便有一个传统，我们很多杰出的编辑家、出版家同时也是作家和诗人，比如冯雪峰、绿原以及今天到会的屠岸先生。牛汉先生，自20世纪40年代开始诗歌创作，迄今已出版《彩色的生活》、《祖国》、《温泉》、《蚯蚓和羽毛》、《牛汉抒情诗选》、《牛汉诗选》等十余部个人诗集，被誉为"汗血诗人"、"诗人的脊梁"。近20年来同时写散文，有《童年牧歌》、《散生漫笔》等多部散文集。他的诗歌《悼念一棵枫树》、

---

　　① 本文根据研讨会代表发言录音整理，未经本人审阅。文责由整理者承担。

《华南虎》、《半棵树》，散文《绵绵土》是其传诵已久的名篇，在中国20世纪文学发展史上产生了深远的影响。牛汉先生是我国现当代文学史上著名的诗人和散文家，他一生历经坎坷和磨难，但仍信念不倒，创作了大量带有时代色彩的反映自我生命历程的优秀作品；同时，他晚年还扶植培养了一批青年诗人。牛汉的魅力首先是人格的魅力，文如其人，他的人格力量已经渗入到了他所有的文学作品当中。他善于将震撼自己的苦难转化为震撼别人的一种美，他的诗能够超越个人苦乐的咀嚼，而升华为一种对生命普遍性的思考，他以自己执著的独特的艺术探索，在中国文坛独树一帜，形成了一种大气度的不凡的美学品格。

牛汉先生是1953年3月到人民文学出版社工作的，在长达数十年的编辑生涯当中，他曾担任杜鹏程的《保卫延安》、周而复的《上海的早晨》、周立波的《山乡巨变》和《艾青诗选》等书的责任编辑，并参与了中国现代作家选集丛书、丁玲文集等书的编辑工作。与著名作家丁玲、萧军、沈从文、叶圣陶等结下了深厚的友谊。他在自述里讲到了他和艾青的交往，那是非常生动的，包括他给艾青写信。牛汉先生在我们出版社还有一个重要的身份，他是《新文学史料》的创始者和主编，他利用自己和作家、诗人的广泛联系，使《新文学史料》创刊之初就在学术界产生了很大影响。同时，牛汉先生还担任《中国》的执行副主编，他通过《中国》杂志扶持了一批青年作家和诗人，为新时期文学的发展作出了贡献。

此次经过多方的努力，《牛汉诗文集》终于出版了，这部诗文集对牛汉先生一生的文学活动进行了梳理和总结。这套书的出版为读者全面阅读牛汉先生的作品、诗评家和评论家认真评论牛汉先生的文学成就提供了不错的平台，我们希望该文集的出版能够把牛汉的研究推到一个新的高度。当然，作为出版者，我们也希望各位来宾对文集的不足之处提出批评意见。

刘福春：《牛汉诗文集》是目前收录牛汉作品最全的一部文集。

《牛汉诗文集》的编者、中国社会科学院文学研究所研究员刘福春代表未能与会的诗人和学者向牛汉先生表示祝贺，并就编辑诗文集过程中遇到的问题发表了自己的感想，他说：

近些天我有些紧张，或者说是有点兴奋，牛汉先生也是。今天早上牛汉先生很早就打电话，说自己昨晚一晚没睡好，我也是四点多钟就醒了。拿到样书之后牛汉先生嘱咐要先给年纪大的先生送书。在送书过程中我们也感触颇深，所以今天我首先要代表几位先生说话。首先是吕剑先生，他今年已经92岁了，今天不能到场，要求我一定带话，祝贺《牛汉诗文集》的出版。还有谢冕先生、孙玉石先生。另外，沈奇因为脚崴了，特意写了个简短的发言要求我一定要在会场上读出来。他说：跨越三个时代两个世纪的诗人牛汉，其诗学价值、思想精神和人的价值为一体的成就，已成为深入时间和历史之汉语文学纯正传统的重要组成部分，并为后世所铭记与敬仰，诗学之师、人生之师艰难并重，百年一人，值此《牛汉诗文集》出版之际，仅以晚辈诚挚之心遥致祝贺，并祈愿老人家健康长寿，晚景更辉煌。

作为编者我还要说明几点：首先要说的是牛汉的生日，我在编后记中说把这部诗文集作为牛汉先生88岁生日礼物送给他。因为牛汉是10月23日生日，每年的10月我们都要给他过个生日，今年就把这个座谈会当做给他过生日，祝牛汉先生88岁生日快乐。牛汉身份证上的生日是1923年，组织上掌握的是1923年，所以今年是牛汉先生88岁生日。其次，关于这个会的，为了把这个会开好，我们在之前开了一个预备会。再次，关于这本书，这是目前收录牛汉作品最全的一部文集。在编辑的过程中，我感受更多的是亲情、友情。感谢人天书店总经理邹进在出版方面给予的大力支持；感谢人民文学出版社和出版社的编辑郭娟、刘伟、杨康以及特约编辑刘炜的认真负责；感谢首都师范大学中国诗歌研究中心将此书的编校列入了规划项目，因为这不仅是对我工作的支持，更是对此类文献整理工作的认可。

邹进：牛汉老师像一本字帖。

北京人天书店有限公司总经理邹进回忆了自己与牛汉先生在《中国》一起工作的日子，并作了一首诗献给牛汉先生，他说：

《牛汉诗文集》的出版是人民文学出版社、中国诗歌研究中心以及刘福春本人共同完成的项目。出版这本书也是我个人的愿望，牛汉老师是我一生中非常尊敬的老者，也是我最爱戴的诗人。在1985年和1986之间，我非常有幸和牛汉老师共同工作了一年多的时间，这一年多对我的一生是弥足珍贵的。他并没有手把手教我什么东西，但他像一本字帖，在我的案头，我可能每天都会写两个字。所以当我面对生活和工作上的困难时，我总会想到牛汉老师，想到《中国》，我就觉得很有底气。

牛汉老师说他一生当中很少流泪，他说一有苦闷和痛苦时候他就叹气，通过叹气把这苦闷和痛苦抒发掉了，我觉得我非常有感受，在这儿我借机朗诵一下我写给牛汉老师的诗：

《一声叹息》

一声叹息／穿透整整一个世纪／一声长长的叹息／从黄土高原一直流入东海／这声叹息来自地下／一个巨大的冰块／它地上的枝干已被砍伐／它的树冠曾经高耸入云　这声叹息来自笼中／一只饥饿的老虎／它的意志已经被磨灭／曾几何时／森林中它君临天下／这声叹息来自泥土中／一条扭动的蚯蚓／它的身体被铁锹铲断／伤口上挤出黑色的血　这叹息弥漫在鄂尔多斯高原／泛起一片绿色的波涛／漂浮在北中国的上空／笼罩一层浓重的暮色／这叹息曾经是呼喊和口号／伴随它半生的战斗生涯／而今它像一面破碎的旗帜／缓缓地飘落在那　这叹息来自男人的胸膛／只有痛苦没有悲伤／他不曾流过一滴眼泪／铁钢也早已让岁月锈蚀／把海水溶于一瓢／用于化解心中的块垒／将白云汇成一朵／让灵魂随着风自由飘扬　漫长的诗句呀／一直铺到晚霞的尽头／那个脚步蹒跚的诗人／孤独已经成为他的享受／起伏的阴山像是一声长叹／蜿蜒的黄河像是一声长叹／他坐在河的岸上／望着滚滚东去的河水／过去那个年代像一声长叹／尚未到来　岁月像一声长叹／他坐在河的岸上／独自唱起童年的牧歌

王中忱：牛汉的每个字都站得很直。

清华大学东亚文化讲座主持人、原《中国》杂志同仁王中忱教授回顾了《中国》从创立到停刊的过程，并谈到了牛汉做人的风骨和写诗的风骨，他说：

《牛汉诗文集》出版座谈会的召开，是热爱牛汉老师、热爱牛汉老师诗的朋友们以及刚才介绍的主办单位共同努力的结果，但是，我想原来还应该有一个单位列入其中，那就是《中国》文学杂志。尽管这个杂志只存在了两年，当年的同仁已经离散四方，但在我们之间始终有一条精神纽带，这条纽带的枢纽就是牛汉老师。1984–1985 年，所谓新时期的文学实际已经完成了体制化的过程，《中国》杂志的突然出现，自然要搅动起波澜。《中国》筹办时，胡风先生就提过建议，他说：这份杂志应该办成文学劳动者，也就是编辑家和作家合作的工作刊物，而不是文学组织的机关刊物。这话写在胡风的一篇短文《我的祝愿》里，但这毫无疑问是一个过分天真的建议。等到正式出刊时，甚至连主编丁玲构想的民办公助的路都走不通。《中国》必须被编组到既定的文学组织里，并且要放在边缘上管理，这注定了这份杂志从诞生之日起就不得安宁。1985 年底，主编丁玲病重，《中国》杂志能否继续存在就成了问题。1986 年 3 月，丁玲病逝不久，当时的作协领导秘密作出所谓改组《中国》杂志的决定。这些当然是和文学组织里多年积累的旧矛盾和新体制下的利害关系纠结在一起的。但从外边看处在矛盾旋涡中的《中国》编辑部内部，当时却相当纯净、明朗和乐观。面对各种各样的压力，编辑部内部没有惶惶不可终日，没有相互推诿，更没有相互算计。特别是在知道杂志即将被停刊之后，在面死而生的半年多时间里，编辑部里反而显得格外平静。尤其是年轻的编辑，每个人都自觉地站在各自的岗位上，努力编好剩下的每一期，并时刻准备发出最后的一声呐喊。而能出现这样的气氛，很重要的一个原因，就是从《中国》创刊起就主持编辑部工作，在丁玲病逝以后，实际承担起主编责任的牛汉老师的人格感召。这里我想说的话太多了，今天来了许多《中国》的同仁，可能心里都有很多话，在此我不想占用太多的时间，我想引用牛汉老师的诗《我的手相》——这首诗先是写一位女诗人给牛汉老师看手相，说你手相太苦了，命太苦了，终生写不出快乐的诗来。这首诗这样写道：

> 这许多年 / 我的诗一直写得很快活 / 没有一个字哭哭啼啼 /
> 他们都是我的骨肉 / 每个字都站得很直

这首诗写于 1999 年，诗里的精神在牛汉老师的身上是一以贯之的，"每个字都站得很直"这是牛汉老师做人的风骨，写诗的风骨。最近《中国》同仁有几次聚会，当年的青年编辑都不再年轻，但是回想起那不到两年的时光，都把在《中国》杂志和牛汉老师的相遇看作是人生道路上的幸运。我们为《牛汉诗文集》的出版感到由衷的高兴，祝牛汉老师健康长寿。

贾玉文：牛汉的精神是典型的定襄人的精神。

山西定襄县县长贾玉文对《牛汉诗文集》的出版和牛汉的生日表

示热烈的祝贺，对牛汉的人品、诗品表示了钦佩，他说：

我代表定襄县委县政府，代表 22 万定襄人民对《牛汉诗文集》的出版表示热烈的祝贺，对牛汉先生 88 岁生日也表示祝贺，对组织此次会议的多家单位表示感谢。牛汉先生是我们定襄人，我作为县长今天来参加本次会议感到非常荣幸，牛汉先生长期以来为家乡增光添彩，鼓舞着家乡人民努力搞好家乡建设。山西定襄是牛汉先生的老家，定襄自古就是风水宝地，人文荟萃，牛汉先生是定襄众多杰出人物之一。牛汉先生是土生土长的定襄人，他一生坎坷，一生坚强，他的精神十分可贵，他的精神同时也是我们定襄人的精神。他的诗，他的人品、他的诗品、他的作品一脉相承，他的品质鼓励和感染着家乡人民，特别是家乡的年轻人。

定襄是文化大县，我是一个重视文学的县长。不重视文化的县长不是好县长，不注重文学的县长不是好县长，不重视诗歌的县长不是好县长。因为牛汉先生身体不便，我曾多次邀请牛汉先生到家乡看看，都没有得到回应，希望牛汉先生可以回定襄看一看家乡和家乡的人民。最后，在此代表定襄县人民祝愿牛汉先生福如东海，寿比南山。

郑敏：牛汉是跟群众最亲的诗人。

著名诗人、北京师范大学教授郑敏叙述了她与牛汉的交往经历，并表示要重新考虑自己对诗人的看法，她说：

我一直把牛汉当做容易接近的一个人，一个毫无架子的诗人，我经常很蒙混地跟他聊天。今天的座谈会给我补了一个大课，我到今天才知道牛汉在人民心中有这么重的分量，才知道他在诗人界的位置。西方诗人都自视甚高，都是高高在上的，地位也很高，因为西方把诗歌捧得很高。但是我跟牛汉在一起，一直没意识到他是这么一个伟大的诗人，因为他的样子很像一个工农，很容易接近，一点都没有诗人的架子。现在我才知道，最最朴实的、带着最最真实的声音进入诗歌的人应该是什么样的。我自己也写诗，我需要考虑诗人与群众是什么关系。今天我上了一堂什么叫诗人的课，我需要重新考虑我对诗人的看法。

屠岸：牛汉的诗充满了泥土的气息，是天然长成的树。

著名诗人、原人民文学出版社主编屠岸从《牛汉诗文集》出版的意义出发，表述了自己对这套书的体例以及对牛汉诗歌艺术特点的看法，他说：

牛汉作为一个诗人和散文家，在历史上的地位是由作品来定位、来证明的。这五卷本的《牛汉诗文集》出版以后，就为历史留下了丰碑，为今后的人留下了精神营养。今后研究家可以从中研究牛汉作为一个诗人、作为一个散文家是如何承前启后的，在后世产生了什么样的影响。五卷本的诗文集为此提供了一个平台，一个文本，所以编辑、出版牛汉诗文集的单位和个人功不可没。我作为一个作者和诗歌爱好者，要感谢刘福春、邹进、人民文学出版社等相关出版单位，清华大学、首都师范大学中国诗歌研究中心，你们做了极其有价值的工作，功不可没，功在千秋。我觉得这套书编得非常好，印制也非常好，纸张、油墨、帧订都是一流的，设计也是一流的，封面上有牛汉的自画像，这个非常妙。有人说这个自画像不是太像，我觉得把牛汉的基本精神体现出来了。把自画像作为封面，是非常智慧的，说明编者的聪明。

再者，谈谈编写的体例。首先是编者做了大量的工作，这套书能够找到的东西都收进去了，可以作为一个全集了。当然了，全集不全是一个通病。但这套书是尽可能地把能收集的都收进来了，我觉得这个很了不起。这对于后人继承牛汉的精神是功不可没的。在体例上，我觉得还是有点问题。两卷诗完全是眉毛胡子一把抓，后面的散文是按年代分的。如果诗是按年代的，那看起来就比较清楚了。后面的散文总体而言是按年代分类的。把诗和散文分开，两卷诗，三卷散文。散文、随感、杂文都放在一起了，按年代分类，有些不清楚。

我还想谈谈我对牛汉的两篇文章的看法，他在20世纪80年代写的一篇叫做《差一点》，还有一个也是这个时候写的，叫做《形式主义与感情稀薄》。曾卓曾说牛汉的诗很多赞美词是没有问题的，但还是感觉到有些作品差一点。牛汉自己说：如果再跨越一步，就可以进入更加完美的境地，这大概跟技巧有关系。为了追求形式的完美，牛汉改了又改，可是越改越板，板就是板结，没有灵气了，失去了最初在心灵里最鲜活的东西，所以还是要恢复原来的。有一种说法是说最高的技巧就是无技巧，就是化境。牛汉是不是还没有达到这种化境呢？我觉得未必。我读牛汉的诗有一种感觉，就是觉得似乎还有一点不够味。牛汉有些诗不是很细腻、很精巧，但是他的最高境界就是在他的质朴当中，在他的浑然天成当中，在他的率性而为当中。他是有些粗，但是粗不一定是缺点。有一种美是粗朴之美，是精巧之美所不能替代的，有一种气息叫泥土气息，还有一种气息叫脂粉气息，你喜欢哪种气息呢？我喜欢泥土的气息。牛汉的诗充满了泥土的气息，牛汉的诗是天然长成的树，他不会制造盆景，他也不屑于去制造盆景，他需要天然地长成一棵树。

牛汉曾在自己文章里提到，卞之琳曾经说过牛汉的诗比较粗，曾卓、冯雪峰等人都对他有相似的批评，认为他的诗差一点儿。但我认为不能为了所谓的完美，而把诗改得越来越板，失去了原有的鲜活的生命。牛汉在他的文章曾提到胡风先生认为形式主义的东西，感情稀薄得很。虽然牛汉的诗从来没有陷于形式主义的泥淖，胡风憎恶形式主义的话还是引起了牛汉的警惕。在这一点上，胡风和牛汉有着共同的语言。牛汉说胡风对诗最反对的就是僵死的形式和形式主义。牛汉自己也常说形式主义让虚伪的感情、玄虚的技巧互生了，形式不是技巧的产物，感情不能够被驯化。我们理解形式跟形式主义是两个概念，形式绝不等于形式主义，形式也不等于格律，这两者不是一回事儿。牛汉的诗是自由体的诗，自有它的形式，这种形式是诗人自己喜怒哀乐感情的流泻，形式是这个感情的载体。牛汉说感情不能被驯化，不能被形式主义框死，但是不能被形式主义框死，还是需要形式来宣泄。

冯至的《十四行集》新格律诗都是有形式的，但并不是形式主义。每个诗人都有自己的风格，牛汉只有运用适于自己的形式，才能流泻出自己对生命的体验，才能写成牛汉风格的诗。每个诗人都有各自的风格，我赞赏冯至，也赞赏卞之琳，我同样赞赏牛汉。卞之琳是不可替代的，冯至是不可替代的，同样，牛汉也是不可替代的。

灰娃：牛汉的诗是他生命的体验，是他一生心血的结晶。

著名诗人灰娃从自己阅读牛汉诗歌的体验出发，谈论了牛汉不同时期诗歌创作的特征，以及牛汉的诗文和牛汉的一生在当今时代的特殊意义。她说：

首先，我祝贺牛汉老师诗文集的出版，祝贺牛汉丰硕的成绩。他这样多的诗、文，是他一生生命深层体验的结晶。通过阅读，我体验着他的体验，体会他一颗赤诚而多灾多难的心灵。

还在年轻时，牛汉就写了许多感人的好诗。例如《智慧的悲哀》、《鄂尔多斯草原》。他写西部严酷的自然，写那里严酷的生存条件及那里的人。还那样年轻就写了诗剧《智慧的悲哀》，其中塑造了几个人物，一个诗人。诗人给人们预言光明，启示人们追求与争取人类美好前途。在沉沉的黑夜，忍受着不被理解的苦闷和悲哀，却矢志不渝地为人类指示出路和前途，带来希望，始终如一，履行自己诗人的天职。这部诗剧与《鄂尔多斯草原》两首长诗同样，意象丰富，语言精练，打动人心。

20 世纪 50 年代他写的一些诗，从深层来看，是对美好理想的歌唱，是对祖国、对人类光明前途的热切期盼。这并非是他一个人的理想，而是我们几代人的理想，对祖国、对人类未来的美好期盼。试想想，我们谁不曾有过那样无私的、热情洋溢热血沸腾的向往与憧憬？

"文革"中，牛汉遭受了不公正对待，然而他却以一颗正义的美和善的心，写出了一系列饱含深意的诗。他心里怀着大委屈，却为人类社会唱出了真善美的歌，以这种智慧的美的创造回报人类。他的诗都是大有深意的，字里行间隐含着弦外之音，富有哲理哲思，像《华南虎》、《松树》、《麂子》等。读他这一时期的诗，心灵会受到很大的震动和摇撼，心中凉凉的又暖暖的。人，在遭受大灾难大委屈的高压之下，灵魂深处竟能发出如此美、如此善、如此正义之声来回报同类，这是多么令人感伤、令人惊奇、令人感慨万端的世间异事啊！这也说明，牛汉雄强、厚实而向善向美的灵魂是怎样顽强不屈地坚持自己诗人的真性情和诗人的天职。在残酷的高压之下他绝不扭曲自己的人格。然而能做到这样又谈何容易呢？牛汉这样的例子少而又少，因而弥足珍贵。

20 世纪 80 年代以来，牛汉写了更多更有深度的诗。比如长诗《梦游》。从中我读出了被捆绑被囚禁被摧残的人身和人心，被那有形和无形的恶势力虐待时，心中积压着无比的愤怒和忧愤、痛苦，渴望冲出牢笼与迫害，挣脱被强加的恶运与蹂躏的苦境。这首诗把反抗的强烈力度刻画得这样生动而深刻，也表现了为争自由而反抗的灵魂有顽强、不肯屈服的内力，予人以极大震撼，读了令人刻骨铭心。这种遭遇也并非牛汉一人经受过，这是 20 世纪中国人及全人类的大灾难，是 20 世纪人类生存的一段不平常的历史。牛汉这首诗好似一座纪念碑，犹如欧洲人为人类大灾难建立的纪念碑和纪念馆。铭刻下那段历史，为大灾难做了史实的记录，是人类罪恶的证明，时时提醒并警示着人类。

牛汉的诗、文，用语考究而自然，真心，真诚，富有汗血气，总体气质与他这个人一样——厚，给人以醇厚之感。同时又满足读者对细腻的深意、心灵深处敏感情思的需要。

我还认真读了牛汉的口述历史《我仍在苦苦跋涉》。书中记录了历史波澜，历史浪潮中一系列的人和事。为社会留下了宝贵的史实资料，记取血的教训。我们曾经历了多次的灾难和浩劫，今天，在经济大潮的冲击之下，我们又正在经受着社会上价值追求、价值取向如此混乱的局面，牛汉的一生是诗的一生，文的一生，他的诗文和作为为我们提供了一个极具意义的价值参考。我要说，我们不是孤单的，牛汉为我们做了榜样。

邵燕祥：牛汉的诗里有苍茫，有疼痛，有温暖，有梦想，有信念，特别是信念。

著名诗人邵燕祥回忆了自己与牛汉的缘分，从二人的相识谈到了自己对牛汉诗歌世界的理解，他说：

我今天没有准备做发言，就是来祝贺牛汉，一个是出版了五卷诗文集，一个是88岁的寿。我接到这个会议通知，想了很多事情，因为在我走向社会、走向人生的路上，牛汉起了一个很重要的作用。1949年5月，我当时在河北正定华北大学一部短期政治训练班学习，准备南下。因为5月底，武汉就易帜了，当时的北平新华广播电台还不叫中央广播电台，因为是刚刚从新华广播部分化出来的，人力不足，需要补充一些年轻的学生干部，于是他们就到华北大学调档，找人。当时牛汉就在华大，在成仿吾的领导下，他提供了若干档案。中央台在这一批档案里选了七个人，到正定找我们个别谈话、面试，通过以后我就不南下了，而是回北平。这样1949年6月1号，我到广播电台报到，10月1号就改成了中央广播电台，然后一直干到1958年成为"右派"，然后摘帽子就回来，1978年离开广播电台，我中青年长期跟广播电台发生关系，就源于牛汉经手提供了我的档案，我也不知道是好事还是坏事。如果他没有提档，我就跟着大家南下了，我们那批人走的是四野的路子，到了广东，有个同学还在打海南岛的时候牺牲了，反正后来七零八落，参军以后的知识青年，是既需要又戒备，稍有风吹草动，就清查清理。

我最早知道牛汉是1951年，《人民日报》的文艺副刊"人民文艺"发了一首诗，是牛汉的《窗口》。我跟牛汉的相识，是在1955年的春天，就是他被捕的前夕，在作协诗歌组开会，开会的间隙，牛汉跟我打招呼。我没想到那一招呼以后他再招呼我，就到了70年代末了。那时我看到牛汉一首诗，叫《歌唱我们的西郊》，发在《人民文学》上。我当时就住在西郊，广播电台宿舍就在西郊，我不知道牛汉已经搬到西郊离我们不远的铁道部宿舍了。那个时候他还是满怀热情地歌颂我们的新中国，包括新北京、新西郊、新房子。

牛汉给我们贡献了一个诗世界，叫做"跋涉与梦游"。刘再复说，跋涉是外宇宙，梦游是内宇宙。牛汉的跋涉从鄂尔多斯、中原大地、上海、监狱、战场开始，然后以50年代中期胡风事件、60年代"文革"作为区隔，到70年代，进入干校以后，基本上都是以梦游为诗。天上、地下、梦里、梦外，都留下了牛汉的脚印，前两卷的诗就是他的脚印，这些诗确实也可以借用绿原集子的名字《人之歌》。不管是前期还是后期的作品，都体现了牛汉的人格。我觉得《牛汉诗文集》第二卷830页的《无题》就很有意思，他站在中国南海边，头顶长天，面朝大海，身后是高山，他并不觉得自己渺小，他是一个人，这就是道人之所未道。他看很多人写大海，相比之下觉得自己的渺小，牛汉不说这个小话。

牛汉真是我们中国诗人的杰出代表，从身高也代表了，男子汉的，阳刚的，硬骨头的！此刻，我心中有一首诗在沸腾：

是大诗如大海，是长诗如长天，是纵拔的诗如高山，是飞翔的诗如歌唱的海鸥。

我要踏着牛汉的大脚印走，跟着你跋涉，苦苦跋涉，我希望跟着你的路能够逐渐平坦一点。我们希望能像你那样，用理性、用热情、用幻想、用梦想写出我们的诗来。

今天早上我10点出发，从郊区密云过来，一路上，冬景萧瑟，草木凋零，上午也没有薄弱的阳光，我觉得这个世界特别像艾青的《在北方》的意境，也像牛汉早期的《鄂尔多斯》那样的寒凝大地，但是我从牛汉的诗里能感到温暖。我觉得北方大地给牛汉提供的背景用一个词来形容就是莽苍苍。这的确是江南风光所不能替代的，这样"莽苍苍"从后期的《梦游》诗句里就色彩丰富了，而且应当说后期的诗更凝练更纯粹，而且写得既苍茫又温暖。总之，牛汉的诗里有苍茫，有疼痛，有温暖，有梦想，有信念，特别是信念，也包括很强很强的自信，我这样一个缺乏自信的人希望可以从你那儿借点光借点火。

吕正惠：牛汉诗中有很大的伤痛，但又会给人很大的安慰。

台湾著名学者、台湾淡江大学中文系教授吕正惠特地从台湾赶来参加此次座谈会，他动情地讲述了20世纪80年代第一次阅读牛汉的感受以及牛汉诗歌的特征，他说：

这是我第二次见到牛汉先生，感觉非常亲切。80年代有一次我来北京，王培元先生带我见了牛汉先生，那是第一次见面。那时候刚刚看完牛汉的《我仍在苦苦跋涉》非常感动，非常想见牛汉，因为在台湾很长时间看不到大陆的东西，大家很难相信我是在90年代的时候才看到"九月派"的东西。牛汉的诗我是1998年才买到的，人民文学出版社的《牛汉诗选》。

我自己的专业是古代文学、台湾现代文学，很少有时间读大陆的东西。直到有一天读到牛汉，觉得牛汉是个大诗人。我对自己这个念头很吃惊，如果我承认牛汉是个大诗人的话，那我以前对新诗的观念是有问题的，我对新诗的看法需要调整。可是我不太肯定，等到读了《我仍在苦苦跋涉》的"我的第二次创作高潮"，我非常感动。诗歌的生命从哪里来的呢，无法理解。我又把牛汉的诗重新找了出来，如《悼念一棵枫树》、《伤疤》，没办法分析出来，只觉得诗中有很大的伤痛，但又有一种给你很大的安慰的感觉。怎么才能达到同时具有这两个作用呢？我开始想我读过的诗中有没有与他的比较接近的？后来我想到了阿赫玛托娃的《安魂曲》，因为都是在一个大苦难之后，痛定思痛，写的对人的生命的一种思考以及感情的难以承受，在这种难以承受之下对生命的肯定。这些都能够在牛汉的诗里表达出来。所以2010年8月份我听说《牛汉诗文集》要出版，很兴奋，中忱老师邀请我来参加出版座谈会，我便不顾一切地跑来了，来了发现真是没有白来。总而言之，我一定好好读这套书，连散文都让我很感动，一定会给我将来的生命带来更大的力量。

任洪渊：他们的诗歌是中国现代诗歌史上的丰碑。

著名学者、北京师范大学中文系教授任洪渊认为牛汉的诗歌是不朽的，他说：

我是带着敬意来的，因为牛汉先生、燕祥先生是我诗歌写作的前贤，我对他们一直带着一种敬意。我相信牛汉先生和燕祥先生的诗歌是中国现代诗歌史上的丰碑，是不朽的。我为他们两位写过两篇文章，他们的诗是不朽的，我也希望他们永远不要死去。

孙玉石：牛汉有一身的正气和美丽的骨头。

著名学者、北京大学中文系教授孙玉石因事无法与会，特写来贺信，托会议主持人孙晓娅转达他对牛汉的敬意，他说：

牛汉先生是我十分心仪的杰出诗人。他的许多美丽而深沉的诗、散文诗和散文创作，他坚毅倔强的人格与精神，他一身的正气和美丽的骨头，始终为我所敬慕，尊重。我常得到先生给我的鼓励和提携，他是我心中尊敬的前辈和朋友。请转达我对牛汉先生的敬意，并祝贺他的诗文集的出版。我会重新拜读，撰写文章，以表示自己深深的敬意。

王培元：做人要再深沉些。

著名学者、人民文学出版社编审王培元与牛汉交往颇多，他深情地叙说了自己对牛汉诗歌的感受，回忆了牛汉在他人生道路上起的作用，他说：

读牛汉先生的诗，他的人、他的面容、他的形象老在眼前晃动，他的人和诗是血脉筋肉不可分离地融为一体的。他说过，诗是他的血亲，散文和诗都是他的命，他还说他的人和诗都不成熟、不优雅，太野、太粗、土气、有汗血气，血和汗分不清彼此地混合在一起，所以他被称为汗血诗人。他自称人姓牛，诗属龙，牛是倔强的，龙是难驯的。从他的诗里读出的也正是这样的感觉和感受。他不是职业作家和诗人，他不是为写诗而写诗，不是为艺术而艺术的那一路诗人，他的诗是情感的燃烧，是汗血的蒸腾，生命力的勃发。在中国文学史上追溯起来，他是属于屈原、司马迁、曹雪芹、鲁迅这一谱系的。他的诗闪耀着神圣、庄严、热烈的人性的光辉，极富有感染力、冲击力和震撼力。牛汉先生和雪峰、绀弩一样，是朝内大街166号我们这些后生尊敬、敬仰的前辈，是人民文学出版社第一代编辑，对他我们都怀有一种特殊的感情。在20世纪80年代末，我曾陷入消极颓废的状态不能自拔的时候，他盯着我的眼睛说："我可不混。"这给了我特别的温暖和很大的力量。我非常感激他，不知为什么，每次见到他，无论已经多么熟悉，多么亲切，都会同时产生一种热烈庄严神圣的感觉。

牛汉先生说艾青曾提醒过他，做人做诗都要再朴素、再深沉些。和牛汉先生在一起的时候我也希望听到他对我的教诲，但不曾刻意向他请意。2009年有一次见面，他对我说，做人要再深沉些。我记住了他的话，永远也不会忘，而且想到这句话时，往往会想起他20世纪80年代写的一首诗：

沉默，不是没有声音 / 沉默只是声音一时的晕厥和梗塞 / 声音并没有寂灭 / 它闷在一个胸腔里 / 还会雷一般醒过来 // 诗人塞

费尔特说他到了晚年／才学会沉默／学会把呐喊憋在喉管以下／学会用牙齿咬碎自己的歌／沉默是深沉的冲动

这首诗的题目就叫《沉默》。

唐晓渡：他的作品和自我认知让我们踏实了很多。

著名诗评家、作家出版社编审唐晓渡也追述了自己最初读牛汉诗歌的阅读体验，他说：

我最早在《诗探索》上读到牛汉老师的诗，很受震撼。从趣味上说，我一下子就被他的诗征服了。后来我搜集了很多牛汉先生的诗来读，等我第一次见到他的时候，我就觉得他像亲人一样，是精神血脉上的亲。他们这一代人的精神，是建立在一种巨大的缺失上的，不管是因为新世纪的幻觉，还是因为内心巨大的恐惧和不能忍受的苦难。我非常喜欢牛汉先生的《谈谈我这个人，以及我的诗》，下面读其中一段表示我对《牛汉诗文集》出版的祝贺：

加拿大有一位女诗人安妮·埃拜尔（Anne Hebert）写了一首诗，说她是一个瘦骨嶙峋的女孩，但有美丽的骨头。我为她这一行诗流了泪。她是个病弱的诗人，比我大七岁，但她的骨头闪耀着圣灵的光辉。她活得很坚强。我的身高有一米九十，像我家乡的一棵高粱。我也是一个瘦骨嶙峋的人，我的骨头不仅美丽，而且高尚。安妮·埃拜尔精心地保护她的骨头，她怜悯她的骨头。而我正相反，是我的骨头怜悯我，保护我。它跟着我受够了罪，默默地无怨无恨，坚贞地支撑着我这副高大的摇摇晃晃的身躯，使我在跋涉中从未倾倒过一回。我的骨头负担着压在我身上的全部苦难的重量，当我艰难地跋涉时，能听到我的几千根大大小小的骨头在咯吱咯吱地咬着牙关，为我承受着厄运。每当夜深人静，我感到我的骨头在隐忍着疼痛，我真担心它们会弯曲和破裂。谢天谢地，谢谢我的骨头，谢谢我的诗。现在，我仍正直地立在人世上。大家都说诗人的感觉灵敏，我的感觉的确也是很灵敏的。但是，我以为我比别人还多了一种感觉器官，这器官就是我的骨头，以及皮肤上心灵上的伤疤。它们有的如小小的隆起的坟堆，里面埋伏着我的诗，不是埋葬。我以为生命里有很多伤疤的人比完美光洁的人更为敏感。伤疤形成的皮肉虽有点畸形，却异常的细嫩，它生有百倍于正常皮肉的神经和记忆。我有许多诗，就是由疼痛的骨头和伤疤的灵敏感觉生发而成的。每行诗，每个字，都带着痛苦和信心。它们有深的根，深入到了一段历史最隐秘处。法国诗人夏尔说：在痛苦中的嗅觉是准确无误的，这话我十分赞赏。

读了这段话后，再把牛汉老师放到当代的诗人、艺术家、知识分子的谱系中，我们会发现他的作品和自我认知让我们踏实了很多，这也是我说的让我们有一种亲人的感觉的核心。

西川：把梦游和噩梦作为一种文学展示出来。

著名诗人、中央美术学院人文学院副教授西川从诗歌写作经验的角度看到了牛汉诗歌创作的贡献与意义，并发现了牛汉诗歌创作中非常核心的思想内容，他说：

中国文化当中有一个每一代人都要往下传的文脉，它就是一个链子，一环扣一环，一环一环地往下传递这种精神。不同时代的人写的东西可能不一样，但这种精神是一脉相承的。我们非常有幸，从写作的开始一直到现在，跟牛汉老师从精神上有一种亲密感。我并不想谈太多苦难的问题，我愿意从诗歌的角度来谈谈。牛汉先生的诗都很短，如这首《读阿垅悼亡妻》，非常偶然的一句话都能看出牛汉的巨大存在。有些人的存在是文字的存在，牛汉老师在他的诗歌和散文里。这种存在是带有体积感的，这并不是完全跟一个人的身高有关系，是写作本身有体积感。这是让我觉得非常不一般的地方。

今天我们的题目——《跋涉和梦游》，梦游对牛汉老师来说是多少年来的经验，在中国现当代文学中，不知道还有没有其他的把梦游和噩梦作为一种文学展示出来的写作者，但是牛汉的个人经验使得他在写作的过程中发明了一种口吻，这是一种真正的贡献。博尔赫斯说过：我们已经写了多少本关于梦的书了，但是我们还没有一本关于噩梦的书。当然牛汉和他说得很不一样，他这种带有噩梦的梦游使得他的写作进入到了一种没有人特别透彻地论述过的境地，实际上就是把自己推到无人之境。这些东西对于每一个写作的人来讲有时候是可望而不可即的。牛汉的这种梦游、噩梦一直表现在不直接写梦的作品中，如《一首难以定稿的诗》，这种感觉让我觉得他触及思想中非常核心的东西。这种东西曾经被卡夫卡表达过，是那种永远朝一个城堡走、却永远也走不到；曾经被《等待戈多》的作者贝克特表达过，如："我的面孔一直朝向地狱／而脚步为什么迈不进天堂？"这个我觉得已经触及无论是文学还是灵魂一些非常深入的东西，这种东西使得写作本身成为超出一种风格的文学。因为一种文学用风格来描述它的时候，就显得小了。所以牛汉的写作里面已经达到了这种力量，这让我想起了叶芝的一行诗：现在我萎缩为真理。

食指：牛汉不肯轻易地低头附和的精神使他傲立文坛。

著名诗人食指用佩服的语气说道：

牛汉一生苦苦跋涉，他身上有一股正气，一股子英雄气，这是现在的社会应该大力提倡的。他一生在风雨泥泞中求索，不肯轻易地低头附和的精神使他傲立文坛。同时祝牛汉先生的身体一天天好起来。

王光明：牛汉还是一个会做梦的、梦游的、有展望的诗人。

著名学者、首都师范大学中国诗歌研究中心专职研究员王光明教授从牛汉诗歌接受和诗歌创作的角度出发谈论并朗诵了牛汉的诗歌，他说：

牛汉先生那么多重要的诗篇应该在文学史的教育中体现出来，我也一直在做这个工作。今年高教出版社出版的《中国文学史》，其中牛汉先生是我写的，写的篇幅比较长。这样以后会有更多的学生知道牛汉老师。我非常同意大家的想法，牛汉的诗体现了诗和人的一致，他的诗是有骨头的诗，这在中国诗歌史里非常难得。我还想说牛汉老师的诗歌还不仅是这些，他还是一个会做梦的、梦游的、会有展望的诗人。我认为牛汉的有一首诗很重要——《空旷在远方》，展示了远方那种对人的一种闹人的诱惑，我想把这几行诗念给大家听：

空旷总在最远方／那里没有语言和歌／没有边界和轮廓，只有鸟的眼瞳和羽翼开拓的天空／只有风的脚趾感触的岸和波涛／空旷是个恼人的诱惑

牛汉：我现在活得还是很自信，因为一辈子干干净净，没有堕落，没有逃亡，没有背叛。

我没想到今天这会是这么一个场面，是一个研讨会。大家谈我的

人、我的诗，谈得这么深沉，这么动人。我过去一米九，那么直，那么硬，现在坐轮椅，走路这么困难，但是我的精神、性格没变。20 世纪 50 年代我伤到了腰，留下了病根。历史对我的伤害，我现在体会到了。我的一个朋友，西北大学的同学，原来在河南做地下党的工作，他就是脾气比较平稳，解放前得的肺病，奄奄一息，现在还活得很好。每一个人的遭遇都不同，我现在走路非常困难，但我还是活着，还是很乐观，而且没有影响我的思维，我的臭脾气一点都没变。

刘福春编辑的时候有他的想法，所以我一个字都没有改。我一辈子写的诗，没有一个字是为政治服务的。像抗美援朝时期，歌颂领袖、斯大林的诗，我也没有去掉，因为当时很年轻，20 多岁，当时是很真诚的，带着理想主义在歌颂。从 1940 年一直到 2000 年以来的诗，我都保留了，没有改一个字。我这一生的遭遇通过诗，如实地反映出来。40 年代、解放前的诗，很真实，可以看到年轻人很单纯，没有政治诗。文化大革命到干校以后写的诗，尤其是 1972 年以后，那时候人的整个精神状态有一个很大的变化：我 1938 年参加的党，领导我们的人回延安了，我们的组织关系没有了，40 年代又重新入党。我对"讲话"的精神从 40 年代就开始反对，自始至终反对了一生，现在还没有变。

我一辈子的文章和诗好的少。艾青在 1996 年时说他一生能留下十首诗就满意了，我说我有两三首就满意了。我的诗大部分写得比较粗，没有屠岸这么严谨，这么讲究。这种粗的性格一辈子没变，我也不愿意改。我现在活得还是很自信，因为一辈子没有干过坏事，干干净净，没有堕落，没有逃亡，没有背叛。

我感谢大家，今天这么多人，我非常感动。《中国》的这几位编辑都来了，诗歌界比较年轻的也都来了，他们的发言我都很感动。但是我还是怀念好多死去的写诗的人。吕剑还活着，他当时在《人民文学》发的我的《北京的西郊》，还有公木。我翻了几次诗文集的目录，很伤心，因为好诗不多。但是散文比诗写得更自由一些，1987 年《中国》建刊以后，不管不顾了，写得比较随便了。诗还是有些规矩的，散文已经没有规矩了，可能是受聂绀弩的影响。散文虽然短，但是写得比诗要好。今天本来不想说话，脑袋现在还是晕晕的，前言不搭后语，但是很感动。

一生忘不掉，到死忘不掉。

慧心灵工说不尽

——纪念卞之琳百年诞辰清华座谈会录音整理①

◇ 孙晓娅　徐　玥

卞之琳先生是现代著名的诗人、文学评论家和翻译家，著译等身，成就非凡。2010 年 12 月 4 日，清华大学中文系和清华人文高等研究所联合主办了纪念卞之琳诞辰 100 周年座谈会。来自京津杭等地的专家学者围绕新公布的一批卞之琳佚文佚简展开了热烈而又深入细致的讨论。

会议由清华大学中文系解志熙教授主持，他首先致辞，对各位专家学者的到来表示热忱的欢迎，并希望大家自由抒发、畅所欲言。

2010 年，这个月的 8 日是卞之琳先生的百年诞辰，2 日又是他的十周年祭日。斯人已逝，诗文永在；抚今追昔，能无感怀？因此，清华大学中文系和清华人文与社会科学高等研究所联合举办卞之琳先生纪念座谈会，以示纪念，略表敬意。承蒙各位先生女士拨冗参加，我们表示热忱的欢迎和真诚的感谢。

卞先生是现代中国文学史上非常重要的诗人、著名的文学翻译家，一生著译等身、成就非凡。而说来令人感慨，今年有不少文化名人迎来百年诞辰，纪念活动都很热烈，而唯独遗漏了卞先生，我想这不是有意的冷落，事实上，前不久我曾经问过社科院外文所，他们说是记错了时间，误以为是在 2011 年，所以 2010 年没有搞什么活动，这当然是情有可原的。而我们也是在半个月前才临时想到，于是匆匆筹办了这个小型的纪念座谈会。因为事出仓促，准备不周，不敢劳动外地的同志远道来京，而只限于京津地区的学者诗人，但浙大的江弱水先生不知从哪里知道了消息，还是远道赶来了。会议时间也只有短短的一天，这是非常抱歉的。

好在人数虽少，大家都是对卞先生诗文有研究的专家，可谓有备而来；时间虽短，但就我们这个座谈会的规模而论，也足以让每个人尽兴而谈了。我们准备了一点材料，编为《卞之琳研究资料》，主要是卞先

---

① 本文根据研讨会代表发言录音整理，未经本人审阅。文责由整理者承担。

中国诗歌研究动态（第八辑）

生早年的习作和 20 世纪三四十年代的佚文佚简，以及 40 年代国内外对他的几篇重要评论文字，先发给大家参考。下面就请大家自由发言吧。

北京大学中文系方锡德教授从相对论的内容和影响谈起，着重阐述了相对论时空观对卞之琳诗歌思维方式的影响。他说：

对于卞先生这样一位著名的诗人、翻译家，最好的纪念方式一个是热心学人把他的余稿收集起来，另一个则是继续推进对卞先生的研究。

几年前，在为严家炎先生主编的《二十世纪中国文学史》撰写"戴望舒、卞之琳和现代派诗"一节时，我曾写过下面一段话："卞之琳以爱因斯坦相对论的新宇宙观作为诗歌思维方式的基础，展开诗歌的逻辑运思和艺术想象的翅膀，省察自我心灵，感觉人生宇宙，建构起诗作内容的想象世界。"实际上，这个说法是不完整的，严谨一点的判断应当是：卞之琳的诗歌思维方式的基础，不仅包含相对论宇宙观，还应当包含《周易·系辞》中的"生生之谓易"的宇宙观和庄子相对主义哲学中的朴素辩证法等积极内容，是这三个方面的融合。但今天我要谈的，依然还是相对论的宇宙观对卞之琳的影响这个话题——我觉得这一方面并未引起卞之琳诗歌研究者的足够重视。

谈到宇宙观，我们中国人的习惯说法是"天地为宇，古今为宙"，宇宙观也就是时空观。爱因斯坦创立的相对论是关于时空和引力的基本理论，分为狭义相对论和广义相对论。相对论的基本假设有三个：光速不变原理、相对性原理、等效原理。牛顿的经典力学解释不了高速运动的物体和微观条件下的物体，而相对论解决了高速运动中的问题，量子力学则解决了微观亚原子条件下的问题。牛顿经典力学的时空观是绝对的时空观，即空间是平直的、各向同性的和各点同性的三维空间——绝对空间，时间独立于空间，它一直充当着不同于三个空间坐标的单独一维，因而也是绝对的。相对论认为空间和时间并不相互独立，而是一个统一的四维时空整体，不存在绝对的空间和时间。20 世纪相对论的提出极大地改变了人类对宇宙和自然的"常识性"观念，提出了"同时性的相对性"、"四维时空"、"弯曲的时空"、有限无边的宇宙、大爆炸宇宙学说，以及黑洞等全新的概念，提供了一种观察和认识世界的全新方式。这种观察世界的新的认知方式，归纳起来大概主要有以下三个方面：①参考系（或坐标系）的概念被提高到认识世界的首位；②相对性原理成为观察世界和认识事物的重要原则；③"关系论"取代了"决定论"。根据中国社科院哲学研究所罗嘉昌先生的研究，相对论对 20 世纪的哲学、现代主义和后现代主义的发展，都产生了深刻的影响。相对论对哲学中的新康德主义、逻辑实证主义、分析哲学、现象学、过程哲学、"客观相对主义"、解构主义等都有着渗透性的影响。后现代主义思想家伊·哈桑甚至宣称："后现代主义的基本特征发轫于爱因斯坦的物理学和尼采的阐释学。"

这里我要讨论的是相对论时空观对卞之琳诗的思维方式的影响。诗人徐志摩在 1921 年曾发表长文《安斯坦相对主义——物理界大革命》，介绍了相对论的基本学说，但徐自己在诗歌创作的思维方式上并未受到相对论时空观的影响。那么诗歌创作受到过徐志摩影响的卞之琳是否懂得相对论？这个问题值得关注。我觉得卞先生受到过相对论的影响。我在卞先生现有最全的集子《卞之琳文集》和《卞之琳译文集》中，发现他多次谈到对《周易·系辞》中"生生之谓易"的神会和对庄子相对主义哲学的感悟，甚至谈到 1938 年到延安后"也初窥了辩证唯物主义与历史唯物主义的门径，……一生受用不尽"。可不知为什么，他就是没有直接谈到过相对论时空观对他的影响。因此还需要做一点求证。我这里提供两条材料以说明卞之琳 20 世纪 30 年代对相对论是相当熟悉的：

1. 卞之琳 1936 年在散文《成长》中谈论庄子时说："他把'绝对'打个粉碎。……他甚至于想创立第四度（Fourth dimension），'以天地为春秋'。"正如前面谈到的，引入时间这一维度，建立四维时空观，正是相对论时空观的重要内容，而且卞先生特别用了英文"dimension"（维度），在绝对时空观中，是没有"第四度"这个概念的。这说明卞之琳在 30 年代对相对论时空观的基本内容和基本概念是相当熟悉的。

2. 诗歌《距离的组织》的两条注释中卞之琳后加的几句话。《距离的组织》1935 年 2 月发表于《水星》第 1 卷第 5 期上时，只有三条注释，即第 2 行"罗马灭亡星"的注释，第 7 行"灯下验一把土"的注释，第 9 行"戏弄盆舟"的注释。而在 1979 年人民文学出版社出版的《雕虫纪历》中，这首诗的注释已经变成了 7 条。这些注释显示，卞之琳已经开始有意识地谈论相对论对自己诗歌的影响，并运用相对论的观念来注释自己的诗歌作品了。其中，尤其值得重视的是作者在原注释的基础上新增加的两句话：①第 2 行"罗马灭亡星"注释的最后一句"这里涉及时空的相对关系"；②第 9 行"戏弄盆舟"注释的最后一句"这里从幻想的形象中涉及微观世界与宏观世界的关系"。"罗马灭亡星"的被观察和报道，正是相对论推动的天体物理学的发展。卞之琳在30年代就关注恒星演化的相关信息，并将恒星演化的现象写入诗中。而70年代末对诗歌《距离的组织》的补注，更直白地说明他的诗涉及时空的相对关系、微观世界和宏观世界的关系。由此不难看到，30年代的卞之琳不仅熟悉相对论，而且运用相对论的哲学，观察世界，省察内心，通过观物取象，把自己对人生和世界的相对性思考的哲理智慧，贯注到自己的诗歌创作之中。

下面我想通过卞之琳20世纪30年代中期一些在形式、技巧上独具特色的著名诗歌，如《尺八》、《圆宝盒》、《断章》、《航海》、《音尘》、《距离的组织》、《旧元夜遐思》、《鱼化石》、《白螺壳》等，就相对论时空观对其诗歌思维方式影响的可能性作一些归纳性的说明。

1. 扩大了诗歌的思维空间。这主要表现为诗歌想象力和视域的延展。视域的延展，分别指向微观世界和超越宏观的宇观世界两方面。卞之琳的诗歌既能对微观世界洞幽烛隐（如《白螺壳》），又能在宇观世界驰骋遨游（如《圆宝盒》）。

2. 相对性原理在诗歌构思和诗歌表现方面的运用。在卞之琳的诗歌中，能够看到许多具有相对性的命题，如时间与空间、有限与无限、绝对与相对、偶然与必然、实体与表象、存在与觉识、理想与现实、历史与当下、有与无、生与死等。

3. "参考系"的原则在诗歌表现技巧上的运用。如抒情主体的变换，戏剧独白与对白的交叉等等。典型的例子如《断章》。

北京大学中文系孙玉石教授深情回忆了与卞先生的几次交往，并从解诗学角度对《足迹》一诗原貌的重新发现和后来的修改进行了详细阐释。他说：

在我研究新诗史的过程中，卞先生是一位令我非常尊重和推崇的诗人，我与卞先生的接触始于1981年陈山《新月派论》的论文答辩会，当时先生是答辩委员会委员之一，他在肯定论文的同时，谈到自己既不属于新月派，也不属于现代派，不要简单地把一个诗人划归到一个流派中来的观点。第二次是在马良春主持的一个讨论现代文学思潮、流派的会议上，卞先生再次表示不太赞成完全用流派来研究新文学复杂、丰富的现象。第三次是《诗刊》主办的一个纪念"五四"运动的座谈会，我向卞先生讨教梁实秋化名"絮如"在写给胡适的信中把先生与何其芳的诗称为谁也不懂的糊涂文这件旧事，卞先生表示那只是梁实秋和胡适演的一场戏，他作为小辈，仍坚守自己的探索，并未受到影响，并认为没有创作实绩的争论都是空的。1990年以后，我编《现代诗导读（第一卷）》，收入的被解读的诗，在数量上，李金发最多，卞先生第二多。我托刘春把书带给卞先生，先生客气地写来一封信，信中说："粗翻了这本书，有些意见可以仔细交流，什么时候有空可以到我这儿来一趟。"我后来因为个人原因，没能前去拜访先生。现在想来，没能就先生的诗的解读问题与他进行一次对话，实在非常遗憾。和卞先生的几次交流和通信给我留下了一辈子的回忆，这是一位诗人对一位青年研究者的启示和关怀。

卞之琳先生是一位勇敢探索并达到很高艺术品位，富有创造力和冲击力的杰出诗人。他一生为诗而生。他的许多作品，每一次都给人们带来新颖和美丽的想象空间。他为新诗现代化进程奉献了披荆斩棘的新鲜成果。从《三秋草》、《汉园集》、《鱼目集》、《慰劳信集》到《十年诗草》，作品数量不多却作风谨严坚实，20年历程里留下了他为新诗走向现代化最积极热忱的探索足迹。他的创造极大地丰富了新诗的品格，拓宽了新诗的道路。他的创造为新诗走向多样化、精品化、智性化，走向民族与西方艺术的融合之路，作出了不朽的贡献。卞之琳先生的艺术生命将永久与新诗同在。这种艺术生命的永久性，来源于他对于新诗艺术勇敢的"冲撞"。这里，我想就一首短诗的原貌重新发现以及后来的修改，从一个侧面谈一谈对于先生勇敢的艺术冲撞所体现的价值和意义的理解。算是对卞之琳先生的一点纪念吧。

2010年7月，我再次重读朱光潜创办的《文学杂志》1937年5月1日创刊号。见到该期刊物中，除发表了叶公超非常有价值的论文《论新诗》之外，于"诗"的栏目里，特别刊登了三个重要人物的新作：胡适的《月亮的歌》，戴望舒的《新作二首》（《寂寞》、《偶成》），卞之琳的《近作四章》，里面的四首诗，除《第一盏灯》、《多少个院落》、《半岛》外，就包含最初刊发的《足迹》一诗全貌。《足迹》全诗，后来未曾收入后来的任何集子。现兹将《文学杂志》初刊的全诗录于此处：

十年前卖梨的还叫在你门前；／悲哀是谁的？他的还是你的，／你经过了千山万水的？／想想看，哪一所城市里哪一条长街上／哪一面陈列窗抢过你一个面影。／哪一面陈列窗里俏丽的新皮鞋／（多少对眼睛同赞巴黎品？）谁穿了／点过了哪一条清脆的人行道，／哪一条石桥？该有巴黎皮鞋匠在想吧。／想吧，你穿了那双皮鞋的，／你经过了千山万水又回来的。／蜜蜂的细腿已经拨起了多少只果子，／你的足迹呢，沙上一排，雪上一排，／全如水蜘蛛踏在水上的花纹？

此诗全貌，为1942年版《十年诗草》中《装饰集》所未收。1984年6月人民文学出版社《雕虫纪历》也未收。香港张曼仪女士所编三联书店出版的《卞之琳》一书所选诗歌部分，亦未收入。但张曼仪在该书所附《卞之琳年表简编》1937年项下，有如此记载："三月，作诗《雪》及《泪》，分别发表于天津《大公报·文艺》副刊同年五月十六日及《新诗》二卷一期（一九三七年四月十日）。约于同时作了《第一盏灯》、《候鸟问题》、《足迹》及《半岛》，后以《近作四章》为题，发表于《文学杂志》创刊号。三月至五月，又先后作《无题》五首，作《车站》、《睡车》、《妆台》、《路》、《雨同我》、《白螺壳》、《淘气》、《灯虫》等。作者曾于是年五月，在杭州把含《文学杂志》所发《第一盏灯》等四首诗在内的本年所作诗十八首，加上先两年各一首编成《装饰集》，题献给张充和，手抄一册，本拟交戴望舒的新诗社出版，未果，后来收入《十年诗草》。"其实，张曼仪所述，并不完全准确。翻阅1942年5月由桂林明日社出版的《十年诗草（1930–1933）》内之《装饰集》部分，所收20首诗中，并未见《足迹》一诗。猜测应该是作者编《十年诗草》时，自己有意将《足迹》删掉未收。此后一直为一首集外佚诗。到了2002年10月安徽教育出版社所出《卞之琳文集》中，《足迹》全诗仍付阙如。只是在该《文集》第1卷的《集外集（1931–1937）》内，"增补《集外集》诗6首"中，才可以读到《雕虫纪历》增订版中经作者删刈，并依据原诗末尾三行重新断句修改而成的这首四行小诗："蜜蜂的细腿已经拨起了／多少只果子，而你的足迹呢，／沙上一排，雪上一排，／全如水蜘蛛织过的水纹？"如此这般的未收入诗集或删刈文本，应该是作者的有意为之。删刈修改结果，一是致使《文学杂志》初刊《足迹》一诗的全貌，很少为人们所知晓或提及；二是使这四行小诗，失去前面的所"喻指"的实际性生活内涵，仅仅剩下了作者用以抽象升华抒情内涵的象征比兴的物象"喻衣"本身，以致给人感觉是跳跃玄秘，来去无踪，不知所云，增加了理解的难度，以致使《足迹》可能成为一个难解之"谜"了。仅凭这删改后的四行诗，确如一个无法进入的"哑谜"，很难把捉其中的内涵。我们找到全诗原貌之后，对于作者删改原因及四行小诗隐含内容，虽然仍需研究者自己去猜测，但毕竟比起仅有突兀孤立的四行诗来，可以更容易走近诗人的创作意图和诗作内涵了。反复阅读全诗，仔细找寻各诗行之间的微妙关联，就会更加容易明了其中写作方法的新奇尝试和抒情内涵的奥秘。

我们可以看出，和收入《装饰集》的几首《无题》诗等不少作品一样，《足迹》显然为卞之琳在特定情景和对象激发之下所写的一首情诗。它是诗人写给自己当时正在热烈追求中的张充和小姐的。诗里所用的西方类似"意识流"一类的现代性表现手法，使这首诗显得更神秘，跳跃，轻松，更加现代而隐晦。我冒昧猜解一下，"足迹"，应该是指诗人所经历的爱的"足迹"，即一对情侣之间热恋感情曾经有过的一段美好记忆而终无所收获的"足迹"。前三行诗是点题。"十年前卖梨的还叫在你门前；／悲哀是谁的？他的还是你的，／你经过了千山万水的？""卖梨的"可能隐含一种富有爱的"甜蜜"的呼唤之意吧。诗人以富于多向蕴涵的意象，说十年来执著地"叫卖在你门前"，大概暗示诗人对于自己热恋之人甜蜜而执著的感情追求，至今却仍然未能获得满意的回应，因而感到一种"悲哀"了。这"悲哀是他的还是你的？"的设问里所暗示的答案，我猜想是说恋人的，包含了"我"和"你"在内，更多可能是说的诗人自己。因此才说，这一点"你"的心里应该是很明白的。"你经过了千山万水的？"是想说，你已如"曾经沧海"，你是理解我内心里长期未获回答而感到的"悲哀"的。在这里的"千山万水"，是一种漫长爱的情感经历的象征。后面一系列意象，诗句，都是想象里展开爱的追求中漫长的"足迹"。哪一所城市哪一条"长街上"的陈列橱窗，"抢过你一个面影"，即留下了我们爱的"足迹"。谁穿了那橱窗里陈列的新皮鞋，清脆地"点过"了哪一条街道，哪一条石桥？这记忆里的人，就是"你"，"想吧，你穿了那双皮鞋的，／你经过了千山万水又回来的"。看去写的是外在生活的漫长跋涉，实际暗示的却是期待感情"归来"的跋涉。最后三行，诗人的笔调，由现实生活的抒写，进入自然物象的象征。"蜜蜂的细腿已经拨起了多少只果子"，这是以蜜蜂的细腿暗喻人的身姿，"果子"暗指被激发的爱的感情，"而你的足迹呢，沙上一排，雪上一排"，讲过去爱的"足迹"所遗留痕迹的回想，"全如水蜘蛛织过的水纹？"暗示比喻所爱之人"足迹"的轻盈，更道出诗人期待爱的获得的渺茫。读《足迹》之后，会感觉有一种失望而又甜蜜的悲哀意识隐含于其中。诗的删刈，自然更增强了四行短诗自身的隐藏度与模糊性，更凝练而富于猜想魅力，但如果看了复原之后的诗作全文，前后连起来阅读，对于被删刈的《足迹》内涵的理解，就更有帮助了。而且，《文学杂志》所刊原诗，与删刈后的四行小诗，为我们提供了理解进入卞之琳新诗表现方法探索试验的一个典型文本，提供了其创造与修改过程的艺术用心和价值意义。两个文本的对读互解，也为现代解诗学的多样性美学思考，展示了一个值得珍视的经验渠道。这正如朱光潜先生说的，是一种值得珍贵的"新技巧新风格"向"最大抵抗力"勇敢冲撞的成果，在艺术探索中具有独特的"意义和价值"。同时，我们将两个文本的对读互解，也为现代解诗的多样性美学思考，收获了一点值得珍视的经验启示。

天津师范大学文学院高恒文教授就卞之琳诗的删改补充了一些细节问题，同时指出《足迹》原诗中的许多意象都有来历。他说：

我在这里补充几点细节。卞之琳的诗 90% 以上从首次发表在刊物上到收入诗集都改过，前期诗集如《三秋草》、《鱼目集》和以后的《十年诗草》，都在原来基础上有过改动，而最大的改动发生在编《雕虫纪历》时。改动对理解和研究卞诗非常重要，体现了他创作上的艺术推敲。但是研究作于 20 世纪三四十年代的卞诗，不能用《雕虫纪历》本和文集本，建议大家用最初发表在刊物上的版本。另外，我觉得《足迹》中一些重要意象很有来历。如"果子"与卞之琳翻译的瓦雷里诗中的"果子"有关，这个意象后来在他的散文《成长》中也被引用过。"蜜蜂"也是瓦雷里诗中的意象，"足迹"和"沙上一排，雪上一排"可能与苏轼名句有关。"梨子"则是表示离别的悲哀的中国古典意象。卞之琳作诗爱用双关，其诗中重要意象都是有来历的。

浙江大学传媒与国际文化学院江弱水教授从个人与卞之琳的亲身接触的经历出发，重点谈了卞诗的版本问题。他说：

卞先生经常诗兴一发马上成篇，然后再慢慢琢磨改动。研究者可以从 1942 年明日社出的《十年诗草》开始研究，而读者接触到的都是以最后面目示人的版本。我个人觉得卞先生极少数诗歌修改后未必比原诗好。如《归》这首诗后来收入《雕虫纪历》集时，卞先生为了使诗歌意思更精确，把原诗第三句"莫非在自己圈子外的圈子"改成"莫非在外层而且脱出了轨道"，失去了原诗的文采。另外，《卞之琳文集》可能由于出版时电脑排版的问题，出现许多漏洞。如中卷第567页把卞先生《重探参差均衡律》这篇文章的第四个小标题变成了一篇文章。谈到卞诗改动问题，可以说从手稿到初次发表在刊物上，再到收入后来的《十年诗草》、《雕虫纪历》，甚至是编进香港版的《雕虫纪历（增订本）》，一直都有改动。这就不能不提卞先生比较特殊的想法，就是绝不愿出全集，那就只能出文集。他对自己诗的不断改动，体现了其精益求精的艺术追求，甚至可以说是艺术上的"洁癖"。就我所知，先生这一生都在为出书出不好而焦虑、伤心，希望能尽量把自己的书印得漂亮。我个人认为安徽教育出版社出的单行本虽然也有一些错误，但无论是封面设计，还是用纸、版式都很受好评，算是满足了卞先生这样一个愿望。卞先生生前希望留给后世的作品是一个他认为最好最精的版本。

北京师范大学文学院李怡教授就近年来卞之琳作品的研究思路发表了自己的看法，并提出了一些有待深入探讨的启示性问题。他说：

整体读了这几年关于卞之琳诗的研究成果后，我认为最近一些年卞之琳研究在某种程度上比较停滞，真正的推进工作不多。这种现象与卞之琳诗歌及其诗学观念给我们带来的宽广视域很不相称。卞之琳作为在20世纪三四十年代诗坛承上启下、新诗智性化倾向一个重要代表，其诗歌实践是西方现代主义诗艺与中国古典传统相互融合的典范，而且他在现代诗歌语言节奏问题上有非常深的论述，可展开的研究面很广。如卞之琳对40年代中国新诗派的产生有哪些启示意义？穆旦1949年以前撰写过两篇重要的诗评，分别关于艾青和卞之琳，对卞之琳的诗歌穆旦有自己的看法。那么穆旦的智性化思考和卞之琳所开启的智性化思考有何差异？这个问题进一步展开，还可以考察卞之琳独特的智性化承受了哪些西方诗歌传统和物理学传统？此外，最早谈到新物理学与文学关系的是鲁迅，后来徐志摩又谈到新物理学对诗人的影响。鲁迅与徐志摩在创作思维特点上的差异性就带来另一层启示，即中国诗歌长期偏重感性抒情，在这样一个注重秩序的传统中出现的卞之琳诗歌，却承受了新物理学传统，这两者如何融合？对比之前方老师的解释，我认为卞之琳的相对观更多的是一种人生的恍惚感。中国历史传统中具有的对历史的迷离，与爱因斯坦的相对论有联系，也有差异。中国诗人用鲁迅之外的另一种思维来感受对现代生活冲击很大的相对论哲学，这二者是什么样的关系呢？我认为这个问题值得深入展开。

令我印象深刻的最早有关卞之琳诗的评论是收入 20 世纪 80 年代《走向世界文学》一书中的赵毅衡先生的《卞之琳：中西诗学的融合》，后来者几乎都是在沿着赵先生的研究框架做细节的补充完善，没有太大的超越。其实除了辨析卞诗中的意象来源，我们还可以关注卞先生自身的思维构成。卞先生在《无题》、《断章》和《足迹》这些诗中写人生世相，他不愿把思维局限于古人常写的爱情或求不得这些母题，而更愿意反映一些具哲理性、概括力的思维形式，他有意识地遮蔽自己内心深处的想法，为我们阅读时进入其内心制造一种阻挡，这就构成了卞诗晦涩的特点。李金发和穆旦的诗也有晦涩，但晦涩之间是有很大差异的。卞之琳诗的晦涩是怎样的，与李金发、穆旦的晦涩有何区别？透过这种追问，也许可以进一步展开认识卞诗独特的艺术追求和思维特点。

此外，卞之琳对现代诗歌语言节奏问题的思考是相当细微、深入的，给予我们的启示也很大，但这方面目前关注并不多。卞先生对音组、顿等现代诗歌语言节奏问题的关注是持续性的，更可贵的是他知道讨论的限度。今天诗歌创作界常把关于怎样增加押韵方式和内部音组的数量等问题的讨论推向极端，甚至提出诗体重建，但却对如何重建语焉不详。卞先生则既提出问题，还非常深刻地指出问题讨论的限度。比如他对吴兴华诗的评价，既肯定了吴诗的特色，认为"达到了妙处也就达到了绝处"，同时又指出吴的问题是"拥挤了点，少了一点回旋余地，少了中国诗歌常见的雍容、潇洒"。卞先生对现代诗歌音节问题的探讨、思考很深，这些与他精雕细琢的诗艺追求及他对文字的敏锐感知力，共同构成了先生留下的宝贵遗产。

北京大学中文系吴晓东教授结合自己的阅读体验详细解读了卞之琳的小说《山山水水》，并围绕这部小说的诗学意义展开讨论。他说：

我喜欢的现代诗人很多，但热爱的只有一位，那就是卞之琳。我发言的题目是《卞之琳长篇小说〈山山水水〉的可能性贡献》。2009 年我在学校开了一门"现代小说选读课"，其中一篇选读篇目就是卞之琳的《山山水水》。讲的过程中，觉得这是一篇丰富的小说，可供阐释的空间很多。《山》是一部让人感到怅惘的小说，由卞之琳 20 世纪 40 年

227

代陆续发表在报刊上的部分章节构成，由于卞之琳 50 年代将原稿付之一炬，我们现在看到的版本只是残存的小说断片，不到原稿的 1/10。我个人认为这是卞之琳 40 年代最看重的作品。今天看来，先生的付之一炬实在无比可惜，暂且不论小说在艺术上是否成功，我们同时失去的是一部知识分子的心灵史。

小说的时间跨度是从抗战初到皖南事变三年多的时间，空间围绕四个城市展开，侧重写知识分子的经历和思想，穿插男女主人公的情感纠葛，可以说是我们透视 40 年代知识分子精神历程的心灵档案。如果能全部留存下来，我相信《山山水水》在知识分子心灵史这一价值层面上的成就不亚于《围城》，它可以和宗璞同样写 40 年代抗战时西南联大知识分子心灵历程的小说《野葫芦引》互读。《山》地域跨度很大，第一卷写武汉，写战争初期知识分子流亡、迁徙的历程。第二卷写大后方当时被称作"民族复兴根据地"的成都，第三卷写延安，第四卷写昆明。写这四个地域是以抗战期间卞之琳的经历为基础的。抗战期间走过许多地方的知识分子不少，但像卞之琳这样既在国统区待过，又去过延安，最后落脚昆明的学院型知识分子却不多。几个不同空间背后隐喻着相当不同的政治和文化含义。尤其卞之琳去过延安又离开，对延安的感觉和留在延安的作家又有不同。卞之琳在《山》中写延安这部分对我们认识延安时期知识分子的心路历程、心灵图景和思想改造有不可替代的价值。可以说，他离开延安后对延安的观照和写法是一个重要的特例和个案。另一个令我感到怅惘的原因是《山》见证了卞之琳一段未尽的情感历程，这段感情差不多影响了他大半生，堪称刻骨铭心，他的深情让人感怀。卞之琳的恋爱如此具体地影响了他的无题诗和小说创作，甚至小说中恋人间谈情说爱的情感方式都受制于这段感情，所以研究《山》必须研究他的这段感情。小说以一对青年男女的悲欢离合为情感主线，这条情感线索在空间之外串联起时间的脉络，对小说的整体结构有不可忽视的作用，关系到成长的主题。《山》这个题目隐喻山重水复的含义，对理解卞之琳这段感情经历及其诗歌性格与小说十分关键。卞之琳 1937 年写无题诗时尚处于热恋状态，但他已感到前途迷茫，这段十几年的感情纠葛也确实山重水复、藕断丝连，一直持续到张充和赴美。卞之琳在《山》篇头序语中说书名"多有山川相隔和相接的矛盾统一意味"。小说中还有一句有诗意的话："山川隔人，但连起人的亦是山川"，用辩证法隐喻人生和情感轨迹。所以我觉得从小说解读上考察卞之琳的情感方式也很有意义。作为学界中人，一种有趣的读《山》的方法是在书中寻找文学史上的本事和人物，同时挖掘这部小说与卞之琳诗歌的互文性。如《山》就可以和无题诗对读。无题诗中许多意象都进入了《山》，如男主人公的身份是研究交通史的学者，而无题第四中写道："海外的奢侈品舶来你胸前，我想要研究交通史。"我把《山》当作诗化小说来读，小说与诗歌的互文性是《山》诗意语境生成的重要因素。除了和张充和的爱情本事，小说中还可看出文学史上其他许多人物，如废名、何其芳等卞之琳的朋友。所以互文性读法是卞之琳这部小说非常有意义的地方。另外，我发言的题目是《卞之琳长篇小说〈山山水水〉的可能性贡献》，因为很多判断都是基于残稿，而残稿只能显示卞之琳小说的可能性图景和追求，但即使看不到全貌，也能看出这是卞之琳集大成的总结性小说，结构宏大完整，从诗学意义上，我把它归为诗化小说。

　　我真正想谈的学术性问题是《山》这部小说的诗学意义。第一，"诗意和政治"。谈《山》，政治视角是必需的，卞之琳深刻介入了延安的政治生活，也在小说中思考了政治。小说中的政治话语非常独特，卞之琳把政治话语和个人诗意话语渗透在一起的写法有助于我们考察延安时期诗学与政治如何结合这个问题，即诗意能否独立于政治之外？如果审美渗入了政治，那么最终审美与政治是对抗还是互补关系？第二，"诗意与战争语境"。虽然小说中没有直接写战争场景，但残稿中写到武汉时涉及了战争语境，而《山》中最不协调的就是对战争意识形态和审美意识形态关系问题的处理。这给我们的启示是，怎样在战争语境中处理诗化？诗化和残酷的战争是否矛盾，能否统一？如何妥帖地传达出战争美学？第三，"诗意与爱情"。《山》中写的最好的是爱情中的诗意，男女主人公的谈情说爱随时进入诗意联想。什么是诗意最好的归宿？诗意在这里表现为山水风景和儿女情长，这两点与诗意风格吻合得最完整。可以说，卞之琳在《山》中谈了一场最具学术内涵的恋爱，这种诗意的爱情也决定了小说的诗化特征。第四，"结构和视点"。这是从文体和文类意义上讨论《山》为什么是诗化小说这个问题。

　　中国人民大学文学院姚丹副教授以卞之琳和沈从文在创作上的声气相通为切入点，探讨了小说《山山水水》的题旨，同时也指出这部小

说作为诗化小说的特殊性。她说：

我们今天更应该关注卞之琳和沈从文在 20 世纪 40 年代创作尝试中遭遇的"失败"。《山山水水》后来的命运是卞之琳自毁其稿，沈从文的《看虹摘星录》也饱受争议。沈从文创作《看虹录》时曾明确表示要作新时代的《列女传》，他希望塑造新型的可以作为国民之母的女性形象，而实际上《看虹录》中更多呈现的是爱欲。卞之琳和沈从文一样，都试图在战乱期间以文字重塑民族品德，卞之琳选择知识分子作为再造的范本。《山山水水》的两个主人公纶年和未匀，是作者选定的"范本"，小说借人物之口赞美他们："我把你们两个放在一起看做正配在最高枝上开放的一朵花，而叹赏那一个永远高接的风姿。"所以我认为 1948 年淮海战役后，卞之琳焚稿，一方面可能是由于张充和远嫁美国，他就像刚才吴老师提到的焚稿断痴情；另一方面则是卞之琳深刻地意识到在残酷战争中知识分子的无能为力，为知识分子在历史中决定性位置的缺失而感到幻灭，因此焚稿。这是我关于小说题旨的一点想法。

下面简单谈谈诗化小说问题。创作于同期的冯至的《伍子胥》，沈从文的《看虹摘星录》等一类诗化小说都具有表现理念、感情抽象化的特征。而卞之琳在《山山水水》中的探索则具有多样性，他增强了小说的叙事性，进行多种文体的尝试，让小说与诗发生互文，增加了文本的智性。

南开大学文学院李润霞副教授以卞之琳作品的"改"和"变"为核心，着重阐述了卞之琳诗歌抒情方式在不同时期的流变历程。她说：

研究转折时期的文学时常会关注诗人在特定历史时期的转向问题，即他们的诗风、诗观与政治的亲和度如何，卞之琳也是其中倾向比较明显的一位。我主要围绕两个字——"改"和"变"来谈。"改"是指版本不同的问题，对学术研究非常重要。因为修改不仅是技术上的问题，还可以联系到观念上甚至政治上的各种原因。卞之琳诗的改动体现了他诗艺追求上的精益求精，但为了方便研究，我认为在编辑文集、全集、选本等作品集时，最好能够给出作品的原始出处。另一个是"变法"问题，这牵涉到诗风和诗歌观念的变化。在我看来，卞之琳是一个不甚激烈、相对平和的人，甚至在性格和对待感情的态度上有些逆来顺受。这种性格带来其作品风格变化差异大的现象，因为他容易受外界潮流、时风的影响。穆旦评价卞之琳的诗有一个关键词——"新的抒情"，我就以抒情为线索来考察卞之琳诗的"变"。首先，卞之琳早期的诗作是一种"旧的抒情"。他那时学习冰心、徐志摩等人的诗风，处于自发的少年型、青春型写作状态，是一种简单的抒情。到了三四十年代，他的创作进入成熟期，进入中年写作状态，是一种智性的新的抒情，或者可以称为"放逐型的抒情"。到了第三阶段，他又回到简单的抒情，走向时代大合唱式的抒情，放弃了自我内心的抒情和智性、现代性的抒情，转而以一种与时代主旋律特别吻合的抒情方式示人，暂且称为"公共性抒情"。但卞之琳也有"不变"，即他在简单自发的公共性抒情中仍追求节奏和技巧。如他有很多咏物诗，这既涉及抒情与写实的问题，也涉及"物如何进入诗"的问题。

卞先生诗作在不同版本中不断地改动，体现了他字斟句酌的"较真"，由卞先生这种不想让不好的作品留于世间的艺术"洁癖"，我想到有许多诗人、作家都不希望在自己的全集或文集中放入那些为世俗所写或字句尚有待完善的作品这一现象。现在还出现文人家属参与其中的案例，他们可能会由于为尊者、亲者或政治讳，而对文本进行修饰。从诗歌资料整理的角度来说，版本、出处非常重要，因为改动也包含着许多复杂的信息。

中央民族大学冷霜副教授在具体分析卞之琳晚年诗论的基础上，着重强调了他作为诗歌批评家的另一重身份。他说：

卞之琳的诗歌成就在新诗史上为大家所公认，但他作为批评家的成绩一直以来似乎注意不够。我在集中读了他晚年为朋友、师长所作的序和回忆文章后，发现其中有很鲜明的批评意识，晚年卞之琳作为诗歌批评家的意义很值得彰显。卞之琳这一时期的文体比较特别，由于他希望尽可能还原历史细节，准确表达自己的意见，所以句中加了很多补语、状语，显得有些冗赘，同时他也会在这些文章中不自觉地谈自己对新诗的意见。如谈到后辈吴兴华的诗作，他就用批评家的简练语言评价道："辞藻富丽而未能多赋予新活力，意境深邃而未能多吹进新气息。"这种评价与他和吴在新诗创作方面某些共同的思考有关。他对朋友师长也有直率敏锐的批评，如说废名"古今中外杂陈，却有点佶屈聱牙，缺乏诗歌应有的节奏感和旋律感"，这种评价在中国为文的传统中有些溢出了文体框架，但也恰恰表明卞之琳开始借用这个场合讲述自己的诗歌观念。又如他是这样评价扶携他进入诗坛的徐志摩的诗的："无论是从诗思，还是诗艺上，他都始终未能超越出 19 世纪浪漫派诗歌一步。"他还谈到新月派在追求格律上也走了一些弯路，比如更多地注重行距的整齐或拘谨地按照顿的观念来写作，而没有考虑音组、顿这样的观念和诗歌音乐性之间仍存在差异。卞之琳的诗歌批评具有两个基本着眼点，一是总结重述了自己对新诗格律的认识，对新诗史展开自己的回顾批评。他在 20 世纪 80 年代新诗史上有一个贡献尚未被今天的研究者所注意，80 年代老一代诗人中对朦胧诗的批评有非常不同的意见，比如艾青等一批诗人是从思想意识形态方面对朦胧诗进行尖锐的批评。卞之琳则在《今日新诗面临的艺术问题》这篇文章中从独特的批评视角，探讨了朦胧诗在新诗形式上的缺失，而这个问题在 80 年代初的语境中并未得到足够重视。大家对新诗潮的发生更多是从思想意识形态角度来批评或辩护，而卞之琳的独到见解与他成熟的诗歌观念及由此产生的诗歌批评意识有很大关系。卞之琳另一个批评着眼点是 70 年代后期展开的关于新诗如何化欧化古的问题。我们今天回头检视新诗史自身的发展、成就和缺陷就会发现，卞之琳这样一个批评的声音对 80 年代以来新诗史自身叙述和基本面貌的构建所起到的重要作用。最初卞之琳是从自我辩护的角度谈化欧化古问题，这是一个历史事实。但后来由于这个观点如此有影响力，又和 80 年代的文学和文学史的研究期待有关，所以就会出现《雕虫纪历·自序》是一篇被引用最多的有关新诗史的文献这样一种现象。但它在产生影响的过程中会不会出现滑动，也就是慢慢进入价值评判的层面？也就是说，最初可能是一批人在努力思考新诗出路的问题，但在后来的新诗史叙述中，它会不会变成一个相对抽象的价值，这种价值可能会把化欧化古问题变成一个非历史的问题，即可能会在今天的叙述中融入三四十年代语境中的思考。

另外，补充一点我对《山山水水》的看法。虽然卞之琳自述这部小说讲一对青年男女的悲欢离合，但我认为小说中主人公时常谈起的文学、艺术等恰恰是小说真正的主题。这背后有一个强烈的意识，即知识分子在战争胜负未卜的情况下如何让中国文化的价值精神持续下去？《山山水水》中有大量关于书法、昆曲等的描述、谈论，这不是情节内容，而是主题，表现出非常强烈的危机感。这种危机感与卞之琳 1935 年去日本时写的散文《尺八夜》中所讲的危机感有关。

最近关于化欧化古问题的研究还出现一个契机，就是近两年张充和出了一些书。过去她一直是被讲述的他者，通过这些书，可以发现张充和与卞之琳的成长轨迹差异很大。卞之琳受的是现代欧式教育，张充和则在进北大国文系之前受过完整的古典教育。直到1935年二人再度相遇后卞之琳才有了明确的化古意识，1935年以前卞之琳就有明显的化欧的努力，包括通过现代口语方式改变前期新月派相对僵化的语言等，但真正非常成功的化欧化古之作是在1935年之后，即《装饰集》之后，所以卞张的这一段交往对卞之琳后来观念的形成很有意义。

另外，20世纪30年代卞之琳对中国文化真正的精神及它如何被现代创作汲取这个问题的表述与他80年代以来的表述也有差别。30年代的表述含混，夹杂中国古代文论的概念，80年代则在外来影响、民族风格这样一种更易于大家接受的话语框架中讨论。这两种话语框架有很大差别，在后一种话语框架中，他把这些理论都固定化、实体化，相对来说，30年代的表述更灵活、更不易被一般性话语所框定。

总之，卞之琳作为诗歌批评家的这重身份和他的诗歌创作一起对拓展我们认识新诗史的视野起到了特别大的作用。

中国人民大学张洁宇副教授强调了卞之琳诗歌观念的"节制"，并认为这是理解卞之琳诗歌艺术的一个重要的关键词。她说：

上午江弱水老师用了一个词"洁癖"来概括卞之琳先生的性格特点，我觉得非常准确。卞先生不仅是在修改作品、编辑文集的时候有这种"洁癖"，其实在他的整个诗歌艺术观念中，都体现了这种"洁癖"，换一个更学术的词，我觉得就是"节制"。

卞之琳先生受到新月诗派风格的影响是非常明显的。新月派就是一个崇尚节制的流派。他们讲求格律，借以克服初期新诗的自由散漫，很大程度上就是源于一种古典主义的节制的美学。闻一多强调写诗要有"节的匀称和句的均齐"，强调诗歌艺术中的东方神韵，其实就是强调这样一种节制的观念。卞之琳先生应该是受到这样观念的影响的，加之他自己性格中的"洁癖"，就更加形成了一种自己的风格。我们说他的诗精致、精确、纤巧等，都和这个观念有关。因为这样的节制，所以新月派也好、卞之琳也好，特别强调诗歌中的格律，强调这种"戴着脚镣跳舞"的节制中的自由发挥。这不仅体现在形式方面，也体现在诗歌的抒情方式上。闻一多夸卞之琳不写情诗，其实他是写了几首的。闻一多称赞的其实不是"不写"，他本人也写了很多情诗的。他称赞的其实是有节制地"写"，就像卞先生的五首《无题》那样的。我非常喜欢《无题一》的最后一句"南村外一夜里开齐了杏花",这是一种爱情梦想成真的狂喜,但是你看他表达得多么克制,多么含蓄。其实他对待感情的态度,无论是喜悦,还是忧伤,都是以一种节制表现出来。所以穆旦后来说,自"五四"以来的抒情成分到卞之琳的手下才真正消失了。我想就是这样的意思。此外,卞诗中戏剧性的处理方式,也是他制约抒情的有效方式之一,应该说都符合了他关于"节制"的美学。

首都师范大学中国诗歌研究中心孙晓娅副教授就自己在诗歌教学中形成的关于卞之琳诗歌中"无声与有声"及佛教思想情怀等问题展开论述。她说:

卞之琳很多诗歌都体现了由相对论的时空观所带来的时空感受和辩证思想,这种具体文本与相对性的交融体现了诗人的情感诗绪与寂寞情怀的碰撞。卞诗中经常出现沉寂与声音的交融,平静的心绪常常有突兀的声音介入,这种无声和有声的对峙拓展了卞诗的情感维度。如《古镇的梦》,"小镇上有两种声音,/一样的寂寥","敲不破别人的梦","又是清冷的下午,/敲梆的过桥","敲"和"梦"形成冲击,一动一静,表达出声音和沉寂的对比。又如《秋窗》,"回头看过去的足迹"、"听半天晚鸦",也是通过无声和有声的鲜明对峙表达出寂寞的情感。又如《尺八》,"听了雁声,/动了乡愁",动静形成的不仅是时间上或中西方跨越的维度,更是诗人内心情感的维度。又如《音尘》,"绿衣人熟稔的按门铃,/就按在住户的心上","音"和"尘"本身就形成声音的撞击感、荒异感,很有张力。我还非常喜欢《寂寞》这首诗,大家常关注它所体现的生命无常、生死轮回的情感哲理,但若从有声和无声的对比角度来解读,也会感到诗人情感的一种介入。如"乡下小孩子怕寂寞,/枕头边养一只蝈蝈",蝈蝈的聒噪和寂寞形成对照,接下来"长大了在城里操劳,/他买了一个夜明表",夜明表的滴答声与蝈蝈的聒噪声又形成一种呼应。两相对照,表现出诗人对生命无奈虚无的感怀。又如《远行》,"如果乘一线骆驼的波纹,/涌上了沉睡的大漠,/当一串又轻又小的铃声,/穿进了黄昏的寂寞",都呈现出哲理与情感空间的张力。另外,过去江弱水、张曼仪提过卞之琳诗中的佛教思想情怀,我感兴趣的是包容的情怀与相对思想碰撞后产生的虚无感,包括时空的遥渺、宗教的无常和轮回的宿命。最后,提一下我采访牛汉先生时他眼中的卞先生。牛汉先生当时是为了编《新文学史料》前去拜访卞先生,他说先生的眼睛"清透","像黎明的星",同时他还透露卞先生批评他的诗"粗糙、需要打磨",希望他的诗用字更精确、凝练,这也表现出卞先生追求诗歌形式上的完美。

首都师范大学中国诗歌研究中心张桃洲副教授回应了之前李怡和冷霜的发言,认为卞之琳研究的空间尚待挖掘,而他作为诗评家的身份尤其值得注意。他说:

卞之琳曾在《何其芳与诗派》这篇文章中谈到他反感被归入某一流派,但从师承关系上说,他确实师出新月。终其一生对格律的关注以及炼字造句习性的养成与新月派的格律观有关。但他又突破新月,有一套自成体系的新诗格律观念。其诗格律整饬,又具现代意识,形成一种张力。我觉得这些年有关卞之琳的研究状况并没有李怡说得那么不堪,我举两篇有代表性的研究文章:一是 2005 年姜涛的《小大由之》,涉及相对论宇宙观和卞之琳 20 世纪三四十年代文体选择等问题,为认识卞之琳及其创作提供了一个很好的角度;另一篇是王璞 2006 年的硕士学位论文《论卞之琳抗战前期的旅程与文学》,聚焦卞之琳的诗学观念与实践之间有意义的张力,其中还提及《慰劳信集》用严谨的格律形式回忆解放区,形成一种诗形、主题与内容的倒置,为我们解释三四十年代解放区文学活动提供了很多启示。所以我认为,虽然单从诗意角度研究很难出新,但这些年有关卞之琳的研究还是有一定推进的,特别是史料的搜集等对拓展卞之琳研究的空间还是很有价值的。

另外,冷霜提到卞之琳的诗歌批评对 80 年代以来诗歌创作和诗学观念的构建起到了重要作用,我觉得这是他作为一名诗歌实践者和研究者非常敏锐的发现。通过考察当前活跃的诗人对卞之琳的认识和评价,来发掘他与当下诗歌创作之间的关联,是很有意义的。卞之琳的创作不是僵化的历史,他的思想活力如何转化进当下诗歌创作实践以致未来的诗歌创作理念构建中去是一个值得思考的问题。卞之琳的诗学贡献在于一种小大由之的张力,这种紧张关系具体体现在古典与现代之间的时空跨越、格律与强烈的现代意识之间的冲突等方面。但他又不是简单地把现代诗歌的紧张发挥到极致,而希望把这种紧张特征包容在整饬的格律感中。卞之琳不同于穆旦、戴望舒,有自己的独特之处,这些对今后建立新诗明确的形式意识很有意义。

学术会议综述

235

北京市社科院季剑青博士就《足迹》一诗的理解与孙玉石教授进行了商榷，同时高度评价了此次会议中新公布的 20 余篇佚文对卞之琳研究的重要意义。他说：

孙玉石老师发掘的《足迹》诗的全貌非常重要，但我对他的解读有些自己的想法。孙老师把这首诗定位为爱情诗，将"足迹"解释为"一对情侣之间热恋感情曾经有过的一段美好记忆而终无所收获的足迹"，但这首诗写于 1937 年，据卞之琳《雕虫纪历·自序》中说与张充和直到 20 世纪 40 年代仍有交往，悲欢离合的高潮是在 40 年代，这里说成是一种追述性记忆，在时间上似乎说不过去。另外孙老师把"你"解释为张充和，这种解释过实，我认为诗中表现更多的是卞之琳三四十年代诗的常见主题，即时空的相对观。"十年前卖梨的还叫在你门前"，"你经过了千山万水又回来"，具有螺旋式前进的主题观念。30年代，卞之琳的足迹已不限于北平，还经常南下到浙江、上海等地，"千山万水"、"十年"的主题，和他这时期的心理有关，可以与《候鸟问题》中写对北平决绝的告别姿态对照阅读。这里表现出卞之琳 40 年代后期通过不断游历旅行大规模地扩展自己的经验并对其进行升华、提炼和结晶的过程。

此外，解老师在这次佚文辑录中收入的两篇文章非常重要，一是《新文学与西洋文学》，一是《伏枕草：洒脱杂论》。前一篇文章对我们研究卞之琳，甚至研究中国现代文学和如何看待传统与现代的关系有很大启发。30 年代后期卞之琳翻译的艾略特的文章《传统与个人才能》，经常被用来说明卞之琳自己的诗学观念，但他本人却很少提到艾略特或传统对他的影响，这篇文章则为这种解读提供了证据，卞之琳在文中说："联大同事白英就说我是个传统主义者，不管作品究竟如何，态度上我是主张拥护传统的，不过我所说的传统，是他们英国现代作家 T.S.Eliot, Herbert Read, Stephen Spengder 诸人所提倡的传统，那并不是对旧东西的模仿。"这很显然是《传统与个人才能》中的"传统"，对我们理解卞之琳的诗学观念是个重要提示。但卞之琳与艾略特的传统观又有所不同，艾略特的传统是没有历史感的传统，是一个共时的理想秩序，任何一部作品加入都会引起传统的变化。卞之琳在这里强调要以新眼光来看旧东西，不是简单地挪用或继承传统，而要用新的眼光重新理解和激活传统。卞之琳的世界眼光、世界视野同样值得关注，《新文学与西洋文学》中说："世界的关系已经这么密切了，我们要对西洋有点了解，然后才能回过来了解自己的东西"，"接受外来的影响，中国文学史上也不乏先例，所以也可以说合乎传统精神"，从 80 年代来说 30 年代盛行的不分东西的现代主义潮流，强调一个共同的现代世界对中国和西方诗人的影响，这种世界眼光能重新打开我们对现代与传统关系的理解。卞之琳对纪德、奥登、里尔克的接受包含着感同身受的连带感，因为当时中国和欧洲都在经历世界大战引起的巨大变化。因此，他对西洋诗的接受不仅是从技巧形式上或从先驱发现传统，而且是有其更深刻的背景的。这篇文章末尾谈道："我们要看看，中国新文艺到今日在世界文学上究竟占了怎样的地位？"说明卞之琳非常关心中国文学在世界文学版图上的位置，他的态度则既平正又充满自信，没有那种在西洋文学影响下文化上的焦虑。

在《洒脱杂论》中，卞之琳反对洒脱的态度，认为这是不负责任的态度。这与卞之琳在战争语境下担当责任的意识有关。他还在"洒脱在那里"这一节中对《世说新语》持批评否定态度。他说："其实《世说新语》这部书在我们今日看来也就是一个疯人院。"谈西南联大时有一个"南渡"的说法，有点像《世说新语》中东晋文人南渡到建安的感觉，所以把西南联大理想化的人总是把抗战时联大文人的处境与《世说新语》中东晋文人的处境做一个勾连比较，但西南联大是否真如想象中那样一团和气或者是真性情自然流露的世外桃源，这其中的复杂关系也许可以提供一个新的课题。

中国艺术研究院陈均副研究员在会上朗读了一首关于卞之琳的"卞体诗"，并探讨了卞之琳化欧化古理论的内涵及在中国当代先锋诗歌中的作用。他说：

沈从文曾用卞之琳诗的风格写卞之琳，我也用卞体写了一首关于卞之琳的诗，分两部分，第一部分写张充和的故事，第二部分首先引用的是冯至送给卞之琳的一首诗，冯至在那首诗里谈到卞在现代文学史上的位置并予以劝解，现在与各位分享。《卞之琳二题》：

卞之琳二题

一

唉，叹口气
并不能解决大问题，譬如我

在此处读报，而伊正于重庆
挥毫、唱曲……一颗星子
斜坠，并化成一个神仙。

他并不将我们带入梦境，
（相反，他的言辞耸作高楼，
我是凌晨时在窗下的绿衣人。）
我也该拍击水盆么？更可能
我们相逢在一轮剪纸之月。

这心儿有些累，
泪珠在眼眶里直转（即使到
下一回也无法详说。）我还是
写诗吧！安慰我的落寞，也
偷取你的影、形、神和笑。

二

我们在筒子楼上看星星，
你劝导说天空虽然挂着许多，
但你是那不大却有光的一个。

（没有太阳，水温也不热，
这时代进入初冬，只有我在打熬
严酷的时刻。）

现在不同于往昔，因此我
索性放下心中的那颗心，开始
制作一些可以消遣世事的良药。

（没有星辰，烟霭在聚拢，
换了一个时空，但你仍然
很有趣味地读着明朝小报。）

　　我前段时间想做一个关于"新诗与昆曲"的专题，想到卞之琳在

《距离的组织》这首诗的注释里提到这首诗是模仿旧戏的结构，再对照这首诗以前的版本，和方老师一样，发现了这几处注释实际上是卞之琳在 20 世纪 80 年代新添加上去的。所以，有了如下思考：一方面，卞之琳提出的化古观念，但研究者一提起"化古"，就一路奔向"古诗"，因此多关注李商隐等与卞之琳新诗的关系，却忽略了古典小说戏曲对卞之琳新诗想象的塑造作用。如《距离的组织》中的意象，像"盆舟"就带有时空对比的虚拟性，"灯下验一把土"，是古典小说中常见的模式，以及"在千重门外有自己的名字"也是来源于古典小说想象中的意象。中国戏曲最引以为豪的特点是时空转化和虚拟性，这在卞诗中有所体现，所以我们谈论卞之琳所提出的"化古"，不仅是化"古诗"，而且也要考虑到古典小说戏曲的对于民国诗人的想象空间的塑造。另一方面，卞之琳的化古观念在 80 年代以来的中国先锋诗歌中起到结构性的作用。譬如，柏桦曾谈及，读书时经常与张枣谈卞之琳 80 年代初提出的化欧化古理论，可见这两个概念对 80 年代诗歌生产的作用有待开掘。90 年代以来诗歌研究界对卞之琳的关注有所升温，诗人中也有很多把卞之琳视为中国新诗史上中西古今杂糅的典范。所以我认为卞之琳的诗歌实践以及他 80 年代以来有关诗学观念的表述对先锋诗歌所起的结构性作用值得深入探讨。

中国社科院段美乔副研究员从诗体实验的角度重新审视《慰劳信集》的价值。她说：

有一批诗人确实很难确定其在新诗史上的位置，姑且称为"诗体的实验者"，他们都非常有意识地创作新诗以尝试新诗体，但这种尝试通常都是失败多、精彩少，所以在评价时，这批诗人很容易就会被淹没，他们在诗体试验上所作出的有价值的贡献也会被忽视。从这个角度解读卞之琳 20 世纪 40 年代到 1957 年以前的诗，可能会有不同于现在一般的看法。可以把卞之琳在这段时期的创作理解为进入了诗体试验期。从《慰劳信集》开始，由于 40 年代的抗战和 50 年代的新的历史时期，其诗作肯定会受到延安风气的影响，也可能有对抗战诗歌的反拨。因此，我们不要单纯从审美上看卞之琳这一时期的诗作。我认为这是一种新的尝试，有失败的可能，但他也是在很努力地探索如何把过去的经验与新形势相结合。

诗人、诗评家、清华大学博士生西渡具体阐述了卞之琳对新诗节奏理论的独特贡献。他说：

卞之琳的格律诗创作在当代诗歌中后继乏人，但他的格律理论对诗歌翻译影响很大，许多译者在他的音组理论基础上进行翻译实践，取得了很高的成就。卞之琳发展了闻一多、孙大雨的格律理论，但他们对"顿"的看法有细微的区别。闻一多除了要求顿的整齐，还要求字数的整齐，并提出了"三美"理论和轻重音的尝试，卞之琳则从自身创作实践出发，认为"顿"是核心，而轻重音、平仄等都是次要问题。在节奏区分上，卞之琳与林庚有很大区别，林庚用从楚辞发展来的"半逗律"写出的诗节奏上更像旧诗，卞之琳的诗则完全是新诗。卞之琳在《哼唱型节奏（吟调）和说话型节奏（诵调）》这篇文章中专门论述了自己的新诗节奏理论。卞之琳认为，中国旧诗主要是哼唱型节奏（五、七言），说话型节奏（四、六言）除了在《诗经》时代一直处于从属地位。他说，用说话型节奏和哼唱型节奏都能写出符合现代汉语规律的诗来。他本人写诗用的是说话型节奏。卞之琳实际上暗示了说话型节奏才是新诗的方向。说话型节奏使诗歌与音乐的关系从外在转向内在，更符合个性化诗学的需要，我将之概括为"说得比唱得好听"。过去自由诗和格律诗往往被认为是互相竞争替代的关系，卞之琳提出这个说话型节奏的概念沟通了这两派诗在节奏上的联系。自由诗和格律诗的节奏不是一种矛盾的、彼此取代的关系，而是统一的关系。它们都显然区别于旧诗的哼唱型节奏。因此，在音乐性这个大节上，自由诗与格律诗之间应该形成良好的互动关系，而不应该互相拆台：自由诗应该吸收格律诗的某些形式要素，让其内在节奏有形式上的依附；格律诗则应吸收自由诗保持口语的鲜活流畅的长处，二者互相促进。遗憾的是，20世纪80年代以后的新诗多为自由诗，写格律诗的诗人很少。格律诗最大的难度在于如何既保证说话型节奏的生动流畅，又符合格律的要求。这个难度是巨大的，克服这一难度的工作是艰难的，事实上即使在卞之琳这样杰出的诗人身上也未完全克服，他的诗在声音上仍有生涩之处。若能解决这一难题，则不仅格律诗可获真正的成功，对纠正自由诗形式上过于散漫的缺点也必将提供启迪。

中国青年政治学院的刘继业副教授从现有研究材料出发，对《慰劳信集》中卞之琳诗风的转变提出了新的思考。他说：

徐迟在 1942 年《抗战文艺》第 8 卷第 4 期上发表了《圆宝盒神话》，他写道："现在卞之琳把鱼化石取了出来，以便装入慰劳信，不久可能见一封封慰劳信退让地方出来，以便装入更晶莹的水银。"徐迟写得很含蓄，对《慰劳信集》既肯定又不满意。普通读者也多会对卞之琳前期的诗更感兴趣，而把《慰劳信集》仅仅看作是卞之琳一个新的但并未取得更大成就的转型之作。由此我联想到和卞之琳同时代的几位成功实现转型的诗人，如冯至有《十四行集》，戴望舒有《灾难的岁月》，何其芳有《夜歌》。卞之琳则未完成成功的转变，他的转变到《慰劳信集》为止，没有达到戴望舒等转型后所取得的成就。但若联系《山山水水》，是否可以看作卞之琳是把人生诗意的追求转入了小说创作中，以完成更晶莹、更纯粹的诗意的转型？

**　　首都师范大学文学院张松建副教授从卞之琳诗歌的艺术形式入手，进行了深入的分析。他说：**

　　卞之琳的《读诗与写诗》发表于杨刚主编的香港《大公报》"文艺"副刊第 1035 期，时间在 1941 年 2 月 20 日，是卞氏的演讲稿。下面是我叙说和分析此文的主要内容。

　　1. 格律如何可能。卞之琳《读诗与写诗》宽容地主张，为了与诗的内容相互配合，新诗作者不妨沿用西洋的诗体和韵律，或根据一己之需要而自创新律。他指出，自由体与格律体不是绝对的二元关系，他相信："诗的形式简直可以说就是音乐性上的讲究。"他批驳了新诗写作中的两种极端：一是夸大了音乐成分因此混淆了歌与诗的界限，二是完全不顾及格律的问题。卞之琳提出英国诗中存在"歌唱的节奏"和"说话的节奏"确实是重要的发现，他揭示了类似的中国旧诗与新诗在格律上的分歧：旧诗是用来哼的或者吟唱的，新诗是用来念的或者诵读的。这个看法在他诗论中一以贯之，构成了他思考形式诗学的一个出发点。不过，卞之琳这种看法并不是他"孤明先发"，而是对叶公超《音节与意义》一文的改写。

　　2. 格律和听觉。卞之琳的意见是："诗的形式简直可以说就是音乐性上的讲究。照理论上说来，诗不是看的，而是读的和听的。诗行的排列并不是为了好看，为了视觉上的美感，而基本上是为了听觉上，内在的音乐性上的需要。有人把一个字侧写，倒写，摆成许多花样，实在是越出了诗的范围，而侵入了图画的领域。本来，音乐是最能感动人的艺术。中国的诗经、古诗、乐府、词曲等，原都是可以唱的；西洋诗也未尝不如此，就是十四行体（Sonnet），最初也是写来唱的，到了后来才成为最不能入乐的一种诗体。"卞氏看重诗之音乐性，视其为形式之第一义，诉诸于中外诗史的经验，力主诗形建设应凸显听觉而非视觉效果，而且严诗、画之大防，排斥其他形式的实验。

3. 诗与音乐的区别。《读诗与写诗》驳斥了对于诗与音乐性的两种极端看法，一种是盲目地强调音乐性，以至于混淆了诗与歌的差异。卞之琳接着说道："中国读者因为受了传统读诗方法的影响，拿起一篇新诗就想'吟'或说粗一点，'哼'一下，因为吟不下去，于是就鄙弃了新诗。"这种看法有双重含义：既指明了（新）诗与音乐的本质性差异，因而追求诗的音乐性应有必要的限度，又肯定了新诗的音律不同于旧诗而有存在的历史正当性。卞之琳下文提到了新诗与歌谣的问题。卞之琳声言新文学一直受制于西洋文学的强势影响，他主张从精神层面去辩证地理解"传统"，建议以内容范畴的"民族精神"来替代空洞的"民族形式"概念，他对新诗和歌谣的关系不予置评，起因于他对民族主义文艺观的排斥。

4. 对"感伤性"的抵制。《读诗与写诗》对英国浪漫派和法国象征派诗歌的"感伤性"之对中国读者的不良影响提出了尖锐批评，主张把内容的"独创性"规定为新诗的追求方向。他说："一般读者总喜欢现成的东西，并且准备随时被感动于所谓 Sentimentality（即极浅薄的感情），而不易认识深沉而不招摇的感情。他们对于诗中材料也有限制，非花月即血泪，对于这些材料的安排，也预期一种固定的公式。"卞之琳眼中的独创性是诗的生命和存在意义，而浪漫主义感伤诗卖弄浅薄和招摇的感情，与这条原则背道而驰；读者习惯性地沉迷于感伤主义，造成接受心理上的惰性、感受力的迟钝以及价值取向的错位。卞批评的对象不仅有西洋近代诗，也包括了以宏大叙事和崇高情感为特点的抗战诗，从而真正把"感伤性"置于现代主义的尺度下进行诊断和剖析，触及如何从抒情主义的成见中淬炼出现代诗的深度品质这个重大的诗学课题。

编者补注：《卞之琳研究资料》的整理不失为卞之琳座谈会的一份特别的礼物。其中有卞之琳外甥施祖辉关于卞之琳童年生活的追叙以及他所提供的卞氏的中学作文，卞青乔的《回忆父亲卞之琳》，为了解诗人生平提供了有价值的参考。最重要的是，《卞之琳研究资料》汇集了许多珍稀文献，包括：解志熙搜集的佚作 20 篇，涵盖了散文随笔、小说、读书札记、书信、演讲词，品类繁多，内容丰富；博士生陈越发现的《小诗》四首、"辨微"关于《慰劳信集》的书评《新发于硎》，也是以往新诗研究者未曾注意到的珍贵史料，以往论者曾经提及的陈世骧的英文随笔《战时一位中国诗人》也首次译为中文，这些资料无疑对于补充、深化和推进当前的卞之琳研究具重要价值。此外，高恒文的《〈卞之琳作品新编〉前言》，陈越的长篇校读文章《卞之琳的新诗处女作及其他》，也都凝聚着论者的不少心得和洞见，相信对于新诗研究者应有很大启发。

学术会议综述

[编者按] 美国诗人庞德曾言："诗歌是种族的触角。"在一定程度上可以说，诗歌是一个民族文化最为精粹的表达；一个民族的诗歌与它的文化构成一种共生的关系，诗歌深深地植根于民族文化的土壤，是后者孕育和绽放的奇葩。作为中国当代诗歌中将诗歌与民族文化之共生关系予以充分呈现的一个个案，吉狄马加的意义在于，"他站在了彝族文化与世界文化之间，获得了中国众多诗人所没能具有的艺术视界和诗美空间"（叶潮《吉狄马加诗歌的文化开掘》）。为了更深入地探讨诗歌与民族文化之关联的丰富性，我们特推出这组论析吉狄马加诗歌的文章，以期诗歌与民族文化这一议题在多个层面得到展开。

吉狄马加：一个真正的诗人

◇ 绿 原

吉狄马加是我经常会面的一位朋友，他清澈的眼睛和真诚的笑容，透露出他固有的人性善良和诗人气质。2010 年，他去青海高原从事新的工作；离今年元旦还有两三周，我收到他寄来的精美贺卡，不久又收到他刚出版的诗集《时间》。由于精力与年龄成反比的消长，近几年我很少读整本的诗集，平日充其量偶尔读几首诗。马加这部新作，开始也只是翻翻看，但很快就被吸引住，于是一首一首地读了下去。诗集的内容十分丰富，包括古老彝族的历史，包括那里的山岩、土地、河流、民歌，那里的老人、少女、骑手、祭司各色人等，还有人类永远不能缺少的太阳以及域外风光和人类生死等富有深意的题目。从中可以读出诗人对于生命真实状态和个体生命深处的真实感受，读出诗人对大地的深沉思念和对祖国母亲的崇高爱情。他的语言亲切平实，像呼吸一样自然，故乡的一草一木，乡亲们的一针一线，无不浸润着、贯注着这位游子的真情实感。在玲珑小诗《回答》里，一位彝族姑娘在一条小路上，弄丢了她的绣花针，请诗人帮她来寻找。他找遍了那条小路也没找到，到最后才发现，"那深深插在我心上的，不就是你的绣花针吗？"这种信手拈来的日常语言，在诗人笔下，一下子像绣花针一样刺入了读者的心，让他再也忘不了。较长的《献给土著民族的颂歌》、《回望二十世纪》、《在绝望与希望之间》、《献给这个世界的河流》等篇，则分别反映了作者从本民族出发、进而扩大到全人类的博大的胸怀。第一篇为联合国世界土著人年而写，通过对世界各地土著人的祝福，祝福了玉米、荞麦和土豆这些最古老的粮食，把大地母亲给予人类的生命和梦想，转献给了"人类的和平、自由和公正"。第二篇献给 20 世纪非洲人权斗士纳尔逊·曼德拉，对 20 世纪与他同时代的世界各地的善与恶、美与丑、真与假，做了一次鸟瞰式的"回望"，并用 20 世纪这柄"上帝无意间遗失的锋利无比的双刃剑"，为人类证明了过去，从而预测了未来。第三篇献给以色列诗人耶夫达·阿米亥，在慨叹"暴力的轮回"把"一千次的希望"又变成"唯一的绝望"时，他正在陪伴这位诗人，凭吊一路公交车的爆炸和隔离墙外的血迹，共同倾听耶路撒冷的石头在哭泣。第四篇是对河流——人类永恒的母亲的歌颂，当诗人望着断流的河岸及其被污染的身躯，不禁满怀悲伤为人类而忏悔，以至不惜献出自己的生命，来捍卫河流的歌声和光荣时，读者不由得联想起美国诗人兰斯顿·休斯的名作《黑人说河流》。这两位不同背景的诗人对于河流的不同歌颂，在扩大诗学视野方面，能使读者感到同等程度的惊讶和领悟。在诗集中，我读到了许多美好的诗句，如"我相信，人活在世上都是兄弟"，"一切生命都因为爱而美好"，"在希望与绝望之间／只有一条道路是唯一的选择／——那就是和平！"原来诗人敬畏生命，热爱和平，他希望用诗歌做工具，建造出一个让各种生命都能和睦共处的环境。

　　我一面阅读，一面思考诗人为什么选择《时间》作为书名。读到最后一首诗，我才发现诗人正是用它的题目作的书名。这首诗里有这样的诗句："哦，时间！／最为公正的法官／它审判谎言／同时它也伸张正义／是它在最终的时刻／改变了一切精神和物质的／存在形式／它永远在死亡中诞生／又永远在诞生中死亡／它包含了一切／它又在一切之外／如果说在这个世界上／有什么东西真正地不朽／我敢肯定地说：那就是时间！"

　　时间，永远和生命同行。诗人在这里寻求的"真正地不朽"，我猜想，除了包含着他所属彝民族的民族精神和历史生活，同时还包括他所属人类的历史及生命永恒的前行步伐。

　　到这时，作为读者的我似乎明白了：最普通的才是最特殊的，最平凡的才是最永久的，最民族的才是最国际的。诗人在《自画像》的结尾说："啊，世界，请听我回答／我—是—彝—人"。我想，接着还应该补充一下：从他的作品的深度和广度来看，诗人吉狄马加不仅属于彝族，也属于中华民族，还属于世界。可以说，他是用汉语写诗的人类代言人之一，他是一位真正的诗人。

2007 年元月 北京

专题·诗歌与民族文化

远在天涯　近在咫尺

——读吉狄马加的诗

◇ [委内瑞拉] 何塞·曼努埃尔·布里塞尼奥·格雷罗[①]

◇ 赵振江　译

中国诗歌研究动态（第八辑）

开始关注吉狄马加的诗，自知是在进入一个奇妙的领域。一位在地球另一面的诗人，我们之间的距离远得不能再远了，12 小时的时差，他在午时，我在子时。此前，我连他的民族的名字都不知道——彝族，只能从互联网上找些相关资料。我进入了这个奇妙的领域。说真的，人类的任何事物，我都不以为奇，但是诗中那些非人类的东西呢，他在多大程度上使它们、使那些语言的奇迹人性化了呢？

他的诗句引导我进入了他的家乡，高山、深谷、湍急而又寒冷的河流、高原台地、动物、乔木、灌木、花草，一切对我都很新奇，因为我生长在一望无际的平原，在一条既深又宽、既悠闲又温暖的河边。但吉狄马加对家乡的热爱却神奇地拉近了我与梅里达的距离，这是委内瑞拉的山区，我在这里生活了多年。他的诗句引导我进入了他的人群——关于神仙、祖先、精灵的传说；各种乐器，尤其是口弦、马布和卡谢卓尔（我会有幸听到吗？），献祭和葬礼，我几乎听见了毕摩的声音，看到了引人入胜的习俗；我梦见了火把节，在交换了裙子之后，我送给自己爱慕的女子一条围巾，数月后，我等着自己的家人将我的新娘从她的家人的嫉妒中抢过来；还有我想象不出来的衣服和必须品尝的食物……我感到一切已不那么陌生了。

他的诗句引导我进入了他个人的生活：彝族的童年，父母都是彝族人，但有一个汉族的阿姨，一位经验丰富的杰出女性，既坚强又

---

① 何塞·曼努埃尔·布里塞尼奥·格雷罗（1929- ），拉丁美洲当代著名思想家、散文家，现为委内瑞拉安第斯大学终身教授，拉丁美洲十所大学曾于 2007 年推荐他为诺贝尔文学奖候选人。著作颇丰，曾荣获"安德烈斯·贝略"勋章和委内瑞拉国家文学奖等重要奖项。也是吉狄马加诗歌的西班牙语译者。

温柔，家庭教师型的女子；他参加的社会斗争，他在国内的学习和旅游；还有他与世界的总的联系，和各国文学与诗人们的联系，与那些遥远国度、与那些被实实在在的军队和钢铁劈为两半的城市的联系。给我印象最深的是他对世界范围内我们时代的重大主题的情感与思考：他对暴力与武装侵略的激愤；他对歧视、排斥、非正义、人剥削人的反抗；他对和平的强烈愿望；对人类平等的信仰，在他诗人的心目中，确信所有的生命，甚至包括岩石、河流、山脉、云彩、空气、火、水、土地都有灵魂。

他的诗句引导我登上大凉山，找一个山坡躺下，在那里倾听我西班牙的、印第安的、非洲的不同种族的祖先的声音，我觉得他的祖先好像在通过一条地下的秘密网络和我的祖先交流。在这个高度上，我已经感到不怎么生疏了，但却有一种怀念：在拉丁美洲，抑或是整个西方世界，人们在等待着一位诗人，歌唱心爱的女人的身躯，赞美爱的欢乐，感叹爱的痛苦，同时使人感受到死神严肃的降临，寻求美酒的友谊和人类高尚、永恒的结盟。然而我发现这些都蕴涵在他的诗歌里面，尤其是那首《致布拖少女》，给我留下了特殊的印象，使我不禁想起了萨洛蒙的《雅歌》，还有阿那克里翁、卡图卢斯、法国中世纪的行吟诗人和自由女性，想起了龙萨，想起了聂鲁达。

似乎这些接近还不够，一种更亲密的接近诞生了：吉狄马加内心里与我们拉丁美洲诗人有着同样的情结。他们讲的是一种与他们的心灵和习惯不相适应的语言。我解释一下，在拉丁美洲，在西班牙古老的领地上讲西班牙语，在属于葡萄牙的领土上讲葡萄牙语，但在加勒比地区，也讲英语、荷兰语、法语。此外，还有广大的双语地区，这要归于他们对土著语言和文化的执著。甚至在有的地区，只讲一种土著语言。在拉丁美洲，关于欧洲和非洲的经验，由于种族与文化交融而得到了加强，因而渐渐形成了一种新的情感，这种经验在欧洲语言的版图上找不到恰如其分的表达，这里没有形成方言，"el patois"或"créol"和"papiamento"① 除外。

拉丁美洲诗人不得不学习欧洲的语言，以表现自己与欧洲如此不同的情感。方言的形成可能是一条出路——在当今这倾向于全球化和一

---

① "elpatois"或"créol"是安的列斯群岛中的一种语言，是西班牙语和荷兰语的混杂；"papiamento"是同一地区的语言，是西班牙语和法语的混杂。

体化的时代受到了阻碍。于是，拉丁美洲的特色便体现在语言的音乐、尤其是诗歌的音乐中。

我很想懂得足够多的汉语，以了解吉狄马加诗歌内在的音乐，想听听他自己的朗诵，并和用北京话的朗诵作个比较。就这样，我从遥远来到了近前，如此之近，以至我可以将吉狄马加看作拉丁美洲的诗人，或更确切地说，是全人类的诗人。因为有一种心灵的神圣语言，它在任何历史语言中都找不到表达。

在吉狄马加的"神奇土地"上

◇ [法国] 雅克·达拉斯[①]

◇ 树 才 译

　　吉狄马加，不仅是作为一位彝族诗人，代表着他的民族，更是作为一位行动诗人。在历史上，诗人一直是拥有语言魅力的行动者，因为社会的或政治的行动，并不与词语的诗性妙用相悖逆。只是在最近，尤其在古老的欧洲，诗人们不再投身于行动。只是从法德之间两次欧洲大战这场大悲剧以来。从那时起，诗歌行动或者走进一个非理性的荒诞怪圈，或者连诗人自己都否认介入社会的主观愿望，甚至退入"象牙塔"。前者可以举出法国超现实主义诗人为例。人们记得，布勒东采取荒诞行为，握着手枪游行，标举他的绝对自由。人们记得，马拉美崇尚职业教师的小小生活，同普通工人离得很远。20世纪的欧洲留下了行动混乱的最血腥印记，对诗人这些敏感者来说，他们表明对政治的冷漠，几乎成了一种必然。当然，在法国，第二次世界大战中有"抵抗运动"诗人，阿拉贡、艾吕雅、艾马努埃尔，等等，他们敢于捍卫"诗人的荣耀"。但很快，"第二次世界大战"刚结束，在我们称为"解放"的时期，教条主义就侵占了精神。战争演变成"冷战"，行动皱缩为一种机械反应。

　　如果我们想找到这么一个时期，诗人们投身于把行动和词语结合在一起的战斗，那得追溯到19世纪。那时，诗人们感到应该创造历史，在历史中行动，并且留名青史。两个例子尤其有名：法国的雨果、美国的惠特曼。雨果，写出过《悲惨世界》的小说巨匠，他的命运值得所有时代的所有国家来关注。30岁，无论在文学上还是政治上，这个年轻人就已经登上一个奇异的社会高度。在戏剧方面，他奉献了欧那尼的

────────────

　　① 雅克·达拉斯（Jacques Darras, 1939—　），法国著名诗人、翻译家。著有长诗巨著《梅河》，他还是惠特曼《草叶集》的法译者。2004年获阿波利奈尔诗歌奖。2006年获法兰西学士院诗歌大奖。2009年应邀参加"第二届青海湖国际诗歌节"，并担任首届"金藏羚羊国际诗歌奖"评委。

专题·诗歌与民族文化

"战争"，于 1830 年赢得成功，从此在法兰西舞台上发起了浪漫主义悲剧运动。在政治上，他被任命为法兰西贵族院议员，进入议院。这位保皇主义者和帝国之子，仿佛注定要承担一种充满荣耀的命运。1848 年革命期间，他站到了另一个行动诗人、拥护共和政体的拉马丁一边，革命者雨果从此出现。雨果奋起反抗拿破仑三世，不得不流亡，他只好在英国庇护下住到法国对岸的诺曼底岛屿上，直到 20 年后重返法国，庆祝共和国胜利，结束了独裁和专制。他是一个杰出的典范，从保守派一跃而成为最坚定的革命派！在大西洋彼岸，则是民主派人士惠特曼，他出身于最普通的社会阶层，先做小学教师，后又从事记者，最后写出了诗歌总集《草叶集》，当时完全出人意料，随后被公认为最伟大的美国诗篇。惠特曼在他的诗篇里说了什么？他把自己变成了美国人民的经济和政治突飞猛进的一名歌手，对平民和精英同等视之。这部诗集是一个真正的行动宣言，一部民主圣经。

毋庸讳言，在那个历史时期，出现这么两个堪称世界典范的大诗人，是同法国和年轻的美国的经济和社会激荡形势不能分开而论的。一边是古老欧洲之外崛起了这么一个独立的崭新强国，另一边是一个古老的民族，法兰西，诞生了共和政体。那些行动诗人的奋起，总是与整个民族的觉醒和突进联系在一起的。这有些像今天的中国出现了吉狄马加。不可否认，吉狄马加是 19 世纪那些伟大的革命诗人的继承者，他们在社会中担任着重要的政治职务，同时用一种直接、朴素而又富于激情的诗歌语言来言说。副省长可不是一件轻松的差事。但对一个诗人来说，这也是一个特别有利的观察点。一个行动诗人，用法国谚语来说，可不能"光说空话"。当然，如果不注意的话，他也可以用一种"双重的语言"来言说。然而，诗的要求，不允许任何的松懈或暂停，必须始终恰如其分地言说。雨果用他的语言和风采来表达他的思想，完全是他自己，不存在两个雨果，而只存在一个唯一的洞见者雨果。对吉狄马加而言，我们感到，他语言的基础完全忠实于他与他的土地和他的民族（彝族）的真正的深刻关系。此外，对一个"西方人"来说，这是一个全新的发现：与世界公认的中国经济强势的这一突进相一致，一种奇异的民族自豪感在吉狄马加那儿得到了确认。从遥远处，从法兰西，新中国像是一个不清晰的磐石般的强国。无疑，这是一个"滞后的"观察结果。现代的中国在前进，今日的中国在变化，在它的各种构成中寻求平衡，十几亿男女的行为无法临时安排。所以，应该细心倾听活在语言最深处的诗人们，以便把握这个大国的大致发展方向。

　　是什么成就了吉狄马加诗歌的品质？首先是鲜活，答案呼之欲出。我们需要立即声明的是，我们这些不懂中文的法国人，只能通过友丰出版社桑德丽娜·亚历山大的译文（指 2007 年由友丰出版社在巴黎出版的法汉双语诗集《时间》）来感受吉狄马加的诗歌。确实，译文流畅可读，译者的情感被同化，并在译入语中热情地回响着。鲜活意谓着什么？这难以定义，但理由之一无疑是诗人的质朴情感以及诗人的简洁手法。节省，是吉狄马加坚持的作诗法的一个技艺侧面。然而，在诗歌中选用的技艺绝不是平白无故的。从非美学的角度看，"节省"可理解为"羞涩"。有一种情感的羞涩，有时甚至是清教徒式的，为吉狄马加的诗歌所特有。在他那里，有一种保留。就在激情当中。正是激情和表达形式之间的这些限制，产生了这种"保留"的情感。吉狄马加诗歌的另一个特点是质朴。这种质朴，极难获得！这种质朴，也绝不可能凭空赢得。应该获得它，或者自然天成，或者就没有。下面这首诗就让我感动至深：

看不见的波动

有一种东西，在我

出生之前

它就存在着

如同空气和阳光

有一种东西，在血液之中奔流

但是用一句话

的确很难说清楚

有一种东西，早就潜藏在

意识的最深处

回想起来却有些模糊

有一种东西，虽然不属于现实

但我完全相信

鹰是我们的父亲

而祖先走过的路

肯定还是白色

为什么我会被感动？因为我感觉听到了华尔特·惠特曼在这些诗句中回响，最出色的惠特曼的回响，它凭惊异和困惑，抓住我们，抓住每一个人，在我们生活中的最惊异时刻。这是时间中的突然的晕眩，仿佛呼吸中断，仿佛呼吸屏住，让我们感觉到某种惊异，"某种"中性的、无法定义的惊异，在我们前面，在我们旁边，并以某种极端重要的无声之语对我们说话。是生命的奥秘吗？是上帝吗？还是祖先灵魂的沙沙声？都有，但还要更多。因为无从表达，诗人动用了一个形象，鹰和道路的形象，它们都是惠特曼在《自我之歌》中偏爱的形象。我了解这一点，因为我本人就把惠特曼的诗翻译成法文。但我要强调的是，吉狄马加的诗歌的独特性是整体的，无论是他的激情还是他的表达，我从他那里听到的是美国诗人在他的诗篇中的回响。质朴之情，也在它的困惑中相遇。质朴，在吉狄马加那里清晰可辨，尤其在他的几首摇篮曲里，在一些亲昵的温柔时刻，他出自本能地沉醉其中。在这些诗节中，我们能感到一种对母亲和部族的依恋。吉狄马加把童年时光唱成了充满节奏、形象和未来智慧的美妙时光。在《催眠曲——为彝人母亲而作》中，动物们，雄鹰、豹子、獐子、斑鸠、大雁，它们组成的那片自然天地，展现了那个小男孩的力量。这些奇特的形象，比其他形象更谦卑，更出人意料，让诗句产生了一种不可模仿的鲜活感。下一节诗是放在括弧里的：

> 天上的大雁
> 也有入眠的时候
> 地上的猎狗
> 也有打盹的时候
> 妈妈的儿子
> 你就睡吧
> （远处的隐隐雷声
> 剩下的缠绵思念
> 小路再不会明白
> 那雨季过后的期待）

这里，是"小路"令我们感动，比大雁更动人，大雁和猎狗经常在诗中出现，是古老的乡村社会的常客。但是路，它是小路，被诗人赋予了一种理解，更是一种惊异。它那"儿童般"的无限谦恭，使它直接抵达了寓言的魔力。

　　吉狄马加是一位伟大的讲故事的人。我们信他的故事，我们跟随这些故事，尽管它们是悲剧性的。也正因为它们是悲剧性的。在今日诗歌中拥有叙事的敏感，这是一种极其罕见的天赋。雨果以前有过，密茨凯维奇有过，普希金也在某种动人的层面上有过。我相信，没有叙事就无法产生伟大的诗歌。当然，在日常现实中撞击我们的那些"叙事"事件，经常是血腥而可怕的，它们的结局又总是变得极为平庸并被庸俗化，同时也就钝化了我们对叙事的兴味，比如对故事的兴味。哪些诗人今天还能凭其诗作赢得成人读者的关注？吉狄马加无疑是其中一个。我认为，谁也不会对比如《头巾》这样的好诗无动于衷！节奏和质朴，形象的反复出现和对立张力，诗节之间停顿引起的时间过渡，这些基本的叙事要素造就了他的诗歌。我们难道不喜欢不可实现之爱的形象吗？没有人会说不喜欢。为了实现它，敏感是绝对不可或缺的。想象力，意味着选择形象的能力，并把它们融入到节奏中。为此，必须清澈地感知他者。尖锐地感知生命存在的脆弱，并通过诗来呈现它的强烈。这就是夜晚的孤独，是每一个人都能想象并感同身受的：

夜

不知在什么地方
猎人早已不在人世
寡妇爬上木床
呼吸像一只冷静的猫

不知在什么地方
她的四肢在发霉
还有一股来自灵魂的气味
一双湿润的手
蒙住脸，只有在
梦里才敢去亲吻
那一半岁月的冰凉

　　应该完整地读整首诗，以便抓住那敏锐的目光，它审视由岁月和

253

孤独引发的人类的这种收缩，孤独中的衰老。但这些，通过普遍存在的人类共鸣，最终给吉狄马加的诗歌读者带来困惑，不管读者是西方人还是中国人。我想象，这就是他的诗歌所表达的巨大的后撤。吉狄马加丝毫不想汇入现代的城市诗歌，比如上海和北京的中国人，或者巴黎和柏林的欧洲人。他满足于在他的土地上安营扎寨，在四川大凉山群峰的庇护下，用目光去拥抱人类时间周而复始的白昼和夜晚。但这并不妨碍他，应该说恰恰相反，作为全世界诗歌和诗人的热爱者，在他任副省长的青海省，去组织给人留下极深印象的诗歌节盛会。这无疑是这种诗歌所造就的力量和惊异，那令人惊异的力量。吉狄马加，就像我上面谈到的普希金、雨果、惠特曼等这些诗人一样，是一个创造神话的诗人。他处于诗篇和神话的交界处。他背靠着整个彝族。它赋予他几乎永恒的时间意义，以及他高山的视力，高山上雄鹰的视力，明察平原上的现代变化。欧洲的旅行者，应该在去青海之前研究一下中国地图，他将会对覆盖那个地区的众多山脉感到惊异。从飞机舷窗，可以看到，中国像是被喜马拉雅山脉推挤着的一块狭窄平原，而一条长城巨龙，好像是它直追史前的一条脊椎骨。吉狄马加属于中国腹地的那些大山。大山是他的神话和传说的储存地。他选择诗歌的斜坡，毫不妥协地走向我们，带着他无从记忆的骄傲的谦卑。对深陷在商业大都市尘俗旋涡中的平原地带的诗歌，吉狄马加提供了一种理解、宽容、甚至是智慧和拯救的可能性。我得以去青海湖，在西宁的诗歌封地，与他相遇。我感到，通过倾听他，我遇到的是一位既含蓄有致又勇于行动的诗人，一位只用不多的话语就能把诗的气息传向遥远的诗人。

在《古老的土地》一诗中，他写道："到处是这样古老的土地／婴儿在这土地上降生／老人在这土地上死去"。我们这些欧洲人，早已把古老的土地抛到一边，但在我们面前，我们惊异地看到了吉狄马加——一位把祖先的自然话语和当下的现实洞察成功地融为一体的榜样诗人。读吉狄马加，我颇有收获。

2010 年 2 月于巴黎

意境　视野　韵味

——读吉狄马加的诗

◇赵振江

　　我认识吉狄马加有十余年了，始于"文字交"，他读我译的诗，我读他写的诗。后来，我邀请他参加北京大学西语系主办的国际诗歌研讨会，他邀请我参加青海湖国际诗歌节以及评选金藏羚羊国际诗歌奖的筹备工作。2008 年，德高望重的委内瑞拉诗人、学者何塞·曼努埃尔·布里塞尼奥·格雷罗（J.M.Briceno Guerrero）约我合作翻译他的诗集《时间》，我对他的诗作才有了深一点的了解。

　　他为人，胸怀是宽广的；作诗，意境是高远的。在我和吉狄马加的接触中，从未听到他对别人的诗作说三道四，听到的多是对大师的崇拜，对同行的尊重以及如何促进国内诗坛的团结与繁荣。这体现了诗人的大度与情操。作为一位彝族诗人，他首先是本民族的诗歌代言人，传承着彝族人民古老的文化传统，歌颂他们的"真、善、美"，憧憬他们光辉的明天。从他的诗中，人们能听到《口弦的自白》、《毕摩的声音》、《星回节的祝愿》、《回忆的歌谣》……能看到《一支迁徙的部落》、《失落的火镰》、《布拖女郎》、《彝人梦见的颜色》（黑红黄）……总之，诗人通过身边这些寻常事物，抒发了自己对家乡、对民族的深厚感情。

　　正如绿原先生在为他的《诗与文》作的序言中所说："最普通的才是最特殊的，最平凡的才是最永久的，最民族的才是最国际的。"吉狄马加"不仅属于彝族，也属于中华民族，还属于世界"，因为他关心和热爱的绝不仅仅是彝族人民，而是中华民族大家庭，是人类的前途和命运。在他的创作中，人们不仅可以读到《萧红的哈尔滨》、《我承认，我爱这座城市》、《献给汶川的挽歌》、《致印第安人》、《蒂亚瓦纳科》、《致萨瓦多尔·夸西莫多的敌人》、《科洛希姆斗兽场》、《访但丁》、《吉卜赛人》以及《感恩大地》、《敬畏生命》、《关于爱情》、《时间》、《献给这个世界的河流》等题材广泛、意境高远的咏叹，还可以读到他献给艾青的

《最后的礁石》、献给纳尔逊·曼德拉的《回望二十世纪》、献给美国女画家的《欧姬芙的家园》、献给以色列诗人耶夫达·阿米亥的《在绝望与希望之间》、献给塞萨尔·巴略霍的《面具》、献给聂鲁达的《祖国》、献给卡布列拉·米斯特拉尔的《脸庞》、献给胡安·赫尔曼的《真相》等热情洋溢、真挚感人的颂歌。

　　吉狄马加不仅深受本民族文化的熏陶，也熟悉中华民族大家庭诗歌传统的影响。他不仅熟悉屈原、李白、杜甫、郭沫若、艾青等汉民族的诗坛巨擘，也熟悉各少数民族的诗歌源流。尤其值得一提的是，他对世界诗坛的风云人物了如指掌，从他们的诗歌创作中汲取了丰富的营养。就我比较熟悉的西班牙和西班牙语美洲诗坛而言，他崇敬和喜爱的诗人就有加西亚·洛尔卡、安东尼奥·马查多、胡安·拉蒙·希梅内斯、阿莱克桑德雷·梅洛、鲁文·达里奥、米斯特拉尔、聂鲁达、巴略霍、帕斯等。他说起这些诗人，滔滔不绝，如数家珍。

　　作为一名省部级干部，吉狄马加常有出国考察的机会。2008 年的一天，他告诉我，作为青海省副省长，他要出国考察。这本不足为奇，但令我惊叹的是，他选择了"贫穷、落后"的山地国家玻利维亚和秘鲁作为自己的考察对象。众所周知，玻利维亚的首都，人称"外交官之墓"，是美洲地势最高的内陆国，大概很少有"领导干部"去那里考察的。吉狄马加说，他去那里考察的目的是看看人家是如何保护和开发利用古老的印第安文化遗存的。但是我知道，除此之外，他还有一个挥之不去的情结：要亲身领略一下马丘比丘古堡的风光，体会一下它为什么能激发聂鲁达惊涛骇浪般的灵感之源，并在归途中顺访智利，去黑岛向心中的偶像献上一束鲜花以表达自己的敬意。

　　对于世界诗坛的大师们，吉狄马加不仅敬重，更虚心地向他们学习。在读他的诗作时，我会感觉到一种欧美现当代诗歌的韵味。虽然没有严格的韵脚，但却有一种行云流水般的节奏。正因为如此，他的诗往往适于朗诵。我相信，这与他从外国诗歌中汲取了丰富营养是分不开的。一位博采众长的诗人，必能独树一帜。愿吉狄马加的诗歌创作更加光辉灿烂。

于 2010 年端午节

雄鹰与太阳的歌者

——吉狄马加诗歌的精神世界

◇ 罗庆春

  彝族文学史在新的时代里拉开了新的序幕，吉狄马加等一批充满时代精神的作家、诗人，在摆脱传统束缚的同时，积极地抓住历史的脉动，利用汉语进行创作，取得重大成就。他吸取了自己古老民族传统艺术的营养，又接受了中国和西方的新的艺术思潮的沐浴，得以用新的眼光和角度来审视自己所身处的时代和社会，在艺术创作上达到了新的历史高度，写下了《初恋的歌》、《一个彝人的梦想》、《罗马的太阳》、《吉狄马加诗歌选》、《鹰翅与太阳》等佳作。他的艺术成就也标志着这一古老民族面临新的多元文化冲击，不得不重新审视和思考自己民族的文化命运以及一代文化新人的历史使命与时代忧患的真正醒悟。

  作为当代彝族文学的先行者，他的创作是后来年轻一代的学习榜样，因为他的诗歌在艺术范式和思想蕴涵上，都有他自己独到而深刻的理解和创造。更为难得的是，他作为先觉者，他的探索历程具有历史性的启示，是后来学习者不可忽视的深层内涵。

  由于历史和现实诸多方面的原因，世界文学的视野和格局中，"彝族文学"似乎没有获得整体的概念，没有形成应有的影响。所以，在国际文学对话与交流层面上，这样的历史与现状与一个拥有悠久的口头传统和书写传统、总人口达 800 多万的古老的诗的民族是极不相称的。特别是当代文学，无论是用母语创作的还是用汉语创作的，新中国成立60 多年来，彝族文学能够进入世界文学视阈，达到国际间文学对话与交流层次的作家作品实在是非常有限。吉狄马加及其汉语诗歌无可厚非地成为这个代表着 800 多万彝人告诉世界"我是彝人"的有限队伍中最杰出的代表。由此，我们也联想到：中国少数民族文学如何走向世界？如何在世界文学殿堂中拥有自己的一席之地？如何在真正意义上成为世界文学不可分割的一部分？……这些问题越来越突出地摆在每一位有自己清晰的族群文化脉络、有自觉文化创造使命和艺术精神追求的少数族群文学人的面前。

一、雄鹰：民族精神的象征

1. 雄鹰是祖先和民族的化身

在彝族的口头叙事和书写历史中，鹰，一直作为最重要的文化符号和原型意象，并以父亲的象征进入传统文化意识和历史表述之中。在彝族的神话传说里，鹰是彝族的祖先，是彝族的图腾，在数不胜数的神话传说中，鹰都作为最重要的象征物贯穿其中。它和祖先一起经历了远古时代一直到现在，一个民族的血液里都有鹰的性格、品质和意志的印记。

> 我完全相信
> 鹰是我们的父亲
>
> ——《看不见的波动》

而在吉狄马加的诗歌里，它完全成了民族的历史记忆的象征。吉狄马加作为一个现代的彝族诗人，他具有强烈的对本民族历史和文化的反思精神。同时也逃不开一些最原始的疑问：我是谁？我从哪里来？我要往何处去？对他自己来说，从自己的祖先和地域开始思考是最自然的事情了。

> 我不会不知道
> 这个甜蜜而忧伤的民族
> 从何时起就自称"诺苏"
>
> ——《彝人梦见的颜色》

即使自己已经是远离故土的都市彝人，还是割不断自己与本民族最原始的"脐带"。生活在现代都市社会，没有了故土的文化生态，诗人似乎借助诗意努力地想恢复那种与生俱来的与民族本源的关系，不断回望自己民族的精神世界：

我渴望在一个没有月琴的街头

在一个没有口弦的异乡

也能看见有一只雄鹰

自由的在天上飞翔

—— 《我渴望》

不仅如此，由雄鹰而产生的意象群，才是一个民族象征的完整意象。如羊、猎人、火、荞麦、彝族歌舞甚至那些民族隐秘的故事，它们丰富了诗歌的艺术世界，在感情上也更加完整了：

无论贫穷还是富有

你都会为我们的灵魂

穿上永恒的衣裳

—— 《彝人谈火》

只有通过你的祈祷

我们才能把祝词

送到神灵和祖先身边

—— 《苦荞麦》

就是那种旋律

在低矮的瓦板屋顶

千百年来

编织着黑色的梦想

—— 《回忆的歌谣》

一个民族的精神游子在异地深情地赞颂自己的民族和历史，自己的祖先和神灵，如赤子般真诚地爱着自己的民族，寻求灵魂的皈依：

这自由的

属于我的民族

最崇高的血液啊

我是在你的轻唤中醒来的

—— 《沙洛河》

259

2．雄鹰是生生不息的民族精神和民族传统的象征

彝族是中国西南古老的世居民族，在漫长的历史长河里，逐步淘滤并形成一种坚韧的民族精神支撑着这个民族的繁衍和发展，这种精神凝结在各个时期的文学艺术作品里，塑造着一个民族不死的灵魂：

> 有一种东西
> 在我出生之前就存在着
> 如同空气和阳光
> 在血液之中奔流
>
> ——《看不见的波动》

吉狄马加自幼生活在彝族文化的核心地区，对彝族的传统耳濡目染，继承得较为完整，而当他"成功出走"之后再从一个崭新的角度来审视那些传统的时候，才发现自己从来没有脱离过那些深厚的传统，那个神奇而深邃的母语世界，祖先灵魂的碎片依然流传在他的血液里：

> 我梦见过黑色
> 我梦见黑色的披毡被高高扬起
> 黑色的祭品独自走向祖先的魂灵
> 黑色的英雄结上爬满了部落的星星
> ……
>
> ——《彝人梦见的颜色》

> 我是一千次死去
> 永远朝着左睡的男人
> 我是一千次死去
> 永远朝着右睡的女人
>
> ——《自画像》

彝人对黑色有着独特的理解，黑色如图腾一般，是彝人的信仰，生命世界不可言状的善恶都蕴涵其中，才会一次次让诗人在梦里看见。而作为一个山地民族，人与山的关系、人与土地的关系才是永恒的：

你骄傲地站立

太阳为你做了一次黑色的洗礼

从此

你的爱就属于这大山

属于这土地

　　　　　　　　　　　　——《土地上的雕像》

作为一个民族的文化，各种传统的存在和发展是民族延续不断的内核，虽然在现代社会文化冲击下，传统已经慢慢发生变化，但是核心的东西永远不会变，除非历史的断裂。诗人却看见一些传承延续的东西在流逝，坚守显得那么脆弱无力，那些消亡或正在消亡的，正是诗人哀伤的来源：

我们悼念的不但是一个民族的心灵

我们的两眼泪水剔透

那是在为智慧和精神的死亡

而哀伤

　　　　　　　　　　　　——《守望毕摩》

3. 雄鹰是神性与人性高度合一的象征

在彝族的集体无意识中，恒久地存在一种神性的思维，彝族人民认为世间万物皆有灵性，这种灵性和人是平等的，和谐共存的，包括自然界的各种存在物，甚至死去的生灵。他们永恒地与他栖居在同一个维度的世界里。

和其他有些民族的人死如灯灭或人不过是物质性的存在等文化意识不同，彝族自古就认为死去的祖先还在世界上，只不过是在不同的地方和形式。这种思维跟民族的万物有灵信仰有关，还与彝族思维中人性与神性高度张扬有关。

把你放在唇边

我嗅到了鹰的血腥

我感到了鹰的呼吸

专题·诗歌与民族文化

261

把你放到耳边

我听到了风的声响

我听到了云的歌唱

把你放在枕边

我梦见了自由的天空

我梦见了飞翔的翅膀

——《鹰爪杯》

在《鹰爪杯》里，有着祖先的声音，也有历史的回响，人在一个杯子面前获得了与神和祖先的灵魂对话和共存的场域，时间和空间达成一种浑然的境界，人性和神性交辉呼应，达到了非凡的艺术美学高度。这样的美学追求在他的诗里随处可见：

不要打破永恒的宁静

在这里到处都是神灵的气息

祖先们正从四面走来

……

尽管命运的目光已经爬满了绿叶

往往在这样异样沉寂的时刻

我们会听见来自另一个世界的声音

——《故土的神灵》

在灵魂的住址里，有些不能说的秘密：

这是一间瓦板房

青草覆盖了通往这里的小路

可是关于它的秘密

谁也不能透露

——《灵魂的住址》

因为这些话语已经不需要再讲了，那就是灵魂的居所，那就是我们精神最后要皈依的地方。在彝族的传统文化观念里，人性和神性始终是和谐平等的，人也不比其他生灵高级或低级，人性在某种时候可以表现出神性的一面，神性也带有人性的色彩。

二、太阳：宇宙光芒与时代精神

1．太阳是宇宙的光芒

彝族地区有丰富的民间故事和古代神话传说，其中，关于六个太阳和七个月亮的传说，月亮是阳刚的哥哥，太阳是阴柔的妹妹的传说，还有英雄祖先支格阿龙射日射月的传说。在这些传说中，太阳始终代表着宇宙的光芒，代表着生命的根基与动力，代表着自然力与人性合一的艰难历程和文化强力。

和世界上很多民族一样，彝族也是崇拜太阳和火的民族，因为它是宇宙中最普遍、最永恒、最美好事物的象征。它还象征着热情和生命，一种积极的生活态度，一种对生命的本真的无尽的探索。吉狄马加的诗歌无意识地传承了这个伟大民族秉有的日神精神，并进而延伸成一个民族血脉相承的艺术精神，贯穿其诗歌创作和艺术生命历程的始终。

2．太阳是世界的象征

吉狄马加是一位胸怀天下的诗人，在他的诗作里面随处可见他对世界的认识和评价，他从大凉山走出来，走出中国，走遍了世界，看到不同的文明，看见了一个差异而丰富多彩、有残酷也有美好的世界。

> 蜻蜓黄金的翅膀将振响
> 响在东方
> 响在西方
> 响给黄种人听
> 响给黑种人听
> 响给白种人听
> 响在长江和黄河的上游
> 响在密西西比河的下游
> 这是彝人来自远古的声音
> 这是彝人来自灵魂的声音
>
> ——《做口弦的老人》

他也积极向不同的人们表达自己，表达一个来自地球另一端的民族对他们的友好和善意。看见了印第安人、黑人、雅利安人、吉普赛人等等，在他看来都是那么熟悉，他们都是诗人自己（彝族人、中国人）的兄弟，都是土地上神圣的生灵：

> 我仿佛看见成群的印第安人
> 在南美的草原上追逐鹿群
> ······
> 我仿佛看见黑人兄弟，那些黑色的兄弟
> 正踩着非洲沉沉的身躯
> ······
> 我仿佛看见顿河在静静流淌
> 流过的那片不用耕种的土地上
> 哥萨克人在黄昏举行婚礼
> ······

——《古老的土地》

诗人也常常站在生命的立场和人性的高度，以一种博大的人文情怀，以一个诗人起码的良知和深厚的情感，希望天下所有"太阳的孩子"，不同的民族、不同的人群都能和谐相处，彼此尊重：

> 古老的子民
> 太阳的孩子
> 美洲的土地因为你
> 才显得如此神奇

——《致印第安人》

3. 太阳是人性的象征

诗歌的生命力，很多时候是靠深邃的人性揭示和命运追问来实现的。吉狄马加的诗歌里，俯拾皆是的是对人的尊重，对美好的人性的赞美透示：

> 在一条黑色的河流上
> 人性的眼睛闪着金色的光

——《黑色的河流》

人性的光辉，在历史的黑暗里闪着光，人和人性，始终是诗人最珍视的，这也跟诗人的民族传统背景有巨大的关系，因为在彝族的传统文化里，敬畏生命，尊重生命，珍惜美好事物，是最古老的美德：

> 只有那个睡在她怀里的孩子
> 才听清了她最后的话语
> ……
>
> 孩子，要热爱人
>
> —— 《题纪念册》

正是这种世代相传的道德，培养了诗人热爱人，热爱生活，热爱世界的可贵情操，在现代纷繁的世界里，始终坚守着自己原始而珍贵的人道主义美学精神。

4．太阳是理性的智慧

雄鹰是高高在上的，既具象又抽象，既是生命生动的姿态，又高于生活的实际，它象征着一种诗性和理性的高度合一，对存在的反思和投射。太阳同样象征着智慧和现实，象征着光明、自由、平等、博爱、包容、和谐等等：

> 其实你该问问上帝
> 为什么都是他的儿女
> 却常常将你遗忘
>
> —— 《乞丐》

在教堂的外面，有乞丐在行乞，诗人不禁发问，为什么上帝不爱他的子民了？！

> 我要向你们道歉
> 尽管我不知道
> 是哪一支猎枪
> 射击了你们
>
> —— 《敬畏生命》

专题·诗歌与民族文化

265

而藏羚羊被偷猎，诗人也同样承担了负罪和赎罪的角色，为那些无耻的行径向藏羚羊道歉。

> 我不敢肯定
> 在这些灯光中
> 有没有死者的眼光
> 在另一个世界
> 审视着我们
>
> ——《我承认，我爱这座城市》

这是为"二战"时被轰炸过的城市而写的，代表后来者对战争和侵略的深刻反省，以一个人道主义者的眼光，审视那些人类悲惨的历史和无尽的灾难，呼唤永远的爱，树立生命的尊严，寻找真正的和平与和谐。这样的诗歌主张深刻地体现出吉狄马加诗歌中始终不变的核心美学价值和崇高的精神目标。

三、汉语：灵魂的翅膀与影响的焦虑

1．文化认同与语言选择的悖论

在当代全球化浪潮中，彝语和汉语的交汇已经成了不可避免的趋势，作为强势的汉语和相对弱势的彝语交锋后，情势已经很明显了。从"语言混血"到"文化混血"，传统的彝族文化生态已经遭受到深刻的影响和空前的损毁。

对当代许多彝族诗人来说，汉语已经名副其实地成为他们的"第二母语"，他们只有用汉语才能表达自己的思想和情感，作为母语的彝语已经只是一种理论上的母语了。但是，作为一个充满反思和追问精神的诗人，吉狄马加一直在寻找造成这种状况的根源。从文化上来说，作为一个天然的彝族人，在文化认同上趋向于本民族的东西，这是无可厚非的，但是在语言选择上，只能选择汉语作为诗歌创作的语言，语言选择与文化归属出现了奇异的悖谬和尴尬。

这却是历史的大势所趋。彝族汉语诗人用诗歌显示自己的生存地位，展现自己的精神，发出自己的声音，就必须通过汉语这种"灵魂渠道"，才能为广大的人群所接受，否则就是在自己相对狭小的世界里，与世隔绝，无人问津，最严重的可能就是湮灭在历史的潮流之中，这样的状况是每一个作为现代彝族人和诗人所无法忍受的。

而在可预见的未来，诗人还要承受这样的煎熬，为这样没有答案的追问而痛苦：

> 我站在这里
>
> 在钢筋和水泥的阴影中
>
> 我被分割成两半
>
> 我站在这里
>
> 在红灯和绿灯的街道上
>
> 我再也无法排遣我心中的迷惘
>
> 你能否告诉我
>
> 失去的口弦还能否找到？

——《追念》

2. 对"第二母语"的创造与延展

要想在不同的文化和语言之间进行交流，就必须选择一种通用的语言，由汉语在整个中国历史文化叙述史上的特殊地位决定，汉语自然地成为了这种通用语言，这是历史的必然和自然选择。少数民族汉语诗人"第二母语"自觉的原因，一部分可以归结为用汉语表达母语世界的诉求，书写母语文化的命运，跻身于汉语诗歌的不可分割的组成部分，甚至可以走向世界，成为世界文学的一部分。这在一定程度上缓解了因"汉语化"而造成的焦虑，因为至少，汉语帮助他们开拓了视界，增加了他们的存在感，在深层历史的角度上说，不但有利于民族传统的承袭，还能增加新的语言文化血液，促进民族文化的发展。

诗是无国界的，诗天然地在寻找一种语言来表达自己。诗歌本身就是一种语言，用哪种民族的语言来书写都不存在意义上的差别。然而诗人是有国家和语言的。在汉语的语境中，就必然是用汉语的语法来表达，但是在用汉语来表达自己民族性的时候，就有一些既有汉语无法畅达地传达的意思，于是诗人便对汉语进行一些改造和变形。而在习得汉语的同时，也获得了一种以诗歌的方式和途径飞翔的技能，从本质上来说，这种技能和用本民族语言表达是一致的。

专题·诗歌与民族文化

3、对汉语影响的焦虑

吉狄马加也毫不掩饰他受汉语和现代文明影响的焦虑：

> 我要寻找的词
>
> 是祭师梦幻的火
>
> 它能召唤逝去的先辈
>
> 它能感应万物的灵魂
>
> 我要寻找的词
>
> 被理葬的词
>
> 它是一个山地民族
>
> 通过母语传授给子孙的
>
> 那些最隐秘的符号

—— 《被埋葬的词》

这些代表着母语文明精髓的"被埋葬的词"，就是在外部冲击之下渐渐被埋葬和被遗忘的民族文化精神载体，正所谓"皮之不存，毛将焉附"的道理。可悲的是诗人即使看到了这样的情况，却不能做出改变，那究竟怎么样才能改变这样的情况呢？一个强大、自在、自觉的民族才是最终的依靠。在运用汉语交流和取得某种利益的同时，汉语已经深入到了民族的传统，并产生巨大的颠覆力量，这时候就会对汉语产生些恐惧，害怕会威胁到自己文明的基础，但实际上，这种忧虑并不虚幻，而是实实在在的，面对强大的汉语，看着本族的文化被冲击，想必每个清醒而有危机感的人都会思索解决之道。

结 语

吉狄马加是游走在古老民族文化与现代都市生存环境之间的一位歌者，吟唱自己的文化传统和民族的现代遭遇，吟唱世界和人类。他是本传统文化养育出来的赤子，生长在各种文化交汇的当代世界。是一位穿行于传统与现代、本族与外来、中国与世界之间的诗人，所以也获得了历史的高度和世界的视野。不可否认，吉狄马加在思想和精神认识上都有高度的个人理解，热爱人，热爱世界，热爱生命，热爱和平与和谐，始终以现实主义的立场，用现代汉语诗歌的方式，向世界发出一个

中国诗歌研究动态（第八辑）

当代彝人来自灵魂深处的呐喊。

　　吉狄马加在传承本民族文化传统的同时，也在积极地为世界各民族文化的交流互动与平等和谐的发展做着自己的努力。然而，现实里总是有些难以改变的差距，这也形成了诗人自觉的危机意识和批判精神。诗人身上一直担当着一个古老民族的现代化的历史责任，作为一个先觉者和开拓者，诗人与同时代本民族的仁人志士一道：任重而道远！……

专题·诗歌与民族文化

吉狄马加诗歌翻译札记

◇ 海来木呷①

　　20 年前，我和罗边木果教授用母语翻译出版了吉狄马加的第一部诗集《初恋的歌》，开启了翻译史上将汉文诗集译成彝文诗集的先河。

　　我们翻译吉狄马加的诗，是因为那是一个充满激情的年代，是中国诗歌极其活跃的年代；是因为他那真挚而深沉的诗打动和震撼了我们，他那充满激情和友谊的诗，使他的名字成为我们理想的象征，新一代的象征，彝族文学在新时期复兴的象征，就像是轻轻的山风，吹醒了彝人古老的梦想——"他传达给读者的，与其说是：我看见了什么，不如说是我想到了什么。他的兴趣不在展列现象的纷繁，而在显示灵魂的深邃"（引自流沙河序《初恋的歌》）；他的诗是大凉山的儿子唱给他的母亲，他的故土的真挚的声音；他的诗是用汉民族语言写彝民族心灵中最深沉的情感，而他的许多同胞还不能读懂汉文这种符号，需要我们用母语将他的诗传授给他的同胞，让他的同胞们也有感受这些诗的机缘——"在这茫茫世界／在这冷暖人间／我的皮肤有太阳的光泽／我的眼睛有森林的颜色"（引自《我愿》）。

　　在翻译他的诗作过程中，我深切地感受到，他的诗是独特的、彝人的，更是属于世界的。他是用彝人的思想和文化表达对世界的看法，他的诗歌中所塑造的语境、语感与彝族古老的格言谚语"尔比尔吉"如出一辙——"其实我是千百年来／正义与邪恶的抗争／其实我是千百年来／爱情和梦幻的儿孙／其实我是千百年来／一次没有完的婚礼／其实我是千百年来／一切背叛／一切忠诚／一切生／一切死"（引自《自画像》）。因而，在翻译中无需用太多的翻译技巧和语言艺术就能准确地翻译出其诗歌原意。

　　我深切感到，吉狄马加成为当代著名诗人是必然的，那是因为他的

　　① 海来木呷：彝族，1960 年生于四川大凉山，现任凉山州委组织部常务副部长，四川省作家协会会员，彝族文化学者，知名母语作家，吉狄马加诗集《初恋的歌》彝文版译者。

诗深深植根于具有悠久历史和丰厚文化积淀的彝族古老传统和彝民族生活土壤中，是从大凉山这块土地的灵魂里和民族精神的血管里涌流出来的，如像他的诗中所写："躺在这块土地上／我悄悄地睡去／（你这温柔的，属于我的故土，最动人的摇篮曲啊，我是在你的梦里睡着的！）躺在这块土地上／我甜甜地醒来／（你这自由的，属于我的民族，最崇高的血液啊，我是在你的轻唤中醒来的！）"（引自《沙洛河》）因为在凉山这片神奇而生生不息的土地上，有太多的情感要表达，有太多的故事要讲述，有太多的渴望和梦想要倾诉；因为居住在这块土地上的彝人酷爱文学，更酷爱诗歌，大凉山是孕育史诗的地方。如像他自己在诗中所写："如果没有大凉山和我的民族／就不会有我这个诗人"（引自《致自己》）。他的出现又是偶然的，因为他对自己的民族有着深厚的感情，他对自己生活的这片土地倾注了无限的热爱，他对自己民族的历史文化有深刻的思考："我时常到山野里去／在那里独自思索／当我闭上眼睛，进入梦境／我会看见一片露水般的星星"（引自《森林梦》）；因为他在很多年前就阅读了海明威、肖洛霍夫、聂鲁达、马尔克斯，阅读了亚里士多德、培根、伏尔泰、康德、尼采、海德格尔，他从世界文化中吸取营养，他所站的高度和角度决定其视野的广阔和目光的深邃，他还阅读了彝族史诗《勒俄特依》等彝文经典文献，他全身的每个细胞都涌动着彝人古老的童话和传说："我看见他们从远方走来／穿过那沉沉的黑夜／那一张张黑色的面孔／浮现在遥远的草原／他们披着月光编织的披毡／托着刚刚睡着的黑暗／我看见一个孩子站在山冈上／双手拿着被剪断的脐带／充满了忧伤"（引自《一支迁徙的部落》）。

我深切感到，吉狄马加的诗歌贡献已经超越了诗歌本身、文学本身，他重塑了一个古老民族的当代精神："告别吧，我们将同那睡潮湿草垫的历史告别／告别吧，我们将同那羊皮当衣被的历史告别／再道一声告别吧，古老的瓦板屋，让我就这样含着深情的泪水和你吻别"（引自《告别吧，古老的瓦板屋》）。

在他的影响和感召下，一大批用彝汉语写作的彝族青年凭借自己的良知为母亲歌唱、为父亲歌唱，为自己的亲人歌唱，歌唱着我们的家园、歌唱着村庄、歌唱着大地、歌唱着我们的未来，就像一部多声部的交响乐响彻世界！

2010 年 12 月 18 日

彝人歌者

◇ 倮伍木嘎

"我是这片土地上用彝文写下的历史，是一个剪不断脐带的女人的婴儿，啊，世界，请听我回答，我——是——彝——人。"

在 20 世纪 80 年代，彝人的歌者——吉狄马加开始了他深情的歌唱。他用对这片土地的深厚感情，用高超的语言艺术和诗歌技巧写下了一首首令人感动的诗，并成为彝族诗歌的杰出代表，成为我们自己热爱的诗人。

世界上每个民族都有自己不可替代的歌者，没有他们，人类的历史与文明就会显得暗淡无光，比如荷马与古希腊、莎士比亚与英国、普希金与俄罗斯。

对于彝人，吉狄马加是当之无愧的代言人。因为他的诗深深植根于彝族文化的古老传统和彝民族生活土壤中，是从这块土地的灵魂里和自己民族的血管里涌流出来的。

彝族，聚居在祖国西南的高山大河之间，关于这个民族的族源，学术界一直存有争议，但毋庸置疑的是它有着悠久的历史和灿烂的文化。在彝人民间向来有游吟歌唱的传统，民族传统历史的踪迹，民族文化的延续从某种程度上讲就维系在这种吟唱的歌声中，从彝族史诗《勒俄特依》到抒情长诗《阿莫尼惹》以及丰富多彩的克哲、经文和民歌，多少年来彝人歌者穿行在历史的高山峡谷中，歌声或激越或忧伤，宛如大地丰饶的馈赠。"吉狄马加／生活在赤裸的语言之家里／为了让燃烧继续／每每将话语向火中抛去"（胡安·赫尔曼，当代阿根廷著名诗人）。

彝人身份的认同一直是他诗中的主题，这个认同不是简单的民族符号的表面认同，而是吉狄马加站在世界文化高度下，对民族历史、文化血脉的精心梳理与把握，是他对彝人隐秘灵魂的倾听与诉说，是在世界文化的大视野下，对内心渴望的当代表达与审视。在他的诗中我们经常看到灵魂孤独的彝人汉子、受伤的岩羊、静静流动的河，一个个宁静的村庄、一段废弃的土墙、一群迁徙的人、一片片种植在山坡上的荞

中国诗歌研究动态（第八辑）

麦。我们经常看到或听到彝人真实的世界，在这个世界中充满了彝人的精神，充满了彝人的善良与友爱。

他的诗是彝族文化的优秀代表，也是具有世界文化背景的精美作品。

他的诗源于传统又超越了传统，追述了彝族艰难的迁徙过程和神秘的民族渊源，真情表达了彝人的勇敢、达观、温情与柔弱。他的诗是面向世界的吟唱，在这种吟唱中他把故乡的土地、悠久的文化、彝人的梦想带向了世界。"他的诗句引导我进入了他的家乡，高山、深谷、湍急而又寒冷的河流、高原台地、动物、乔木、灌木、花草，一切对我都很新奇，因为我生长在一望无际的平原，吉狄马加对家乡的热爱却神奇地拉近了我与梅里达的距离，这是委内瑞拉的山区，我在这里生活了多年"（何塞·曼努埃尔·布里塞尼奥·格雷罗，拉丁美洲当代著名思想家、散文家）。

追忆祖先、怀念祖先、崇拜祖先、万物有灵，每当听到毕摩用醇厚的胸音念颂经文，幸福与安详布满人们的身边，在我的家乡，人们都这样生活，从古到今正是这样的文化背景让诗人吉狄马加一次一次为我们呈现了天地之音："给我们血液，给我们土地／你比人类古老的历史还要漫长／让子孙在冥冥中看见祖先的模样。"

对吉狄马加我称他为我们自己的诗人，他的很多诗在20年前我就熟记到现在，就像我们能随口背诵李白、杜甫的那些诗，能背诵普希金、艾略特等经典诗作。"如果没有大凉山和我们的民族／就不会有我这个诗人。"这是诗人对自己的定义，其实也是很多读者的定义。因为无论他在哪里、无论他以什么角度都在关注思念着自己的故乡，自己的民族，自己的亲人，自己的文化。

他的诗激情澎湃如聂鲁达。温柔婉转如米斯特拉儿，技巧纯熟如奥登，到今天他依然用自己热情的生命在歌唱，为彝人歌唱，向世界歌唱……"我承认／我曾经歌颂过你／就如同我曾经歌颂过土地和生命／在这个世界上／不知有多少诗人和智者／用不同的文字赞美过你／因为你的存在／河流！我们向你保证／为了捍卫你的歌声和光荣／我们将不惜献出自己的生命／河流啊，人类永恒的母亲／让我们再一次回到你的怀中／让我们再一次呼唤你的尊严和名字吧！""不是因为有了草原／我们就不再需要高山／因为我始终相信／一滴晨露的晶莹和光辉／并不比一条大河的美丽逊色！"

《吉狄马加诗选》译序

◇ [美国] 梅丹理

◇ 杨宗泽　译

在我着手翻译这本诗选之前，我有幸在吉狄马加先生的陪同下，到他的故乡——位于川西山区的凉山彝族自治州走了一趟。在布托和昭觉两县的诺苏彝族村庄里，我被诺苏彝族山民们对于他们的传统的怀念和依恋所深深打动。旧日的土坯房已经不见踪影，代之而起的是瓦舍。这些瓦舍仍然按照节省空间的老格局在原址上建造，散落在田园或牧场上。诺苏彝族女人们依旧三五成群地在门前用系在腰部的小型织布架织布，男人们肩上依旧披着类似玻利维亚的印第安人穿的那种披肩。

目前，彝族共有 700 多万人口，主要分布在中国西南腹地的四川、贵州和云南等省，其中有数百万人口依旧讲属于藏缅语族的彝语。诺苏是彝族这个古老而神秘的民族中人口最为繁盛的支系，她刚刚开始向世界显示她的存在、传统和荣耀。

诺苏彝族有自己的神话传说，而其神话和传说所体现的思想体系跟汉族、藏族的思想体系有一点相似，却又有微妙的不同。诺苏彝人有靠口耳相传的史诗和长篇叙事诗，譬如《勒俄特依》和《支呷阿鲁》。他们氏族的图腾是山鹰，而这个鹰经常被描绘为银色的，这让我想起了藏族的银翅鸟。此外，他们还有属于自己的送魂经。当超度一个亡灵上天堂的时候，毕摩（即祭奠仪式中的祭司）手里摇动着一个杵形法器和一个小铃，穿过烟火，口中念念有词。和藏传佛教法师手里拿的那种像雷电的金刚杵不一样的是，毕摩诵经的时候手里拿的法器像一个吞食烟火的鸟。毕摩不是端坐在庙堂里念经，而是坐在露天的地上的席子上念经。经卷是用完全不同于汉字的象形文字写成的。

如果你到诺苏彝人居住的村子里转悠一圈，或许你会遇见头戴蘑菇状黑毡帽的毕摩。当毕摩不在葬礼上念经或是驱瘟仪式上作法术的时候，他们通常在村头的一个僻静的角落待着。在诺苏彝人居住的村子里，你随处可以看到毕摩在为人作法祛病或者为死者念经送魂，他的旁边通常会有一位助手在维护着一个火堆。经文通常被抄写在莎草纸或是薄薄的羊皮上。彝族还有一类神职人物，叫苏尼，是巫师——他，头发凌乱，长可抵胯，腰间挂着一面带箍的腰鼓（颇似西伯利亚人使用的那种腰鼓），神思恍惚地一边跳舞一边击鼓歌唱，他们甚至可以连续几个小时一直地蹦跳歌唱。

诺苏彝人至今还没有接受来自外部世界的任何宗教，因为他们的信仰系统具有固有的复杂性，他们的信仰体系包括多种线索：一是季节性的祭奠仪式，二是关于他们的神圣祖先的史诗，三是关于自然力的神话故事。也许因为彝族一直保持着多个分支的缘故，所以他们至今没有形成一个统一的、教条式的信仰。他们的信仰体系像一个编织物，昭示着他们所信奉的归宿是自然，这包含了对于人类生存境况的多方位的思考和透视。它使我想起了美洲的印第安人的宗教。

吉狄马加出生在一个颇有名望的彝族家庭，他的父亲在共和国成立后曾在诺苏彝族腹地的布托县法院担任主要领导职务。由于读了俄罗斯大诗人普希金的诗歌的缘故，吉狄马加在少年时代就立志要做一位诗人，用诗歌来表达诺苏彝人的个性、身份和精神世界。

16 岁那年，吉狄马加考取了设在锦绣蓉城的西南民族大学，大学期间，他如饥似渴地学习诺苏彝族的史诗和传说，此外，还阅读了从屈原开始直到 20 世纪末的大量的汉语诗歌、散文和小说的经典之作，以及大量的外国文学优秀作品，如米哈伊尔·亚历山大罗维奇·肖洛霍夫、陀思妥耶夫斯基等文学大家的作品。

大学毕业后，吉狄马加回到了家乡凉山彝族自治州文联工作，很快他的诗作就在著名的《星星》诗刊上连续发表，在四川文学圈子里产生了很大影响，不久，他就被调到四川省作家协会工作并很快就担任了秘书长的职位。1986 年，他的诗作获得中国作家协会颁发的青年文学奖，并受到已故大诗人艾青的青睐。其间，他阅读了大量的世界著名诗人的作品，包括帕斯、巴列霍、聂鲁达、洛尔迦、阿米亥、赛费尔特、维斯瓦娃·希姆博尔斯卡、桑戈尔等大师级诗人的作品。

吉狄马加执著于诗歌，视诗歌创作为己身的使命和追求，尽管他不期待任何外在于诗歌的奖励，但是他的诗作还是不断获得国家级奖项，并在 35 岁那年被调到中国作家协会担任书记处书记，从此开始了他诗歌创作和人生事业的新天地。其间，他曾多次率领中国作家代表团出访，与国际文学界对话与交流；另外，他还曾应邀作为美国国会青年领导者项目一员的身份赴美观察美国政府的工作达两个月之久。为了充分了解吉狄马加近年来在文化领域里的作为和影响，我们不妨参考一下他的另一些活动，比方说他担任了舞台史诗剧《秘境青海》和舞台与音乐剧《雪白的鸽子》的总策划和编剧；作为一位在国内外都颇有影响力的文化人物，吉狄马加还创办了青海湖国际诗歌节，并担任该诗歌节的组委会主任。青海湖国际诗歌节于 2007 年 8 月在青海西宁举办了第一届，2009 年 8 月举办了第二届，已在国际诗歌界产生了广泛影响。

　　吉狄马加从未停止过他的追求，作为一个来自中国西南部少数民族的伟大灵魂，他要用诗歌承担起他的民族和民族精神与外部现实世界交流的使命。就文化身份而言，吉狄马加既是一个彝人，也是一个中国人，也是一位世界公民，这三者是互不排斥的。

　　诺苏彝族是一个自豪的民族。尽管他们先祖的根扎在中国汉文化之边缘，且长期受到中国汉文化的影响，但它最终没有被汉文化所完全同化，在中国性的序列上，他们依旧保持着自己民族文化和精神的独特地位。至于说在汉诺文化相互影响方面，诺苏彝人在音乐、民间艺术以及神话方面所贡献出来的跟他们所得到的似乎一样多。

　　吉狄马加是一位用汉语写作的彝族诗人，这让我想起了 19 世纪末和 20 世纪在英格兰文坛上颇为风光且为英语注入了巨大活力的爱尔兰作家群。尽管"女皇英语"（即标准英语）对于爱尔兰作家诗人们来说是借用语言，也许正是因了爱尔兰强烈的口语传统，他们却使得英语更具新鲜感。这种传统给他们带来了文才，也就是我们有时候所说的那种"胡侃天赋"。具有这种"胡侃天赋"的爱尔兰作家诗人有：威廉·巴特勒·叶芝、乔治·萧伯纳、奥斯卡·王尔德、詹姆斯·乔伊斯和塞缪尔·贝克特等。

　　在美国，我们也可以找到不少属于少数民族或种族的作家诗人用他们被作为"局外人"的本民族或种族的历史和传统为文学表现"输血"的范例，譬如美国黑人作家兰斯顿·休斯和拉尔夫·埃里森，美籍犹太人作家伊萨克·辛格和索尔·贝娄，此外，还有美洲印第安裔诗人谢尔曼·亚历克斯以及美籍华裔诗人李立扬等。

　　由此，我们不难发现，吉狄马加的文化主张和美国的哈莱姆文艺复兴有着惊人的相似之处，只有具有伟大情感的诗人才可能完成兰斯顿·休斯所企图完成的那种文化使命：在现代的文化错位和迷离的语境下，从根开始，将自己民族的身份认同重新加以唤醒。哈莱姆文艺复兴是从文化的边缘地带开始的，他们的声音最终被主流文化所接纳。作为一位诗人，吉狄马加所为之奋斗的使命也会被主流文化所接纳，因为他和哈莱姆文艺复兴的类同之处在于建立在一个更具有自然力和象征性的水平上——黑色现象。彝族中人口最为繁盛的一支称自己为"诺苏"，在彝族语言中即"黑族"的意思。他们的日常生活中最常见的图案以黑色为基调，配之以红色和黄色，所以，吉狄马加说，"我写诗，是因为我相信，忧郁的色彩是一个内向深沉民族的灵魂显象。它很早很早以前就潜藏在这个民族心灵的深处"（见《一种声音》）。黑色，作为一种情绪和情感氛围的象征，显示了彝族人民对于苦难和死亡的认识；同时，它也昭示了一种精神上的向度和深度。

在诺苏彝族的历史上，曾和他们的汉族、藏族邻居发生过大量的冲突和争斗。今天，随着中国现代化步伐的加快，诺苏人的山林被大量采伐，让他们失去了和他们的传统信仰和价值观相和谐的生态环境，给他们的心灵带来了阴影和不安，无疑这是现代化在给他们带来新生活的同时所带给他们的一种负面影响。

吉狄马加认为，苦难是人类生存境况中难以避免的部分，好多充满了创造性表现力和希望的图案正是由那种代表着忧郁的色彩通过对比的方式显现出来的。在他的一些描述现代社会危机的诗作里，吉狄马加对于暴力进行了强烈抨击，但他从不提倡"以暴易暴"的做法或观念。众所周知，中国的抗日战争时期，重庆多次遭受日本侵略者飞机的狂轰滥炸，数万人在轰炸中丧生，整个城市几乎变成一座废墟。60 多年后的 2005 年，在纪念全世界反法西斯胜利 50 周年的日子里，吉狄马加在一首以重庆大轰炸为背景的诗作《我承认，我爱这座城市》里写道："是的，我爱这座城市 / 还有一个特殊的原因 / 就是这座伟大的城市 / 与它宽厚善良的人民一样 / 把目光永远投向未来 / 从不复制仇恨 / 在这里，时间、死亡以及生命 / 所铸造的全部生活 / 都变成了一种 / 能包容一切的 / 沉甸甸的历史记忆！ / 从某种意义而言 / 这个城市对于战争的反思 / 对和平的渴望 / 就是今天的中国 / 对这个世界的回答！"

在后工业时代的社会条件下，从中国西南部大山的少数民族里走出一位具有世界眼光的诗人，是不难理解的。首先，在 20 世纪的社会里，一切神奇的事物都变得不那么神奇。历史证明，主流文明所看重的基本思想范畴与大自然是脱离的，譬如，上帝、佛陀、道、柏拉图的理念、作为本质的存有或物质力量。而这些观念总是呈现相互否认乃至相互吞噬的状态。和这些庞大的思想体系形成鲜明对比的是，土著民族文化至今持有巨大发展空间的神话，土著民族对于自然依旧有着强烈的情感依附，因之，他们对他们所赖以生存的自然环境和生态环境的改变是特别关注并十分敏锐的。

遗憾的是，那些主流文明所尊崇的思想范畴和自然是脱离的。当这种错位所导致的危险和荒谬接踵而来，对那些所谓的文明人类带来危机的时候，他们才认识到他们的思想体系需要"解构"的日子来到了。但是，那种"解构"不过是另一种荒唐的行为，同样延伸或加长了通往"诗意地栖居"这一理想的路途。而持有土著民族信仰体系的人们则无须担心解构什么。任何一个土著民族的信念系统在细节结构方面都含有怀疑论的成分；土著民族都感恩和敬畏自然，但他们对自己的信念也不是盲从。从吉狄马加的诗作中，我感受到了一种少数民族独有的信念体系的风景，而这一风景的窗户对于当下的世界是开放的。

当土著民族被迫放弃自己的家园时，他们会把一切留给记忆，因为他们一代代的先人们早已用属于他们自己的价值观塑造了他们，让他们重视旷世的生命和跨世的生命的延续。有关这方面的主题在吉狄马加的诗歌里随处可见，在《太阳》里他写道："……望着太阳，总会去思念／因为在更早的时候／有人曾感受过它的温暖／但如今他们却不在这个世上"。随着传统习俗的消逝，他们神话史诗中的祖先开始担任代表可继承价值的角色，于是吉狄马加在《火塘》一诗里这样写道："在河流消失的地方／时间的光芒始终照耀着过去／当威武的马队从梦的边缘走过／那闪动白银般光辉的／马鞍终于消失在词语的深处／此时我看见了他们／那些我们没有理由遗忘的先辈和智者／其实他们已经成为了这片土地自由和尊严的代名词／……我怀念／那是因为我的忧伤／绝不仅仅是忧伤本身／那是因为作为一个人／我时常把逝去的一切美好怀念！"显然，这是对于文化剥夺行为的一个有力的反击和响亮的回答。在文化消遁的灰烬里，吉狄马加和他的诗歌至少能够挽救一种洞照人生道路的视野，并以此留给后来者。

2010 年 2 月写于南京

中国诗歌研究动态（第八辑）

"北大诗人"访谈录

◇罗 晶

从 20 世纪 80 年代后期至今，北京大学校园内的诗歌写作与诗歌活动都表现得相当活跃，先后出现了包括骆一禾、海子、西川、臧棣、西渡、胡续冬、冷霜、姜涛、杨铁军、阿吾、王敖等一批对于中国当代诗歌进程产生了重要影响的诗人。可以说，就大学与当代诗歌之间关系的程度而言，还没有哪所大学堪与北大相匹。2008 年 3 月至 6 月，时为中国人民大学文学院硕士研究生的罗晶，以 20 世纪八九十年代的"北大诗歌场"为研究对象，先后对西川、臧棣、西渡、姜涛、冷霜等北大著名诗人进行了相关的专访，希望与诗人们一起探讨此阶段北大校园空间内"诗歌场"的形成，呈现他们彼此相互吸引、激励、拒绝以至对抗的状态，并由此考察他们是如何酿造出一种精神氛围，构筑了一种相对自足的诗歌传统，并在一个共同的背景下保持其各自的独特性。访谈录由罗晶提问、记录并整理。

罗晶：您是什么时候开始写诗的，是什么东西促使您对诗歌的喜爱？

臧棣：开始写诗，是在 1983 年 9 月。我那时刚刚考入北大中文系。一天，路过北大的三角地，看到北京大学五四文学社招收新社员的海报，埋藏在心底的写作雄心被激活了。就在一个星期内，写了 10 多首。这之前，我在北京二中读中学时，已开始写古诗，但多年来，我一直视 1983 年为我的诗歌起点。在上大学之前，我已自认为是个相当老练的西方现代文学的读者，我已读过卞之琳翻译的瓦雷里的《海滨墓园》，读过惠特曼的《草叶集》，读过聂鲁达的诗。吕同六翻译的意大利隐逸派诗人的诗，对我的青春期产生过灯塔般的影响。蒙塔莱的《英国圆号》彻底改变了我对现代诗的认识。艾青也曾深深激励过我。诗歌最吸引我的地方，应该是它对人生的灵视能力，或说透视能力。我尤其喜爱这种能力带来的空间感，一种既神秘又朴素的境界。

279

杨铁军：我大二开始写诗，应该是 1989 年底或者 1990 年初吧。当时写诗出于一种自发的冲动，周围很多人都在写。我当时觉得学业很乏味，只有诗带来探险的乐趣。

阿吾：我 1982 年春开始写诗，在我进入北大地理系读本科半年以后。北大相对宽松的环境，让我能够在高考之后继续发展个人爱好，而诗歌正是其中重要的部分。初习诗时，20 世纪 80 年代初在北大能找到的中外诗歌优秀作品对我的爱好都有促进作用。

罗晶：有人说，20 世纪 80 年代在某些方面大有"一切推倒重来，重估一切价值"的架势，那是一个诗歌的黄金时段，80 年代的北大校园更是一席不散的诗歌盛筵，您是怎么看待这个时期的，它对您的诗歌写作有什么影响？

西川：我写诗也是一件很自然的事情，因为我中学时代就开始写诗，但是写的是古体诗，到了北大以后才开始写新诗，而且当时我有几个同学也写诗，加上我一共五个人，我们就办了一个小杂志，叫《五色石》，当时碰上五四文学社招学员，我们就集体加入了五四文学社，一进去就碰见骆一禾。所以当时有这么一个气氛，一下子投入到一帮志同道合的人里面去，从个人经验上讲是这样的。另一个，是朦胧诗的影响，当时北大经常会有很多诗人来做讲座，比如杨炼他们都来过，所以当时就有一个很浓郁的诗歌的气氛。当时是处在 80 年代号称是启蒙的这个时期，诗歌在当时扮演了一个特别积极的角色，其实启蒙或者说被唤醒，不需要一个很复杂的东西，反而是很简单很直接的东西就能打动你，就能把你引上一条道，诗歌就是一个最便捷的手段。记得当时是在大饭厅礼堂，也就是现在的世纪大讲堂朗诵，那个礼堂能容纳 3000 人，每次进行诗歌朗诵会的时候都挤满了人。我朗诵的是《秋声》，朗诵完了之后，那真是掌声雷动。我第一次赢得这么强烈的掌声，让我觉得我是可以写诗的，而且写了之后是能够赢得掌声的。

臧棣：不夸张地说，我正好赶上 80 年代北大诗歌的黄金时段。从 1983 年 9 月入校到 1990 年 7 月硕士毕业，整整 7 年，我见证了北大诗歌在 80 年代走过的历程。那一时期，北大诗歌涌现了很多才情横溢的诗人。当年，除中文系出身的诗人外，北大西语系也有一批极有天赋的诗人，他们以校园刊物《缪斯》为阵地，很可能开创了当代文学史上最初的具有后现代色彩的诗歌实践，比如，林东威和李保军等人的写作，但他们疏于和外界交流，所以很难被写入势利的当代诗歌史。"北大诗人群"中还有一个特殊的地方，就是有很多学理科出身的诗人，比如阿吾、纪泊、熊挺。这几年，我们也开始知道，诗人哑石是北大数学系出身的。

杨铁军：现在看来，80年代的"重估"只是很表面的东西，反而是90年代以后的"个人写作"在"保守"的表面下悄悄地"推倒"了很多东西。80年代的诗歌和思潮在我开始写作的时候还很近，几乎是构成了我们那代人认识世界的全部基础，所以肯定受到很多影响。如果没有那个时代的热潮，包括我在内的很多人根本不会产生诗歌的冲动。然而各式各样的观点在潮流的推动下呈现出来的却是一种一致性，所以在很长一段时间，它更多的是作为一个批判性的背景来存在的。

冷霜：我1990年进北大（因军训一年的缘故，其实是1991年进入北大），这个时期正好是处在80年代已经结束，但还有一个尾声，我们大一、大二写诗的那个氛围仍然还停留在80年代的那个状态，一方面，在开始写诗之后还是会感觉到有80年代后期的那种运动主义的氛围，包括当时的未名湖诗会，就会有很多从各地流浪到北京的诗人，他们非常希望能在这个诗会上朗诵自己的诗，当时朗诵海子的那首《以梦为马》，气氛跟今天就很不一样，当时的那种氛围可以说有种"殉道"的感觉，也像有一篇文章里说的那样——"诗歌崇拜"，这种感觉确实是和后来不太一样；另一方面，当时写诗还是会有一种很强的"地下"的感觉，写诗还是一种带有很强叛逆色彩的行为，这种叛逆带有隐蔽的政治色彩。从1993年到1995年那段时间，圆明园那边住着很多画家，也住着一些诗人，当时他们编了一个刊物叫做《大骚动》，带有"地下"的那种反官方的性质和心理，这种气氛是从80年代带过来的。

阿吾："一切推倒重来，重估一切价值"的说法高估了那个时代中国人的能力。在我看来，80年代初期，中国人共同面临的问题是"恢复"，恢复世界的本来面目，恢复人的基本精神，因为人们的世界观被低能儿似地扭曲了。对于习诗者来说，恢复诗歌精神、恢复有活力的汉语语言、恢复发自内心感动的审美，是80年代初青年诗人的"挣扎"。80年代的北大校园，"诗歌盛宴"只是"科学、民主、文化盛筵"的一小部分。北大校园对80年代北大（诗）人的最大影响在于，它是当年中国内地相对最自由的地方。北大对我的影响，不在诗歌方面，而在它的人文精神氛围。

281

罗晶：北大出了很多优秀的诗人，比如海子、骆一禾、西川等，您是否受他们的影响？请谈谈您与其他北大出身的诗人的关系。

西川：我们三个说不上影响，我跟海子、骆一禾交往其实是在离开北大以后。骆一禾的影响对我更大一些，也不是仅仅是诗歌对我的影响，而是他对世界的关怀，他是一个阅读特别广泛的人，特别强调文学观和世界观的汇通，这个对我有影响。在写诗方面，那时海子、骆一禾已经离开学校，我还在，但我们经常见面，他们写诗的那种雄心很能感染我。

臧棣：这三人中，我最早认识西川，是在 1983 年秋天北大五四文学社举办的文学活动中认识的。1986 年，西川介绍我认识了海子，我立刻喜欢上了《亚洲铜》。但我对海子的诗的认识有一个过程，海子的诗，在我眼中更接近于洛尔迦和荷尔德林的混合体。海子的诗有强烈的感染力，但我自己追寻的诗歌感染力是一个完全不同的类型。不过，这并不妨碍我越来越意识到海子的诗的重要意义。

杨铁军：海子的诗曾经对我产生过很多影响，那时候刚开始写，海子的诗相对于我们那时候尚不稳定的语气就是一种绝对的存在。骆一禾和西川，还有臧棣的诗，只要能搞到的都读。他们那时候在我的阅读范围视野里已经在很大程度上"经典化"了。但是这些影响更多是一种发生学的影响，具体的，非经验性的，或者更深层次的影响我自己倒是没有认真想过。

阿吾：老实说，在 80 年代初，学理科的我在内心深处瞧不起文科的学生，我跟写诗的文科学生没有交往，也从来没有参加五四文学社的念头，从来没有参加过由中文系把持的诗歌朗诵会之类的活动。这主要不是我的狂妄，而是我一个根深蒂固的"偏见"——写诗的人尽量少跟写诗的人交往。

我 1981 年至 1985 年在北大就读时，有两个理科写诗的学生跟我有较多交往，对我一定有某些影响，一个是我同级、同系、同专业、同宿舍的斯人（伍旭升），另一个是无线电系 79 级的杨晓阳（纪泊）。我同后者于 1982 年底在北大创办了第一个跨学科社团"文理社"，我们经常在一起神聊，但很少谈诗，多谈美学、哲学、历史，他写的《白果树黄了》"土地黄了／时间黄了"的名句我至今不忘。

王敖：我早期的短诗受过一些海子的影响。不过这种影响不是直接的学习或模仿，我避开了他的主题，我当时只想把短诗写好，在那个阶段这意味着把它们写得尖锐突出，海子提供了一种很好的参照。1997年以后读到臧棣的诗，让我收获很大。

罗晶：您怎样看待诗人之间的这种交流，比如诗歌朗诵、同仁诗刊、社团活动、诗歌批评等等？

臧棣：没有交流，就没有诗歌。同仁诗刊，其实是推动诗歌发展最有效的引擎。但在20世纪80年代，办同仁诗刊会触犯很多政治禁忌，所以，那个年代，诗歌民刊的发展一直受到很大的限制。我有一个感觉，诗歌比其他类型的文学实践，更依赖志同道合的诗人圈子。从世俗的角度看，诗人圈子当然有很多毛病，但是，对我来说，志同道合的诗人交流会形成一个诗歌场域，它有助于激活诗歌的潜力。

西渡：我没能加入到五四文学社，后来加入了燕浪诗社，当时林东威是社长，后来介绍我和臧棣认识。那时各个系都有自己的诗歌社团，不光是文科系，还包括理科系比如阿吾和斯人就是地理系的。还有就是北大的诗歌朗诵会影响很大，那里是一个诗歌竞技场，对大家的激励很大，每个人都想努力拿出自己好的作品在这个场子上展示自己，同时也会邀请到很多校外的诗人来朗诵、交流，当时校园诗歌的氛围确实是非常的浓厚。中文系当时的刊物《启明星》，在我们接手之前出了13期，在我们85级手上出了5期，在这本刊物上刊发了许多很重要的诗人的作品，包括西川、海子的很多诗都是在这个刊物上首发的，还有臧棣的作品，我们也是通过这个刊物读到的，也有很多校园之外诗人的诗歌在这个刊物上首发，这份刊物对北大诗歌氛围的形成很重要。

姜涛：诗人之间的交流是当代诗歌最重要的交流，也是唯一的交流。因为诗歌越来越变成一种纯文学，或者一种先锋性的文学，它交流的场域是很小的，比如王家新讲的诗歌的"自足"，这是一个理念问题，同时也是一个社会学的问题，就是现代诗歌其实创造了一个自我的神话，简单地说，诗歌不是写给很多人看的，而是写给所谓"无限的少数人"，现代诗歌和现代艺术本来就是拒绝那种属于公共的大众的语言方式和审美趣味，来获得这种自足，这样一来，最后的结果是，所谓诗歌场域，就是诗人自己的圈子，一个相对封闭的群体，这种交流主要发生在诗人内部，当然也会有读者，但是我觉得读者的影响对于诗人并不是很大。这跟小说不一样，可能小说更多会考虑到读者的接受，但是诗歌是在专业的竞技者之间展开的交流，这使得它不断地向前拓展，不断地追求一种可能性，这和其他的文体不一样。所以诗人的交流是最重要的交流，甚至是唯一的交流。

罗晶：您在北大接受的教育（学院背景）对您的写作有什么影响？

臧棣：我觉得我很幸运，在我刚开始写诗时，我就结识了一批非常有天赋的有文学洞察力的写诗的朋友，西川、海子、清平、蔡恒平、麦芒、徐永、西渡、戈麦、熊挺、阿吾、洛兵。当我写作时，我时常感到自己像是置身于一个巨大的诗歌气场之中。进入 90 年代，又遇到胡续冬、王敖、冷霜、周瓒等人。诗歌的影响，我猜想，有一种非常特殊的方式，它不仅游存于文本之间，也激荡在诗人的内心感应中。友谊是诗歌的核心。可惜，关于这一点，懂的人不多。

冷霜：这里可能会强调对前辈诗人的借鉴，而且对诗歌的内在精神品质会有要求，还有较多的和阅读甚至和一种批评的语境联系在一起。

姜涛：嗯，有影响，影响很大。我觉得一开始的时候，学院是一个非常好的当代诗歌的策源地。在学校里面，相对来说心态比较好，它给你提供一个宽松的环境，并且有很多的交流，避免了过早地卷入当代诗歌一些无意义的论争中去，或者说避免了那种想在诗坛上混出个名堂来的心态。在学校里有一个保护，你可以踏踏实实地写作，读书，跟朋友谈论问题，我觉得这是一个特别好的起点。所以从整个新诗传统来讲，很多重要的诗人都是在学校，一般新诗史是校园诗歌史，从五四胡适时候起到 80 年代，再到今天都是这样，重要的诗歌流派都来自校园，不光是北大，还有南京大学，四川的一些学校。你比如说在更早的历史积淀当中，很少说诗人是和学者联系在一起，但是你看现在，比如说西方，英美诗人，大部分都在学校里，因为只有学校才能庇护这些诗人，别的地方是不可能给你一个位置的。

罗晶：当我们说到北大传统，诗歌传统俨然是其中最具有活力的部分，您认为北大的诗歌传统到底是什么？

西川：可能有两层：第一层，是最基本最普通的，就是诗人对诗歌的严肃、热忱的态度，对文化、文明的关怀、传承，我觉得这是基础；第二层，可能是更深一层的，在我和海子、骆一禾，其实主要是我跟海子比较突出，也是海子在这方面感染了我，在一个学术氛围里，在一个秩序中，你要打破这个秩序，你说它是创新也好，你说它是创造也好，就等于对于一个制度的质疑。比如臧棣写的诗也有对过去诗歌的质疑，但是后来的这些诗人似乎更认同北大更深远的传统，比如说卞之琳、何其芳他们的诗歌传统，可能在这个方面，我和其他北大诗人有些不同的看法，我最近写了一篇批判穆旦的文章，所以我和海子就属于这种在制度之中但又要打破制度的人。更文雅的诗人可能会是认同，但我想我在趣味上不是一个很文雅的人，骨子里有一些"野蛮"。

臧棣：如果有这样一个传统，我觉得它的核心部分是，开放，试验，自我更生，目标远大。

西渡：从远的说，北大跟新诗关系一直以来就很密切，一直是新诗的源流，很多重要诗人都是北大出身，或者后来一直在北大任教。从近的来说，就是臧棣编的那本《未名湖诗选集》，总结了新时期以来北大的诗歌轮廓，这是最早对海子、西川、骆一禾的评论，对他们风格的分析比较到位的诗选集。

杨铁军：从一个参与者或者实践者的角度来看，也许就是"生生不息"吧。从批评的角度看，它和其他一些偶然性的概念一样，比如"第三代"、"70后"等，当然可以成立，不过真正的问题是，除了命名和指代的方便，它的成立还有没有别的原因。这有待于批评的澄清，不管结论是什么，应该会很有意思。

冷霜：如果要抽象出这个传统的话，我觉得还是鲁迅当年所说的"常维新"的传统，就是保持创新，这个可以期待，但这也不是北大诗歌独特的地方，这也是整个新诗的目标。

姜涛：这个不太好讲，一个地方如果不断出现一些东西的话，会对这个地方有一个神化。我认为这个传统很难落实到一个具体的美学层面或观念层面，它可能更多地涉及一个伦理层面，比如说诗歌是一个严肃的事业，诗歌需要你去投入你的情感、你的智慧、你的精力去为它付出，这可能是以北大为代表的高校诗歌的传统，而且诗歌是处在不断探索的过程中，不断去探索新的可能性的这样一门艺术，我觉得可能是在这个层面上存在一个传统。

王敖：我觉得北大本身的传统，从文化上讲是两个，五四反叛的传统和尊重古典的传统。两者互相激发，也互相克制，发挥了很大作用。但说到诗歌上的传统，每个严肃自律的诗人，都会定义自己的传统。

罗晶：当我们用到"北大诗歌"时，这其实是一个含义模糊的概念，因为被归于这一名称下的众多诗人，其诗歌背景、写作抱负、文本意识都不一致，扼要地说，他们都是独创性的诗人，彼此之间不能相互覆盖，您认为他们的差异性主要体现在哪些方面？

臧棣：其实，我不同意"北大诗歌"这个说法。但在某种意义上，我认可存在着"北大诗人群"的概念。这些诗人的差异，按我的理解，主要是体现在风格和修辞方面。这种不一致恰恰是诗歌的自我意识的展现。但另一方面，在对待诗艺的态度上，我又觉得这些诗人有很多共同的地方。比如，他们都对激荡人心的优秀的东西有着特殊的敏感。

冷霜：可能在 80 年代以来，大概有过两到三个时期，是存在北大诗人互相交往很多，而且在观念上有很多激励和分享的东西，比如像西川、骆一禾和海子，每个人的写作还是有相当大的差异的，但是他们还是有一些共同的诗歌原则，这个原则是和其他诗人对照之下产生的。仅在内部可能概括不出某种很确实的东西，可是如果和其他的诗群一比，他们的特点还是很明显的。另外一个时期，就是 85 级逐渐形成的一个群落，就是戈麦、西渡，包括 83 级的臧棣、蔡恒平，他们后来自己办过一个刊物叫《发现》，当时虽然西川他们也参与了，但是最后还是在西渡、戈麦、臧棣他们这个方向上展开的，他们所显示出来的写作面貌的确和海子、骆一禾、西川差别挺大的，这是一个时期。接下来呢，到《偏移》创办之后，像姜涛、胡续冬，还有我和其他一些朋友，这个时候大家交往还是比较多，也感觉到有一些新的东西开始出现了，这个时期也构成一种氛围，而且能明显看到这种氛围对现在一些青年诗人的影响，比如说王璞，在他们的写作中明显能感觉到这种连带关系，但是像另外一些诗人，比如说王敖，他很特别，他不在这个范畴里面，虽然他和臧棣在观念上有很多认同的地方，但是从写作上来讲，他可能有一些更秘密的来源吧。另外一些诗人，比如说曹疏影，早期的写作还是和《偏移》的氛围有关系，但是后来她也写出了自己不同的面貌。

杨铁军：这个概念的确很模糊，所以才需要批评的梳理，它所涵盖的差异性更得具体问题具体分析。所以在具体分析之前，只能问，"北大诗歌"这个概念如何概括这些各不相同的写作？除了"北大人"这个身份，有没有别的一致性来支撑这个概念？对这个问题进行感性的回答很容易，但是没意思。

姜涛：要具体分析的话会很复杂，这里有写作方式的差别，有趣味的差别，也有人事关系的差别。比如说橡子，她就跟北大诗歌圈子有一点距离，她可能跟北师大的关系很好。吴晓东先生的分类比较清楚，但是具体细看的话，也是后来追溯时的一个大致的分类，它也不能呈现一个动态，比如说海子跟西川差别也很大，西川在某一方面跟臧棣又很接近，所以很难把这种差异性做一个逻辑分明的归类，要展示这个复杂性挺难的，你要说现在的王敖、胡续冬，都是那种比较口语、反讽、活泼的写作，但又不完全一样，像王敖的诗歌更超现实主义，跟摇滚乐这种另类文化关系更密切，而胡续冬的写作会运用很多民间的方言，他有一套自己的理念，每一位作家都有自我很清晰的面目，你把它放在一个大的脉络里，就很容易把他的自我个性抹杀掉。

罗晶：最后一个问题想特别请诗人阿吾、王敖回答。当我们说到"诗歌场"，它不仅包括"场"内各因子的相互吸引，还应包括相互冲撞和磨砺，正是这种差异性使得"北大诗歌场"更活跃、更丰富，你们的诗歌在北大诗歌场里显得比较独特，请谈谈你们的诗学立场的选择及形成。

阿吾：以前，我这样想，一个人是一个人，世界上没有完全相同的两个人，一个合格的诗人应该有自己独特的体验和表达，而这种独特的体验和表达也潜伏在每个人的内心深处，它们需要诗人去唤醒。80年代，我太强调自己的差异性，我写的这种"不变形诗"，几乎找不到同类。斯人与我有较多相通的理念，但我们两个的写作文本其实也相去甚远。

所谓"不变形诗"，其实就是叫诗人在得到打动自己的诗歌体验之时直接描写记录当时的状态，而不必绕圈子地使用意象、象征、隐喻。现在想来，它可能与我长大的地域及个性有关。我16岁前在重庆生活，老重庆人以"耿直"为做人的最高境界。我的个性缺乏城府，太直、太真、容易冲动，不变形的方式写起来爽快。

我的诗学立场，第一：不打动自己的不写，从不"作诗"；第二：没有同时得到"细节"和"整体"直觉的感动不写，不人为地"拼凑"。1982年至1986年我写口语化的浅意象诗；1987年至1989年我写不变形诗；1990年之后，我写以不变形为主，兼收浅意象的诗歌。2006年起，在保持差异性的同时，我开始让自己的写作具有更大的包容性。

王敖：我的诗歌观念形成得比较早，但写诗相对较晚。所以，我对诗歌的基本信念并没有根本性的改变，但十几年来我的写法有过不少变化。一般情况下，我只写我研究过，肯定会写的东西，读者也许觉得我在做各种实验，但做实验也要有点把握。从影响方面讲，我的前辈，包括一个诗人集体，古代中国的大诗人们，他们构成一个巨人。或者说，这个巨人本身就是一个诗人种族。还有一位非常特别的西方诗人，刘易斯·卡罗尔，他是我的指路天使，他写的一切文字都是我的圣经，每读一次，我就被拯救一次。但我从来不敢"贪婪地"、"如饥似渴地"读他，多读几页就会失去自我。我所写的一切，都可以看作是对他微不足道的赞美，我如果有所成就，最终也不过是对他的一个很有限的引申。

每一次记忆的呈现都是灵魂在复活
——首都师范大学 2010 年驻校诗人王夫刚对话会

◇赵 辰

2010 年 12 月 27 日下午，首都师范大学 2010 年驻校诗人王夫刚对话会在首都师范大学国际文化大厦举行。首都师范大学中国诗歌研究中心副主任吴思敬教授参加对话会，对话会由首都师范大学中国诗歌研究中心副主任孙晓娅副教授主持。

驻校诗人王夫刚，1969 年 12 月出生，山东五莲人。曾就读于山东大学文学院作家研究生班。1988 年开始写作，在《诗刊》、《人民文学》、《十月》等刊物发表大量诗作，入选《新中国 60 年文学大系·诗歌精选》、《中国年度诗歌》、《中国诗歌精选》、《1916—2008 经典新诗解读》等多种诗歌选本。著有诗集《诗，或者歌》、《第二本诗集》、《孤岛上的地方主义》、《粥中的愤怒》、《斯世同怀》、《7 印张》（合集）和诗文集《练习册上的钢笔字》等，主编《山东 30 年诗选》、《层面》、《到诗篇中朗诵》、《山东省百名中学校长推荐百首中外诗篇》、《山东青年诗人作品年鉴》等诗歌选本。曾参加第 19 届青春诗会，获团中央、全国青联首届鲲鹏文学奖、山东省第二届齐鲁文学奖和诗刊社第四届华文青年诗人奖。现为中国作家协会会员，《青年文学》中旬刊执行副主编。

孙晓娅：与驻校诗人对话，是首都师范大学实施驻校诗人制度以来的一个新传统。今天对话会的主角是 2010 年驻校诗人王夫刚以及文学院的部分研究生和几位校外诗友，大家由王夫刚的个人诗歌创作文本拓展开，就他的诗歌创作、艺术理念、艺术特质以及创作中的演变历程等问题，可以谈及很多。我们的发言尽可能踊跃，诗学的问题，诗性的问题，当代诗歌创作的现象问题，都可以有所关联，而不用仅仅停留在个人的诗歌文本。这个机会很难得，是我们学校研究生得天独厚的条件，能够和驻校诗人面对面谈论诗歌艺术理念，以及对诗歌的阐释、诗艺的阐发，这也将是大家做研究生期间一次难忘的经历。下面请诗人王夫刚简单说两句，作为对话会的开场。

王夫刚：很荣幸能够跟同学们一起交流我们共同热爱、共同关注的诗歌带给我们的生命感悟和精神启发。下面，我先简单地谈谈我的家乡和我的诗歌经历。

我的家乡是山东省五莲县，在黄海之滨，介于青岛和日照之间。这个县成立于 1947 年，是从周围的日照、莒县和诸城三县交界处划了一个很小的地方而成立的。苏轼曾做过这里的党政军"一把手"，并写下了著名的《江城子·密州出猎》。虽然五莲作为县治的历史很短暂，但也出现了一些至少我本人引以自豪的人物。比如明朝诗人王钟仙，《续金瓶梅》的作者丁耀亢，再比如中共一大代表王尽美（他是我们王家的第 16 世，我是第 19 世，喊他曾祖父），更近些的，香港的"水饺皇后"臧健和，写过《高山下的花环》的将军作家李存葆，中国首位世贸博士、WTO 首席谈判代表特别助理刘光溪等，都与五莲这片土地息息相关。具体到诗歌，五莲曾有李晓梅、白垩和我三人参加过青春诗会，一个县能有三位诗人参加青春诗会，除了我们五莲县，好像只有浙江省的苍南县做到了这一点。

我所在的村庄是山区，却拥有半海洋性气候，天气好的时候能够在五莲山的望海楼上看到黄海。我很喜欢这方水土，这个村庄。这里我想再次提及明代诗人王钟仙，他是我的一位祖先，他为方圆数百里的家乡留下了唯一一块诗人的墓碑，上面镌刻着：明故诗人王公钟仙之墓。这块墓碑现在仍然矗立在我们村的东边，夏天，墓碑湮没在农田作物中，几乎不曾存在；到了冬天，土地一片空旷、荒凉，墓碑就显得非常醒目。从童年而少年，而青年，而中年，我真实地见证了墓碑的变化。所谓墓碑的变化，实际上是墓碑铭文的变化，它们日益漫漶，越来越不够清晰了。历史就是这样，漫长的过程甚至可以让刻在石头上的字也渐渐地坚持不住。即便如此，字迹漫漶的过程仍然远远大于人的生命。他和我，一个诗人和另一个诗人，能够隔着 400 年的光阴而无视时空，而心有灵犀，看起来像奇迹，但有一脉相承的诗歌作为前提，什么样的奇迹不能发生呢？文化的力量无处不在，诗歌从来不会因为一个农耕之村的局限而心生鄙弃。

我从 1988 年开始诗歌写作，在 20 年的过程中，大概呈现出两个

290

阶段的峰谷交替。一是 1990 年之后的那两三年，我在潍坊一家报纸任职，有充裕的时间继续读书写作，作品数量也比较多。1993 年，百花文艺出版社出版了我的第一本诗集《诗，或者歌》。之后我回到五莲呆了两年，1995 年来到济南，生活至今。1993 到 1998 年这几年，我觉得我的创作基本处于心不在焉的状态，因为那时候总在不停地考虑生活的问题，解决生活的问题。大概在 2000 年左右，经历了漫长的心不在焉之后，我重新坐了下来，审问自己的灵魂有没有足够的真诚和勇气面对诗歌。三十而立，用生存作为借口疏离诗歌的做法其实是站不住脚的。之后三四年，是我个人写作的另一个相对高峰。2005 年，我一位朋友，山东大学文学院的施战军教授，他现在是鲁迅文学院的副院长，在山东大学开办一个作家研究生班，于是我有幸在山大待了两年。听过很多老师的课，也系统地学习了些东西，但这些东西对诗歌写作的直接影响是很小的。2005 年之后，我的写作数量明显少了，大概写了三四首长诗，短诗也不多。2009 年下半年我写了一本书——《练习册上的钢笔字》，还没有出版，但我本人对这本书非常看重，它是我跟生活、社会交流与对话的基本框架和态度。从这个学期开始，我成为首都师范大学 2010 年驻校诗人，生活状态发生了一些具体变化。写作上还是不能够完全沉静下来，感觉有很多问题亟待在思考中寻找解决之道。我试图改变，究竟能改变成什么样子，我自己也不太清楚，目前也只能说，尽力而为。

今天的主要内容是对话，我愿意回答同学们的任何问题，诗歌的，或者诗歌以外的。回答得是否准确完善属于能力问题，但就心情而言，我愿意毫无保留地与同学们探讨诗歌的内在奥秘，分享诗歌的古往今来之美。

孙晓娅：对话会是历届驻校诗人在夏天都会开的一个诗歌研讨会的前奏。为了让同学们更全面地了解王夫刚，为明年 6 月王夫刚诗歌研讨会做前期准备，希望同学们踊跃提问。刚才王夫刚也很谦虚、很热情地表示说任何问题都可以问，所以大家不能错过这个"刁难"诗人的机会。

我再简单补充两句，山东诗人群在近几年是非常活跃的，我们的驻校诗人就有多位来自山东。这是一个现象，这个现象本身就值得研究。他们的作品不仅丰富了当代诗坛，也扩大了山东诗人的地域影响和创作特色。那么他们的创作特色是什么呢？在一会儿的发言之中我们可以谈谈自己的感受。还有一个要引起注意的问题，大家也听到了，王夫刚谈到了自己的创作经历。巴金曾经说过一句话，一个站在自己土地上写作的作家，一定最了解自己所写作的题材，所以巴金写出了《家》。刚才王夫刚所谈到的那些，对你们进入他的诗歌世界有什么启发，有什么值得注意的地方？还有，王夫刚1988年就开始写作了，为什么近几年对他的解读会有更多更丰富的东西？好了，不再提示了，下面大家自告奋勇。

靳榕榕：王老师你好，今天很幸运有机会和在座的老师同学们分享诗歌的魅力。我花了一整天的时间认真阅读您的诗歌，写了一些文字，是自己的一些想法与体悟，下面我给大家读一下，抛砖引玉。

一整天没有出门，一杯接着一杯的绿茶，读完了王夫刚老师的诗集。"如何让我遇见你，在我最美的时刻。"其实，每读一首诗都是一次无可复制的相遇。读王夫刚老师的诗，我遇见的不只是王老师自己，还有他生活的地方，他身边的亲人，以及他独特的诗意。

"我说，我就是那个写诗的人。／我说，有足够的钙质鸡蛋也敢碰石头。／我说，白天不懂夜的黑。／我说，痛苦是快乐的家乡。／我说，另有一种可能。／我说，今夜有雨，河流在倾听。／我说，幸福的时光毫无新意。／我说，因此，无所谓。／我说，但是，不能无所谓。"（《我说》）我在王老师的这首诗里遇见了一位多面的诗人，他会执拗地拿鸡蛋碰石头，他能细腻地细数夜的黑，他会去发掘痛苦中的快乐，他好像对什么都无所谓，但他又不能假装可以释怀一切。这是多么真实的感觉，好像在读诗的那一刻，就能感受到一个鲜活的诗人在我桌子对面微笑而坐。而我和他的交流并不像我想象得那么文艺、矫情，而是像白开水那样透明而真切。

我并没有杜撰，在王夫刚老师的身体里确实有水流淌。从《另一条河流》中，我听到了他体内河流的水声。那河流没有固定的名字，没有精确的长度和水量，然而正是那不被定义的河流蜿蜒出了诗人生命的轨迹："当我顺流而下，它是我的朋友／当我逆流而上，它被视为憎恨的对象。"在生命上升和下跌的两极，每个人都体会过人间冷暖和悲欢情愁，有谁真的能淡定自若，笑对人世。面对人生这两个极端，诗人给我们的答案是："在一次由泅渡构成的尝试中／我的态度是，不感激／不抱怨；在一次由醉酒构成的聚会中／我背弃大禹，堵住它们。哦，泛滥！"保持客观理性的态度去看待人生的祸福得失，偶尔放纵，故意让心底积压的沉重情绪随意泛滥，这样的生活方式，真的很像白开水，平淡，随性，不骄傲，不气馁，活出了自己的本来面貌。

　　每一位诗人都希望能完美地记录生活。而王夫刚老师的诗让我明白，这样的记录可以不必盛大繁复，不必瑰丽宏伟，但它必须真实如水。正如诗人在《序曲，或者开始》中所说的："总有一天，我将读懂诗人的心／总有一天，我将被读懂的心／所感动。总有一天／我将找到一个词，一句话／呵护风中的灯光，照亮命运的返乡之路／总有一天，我将和时光一样老去／和时光一样，微微笑着／对恨过的人说起爱，那无限的／草叶，加深了晃动的青春。"在读懂别人之前，先读懂自己，感动自己的心后，再提笔书写自己想要守护的希望与归乡之路，曾经爱过的，恨过的，一笑泯恩仇。这样的一位诗人，用自己的真诚和坚定书写人生，我读到的是珠玑般的箴言垒建在感动和雕琢之上的诗句，在他的诗中，我能预见一位诗人的老去，如同时光那样不紧不慢，淡定从容，像钟摆，一下一下敲击出曾经或悲或喜、若即若离的故事。

　　王夫刚老师起程于一个叫做五莲的县城，那里"时光不紧不慢，无所谓／故事不多不少，正好"（《1994年的五莲县城》）；在诗人曾就读过的小学，他说，"我将为你朗诵一首短诗，我将在诗中／遇到少年的事情，因为你的／倾听，我将流下久违的泪"（《怀念一所消失的小学》）；他走过人来人往的文化路东路，遇到抱腿乞讨的女孩，看见摆残局的棋者，想起住在附近的朋友，突然地就回望了过去，为这条走了七八年的路写下一首诗；他一个人去黄河，"我一个人去了趟黄河／在我30岁那年，但这与黄河／没有什么必然的关系／我一个人去，一个人回来／没发生半点意外，就像／黄河源头的一滴水／要么屈服于流淌，和大海的低／要么，中途夭折"（《我一个人去了趟黄河》）。在这首诗里，诗人以一种置身黄河之中的敏锐和细腻关注大河水滴的命运，一个人的选择，无关黄河的雄伟，却决定了一滴水的结局。在今朝的太平盛世，有多少人还在关心那些社会底层的呻吟呢？然而，即使我们再渺小，亲人的爱也会让我们变得无比重要。王夫刚老师多次在他的诗中提及他生命中的这些重要，这使他的诗充满人情味，但又不矫情。《春节回家，和父亲喝酒》中的父亲在酒桌上念叨的村委会、土地、钱，还有国家大事，以及最后写到的："后来，父亲睡了／我守着他的鼾声辗转反侧——／唉，不知道还有几个春节可以这样／喝酒，可以这样躺在／酣睡的父亲身边辗转失眠。"这样的场景，熟悉得让我眼睛发涩。

作为一位而立之年的诗人，王夫刚老师膝下已有孩童嬉戏。"亲爱的儿子，我的王，离开一天／我想念你；离开两天／我很想念你；离开三天／我非常地想念你。"（《给马良》）这是写给自己儿子的诗篇，思念满溢，舐犊情深可见一斑。当"他利用长辈的权力喝道：闭嘴！于是舜玉小学二年级学生王宇飞停止说话并用透明胶带粘住嘴唇以表示儿童的巨大抗议。"（《练习册上的钢笔字》）在这里，一个不满于被长辈噤声的聪明孩童，让人忍俊不禁。也许正像诗人自己所说的那样："在孩子面前，成人总是长着一颗不健全的心。"亲情永远是最后的归属，喝酒、吃饭、睡觉、沏奶，这些平常的情节就是诗人笔下的亲情。真实的亲情就应该是王夫刚老师笔下的这样，寓热于冷。

此时，窗外被染成了石墨色，天已黑透。我面前的茶，早已冷掉。我换上一杯白开水，回味这充满诗意的一天。从遇见王夫刚老师，到追迹诗人的旅途，再到体会诗中的亲情温暖，这一切都像眼前的这杯白开水一样，平淡朴实，宁静自然。一位诗人，一座城池，一群亲朋，一片赤心，这就是诗人王夫刚的生活吧……

王夫刚：写得很好，很仔细。不过我想，今天我们没有必要把这个对话会开成表扬会，我更愿意彼此之间开诚布公，进行没有距离的交流，因为我们已经见多了众多出于礼貌或者某种策略而表达的褒扬。当然，我还是很高兴这位同学如此细心地阅读并喜欢我的诗。

孙晓娅：批评会我们留到明年。靳榕榕的这篇文章我看过，写得很细腻，感受也非常准确，有文学阅读的敏锐性。不过如果写学术论文，还是要改变这种文风。

卢秋红：我这几天一直在读您的诗。读进去了，还没有读出来，很难概括王老师诗歌的整体风貌。我想问您一个问题，您最欣赏自己的哪五首诗？另外，请您列举一下您欣赏的其他诗人的五首诗歌？为什么要这么问呢？因为我觉得一个诗人最直接最迅速反映出来的十首诗，应该代表了他所认为的好诗品质。

王夫刚：我本人的诗，最喜欢的一首应该是《暴动之诗》，很短，大概有十几行的样子，写完后也没有再做修改。另外一首诗是《安全帽上的遗言》，这首诗是根据一则报端新闻写成的。2003年湖南发生了一起矿难，矿工被困井下，生还无望，其中一位，也就是诗中的聂文清，用粉笔在安全帽上写下了自己的遗言。我当时看了这个报道，内心很复杂，过了一段时间写了这首诗。再就是《异乡人之死》，一首关于记忆的诗。

我上小学时，有一天发现一个人被吊在村委会的大院里，是个小偷，后来被法不责众地打死了。因为是个流浪汉，就地埋在了我们村的砖瓦厂附近。那时候我可能还不到 10 岁，等到写这首诗的时候，我已经 30 岁了。我的写作，类似的充满记忆成分的作品还有很多。在我看来，每一次记忆的呈现都是灵魂在复活。更早的时候，20 岁左右，我曾写过《一条大河》，尽管那时并不成熟，但里面的一些句子我还记忆犹新。90 年代初期那几年，写作数量相对多一些，以抒情为主，《一条大河》是那时为数不多的不抒情的作品。2003 年前后，我写过一些叙事诗，如果今天去写，估计不会再是那个样子。人的进步都是转来转去，我希望这种转变是螺旋式的。最后一首，是《中秋夜》，这首诗跟过去已经有很明显的区别了。诗很短，我在这里念一下："不能反对把赞美月亮上升到国家的／高度。这一夜的确美轮美奂／黯淡的波光因为月亮呈现出古即有之的美和明亮。／水上舞台展现出对科技由衷的崇拜。／ 人们在远离海峡的地方说着两岸／说着每逢佳节和遍插茱萸。／在秦始皇到过的土地上忽略了秦始皇。／这一夜是真实的。／这一切是真实的。／台下，一位持免费门票的观赏者／收到一条免费短信。半年后／它引发了一场躲过气象局的海啸——／收到短信的人最初以为／这只是中国之夜的祝福在例行公事。"这是我最新的一首诗，由一个真实的生活片段而来，解释这首诗需要一个完整的背景。我现在的追求就是，希望我写下的每首诗，如果要去谈论的话，都能够被谈论出来。第二个问题，我所喜欢的其他诗人的作品，这个问题过于宽泛，我就缩小到当代的中国的诗人范围来回答吧。我过去编过一本书，叫《到诗篇中朗诵》，有一个副标题"一百位中国诗人的一百首汉语佳作"，里面选入了西川、潘维、蓝蓝、曹五木、柏桦、柯平等诗人的作品，我都比较喜欢。几年前我曾为《诗选刊》写过一篇命题作文，叫《我喜欢的十位诗人》，里面提到的十位诗人分别是徐晓宏、朱文、黄灿然、张子选、大解、江非、雷平阳、李少君、余笑忠和李南。一般来说，喜欢某位诗人，不会仅仅喜欢他的几首诗。

　　卢秋红： 开始我也是想请您说五位诗人，但诗人的水平不是能一直保持稳定的，有些诗人能写出好一点的诗歌，有些人的诗歌就不太好。我也想知道您对于"好诗"的标准是怎样界定的？您心目中最好的诗歌是什么样子的？

　　王夫刚： 以我刚才提到的黄灿然为例，他是我比较喜欢的一位诗人，现居香港，有一次有个朋友从网上转了一首他的诗给我，让我猜这首诗的作者是谁。我当然猜不出来。后来他告诉我是黄灿然的。这首诗非常差，我就想，在诗人身上的确存在着两种极端。黄灿然写下了我认为非常优秀的作品，同时也会写出反差巨大的败笔之作。这就引发了我的疑问，一个诗人，究竟需要不需要把自己不必要示人的作品拿出来呢？在我看来，那首诗我们完全不必要遇到它。这也牵扯到你刚才的问题，什么是好诗？一首诗的标准是什么？这个问题，一个优秀的诗人也未必能回答准确。大概在 2004 年，诗人林莽曾在《诗刊》组织过一次关于好诗标准的讨论，很多诗人、诗歌评论家都参与了。各种意见都有，但最后并没有给出一个确定的答案。我记得有一种说法说，好诗就是不断后移的地平线。但这仍然是一种很朦胧的表达，无法用很短的篇幅囊括好诗的标准。因为它可以从很多方面展开，比如思想、语言、节奏，通过对文本的具体分析会得出一个关于好诗的标准。但如果作为一个答案来理解，未免又太具象化。在中国，很多不懂诗歌的人总希望有人能三言两语地告诉他们，诗是什么，好诗是什么，好诗的标准是什么。能用几个词简单概括出来最好，但这几乎不可能。对这个问题的任何一种简单回答都难逃以偏赅全的命运。我心目中最好的诗歌，如果用一种"狡猾"的方式陈述，就是：我喜欢的诗歌就是我心目中最好的诗歌。显然，这种回答很无力、很无奈、很难令人满意，假如时间足够充分的话，我也许会给出完全个人化的详细答案。我们生活在同一个春天，但每一个人的春天并不一样。

冯雷：在您的诗歌中，"死亡"是一个很醒目的主题。《途中和朋友谈起另一个朋友的死》、《悼念一位意外去世的亲人》、《悼念另一位意外去世的亲人》、《为姨妈去世而作》等，让我感到"死亡"在您的诗歌中非常突出。"死亡"是一个很有冲击力的意象，我想知道"死亡"在您的诗歌中是一种什么感觉？后来在《正午偏后》这首诗里读到这样一句"命运的佳期已经不多了"，这让我联想到前两天您在博客里写到的关于诗歌生态的发言，您谈到您给学生们做讲座之后，留了邮箱，结果没有任何反馈。印象中，您对诗歌生态环境不甚满意。我想问您的是，您看当今的诗歌生态，是像死亡一样"佳期已过"，还是"佳期未到"？您刚才列举出了许多您自己钟爱的诗人与诗歌，这个环境是不是也不像我们自己想得那么糟糕呢？

王夫刚：这里面有两个关键词，一是死亡，一是生态。先回答第一个。

死亡的内容在我的诗篇中确实占有一定数量，这反映了我对某些事物的关注，也体现了我在写作当中的局限性。比如我参加了我姨妈的葬礼，回来就想写一首诗，这些经验都是具体真实的。但诗歌是不是就到真实为止呢？似乎不是。我看《博尔赫斯访谈录》时，感觉他特别有趣，经常陷入常人难以理解的冥思。博尔赫斯的冥思对我们这种有局限性的诗人有很大启发。譬如博尔赫斯说，有个画家答应给他画幅肖像，但是迟迟没有动笔，博尔赫斯就想，画家虽然没有给我画，但画事实上已经存在了，而且我允许它挂在我家的墙壁上，就挂在我家的墙壁上。由于画家已经许诺给我，这幅画已经不属于画家了，虽然画家尚未动笔。博尔赫斯能由这一个问题发散开，想到很多问题。一个诗人的庞大与复杂就体现于此。他能够将生活经验与文学、道德等有效地联系在一起，令很多人望尘莫及。我写死亡，都是很真实的，我关注学校、村庄或者现实生活，它们同样都是有感而发。但对那些有眼光、有抱负的诗人来说，有感而发肯定是一种非常巨大的局限。我自己这两年为什么越写越少，有很多原因，有生活的原因，有个人懒散的原因，另外也是希望自己能保持一种谨慎、有效的思考和写作状态，希望在时空转换之中不再用具体呈现具体，而是实践当年陈超先生喜欢的一个观点："用具体超越具体。"具体呈现具体没错，但不是唯一的。我在以后的写作中肯定还要做更多的思考，也肯定还会写到死亡，但将尽量避免用"死亡呈现死亡"。这是我对第一个词的理解。

第二个词是生态。上周我刚去杭州参加了一个诗歌活动。杭州的行程中包含很多内容，有颁奖会、座谈会、朗诵会等，其中一项是"新世纪以来中国诗歌生态恳谈会"，要求每位与会者都要写稿子。你看到的那篇博文就是这个背景下的产物。这篇稿子你可能没有认真去看，因为我表达的并不是这个意思，我对当下诗歌的生态还算满意。文章开头，我举了个事例，上次在文科楼有个面向本科生的讲座，结束后我留下了我的邮箱，欢迎同学们在教室之外进行更广泛的交流。实事求是地说，我确实一封邮件都没收到。我举这个例子就是想说，今天的诗歌环境确实跟二三十年前有了很大区别。如果相同的情况发生在20世纪80年代，肯定会被视为不可思议。吴思敬老师完整地经历了80年代的诗歌现场，当时，从高校走出来的学生诗人太多了，海子、西川、骆一禾、张枣、苏历铭，随便提到一个都很有分量。今天的高校和80年代已不具有可比性，不过今天的大环境与80年代的大环境也有了巨大的差异。

我们感觉今天的生活状态似乎优于过去，前一阵子有网友做了个调查，以中国的杭州和美国的波士顿作为比较，调查两个城市的 21 种生活用品价格，结果显示，杭州有 12 种产品价格高于波士顿，同类生活用品，杭州需花费 217 元，波士顿则仅需 199 元。而 2009 年的统计数字显示，杭州的人均收入为 4000 美元，波士顿有 32000 多美元，杭州人的实际收入仅为波士顿的 1/8 不到。我们觉得今天的生活很幸福，想吃什么就吃什么，超市里各种商品琳琅满目，回想毛泽东时代，物质匮乏，思想僵化，但人们却怀着一种罕见的建设革命、建设人生的激情，坚信未来总有希望。今天我们时常感到对生活的厌倦，收入只有对方的 1/8 不到，却过着物价高于对方的生活，我们的生态环境也同样谈不上乐观。由此比较，人们对诗歌的苛刻是难以理解的。在那篇文章中，我表达了一个基本明确的观点：现在我们的诗歌环境虽然不乐观，但仍然可以接受，不能接受的是那些内心怀着太多欲望和诉求的人，他们总觉得诗歌应当是优先的，诗人应当是优先的。我们可以这样说，毕竟诗歌确实是种很特殊的存在，给它优先的权利也无可厚非。但这优先的权利既取决于自己的争取，也取决于读者或者时代能不能发自内心地献给我们。有些到国外的朋友回来讲，外国人对诗人的尊敬体现在方方面面。但他们不仅仅对诗人尊敬，对民族、对生活的各个方面都有尊敬。我们不能把这种尊敬照搬到国内，心有旁骛的人自己都不看诗了，又怎么谈得上尊敬诗歌，尊敬诗人？所以提出这种要求的人并不符合现实，也完全没有必要。生态这个问题既然被提出，就说明我们对它有担忧的情绪，但所有的担忧都是多余的，生态的恶化不会因为我们的担忧而悬崖勒马。诗人还是要努力写出能够跟时代、跟灵魂相匹配的作品，让读者或者时代发自内心地认可并接受诗歌的影响。想想中国从 70 年代末改革开放，除了在思想领域有些不大不小的成就，最大的成果还是经济改革，既然大家都在奉行物质至上，那么诗歌在物质面前，是永远抗衡不过的。很多人出诗集，搞研讨会，邀请诗人、诗评家参加，再把与会者的溢美之词发到报纸上。那么，究竟是什么样的力量能聚集这么多诗人、诗评家，又是什么样的原因能让报纸如此不吝版面呢？我想，单纯归功于诗歌自身的魅力恐怕还是很言不由衷吧。既然现实中的诗歌在与物质力量交锋时始终处于下风，基本被动地接受物质的招安，我们耿耿于怀于物质的强势和诗歌的曲高和寡就大可不必。在我看来，当下的诗歌生态既不是"佳期已过"，也不是"佳期未到"，而是一种恒久的甘苦自知、一脉相承，因为即便在盛唐，不读诗的人仍然视诗歌如旧履。

祖亚兰：王老师您好，我想接着生态问题问您。当下，诗歌处于边缘化的境地，所以我们看的诗也很少，尤其是当代诗歌。很多人觉得，一个诗人的成长跟过去是分不开的。那么在古代诗歌中，哪个诗人对您影响最大？古代诗歌更多地强调"言不尽意"、"言外之意"，但我在读当代诗歌时，感觉看完一首诗就知道了它想告诉我什么，完全从字面意思就可以解读。但阅读古诗时则需要思考更多，解读上存在多种可能性。我想知道，在您的写作中，哪位古代诗人对您的影响较大？您又是怎样看待当下诗人的"言外之意"与"言内之意"的？

王夫刚：从我们的初级教育开始，李白的地位就被放置得很高，无论"床前明月光"还是"桃花潭水深千尺"。李白肯定远不只负责对我们完成诗歌的初级教育，但因为他是一位伟大的诗人，在诗作中完美地实现了深入浅出，所以我们在接触古典诗歌时，都绕不开李杜这样的旷世奇才。就我本人来说，我还是偏好魏晋时期的诗歌。魏晋是一段很特殊的时期，那时的诗人始终在做着既融合时代又保持独立的艰难尝试，一些非专业领域的人物所写出的诗歌也能承担一个优秀诗人的品质，例如曹丕在《杂诗》中写道："愿飞安得翼，欲济何无梁。向风长叹息，断绝我中肠。"诗很简单，却能读出雄浑、壮浪、烟波浩渺的无奈之美。这种诗风当然并不局限于魏晋时期，在其他朝代也有，但在魏晋时期表现得尤为突出。像我的祖先王钟仙，生活在明朝末年，生活在荒蛮乡野，就依然不乏魏晋诗风，比如他写"海风接大壑，天雪响空林"，写景状物，又何止写景状物；再比如他写"囊空休自涩，随意贮山川"，一生穷困潦倒，却有足够的勇气和胸襟占据山川江河。我的祖先算不上成功人士，为什么却写出了如此开阔而透彻的诗篇？这种巨大的反向的精神力量，其实正是传统文化馈赠给诗人的间接财产，对于历朝历代的文人来说，气都是致命的，气散了，说什么都没用。2009年我写《练习册上的钢笔字》时，长达半年，其间要面对很多与写作无关的生存问题，无限烦恼，却还在从容地写一些生活根本不需要的文字，感觉自己像个隐士，每天除了散步，几乎不用出门，熙攘的城市缩小为一个安静的村庄。事过之后，连我自己都感到惊讶。但必须这样，只能这样，才能完成灵魂的提问，我很庆幸我能有这样一次在高压中获取释放的精神履历，也希望诸位能在这本小册子中与我分享观察和思考的喜悦。《练习册上的钢笔字》长着非诗的面孔，却满怀诗歌的取向，我想，这与古代的诗歌先贤对我的漫漶式教诲不能分开，我感谢他们但我不想一一列举他们的名字。对于整体或背景而言，个体的名字总是显得单薄。至于新诗和旧体诗各自的优劣长短和更为具体的"言外之意"与"言内之意"的写作风格的甄别，完全属于见仁见智的探讨，尺有所短，寸有所长，阳关道和独木桥都有人来人往，都值得行走者赞美和尊重，这里就不做赘述了。

李文钢：刚才有同学提到了您的真诚，您的慈悲情怀，我想问，对一个诗人来说，最重要的是什么呢？我们在看您的诗时，肯定不是要从其中发现道德的高尚，或者通过您的诗去评选一个新的道德模范，一个诗人最重要的肯定还是他的技艺。同样的一个人，写小说没有成功，写诗却成功了，为什么？他掌握了写诗的技艺。我想问的是，在您看来，写诗的技艺到底是什么？能不能通过一首具体的诗给我们讲解一下诗歌的技艺？您怎么平衡道德情怀与技艺之间的关系？

王夫刚：诗人展示自己的作品，确实不需要再三强调诗人本身的道德力量，但道德在我们的生活与思考中每时每刻都存在着。廉者不饮盗泉之水，对于盗泉而言是无辜的，对于廉者而言，或许又是必需的。我本人在生活中尽量追求真诚，不是迫不得已我不想撒谎。尽管这样做会付出些代价，但我愿意为此而付出代价。那么在作品中能不能主要体现道德和真诚呢？我想这个可以体现，也可以不体现，这取决于诗人自己的爱好与方式。至少在当代诗人中，如果把坏蛋和好诗脸谱化，我想我不会去看一个坏蛋写的好诗，因为好人写下的好诗已经足够阅读。我们可以追溯一下，古往今来，一个坏蛋写出好诗的概率有多少呢？寡廉鲜耻之美终归是一种病态的变形的美。文以载道，诗以载道，这个道应该是大道，应该不仅仅停留在字面上，或者说，仅仅停留在字面上的诗歌之道不值得我们称道。对于一个有形的诗人而言，道德观念、思想深度、审美情怀和技艺历练缺一不可，没有什么重要与最重要之分，如果非要回答不可，我认为，最重要的是综合考量。

诗歌是感情的流露，也是思考的结晶。但无论是感情还是思考，诗人都要通过技艺把它表达出来。一条河，没有桥而又想过去，只有泅渡。总要有一种合适的妥善的方式把情感、思考有效传达给读者，所以技艺就显得尤为重要。技术含量低的诗歌，如果不是刻舟求剑的致命错误，也是粗制滥造的地摊产品。但你说一个诗人最重要的是他的技艺，对此，我保留我的观点。福克纳说，作家假如要追求技巧，那还是干脆去做外科医生、去做泥水匠吧。我在阅读中比较注意的问题是，一首诗传达了怎样的一种思想情感？他为什么要这么写？也就是说，他为什么要以这样一种方式来写这样一种思想情感？比如在阅读博尔赫斯和米沃什时，我就会经常想到这个问题。我后来总结出一种体会：让每一行诗都有出处。大概从六七年以前，我就有意识地做这种尝试，把不必要的诗句与词语去掉，把词汇尽量合理地安排到它们应该出现的位置。去年，我从《博尔赫斯谈话录》中发现了类似的观点，当然，博尔赫斯的观点很早就存在了，只不过我读到时晚了些。在这个问题上我很高兴能与我景仰的诗歌大师观点接近。通过对博尔赫斯、米沃什等人的阅读，我深刻地体会到，对于短诗，第一句无比重要。以博尔赫斯的《博尔赫斯们》为例，这首诗是献给博尔赫斯家族的："对他们我一无所知或所知甚少，／我的葡萄牙祖先，博尔赫斯：模糊的血亲／在我的肉体中仍旧晦暗地继续着／他们的习惯，纪律和焦虑。／黯昧，仿佛他们从没有存在过／又同艺术的程序格格不入，／他们不可思议地形成了／时间、大地与遗忘的一部分。／这样更好。事情就是如此，／他们是葡萄牙人，是著名的人／撬开了东方的长城，／沉溺于大海和另一片沙子的海洋。／他们是神秘荒漠里迷失的皇帝／又是那些发誓说他没有死去的人们。"在这首诗里，博尔赫斯想表达对博尔赫斯家族的赞扬，又不愿意直抒胸臆，所以从诗篇中我们找不到博尔赫斯家族具体的显赫的光荣，开篇"对他们我一无所知或所知甚少"，基本奠定了博尔赫斯对博尔赫斯家族的追忆、景仰和爱，以及《博尔赫斯们》这首诗的写作态度和写作方式。但这是一种我们非常熟悉的"为了肯定的否定"。接下来，"我的葡萄牙祖先，博尔赫斯：模糊的血亲／在我的肉体中仍旧晦暗地继续着／他们的习惯，纪律和焦虑"，博尔赫斯的祖先最早从葡萄牙迁徙到阿根廷，作者与他们有着血缘关系，一种模糊、遥远而又永远不能终结的血亲关系。祖先们来到一片新的土地，有自己一直保持的习惯，同时必须建立既适应殖民地又征服殖民地的新纪律，他们满怀激情，又不乏异乡的焦虑。这么多年过去了，祖先体内的习惯、纪律与焦虑仍然在博尔赫斯身上流淌着。第一层意思表达了对他们所知甚少，第二层是血液里的这种传承。"黯昧，仿佛他们从没有存在过／又同艺术的程序格格不入，／他们不可思议地形成了／时间、大地和遗忘的一部分"，这样的诗句具有不可思议的张力。因为是一首短诗，博尔赫斯不可能用很多笔墨写得很细致，所以用一种看似宽泛的方式来表达。这些句子真的不是东方式思维的常用表达。继续，"这样更好。事情就是如此，／他们是葡萄牙人，是著名的人／撬开了东方的长城，／沉溺于大海和另一片沙子的海洋"，还是在延伸，然后结束，"他们是神秘荒漠里迷失的皇帝／又是那些发誓说他没有死去的人们"。博尔赫斯喜欢在语言的迷宫中走来走去，但基本思路始终非常明晰。这首诗语言简约，含量丰富，层次分明，结构紧凑，长短有致，视觉上异常完美。我写《暴动之诗》，受博尔赫斯的这种技艺呈现和思想表达方式的影响非常明显，诗中的第一句"作为事件他们被写进了地方史"，我自己感觉，基本确立了我想通过这首诗所要表达的感受、色彩、节奏以及呈现方式。

至于道德情怀与技艺之间的关系以及由此产生的两者平衡问题，这似乎是一个不成立的提问。目前我还没有发现两者之间的必然联系，所以也就没法做出合理的回答。不过，以后它们恐怕也很难在同一个价值体系里获得相互纠结的支撑或者角力。

钱娜：老师您好。刚才您谈到，在您的创作中有时候仅仅是一种有感而发，但从读者的角度来看，它们又大多深入人心，有些诗篇充满了明显的与平淡并不相悖的社会责任感。这种责任感是您有意为之，还是无意识的流露？作为作者，是否有必要带着这么一种情怀或者倾向去创作？

王夫刚：在写作中，不可避免地要体现写作者本人的趣味，社会责任感就是写作者的一种趣味。但如果带着急功近利、先入为主的经验去创作，也着实麻烦。比如汶川地震，感觉好像全中国的人都会写诗，都在写诗，写了很多，跟以往他们观看灾难时的情绪化表达一模一样，只是地震这次泡沫大了些，多了些。我们想一想，灾区真的需要这些要么隔岸观火要么歌功颂德的分行文字吗？如果灾区不需要，灾区之外需要吗？我认为真正的汶川地震作品应该诞生于一两年或者更久之后，现在，那些写过地震诗的人，还有几个好意思说自己曾写过地震诗？很多人带着对社会热点的关注去写作，什么热闹就写什么，什么能带来立竿见影的收益就写什么，唯独没有把符合诗歌需要的社会责任感放在心上，唯独忘了，诗歌是一种有难度的文学表达形式，连洗衣服都需要技巧，何况海阔天空的诗歌！如果单纯强调社会责任，我们到报纸头版寻找就可以了。就我自己来说，我愿意在作品中表达我对社会事件的关注与思考，但汶川地震，我一行诗也没写，我有自己对于汶川地震的感受和理解。一个事件，即便有意义，如果出现了巨大的集体潮流，我们就必须保持足够的文学警惕。比如我写《安全帽上的遗言》，那只是一个很小的社会事件，类似的新闻几乎天天都有，没有人给予格外的关注和思考，更不会有人要求我写。这个事情让我挥之不去的东西是人性中难以言表的一种气息。作为一个阅读和思考的诗人，胡乱表态不好，该说话而视而不见也不好，什么时候沉默，什么时候发出声音，发出怎样的声音，实际上体现了一个诗人的品行和能力。除了对社会的关注，还有对朋友的，对亲人的，这些既是本能，也可以归类到社会责任感当中。我们不需要每个人时时刻刻都想着如何报效祖国，祖国也不需要。比如我们讨论钓鱼岛问题或者朝鲜半岛争端，但这远远超出了平民百姓应该关注的范围，那我们为什么还要关注，因为我们的祖先早就说过，位卑未敢忘忧国。多数时候，这种心情可以看作是背景式的，没必要把它提炼成主题。一个人活得有没有正义感，有没有趣味，未必能在诗篇中全都体现出来，从而去建立所谓的道德标兵形象。但我们不在诗中建设，不在生活中建设，不在一切形式中建设，并不意味着社会不需要道德的衡量和约束。想一想我们的现实吧，因为道德沦丧，我们吃的，用的，说的，做的，有多少不是假的，不是骇人听闻的！做一个好人，通过健康的交往与思考，从而使自身价值获得体现，肯定不是坏事。坏人有坏人的理由，好人有好人的道理，这种背景式的心情或许不是最重要的，但也并非可有可无。人不为己天诛地灭，听起来不无道理，但也请允许我说，人人为己，天诛地灭。至于在写作中是否刻意为之，我的回答是否定的，我们不需要职业道德卫士在理论上替人类发言。通常，职业道德卫士都是些以道德之名行非道德之事的可疑者，套用到诗人身上或者诗歌写作当中，也不例外。

李坤：王老师您好。在读您的诗之前，我个人认为诗应该是"生活的非常态，情感的原生态"，但我在您的诗中发现，生活与情感在其中有一种"暧昧"的渗透。那些很有诗性的标题下的诗歌，往往生活化很强，比如《做梦的村庄》，很有意境的一个题目，但一读发现，里面的生活气息很浓。再比如《钟表之歌》和《张师傅的修表店》，前者很有诗意，后者则更平实，但恰恰相反，《张师傅的修表店》反而在情感上给人的震动更加明显。总体来讲，您的作品中，抒情气息强的题目，作品却往往是生活气息很浓；生活气息浓的题目，内容却呈现出更强烈的抒情性。您是有意为之还是无意识的？另外，我认为"真正的诗是喊出来的，不是写出来的"，您个人对这句话怎么看？

王夫刚：像《做梦的村庄》这种诗，看上去很美，实际上里面承载的是一种遥远的无奈的情绪。不同的表达应该与个人的习惯和性格有关，很多时候我很不明朗，或者说，不喜欢艳丽的色彩，我是一个有悲观情结的人，即便美的东西，在我这里也可能变得单调，消极。《张师傅修表店》更像一个片段，是我对时间的一种理解，对受制于时间的社会的理解，非常直接，没有太多的过渡。"坏死的时间已不是金钱"能帮助我们回到一个耳熟能详的说法——"时间就是金钱"，与其说这是一种关于时间与金钱的调侃，不如说我希望通过观察虚实获得思考的乐趣。因为在"时间就是金钱"的观念中，时间始终处于从属或者被动地位，我们从不说"金钱就是时间"。我非常喜欢阿拉伯诗人阿多尼斯，他写过很多画龙点睛的诗篇，有一首长诗叫做《在意义丛林旅行的向导》，结构很简单，一问一答，在这首诗中阿多尼斯完全展示了自己思想的幽默和语言上的"意料之外情理之中"，比如，"什么是眼泪？／——身体输掉的战争"，比如，"什么是空气？／——灵魂不愿在身体内／落户"，再比如，"什么是诗歌？／——远航的船只／没有码头"，诸如此类，数不胜数。《张师傅修表店》可能在呈现思考的形式方面稍微新颖一些，如果这首短诗在情感上给人以震动，我想，应该还是思考的力量发挥了作用。《钟表之歌》与记忆有关，写于自己对叙述风格迷恋的那个时期。我清楚地记得，小时候挂在墙上的钟表冬夜里的滴答声和母亲踩在凳子上给钟表上弦的情景，有一次我自告奋勇，要去给它上弦，当然，没有得到允许。但我至今还能回忆起向母亲提出申请时的那种激动心情。写作是对往事的信赖与体现。这两首诗因为写作时间的差异，所以所体现出的风格也不同。包括你前面提到的《做梦的村庄》，我20岁左右写这类风格的诗比较多，既企图赞美我的乡村、生活、亲人，又怀着巨大的失落感。众所周知，乡村的自然之美远远比不上它的偏僻给生活带来的诸多不便和人类文明的长久忽视，因此我在写作中出现题目与内容上的反差也就不难理解。我原来写过一首诗，叫《我大爷家的牛死了》，当时我父亲在电话里跟我说这个事情，我感到异常伤感，在伤感中完成了这首诗。几年后我大爷去世了，再看这首诗，我把题目改成了《家庭事件》。从《我大爷家的牛死了》到《家庭事件》，除了题目，诗的内容没有多大变化，但我的趣味、理解力和观察生活的角度似乎有一些细微的调整。现在的我跟当初肯定已有所不同，跟年龄有关，也跟阅览生活有关。今天，生活依旧沉重，但我愿意选择相对幽默的方式去表达，去呈现，诗歌题目的转变也有限地体现了我在不同时期对社会、对生活、对命运的体验和感悟。必须承认，诗歌带给我的东西越来越多了。

你认为"真正的诗是喊出来的，不是写出来的"，这话对了一半吧，真正的诗是喊出来的，也是写出来的。即便这样，我们仍有疑问，诗歌是高音喇叭吗？青年人总喜欢绝对化的表达，这是青春期的错误或者副作用，无可指责，更与个人无关。在中国的惯性思维中，诗歌一向被视为"青年的事业"，但很显然，真正的诗歌并不领情。我敢断定，未来，会有越来越多的诗人一直写到晚年，写到生命之烛被风吹灭，对于他们，用晚年的创作高度总结自己的艺术生涯才是准确的选择。那时，回首青春期写作，只是一枚生涩的果子走在成熟的路上而已；那时，真正的诗既不是喊出来的，也不是写出来的，而是像诗人雷霆在一首诗中透露的那样：水流到哪里，哪里就是河床。

孙晓娅：由于时间关系，今天的对话会就到这里了，感谢同学们的提问，也感谢王夫刚老师讲了这么多。从对话中我们可以感受到王夫刚是一个"跨越虚荣、跨越修饰"的诗人。如果说他自身聚焦的事件、写作的经验一直在不停变化的话，那么风格却是一以贯之的。无论是抒情的，叙事的，都保留着对虚荣的淡化，对华藻的疏远。最后，我们请吴思敬老师简单地为这次对话会做一个总结。

吴思敬：我们这次研究生与王夫刚老师的交流是非常成功的。王夫刚是新世纪以后一位很重要的诗人，从评论界到诗歌界对他都有很高且中肯的评价。驻校诗人进入首师大以后，为学生提供了一个可以与诗人近距离接触的机会。首师大的驻校诗人制度是双向的，一方面我们为驻校诗人提供写作条件，与同学、专家的各种交流对自己的创作都非常有利。另一方面对我们自身，从老师角度来看，对很多从事诗歌研究的老师都有一种促进作用；再从同学角度来看，一定要珍惜这种机会。首师大的驻校诗人制度在全国是独此一家的，很多诗人都非常渴望来驻校。我们主要是面对中青年诗人，有着严格的评审程序和筛选方式。今天我听了同学们的发言，觉得大家的提问都很有深度。按照惯例，2011年6月会有一次关于王夫刚的作品研讨会，我希望大家抓紧这半年的时间与王夫刚老师进行交流。

另外，我们在研究王夫刚的作品时，要放在一个平视的位置，既有肯定，也有质疑，完全可以提出不同的评价。这对王夫刚也是非常难得的机会。

最后说一下文风问题。第一位发言的同学，文章风格很特别，以印象式的笔法来写，这完全可以。但希望大家再写的时候多对王夫刚老师的诗歌内容、诗歌创作道路等深度的东西进行阐发。我们力争用既能符合学术规范又能表达心灵的笔法来写，诗歌与诗歌评论都是一种自由的艺术，它们的本质是自由，希望大家能充分把自己的心灵自由展示出来。感谢各位同学，相信未来的诗歌评论家会在我们的同学中诞生！

在美学与历史之间
——读《孙玉石文集》

◇ 王东东

翻阅这套 17 卷本《孙玉石文集》（北京大学出版社，2010 年 10 月），《〈野草〉研究》、《现实的与哲学的——鲁迅〈野草〉重释》、《走近真实的鲁迅——鲁迅思想与五四文化论集》、《中国初期象征派诗歌研究》、《中国现代主义诗潮史论》、《中国现代诗学丛论》、《中国现代解诗学的理论与实践》、《诗人与解诗者如是说》等，除了专业上所受的启发，还额外产生了对学术话语转变的感知，即在对历史的书写、"有选择的写"和改写中，能够反向折射出"社会转型"的（米歇尔·福柯意义上的）"话语模式转换"。而孙玉石先生几十年的文学研究，正为我们呈现着与这种"社会转型"相始终的中国现代文学研究的学术历史进程。

孙玉石先生的文学研究，如上引书名提示，可分为三部分：以《野草》研究为主的鲁迅研究、中国现代主义诗潮和诗歌流派研究、中国现代解诗学的理论与实践。这些研究，在他个人都发轫在 20 世纪 70 年代末 80 年代初，而一直持续到 20 世纪末和当下。回过头来看，他的研究成果与"时代精神"的封闭、转折与开启之间的契合程度是惊人的。一个学者能做到这一点，在我看来已经很了不起了。而于孙先生，却又必须通过一种以历史研究形态出现的文学研究来完成。

鲁迅研究是中国社会的一面镜子。在鲁迅的全部作品中，孙玉石对《野草》情有独钟，这足可见出他个人的美学趣味。他说过，不管时代如何变，《野草》总是会有读者的，言外之意是读者会越来越多。可以认为，这是个人趣味对社会趣味的发言，社会趣味如何，个人趣味说了不算，只能做良好的预期。而如果考虑到，个人趣味也包含在社会趣味里面，我们也就不能小看社会趣味。孙玉石对美学趣味的变革，首先就是从鲁迅《野草》开始的，在这个意义上鲁迅也成了他的美学碉堡。

《野草》的美学产生于一个贫乏的时代，但一个在美学上贫乏的时代很难与《野草》发生共鸣。而我固执地认为，一个在美学上贫乏的时代才是真正贫乏的时代。在《〈野草〉的艺术探源》一文中，孙玉石发现了《野草》中运用了象征主义的手法，这和他注意到《野草》受波德莱尔、屠格涅夫等人的影响是分不开的。其时还在 1979 年，这一点已开风气之先。李欧梵在谈《野草》的研究时说过："从 1981 年以来，一般的调子已经变了，开始注重其压抑的情绪和高度形象化的语言，以此作为分析的起点。这些新著作中以孙玉石的《野草研究》（原文如此）为最好，最有价值的是孙对中国《野草》研究史的评论（九、十章）。不过孙的研究主要的仍只在社会意义批评的层次。此外，还可参看……这些现象说明中国对鲁迅的研究已经开始除去神话色彩了。"[①]

李欧梵可能有意低估了其时学术环境的压力，实际上，孙玉石《〈野草〉研究》的价值正是建立在《〈野草〉研究五十年》的基础之上，另外，孙玉石所进行的语言学（"象征"技术）批评虽被严密包裹，其开拓之功不可抹杀，激进的语言学批评是到后来才在中国大行其道的。在《野草》的"艺术方法"上，孙玉石认为"体现了象征主义方法和现实主义方法二者的结合"，然而即使这个颇为符合实际的看法——《野草》中确实存在没有那么"象征主义"或"现代主义"的作品——也容易被当今激进的语言学批评看作是折中，——没有人再愿意伸张"无边的现实主义"，似乎现实主义在今天已丧失名誉。——倒是勒内·韦勒克从"概念的活力"角度为它说了几句好话："现实主义作为一个时代性概念，是一个不断调整的概念，是一种理想的典型……现实主义意味着'当代社会现实的客观再现'。它的主张是题材的无限广阔，目的是在方法上做到客观，即便这种客观几乎从未在实践中取得过。现实主义是教谕性的、道德的、改良主义的。它并不是始终意识到它在描写和规范二者之间的矛盾，但却试图在'典型'概念中寻求二者的弥合。"[②]

可以认为，孙玉石在对现实主义概念的使用也保有了一定活性，是自我反省的和节制的。他这样的"折中"，抑或"综合"，和当时话语

① 李欧梵：《铁屋中的呐喊》，尹慧珉译，河北教育出版 2000 年，第 102 页。
② 韦勒克：《批评的诸种概念》，丁泓等译，四川文艺出版社 1988 年，第 241 页。

中国诗歌研究动态（第八辑）

松动的条件下向"现代性"的"位移"有关。再做一点发挥，也可以见出古典哲学背景的批评的延展性，这一文学批评以形式和内容之间的"辩证"为特征。辩证是孙玉石进入象征派研究的切口，如果不是借口的话。在《中国初期象征派诗歌研究》的后记中，孙玉石提到了恩格斯（眼中的费尔巴哈）对"黑格尔体系"的态度："我们对于一个复杂的文学流派，'是绝不能靠简单的置之不理的办法就可以排除的'，应该从它本来的意义上'扬弃'它，即以历史唯物主义的科学态度，批判它的糟粕，'而救出它所获得的新的内容'（恩格斯：《费尔巴哈与德国古典哲学的终结》）。我们是在以批判的精神对待过去的精神遗产。"这一点也可以看出古典哲学的爆破力。

但是"救出"的新的内容不容小觑，被打上"颓废"标签的李金发、王独清、穆木天、冯乃超等象征派诗人都在其列，还由此引发了他的诗潮和流派研究。《新诗流派发展的历史启示——"中国现代诗歌流派"导论》一文中，孙玉石给出的流派有 12 种之多，而他的兴趣无疑主要在现代主义；从 1987 年发表的提纲《面对历史的沉思——关于中国现代主义诗歌源流的回顾与评析》，再到 1999 年《中国现代主义诗潮史论》全书出版，相隔 12 年之久。而从 1987 年发表《重建中国现代解诗学——中国新诗批评史札记之一》，再到 2007 年《中国现代解诗学的理论与实践》相去也有 10 年。这些不厌其烦的列举，除了可以说明作者"一以贯之"的学术坚守，也可照见"新时期"以来，现代主义由受到压抑、浮出水面再到"三分天下有其一"（与现实主义、浪漫主义并列）地位确立的过程，孙玉石的工作有效推动了这个过程。现代文学研究领域的这一变化，和当代文学的变化遥相呼应。孙玉石也谈到，他开始着手研究象征派，实亦有意与"朦胧诗"论争"遥相呼应"。

《中国初期象征派研究》首先梳理了"西方象征派及其在中国最初的传播"，然后才开始论述李金发和其他诗人。《中国现代主义诗潮史论》延续了这个思路，但是其叙述更多了些理论思考的色彩，"传统向现代转型"、"现代性诗学理论"、"东方现代诗"、"东方诗艺融合论"等，可以看到其中隐藏的"化欧化古"、"中西会通"的诗学模式，但在孙玉石这里，它们更多是对具体诗潮和流派诗学主张的描述，"科学的古典学派"也就是"朴学"素养让作者乐于承认这一点。孙玉石考掘出来的"荒原冲击波"与"晚唐诗热"也成了为人乐道的话题，后学多有进一步论述。实际上，"融合论"的诗学模式适用于整个现代时期的新诗包括当代诗歌。而既然可以"遥相呼应",那么未尝不可以认为,现代主义诗潮研究在主观意愿上呼唤现代诗歌和当代诗歌的研究的"一体化",虽然还几乎没有人做到这一点。与其说这是诗潮研究自身的限制,不如说是中国现当代文学分科的限制。

受新时期以来"现代主义诗歌运动"的影响,可以说,孙玉石的现代主义诗潮研究从一开始就流露了对新诗美学形式、对语言的迷恋,而在经过中国大陆文学批评话语中的"语言学转向"的洗礼后,他更是具有了不断追问语言本体和诗歌本体的勇气,其"现代解诗学的理论与实践"就是证明,而且就连他提出问题的方式本身,也包含着他期待的视域融合的解释学思想。有论者这样论及"现代主义"诗潮论说中的孙玉石:"由于在对这一论题的论述中,提出了一些富有建设性的诗学问题,而使他的研究格外具有典范意义。例如他重新阐释了由朱自清、李健吾等人创立的'现代解诗学',将后者申述为一个较为完备的理论形态,使之成为既有理论深度又具可操作性的范式。他对中国现代主义诗潮的史论建构也以此为基石得以衍化出来,这样他的新诗研究便获得了鲜明的"本体"论色彩。"① 这一新诗研究的"本体"论色彩弥足珍贵。可以看到,孙玉石倡导的这种现代解诗学,——除了他个人的实践成果,比如收在这套文集中的《诗人和解诗者如是说》。——已经以文本细读的方式在当代诗歌批评里变成了现实,而更宏阔的所谓东方"本体"的诗学建构显然还有待继续。

至此,可以说孙玉石的新诗研究"话语"已"现代感"十足。但他在接受语言学观念的同时,仍然坚持着一种相当古典的对历史的看法,他的这个态度耐人寻味,表现在他的专业领域,就是讲究史料挖掘与理论深度的结合。但总的来说,还是比较偏向于朴学,而把观念隐藏在历史叙述之中。现在的理论大多发端于语言学,不能不让人遗憾。克罗齐说"历史包容在艺术的普遍概念中",② 也就是说,历史是表现;又说:"……真正的区别只存在于学者、具有趣味者和艺术史家之间:这些术语专指工作的三个连续阶段,每个阶段对于后阶段相对独立,对前阶段相对依存。正如我们已指出的,一个人可以是单纯学者,而不善

① 张桃洲:《近20年新诗研究评述》,见张桃洲著:《"个人"的神话:现时代的诗、文学与宗教》,武汉出版社2009年,第173页。
②《作为表现科学和一般语言学的美学的理论》,田时纲译,中国社会科学出版社2007年,第43页。

中国诗歌研究动态(第八辑)

于感受艺术作品；他可以是有学养有趣味者，善于感受却不善于反思艺术作品，甚至连一页文艺史都写不出；但真正称职的历史学家，除自身具有必要前提的学者和有趣味者的素质外，还应具有理解历史和表现历史的才能。"①孙玉石先生显然是最后者。

书

评

---

①《作为表现科学和一般语言学的美学的理论》，田时纲译，中国社会科学出版社 2007 年，第 178-179 页。

骆寒超诗学研究的综合考察

◇骆 蔓

骆寒超系浙江大学人文学部教授。他从 20 世纪 50 年代后期发表长篇论文《白莽——无产阶级的诗人》、撰写专著《艾青论》开始，在诗学探求的路上已跋涉了半个多世纪。其中前 30 余年，他集中力量作新诗研究；进入 90 年代后，把研究范围扩大到对古典诗歌和诗学理论的现代思考；21 世纪初，他提出诗歌须作本体规范与秩序建设的主张，从那以后，为了与之相应和，他又把 90 年代以来的主攻方向推演到对中国传统诗学与现代诗学古今传承的考察。这些诗学探求的行迹大都反映于人民文学出版社 2010 年 1 月出版的 12 卷本《骆寒超诗学文集》，以及文集编订以后陆续写成、发表而未能入集的一批专题论文中。

一、诗学研究的融汇

骆寒超的诗学研究以新诗为主，兼及古典诗歌与西方诗歌，但诚如骆寒超在为自己的诗学文集所写的自序《一个诗学探求者的行迹》中所说的：他一贯的学术思路是"从'史'出发引向'论'，以新诗为研究对象来探讨诗学理论问题"[1]的。

诗人诗作评析是骆寒超整个诗学研究的基础，也是他几十年诗学研究中最早投入、至今仍旧不断在进行的工程。可以说骆寒超以诗人研究起家，1956 年在南京大学中文系读大三时写成长篇专论《白莽——无产阶级的诗人》，作为他生平第一篇公开发表的学术论文，后来刊在《南京大学学报》上。1957 年大四时写毕业论文，他选了艾青，写成一部 10 多万字的《艾青论》。但紧接着艾青被打成"右派"，他也受到株连，《艾青论》拖到 1982 年才得以出版。这段经历使他因此以艾青研究著称于世。诗学文集的第七卷《艾青传》是对这位大诗人创作道路的述评，以史带论，全面考察了艾青以追求民主个性主义为逻辑起点的一生行

---

①《骆寒超诗学文集》第一卷，人民文学出版社，2010 年，第 14 页。

迹，而这行迹又是围绕他"为人类命运而悲歌"的创作活动而展开的。第八卷《艾青论》由七篇专论组成，内中《艾青诗论》即 1982 年 10 月由浙江人民出版社出版的那篇当年的毕业论文《艾青论》的修订本，着重论艾青诗歌的创作规律及其价值，是新中国成立以来较早一部显出理论深度的艾青研究专著。在文集第十卷中，还收有骆寒超对鲁迅、胡适、刘半农、郭沫若、莫洛、穆旦、唐湜、岑琦等诗人的专论，而近两年来，他还发表了却来不及收进诗学文集中的《屠岸论》、《吉狄马加论》、《绿原论》、《殷夫论》、《黄纪云论》、《杨牧论》等。这些诗人专论每篇都有相当的规模，也大都着重于对专论对象的"内质"的研究。

骆寒超诗学研究的第二个重要方面是新诗中的诗潮诗派。他在对新诗中一些代表性诗人研究时，总爱把研究对象置于他们的创作生态环境中来展开，这个生态环境说大一点指诗坛大背景，说具体点则指诗潮诗派。所以他其实很早就涉及对新诗中诗潮诗派的研究了。如他在 1979-1980 年修订南大读书时的毕业论文《艾青论》时，对 20 世纪 30 年代艾青的诗歌事业作了重写，发现这位诗人早期的诗歌具有以现实主义打底的创作原则多元综合的特色。他还注意到艾青早期即 30 年代的诗歌活动总是周旋在当年两个主要诗派——"新诗歌"诗派与"现代"诗派之间，这就逼使骆寒超去考察这两个诗派，从而发现以中国诗歌会成员为主的"新诗歌"诗派有反抗的浪漫主义激情，但又渗透着一股直面时代社会生活的现实主义精神，是以现实主义打底的浪漫主义与现实主义两类创作原则综合的体现。在作诗人专论中把诗潮诗派研究带动出来，所以同其诗学研究从诗人诗作起步相应和，他对诗潮诗派研究的意识觉醒在新时期以来新诗研究界成了先行者。骆寒超对诗派的研究中，并不把重心放在诗派的形成、组织机构的介绍、诗歌活动的描述上，而致力于诗派理论主张的归纳分析、创作实况的综合研究和这个创作群体在新诗史上承前启后的意义等方面。其中，为新诗研究界所称颂的是那篇近 10 万字的长论文《论晋察冀、七月、九叶三诗派及其交错关系》（收入诗学文集第九卷），该文对少有学者问津的抗日根据地晋察冀诗歌群体和此前鲜见论及的七月、九叶诗人群体所作的考察，都是新诗研究界较早也较完整、全面的，尤可珍视的是还对这三个群体作了流派的形成、演变，流派的创作内容、抒情风格等方面的比较，并以它们间交错互动关系来显示 40 年代新诗诗潮的流变特征，颇能反映出骆寒超理论思考的系统化特色，并且，据香港《诗双月刊》的调查统计，从 80 年代前期开始流行的"九叶诗派"这一称呼，也始自这篇论文。收入诗学文集第十卷的《九叶诗派三论》集中地研究了这个被新诗研究界认为是现代新诗史上最成熟的现代主义诗派，作了实事求是的论析，认为该派成员在创作原则上并不统一，有现代主义的（如穆旦、郑敏、杜运燮），有现实主义的（如杭约赫、唐祈），有感觉印象主义的（如陈敬容），有从浪漫主义转向古典主义的（如唐湜）等，并以创作实际证实：该派从流派形成的那一天起即走下坡路，如穆旦的创作成集中在 1945 年以前，1947－1948 年的写作却理性过强而显出了创作的衰退，并指出这是过分强调学西方知性现代派导致理性图解（即所谓思想肉感化）的缘故，所以对这个诗派过分从现代主义的角度来作高度评价是不合适的。这样的诗派研究就显得较客观，合乎实际。

新诗史写作是骆寒超多年的理想，他在多篇文章中提到过要写一部完整而全面的《中国新诗史》，为此，他把不少新诗研究成果看成是为这部"史"正式写作前的积累。诗学文集的第九卷，虽系 9 篇长论文，却也能在历时态的新诗流变线索中分阶段重点论述几个核心问题，已可看出他所理解的百年新诗流变中的一些根本性内容。诗学文集第六卷《二十世纪新诗综论》分《创作潮流论》、《诗歌世界论》、《诗体格局论》三部，其实每一部都是采取历时态展开论述的，可以看成一部《中国新诗史》三个专题史。诗学文集第五卷《新诗主潮论》虽采取共时态的理论概括来论证现代新诗的主潮特征表现，但所分的三篇（《现实主义诗潮》、《浪漫主义诗潮》、《现代主义诗潮》），各篇内部的论述也历时态展开，可看成一部《中国新诗史》的又三个专题史。诗学文集第十一卷中的《论中国新诗 80 年来诗思路子的拓展与调控》、《论二十世纪中国新诗的形式探求及其经验教训》、《论中国现代叙事诗》、《论现代抒情小诗》，以及诗学文集第四卷《新诗创作论》中的上篇《主题思路》等，也基本上在历时态中展开论争，也可以看成一部《中国新诗史》在主题、形式、类型这三个方面的专题史。骆寒超的新诗史写作紧紧围绕特殊重要的专题，如《新诗创作论》的上篇《主题思路》和《论中国新诗 80 年来诗思路子的拓展与调控》，都具有主题专题史的特性。百年新诗流变中，主题思路从单纯到复杂，从孤立的体现到相互交融中推出精神层次更高的新主题思路，是一个使新诗在把握世界方面如何登上更高层次、获得更高审美价值的大问题，作为一个值得重视的"问题"，以专题史来进行历时态考察与规律探求，也就成了《中国新诗史》写作中重要任务，骆寒超擅长以"问题史"的方式展开新诗史写作，现象描述性是弱化的，强化的是"论"，有新诗史论的特色。

　　骆寒超的诗学研究非常关注对诗学理论规律的探求，或者说诗歌本体论的研究。这方面具有代表性的成果是诗学文集的第一、二、三卷，它们分别以《结构篇》、《语言篇》、《形式篇》组成一个有关汉语诗体的系统。其立论基点是：特定的思维方式决定着一个民族把握与表现诗歌真实世界的格局，思维一般是两类：神话思维与逻辑思维。各个民族采用这两类思维的侧重点是不同的，我们民族以天人合一作为认识传统，即以主客体共融于宇宙本体的观物态度与感物方式去把握真实世界，因此强调天人合一、物我两忘的直觉感应，相对而言对分析推论这一认识性能淡化，从而使旧诗显出对神话思维的侧重。新诗出现在现代科学文明时代，其总倾向是对西方思潮的大量接纳，在观物态度方面已偏向于以主体的分析推论来制约客体存在，在感物方式方面也已偏向于以人定胜天去知解客体存在，这就淡化了神话思维而显出对逻辑思维的侧重。思维形态这种侧重点的不同，也影响到新旧诗在诗体上出现体系的不同。这样一个探求汉语诗体的立论基点十分新颖。由此出发看新旧诗在结构、语言、体式方面的策略性差异，预测未来新诗诗体建设的方向，也就显出了这场形式诗学探求的理论高度。此外，在汉语诗体的研究中，骆寒超还涉及很多一直来鲜为受人关注过的诗学理论，如《结构篇》中圆美结构与方美结构之本质的不同，近体诗与词的结构思路，新诗的心象建筑类型等；《语言篇》中的新旧诗语言理论的历史回顾与比较；旧诗的词法、句法，新诗的语言意象化与意象语言化，两大汉诗语言体系的汇通等；《形式篇》中节奏决定体式的理论，回环节奏与推进节奏之本质差异，词曲的节奏体式，内在节奏的实际内涵、等时停逗律、半逗律、新诗诗行的主动组合与被动组对体式的决定性影响，"句法就声律"的实际内涵以及在新诗形式建设中的作用，等等。凡此种种，既给这部三卷本的汉语诗体研究带来了博大的学术含量，也为中国诗学研究开拓出一片广阔的理论空间，其开创性意义不容忽视。除了《汉语诗体论》，骆寒超还在收入诗学文集第十一卷中的一批论文和新写而未能入文集的论文中，对现代诗学理论作了多方面的规律性探索，骆寒超的诗学研究还可以包括新诗运动寻踪、诗坛症候分析、中外诗歌比较、古诗今译探索等，但正如骆寒超对本文作者所说："大致也就这几个方面算下过一点工夫，其余的或随感而发，或偶一为之，不值得谈了。"

二、诗学研究的特质

骆寒超的诗学研究反映着他特立独行的性格。唯其如此，才使他这些研究具有走自我之路的一些特点。

其一，构建了一个自己的诗学研究格局。在"骆寒超诗学理论研讨会"上，与会者热议骆寒超的诗学研究体系。正像谢冕说的"他的研究具有体系性，建设性"那样，福建师大的孙绍振教授也认为骆寒超在作一场"庞大而紧密的诗学理论体系建构"，并具体地说："他没有拘泥于一些传统的教条，而是另辟蹊径，以一种开拓精神来处理传统与现代的问题，从而形成了他自己的一套较具完整系统的理论体系。"云南省作协的晓雪研究员认为："他从艾青研究开始深化下去，扩展到对整个新诗的研究，探讨新诗的诗体，整个新诗的发展规律，然后进入诗学理论方面作全面的规律性探讨，形成了一个系统。"骆寒超确实有一个属于他自己的诗学研究统一的格局。他习惯于从精神气质推向情感结构、心物感应推向诗歌世界、心灵综合推向意境生成以及广义象征推向情悟智识，并在由此综合成的关系网中来对每一项诗学课题展开研究：

1. 内在质素的透视：从骆寒超的论文《论艾青的抒情结构》、《论何其芳抒情个性的形成及其演变》、《论诗歌世界的把握方式》和专著《新诗创作论》、《二十世纪新诗综论》等中，都可见出他对一个诗人、一个诗歌时代的精神气质推向情感结构这一件事抓得很牢。在他看来特定的精神气质决定着个体或一个时代的情感要素及其核心要素，而围绕情感的核心要素则形成了个体或一个时代特定的情感结构。与情感要素相应和的是包括原型在内的意象的归类集聚；与情感结构相应和的是确立创作原则与选定诗性语言、结构策略。正是这种种，形成了一个作为抒情事业之基础的关系网。这一场内在质素的透视可以说是骆寒超诗学研究的逻辑起点，也反映着他属于以抒情为本、以体现生活感受、时代精神为指归的一派。

2. 审美动因的探源：从骆寒超的论文《吉狄马加论》、《1930年代新诗论纲》、《论二十世纪中国新诗的形式探求及其经验教训》和专著《新诗主潮论》、《汉语诗体论·语言篇》等中，都可以见出他对心物感应的发生和心物感应推向诗歌世界的本能把握十分关注。在他看来，上面提及的情感结构与个体或一个时代特定的生活场景、事件相融，会引起一场心与物之间的交相感应。这场心物感应是诗歌真实世界构筑的契机，或者说能引向创作主体对诗歌真实世界本能的把握。与此相辅相成的是能与情感结构的某一方面相融而引起心物感应的那些特定生活场景、事件，会成为个体或一个时代特定的审美敏感区，而随之而来的是：为适应特定的审美敏感区向诗歌真实世界转化这一现实需要，也就决定了如下三个方面：细分创作原则为现实主义、浪漫主义与象征主义三类，确立诗性语言以反语法修辞规范、借对等原则呈现隐喻性的"诗家语"策略，并进一步为适应审美敏感区提供的情绪内在节律而把诗歌所独具的节奏体式建设提到议事日程上来。正是这种种，形成了一个创作发生诸因素间的关系网。这一场审美动因的探源，可以说是骆寒超诗学研究的核心，也反映着他的诗学研究属于从生活感性出发的体验派。

3．创作过程的考察：从骆寒超的论文《绿原论》、《论艾青的诗歌审美观》、《论〈春江花月夜〉的原型象征世界》、《论生活、想象与诗歌真实世界的关系》和专著《汉语诗体论·结构篇》等中，可以见出他对心灵综合、意境生成以及心灵综合如何推向意境生成，分外青睐。在他看来，审美敏感区的存在能起一种反作用，再次引发个体或一个时代的心物感应，激活想象、联想，从而把握到一条营建诗歌真实世界的运思路子，以及把原先积聚于记忆中的意象进行选择和归类成意象系列，再让想象、联想纳入运思路子，以此制约想象、联想去对意象系列作再选择，形成一个个意象群的逻辑组合体，且为创作原则定位，并且，还在此基础上，把运思推向文本创造的现实。这个过程中的种种情况，在骆寒超看来就是一场心灵综合的现象。所以究其实质，心灵综合在很大程度上是心物感应的产物，而心物感应作为一种兴发感动的审美功能，能使接受者在鉴赏中获得对意境的体验。于是在骆寒超看来，心灵综合之推向意境生成是必然的，只不过心物感应有由物及心与由心及物之分，前者能形成氛围，后者会产生情调，这也就决定了意境有氛围化与情调化两类呈示。骆寒超又于此中发现：这两种意境呈示出和节奏体式有十分密切的关系，即推进型节奏体式从氛围形成的角度、回环型节奏体式从情调形成的角度对意境发生有莫大的辅助作用。

4．价值判断的定位：从骆寒超的论文《论艾青诗的意象世界及其结构系统》、《论"真意"及新诗的真意追求》、《论新诗创作原则的综合传统》、《论中国新诗对兴发感动传统的继承与发展》、专著《汉语诗体论·形式篇》等中，可以见出他对广义象征以及广义象征推向情悟智觉倍加珍视。在他看来，诗学研究须有更高层次的追求：对一般诗歌美学范畴的超越，让诗歌真实世界从尘世生态的感性把握升华为对宇宙生态的智性把握。他又看到：这一场升华则具体地发生在意境的变异上。由于意境有两类呈示，因此其变异也分两类。骆寒超认为：以物及心的感发活动所导致的氛围化意境极致呈示，也就推出了意象组合体的体验性广义象征。这场广义象征是对尘世生态的超越，而体验往往会带给人以程度不同的感性直觉，从尘世生态的意象中灵视到宇宙生态的存在。这种情况下，对意象具体而真切的体验幻感所获得的意境，也就产生了变异：从尘世生活感应升华为宇宙性情悟。以心及物的感发活动所导致的情调化极致呈示，则推出了意象组合体的印证性广义象征。这场广义象征也是对尘世生态的超越，而印证往往会带给人以程度不同的理性直觉，从尘世生态的意象中观照出宇宙生态的存在。在这种情况下，对意象具体而真切的经验联想所获得的意境，也发生了变异：从尘世生活感知升华为宇宙性智觉。骆寒超还注意到从广义象征推向情悟智觉。作为对一般诗歌范畴的超越，是要求多方面条件来促成的，所以这场超越要达到全部目的，必须让现实主义、浪漫主义、象征主义作三大创作原则的综合，两种语言体系作交融，两类节奏体式作定位和适度的双向交流——以这些辅助性条件来促进这场超越。正是这种种，形成了一个通向诗美最高价值的关系网。这一场价值判断的定位，可以说是骆寒超诗学研究继承传统、借鉴西方、探求诗美顶峰之举，也反映着他的诗学研究最终属于生命哲学体系中一个特殊形态的存在。

以上四个方面是以层层推演的关系统一成一体的，体现出了骆寒超诗学研究的格局，且具体地显示着在他的意识中那个诗美创造从准备到发生、发展而后超越的递进式过程；也反映着他恪守抒情为本，张扬生活体验、追求内发艺术、致力智性升华那一条诗学研究路子。可以这样说：无论诗人诗作论析、诗潮诗派考察或者新诗史迹寻踪、诗学理论提纯，他都凭依这个研究格局来展开，绝不越出这个格局一步而另搞一套的。

值得指出的是这个格局也派生出了骆寒超另外两个诗学研究特点：一个是重内部研究，另一个是重结构分析。

"内部研究"可以等同于诗歌本体的研究。与韦勒克、沃伦着重于文本内部构成的考察比照，骆寒超很看重诗人内在质素的构成，即抒情个性。因为在他看来，诗歌本体既是文本内在构成的事，也是诗人创造的事，特别是诗人对生活的感应与认识的事。他为此提出"把诗歌研究落实到研究诗歌上"的主张，又针对陆游提出写诗须"功夫在诗外"的说法而针锋相对地提出研究诗须"功夫在诗内"。在"骆寒超诗学理论研讨会"上，与会者曾对骆寒超这一方面作了热烈的讨论……骆寒超诗学研究格局还有一个研究特点：从结构分析出发。由四个方面递进式组合成一体的这个研究"格局"，可以说正是他结构分析的产物。诗学研究的这四个方面体现着如下的四论：创造气质论、生活感应论、文本构成论、智性升华论。它们以一层层逻辑推演的组合显示着骆寒超习惯于作创作主体推向作品本体又推向接受主体这样的诗学建构，也反映着他爱从这样一个结构关系中去认识诗歌本体。至于对具体对象作研究，他更坚持用结构分析，即把任何诗学研究对象、问题都置于结构关系中去思考和把握。这使得他的论文甚至篇幅庞大的专著，都有一个结构关系网，而在这关系网中展开的学术分析，则大都显示为：由大量深入阅读与对象有关的材料而得的先入之见出发，首先去确立一个核心论点，由此牵连起一个个与此核心论点有内在关联的诸种诗学现象——因素。然后在这核心论点的遥控之下，让诸多因素在相互制约又互相交流中一步步推向结论，因此这也使得他的学术文本具有构成的有机性。三卷本的《汉语诗体论》近120万字，就被骆寒超置于这样一个预设的结构关系中来展开。

骆寒超诗学研究还专于打通古今。在青年时代，骆寒超对古典诗词曾经是一个民族虚无主义者，这使他进入中年以后一直内疚与自责。他渐渐感觉到用现代诗学的观点去看古典诗词，可以发现许多超越西方诗歌的新东西，因此他决定从基础工作做起，先来一场由今及古的打通：用现代诗学的观点与方法论析一些古典诗词中的名篇，这就有了收入诗学文集第十卷《诗学散论（中）》中三篇论析《离骚》、《九歌》与《春江花月夜》的长论文。他是因为感于2000多年来传统诗歌批评中一直把屈原的《离骚》作为这位大诗人忠君爱国的自叙传产生怀疑，才决定写《论〈离骚〉的生命价值追求系统》一文的，使他生疑的主要原因是发现他采用结构、意象分析来看这首长诗，许多传统说法的问题便出来了，如抒情主人公本是男性，忽儿转换成女性是为了比喻臣见弃于君王吗？三次上天不成、远游难觅佳偶，只是抒情主人公为了表达自己难以施展报国理想吗？"从彭咸之所终"真是屈原表明自己早有投水自尽的打算吗？每次抒情主人公从天上回到地上落在水边只是个地理问题而没有特别意思吗？为此他从《离骚》的结构、空间、时间和节奏四个方面进行意象及其组合规律的分析，然后得出了一个全新的结论："诗中的抒情主人公'余'其实和鲁迅《过客》中的'过客'一样，是生命价值追求者的象征。生命的价值不在终极处，而是在过程中，所以《离骚》的抒情主人公要高唱：'路漫漫其修远兮，吾将上下而求索！'"①这样一来这个经典文本就凭着现代诗学观念与方法去论析而获得了最高层次的广义象征和智性上的内涵，获得了在世界诗歌史上真正称得上杰作的全新审美判断。对此种研究，在"骆寒超诗学理论研讨会"上也获得好评。陈坚教授就说："读了骆寒超研究《离骚》、《春江花月夜》等长论文后觉得：这完全是从一种新的、现代诗学视角审视古典名作，他讲出了很多全新的意思，而这是前代学人的研究中所缺乏的东西，是他为之增添了一些新的元素和活力。"如果说骆寒超的诗学研究在古今打通上，由今及古的打通还只是弘扬我们民族传统诗歌文化的意义，那么他由古及今的打通还更具有继承传统而推动未来的新诗走向更高层次的现实意义。这一份工作集中地反映在三卷本的《汉语诗体论》中。如上所述，这部著作是从旧诗与新诗采用不同的思维方式来看待它们之间诗体的不同的，旧诗属于神话思维方式，新诗受西方诗歌影响，偏于逻辑思维方式，因此，结构、语言、体式都有着体系的不同，而骆寒超认为：旧诗虽采用圆美流转结构、点面感发语言、节奏回环体式，更属于诗的本质属性，但出之于逻辑思维的新诗，方美直向结构、线性陈述语言和节奏推进体式，也自有其在现代生态文化语境中的合理性，因此他为未来新诗的诗体建设提出了一个方向：立足于圆美流转结构、点面感发语言、节奏回环体式，让新旧诗两大结构、语言、体式交融，在未来新诗的诗体建设上推出一个具有嫁接性的、全新的结构、语言、体式的体系。这种理论思考受到学界的赞赏。如陈玉兰在《诗学本体建设的新高度——〈骆寒超诗学文集〉评述》中就认为："未来新诗的语言建设应从立足于神话思维又让神话思维与逻辑思维相结合的思路出发，把两大语言体系交融，才会真正探求到可行的方向。"②而这正显示着

---

① 骆寒超：《一个诗学探求者的行迹》，《骆寒超诗学文集》第1卷，第12页。

② 陈玉兰：《诗学本体建设的新高度——〈骆寒超诗学文集〉评述》，《星河》第四辑，人民文学出版社2010年，第206页。

"真正让传统汉诗与新诗研究打通"的特色，这个说法是很可取的。骆寒超还在来不及收入诗学文集中的一篇论文《句法与格律体新诗节奏表现之关系——新诗形式思考之三》中，对新诗形式建设中须继承古典诗学理论中"句法就声律"一说作了探索，并以闻一多的《死水》为例，指出新月诗派创格的并不成功。《死水》作为现代格律追求没有达到预定效果作了思考，这样说：

> ……新月同仁的这些格律体新诗在语言上有一个特别值得我们注意的特点：严守语法规范，成分不随便省略，语序不随便颠倒，规规矩矩、明明白白、流畅自如，没有一点阅读阻塞，可也正是这一点，反使整齐统一的节奏表现增添了节奏麻痹单调的因素。闻一多认为自己的《死水》是很标准的格律体新诗。的确，节奏进程因绝对地调和音节而显得集中整齐，节奏感知十分鲜明，但伴随而来的是单调。

在说了这番话以后，骆寒超把《死水》的语言作了些反语法修辞规范的调整，因了调整后语序的错综而造成的陌生化刺激作用，使节奏从太整齐转为多方面的阻碍生涩。这一来，"显然能使几近麻痹的节奏感知重新惊觉清醒，并且因诗行加强了断裂，使几个重要断裂处的顿更显明，也能强化节奏起伏的力度。正是这种种，也就使原作单调的节奏不再单调了"。他之所以这样做，也正体现了他在未来新诗形式建设中要接受古典诗学理论中"句法就声律"的传统，在继承中按现实语境发展这类传统。类似的追求，在新近骆寒超发表的《论中国新诗对兴发感动传统的继承与发展》等作品中也得到了反映。

古今打通，在继承传统中发展传统，是近年来骆寒超诗学研究中大力探求的一个特色，令人欣赏的是他不发空论，而是在一个个具体诗学对象中作具体的探求。这也可以说是骆寒超诗学研究的本色。

书

评

诗的现代，诗的古典，诗的原质
——评吴晓东《二十世纪的诗心》

◇徐 钺

一、"感性世界的诗学整理"

中国诗歌研究动态（第八辑）

作为北京大学《新诗研究丛书》中最近出版的一部，吴晓东教授《二十世纪的诗心——中国新诗论集》①（以下简称《二十世纪的诗心》）无疑在 2010 年给人以足够的新鲜和充实之感。与"诗丛"中姜涛《"新诗集"与中国新诗的发生》等专著不同，《二十世纪的诗心》是一部观照了 20 世纪中国诸多诗人、诗歌文本、诗学问题的论集，其中所收文字，纵跨了作者十数年来的诗歌研究历程。

如果对吴晓东教授的诗歌研究保持一贯的关注，读者定会惊喜地发现，那些曾经给予自己深刻启示的文章都被收录在了这本文集里，如曾刊载在《新诗评论》上的《荒街上的沉思者——析穆旦〈裂纹〉》、②《北岛论》（分上、下两部分），③曾收于《漫读经典》中的《尺八的故事》④等。而另一些文章，则是第一次交付给狭义"诗歌研究界"以外的读者，如《临水的纳蕤斯——中国现代派诗人中的镜像自我》。必须承认，这本书中总计 26 篇的诗学论文与随笔是如此丰富、又跨越了如此之广的论述疆域，以至于让人在惊喜之后不免有些担忧：这样的一本评论和随笔集如何保持其内在的统一性与自足性？

我以为，对这本文集的理解必须从对吴晓东教授十数年来诗学研究的总体性把握开始；因为，似乎超越了当代诗歌共时语境之中的大部

---

① 吴晓东：《二十世纪的诗心——中国新诗论集》，《新诗研究丛书》，北京大学出版社 2010 年。

②《新诗评论》2005 年第 1 辑，北京大学出版社。

③《新诗评论》2009 年第 1 辑（总第 9 辑）及《新诗评论》2009 年第 2 辑（总第 10 辑），北京大学出版社。

④ 吴晓东：《漫读经典》，生活·读书·新知三联书店 2008 年。

分琐屑争论，吴晓东首先处理的永远作为"一种高级的古老艺术"（如哈罗德·布鲁姆所言）的诗歌，并将其放置在一个更宽广的历史语境和美学范畴中讨论。在诗学的"微观研究"愈演愈烈的时代，吴晓东这种收放自如的视角无疑是可贵的，其深度和广度大约来源于两个方面：首先，是自作者的博士毕业论文《象征主义与中国现代文学》①以降始终持守的、对西方诗学之介入影响和中国本土诗学自身之调整转化的并行关注；其二，则是对超越于具体文本或事件的 20 世纪之"诗性／诗心"的感性认知。

宽泛地说，有些学者为文是"小处着眼，小处入手"，少数人则是"大处着眼，大处入手"；但得益于对宏观和微观的双重掌握，吴晓东教授的诗学研究似乎可以说是做到"大处着眼，小处入手"、对宏大问题举重若轻了。从写作时间上来看，收录于《二十世纪的诗心》一书中的各篇文章跨度颇大，却并不影响研究范畴和问题线索的清晰——《从"散文化"到"纯诗化"》开始的数篇延续着作者从《象征主义与中国现代文学》一书开始的思考，将"大处着眼"下的象征主义诗学和中国现代诗歌研究推向深入；从《李金发的诗学意义》到《戴望舒的古典意绪》是从"古典诗心"与"二十世纪诗心"的关系着眼，又将大的思考融入一个个对象，以"小处入手"的细部研究姿态来证明作者于《后记：诗心接千载》中所说的"现代作家与古典诗心的深刻共鸣"；②而作为全书开篇的文章《北岛论》和《王家新论》则应当视为作者在这种"诗心"观照下的、运用了不同研究视角的、对当代诗歌的判断和期盼。

我以为，在全书的选篇及编排上或有遗憾的地方，只在曾收录于《阳光与苦难》一书中的《汉民族的器皿：顾城的意义》、《诗人之死》、《永远的绝响》和《燕园诗踪》③这四篇文章。因为作者的这几篇早年文字更近于诗歌随笔，置于《北岛论》及《王家新论》这样质量颇重的论文之后，或许影响了整本论集的"密度"。但对于大多数读者而言，它们则毫无疑问是重要的：那是不穿长袍、不戴高帽的，具有最本真的"诗性／诗心"的文字——已经极少有批评者愿意以这种源自自身诗性体悟（而非外在判断性规则）的文字来谈论诗歌了。

① 经修改整理后由安徽教育出版社出版，吴晓东：《象征主义与中国现代文学》，安徽教育出版社 2000 年。

② 吴晓东：《后记：诗心接千载》，《二十世纪的诗心》，第 355 页。

③ 吴晓东：《阳光与苦难》，文汇出版社 1999 年。

毛尖在一篇题为《二十世纪感情备忘录》的短文中曾这样评价吴晓东的《漫读经典》一书："这个备忘录，因为其鲜明的中国胎记，也可以被视为吴晓东对中国感性世界的诗学整理。"① 这评价用在《二十世纪的诗心》一书上或许同样恰当，不仅因为其"鲜明的中国胎记"，更因其同时立足于"古典"与"现代"的"千载诗心"。

二、20 世纪的辩证诗学体系

同在北京大学中文系任教的诗人臧棣曾经说过：相比于"白话诗"、"现代诗"、"现代汉诗"这样的称谓，他更喜欢"新诗"这一命名，"特别看重这个命名所包含的差异性"。② 臧棣的表达事实上显露了诗歌写作者的某种自觉（或半自觉）偏重，其内容正是自 90 年代以来诗歌被过分强调的"本土性／中国性"和"汉语性／古典性"。这种偏重倾向有时是必要的，有时则几乎是必需的。因为，一旦我们开始谈论"现代白话诗歌"，就必然要面临作为语境的"现代"和"古典"之对立，现代的书写语言系统和古典的书写语言系统之对立，以及诗学意义上由西方决定的"现代"属性和由汉语本身决定的"本土"属性之对立；无论谈论"20 世纪汉语诗歌"的哪一阶段、哪些作家、哪种流派和倾向，对这些对立关系的处理（通常是迫不得已地）都会影响到论述的重心和判断的天平。与之相比，臧棣所喜爱的"新诗"一词则由于其"新"的"差异性"构成了对单一向度时间的偏重，这样既避免了西方诗学意义上的"现代"话语可能构成的过分压力，又可以独立于"新"之前的历史自成论述——把"旧"降为一段前史，或一个注脚。

但事实上，如果对照吴晓东在《二十世纪的诗心》一书中的诗学态度，就会发现大多数当代诗人都可能具有的这种"焦虑的逻辑"中存在某种核心悖论："汉语性／古典性"与"本土性／中国性"的问题并不是平行的，却经常被平行地论述。

在吴晓东的论述中，"汉语性／古典性"的问题是从新诗诞生之初便存在、且融于新诗最初二三十年的进程之中的，这在从《尺八的

① 毛尖：《二十世纪感情备忘录》，文集《这些年》，东方出版社 2010 年。
② 臧棣：《无焦虑写作——谈王敖：他的姿态，他的语感，他的意义》，《绝句与传奇诗》（王敖著）序言，《汉花园青年诗丛》，作家出版社 2007 年。

故事》到《戴望舒的古典意绪》等诸篇文章中皆可寻见；至于"本土性／中国性"的问题，以及由此引申开来的当代"伦理／政治／历史"问题，则迟至对 20 世纪 80 年代以来诗歌的研究中才逐渐显现，其代表便是《北岛论》和《王家新论》这两篇极具重量的长文，以及《关于"后新诗潮"的随想》等极具启示性的评论中。尽管作者本人并没有直接处理"汉语性／古典性"与"本土性／中国性"这样的定名，但从其文章的论说结构中确实可以感到：在历时语境下，对汉语诗歌的批评或许真的存在着某种"颠倒的发现"（正如柄谷行人对日本文学的论述），而吴晓东则通过对一个个案例的研究论述，将其还原。

"本土"或"中国"的发现并非完全源自对"异域"或"他国"的发现，这在吴晓东《"契合论"与中国现代诗歌》、《现代诗中的象征主义》等文中非常明显——"异域"及异域文本并不在汉语诗歌这里构成绝对的内／外对立，同时也渗入或启迪了作为主体的"新诗"。直到 80 年代后期，对"世界诗歌"这一"庞然大物"的发现及这发现触发的焦虑（这种焦虑在后来关于宇文所安《什么是世界诗歌》、柯雷《是何种中华性、又发生在谁的边缘》等文①的争论中达到了又一个顶点）才使得"汉语"的"汉语性"、"中国"的"中国性"等被凸显出来。在这种焦虑之下，"现代"和"古典"、"本土化／中国化"和"去汉语化／去中国化"才构成了尖锐的对立，——江弱水那篇引起巨大争议的《伪奥登风与非中国性：重估穆旦》②也就是在这种语境中才会写出的。

但是，20 世纪末的"汉语性／古典性"的再发现毕竟决定了其意义、其重心与 20 世纪二三十年代的分别。吴晓东在《理解诗歌的形式要素》中谈论现代诗的"韵律"、"意象性"等问题时采用了偏古典的印象式读解方式，而在处理北岛、王家新等诗人时则更多地取用"书写的零散化"、"历史的主体性"、"伦理与美学"等当代的文本构建理论。这并不仅仅是方法论上的选择，更有着对 20 世纪汉语诗学的历时性变化的洞察。

我以为，《二十世纪的诗心》一书中最具体地言说出吴晓东诗学（同时作为历史的／本源的／纵观的诗学）观念的，不只是《北岛论》

---

①《新诗评论》2006 年第 1 辑（总第 3 辑），北京大学出版社。
②《外国文学评论》，2002 年第 3 期。

《王家新论》等那些篇幅较重的、处理具体作家作品的论述，还包括《汉语诗学的期待》这样的短文。在这短短的文章中，作者回顾了20世纪汉语诗歌的既有轨迹，并对建立"现代汉语诗学的体系"的现状及前景做出了判断：

> 突出"汉语"的字样企图强调20世纪中国诗歌所凭借的语言媒介毕竟是汉民族语言，因此，现代诗学的基本属性自然隐含在汉语言的某些本质之中，是无法单纯地套用西方诗学体系所能解释清楚的……对"现代汉语诗学"中"现代"两字的凸显，则是有意与古典诗歌划清界限。①

这判断清晰、精确、充满对诗歌史和20世纪汉语诗歌本质的洞见，——但却不是所有处理现代汉语诗歌的人都能够或愿意说出的。大多数诗人都会因为自己介入其间的身份而有选择地规避，评论家亦然。无论对于读者还是批评界，能像吴晓东教授一般自然而警觉地走入诗歌的宫殿，宣读诗心的人，都是太过稀缺了。

三、诗心，或诗的原质

吴晓东在《二十世纪的诗心：林庚》一文中曾这样说道："对诗的原质的关注，构成了林庚诗歌理论的重要内容。"②我以为，将这句话改写一下是仍然适用，且是非常恰当的：

> 对诗的原质的关注，构成了吴晓东诗歌评论与诗歌史研究的重要内容。

如果说张枣等人在"元诗"结构属性及主体属性的探讨③上已经走得比较深入了，那么"诗的原质"属性则是当代诗歌批评中被较少论述的一环：似乎所有人都默认了这一属性的不言自明，或者默认其无法

---

① 吴晓东：《二十世纪的诗心——中国新诗论集》，第109-110页。
② 吴晓东：《二十世纪的诗心——中国新诗论集》，第287页。
③ 张枣：《朝向语言风景的危险旅行——当代中国诗歌的元诗结构和写者姿态》等，陈超编《最新先锋诗论选》，河北教育出版社2003年。

统一的个体性差异所造成的难以言谈。也即是说："元诗"可以通过诗歌文本本身对诗歌自己发言，谈论"诗的原质"却可能造成每个个体进行外部判断的优先权，并导致结论的不稳定。

可事实上，当我们说诗歌是"一种高级的古老艺术"或者诗歌是"对世界和世界创造者的命名"时，都是在言说"诗的原质"属性。只不过，出于常常会发生的、对西方诗学体系的简单套用（正如吴晓东所指出的那样），批评家们会立刻自觉地将这些判断拆解——最通常的情况是拆分给语言学／符号学、接受美学、历史和地域文化研究。这些拆分当然不能说是全然无效的，但它们必须由一种整合性的、规定了论述主体之声音出发点的范畴（在吴晓东这里就是"诗的原质"）来限定合法的疆域。

举个简单的例子，吴晓东在论述王家新之于 90 年代诗歌的特殊身份／姿态时说："他既在断续的异域生活经历中获得了反思本土的视野，又与故土之间有一种血脉相连的感同身受性。也正是在这个意义上，王家新与北岛一类真正的流亡者构成了区隔……"[1] 做出差异化的判断并不难，但是将差异放置在对地域、对语言、对主体认同等的综合限定之内，却绝不那么容易。在这里，诗歌的"本土性／中国性"似乎构成了论说北岛与王家新的基础，可正如之前曾讨论过的——这种性质是在 20 世纪末对"汉语性／古典性"的再发现基础上才构成了自身的完整意义，如果不能考虑到这一点，对吴晓东之"诗的原质"的判断就会出现偏差。

若不惮极端，我以为可以这样表述：吴晓东教授所谓的"诗的原质"（不只是林庚的"诗的原质"），是一种基于感性经验的、贯通现代与古典的、审美意义上的存在论属性。《后记：诗心接千载》所描述的对古典诗歌的共鸣无疑是令人惊异的，因为已经绝少有人能在解读现代诗歌的同时远离"现代的对抗性焦虑"，那种强自求"异"的焦虑。毕竟对任何从事文学研究——特别是现代诗歌研究——的学者而言，谈论"异"总比谈论"同"要简单。可是，诗的美感属性真的曾在现代与古典之间发生全然的断裂么？"诗的原质"真的与千载之前构成了那么多的"异"么？

在《关于"后新诗潮"的随想》一文中，吴晓东曾这样描述"诗

---

① 吴晓东：《二十世纪的诗心——中国新诗论集》，第 36 页。

性"——也即"诗的原质"在感性存在层面上的意义：

> 它使人们原本并无目的和意义的生存有了目的和意义，从而对虚无的人类构成了莫大的慰藉，正像暗夜行路的孤独旅人从远方的一星灯火中感受到的温暖一样。这就是存在的"诗性"之灯。①

我谨望以此段引文，来做这篇短评的收束。

---

① 吴晓东：《二十世纪的诗心——中国新诗论集》，第 105 页。

向无边的诗歌世界敞开

——张清华《猜测上帝的诗学》简评

◇ 王士强

　　仅就作为文学评论家的身份而言，张清华也堪称"多面手"，他不但从事宏观的文学思潮研究，而且同时从事小说与诗歌的评论、研究，在当今的文学评论界，横跨这几个领域并且都达到了较高水准的应该说为数并不多。这里并不打算从整体上探讨张清华的文学评论，而仅以其新近出版的诗歌批评文集《猜测上帝的诗学》（北京大学出版社 2010 年版）为对象，考察他在诗歌批评方面的特色。

　　诗歌批评是对于诗歌的勘探、测量、描述、鉴别，实际上它即使不是比诗歌写作更难的话，至少也并不容易。好的诗歌批评，应该站在至少与诗歌作者、诗歌作品同等的精神高度，具有相近的精神结构，才能够做出有见地的发现和有价值的判断。读张清华的《猜测上帝的诗学》，一个突出的感觉是他的诗歌批评是一种"敞开"的批评，这种敞开既是向诗歌"边界"的敞开，又是向诗歌"高度"的敞开；既是向个体、向内心的敞开，又是向公共生活的敞开；既是向当下的敞开，又是向终极、向永恒的敞开；既是向艺术创造和想象力的敞开，又是向艺术责任、写作伦理的敞开……在我看来，我们至少可以从三个方面来对这种"敞开"特质进行观照：其一，诗歌向生命、向"人"的敞开，体现为其生命诗学和人本诗学的诗学观念；其二，诗歌向艺术本体、向艺术探索性和创造性的敞开，体现为其对当代先锋诗歌坚持不懈的追踪与发掘、不遗余力的倡导和扶持；其三，诗歌向时代生活、向生存"现实感"的敞开，体现为其对近年诗歌写作中"中产阶级趣味"的批评和对"底层生存写作"的声援、对"写作伦理"的强调等。

　　在怎样的层次上"理解诗歌"，便决定了在怎样的境界上谈论诗歌，在张清华这里，他认为诗歌在最终极的意义上应该是与个体的生命、与其人格实践相统一的，也便是他一直所强调的生命诗学和人本诗学。在这本书的代序《猜测上帝的诗学》中他指出："一切平常的诗人，都只是用手、纸和笔来完成他们的作品，而伟大的和重要的诗人则是'身体写作'——是用他的生命和人格实践来完成写作。"诗歌应该是对于生命本身的蠡测、致敬和对话，两者之间在根本上是统一的，不能上升到生命与人格层面的诗歌，终究不可能达到高的境界，也很难具有感人的魅力和无尽的生发可能。诗歌是如此的一步而达到了"根本"，因而与自身所处的现实总是不合拍的、异质性的，它是属于彼岸、远方和理想的，由于这样一种紧张和错位的关系，所以诗人往往"命苦"，在承受精神磨难的同时，大多还要承受现实生活中的困厄、失败、磨折，"所以优秀的诗人大都是悲剧的命运，因为他用生命承担了那些理想性的东西，他因为谦卑、软弱、逆风而动和必然的牺牲而使人尊敬"（《读诗，或连续的片段》）。不过，这里面也有一种"辩证法"，正所谓"失之东隅，收之桑榆"，他论述道："一个诗人承受命运的多少打击，艺术就返还给他多少；相反，他从仕途经济中获得多少，艺术最终就从他那儿拿走多少，历史上这样的例子太多了，即便是放在同一个人身上也是如此：当他置身逆境之中时，他的作品也就越现出高迈的思想与艺术品质，反之则会走向萎靡和衰退。"（《猜测上帝的诗学》）这是对于诗人、诗歌本质的一种非常深刻的理解，也能够揭示出优秀的诗歌之所以穿越时空、历久弥新的奥秘所在：因为其中体现和贯穿了人的命运感，其对于生命的礼赞与热爱，其面对宿命的不屈与抗争……而这，是所有人都要面对的、最具普遍性的问题与难题。

这种生命本体的诗学观其重点并不在于悲剧性命运的揭示，而在于对写作中生命参与和灵魂介入的强调，如张清华《在苍穹下沿着荷尔德林的足迹》中所说："任何人在本质上都是常人，只不过优秀的艺术家能够更直接和勇敢地面对自己的内心世界，有更多的精神斗争与内心的风暴罢了。这风暴当然会将诗人带入危险，加强他生命中深渊与自毁的倾向，但正是这危险的体验又再度激起他追逐光明的激情与力量。"只有写作者的生命、灵魂参与了诗歌，诗才能获得它自身的生命、灵魂，才能够真正站立起来，走得更远。因而，诗歌不只是一门手艺、技艺（虽然包含手艺、技艺的成分），不只是一种语言景观（虽然其中语言的创造性不可或缺），诗歌是对人的关怀，是与人的生命、与人本身息息相关的一种东西。应该说，这是对于诗歌人文属性的一种揭示，在张清华的诗歌批评中，他从未放弃、放松这种对于诗歌人文属性的强调与重视，这属于他诗歌观念的"根基"与"质核"，不一定处处彰显，但实际上无处不在、不可动摇。

与其生命诗学、人本诗学观念相一致，张清华所关注和研究的诗歌一直是最为强调艺术性、独立性、探索性、创造性的当代先锋诗歌，可以说他是新时期以来新潮诗歌、先锋诗歌的亲历者、见证者和参与者，他对于诗歌先锋性（最主要的是思想上的前卫性和艺术上的创新性）的强调和推崇是从来没有放松过的。在"诗之为诗"，或者说诗歌自身的规定性方面——语言、技艺、表达方式、价值取向、美学特色等——他是一直站在"诗"的立场，从不动摇、一以贯之的，他也参与了近20年来几乎所有重要的诗歌话题的讨论。于此，张清华的感觉是敏锐的，同时又颇多见地，这也体现了他作为"诗人"与"学者"双重身份的结合。尤为值得一提的是，他多年来对"民间诗歌"的重视和扶掖，他对于"主流"之外的年轻诗人、民间诗人、民间诗刊、网络诗歌关注颇多，在这方面做了大量工作。如他为春风文艺出版社编选的年度诗选自2001年开始到现在已有10年，这一选本最大的特色是从大量的诗歌民刊中选取作品，每年都有为数不少的"民间诗人"和年轻诗人被选入，而很多的民刊也由此受到更多关注，这样的工作自然是功莫大焉的。张清华对于诗歌民刊的关注是长期而持久的，他为《上海文学》杂志主持的"当代诗歌的民间版图"专栏，也为民刊这一当代诗歌发展重要力量的"浮出地表"甚至"经典化"做了非常有益的工作。"好诗在民间"（韩东语），对民间诗歌的关注本身便体现了一种价值观和审美取向，以及对于艺术本身的坚持。在诗歌批评实践中，张清华的视野是开阔的，思想是开放性的，趣味是包容性的，他有原则，有坚持，而又并非自我封闭、执于一端的，有着自身的灵活性与调试能力。

而在诗歌的时代性、现实感、及物性方面，面对当下飞速变化、矛盾重重的社会现实，面对当今诗歌中脱离现实、自我陶醉、凌空蹈虚的写作趋向，张清华所作出的批评更为引人深思。这方面他对"底层写作"的声援、对"写作伦理"的强调、对"中产阶级趣味"的批评，其内在是一致的，那便是诗歌对时代生活、对生存现实的担当。诗歌与现实的关系历来是一个聚讼纷纭的话题，诗歌太靠近现实，甚至诗歌为政治服务是中国新诗诞生以来一直存在的弊病之一，它所产生的负面影响到今天也没有得到认真的清理。但同时存在的一个问题是，矫枉过正，当今的许多诗歌写作与生存于其中的社会现实产生了"断档"，完

书

评

331

全脱离了干系，诗歌仅仅与"个人"有关，成了写作者的自我抚摸、自我把玩、自我欣赏，如张清华所概括的："中产阶级的趣味是以对于严肃文化的庸俗化来完成的，它没有始终如一的固定形态，游戏化、制造和追逐时髦、完成对现实的妥协、以腐化和享乐主义为意趣的叙述，是其重要的特征。"（《我们时代的中产阶级趣味》）这样的写作在表面看来很"高雅"很"纯粹"，但内在却是苍白、委靡和平庸的，缺乏对社会现实的正视和对社会公平、正义的追求，缺乏精神上的勇气与自我反思能力，虽然不能说毫无意义，但其意义确是不大的。同样的现实与文化逻辑，"底层写作"、"打工诗歌"写作现象的出现，这里面主要体现了一种直面现实、直面内心的精神，如张清华所概括的："（打工诗歌）给我们当代诗歌写作中的委靡之气带来了一丝冲击，也因此给当代诗人的社会良知与'知识分子性'的幸存提供了一丝佐证。在这一点上，说他们延续了一个真正的现实主义的写作精神也许并不为过。"（《"底层生存写作"与我们时代的写作伦理》）应该说这两个问题都触及了当今诗歌的"痛处"和最敏感的神经，是有现实针对性和理论意义的。但是，由于"中产阶级趣味"表面上的"艺术性"、"专业性"，它成了一个隐在或次要的问题，同时"底层写作"、"打工诗歌"也容易让人想起诗歌与现实相捆绑的历史，因而，这两个问题都遭受了无意或有意的误读，产生了一些争议、分歧。具体的论争观点在此略而不论，就当下的写作语境而言，我认为这两个问题的提出可谓切中肯綮，是发人深省、有价值的，因为它回答了当今时代"诗歌何为"、"诗人何为"的问题。"在贫乏的时代里，诗人何为"，这并非一个过时的话题，对我们时代而言它仍然是直接而尖锐的，远未得到解决。

《猜测上帝的诗学》封底有这样一段话："上帝是不能猜测的，能猜测的，不过是走过的路、读过的书，能带我们走多远、多高，离上帝多近。"同样，我们也许可以说：诗歌也是难以说尽、不可企及的，而我们能够做的，不过是我们的阅历、经历，我们的悟性、智慧，能够带领我们走多远、多高，离诗歌有多近。

——在这个意义上，张清华及其《猜测上帝的诗学》所作的工作，便是对于真正的诗歌以及"上帝的诗学"的崇高致敬。

重绘与重释的意义与可能：《现代诗的再出发——中国四十年代现代主义诗潮新探》述评

◇ 艾江涛

　　重写文学史，作为激活现代文学研究的一种内在动力，伴随着时代精神与学术风气的转换，曾经一度成为现代文学研究界的"事件"。而当现代文学研究尤其是新诗研究已基本建立起自身历史的完整表述，形成以"流派研究为框架，以语言、形式、观念问题为核心，以中西融合的现代追求为理想"的主导性研究范式时，重写诗歌史的动因何在，可能性又有多少？张松建的这本《现代诗的再出发——中国四十年代现代主义诗潮新探》为我们做出了回应。如果说改弦易辙的大举重写已不可能，也不必要，那么出于对目前学界所勾勒的 40 年代现代主义诗歌版图的不满，在新材料发掘基础上做出的重绘，新的研究视野与方法下做出的重释，便显得扎实而新颖。该书在"重建现代主义历史叙事"的同时，也以其穿梭于"历史、政治、文化、意识形态"等交叉语境、注重文本、观念与历史间互动的文化研究思路，为我们带来研究方法上的某种启示与示范。

　　重绘诗歌史地图，必然意味着对以往诗歌史忽略的作品与史料进行发掘与价值重估。正如导论所言，该书的写作缘自作者在对 40 年代文学期刊的大量阅读后，发现彼时现代主义诗歌的创作蔚为壮观，远非目前学界认同的"九叶诗派"所能涵盖，"至少还应该包括平津地区的吴兴华、沈宝基，上海的路易士，移居香港和桂林的鸥外鸥，西南联大的王佐良、罗寄一，离散法国的罗大冈，中法大学的叶汝琏和王道乾，等等"。以一种回溯的眼光来看，他们的创作各有风姿，同样是现代主义诗歌的杰作。出于"重绘现代主义诗歌地图"的雄心，张松建并未回避"何谓现代主义诗歌"的定义之争，冒着滑入本质主义的危险，用一章篇幅为我们厘清有关"现代"、"现代性"、"现代主义"

的知识叙述，经由对艾略特、奥登、里尔克、波德莱尔等现代主义诗歌大家在中国译介传播、接受的个案分析后，得出"中国现代主义诗歌"的定义："指的是与现实主义诗歌、浪漫主义诗歌相对立的一种流派或风格，它的起源和壮大受到西方现代主义诗歌的启发以及中国社会／文化语境的刺激，在有关诗的本质、诗的功能、诗的阅读、诗的本体论、诗的批评等各个层面上都有一套独特的看法。"这一定义更多地被理解为"一个先锋性的文学流派，一种新颖的创作原则"、"一种文化诊断与审美感受的结合体"。而将这些散布在 40 年代现代主义诗歌地图散点上的诗人联合起来，进而形成一种诗潮的关键在于，他们分享了"态度与立场上的同一性"，那就是另类于时代主潮的立场、姿态和取向。呈现在文本之中，则可以从"主体性的分裂、反讽的强化、语言口语化与悖论性、张力追求、新感性的发现、跨文体实验"六个层面得以展开。

支撑中国 40 年代现代主义诗潮论述成立的因素，还有更为活跃丰盛的诗学表达。它们表现为克服"现代派"以来新诗现代性危机的努力、对大众化诗学近乎专断的"组织行为学"的抵制，主张"从灵感转向技艺，由情感转向经验，从华美脆弱的诗质营造转向对于包容了复杂的、异质因素的诗境寻求，从个人的内在世界的遐想转向对于公众世界的变化与问题的思考"。有了上述在丰富材料基础上得出的精彩论断，40 年代现代主义诗潮俨然露出了比较清晰的面貌，尽管在作者下笔谨慎的分析中，这一图景更多呈现为"诸多话语之间进行竞争与妥协的潜流与漩涡，以及社会现实与诗歌观念不断互动的踪迹"。而接下来用五章篇幅展开的对 13 位现代主义诗人各有侧重、相对独立的个案解读，与其说是将地图上的各个节点打通，毋宁说是作者持有开阔学术视野、手握文化研究的锋利手术刀，所进行的一次酣畅淋漓的诗歌批评实践。

正是这些细部的分析，为我们展示了重释诗歌史节点在方法论与操作层面的各种可能性。在一组关于现代都市题材书写的叙述中，作者将诗人对都市的一种现代主义的体察作为论述焦点，结合诗人的生活经验与文本写作，在各具特色的分析中，同时结合西方的现代主义诗歌典范作出辨析。其中，"陈敬容、唐祈、杭约赫把进化论意念与乌托邦愿景纳入对半殖民地都市的描述中，……鸥外鸥呼应唐祈和杭约赫的都市书写，凸显人们对殖民地都市的集体记忆"。对郑敏、冯至、叶汝琏、穆旦、罗寄一、杜运燮、袁可嘉、王佐良、吴兴华等诗人的分析，或落脚对日常经验的提升，或注目对历史的整体理解，或针对个人化的历史想象，不一而足，精彩纷呈。而这些主题又被作者用"历史认知"、"日常经验"与"乌托邦幻觉"进行勾连，共同放置在"抗日战争与国共内战的历史背景，知识左翼扩大化的局面，文艺大众化论战，以及西方现代主义诗歌典范"四个参照系中，形成某种统一性。

重绘或者重释，还体现在作者对某些诗歌史习见的论题的刷新与辨析中。比如对于40年代诗歌中"感伤"话语的分析，在作者看来，至少包含了两层互相联系但不完全重合的含义，其一是指称一种生活经验或文学经验中的单薄脆弱，甚至有"病态"嫌疑的个人主义情绪，其二则是指认一种直线倾泻而不加节制的情绪反应，一种缺乏艺术裁剪的说教倾向。区分的重要意义在于，"大众化诗人看重作家从个人主义过渡到崇高感情的'身份识别'的意义，而现代主义评论家则关注硬朗的语言质地和反抒情主义的智性品格"。如果不了解二者的内在差异，便无法真正理解40年代新诗理论中关于"感伤"论争的核心所在。

或许本书作者对于40年代这个异常丰富、动荡不安的时代给予厚爱，又或者本书仍是作者更为宏大的研究计划的一个"前奏曲"，作为一部并非严格意义上的新诗"断代史"，本书的兴趣更在于勾勒和绘制一幅关于中国现代主义诗歌的40年代切片，而不志于从动力学的角度去讲述一部完整的中国现代主义诗歌的身世。其实，在不少新诗研究者那里，采取某种特定的叙事策略，从现代主义诗歌变化、不连续的演化中，建立起内在线索，并将其串联成一个富有逻辑的完整叙述的冲动不时涌现。本书作者也由此规避了这种将"现代主义"抽象成某种价值符号的非历史化倾向。本书叙述中的"现代主义"图景虽然出于权宜，预设了一种现代主义诗歌的标准，但因其内涵丰富，着眼点又落在诗人的态度与立场上，因而并没有形成某种本质化的抽离。而在充满诗史互动的具体展开中，新的创作技巧、新的诗感、新的诗歌主体以及在特定历史境遇下现代主义诗歌题材的中国变形记，都被整合到新版地图之中，整个分析显得立体饱满，令人信服。

可以商榷的是，尽管本文作者在考察40年代中国的现代主义诗歌时，采取了四个参照系，只是一旦落实到具体的诗作分析，仍会忍不住将西方现代主义诗歌整体化，通过与这样一个抽象的"他者"的辨析来确立自身身份的特殊性，正如一位论者所言，"这种对身份的特殊性

335

的非批判性追寻，也可能恰恰掩饰了对普遍性更深层次的屈从"。[①] 此外，在本书后半部分诗人个案服膺于"现代主义诗歌"整体框架的分析中，虽然作者一路施展的"拈花指法"犀利准确，令人心折，但有些地方仍不免有画地为牢之感，如在对陈敬容的分析中，作者也称"当然，这种感伤自恋情绪的耽溺也削弱了向深度和强度拓展的可能性，很可能还为陈敬容之现代主义的'身份识别'带来困难"。可以发问的是，如何处理所列诗人中那些不够现代的作品？如果循此逻辑，这一地图是否需要再度扩充，如"七月派"绿原等人是否也应进来，至少"九叶派"的诗评家唐湜就曾说过："绿原他们的果敢的进取……不自觉地走向了诗的现代化的道路。"[②]

---

① 姜涛：《"中国式"的现代主义诗歌：该如何讲述自己的"身世"》，载《新诗评论》，第 67 页，2006 年第 1 辑。

② 唐湜：《诗的新生代》，见《绿原研究资料》，河南大学出版社 1991 年，第 190 页。

从独特的视点上打量新诗

——评张立群《20世纪中国新诗与政治文化》①

◇ 张德明

自 20 世纪 90 年代中后期至今，随着"朦胧诗"和第三代诗歌热潮的退场，新诗创作逐渐进入了冷寂的阶段，与此同时，对新诗加以质疑和责难的声音则持续高涨，从诗人到学者再到普通读众，不少人都对近百年中国新诗创作成绩的微薄和审美内涵的贫弱表达了自己的不满之情。人们对新诗的苛求和非议，自然也是文学评价的一种方式，不过这种评价方式对新诗发展所能起到的积极作用和有益启示实在是相当有限。对于有着不足百年历史的中国新诗来说，与其频频地责怪它"怎么会是这个样子"，不如理性地去思考它"为什么是这样的"，也就是说，与其面对艺术性稍显不足的新诗文本长吁短叹，不如沉入历史的烟云之中搜寻它在过去岁月所走过的艰难旅程，对它的历史构成的内因与外因进行客观的、科学的分析，这样才更有利于它在新世纪更稳健地前行和快步地发展。在这样的意义上，张立群博士的学术专著《20世纪中国新诗与政治文化》就显示了它突出的学术意义与理论价值，该著从"政治文化"的特定视角上仔细清理和考辨一个世纪以来政治文化对中国新诗历史构成所产生的影响和制约作用，为我们了解中国新诗现实形态背后所藏蕴的历史根源提供了系统的阐释和论证。

近百年新诗与政治之间存有相当纠结与错综的关系，这是文学史上不争的事实，不过，将中国新诗放在"政治文化"的视镜上来观览和考量，其操作难度显然不小，牵涉的内容可谓千丝万缕，要理清其间的层次和意义关系实属不易。这是因为，无论"政治"还是"文化"，其指涉的意义都极为繁复，似乎很难用一语来恰当圈定，再把二者缀接一起成"政治文化"，其含有的意义容量之丰足就可想而知了。立群不畏

① 《20 世纪中国新诗与政治文化》，张立群著，辽海出版社 2010 年 6 月版。

书

评

困难，敢于迎难而上，勇气自然可嘉。通览全著不难得知，立群从"政治文化"视角审视中国新诗的学术举动并不是一时冲动或者只打算粗略而为之的，而是一开始就打定着费尽精气、苦心经营的主意。从篇章设置来看，论者既有从外部研究入手，对新诗历史构成的复杂政治文化原因的细致清理和透辟阐述，也有立足于内部研究，将诗歌的文本形态和诗人的人格命运作政治文化意义上的读解，同时还论及新诗与中外文学传统的关系，以及新诗传播中所隐含的政治文化深意，种种论述都紧扣"政治文化"的外部力量来展开，在新诗与历史、诗人与时代、政治与审美等多重关系中展开极为精细的探寻、清查与思辨，从而使得"政治文化"影响下的中国新诗的具体形貌较为逼真地呈现出来。

尤为可贵的是，对新诗历史构成的学理考察，著者没有根据"政治文化"与文学审美之间必然存在的巨大冲突这一基本认识，对近百年来整体水准不高、艺术素质薄弱的中国新诗简单地加以讨伐和否定，而是秉承"同情之理解"的历史意识和客观态度，将新诗之由来中始终不离左右的政治文化因素充分彰显和理性看待。在著作中，论者指出："20世纪中国社会长期处于非整合意义的结构形态，不但使新诗在承担自身以外的现实使命中呈现复杂而独特的表现形态，而且还使其在发展过程中常常面临外部力量的挤压，而所谓新诗的历史就是在这样一种情境中曲折地展开的。"毫无疑问，新诗是历史选择的必然产物，其中理当笼聚着这一文学形式诞生之初的政治、历史与文化的诸多势力，所谓新诗的现实样态，其实是这诸多势力博弈后的最终结果。著者首先将新诗放在"传统"与"现代"纠缠的历史场景中，考察新诗出场与晚清文学创作的关系、近代中国的现代性遭遇引发的诗歌观念的更变等；继而又从"文学革命"中追踪新诗身影初现时的历史机缘；而后又探讨新诗的价值取向和读者预设，以及新诗现代化进程中与社会文化之间的磨合关系，上述这些探讨既从历时的层面透视了新诗从出生到成长的外部环境和复杂原因，也紧扣"政治文化"这个重要观照点来窥探新诗的内在隐秘，在新诗的起点处将这一文学样式自诞生之初就与中国政治文化纠结在一起的历史事实进行了较为准确的揭示与阐发。

对于新诗创作如何受"政治文化"因素的牵制，这个话题以往有很多人都论述过，不过人们谈论这个话题时，往往都显得语焉不详，让人莫名其妙。立群从"价值与理想"的角度切入，通过探讨新诗写作的"价值标准"、"理想追求"、"观念表达"等方面的内容，对新诗创作中出现的"政治文化化"情形作了精彩展示。论著抓住"集体意识"、"国家想象"等宏大命题来观照新诗创作的价值期许和理想选择，对《女神》、《王贵与李香香》以及其他左翼诗歌和"诗歌大众化"等现象的分析都极为到位。不过，新诗创作中的"政治文化化"，似乎并不止于"集体意识"、"国家想象"等几类，也许还有很多别的表现形态，在近百年中国新诗的文本形式中，除了这些用极为显在的方式凸显宏大政治主题的诗作之外，那些表面看来是在书写个人心灵隐秘的诗歌作品，比如何其芳《预言》、戴望舒《雨巷》、卞之琳《断章》等，深究起来也何尝不是折射着某种"政治文化"内涵呢？依我所见，如果论者能将这些考虑进去，另辟一节论述个性化突出的诗歌写作与政治文化的关系，可能会更全面些。自然，这样处理会带来另外的烦难，即对"政治文化"一语的不同理解和阐释问题。著作中对于"新民歌运动"的分析，是具有相当突出的典型意义的，"新民歌运动"所带动的全民作诗热潮，正是中国新诗与"政治文化"发生重要关系的最为鲜明的例证。论著指出："1958 年'新民歌运动'所包含的问题，则是以一次自上而下的'政治'弥合了自新诗诞生起，就不断产生的'形式论争'。"论者将"新民歌运动"的实质，归结到中国新诗中的"新诗论争"，可以说是抓到了问题的要害，也为我们重新审视和理解这段特殊的诗歌历史提供了新的诠释。

中国新诗与政治文化之间始终保有的纠缠不清的关系，促使近百年来几乎所有的诗人，无论在自我的人生历程还是诗歌创作之中，无时无处不受政治文化的牵累和笼罩。从诗人的角度来解析 20 世纪中国新诗与政治文化的关系，因此成了一个非常重要的切入点。在立群的论著中，对诗人与政治关系的阐释，是论述最为详尽、剖析最为充分的章节，这在一定程度上也应验了 20 世纪中国诗人与政治文化之间须臾不可离分的客观史实。虽然近百年来中国诗人无不受到了政治文化的影响，但是诗人受影响的程度却是因人而异，大小不同的，因此，阐释中国诗人与政治文化的关系，选取的个案是否具有典型性就显得至为关键了。在论著中，立群选择了郭沫若、何其芳、穆旦、郭小川"现代派"诸诗人等作为阐释对象，以此来管窥近百年来政治文化如何影响和制约了中国诗人的诗歌创作，中国诗人又如何来适应或者抗御外来的政治文化重压等，这些案例的选择所具有的代表性是毋庸置疑的。在上述这些案例中，郭沫若、何其芳、郭小川与政治文化的显在关系，已为不少论者所关注和分析，而穆旦与"现代派"诗人同"政治文化"的关系，此前论及甚少，因此在我看来该著对此中关系的揭示，意义更为重大。对穆旦与政治文化的关系，该著以"时代境遇中的'自我'分裂与隐失"为着眼点，分析诗人穆旦在不同历史时期的创作情态和文本内涵，将一个具有丰富的心灵世界和波折的人生经历的诗人个体放置在"政治文化"的话语区域中来重新考察，这无论对我们深入理解政治文化与诗人创作之间的互动关系，还是准确洞察穆旦诗歌创作与个体生存间的内在联络来说，都是极有助益的。

"政治抒情诗"不只是 20 世纪五六十年代中国新诗的主体形态，更可以看作近百年来左翼诗歌创作所呈现出的共同的审美选择，而这种诗歌形式与政治文化之间的密切关系是显而易见的，思考 20 世纪中国新诗与政治文化的关系，"政治抒情诗"自然是一个必须重点阐发的文学对象。不过，由于政治抒情诗在很长一段时间里占据着中国诗歌的主流地位，它所造成的影响力太过突出，而其负面意义已被人们充分地认识，以至今天人们一谈起"政治抒情诗"，就有某种本能的厌烦和抵触情绪，这在一定意义上反而阻碍了我们对此种诗歌形态的理性烛照和客观评价。立群对"政治抒情诗"的阐述角度是别致的，所得出的结论也显得客观、公允和富于创见性。他将"政治抒情诗"放在与世界互动的诗艺选择的向度上来论评，指出这种诗歌形式至少从两个方面为我们提出了课题：一是如何继承本土化的写作资源；二是如何借鉴、吸纳外来的文化，并最终以"政治"和"抒情"的方式予以命名。在随后的剖析中，论者既探讨了"政治抒情诗"与俄苏文学的关系，又阐释了作为新诗传统的左翼文学思想在当代中国的承续和发展，论者最后指出："政治抒情诗势必还要继续在一定的范围内书写下去并扩大自己的范围。然而，作为一种极为独特的政治性诗体，政治抒情诗毕竟只能属于某一特定历史时期的诗歌概念，或者说是某种政治文化观念为主潮的语境下的一种独特的创作，它是通过诗歌借鉴并最终表现了观念借鉴超越创作实践的一种写作，而最终为文学史上的一个特殊概念，除了源自'政治'本身在社会生活中不断发生变化，还反映了政治与诗歌势力强弱对比的过程中，包括诗人创作心理在内遭遇政治制约以及自省后对诗歌艺术的自觉意识与要求。"这一段话没有对"政治抒情诗"作简单的褒贬，而是努力还原这种诗体的历史真相，从中可以看出论者对新诗历史的尊重和求实态度。

此外，论著中对诗歌传播中所体现出的政治文化内涵，对"延安诗歌"这个区域诗歌形态所具有的政治文化特色，都作了较为系统和准确的分析，立体而全面地揭示了政治文化对20世纪中国新诗所造成的影响和辐射。从"政治文化"视点上打量新诗，可以解答很多与中国新诗有关的疑难，比如为什么"纯诗"的诗学主张没能在中国大地上生根开花，为什么在中国诗人那里，即便再个性化的写作总是会与时代、社会和集体之间达成某种共振和应合关系，为什么每当中国遇到灾情和变故的时候，总是新诗创作最为活跃和繁兴的时刻，等等，这足以证明这个选题所具有的理论价值。不过话说回来，由于"政治文化"自身包含的话语空间无限广博，这使得几乎所有论及新诗的内容都可以往这个话题上框套，因此选择"政治文化"视角来重审新诗的历史成因，可能潜藏着容易泛化和浅尝辄止的理论困局。自然，从另外的角度而言，"政治文化"视点所拥有的丰富理论潜能，也为著者在这一理路上继续拓进预留了足够的地盘，保证了他以后的诗学研究将有着难以穷尽的工作，著者此后更为精彩和丰富的理论言说，便是可以预期的了。

书

评

《诗人　翻译家　曹葆华》
（诗歌卷、史料／评论卷）正式出版

◇何　刚

　　《诗人　翻译家　曹葆华》（诗歌卷、史料／评论卷）于 2010 年 1 月由上海书店出版社正式出版。

　　《诗人　翻译家　曹葆华》包括乐山籍现代诗人、翻译家曹葆华诗歌作品和研究资料两大卷，其中《诗歌卷》（陈俐、陈晓春主编）汇编了曹葆华 20 世纪三四十年代出版的诗集《寄诗魂》（1930）、《落日颂》（1932）、《灵焰》（1932）、《无题草》（1937）、《生产之歌》（延安）共五本诗集。除了《灵焰》在 90 年代再版外，其他诗集 30 年代初版后，一直没有再版。特别是《生产之歌》是作者在延安写成并亲自编辑，由于战争等方面的原因，没有正式出版，编者在搜集过程中首次发现《生产诗歌》手稿全貌，这次根据诗集手稿编入其中。此外，还将他在民国时期散见于全国各地报刊的近百首散佚诗歌（未辑入诗集）集成"集外辑诗"编入。

　　为了让读者比较清楚地把握曹葆华诗歌的传播过程及范围，编者尽量按最初发表在报纸杂志及诗集出版原貌编入。同时还梳理出《曹葆华诗歌创作年表》，对每一首诗歌原载出处及收入作者诗集的情况一一列出。而有些收入诗集时经作者修改处理后有较大出入的诗，编者尽量补录了原诗附于后，以便读者比较。更为难得的是，经过努力，编者还搜集到曹葆华在民国时期散见于全国各地报纸杂志，而诗人也没有编入任何诗集的 69 首诗歌，按时间顺序将其集成"集外辑诗"。经过这些努力，《诗人　翻译家　曹葆华·诗歌卷》成为目前所发现的曹葆华所有的诗歌作品的最完整汇编本。本书由北京大学著名学者孙玉石教授作序。

　　《史料·评论卷》（陈晓春、陈俐主编）由乐山市政协学习宣传文史委员会与四川郭沫若研究中心合作编选，此卷共搜集 20 世纪 30 年代至现在关于曹葆华的书信、生平事迹介绍、作品评论等重要研究资料；同时首次编入关于他的诗歌创作及文艺理论、马列著作翻译的详细译著目录（编者搜集、整理）。除了首次编入关于曹葆华的诗歌创作及文艺理论、马列著作翻译的详细译著目录之外，《史料·评论卷》汇集了自20世纪30年代至今关于曹葆华书信、生平事迹介绍、作品评论等重要研究资料。其中搜集到当时的多位文化名人，如朱湘、徐志摩、闻一多、巴金、蒋南翔、梅贻琦等，同曹葆华交往的书信11封。还收录了曾和曹葆华一起生活和工作的亲友、同事的回忆文章和学者的生平研究文章14篇，例如巴金的《一颗红心——悼念曹葆华同志》、方敬的《寄诗灵》和《再忆诗人曹葆华》等。这些书信、回忆文章有助于我们了解曹葆华在不同时期的创作、翻译活动以及人际交往关系，具有弥足珍贵的史料价值。另外，该书还搜集编入了20世纪30年代以来，钱钟书、李长之、春霖以及当代学者对曹诗的研究与评价等。大致上勾勒出了一部曹葆华诗歌的"接受和研究史"。这些研究评论文章，对于公正评价曹葆华先生在中国现代诗歌史、中外文化交流史中的贡献及其地位，还原和尊重历史真实，起到重要作用。

　　该书的出版为巴蜀现代文化名人资源的挖掘和整理，填补巴蜀现代文学研究的某些空白，作出了基础性的学术贡献，并为后来者提供继续研究的资料平台和便利条件。

学术会议与活动

"与驻校诗人阿毛对话会"召开

◇ 庞 冬

中国诗歌研究动态（第八辑）

2010 年 4 月 1 日下午，"与驻校诗人阿毛对话会"在首都师范大学中国诗歌研究中心会议室举行。首都师范大学驻校诗人阿毛，首都师范大学中国诗歌研究中心副主任吴思敬教授，专职研究员王光明教授、孙晓娅副教授、张桃洲副教授以及中国诗歌研究中心的研究生参加了此次对话会。会议由首都师范大学中国诗歌研究中心副主任吴思敬教授主持，他首先对阿毛的诗歌做了简单介绍，同时对各位研究生的到来表示感谢并希望同学们踊跃发言。

会议首先由阿毛就自己的成长和创作经历谈了近 20 年来诗歌创作的体会，她指出诗歌创作中的灵感应来源于生活，因此近年来创作的部分诗歌是对日常生活的观照。她倡导口语化写作，并认为以口语入诗使得诗歌更加亲切有力，因此更容易与读者发生碰撞，更好与读者进行交流。她谈到诗歌好坏的标准：一首好诗不仅要具备成熟的诗歌技艺，还应该富有朴素圣洁的感情，能够让人读后久久不能忘怀。接着，阿毛将自己 20 多年来的创作体会分成三个阶段来加以详细阐述，并分析了不同阶段诗歌创作的不同特征，从早期"惊涛骇浪"到目前"自然平实"诗风的转变反思多年来的诗歌道路。她强调，诗歌创作应该坚持多元化，不虚构，不隐瞒，不断向内挖掘，诗人要有敏锐的观察力和感受力，应该努力维持诗歌的纯粹性。与会人员就阿毛的诗歌创作理念、作品中涉及的两性关系问题、诗歌创作题材问题、诗艺等问题提出了自己的见解，并热情参与了讨论。阿毛认真地倾听并回答了每一位提问者的问题，会议室交流氛围十分浓烈。

最后，会议主持人吴思敬教授做了总结性发言，他期望会后广大研究生能够对阿毛的诗歌创作进行更深入的研究，写出高质量的学术论文。

"诗人的春天在中国"讲座之
"从诗歌中拔出来的语言"在首师大举行

◇徐 玥

2010 年 4 月 26 日晚，第五届"诗人的春天在中国"系列讲座之"从诗歌中拔出来的语言"在首都师范大学国际文化大厦举行。此次讲座由首都师范大学中国诗歌研究中心主办，法国诗人塞尔日·佩主讲，诗人兼诗歌翻译家树才担任翻译，首都师范大学诗歌研究中心专职研究员孙晓娅副教授主持。

塞尔日·佩 1950 年出生于法国图卢兹。作为新一代的世界行吟诗人，塞尔日以其独特的诗歌行为诠释着法国当代诗歌。他于 1975 年创立了刊物《骚乱》，1981 年又创立《部落》刊物。他是法国当今诗歌界最重要的诗歌行为表演艺术家之一，弗拉芒戈行动"镰刀者"诗歌小组的创始人，现执教于法国图卢兹第二大学艺术首创中心。主要作品有《从城市和河流开始》、《预言，鹰的定义》、《黑色的圣母院》、《未来解放生者》、《需要善于解放预言……》等。

讲座在诗人塞尔日·佩深沉的诗歌朗诵和激情的诗歌表演中拉开序幕，整场讲座主要围绕学生的提问展开。诗人塞尔日·佩说：诗歌使得自己在自己的身上重新诞生，同时也使读者得以重生，每写一首诗都是生命的一次再生。人类精神的再生是自己最感兴趣的事情，在大学教授诗歌也是试图传达这样的原理。他认为诗歌是关于诗歌的历史，它是个体生命与个体语言之间的一种关系。语言可以改变生命，生命也可以改变语言，如果想改变生命就必须试着改变话语。诗歌总是创造出另外一种生命形式，尽管大多时候人们看不见它，但诗歌正是介于可见与不可见之间充满爱的行动，诗歌是人类唯一能够栖居在大地上的一种方式。谈及诗歌阅读与诗歌写作的关系问题，塞尔日·佩强调人类首先是懂得阅读的人类，只有诗歌的阅读才能创造诗歌，因此为了学会写诗，首先应该学会读诗，而每个人都是诗歌永恒的读者。被问到诗歌行为在其诗歌中所处的角色时，他回答说：诗歌行为可以使自己从被诗歌占有的情景中逃离出来，同时也可以捕捉到一些不可知的生命踪迹。诗篇本身即是一种行动，作为写作的行动，一首诗歌在纸上完成后就形成了一个世界，而通过自己的诗歌行为，可以使同一首诗歌创作出另一个世界。

最后，首都师范大学诗歌研究中心专职研究员孙晓娅副教授做总结，讲座在热烈的掌声中圆满结束。

中国诗歌研究动态（第八辑）

"诗人的春天在中国"讲座之
"兰波与诗歌的使命"在首师大举行

◇李俏云

2010年4月27日下午，第五届"诗人的春天在中国"系列讲座之"兰波与诗歌的使命"在首都师范大学北一区文科楼举行。

此次讲座由首都师范大学中国诗歌研究中心主办，法国诗人克洛德·让克拉斯主讲，首都师范大学外语学院教师李华担任翻译，首都师范大学诗歌研究中心专职研究员孙晓娅副教授主持。

克洛德·让克拉斯生于1949年，是著名的作家、艺术史学家和记者，以出版研究兰波的几十部作品而闻名。他对兰波的研究远离了惯常兰波"受诅咒的诗人"形象，捍卫了兰波广为人知的人性化诗人的一面。他的主要作品有《薇塔莉·兰波》、《兰波的作品与一生》、《野兽派画家：颜色和光线》、《兰波的蓝色目光》等。

讲座由诗人主讲和回答提问两个部分组成。克洛德·让克拉斯首先对兰波短暂的一生进行了详细的回顾，阐述了兰波走上诗歌创作之路的历程，并再现了兰波与自己的启蒙老师乔治·伊桑巴尔和好友魏尔伦的关系，探讨了兰波诗歌中通灵的艺术特色。

随后，让克拉斯和学生展开了热烈的讨论，就兰波的人生观、诗歌观以及他同哲学流派之间的关系作了更深一步的探讨。

学术会议与活动

347

中国人民大学程光炜教授在首师大举行讲座

◇ 靳榕榕

2010 年 6 月 10 日晚，应首都师范大学中国诗歌研究中心专职研究员孙晓娅副教授邀请，来自中国人民大学的程光炜教授在首都师范大学北一区文科楼六层会议室作了题为"80 年代文学的'文学社会学'研究"的专题讲座。出席讲座的还有首都师范大学文学院的李宪瑜副教授以及部分现当代文学专业的研究生。

程光炜，中国人民大学文学院教授，博士生导师，现当代文学专业学科带头人，文艺思潮研究所所长。主要研究方向为当代文学史、当代文学与当代文化。近年来，专事于"80 年代文学史问题研究"，在《当代作家评论》、《南方文坛》主持"重返 80 年代"讨论专栏，并承担北京市社科规划重点项目"重返 80 年代文学史问题"。

讲座上，程光炜教授结合自己的亲身经历，借重文学、历史学、社会学的多种理论视角以及大量的第一手资料，营造出良好的文学现场感。他通过分析鲁迅致信李小峰商讨稿费；冯骥才、李陀与刘心武三位作家书信倡导"现代派文学"；程永新和李陀两位著名编辑的轶事；孙绍振评论"朦胧诗"等文学现象，对文学与市场、作家与时代话语、文学经典生产、评论家身份确立等问题进行了重新思考，同时也证明当代文学史研究视野中的另一可能性，即"文学社会学"研究是成立的。他倡导将文学放入历史，既能抽象地发现社会的基本结构和关系，又能够具体地还原文学真实的生产和消费过程。

讲座最后，孙晓娅副教授作总结性发言。

北京师范大学李怡教授在首师大举行讲座

◇ 黄 琪

　　2010 年 6 月 24 日下午，北京师范大学文学院教授、博士生导师李怡应首都师范大学中国诗歌研究中心专职研究员孙晓娅副教授的邀请，在诗歌中心会议室作了题为《中国现代文学史研究的困境》的讲座。讲座由孙晓娅副教授主持，诗歌中心及文学院的部分研究生参加了讲座。

　　李怡，1966 年 6 月生于重庆，祖籍湖北，1984 年就读于北京师范大学中文系，2003 年获得文学博士学位。现为北京师范大学文学院教授、现当代文学专业博士生导师，并同时担任四川大学文学与新闻学院现当代文学专业博士生导师、西南大学文学院美学专业博士生导师。主要从事中国现代诗歌、鲁迅及中国现代文艺思潮研究。出版过学术专著《中国现代新诗与古典诗歌传统》、《现代四川文学的巴蜀文化阐释》、《七月派作家评传》、《现代：繁复的中国旋律》、《大西南文化与新时期诗歌》、《阅读现代——论鲁迅与中国现代文学》、《为了现代的人生——鲁迅阅读笔记》等。

　　李怡教授开篇发问"如何进入文学史"，并通过一些实例阐述了中国知识分子渴望"进入文学史"的心态，并与国外进行比较，表达出对现当代文学史发生过程中的"功利性"地对历史的寄托的不满，进而阐述了其"文学史从来都是各种政治利益争夺的历史"的观点。

　　接着，李怡教授列举了现当代文学学科建立以来文学史写作在 20 世纪的三次重大变革：首先是 50 年代初以王瑶先生为代表的前辈学人的文学史写作，特别讲到王瑶先生的《中国新文学史稿》上下卷在政治意识形态上的不同；其次是 80 年代初"对政治斗争的逐渐摆脱"下的文学史叙述，并引用"历史是一条长河"的比喻来分析 80 年代文学史写作的发生发展，其中最具革新意义的当属钱理群、陈平原、黄子平三位学者提出的"20 世纪中国文学史"概念，但同时也指出了该概念的局限特别是在时间划分上的不确定性；最后是 80 年代末特别是进入到 90 年代以来关于"现代性"叙述在文学史中的引入，并重点谈论了

"现代性"在中国的部分失效问题。从"现代性的终结"谈到"未完成的现代性"，并结合中国具体情况，提出"现代性的概念并不能准确地描述中国文学发生的故事"。

之后，李怡教授提出了自己的设想，他认为文学史的叙述可以从政治意识形态本身出发，以"朝代"来划分或许更加适合中国。他并不反对当下文学史叙述的各种形态，而是认为以朝代来划分的文学史能够从更加广阔的视角来丰富文学史写作，呈现出更加纷繁的景象。

李怡教授的此次讲座例证翔实、内容丰富，其风趣幽默的谈吐，赢得了阵阵欢笑和掌声。

首都师范大学驻校诗人
阿毛诗歌创作研讨会召开

◇ 霍俊明

2010 年 7 月 3 日上午，首都师范大学驻校诗人阿毛诗歌创作研讨会在首都师范大学举行。谢冕、吴思敬、王光明、刘福春、张清华、王家新、李轻松、林雪、邰筐、潇潇、树才、王妍丁、娜仁琪琪格、孙晓娅、霍俊明等学者与诗人近 60 人参加了此次研讨会。

首都师范大学中国诗歌研究中心副主任吴思敬教授介绍了阿毛驻校期间的诗歌创作以及与首师大学生举行讲座、座谈、对话会的情况，与会学者与诗人对阿毛诗歌写作进行了深入的研讨。与会者认为阿毛的诗歌写作尤其是新世纪以来的诗歌写作在维持个人化立场以及强烈的主体意识、女性立场和时间感的基础上不断发生调整和变化，从而呈现了"坚持"和"变奏"的质素，呈现了丰富性的交互。阿毛这一时期的诗歌不仅是个人的诗歌成长史和精神传记，而且也在很大程度上见证了中国女性诗歌的发展和变化的轨迹。阿毛近期的诗歌语言更为节制，诗思更为沉静和深邃。阿毛不仅是一个沉浸型的类似于唱独角戏的诗人，也同时承担了观察者和介入者的身份，她的诗歌同时从"向内挖掘"和"向外发现"中展开，所以阿毛的诗歌既有个人性，又有"现实感"和历史想象力，同时呈现了"惊涛骇浪"的激情、抗争和"静水流深"的平静和隐秘，体现了诗歌的张力。阿毛既是一个温柔而坚定的理想主义者，也是一个充满抗争和悖论的怀疑主义者。阿毛的诗歌是一种把具体的写作时间连缀成人生履历的隐秘抒写，也是最好的记忆方式。

诗人叶延滨在给研讨会的贺信中指出："首师大与《诗刊》共同合作的驻校诗人活动，是近年来中国诗坛上值得大书一笔的事件。这是一件具有开创意义的事情，为中国诗坛，特别是为当下在诗坛活跃并有潜力的诗坛青年团才俊们提供了一个难得的机会。作为曾在《诗刊》主持过工作的人，我向首师大诗歌中心的老师们致敬，感谢他们为中国诗歌特别是为中国青年诗人所做的一切。我也希望阿毛和其他驻校诗人一样，以今后的创作实绩，回报首师大诗歌中心给予的人生这难得的机遇。"

阿毛回顾了一年来的驻校生活和诗歌写作。她表示自己会永远铭记首都师范大学驻校一年的美好记忆和感动，她也会从这里重新出发，不断以诗歌创造神奇而动情的诗歌世界。

"当代诗的概念：范围、内涵与阐释"座谈会在中国诗歌研究中心举行

◇黄 琪

2010 年 9 月 11 日下午，在首都师范大学中国诗歌研究中心会议室举办了一场名为"当代诗的概念：范围、内涵与阐释"的诗歌研讨会。此次研讨会由中国诗歌研究中心与文化艺术出版社联合举办。研讨会由诗歌中心专职研究员张桃洲副教授主持，参与主持本次研讨会并发言的成员还有诗歌中心专职研究员孙晓娅副教授、首都师范大学驻校诗人王夫刚以及一批来自其他高校和单位的共 30 余位新诗研究者和诗人。

此次座谈会的缘起，主要有两个方面，一是因为诗人孙文波主编的《当代诗》第一辑近日由文化艺术出版社正式出版，二是各位批评家们新近对"当代诗"的研究热情。会议以此为契机，邀请部分在京的批评家、诗人以及入选此书的作者，通过分析此书的编辑理念、入选作品，就当代诗写作在中国目前的现状与前景以及"当代诗"的概念、内涵、范围等方面展开讨论。

在会上，《当代诗》主编孙文波首先发言，他认为"当代诗"首先应该作为一个写作观念，之后才是作为与时间相关的认识因素。会上主要发言的还有杨小滨、树才、敬文东、周伟驰、胡续冬、冷霜、蒋浩、孙磊、清平、西渡、秦晓宇、王东东、蓝蓝、麦岸等其他新诗研究者和诗人们。各位研究者和诗人们发言积极热情，就当代诗的概念、范围、内涵及写作前景与现状等问题各抒己见、畅所欲言，一度还形成了争论的胶着状态，使此次研讨会的议题得到了充分的讨论，达到了良好的效果。

研讨会持续了近三个小时，虽然会场显得较为拥挤，但讨论内容非常集中。会议最后由孙晓娅副教授总结发言，她认为这次研讨会举办得非常成功，并感谢各位嘉宾学者、诗人的到来。

学术会议与活动

353

首师大第七位驻校诗人
王夫刚入校仪式在京举行

◇ 李文钢

2010 年 9 月 17 日下午，由首都师范大学中国诗歌研究中心举办的"2010 首都师范大学驻校诗人入校仪式"在首都师范大学国际文化大厦举行。会议由诗歌中心专职研究员孙晓娅副教授主持，诗歌中心副主任吴思敬教授、专职研究员王光明教授也出席了会议。参加此次会议的诗评家和诗人有林莽、刘福春、刘士杰、商震、蓝野、北塔、卢晓天、徐丽松、李志强、唐朝晖、冯连才、霍俊明、王士强、林喜杰、王夫刚、苏历铭、王世龙、沙戈、哈森、花语、麦岸等，部分新闻媒体的记者与首都师范大学中国诗歌研究中心的研究生们也参加了会议。

入校仪式首先由首都师范大学中国诗歌研究中心副主任吴思敬教授发言。他在发言中介绍了首都师范大学驻校诗人制度的特色，并代表因外出访学不能到会的中国诗歌研究中心主任赵敏俐教授对于诗人王夫刚的驻校表示了热烈的欢迎，也向到会的嘉宾表示了诚挚的谢意。林莽先生在随后的发言中介绍了"华文青年诗人奖"和驻校诗人制度的历史，他认为，"华文青年诗人奖"获奖诗人是一个有生机的、朝气蓬勃的队伍，并对新任驻校诗人王夫刚表示了祝贺。

入校仪式的第二部分是来自首都师范大学的同学们的诗歌朗诵，朗诵的诗歌作品均为首都师范大学历年驻校诗人及"华文青年诗人奖"获得者（江非、路也、李小洛、李轻松、邰筐、阿毛、王夫刚、孔灏等）的代表作品。虽然朗诵者不是专业的朗诵队伍，但到会的嘉宾却都感受到了他们的热情和用心以及他们对诗歌的热爱。

入校仪式的第三部分是与会嘉宾的自由发言，主题是新世纪 10 年以来当代诗歌的发展、建设、成就与问题，兼及驻校诗人制度的讨论。蓝野、苏历铭、李志强、王世龙、王士强、麦岸、刘福春、花语、冯连才、卢晓天等人先后做了精彩发言，会场气氛十分活跃。大家在发言中还重点谈到了对于王夫刚诗歌创作的印象，认为王夫刚踏实、不张扬的创作独具特色，值得重视，期待着他能在驻校期间不断取得更大的进步。诗人蓝野还特别代表山东作协向王夫刚表示了祝贺。

随后，首都师范大学的博士研究生罗小凤做了"我与驻校诗人"的发言，她在发言中回顾了她和驻校诗人之间的友谊。驻校诗人不仅在校园中产生了越来越广的影响，而且已经成为了一个颇具盛名的诗歌品牌，必将为中国诗歌史所铭记。

最后，首都师范大学第七任驻校诗人王夫刚做了发言。他认为，虽然我们的时代发生了很大的变化，但是《诗经》以降的诗歌精神，或者说诗人应该具备的核心素质——理想、情怀、智性、担当，几乎没有本质上的改变，诗人应有足够的元气和底气捍卫诗歌的尊严。他说：他将把一年的驻校诗人生涯视为润物无声的写作动力和诗歌荣誉，并将之贯穿到他的思考、他对生活的理解和生命的热爱之中。他还在发言中向给予他帮助的师友们表示了真挚的感谢。

学术会议与活动

诗歌是提出问题，而非给出答案

——瑞士作家弗朗索瓦·德布律在首师大举行讲座

◇张静雯

10月18日下午，在首都师范大学图书馆一层报告厅举行了一场题为"从独特到普遍——漫谈现代及当代瑞士法语文学的代表作家及作品"的学术交流活动。此次活动由中国诗歌研究中心的专职研究员孙晓娅副教授主持，瑞士作家及评论家弗朗索瓦·德布律为主讲人，出席此次活动的还有潇潇、史忠义、尹士林、李国富等多位学者和诗人。

这次活动由文学院比较文学系和中国诗歌研究中心联合主办，旨在提高首都师范大学学生的专业素养，扩大中瑞两国间的文化交流。弗朗索瓦·德布律先生为瑞士著名法语作家、诗人及评论家，至今已出版诗集、散文集、短篇小说集、文学及艺术评论集共20余部，获得无数大奖。他还是欧洲众多文学杂志、报刊的专栏作家及评论员。

此次讲演主要分为两部分。第一部分以"特殊的处境"为题，德布律从瑞士的自然条件、历史地位等方面揭示了瑞士法语文学的独特性。同时通过分析瑞士的语言问题及文化汇合的优越性，结合卢梭、拉穆兹等作家的创作，他认为瑞士法语区和法国的关系——是一种既相互联系又有区别的模糊不清的关系，展现了瑞士文学特有的关注人类经验普遍性的特征。第二部分——"诗人的目光"，德布律先生从四个维度探析诗歌的内容以及诗人所要表达的主题所具有的普遍性和特殊性。他现场朗诵了其作品《不同》、《共性》、《耐心的样子》、《北风》等，并将之与屈原、杜甫等中国诗人及诗作相比较，得出了中外诗人所要表达的情感、主题都是相同、相通的结论，例如快乐与忧伤、孤独和流放、时间和生死等。

德布律先生的讲演生动风趣、深入浅出，不时博得全场师生的阵阵掌声。吴康茹教授对德布律先生的讲演作了准确、精彩的翻译，为同学们架起了沟通的桥梁。德布律先生和同学们进行了精彩的交流，就同学们的问题作了细致而深刻的解答，他机智幽默又不失谦逊，令人折服。

本次讲座通过中瑞两国诗歌的比较和分析，结合作家自身的创作经验及瑞士作家的发展状况，德布律揭示了诗歌独特又普遍的特色，正如他自己所说的一样：诗歌是提出问题，而非给出答案。

学术会议与活动

驻校诗人王夫刚在首都师范大学举行讲座

◇ 曲建敏

中国诗歌研究动态（第八辑）

2010 年 10 月 27 日上午，在首都师范大学文科楼，首都师范大学第七位驻校诗人王夫刚为文学院部分本科生做了一场题为"在不断后移的诗歌地平线上稍事停留"的讲座。

王夫刚，1969 年 12 月 26 日出生，山东五莲人，中国作家协会会员，山东省作家协会诗歌创作委员会委员，首都师范大学 2010 年驻校诗人。他从 1988 年开始诗歌创作并发表作品，20 多年来，已在《诗刊》、《人民文学》、《十月》、《星星》等刊物发表多篇文章，著有诗集《诗，或者歌》、《第二本诗集》、《孤岛上的地方主义》、《7 印张》（合集）等。

本次讲座由首都师范大学中国诗歌中心专职研究员孙晓娅副教授主持，她对王夫刚的诗歌创作历程和创作风格做了精简的概括，认为"质朴、思想"是王夫刚诗歌创作的基本内涵。

在讲座中，诗人王夫刚以轻松、感性的方式与同学们分享了自己诗歌创作的心灵体会。他回顾了他的高中学习生活、毕业后的工作经历，这些与他的诗歌创作有着密切的关系，不少成为诗歌创作的题材。他在各种文体写作的尝试中找到了表达自己心灵的方式——诗歌。

他认为写作是伴随一生的必然的过程，诗歌中不仅仅是诗人自我形象的塑造，也要体现出诗人的社会责任和社会道德。今天，诗歌已经进入了地平线状态并渐渐地后移，所以诗歌需要调整，诗人也需要调整。诗人在诗歌写作中必须保持真诚的态度，因为诗歌文本是读者进入诗人思想境界的途径。他以自己的诗歌观念，从诗歌阅读的批判状态解读了某篇诗歌作品，并指出其中存在的虚伪。他认为即使在诗歌中有假象，也要贴近真实的生活体验。他也希望能够与同学们就文本细读进行更细致的交流。

最后，诗人王夫刚从自己诗歌创作的角度回答同学的提问，他认为诗歌技艺是可以模仿的，但是记忆文本是不能被模仿的。本次诗歌讲座在意犹未尽的诗歌创作交流中结束，孙晓娅副教授做了总结，也希望同学们能够利用首师大"驻校诗人"这个平台与诗人多多进行交流。

"中国现当代诗歌在法国" 讲座在首师大举行

◇ 郑晓琼

2010 年 11 月 3 日上午，在首都师范大学国际文化大厦第六会议室举行了一场题为"中国现当代诗歌在法国"的学术交流活动。此次活动由首都师范大学中国诗歌研究中心专职研究员孙晓娅副教授主持，法国巴黎狄德罗大学东亚语言文化系徐爽博士主讲，出席此次活动的还有诗人潇潇、王昱华，以及首都师范大学比较文学系、法语系的部分教师和在校学生。

徐爽，法国巴黎狄德罗大学东亚语言文化系副教授，同时也是法国诗坛的华裔诗人、诗歌评论家、翻译家，一直致力于把中国文学，尤其是诗歌介绍到法国，并出版专著《采取事物的立场——蓬热翻译批评研究》等。

徐教授首先介绍了法国当代诗歌的现状。谈及法国当代诗歌的出版和传播，她指出在法国出版诗歌有三个大的框架：以出版诗歌为主的伽利玛出版社、一些小型出版社和协会性质的出版社以及如《码头》这样的杂志社。关于法国当代诗歌的发展现状，徐教授着重分析了传承兰波、马拉美两个不同诗歌传统的几类诗人，第一类是以蓬热和潜在文学作坊为代表的文本主义诗人，第二类是探寻世界意义的诗人，第三类是新抒情诗人。

其次，徐教授介绍了中国现当代诗歌在法国的现状。在此，她以中国现代诗人艾青诗歌在法国的接受和《天空飞逝——中国新诗选》（尚德兰选编）在法国的出版为例考察了中国现当代诗歌在法国的接受现状以及法文中的中国现当代诗歌形象。最后，她总结道：在全球化语境下，国与国之间，诗人与诗人之间的交流越来越真切，当下诗歌界面临着双重的挑战：第一，对于诗歌翻译者来说，诗歌翻译者要努力去保留异国文字的诗性；第二，对于中国诗人而言，诗人应该寻求独特诗歌形象去突出本国的诗歌个性。

学术会议与活动

359

最后，首都师范大学中国诗歌中心研究员孙晓娅教授总结发言，她认为徐教授深入浅出的讲座为同学们提供了更多维度的思考空间，并再次感谢徐教授今天精彩的讲座。

中国诗歌研究动态（第八辑）

2009年新诗纪事

◇ 李润霞　薛媛元

说明：

1.《2009年新诗纪事》是关于诗歌史实的年度编年大事记，所记为2009年1月1日至2009年12月31日内发生的有关诗歌活动、诗歌现象、诗歌创作、诗歌会议、诗刊发布、诗人动态等与诗歌有关的一切史事，地域主要以中国大陆为主，也涵盖台湾、香港和澳门的部分诗歌史实。

2.《纪事》力求客观叙述，不做主观评价。对于特殊事件，保留刊载该信息的刊物上原有的评语。记录均依照当时的用字用语和作者的署名，除一些作者的笔名后面用括号注出该作者的常用名外，不作任何改动。作品发表和出版时间，均以所刊载的报刊标明的出刊时间和所著书籍的版权页的记录为准。

3.《纪事》除特殊情况外不再收入公开出版的诗集、诗论集的出版信息，但继续收录部分诗歌民刊、自印诗集的出版信息。

4.《纪事》按时间编次，同日发生的事件并入一日，日不详则编入当月。诗歌活动举办地点只列城市或单位、学校，一般不列入具体门牌、酒吧名称、教室数字等详细名址。

5. 严格说来，《纪事》以"大"记"史"，故不求"全"。其中台港澳等海外中国诗歌的史料因各种原因，难免遗漏。

1 月

1日　诗家园网站评定中国诗坛2008年度十大新闻，分别为"中国首个现代诗歌博物馆建成"、"中国首部校园诗歌史专著公开出版"、"汶川大地震引发全民诗歌热潮"、"《中国诗人大辞典》出版"、"艾青、海子、昌耀纪念设施得以提高和建设"、"泥马度作品集《汉史诗》出版"、"民刊《诗歌与人》、《独立》推出多本颇有价值的专号"、"燎原新

361

作《昌耀评传》出版"、"《星星》下半月刊出版'诗歌理论刊'"、"年内汉语诗坛著名人士不幸去世数创新世纪以来新高"。同日，台湾第五届X19全球华文诗奖征稿启动。

2、3 日　首届"中国御鼎诗歌高峰论坛"在广东佛山举行，伊沙、沈浩波、宋晓贤等参加并与"80 后"诗人讨论，宋晓贤、沈浩波获"御鼎诗歌奖"。

3 日　第五届"上海诗歌·民谣暖冬狂欢节"在上海"现场酒吧"举行。潮流·新汉诗论坛确定 2009 年为"新汉诗年"。

4 日　"2009 新年诗歌朗诵会暨第四届'诗歌与人·诗人奖'颁奖典礼"在广州中山大学举行，蓝蓝获奖。

7 日　台湾诗人乔洪病故，享年 58 岁。

10 日　"《中国诗歌通史》编委会第六次会议"在北京首都师范大学举行。《第三极》杂志、第三极诗歌论坛与新浪第三极作家群落博客群评出 2008 中国诗歌十大事件，分别为"燎原《昌耀评传》出版"、"陈仲义提出诗歌'四动'说"、"《第三极》推出神性写作诗学理论专号"、"《诗歌月刊》（下半月刊）终刊"、"现代汉诗研究计划 2007 年中国诗歌排行榜发布"、"兽性写作代表诗人列庸诗榜榜首"、"汶川大地震引发全民诗歌热"、"于坚获第四届鲁迅文学奖诗歌奖"、"中国首部校园诗歌史专著出版"、"《中国当代汉诗年鉴》（2006–2007 年度合卷）出版"、"杨键获第六届华语文学传媒大奖 2007 年度诗人奖"。

11 日　首都师范大学举行"中国诗歌研究中心第八届学术委员会年会暨 2008 年年终总结会"，詹福瑞主持。

7–12 日　由《诗探索》编辑部、《星星》诗刊下半月刊、《中关村》杂志社和朝阳区文化馆共同举办的"纪念诗歌创作 40 年——林莽诗画展及诗歌朗诵会"在北京朝阳区文化馆举行，其中，牛汉、袁鹰、姜德明、邵燕祥、韩作荣、叶延滨等 200 余人参加了 11 日举办的诗歌朗诵会。

9 日　贵州十大影响力诗人评选揭晓，王蔚桦、李发模等获奖。

12 日　高占祥诗集《古韵新风》首发仪式在北京举行，谢冕、吉狄马加、赵缺等参加。"诗生活"网站发表蓝蓝、翟永明、小安委托声明，《蓝》——国际女性诗社及其一切行为、活动和言论均与她三人无涉。

13 日　廊坊周末文安版"潮"诗刊专版创刊号出版，推出殷龙龙

中国诗歌研究动态（第八辑）

作品。

14 日　青海射天狼文学社论坛第一届"天狼杯"征文比赛获奖公告发布，高作苦《高作苦的诗》等获奖。

15 日　青海省政府、中国诗歌学会在北京举行新闻发布会，宣布第二届青海湖国际诗歌节将于 2009 年 8 月在青海举办。第二届青海湖金藏羚羊国际诗歌奖候选诗人名单公布，郑敏、绿原入选。李霞、徐江主持的汉诗榜 2008 年第四季度榜暨年度总冠军揭晓，巫昂当选年度总冠军，李伟当选第四季冠军，张执浩、王彦明、唐欣、中岛等 24 人上榜。

19 日　第三届"湖北少数民族文学奖"颁奖典礼在武昌举行，杨秀武诗集《巴国俪歌》获特别奖，刘小平诗集《蜜蜂部落》、刘智鹏诗集《执着千年》、徐述红诗集《暗香》、郭士萍诗集《无语丁香》获提名奖。安琪委托诗生活网站发表声明，言情小说《安琪精品集》作者及出版社皆为盗用。

20—2 月 15 日　《河套文学论坛》首届诗歌联赛举行。

24 日　由中央电视台新影制作中心在苏州古镇同里录制的"2009春节诗会"在中央电视台经济频道播出。

30 日　莆仙青年诗会暨第一届"张坚诗歌奖"颁奖仪式在莆田市举行，巫小茶、年微漾获年度新锐诗人奖。

本月张后发起 2009 年"诗歌中国"大型访谈。诗人蔡天新同题采访以色列诗人阿米尔·欧尔和巴勒斯坦诗人易布拉辛。周良沛著作文献资料捐赠仪式在北京中国现代文学馆举行。

2 月

2 日　诗生活网开办"群"论坛。

3 日　"《地下》诗刊首发式兼行为艺术和诗歌朗诵会"在武汉举行。

6 日　诗人姚风的装置艺术个展"于斯"在澳门文化中心创意空间举行。

8 日　诗人、翻译家李笠获瑞典首届"时钟王国奖"。世界汉诗协会、中国诗人俱乐部举办的"2009 元宵诗会"在北京老故事餐吧举行，屠岸、贺兴桐、楚天舒、北塔、梁玉芳等参加，诗会公布了"2008 年度十大诗人博客"，祁人、洪烛、周瑟瑟、苏历铭、张后、何三坡、徐晋如、曾少立、空林子、周晓明的博客入选。诗人约翰在杭州逝世，享年58岁。"'陕西朗诵爱好者之家'09中国新诗朗诵会（对诵）"在西安举行。

8–11日 "中国诗歌万里行——走进黎都民俗文化采风"活动举行，祁人、周所同、商震、李自国、洪烛、唐力等参加。

9日 "2008诗歌报年度诗人奖"揭晓，女诗人何百玲（网名低处的迷雾）获奖，无哲、古城天子、南杨玲子等获年度诗人奖提名奖。

10日 诗人陆恒玉逝世，享年47岁。

12日 诗人牛汉被提名为"2008绿色中国年度焦点人物"。

16日 海南省委宣传部举行"诗歌岛"计划暨"2009海南诗歌大奖赛"座谈会和启动仪式，王小妮、耿占春、毕光明等参加。诗人、诗评家王式俭病逝，享年61岁。

17日 由泸州市文联、泸州市作家协会、中国郎酒集团、泸州电视台、泸州市诗词学会联合主办的"郎酒杯·红花郎杯第六届樱花诗会"在四川泸州市举行。

19日 成都"的哥诗人"何明因车祸逝世，享年53岁。

20日 中国诗歌学会等主办的"岳如萱诗词选集《八千里路云和月》研讨会"在北京中国现代文学馆举行，张同吾主持，吉狄马加、梁东、李小雨、朱先树、王久辛等参加。北京大学五四文学社、北京大学诗歌中心新诗研究所发布"第五届未名高校诗歌奖"征稿信息。《新诗代》社启动"新诗代·全球华语诗歌联展"，新诗代网站开通"诗歌联展"专题频道与"我与新诗代"专栏。

22日 "'80后'十大诗人排行榜"公布，三米深、郑小琼、嘎代才让、丁成、老刀、阿斐、巫小茶、唐不遇、锐剑、熊盛荣上榜，衣水、李成恩等入选80后十大诗人提名榜。中国诗歌网"新诗放歌60年"网络诗赛启动。

25日 "中国南京·现代汉诗研究计划"发表紧急声明，称之前网上传播的"2008年度诗歌排行榜"等与"中国南京·现代汉诗研究计划"无关。

28日 "齐燕滨诗歌作品研讨会"在北京举行。"纪念冰心逝世10周年"系列活动在北京中国现代文学馆举行。"2009年中国诗人俱乐部新年诗会楚天舒诗歌作品朗诵会"在北京老故事餐吧举行。

28—3月1日　由《四川文学》、江油市作家协会等主办的"2009农科村海棠诗会"在四川郫县友爱镇举行。

本月语文报社《大学人文》推出"2008中国大学生诗歌作品年展专号"。中国诗歌网日文网站建成开通。首届雅海文化艺术人才"门类唯一奖"揭晓，黑朗、冯静、刘广迅、曾吉林、李贵成、刘有权、齐秀芳、沈国柱、博立仁、王静等获诗歌奖。陈忠村诗歌《母亲的冬天》入选合肥工业大学出版社版《大学语文》教材。北塔被世界诗人大会聘为中国事务顾问。"第十一届台北文学奖"揭晓，陈家带《铁观音在我身体旅行》等获成人现代诗奖，黄诗婷《寄居蟹的爱情故事》等获青春现代诗奖。

3月

1日　第七届华语文学传媒大奖提名名单揭晓，西川、翟永明等入围第七届华语文学传媒大奖，郑小琼入围年度最具潜力新人奖，臧棣、朵渔、萧开愚、黄礼孩、桑克入围年度诗人。台湾联合副刊和乾坤诗刊主办的"诗歌带着水族箱去旅行"巡回展在台北淡水镇有河BOOK书店开幕，宇文正、林焕彰、许荣哲等出席诗歌水族箱揭幕仪式。海南省作家协会等主办的"2009海南诗歌大奖赛"启动。

2日　"河南省青年作家创作会议"在郑州举行，"第三届河南省文学奖"揭晓，温青、高春林获诗歌奖。

4日　张广天等在北京朝阳小剧场演出根据女诗人云中同名诗集改编的诗剧《野草尖叫蓝靛厂》。

5—9日　"2009中国诗书画高峰论坛"和"首届中国书画创新邀请展"在江苏盐城市盐都举行，郁郁获"独立风格奖"、李占刚获"短诗金奖"、郭吟获诗歌评论"学术金奖"，陶林获诗歌评论"创新金奖"，袁杰获"长诗金奖"，陈忠村获"打工诗金奖"，许德祥获"抒情诗金奖"，黄文棣获"组诗金奖"，刘舰平获"唯美金奖"，老巢获"杰出贡献奖"。

7日　"界限网"与《时代信报》共同主办的"重庆新年诗会"在重庆南坪举行。诗人毛秀璞向青岛市中级人民法院起诉广东强视影业传媒公司《敌营十八年》剧组侵权。

8日　青海卫视播出中国诗人朗诵艺术团演出的《以诗的名义歌

唱——纪念"三八"节主题新诗会》，傅天琳、刘向东、林雪、洪烛、王明韵、刘福君等朗诵诗歌。合肥 D 空间香榭画廊举行首次先锋艺术沙龙，'80 诗人许多余表演当众吃诗并质问"诗歌能当饭吃吗"的行为艺术。

10 日 《诗生活月刊》2009 年第 3 期（总第 71 期）推出女诗人专号。

12 日 河北省作家协会"2008 年度优秀文学作品奖"揭晓，孟醒石诗歌《孟醒石的诗》获奖。突围诗歌网、诗江湖、诗先锋等 17 家民刊发起"中国诗坛感恩之旅暨十大影响力诗人评选"。诗人树才发表《致北京协和医院院长的一封公开信》谴责协和医院缺乏责任意识，很多诗人、诗评家声援响应。

13 日 莱比锡"中国之夜"活动在德国莱比锡孔子学院举办，高洪波、舒婷、西川等参加。

14 日 《钝诗刊》首发仪式在河南郑州举行。

15 日 阿拉伯语诗人阿多尼斯在北京外国语大学朗诵诗作，杨炼等诗人参加。

16 日 2008 年（第二届）平民诗歌年度大展颁奖，徐源以《钉子户》获特等奖，当选平民诗社"2008 年年度诗人"。"访谈诗人中国"网站向全球华语诗人提问"你为什么写诗"。

20 日 杨炼在北京老故事餐吧接受《南方周末》记者专访。

21 日 2009 年度"春天送你一首诗"公益活动在北京朝阳区文化馆启动。诗刊社、首都师范大学中国诗歌研究中心、《诗探索》编辑部、《星星》诗刊理论半月刊等举办的"首届书法写新诗展"在北京朝阳区文化馆开展。"全国新田园诗歌大赛 15 周年座谈会"在北京举行。界限诗歌网主办的"轻轻惊叫：华万里诗歌朗诵会"在重庆举行。

23 日 第三届穆旦诗歌节在南开大学启动。

24 日 第二届中华优秀出版物及韬奋奖颁奖大会在北京召开，王明韵《废墟上的歌者》、黄葵《爱在燃烧：汶川诗草》等诗集获"抗震救灾特别奖"。第六届海棠花会诗歌有奖征集大赛揭晓，何全才等 30 人获奖。

24-26 日 首届"中国古运河"诗歌节在无锡举行，食指、芒克、王家新、唐晓渡等 30 多位诗人参加，活动包括古运河历史文化街诗歌朗诵、"薛南溟旧居"开幕式、首届"中国·古运河诗歌节"诗歌朗诵会，其中的诗歌研讨会在江南大学举行。

25、26日 "春天·生命·诗歌——纪念海子逝世20周年征文作品展览会"在山东大学举行。

26日 主题为"半完成的海"的第十届北京大学未名诗歌节开幕，王家新、姜涛、胡续冬、臧棣等10位诗人与北大五四文学社等成员参加"春天，十个人读海子"讲读会，同时举行作家出版社选编的《海子诗全集》首发式。北京江湖酒吧演出海子诗剧《太阳·弑》片段。复旦大学举行"'春天，十个海子全都复活'——纪念海子逝世20周年诗歌朗诵会"和"在南方"诗歌沙龙，洛盏作报告"明天醒来我会在哪一只鞋子里——简论海子的诗"。诗人西川和北京的海子读者到安庆海子墓地扫墓并参观海子故居。查曙明给海子的家信发布，召唤大家热爱生活。上海的海子读者在909咖啡馆聚会朗诵海子诗歌。安庆师院等机构举行海子相关纪念活动。静安路5号诗社纪念海子离世20周年诗歌朗诵会在成都四川师范大学举行。哈尔滨六弦琴行举办"一去二十年"纪念海子诗歌朗诵会，诗人桑克、宋迪非、钢克，学者张鹤参加。西南科技大学在四川绵阳举行纪念海子逝世20周年诗歌朗诵会，雨田、萧艾、雷明伟等参加。"'梵天净土·桃源铜仁'09锦江诗会"在贵州铜仁学院举行。《诗林》双月号创刊号深圳首发式举行，诗人胡野秋、张尔、安石榴、莱尔等参加并朗诵诗歌缅怀海子。"首届龙湖大学生诗歌节"闭幕式暨颁奖典礼在郑州举行，章骏、汪泓等当选"十佳校园诗人"，姚育才、常安杰等当选"优秀校园诗人"。《中国新闻周刊》记者张鹭走访查曙明、沈天鸿、西川、刘广安、孙理波、常远、刘广安等，搜集海子去世相关史料。

27日 秦皇岛市诗歌研究会、海港区文联举办"面朝大海，春暖花开"诗歌朗诵会暨海子诗歌研讨会。中山大学"文化风云谈"在广州举行。

28日 白鲸文学社举办的"诗歌礼拜五"评论活动在安徽安庆师范学院举行。

28-30日 第五届"三月三诗会"在常熟虞山召开，舒婷、多多、于坚、韩东、车前子等60多位诗人参加，活动包括"性·灵——虞山派和当代诗研讨会"和"2009三月三虞山诗会——我在美丽的常熟"等。欧阳江河在南京理工大学举行"诗歌漫谈"讲座。

28、29日 由楚雄文学院发起的"我与春天有个约会"第四届大

367

型诗会在云南省禄丰县举行。

29 日 "第 17 届柔刚诗歌奖颁奖会"、"2008 年度中国诗歌排行榜发布会"及"中国南京首届凤凰台诗歌节"在南京凤凰台饭店举行，欧阳江河等 100 多名诗人、批评家和文化界人士参加，北岛获荣誉奖，潘维的《潘维诗选》获诗歌奖，朵渔的《今夜，写诗是轻浮的》、潘维的《同里时光》等作品上好诗榜，潘维《潘维诗选》、侯马《他手记》、杨克主编《2007 中国新诗年鉴》当选 2008 年度最佳诗选，张清华当选 2008 年度诗歌批评家，世中人、壹周、江雪等上 2008 年诗歌贡献榜，欧阳江河在"现代汉诗论坛"称季羡林和韩寒是"垃圾"。"诗落当年——海子双十祭"在广州中山大学举行。

30 日 "中国的声音——人民诗人雷抒雁诗歌朗诵会"在西安举行。"《丰碑颂》清明诗歌朗诵会"在北京宏志中学举行，殷之光、雷瑞琴、王世贵、郑健康等参加并朗诵。

30、31 日 "'中国的声音'人民诗人雷抒雁诗歌朗诵会"与"雷抒雁诗歌创作学术研讨会"在西安人民剧院和西北大学举行。

31 日现代诗歌研究院等举办的"礼赞百里杜鹃"百名艺术家杜鹃花海创作行活动结束，韩作荣、叶延滨、李小雨、王明韵、王久辛等参加。

本月《芒种》2008 年度诗人奖揭晓，吉狄马加获年度特别奖，白沙、柏明文、北塔等获年度诗人奖，秦岭、周楠获年度新人奖。《诗歌月刊》2009 年度全国民刊专号出版。《汉诗》2009 年第 1 季推出"纪念海子"特辑。《诗选刊》"2008·中国年度最佳诗歌奖"、"2008·中国年度先锋诗歌奖"揭晓，李轻松、汤养宗获最佳诗歌奖，金铃子、蓝冰丫头获先锋诗歌奖。《诗歌 EMS》周刊创刊。设在西安的《诗选刊》下半月刊编辑部因非法出版《每一朵花开的声音都是最动听的》一书被取缔。

4 月

1 日 "格桑多杰诗歌作品研讨会"在青海省西宁市举行。

2 日 "2008 中国·星星年度诗人奖"在成都四川师范大学颁奖，韩作荣、林雪获年度诗人奖，莱萸获校园诗人奖。第 26 届全国大学生"樱花诗歌邀请赛"在武汉揭晓，董金超《风光村：蛰居的人》、《元宵节焰火》、《空坐》和徐钺《姆利亚》、《夜晚，第二十五个荷马》、《一个月的使徒》等获奖。

2—4 日　马永波专著《九叶诗派与西方现代主义》学术研讨会在南京理工大学诗学研究中心举行。

3 日　北京朗诵艺术团举办的"丰碑颂"诗歌朗诵会在北京抗战馆举行，殷之光、冯福生等参与并朗诵。

3—5 日　"夏邑诗会"在河南夏邑举行，其中，汉夏诗歌研讨会在 4 日举行。

4 日　中央电视台二套播出 2009 清明诗会。

5 日　第三届（2008 年度）宇龙诗歌奖颁奖仪式及朗诵会在北京老故事餐吧举行，蓝蓝、郑小琼、李浩获奖。"中塔友谊杏林诗歌朗诵会"在北京农学院举行。中国首家民间诗歌刊物收藏馆在银川创建。

6 日　2009 年度"金陵海棠诗会"在南京莫愁湖举行。中央民族大学举行"纪念五四运动 90 周年诗歌朗诵比赛"。现代禅诗研究会举办的"2008 年度现代禅诗探索"三奖揭晓，碧青获创作奖，张黎获理论奖，何兮获贡献奖。

7 日　诗人王怀让在郑州逝世，享年 67 岁。

7—9 日　安徽淮北矿业集团工会和《诗歌月刊》杂志社联合举办的第十届"桃园杯·全国诗歌大赛"颁奖会在安徽淮北桃园矿举行，郑皖豫、赵福治等 35 位诗人获奖。

8 日　中国人民大学举行"祖国给我理想·中国人民大学 2009 五四文化艺术节诗歌朗诵比赛"决赛。

10 日　"《洛夫诗歌全集》新书发表会暨洛夫创作六十周年庆"在台北举行。"新世纪十年诗歌研讨会"在广东外语外贸大学举行，舒婷、王小妮、于坚等参加。"第 26 届全国大学生樱花诗歌邀请赛朗诵比赛"在武汉大学举行。《江南》杂志社和萧山中学团委举办的"'《诗江南》走进校园'大型赠书演讲"活动举行，黄亚洲、梁晓明作诗歌讲座。第二届"在南方"诗歌奖评奖启动。

11 日　"第七届华语文学传媒大奖"颁奖典礼举行，臧棣获年度诗人奖，耿占春当选年度文学评论家。

11、12 日　《东京文学》与《西陵风》春天联谊诗会在河南省西平县举行。

12 日　吉狄马加在北京会见青海湖国际诗歌节"金藏羚羊奖"获

得者胡安·赫尔曼。"文化周末大讲坛四川地震纪念专场"在广东东莞举行，麦家、王小妮等诗人及第七届华语文学传媒大奖获奖作家参加。"都匀市诗歌作品研讨会"在贵州黔南州都匀市举行。徐颖诗集《面包课》、曹有云诗集《时间之花》、杨方诗集《像白云一样生活》入选中国作家协会、中华文学基金会策划的"21世纪文学之星丛书"2009卷。

13日　青海花儿音乐诗剧《雪白的鸽子》主创人员媒体见面会在北京举行，吉狄马加及剧组部分主创人员出席见面会。

15日　"伊帕尔汗"杯全国爱情诗大赛获奖名单揭晓，杨方获一等奖，郁笛、姜桦获二等奖，赵玉丽等获三等奖。

16日　韩作荣在《文艺报》发表《灾难·现实感·诗性意义——2008年诗歌扫描》。胡安·盖尔曼诗歌交流及朗诵会在上海西班牙驻沪领事馆举办，活动包括诗人座谈与诗歌朗诵会，严力主持，陈东东、小鱼儿、李占刚等参加。第四届"叶红女性诗奖"征稿启动。

16—18日　《文学港》社主办的"第四届四明山红枫·樱花节暨四明山红枫诗会"在浙江余姚举行。

16—22日　青海花儿音乐诗剧《雪白的鸽子》在北京保利剧院演出。

17日　"诗人的春天在中国——中法诗人座谈会"及"中国诗歌研究中心朗诵艺术团成立暨朗诵会"在首都师范大学举行，汪葆明任团长，中法诗人、诗论家及诗歌爱好者近30人参加。

17—20日　首都师范大学文学院及中国诗歌研究中心联合主办的"诗歌与社会"学术研讨会在北京举行。

18日　《诗选刊》下半月刊主办的"中国2008年度十佳诗人颁奖典礼"在西安建筑科技大学举行，古马、车延高、红山、韩玉光、聂广友、蓝蓝、西可、王怀凌、阎安、陈先发获奖，舒婷、谢冕、吉狄马加、娜夜等参加。蒋荣贵诗集《趣味诗》研讨会在上海举行。海南师范大学文学院诗歌朗诵大赛初赛举行。首届"信江之春"谷雨诗歌文化节在江西上饶举行，活动包括鹅湖书院谷雨诗会、颁奖晚会、诗歌讲坛、成果展览、诗歌音舞晚会等。

18、19日　"第二届中原青年诗会暨2009牡丹诗会"在河南省洛阳市举行，诗人西屿、刀刀、高野等与会。

19日　由法国大使馆文化处与北京市朝阳区文化馆联合主办的"2009年中法诗歌朗诵会"在北京朝阳区文化馆举行开幕式，主题为

"诗人的春天在中国——诗歌的时光"，诗人树才主持兼翻译，法国诗人安娜·波尔蒂加尔、伊冯·勒芒，中国诗人潘洗尘、宋琳、北塔等参加，朗诵会上演出了诗人徐伟的诗剧《不要放肆不要绝望》，同时举办了诗歌海报展览等活动。梁平长诗《三十年河东》研讨会在北京举行。

20 日 "中国·后天第二届（2007－2008）双年度文化艺术奖"揭晓，朵渔、陈小三获"后天诗歌奖"。

21 日 诗人铁舞讲座"人类忧郁症与诗歌"在上海华东师范大学举行，会上成立华东师大丽娃诗社。

21、22 日 "走进奉新——江西省第七届谷雨诗歌节"在江西奉新县举行，活动包括林莽诗歌讲座、诗歌朗诵音乐晚会等。

22－24 日 "2009 年中法诗歌朗诵会"、"诗人的春天在中国"主题系列诗歌活动在成都、杭州、上海三地举行。

23 日 南京理工大学诗学研究中心举行挂牌仪式，张宗刚、马永波、黄梵、江雪、张叔宁等参加。海南师范大学文学院原创诗歌大赛举行，王启甲《无题——思"五四"而后感》获一等奖。

24 日 "安琪诗歌暨女性诗歌座谈会"在首都师范大学举行。北京大学中文系举办的"红楼回响——北大诗人的五四"诗歌朗诵会在北京大学举行，孙玉石等出席并朗诵。

24－26 日 诗人赵泽汀、韩玉光发起的"梨花诗歌节"在山西原平市举行，会上授予原平市"诗歌之乡"称号，同时举行了《超超主义诗选》首发仪式及超超诗歌论坛。

24－30 日 "中国诗人重建家园采访团"到四川灾区慰问考察。

25 日 《诗歌月刊》"2008 年度诗人奖"在云南玉溪颁奖，白桦、海男、李森、叶辉、林雪、王莹等获奖。《汉诗》主办的"首届湖北'春天来到昙华林'诗歌朗诵会"在武汉昙华林举行，车延高、田禾、阿毛、魏天无、荣光启、刘洁岷等参加。

25、26 日 由南开大学文学院主办的第三届"穆旦诗歌节"在天津南开大学举行，活动包括"南开永远年青"穆旦诗歌节迎校庆专场朗诵会、"与'诗歌现场'同仁在一起"朗诵会等，王家新、汪剑钊、蓝蓝、西渡、宋琳、伊蕾、朵渔、萧沉、李新宇、罗振亚、李润霞等参加。中国诗歌学会等主办的"中国诗歌万里行"在攀枝花采风。

26 日 "著名诗人、诗评家讲座对话会"在江苏扬州举行，舒婷、陈仲义、林莽、梁平、子川等参加。清华大学教职工荷塘诗社成立一周年座谈会召开。

27日　台湾诗人向明在北京与首都师范大学中国诗歌研究中心师生座谈。

28日　南京市作家协会作家、诗人在江宁牛首山风景区采风。

29日　第三届北京大学五四诗歌朗诵会"金色的五月，庄严的诗意"在北京大学图书馆举行。徐建顺在首都师范大学做《吟诵之美》的讲座。

30日　诗人张口等发起的第一届"小诗人"奖启动。广东中山诗人借"中山读书月"向汶川灾区图书馆捐赠他们创作、编著的图书。

本月卫生纸诗刊+03《幸福机器》出版。"环球旅游频道"电视诗歌栏目《诗歌中国》启动。《诗生活月刊》2009年第4期（总第72期）博客专号出版。

5月

1日　中国打工文学馆筹委会发出"100名打工诗人诗稿义卖"通知。

2日　突围诗社公布"'中国诗坛感恩之旅'暨十大影响力诗人及2009年度'中国十大诗歌论坛（人气指数）'"评选结果，诗人海子、陈先发、北岛、顾城、于坚、西川、汤养宗、赵丽华、小引、伊沙当选十大影响力诗人，突围诗社、华语文学网站、情诗网站、诗先锋网站、传灯录论坛、诗生活网站、诗歌报网站、诗江湖网站、中国诗歌学会网站、诗歌月刊论坛当选十大诗歌论坛。

3日　人民网"汶川情·中华魂"诗歌朗诵会在成都举行。

6日　"祖国给我理想——中国人民大学2009五四文化艺术节"颁奖晚会举行，《共和国的青春》、《圆梦中国》、《奉献2008》分别获诗歌朗诵比赛一、二、三等奖。

7日　《铭记5·12：这里是四川，这里是中国》大型配乐诗歌朗诵会在成都四川师范大学举行。

8日　"诗祭5·12——北川诗歌朗诵会"在四川绵阳北川中学旧址举行。诗人张兴材诗集"《我们都是汶川人》首发式暨捐赠仪式"在北川中学长虹临时校区举行。由26家期刊联合主办的"良知·信仰·鼓舞2009——'握手农民工'大型诗歌公益活动"启动。《诗刊》社等举办的"春天送你一首诗"诗歌朗诵会在山东滨州学院举行。

9日 由中国诗歌协会等主办的"诗意华山大型诗歌音乐会"在北京长安大戏院演出。

10日 首届"中国当代文学学院奖"在南京揭晓,《彭燕郊诗文集》获特别奖,王家新《未完成的诗》、周伦佑《周伦佑诗选》获文学创作奖。《诗歌月刊》杂志社主办的"废墟上的歌者"诗歌朗诵音乐会在合肥举行。"深圳有爱·诗歌静思会"活动在深圳举行。汪国真诗歌讲座在广东东莞市长安文化学堂举行。由呼和浩特市民族委员会、呼和浩特市蒙古语文化工作委员会主办的第四届"达尔罕"杯蒙古语诗歌大赛颁奖典礼在内蒙古电视台举行。

10—6月29日 由北京理工大学和倾向文学社共同举办的"'尚德机构'北京高校首届倾向诗歌节诗歌月"在北京举行系列活动。其中,6月18日,唐晓渡作"一首诗的诞生"讲座;20日,谭五昌作"中国当代文学视野中的海子诗歌"讲座;26日,王家新作"通往诗歌的路"讲座。

11日 北京大学五四文学社、北京大学诗歌中心新诗研究所主办的"2009年第五届未名高校诗歌奖"揭晓,崔柏、贺双、胡桑等十人获奖。南开大学主办的"那一天我们无法忘却——纪念5·12大地震一周年诗歌朗诵会"在天津南开大学举行。"5·12周年见证,著名华人作家成都行"活动在四川都江堰启动。新诗代网站推出姜红伟的《5·12汶川大地震诗集出版备忘录》。"纪念地震一周年诗歌朗诵会"在甘肃陇南市第二中学举行,600多名师生参加。"黛山秀湖三叶舟作品研讨会"在重庆举行。"五月的重生"诗歌朗诵会在山东大学威海分校举行。"大爱无疆人间遂宁——'5·12'全国诗歌自愿者大型朗诵会"在四川遂宁市举行。

12日 北京上苑艺术馆举行"点燃100支蜡烛、观看一部纪录片、默诵一部诗"活动,放映纪录片《都江堰小学地震现场影像实录》,默诵王海平诗歌《爱的旋律》。"2009年'华缦甲子,博学笃志'复旦人节"在上海开幕,与会师生朗诵诗歌纪念5·12汶川地震一周年。董忠堂《生命的真谛》诗歌朗诵会在济南市山东省农干院举行。"大爱无疆——纪念汶川特大地震一周年诗歌朗诵会"在四川资阳市举行。"5·12抗震救灾周年祭诗歌沙龙"在深圳宝安举行。"纪念5·12汶川大地震一周年烛光诗会"在洛阳市洛浦公园举行。民间诗人群体中国诗沙龙部分成员为纪念 5·12 地震一周年，在浙江天目山举行焚诗守夜的祭奠活动，焚烧诗歌民刊《诗艺术》，并为汶川死难的年轻学生亡灵守夜。

13 日 "'我和我的祖国'先锋杯在宁高校研究生诗歌朗诵比赛"在南京师范大学举行，南京师范大学夺冠。

15 日 "第十届尼桑国际诗歌节"在以色列举办，马新朝、沈苇、李松涛参加。播音艺术家方明在北京大学进行"爱，让我们永远在一起——漫谈诗文朗诵"讲座。

16 日 "吾同树作品研讨会及诗歌朗诵会"与"花开无声且听树吟"追忆会及诗集义卖活动在暨南大学珠海学院举行。"诗歌报网站建站八周年朗诵会"在上海举行。"金哲诗文学术研讨会"在中央民族大学举行。

16、17 日 "中国·唐山首届南湖诗会"举行。

18 日 《此在主义·诗论坛佳作网络月报》创刊。

19 日 "怀念苇岸十年追思会"在北京老故事餐吧举行。

20 日 远洲主编、梁小斌等人题词的《商洛诗歌》创刊。中国重庆长江三峡第二届国际红叶节"巫山红叶"散文、诗歌大奖赛揭晓，刘小雨诗歌《巫山秋月》获一等奖。2009 年"诗画百色"诗歌大赛揭晓，丁红云《穿过开满油菜花的田野（外一首）》、戴道华《百色之春》等获奖。

21 日 突围诗社发起的 2009 年中国新诗峰会、首届"华山论剑：突围诗社三周年暨中国新诗九十三周年高峰论坛（网络）"启动。《王统照全集》研讨会和王统照手稿捐赠仪式在中国现代文学馆举行。

23、24 日 耿占春、森子组织的"沁阳诗会"在焦作沁阳市神农山举行。

23—28 日 "第二届中国诗歌节"在西安召开，活动包括诗歌论坛、群众诗歌文化活动、优秀剧目演出、美术展览、诗歌征集与出版等活动，开幕式有 3000 多位市民参加。

24 日 秦晓宇在北京上苑艺术馆做《海子，胡汉合流的诗意》讲座。

26 日 "'我们的节日'——端午情怀·爱国主义诗歌朗诵会"在河北遵化市举行。"鸡鸣盛会·第三届端午诗会"在南京鸡鸣寺举行。北京语言大学举行"'诗样青春，奉献祖国'——庆祝建国 60 周年诗歌朗诵会"。

27日　诗人刘定荣逝世，享年37岁。第二届"屈原杯"全国诗歌大赛颁奖仪式在湖北秭归县举行。"'九歌'——福建反克诗群端午诗会"在福州举行。"第三届巴蜀青年文学奖"颁奖典礼在重庆文学院举行，朱雀诗歌《桥和南端》获新人奖。

27—30日　"第二届太行诗人节暨中国现代诗歌峰会"在山西晋城举行。

28日　世界汉诗协会等主办的"端午诗会"在北京举行。"第四届中国乡村诗歌节暨端午千人诵《离骚》"活动在成都洛带江西会馆广场举行开幕式。《星星》诗刊杂志等主办的"中国手机诗歌年度大赛"启动。"2009端午诗会"在中央电视台第2频道播出。"太平洋钟表南方端午当代诗人现代诗文邀请展"在台湾屏东举行。

29日　由《大陆》诗刊、撒娇诗院共同主办的"用诗歌敲打生命之门——冰释之《门敲李冰》发行诗友会"在上海举行。

29—6月3日　台湾"叶红女性诗歌奖"访问团访问芜湖、南京，举行"中产阶级立场写作与当代女性诗歌转型"研讨会和女性诗歌座谈。

31日　全国30个城市举办"100名打工诗人诗稿义卖"，支持筹办"中国打工文学馆"。长沙举行"环保"主题摩登流动画展，展出先锋诗人雪马配诗画作。"第二届东莞荷花文学奖"获奖名单揭晓，郑小琼《铁·塑料厂》获奖。中国诗人爱心联盟组织诗人看望北京慧智园孤贫儿童福利院儿童，并捐款一万元。

本月　"第三届新死亡诗派年度奖暨2009年（上半年卷）免费出版诗集奖"发布，五位获奖诗人诗集分别为：严力《人性互联网》、阿翔《第一个早晨醒来的人是寂静的人》、李东海《子夜的缪斯》、梁晓明《披发赤足而行》、道辉《世纪的脚诗》。"湖南诗人2009年度奖"获奖名单在《湖南诗人》第11期刊发，李晓泉《在衡山的脚下仰望（组诗）》获一等奖。

6月

1日　美国诗人阿法访问首都师范大学中国诗歌研究中心并座谈交流。第二届"中国诗歌突围年度奖（2007—2008）"评奖启动。

3日　由西安外国语大学中文学院主办的"伊沙作品研讨会"在西

安外国语大学举行。

4 日　中外散文诗学会新疆分会等主办的"2008 年度中国散文诗天马奖（第二届）"揭晓。

5 日　黑龙江省海林市"第十九届端午诗会暨欢庆新中国成立 60 周年'放歌林海雪原'诗歌大奖赛"获奖名单公布，赵大海《祖国，我是你身上的一只蚂蚁》等获奖。诗人、琵琶演奏家王乙宴在国家大剧院演奏由著名作曲家刘湲作曲的《台湾组曲》。西南交通大学诗歌朗诵比赛在四川成都西南交通大学犀浦校区举行。

5—7 日　"第五届端阳诗会暨文字作品版权保护座谈会"在河北省平山县举行。

6 日　由中国国土资源作家协会、浙江大学宁波理工学院、中国人文研究院汉语诗歌研究会主办的"中华经典诗歌朗诵比赛暨中国第二届地域诗歌朗诵会"在宁波理工学院举行。"第二届天上人间——'莽汉·撒娇'诗学研讨会暨'撒娇诗院赠书仪式'"在海南大学举行。"我们的节日·端午节"端午诗会在长沙市田汉大剧院举行。哈尔滨工业大学举行主题为"诵少年气宇，庆六十华诞"的"纪念建国 60 周年大型校园诗歌朗诵会"。河南省诗歌学会换届会议在河南省文学院举行，马新朝、高金光当选新一届会长、执行会长。

13—18 日　法兰克福书展中国主宾国活动在德国举行，于坚、欧阳江河等参加。

9 日　中国现代文学馆接受林庚家属林容等的林庚稿本、手迹、诗歌专著捐赠。军旅诗人林柏松病重向社会求助。

10 日　"南方诗歌研究所"在广东茂名学院成立，赵红尘任名誉所长，向卫国任所长。

10—12 日　"首届中国网络诗歌雾灵山研讨会"在河北省兴隆县举行。

12 日　"'个'天津仲夏端午现代诗会"在天津意大利风情街举行。

13 日　"新死亡诗派年度奖暨免费出版中国诗人作品集奖"评选揭晓，严力《人性互联网》、安徽诗人阿翔《第一个早晨醒来的人是寂静的人》、新疆诗人李东海《子夜的缪斯》、南京诗人梁晓明《披发赤足而行》、福建诗人道辉《世纪的脚诗》获奖。福建省泉州市 2008 年度优秀文学作品奖和首届泉州市青年文学创作奖颁奖典礼举行，陈伟泉诗歌《从南音里走出来的女子》获优秀作品奖。

14 日　河南省诗歌学会等主办的"河南诗歌座谈会"在郑州举行。

16 日　"宜万铁路有奖征歌颁奖仪式暨《百年梦想》首发式"在北京举行。

17 日　"南方诗歌研究中心"在广东湛江师范学院成立，梁小斌任顾问，同时举行李少君、黄礼孩、江非诗歌研讨会。

18—20 日　"'益阳·中国诗歌之乡'授牌暨'中国诗歌万里行·走进黑茶之乡'"在湖南省安化县举行。

18—22 日　"新诗写新疆·阿克苏之旅"系列文化活动在新疆阿克苏地区举行，活动包括圆桌对话"诗歌与地域性"、"多浪·穆赛勒斯之夜"诗歌朗诵会等，谢冕、多多、耿占春、汪剑钊、蓝蓝、张曙光等参加。

19 日　由山西文学院、《诗选刊》（下半月）杂志社主办的"韩玉光诗歌作品研讨会"在太原市举行。"尚仲敏诗歌朗诵会"在成都白夜酒吧举行，《尚仲敏八十年代诗选》红皮书发布。

19、20 日　由广东省作家协会诗歌创作委员会、中山市诗歌创作委员会主办的"首届珠三角新诗发展前瞻圆桌论坛"在广东中山市火炬开发区举行，会议签署"珠三角新诗发展前瞻论坛——中山宣言"。

20 日　"马骅五周年纪念"活动在北京 Amilal 酒吧举行。"西湖颂——希望之美"大型诗歌朗诵会在杭州浙江省人民大会堂举行。

17—21 日　首届"新诗写新疆：阿克苏之旅"诗会在南疆举行，谢冕、多多、耿占春、季振邦、叶舟、娜夜、汪剑钊、邱华栋、王寅、蓝蓝、潘维、庞培、泉子、张曙光、冯晏等参加。

24 日　徐南鹏读诗会暨"好诗标准问题"座谈会在首都师范大学举行，徐南鹏、安琪、李晋楚、莫超凡、蒋佳杰及首师大师生与会。

26—28 日　《诗选刊》杂志社主办的"河北省第二届青年诗会"在迁安召开，郁葱主持，百余位诗人与会，"河北诗人作家活动基地"在教场沟生态民俗村揭牌。

27 日　《诗刊》社、首都师范大学中国诗歌研究中心举办的"邰筐诗歌创作研讨会"在首都师范大学举行，吴思敬、林莽、刘士杰、王光明、梁小斌等 50 余人与会。

29 日　信阳师范学院举行"庆祝建国六十周年《红色箴言》诗歌朗诵会"。

30 日　诗刊社举行专家咨询座谈会。

本月《大河》诗歌季刊在郑州复刊。河南省青少年作家协会成立了"后 80 诗歌会"并于《河南校园》杂志 2009 年第 3 期推出"后 80 诗人"专集。诗歌界以"中国宋庄画家村"的名义发起紧急救助罹患重病的女诗人张楠（原名张建芬）的倡议书。

7 月

1 日　第二届"在南方"诗歌奖揭晓，余刃获主奖，袁永萍、七夜获提名奖。"中国低诗潮"论坛 2009 年第二季度"金诗奖"评选启动。

4 日　"'奔腾的诗歌'朗诵会"在广州举行，同时发布"奔腾的诗歌"论坛年鉴。中国诗歌研究中心朗诵艺术团在北京老故事餐吧举行诗歌朗诵会。"2009·中国太白山诗会"在陕西太白山举行。"喀什噶尔杯·首届西部文学奖"颁奖仪式举行，赵力《香城》、艾尼瓦尔·艾合买提《一月十一日·古丽》、刘龙平《克拉玛依地理》、赵辛铭《赵辛铭诗选》等获诗歌奖。

5 日　首届"闻一多诗歌奖"在武汉颁奖，高凯组诗《陇东：遍地乡愁》获大奖及 10 万元奖金。

6 日　刘福春在首都师范大学中国诗歌研究中心做《史料与问题》的讲座。

7 日　商泽军长诗《大地飞虹》研讨会在北京举行。

10 日　《极光》诗刊主办的"第三届极光诗歌奖"评选启动。四川泸州市作家协会为重病诗人恒华组织捐款。

11 日　"上海爱洛思诗友会"新书发布会暨诗歌朗诵会在上海举行。

11、12 日　河南省"第 14 届黄河诗会暨荆紫关笔会"在河南省淅川县荆紫关镇举行。2009 大中专生诗歌营队在国立台湾师范大学举办。

11-13 日　由《女子诗报》主办的 2009"女子诗报·南海诗歌之旅"在广东茂名市举行，活动包括诗歌朗诵会、"《女子诗报》20 周年纪念专号首发式暨女性诗歌研讨会"。

18 日　由南京大学、美国加州大学洛杉矶分校共同主办的"中国诗人和华裔美国诗人诗歌朗诵会"在南京大学举行，华裔美国诗人梁志英（Russell Leong）、林永得（Wing Tek Lum）等参加。《诗生活月刊》2009 年第 7 期（总第 75 期）推出投资专辑。

19 日　新湘语、广东诗人俱乐部、或者论坛共同主办的"首届潇湘民间诗歌节·中国民间诗歌原创论坛"在长沙举行。

23 日 "首届'梁祝杯'全球华语爱情诗文大赛"征稿启动。

25 日 "老爷山花儿创研基地挂牌仪式、《青海花儿》创刊首发仪式暨青海省花儿研讨会"在青海大通回族自治县举行。

25、26 日 "荷花诗会"在河南孟津县会盟镇举行。

27 日 第二届"中坤国际诗歌奖"揭晓,北岛获 A 奖("全球范围内母语为中文且创作成就卓著的诗人"),叙利亚·黎巴嫩诗人阿多尼斯和中国翻译家赵振江分获 B 奖和 C 奖。"《滇池》文学杂志创刊 30 周年座谈会暨'云南建工水利水电建设杯'2008 年度滇池文学奖颁奖典礼"在昆明举行,《徒举袖衣的诗》获奖。

28—30 日 "2009 中国·星星大学生诗歌夏令营"在成都举行,活动包括开闭营式、诗歌座谈会、诗歌朗诵会、诗歌交流会等。"中国垃圾派诗会"在陕西华山举行。

31 日 "廻雁诗社第五届社员代表大会"在湖南衡阳市召开,洛夫当选名誉社长。

本月《诗选刊》、《绿风》、《诗歌月刊》等 25 家杂志启动"握手农民工"大型诗歌公益活动。麦子主编民刊《星期三》诗刊第 10 期推出杨春光四周年忌日纪念集。法国诗歌丛刊《南方》(Autre Sud)第 42 期推介蔡天新作品。民刊《陌生》推出"60 后诗人诗歌理论专刊"。《当代文坛》第 4 期刊发柯雷论文《当代中国先锋诗歌与诗人形象》。诗刊《地下》被国家图书馆永久收藏。

8 月

1 日 "第 50 期野外诗人沙龙——野外新网站开通仪式暨辛酉诗集《暮晚及其他》研讨会"在杭州举行。

2 日 诗人于坚在云南大理举行"于坚摄影展"。

7—9 日 "2009 中国 70 后诗歌论坛·银川诗会"举行。

7—10 日 第二届青海湖国际诗歌节在青海省举行,活动包括西宁举行的开幕式、青海湖畔诗歌墙揭幕暨"金藏羚羊国际诗歌奖"颁奖仪式、湟源县丹噶尔古城昌耀诗歌馆揭牌开馆仪式、诗人采风创作、走进城市广场、高校诗歌朗诵会、大型诗歌音乐演唱会等,全球共 200 多位诗人参加,吉狄马加主持颁奖,阿根廷诗人胡安·赫尔曼获金藏羚羊奖。

8 日　中国作家协会、中央电视台《大家》栏目共同制作的《柯岩：寻找回来的世界》在中央电视台第十频道首播。"首届'潮流·天涯国际诗歌奖'"评选活动启动。

8、9 日　"'中国诗人看颍上'暨《80 后诗典》出版发布会"在安徽省颍上县举行。

9-12 日　中国诗歌万里行"探访客家古邑、抒情万绿河源"采风活动举行。

10 日　"辛酉诗歌朗诵会"在浙江省温岭市举行。

12 日　"第九次沈连洙国际学术研讨会"在吉林省延吉市举行。

13 日　"'界限诗丛'新书首发式"在重庆市作家协会举行。女诗人月弯在北京完成行为艺术作品《我们在天上的父》。

14-16 日　"'诗意港城'——著名诗人走进连云港"采风活动举行。

15-18 日　"中国长白山'吉林森工杯'国际散文诗大赛暨中外散文诗学会年会"在吉林省白山市举行。

15-20 日　由青海省海南藏族自治州人民政府、散文诗杂志社共同主办的"大美青海——第九届全国散文诗笔会暨艺术采风活动"在青海省西宁市与青海省海南藏族自治州举行。

15 日　由中国作家协会与凤凰卫视电视台共同制作的《贺敬之：延安岁月》在凤凰卫视中文台播出。

16 日　首都师范大学中国诗歌研究中心朗诵艺术团举行"'祖国在我心中'诗歌朗诵会"社区公益巡演活动。

16-19 日　"21 世纪中国现代诗第五届研讨会暨'现代诗创作研究技法'"学术讨论会在福建省武夷山市举行。

18-20 日　"第十二届国际诗人笔会"在广东省惠州市举行，张志民、雁翼、郑愁予、吴岸获"中国当代诗魂金奖"，蔡丽双获"中国诗人杰出贡献奖"。

20 日　由反克诗群主办的"福州的声音 3：外地诗友见面会暨反克诗歌朗诵会"在福州举行。由青岛市戏剧家协会、青岛市话剧院举办的"'十月礼赞'——庆祝新中国成立六十周年诗歌朗诵会"在青岛话剧院小剧场举行。

20-25 日　诗人、翻译家海岸参加"第 48 届马其顿·斯特鲁加国际诗歌节"。

21 日　由上海市政协、上海文广影视集团主办、作家赵丽宏策划的"风雨同舟颂华章——纪念人民政协成立 60 周年诗歌朗诵会"在上海大剧院举行，阎维文、瞿弦和、殷秀梅、凯丽、廖昌永、焦晃、丁建华等朗诵了诗歌。

21-23 日　"中国诗人论坛十周年庆典暨'相约郑州'——2009 首届中国诗书画名家峰会"在郑州举行，活动包括见面会、"地域文化对当代诗歌的影响"十周年诗歌研讨会、2009 首届诗书画名家峰会、篝火晚会及采风等。

22 日　首都师范大学中国诗歌研究中心、《星星》诗刊理论版和朝阳区文化馆共同主办的"'从校园里走出的诗人'朗诵会"在北京朝阳区文化馆举行。山东省作家协会主办的"魏东建文学作品研讨会"在济南市举行。

22-24 日　由《外省》诗刊社主办的"禹州诗会"在河南禹州市举行。

22-30 日　许德民、杨小滨·法镭在上海举行"抽象诗派艺术展"。

24 日　"华文峰长诗《新中国之歌》首发式暨作品研讨会"在北京举行。"第十九届'八月诗会'"在浙江省平湖市全塘镇举行。

25 日　"2009 首届潮流中国形象诗人网络大赛"启动。

27 日　"柯岩创作生涯 60 周年座谈会暨《柯岩文集》首发式"在北京中国现代文学馆举行。

28 日　2008-2009 年度"黄河诗会"首届年度诗人奖揭晓，桑恒昌、简明获奖。"非非主义"推出 50 万字的《非非》2009 年卷"后非非诗歌及评论专号"和《非非评论》"2009 年选"。

29-9 月 19 日　"第四届珠江国际诗歌节"在广州、深圳、上海、西安、成都、北京等六大城市开始举行。

30 日　"第四届珠江国际诗歌节"的系列活动之一的"深圳诗歌朗诵会"在深圳音乐厅举行，会上公布社会征文一、二、三等奖，同时举行诗歌、舞蹈、实验剧、音乐跨界演出。"首届中华之魂优秀文学作品征文颁奖典礼"在北京举行，客人诗集《十月背后》获一等奖。

31 日　台湾文建会主办的"好诗大家写"征选活动得奖名单公布，老兵等获奖。

30、31 日　由中国教授协会文化艺术专业委员会主办的"庆祝新中国成立60周年音乐舞蹈诗文朗诵会"在北京解放军歌剧院举行。

本月云南香格里拉撒娇诗院举行"海波诗学研讨会：给我一点时间"。民刊《原音》复刊号推出80后、90后诗歌大展。《白诗歌》第四期出刊。人民教育出版社新版高中语文课本投入使用，鲁迅作品减少，戴望舒、徐志摩、卞之琳、卢狄、郑愁予等诗歌入选，引起社会讨论。

9月

1日 网易读书频道上线发布会在北京举行，公布"公民阅读"首期推荐书单，北岛等编著的《七十年代》入选十大好书。"《中国诗歌》七夕节主题诗会"获奖公告发布，水边的阿雅《亲爱的，亲爱的》获特等奖。诗歌爱好者陈燕筹办的香格里拉迪喜慈善学校在云南迪庆州德钦县拖顶乡开学，默默和冰释之参加开学典礼，撒娇诗院倡议全国诗人捐赠书刊。

3日 北京作家协会与中国现代文学馆共同主办的"纪念《漳河水》发表60周年座谈会暨《阮章竞绘画篆刻选》首发式"在北京举行。

4日 "童声里的中国·'祖国，献您一首诗'——庆祝新中国成立60周年全国儿童诗推广活动"在北京启动。

4-6日 《丑石》诗报主办的2009丑石诗会在福建霞浦杨家溪风景区举行。

5日 "都匀地区诗人献给建国60周年诗集《在时间之水中漂流》一书定稿会暨坝固诗会"在贵州省都匀市坝固镇举行。"第四届珠江国际诗歌节"的系列活动之一的"上海诗歌朗诵会"在上海外滩举行。

8日 文学现场网站、《作家报》共同主办的全国诗歌擂台赛启动。"2009首届潮流中国形象诗人网络大赛"五十强名单公布。"《祖国颂》大型交响乐诗歌朗诵会"在郑州河南省人民大会堂举行。

8-11日 "中国诗歌万里行"探访客家古邑、抒情万绿河源采风活动在广东省河源市举行。

8-12日 海子诗剧《太阳·弑》在蜂巢剧场演出，"2009北京青年戏剧节"。

9日 井秋峰短诗奖组委会宣布改变评奖规则，以《潮》诗刊作为选稿基地，不再另行征集评选作品。

9-10月10日 "'归真创新'——汪国真、汪国新诗书画联展"

在北京汪国新诗书画研究院展览馆举行。

10日 《此在主义》诗歌年刊 2009 年卷推出事象专号。李轻松、述平编剧的电影《欠我十万零五千》上映。大型原创诗歌晚会《春城诵》在昆明举行。

11日 第七届华文青年诗人奖颁奖暨首师大驻校诗人入校仪式在北京首都师范大学举行，阿毛成为 2009-2010 学年首都师范大学驻校诗人。第二届"中国诗歌突围年度奖"初选提名名单公布。

12日 广东文学院主办的"张慧谋、东荡子作品研讨会"在广州举行。塞尔维亚诗人 Du an Gojkov《巴尔干文学先驱报》征稿信息在"诗界"网站发布，计划推出 10 位中国当代先锋诗人的代表性诗作和自然小传。"第四届珠江国际诗歌节"系列活动之一的"西安诗歌朗诵会"在西安珠江时代广场举行。

13日 "第四届珠江国际诗歌节"系列活动之一的"成都诗歌朗诵会"在成都白夜酒吧举行。"叶红女性诗奖"决审会议在台北耕莘文教基金会举行。《圆桌》诗刊、《情诗》季刊共同主办的感恩诗篇大奖赛揭晓。庆祝建国 60 周年的"共和国颂——桂兴华朗诵诗专场"在上海长宁区图书馆举行。

15日 第二届井秋峰短诗奖揭晓，李成恩获年度奖。

17日 新浪网、中国广播网推出《共和国文本》访谈，唐晓渡作客新浪解读北岛《回答》。《文学报》推出谷白诗剧《黎明 1949》。

17-20日 "第二届《十月》'新锐人物奖'颁奖典礼暨十月杂志社兴义文学创作基地'文学讲座'开班仪式"在贵州兴义市举行，诗人道辉获奖。

18日 "亲爱的祖国——河北省纪念新中国成立 60 周年大型诗歌朗诵演唱会"在石家庄河北政法职业学院举行。由济南市作家协会主办的"'宝通杯'济南文学奖"揭晓，孔燕、孔迪选编的《山青诗文集》等 61 部作品获奖。"第 31 届联合报文学奖"金榜发布，达瑞《石榴》获新诗奖大奖，游书珣《餐桌上的陌生人》和原筱菲《组诗：四方盒子》获新诗评审奖。

18-20日 "《人民文学》·坎墩'中益风'诗歌论坛"在浙江慈溪举行，活动包括"诗歌与公共生活"主题讲座和诗歌朗诵会。

19日 "2009 海南诗歌大奖赛颁奖典礼"在海口举行，毛豆《海南之恋》、原野牧夫《五月，我的悲伤长出几棵青苗（外二首）》获新诗一等奖。"第四届珠江国际诗歌节"系列活动之一的"北京诗歌朗诵会"在北京举行。

19、20日　河南省诗歌学会"放歌六十年·九莲山诗会"在河南省辉县举行。

20日　深圳市作家协会主办的"《虹的独唱》刘虹新书发布暨研讨会"在北京举行。"第四届珠江国际诗歌节"系列活动之一的"广州诗歌朗诵会暨珠江诗歌大奖颁奖"在广州举行，孙文波、黄礼孩、马雁、周云蓬分获珠江诗歌大奖、珠江诗歌推动奖、珠江青年诗人奖、珠江诗歌探索奖，会上演出长诗《七个小矮人和白雪公主的对话录》。

22、23日　"西北电力作家'迎国庆'座谈会暨西北电业职工诗歌大赛颁奖会"在西安举行，李炜《750电网舞曲》、马晓忠《飞虹在天》、黄金肖《三秦三赋》获奖。

23日　《中华读书报》公布"共和国六十年　记忆中的六十本书"书单，食指《这是四点零八分的北京》、阎月君等选编的《朦胧诗选》、《天安门诗抄》、汪国真《年轻的潮》等入选。商泽军儿童抒情长诗《飞翔的中国》作品研讨会在北京举行。

25日　首都师范大学中国诗歌研究中心、海南省澄迈县人民政府共同主办的"2009年度澄迈·诗探索奖"在海南省澄迈县颁奖，王小妮、庞培、霍俊明、张文武分获杰出成就奖、年度诗人奖、评论奖、翻译奖，肖水、乌鸟鸟获新锐奖。"叶红女性诗奖台湾地区颁奖典礼"在台北市耕莘文教院举行。访谈中国网等媒体主办的"2009年中国十大80后新锐诗人"揭晓，林萧、春树、符国芳、远观、嘎代才让、裴福刚、李成恩、林志强、郑小琼、朱长胜入选。"2009年'华夏情'全国诗文书画研讨会"在北京大学举行。

25-10月20日　主题为"时维九月，序属仲秋"的"上苑艺术年展《独处山中，我行我素》之仲秋诗歌音乐雅集"在北京上苑艺术馆举行。

26日　由天津人民广播电台主办的《中国礼赞——庆祝新中国成立60周年诗歌朗诵会》在天津音乐厅举行，张家声、姚锡娟、关山、鲁园等播音艺术家朗诵了诗歌。首都师范大学中国诗歌研究中心、海南师范大学海南当代文学研究所共同主办的"江非诗歌创作学术研讨会"在海南师范大学文学院举行。"迎世博·金秋'潘婷杯'新诗创作大赛颁奖典礼暨《新城市诗刊》十周年回顾活动"在上海举行。"2009年

'华夏情'全国诗文书画大赛颁奖典礼"在北京举行。

27 日　由苏州市文联、苏州大学等共同主办的"祖国好——庆祝建国 60 周年诗歌朗诵会"在苏州大学举行。第 24 期福建作家沙龙"献诗·我的祖国——百名福建诗人海西放歌诗歌音乐会"在福建泉州举行。

27-30 日　"第 29 届世界诗人大会"在匈牙利布达佩斯举行，主题为"未来就在尘世"。

28 日　"2009 香山中秋诗会"在洛阳龙门香山白园举行。"中秋月海峡情 2009 中秋诗会"在福建漳州举行。

29 日　诗人、翻译家绿原逝世，享年 87 岁。

30-10 月 2 日　"大河风金秋枣乡诗会"在河南内黄县举行。

本月星星诗刊联合举办的煤矿工人诗歌大赛启动。"首届《诗潮》优秀诗歌作品奖"揭晓，郁葱的《如此红尘》等获优秀诗歌奖，王充闾的《似曾相识的白云》等获散文诗奖，吴思敬的《新诗经典化断想》等获诗歌评论奖。《大西北诗刊》推出三周年纪念刊，刊发西北五省诗人作品。福建厦门民刊《陆》第 3 期出刊。

10 月

1 日　"'我爱我的祖国'庆祝新中国成立六十周年暨'我们的节日·中秋'诗文诵读活动"在海南大学举行。第二届"中国诗歌突围年度奖"揭晓，弥赛亚、魔头贝贝、侯冰之获年度奖，宋雨、代雨映获第二届"中国诗歌突围年度新锐奖"。"新诗放歌 60 年"网络诗赛揭晓，《我对祖国的爱很细碎》（重庆子衣）、《祖国，我亲爱的祖国》（水边的阿雅）等获奖。

2 日　"'圆梦'诗歌朗诵会"在山西太原市举行。

3 日　"2009 海峡两岸'中秋月圆'诗歌朗诵会暨作品研讨会"在重庆举行。成都白夜酒吧举行中秋诗歌朗诵会。"2009 中秋诗会"在中央第 4 频道播出。"首届中华世纪坛金秋诗歌节"在北京世纪坛广场举行。

4 日　"诗歌报中国万里行·八城互动"北京聚会在北京亚运村举行。

6-20 日　诗人蔡天新摄影展"最高乐趣"在杭州良渚举行。

9 日　高亮亮等人筹备的中国大陆首家诗歌书店"开闭开"在上海开张。

10 日　"第三届中国女性文学奖"在北京揭晓，《刘虹的诗》等三部诗集获奖。河南省青少年作家协会与《青少年文学》发起的首届"河南省十大青年新锐诗人奖"评选启动。

11 日　《星星》理论半月刊和中国诗人俱乐部主办的"萨迪·优素福诗歌研讨会暨朗诵会"在北京举行。"第三届极光诗歌奖"揭晓，安琪获年度奖，段磊获新锐奖。

11—20 日　"中国庐山国际作家写作营"在江西庐山举行。

12 日　由首都师范大学、北京语言大学等共同主办的"吟我经典、诵我中华——中华吟诵周"在北京举行。突围诗社主办的"突围9月同题诗会"颁奖，鲁予获特等奖，卓铁锋获特别荣誉奖。"首届中国南京栖霞山艺术节"举行开幕式，诗人余光中参加并朗诵诗歌。

14 日　由湛江师范学院南方诗歌研究中心等主办的"钟明诗集《南方》研讨会"在湛江师范学院举行。

15—19 日　由中国诗歌学会等主办的"2009年度亚洲诗歌节"在北京、安徽桐城、黟县宏村等地进行，活动包括开幕式暨"地理与诗意"北大之夜诗歌朗诵会、亚洲诗歌对话、桐城朗诵会、梓路之夜等。

16 日　"陆耀东先生八十华诞庆典暨汉语诗歌研讨会"在武汉大学举行。

16—17 日　"首届芳邻旧事诗歌节"在成都举行，吉木狼格获奖。成都女书诗社的女诗人举行假面诗歌朗诵会。

17 日　"中国诗歌网络十年研讨会"在成都双流县举行。"2009己丑年：翠华山红叶诗会"在西安终南山举行。

17—18 日　"黄河小浪底诗会"在洛阳黄河西霞院水库举行。

19 日　简明、薛梅著《中国网络诗歌前沿佳作评赏》研讨会在河北承德市举行。"首届'美丽河北·魅力双滦'诗歌大奖赛暨颁奖作品朗诵会"在河北承德市举行。"唐诗诗歌作品研讨会"在重庆西南大学举行。

20 日　中国诗歌学会、浙江省作家协会等共同主办的"第二届中国（海宁）·徐志摩诗歌节"在浙江海宁市举行，洪烛、金铃子、阎志、刘福君、陈人杰等获第二届中国（海宁）·徐志摩诗歌奖。

21 日　《诗刊》社举办的"红松杯全国诗歌大奖赛"评选揭晓，熊焱、郭晓琦、许敏等获奖。

22 日 "庆祝中华人民共和国成立六十周年诗歌、散文征文"暨"郭沫若诗歌散文奖"颁奖仪式在郭沫若故居举行，李瑛《爱的抒情诗》、雷抒雁《和声：二重唱》、商泽军《中国精神》获首届郭沫若诗歌奖。中国诗苑武汉桥研院成立五十周年获奖作品公布，海灵草《50 年，100 行诗歌》获一等奖。

22—26 日 兰波诗歌节在法国沙勒维尔举行，中国诗人蔡天新参加。

23 日 "'宝通杯'济南文学奖颁奖会"在山东济南举行，山青的《山青诗文集》获诗歌奖。"深圳重点题材创作扶持项目签约仪式暨第六届深圳青年文学奖颁奖典礼"在深圳文艺会堂举行，谢湘南的《我》、《谢湘南的诗》、阿翔的《小谣曲》等诗歌作品获奖。吉狄马加在广州广东省科技图书馆做《青海：最后净土的入口与现实中的文化创意及其品牌》的讲座。"成都望江楼建成 120 周年纪念暨首届薛涛诗歌文化活动"在成都举行。

23、24 日 "后浪诗学研讨会"在台湾台中教育大学举行。

23—11 月 1 日 "2009 新加坡作家节"在新加坡举行。

24 日 "食指诗歌研讨会"在南京理工大学举行。"2009 秋（中国·衡阳云集）洛夫国际诗歌节"在湖南衡阳洛夫文化广场开幕，同时，洛夫文化广场及"湖南洛夫文学馆"奠基。海南师范大学四月天朗诵艺术团举行"金声铜韵颂海师"诗歌朗诵交流会。

24—26 日 "首届八闽民间诗会·盛典——2009 福建诗歌漳州论坛"在福建漳浦举行。由江苏省东海县人民政府和当代汉语诗歌研究中心共同主办的"2000—2009：中国 21 世纪诗歌十年东海温泉峰会"在江苏省东海县举行。

25 日 庆祝中华人民共和国成立六十周年"祖国杯"散文诗大奖赛颁奖典礼在四川郫县举行。

26 日 北京诗画沙龙主办的"九九诗画沙龙"在北京宋庄举行。北京大学第二届人文社会科学优秀科研机构表彰大会召开，中国新诗研究所入选，谢冕代表机构领奖。第四届"湖北文学奖"在武昌揭晓，田禾诗集《野葵花》获奖，杨秀武诗集《巴国俪歌》获荣誉奖。"2009 马鞍山中国李白诗歌节开幕式暨《永远的李白》文艺晚会"在安徽马鞍山举行。中国诗歌万里行采风团到山西长治县南宋乡采风。

27 日 "开滦杯"庆祝新中国成立 60 周年有奖征文获奖名单公布，

齐凤池《你是我的兄弟》获一等奖。

28 日 首都师范大学举行"庆祝牛汉先生八十六岁生日纪念活动"。

28-11 月 1 日 耶路撒冷诗歌节在以色列斯特拉夫举行，诗人蔡天新参加。

29 日 "放歌 60 年"河北省职工诗歌大奖赛揭晓，孙立忠《崇拜钢铁》、赵长在《我的祖国》等获奖。

30 日 "第七届'茅台杯'人民文学奖颁奖典礼"在北京中国现代文学馆举行，牛汉《诗七首》和刘希全《南宋庄》获优秀诗歌奖。

31 日 中国当代文学研究会与首都师范大学中国诗歌研究中心共同主办的"袁可嘉诗歌创作与诗歌理论研讨会"在北京举行。《潮》第一辑创刊号出版。"第三届井秋峰短诗奖"启动。"'雾里青茶'世界华语诗歌大奖赛颁奖及新闻发布会"在安徽石台县举行。"诗人看沈河"采风团活动在沈阳举行。"第十届油城金秋诗会"在山东东营举行。第 18 届"柔刚诗歌奖"评选启动。

31-11 月 2 日 曾德旷发起的"负诗歌西安诗会"在西安大雁塔举行。

本月《诗歌杂志》第 9 期推出"80 后"诗歌。《诗选刊》2009 年第 10 期推出"新中国 60 年经典诗歌作品纪念专号"。四川民刊《人行道》2009 年卷出刊。北京神州雅海文化艺术院主办的《诗道》纸刊创刊号出版。《诗潮》杂志社主办的第二届"名广杯"诗歌大奖赛揭晓。《中华读书报》陆续推出"朦胧诗人系列"，介绍顾城、舒婷、梁小斌等诗人。

11 月

1 日 第 18 届（2009 年度）"柔刚诗歌奖"评选启动。"中国低诗潮"论坛 2009 年第 3 季度"金诗奖"揭晓，丁友星《幸福》、陈衍强《安得广厦千万间》、李唐《我是青年》、李飞骏《好人指南》等十人作品获奖。"宁波第三届诗歌日"在宁波工程学院举行。东莞诗人刘明祥走失，引发社会对东莞诗人生存状况和精神状况的关注。

2 日 诗人绿原追思会在北京举行。

3 日 阿毛在首都师范大学做"写作就是不断出发"的讲座。"2009'中秋佳节嵩门待月'咏诗晚会"在河南嵩山世界地质公园举行。

"广东省第八届鲁迅文学艺术奖表彰会"在广州举行，丘树宏诗集《以生命的名义》获奖。

4日 "2010纽斯塔特国际文学奖"揭晓，多多获奖。陈伯海在首都师范大学做"中国诗学之现代观"的讲座。

5日 由中国文联、北京大学举办的"'中国作家北大行'——《塞纳河少女的面模》剧本朗读会"在北京大学举行。"第四届硬骹诗歌奖"颁奖，湖北青蛙获2009年度硬骹诗歌奖。

5-8日 "中华诗词六十年高峰论坛暨创作研讨会"在北京举行。

6-8日 "2009第四届太平洋诗歌节——'边缘与世界'"在台湾花莲举行。

7、8日 由西南大学中国诗学研究中心、西南大学中国新诗研究所和《文艺研究》杂志社联合主办的"第三届华文诗学名家国际论坛"在重庆西南大学举行。

7-9日 中国作家协会《诗刊》社主办的"彰显庐山文化内涵，弘扬中国诗歌文化——庐山诗会"系列活动开幕，包括"新世纪十佳青年诗人"、"2008年度优秀诗人"颁奖典礼、"全国诗歌报刊主编峰会"和"庐山诗歌朗诵会"，路也、郑小琼等当选"庐山杯"《诗刊》"新世纪十佳青年诗人"，傅天琳、雷抒雁当选"2008年度优秀诗人"。

7日 洛夫在上海做"汉诗的美学"专题演讲。主题为"从南方来，到中国去"的第四届"叶红女性诗歌奖"与第二届"在南方诗歌奖"颁奖礼暨第四届长三角地区80一代诗人朗诵会"在复旦大学举行。由苏州大学文学院主办的"背光而坐·冷感·戏剧场"研讨会在苏州举行，围绕诗人壹周（原名周亚平）的三部诗集《如果麦子死了》、《俗丽》、《戏剧场》进行研讨。首届"小诗人"奖揭晓，文艺锦、原筱菲获奖。

8日 "有河book书店读诗护猫座谈会"在台北举行。由"中国南京·现代汉诗研究计划"等主办的"中国语言诗派暨壹周（周亚平）作品研讨会"在南京举行。"百粮春杯"淄博市庆祝新中国成立六十周年诗歌朗诵电视大赛原创大赛颁奖仪式在山东淄博市举行。

8-15日 诗人章治萍进行"南丝"采风。诗人默默在云南大学美术馆举行主题为"撒娇摄影"的摄影展。

9日 帕米尔文化艺术研究院主办的"2009中欧诗人作家交流"在北京举行。洛夫诗歌讲座《感受诗歌之美》在北京师范大学举行。

"广州诗歌之夜"诗人个人专场朗诵会举行。

10 日　诗人钟声扬逝世，享年 71 岁。诗人邓祖光逝世，享年 45 岁。"甘肃省第五届少数民族文学奖"揭晓，娜夜获荣誉奖。《清明》《安徽文学》社举办的"陈忠村诗歌研讨会"在合肥举行。主题为"戏剧场·俗丽·网络主义"的壹周诗歌研讨会在复旦大学举行。海南师范大学四月天诗歌朗诵艺术团"携手走进童心"在桂林洋小学举行诗歌朗诵。

11 日　第三期"枫华大讲堂"在郑州举行洛夫诗歌讲座《共同品鉴中华诗歌的独特魅力》。"今生我在原创文学网"举办的"今生，我在"第二届爱情诗歌大展赛启动。

12 日　第二届"中坤国际诗歌奖"在北京举行颁奖仪式，北岛、阿多尼斯、赵振江分别获得 A、B、C 三个奖项。"首届'中山杯'华侨文学奖颁奖典礼"在广东中山市举行，洛夫诗歌《雨想说的》等获最佳作品奖。

12-16 日　由《诗刊》社、株洲市文联联合主办的"第 25 届青春诗会"在湖南株洲举行。

13 日　由《辽河》杂志主办的"庆祝建国六十周年——我和我的祖国"征文大赛评选结果在辽河文学论坛公布。

13-15 日　主题为"诗与歌"的 2009 年"第四届鼓浪屿诗歌节"在厦门举行，活动包括歌词创作研讨、海峡两岸中生代及新世代诗歌研讨、冰儿诗歌研讨会、《蔚蓝的畅想》诗歌吟唱会等。

14 日　胡亮主编的《元写作》（第二卷）首发式在四川遂宁蓬溪县高峰山举行。"发生——Paper Space《发生诗集》发布暨诗人朗诵会"在北京举行。《诗选刊》主办的"中国 2009 年度最佳爱情诗集奖"颁奖典礼在西安举行，阿毛《多么爱》、潘维《雪事》、赖廷阶《给你一生一世的爱》获奖。

15 日　由中国作家协会《诗刊》社等主办的"城市·诗歌·心灵——第三届上海朗诵艺术节"在上海举行开幕式，活动还包括"华亭诗社"揭牌，"'城市·诗歌·心灵'——华亭诗社创作研讨会"。"艺术猫冬"系列活动之"乐画诗"在北京宋庄举行。

16 日　于坚和欧阳江河在南京大学分别做《为何写作》与《诗歌写作，如何接触心灵与现实》的讲座。

17 日　由《诗歌月刊》主办的"'杜集杯'世界华语诗歌大奖赛"

公布获奖名单。"'蛇蟠岛杯'世界华文诗歌大赛"公布获奖作品名单，周大强《海盗村走笔》、林海蓓《蛇蟠岛的味道》获一等奖。"《青年读者》精品选粹全国首发式暨研讨会"在北京举行，林萧诗集《朋友别哭》首发15000册。

18日 "激荡六十载，畅谈人生路——纪念新中国成立六十周年主题论坛"在复旦大学举行。海南网、访谈中国网等近百家媒体主办的"2009年中国最有影响力诗人"揭晓，何三坡、远观、沈浩波、碧宇、于坚、周瑟瑟、丁成、林萧、郑小琼、许多余入选。北京大学教授李杨在海南师范大学做讲座《诗人之死与文学何为——顾城海子合论》。安徽省阜宁县散文家协会等主办的"国土杯'我和我的祖国'散文诗歌大赛"公布获奖作品。

19日 "国际华文文学研究、合作与发展研讨会"在北京师范大学珠海分校举行。江海诗潮新浪博客圈发布《2009年度中国最有影响力诗人PK榜》，刘诚、伊沙、无聊人、江海雕龙、曾德旷、朵渔、陈先发、李飞骏、郑小琼、安琪上榜。

20日 由《屏风》杂志主办的第四届"冬至诗会"在成都市青白江区举行，活动包括诗歌朗诵会、"诗歌与现实"座谈会、毕胡仁泽诗集《孤独的人有天助》首发式等。中国作家协会等主办的"'放歌60年'征文颁奖会"在北京举行，雷抒雁《最初的年代》、李瑛《花开中国》、柯岩《那会儿，我们正年轻》、严阵《和谐之歌》等获奖。中国打工文学馆发起的"安子·首届中国打工诗歌奖"评选启动。汤松波长篇组诗《东方星座》研讨会在广西师范大学举行。

20-22日 "闻一多诞辰110周年纪念暨国际学术研讨会"在武汉大学举行，开幕式上公布了"第二届闻一多研究优秀成果奖（1994-2007）"获奖名单，闻黎明、侯菊坤的《闻一多年谱长编》和邓乔彬的《学者闻一多》获得一等奖。

20-29日 由台北市政府、台北市文化局主办的"2009第十届台北诗歌节"在台北举行，活动包括开幕式"以诗为名的城市"、台北诗歌节诗人系列、"诗与理想生活"座谈、台北诗歌节校园座谈、随手捐诗、诗部落格网聚、2009第十届台北诗歌节"数位影像诗征件"、诗人之夜等。

21日 洛夫在广东中山市电子科技大学中山学院举行诗歌讲座《感受诗歌之美》。"第十三届'潮流·新汉诗临屏诗歌大赛'"金榜公布，燕庄生铁（原名李相龙）的诗歌《华容道》等上榜。"独立诗世代开幕酒会暨诗集发表会"在台北举行。

22日　"'放歌60年'河北省职工诗歌大奖赛颁奖仪式暨诗歌朗诵会"在石家庄举行。"文学现场全国诗歌擂台赛颁奖暨'淄博环保'栏目启动仪式"在山东淄博市举行。

23日　翻译家、诗人杨宪益逝世，享年95岁。

23—12月17日　"2009海岛诗歌之旅"巡回朗诵会在三亚、文昌、儋州、海口举行。

26—29日　"另一种声音：香港国际诗歌之夜"在香港举行。北岛、翟永明、欧阳江河、鸿鸿、也斯、叶辉、胡燕青、廖伟棠、艾略特·温伯格、阿赫穆德·海加兹等参加，活动包括开幕朗诵会、音乐朗诵会、加里·施耐德专场朗诵讨论会、香港诗歌之夜——粤语专场朗诵会、闭幕朗诵会等。

本月极光诗刊2009年卷（总第9期）暨第三届极光诗歌奖获奖专号出刊。《河南作家》推出"河南诗人诗歌专号"。《诗歌与人》出版《我的小学生活》专号。《飞天》举办的"祖国在我心中"征文评奖揭晓，向讯的组诗《新史记：丰碑》等获奖。诗歌合集《首象山》在北京出刊。

12月

2日　中央电视台2010年新年新诗会在中国人民大学进行录制，主题为"希望"。

3日　由《扬子江》诗刊等主办的"第二届红枫诗会"在南京举行。

4—6日　"'诗意蛇蟠岛'世界华文诗歌大赛颁奖仪式暨诗集首发式"在浙江台州蛇蟠岛举行，周大强《海盗村走笔（外二首）》、林海蓓《蛇蟠岛的味道（外二首）》获"蛇蟠岛杯"世界华文诗歌大赛一等奖。

5日　赵长青诗集《飞翔的乐章》研讨会在北京举行。海南师范大学音乐学院举行"激扬青春，放飞理想"诗歌朗诵比赛。

6日　《界限：中国网络诗歌运动十年精选》新书首发式在重庆西南大学举行。

7日　"第六届辽宁文学奖"揭晓，大路朝天《写到舒服为止》、张忠军《侧身》、柳沄《落日如锚》获诗歌奖。

8 日　卢文丽诗集《我对美看得太久——西湖印象诗 100》研讨会在杭州举行。搜狐网等媒体主办的"2009 年中国年度诗人"揭晓，伊沙、枚庸、黄迪声、符国芳、林萧、林志强、郑小琼、安琪、赵丽华、远观等入选。华西文学网举行诗人潇潇在线专访。

9 日　安徽省社会科学文学艺术出版奖（文学类）揭晓，叶世斌诗集《在途中》获二等奖，吴昭元《雨魂》、赵宏兴《身体周围的光》、方文竹《各走一边》等诗集获三等奖。中山大学东校区分党校 2009 秋季入党积极分子配乐诗朗诵比赛举行。

9-11 日　"第三届广西青年诗会"在南宁举行。

10 日　中国作家协会发布公开选拔《诗刊》副主编公告。唐晓渡在清华大学做"当代先锋诗三十年"讲座。

11、12 日　由北京大学和国家话剧团合办的"聆听青春——北大名家名作音乐朗诵会"在北京大学百年大讲堂举行，张家声、韩童生、张凯丽、秦海璐等参加朗诵。

11-16 日　"2009 海峡诗会"在福州、泉州、厦门举行，活动包括两岸四地作家恳谈会、郑愁予诗歌研讨会、"游吟的诗锦——郑愁予经典诗歌朗诵会"、郑愁予文学讲座、海峡两岸现代诗创作座谈会、海峡西岸文化考察、采风与诗文创作等。

12 日　由中国诗人俱乐部主办的"苏历铭诗歌专场朗诵会"在北京老故事餐吧举行。

14 日　X19 文学奖执行委员会等主办的"第六届 X19 全球华文诗奖"征奖启动。

17 日　"中国诗歌万里行·走进'天佑德'采风团"启动仪式在青海举行。"首届高黎贡文学节 2009 年高黎贡文学奖"新闻发布会在昆明举行，于坚任主席。

18 日　首届"河南省十大青年新锐诗人奖"颁奖典礼在郑州举行，王东东、李浩、董非、王向威、侯森瀚、寇洵、钱冠宇、王镇北、马东旭、豫北获奖。"第三届甘肃黄河文学奖"与"第二届甘肃电视金鹰奖颁奖大会"在兰州举行，阿信《阿信的诗》、胡杨《诗十八首》等获奖。"'沈阳风情'诗歌、散文大赛颁奖仪式"在沈阳举行，胡凤娇、王向峰、谢起义、孙子兵等分获诗歌类一二三等奖。"第 12 届鲁迅文学院高研班专题诗歌研讨会"举行。由北京《中国诗歌在线》期刊社主办的"中国诗歌在线 2009 年度中国诗人"颁奖活动在杭州举行。

18—20 日　由首都师范大学中国诗歌研究中心主办的《中国诗歌通史》编委会第七次编写会议"在北京举行。

19 日　由《诗歌月刊》社、安庆市作家协会共同主办的"沙马作品研讨会"在安徽省安庆市菱湖公园举行。"《凤凰》新年朗诵会暨《变调》首映式在唐山市汲古书店举行。"诗已归来——朱湘潮诗集《流浪的风》新闻发布会暨任合一诗歌朗诵会"在北京举行。

20 日　台湾明道大学、香港大学中文学院、武汉大学中文系、徐州师范大学主办的"周梦蝶与二十世纪华文文学两岸三地学术研讨会"在台湾举行。"纪念骆一禾去世 20 周年诗歌研讨会"在北京老故事餐吧中国诗人俱乐部举行。南开大学文学院举行迎新年诗歌朗诵会。

21 日　"第十届香港中文文学双年奖颁奖典礼"在香港中央图书馆举行，廖伟棠诗集《和幽灵一起的香港漫游》获新诗组首奖。

22 日　"河洛文化元素与诗歌创作研讨会"在洛阳市图书馆举行。

25 日　"酿神杯"全国诗文大赛揭晓，谢起义、刑建军等获奖。

26 日　"第三届'诗说话'读诗会"在南宁举行。

26—29 日　由《星星》诗歌理论半月刊编辑部和《诗探索》编辑部主办的"天问·中国新诗新年峰会"在哈尔滨举行，会议包括首届"天问诗人奖"颁奖晚会暨"让诗歌发出真正的声音"朗诵会、头十年——侯马诗歌作品研讨会、中国新诗新年恳谈会、诗歌与冰雪共舞等系列活动，侯马获首届"天问诗人奖"，吴思敬、林莽、张曙光、宋琳、臧棣、伊沙、蓝蓝、张桃洲等参加。

27 日　"臧克家诗歌研究会成立五周年及《故土》第八期发行座谈会"在山东诸城举行。

29 日　"第六届四川文学奖"、"第四届四川少数民族文学创作优秀作品奖"在成都颁奖，蒋雪峰诗集《锦书》、吕历诗集《隐约的花朵》、干海兵诗集《夜比梦更远》获四川文学奖，诗画集《瞬间与永恒》获"5·12"特别奖，杨国庆诗集《一只凤凰飞起来》、沙马组诗《南高原，幻影之伤》、况璃诗集《一秒钟的地球和一生的村庄》、贝史根尔诗集《我的甘嫫阿妞》获少数民族文学创作优秀作品奖。"诗歌报网站 2010年迎新年茶话会"在上海举行。

30 日　《绍兴诗刊》发起的"2010绍兴新年诗会"在浙江绍兴举行。"《何路文选》首发式暨诗歌朗诵会"在北京举行。

31 日　"2010年新年新诗会"在中央电视台少儿频道播出，余光中当选新年新诗会"年度诗歌人物"。广东"中山诗群"作品研讨会在中山市孙中山故居举行。

　　本月东莞打工诗人刘大程的人生经历被香港教育部门拍摄成专题片。中国电信"天翼杯"全国散文诗大赛揭晓。由发星主编的民刊《独立》推出"中国边缘民族现代诗大展专号"。麦子主编的民刊《星期三诗刊》总第 11 期出刊。《2009·中国诗歌年代大展特别专号》出刊。《汉诗》2009 年第 4 期（总第 8 期）出刊。民刊《第三极》第四卷"神性写作十九人诗选特大号"出刊。民间诗报《丑石》由报改刊，蔡其矫题写刊名，王光明任顾问。

纪

事